KiWi 326

Über das Buch
Nach Jahren im Exil und im Untergrund ist Pietro Spina heimlich in seine Heimat, einen kleinen Ort in den Abruzzen, zurückgekehrt. Er ist körperlich geschwächt und um Jahre gealtert, aber kompromißlos und ungebrochen in seiner Ablehnung des faschistischen Regimes. In den unterschiedlichsten Verstecken untergetaucht, erlebt Pietro den Opportunismus und die geistige Trägheit einer Gesellschaft unter der Diktatur: Honoratioren, die vor Parteibonzen katzbuckeln, Spießer, die sich unter einem Mäntelchen der Wohlanständigkeit als miese kleine Lumpen erweisen, Priester, die voller Scheinheiligkeit ihr Amt versehen. Gefühle wie Mitleid, Freundschaft und Mut, Hilfsbereitschaft und Freiheit scheinen wie unter einer alles erstickenden Schneedecke begraben zu sein. Nur von wenigen fühlt sich Pietro Spina noch verstanden oder unterstützt. Ihm bleibt kaum Kraft für persönliche Gefühle, für Liebe; er gibt aber seine Hoffnung auf Änderung und sein politisches Engagement nicht auf, auch als er am Ende verhaftet wird.
Pietro Spina, eine für das Werk Silones charakteristische Figur, stand schon im Mittelpunkt von Silones Roman *Wein und Brot*. In *Der Samen unter dem Schnee* entwickelt Silone Spinas Schicksal in einem episodenreichen, faszinierenden Roman weiter, zeichnet er – oft mit liebevoller Komik – ein Bild der Abruzzendörfer und ihrer Bewohner und entlarvt voller Sarkasmus Verlogenheit und Mitläufertum.

Der Autor
Ignazio Silone (eigentlich Secundo Tranquili), geboren 1900 in Pescina in den Abruzzen, gestorben 1978 in Genf. 1921 Mitbegründer der KPI, aus der er 1930 austrat. 1930 bis 1934 Emigration in die Schweiz. Silone war einer der literarischen Vertreter des italienischen Neo-Realismus.

Weitere Titel bei K. & W.
Wein und Brot, KiWi 55, 1984. *Eine Handvoll Brombeeren*, KiWi, 1985. *Fontamara*, KiWi 83, 1985. *Der Fuchs und die Kamelie*, KiWi 115, 1986. *Das Geheimnis des Luca*, KiWi 172, 1988. *Notausgang*. Mit einem Vorwort von Franca Magnani, KiWi 241, 1991.

IGNAZIO SILONE

DER SAMEN UNTER DEM SCHNEE

ROMAN

AUS DEM ITALIENISCHEN
VON LINDE BIRK

KIEPENHEUER & WITSCH

2. Auflage 2000

Titel der Originalausgabe
Il seme sotto la neve
© 1941 by Ignazio Silone
Aus dem Italienischen von Linde Birk
© 1990, 1993 by Verlag Kiepenheuer & Witsch, Köln
Alle Rechte vorbehalten.
Kein Teil des Werkes darf in irgendeiner Form
(durch Fotografie, Mikrofilm oder ein anderes Verfahren)
ohne schriftliche Genehmigung des Verlages
reproduziert oder unter Verwendung elektronischer Systeme
verarbeitet, vervielfältigt oder verbreitet werden.
Umschlag Manfred Schulz, Köln
Umschlagfoto Tony Stone Bilderwelten
Gesamtherstellung Clausen & Bosse, Leck
ISBN 3 462 02310 1

Für Darina

I

»Lös die Bremse, Venanzio. Hörst du denn nicht, wie die Räder quietschen?«
»Die Bremse ist ja gelöst, Signora; das heißt, sie geht gar nicht, sie läßt sich nicht mehr anziehen. Dieser Nordwind riecht nach Schnee, Signora.«
»Gib auf die Gräben acht, Venanzio, guck nicht in die Luft.«
Der alte herrschaftliche Wagen der Spinas kommt auf der schmalen Landstraße zwischen den beiden Dörfern Colle und Orta unter heftigem Rütteln nur mühsam voran. Die Straße ist nicht befestigt, und in den langen Wintermonaten wird sie oft so unwegsam, daß nur noch das Vieh und die in dieser Gegend zweirädrigen und sehr hohen Bauernkarren durchkommen. Der Wagen der Spinas mit seiner veralteten, heute seltenen Bauweise ist jedoch völlig ungeeignet dafür; seine Vorderräder sind kleiner als die Hinterräder, der abgeteilte Kasten, das Coupé, wie die Franzosen es nennen, ist auch vorne geschlossen und mit schwarzem Leder bespannt, das aber zerschlissen und verblaßt ist, fast grünlich aussieht, die Wagenschläge werden durch bestickte weiße Vorhänge geschützt. Venanzio sitzt zusammengekauert auf dem Bock, er gleicht eher einem Stallknecht als einem Kutscher. Er trägt einen alten Mantel, dessen Ziegenfellkragen er im Nacken und an den Ohren hochgestellt hat, und da ihm auch der Hut tief in der Stirn sitzt, ist von seinem ganzen Gesicht nur eine spitze Mäuseschnauze mit zwei dünnen langen grauen Schnurrbartspitzen zu erkennen. Jedesmal wenn die Pferde ruckartig stehenbleiben oder die Räder einsinken, ächzt und quietscht der Wagen in all seinen Fugen aus Leder und Metall, als wolle er gleich auseinanderbrechen. Im Wageninnern sitzt Donna Maria Vincenza Spina dick eingehüllt in Decken und Wollschals und an jeder Seite auf zwei große Kissen gestützt. Die alte Frau zittert in der eisigen Luft, die durch die

losen Nähte des aufklappbaren Verdecks und die Ritzen an den Wagenschlägen dringt und jammert bei jedem neuen Stoß noch lauter.

»Paß wenigstens auf den Straßengraben auf, Venanzio«, fleht die Signora. »Wo willst du denn jetzt hin, auf den Schotterhaufen? Großer Gott steh uns bei. Heilige Muttergottes, was für ein Unternehmen in meinem Alter.«

»Ja, gewiß, Signora, gewiß. Wann sollen wir denn dort sein? Sind wir nicht zu früh abgefahren? Seht nur, oberhalb von Forca schneit es schon, und wie.«

»Gib auf den Graben acht und guck nicht in die Luft, Venanzio. Da habe ich Ärmste gedacht, unterwegs ein paar Rosenkränze zu beten, und jetzt muß ich schon froh sein, wenn ich nicht losschimpfe.«

»Dies ist ja auch keine Straße für Christenmenschen, Signora, sondern ein Schlammgraben. Wie soll ich ahnen, wo Löcher sind und wo Steine? Bei der Rückfahrt, wenn hier Schnee liegt, wird's noch schlimmer.«

»Na, wenn es sowieso nichts nützt, Venanzio, brauchst du auch nicht im Zickzack zu fahren, laß die Zügel locker und die Pferde allein gehen, sie sind in solchen Dingen gescheiter als wir.«

Der Weg, auf dem sich der dafür wenig taugliche Wagen vorankämpft, ist mit einer dicken Lehmschicht bedeckt, durch die sich tiefe Furchen und Wasserlachen ziehen. Am Wegrand stehen zwei Reihen zwergwüchsiger, aber gedrungener Weiden mit kahlen, knotigen und verkrümmten Gipfeln, die aussehen wie altes verrostetes Eisen. Schwärme von kleinen Sperlingen hüpfen von Baum zu Baum, und nur das leise Rascheln ihrer Flügel ist zu hören. Das Land ringsum ist menschenleer und grau, wie mit Asche bedeckt. Von einem Heuschober in der Ferne bellt ein unsichtbarer Hund dem ungewohnten Gefährt lange nach. Sie erreichen eine Lichtung mit einer Viehtränke, an der sich die Straße gabelt;

links steigt sie zwischen niedrigen, kahlen Weinstöcken und dürren Bäumchen steil bis zur halben Höhe eines steinigen Hügels hinauf und führt nach Orta, das in einem engen Talkessel gleich hinter dem Hügel liegt; rechts verläuft sie, gesäumt von zwei sehr hohen Pappelreihen, gerade abwärts durch weite Felder, die nun, nachdem vor ein paar Tagen ein kleiner Fluß über die Ufer getreten ist, sumpfig sind. Als Donna Maria Vincenza bemerkt, daß der Wagen nach rechts abbiegt, läßt sie gleich anhalten.
»Venanzio, was fällt dir denn ein? Wohin bringst du mich?«
»Habt Ihr denn nicht gesagt, Signora, daß wir auf der Straße zur alten Mühle jemand treffen müssen?«
Er sagt dies »jemand« argwöhnisch und ängstlich.
»Aber nein, Venanzio, bestimmte Dinge gehen dich nichts an. Laß uns jetzt nach Orta zu meinem Sohn fahren.«
»Zu Don Bastiano? Weiß der auch Bescheid?« ruft Venanzio beruhigt aus.
Die Straße hügelaufwärts ist durch die Steigung weniger schlammig, doch nicht weniger beschwerlich, denn sie ist mit großen Kieselsteinen frisch geschottert; so kommen die Pferde nur schwitzend und schäumend voran, vor allem das eine, das zu lahmen scheint. Venanzio hält den Wagen zwei oder dreimal an, damit die Tiere zu Atem kommen können. Aus einem Abkürzungsweg, der zwischen den Weinstöcken heraufführt, erscheint plötzlich eine Reihe von Eseln, auf denen ebenfalls aus Colle stammende Cafoni reiten. Sie biegen in die Fahrstraße ein und schließen sich einer nach dem andern dem Wagen an. Die Männer, fast alle in zerrissene, kotige schwarze Mäntel gehüllt, ziehen langsam schaukelnd in der Gangart der müden Saumtiere dahin. Die Esel sind mager und braun, einige so schmächtig, daß ihre Reiter mit den Füßen fast die Straße berühren.
»He, zieht ihr auch nach Orta?« schreit Venanzio.
»Nach Orta, ja, zur Segnung der Tiere. Meinst du, das Wet-

ter hält sich? Im Forcatal schneit es bereits«, antworten mehrere von ihnen mit lauter Stimme.
»Ja, bald fällt Schnee, und es wird auch Zeit«, sagt einer.
»Was denn sonst, soll vielleicht Mehl fallen? Sowas kam höchstens früher bei den Juden vor.«
»Wenn es im Januar nicht schneit, wann soll es denn dann schneien? Der heilige Antonius friert nicht.«
»Sicher, sicher, aber der Pfarrer ist alt.«
»Und wenn es sehr kalt ist, kann auch das Weihwasser gefrieren. Es wäre nicht das erste Mal.«
»Das stimmt, aber Wasser kann man immer erwärmen, das wäre auch nicht das erste Mal.«
»Eine aufgewärmte Segnung? Iah, Iah. Eine aufgewärmte Gnade? Iah, Iah. Arme Esel, was haben sie denn Böses getan?«
Weil Venanzio das lahmende Pferd nicht überanstrengen will, fährt der Wagen jetzt fast im Schritttempo den Hang zwischen den Weinstöcken hinauf und wird schließlich von der Gruppe der auf ihren Eselchen reitenden Cafoni eingekreist. Die zerlumpten Leute scheinen für die unsichtbare Dame einen unvorhergesehenen, höflichen Geleitzug zu bilden, aus dem sich lautes Stimmengewirr erhebt.
»Venanzio, schickt Donna Maria Vincenza auch die Pferde zum Segnen?« schreit einer. »Diese Mühe hätte sie dir ersparen können.«
»Warum? Wie kommst du darauf, Pferde sind doch auch Tiere«, protestiert Venanzio.
»Wer behauptet denn etwas anderes? Aber die Segnung am Tag des heiligen Antonius war schon immer ausdrücklich für Esel, das weiß doch jeder.«
»Das stimmt, aber die Pferde sind nie davon ausgeschlossen gewesen, es waren immer ein paar Pferde bei der Segnung dabei, daran kann sich doch jeder erinnern.«

»Und warum sollten die Pferde nicht gesegnet werden? Sind das denn nicht auch Tiere?« schreit ein anderer.

»Wer will sie denn ausschließen? Aber die Pferde, na ja, die brauchen das nicht. Esel sind Esel und Pferde sind Pferde; das ist altbekannt; es gibt da einen Unterschied, das weiß doch jeder!«

»Die Pferde fressen Heu und Kleie mit Saubohnen und die Esel Stroh; das ist ein Unterschied, das weiß doch jeder.«

»Alle Tiere sind doch Tiere, da kannst du sagen, was du willst.«

»Aber die Pferde leben und arbeiten nur etwa fünfzehn Jahre und die Esel, obwohl sie schwächer sind, fünfundzwanzig bis dreißig, fast doppelt so lang.«

»Sag auch ruhig, daß bei den Pferden, wenn sie krank sind, der Tierarzt mit dem Köfferchen angelaufen kommt, die Esel dagegen wie arme Christenmenschen Stroh, Prügel und ein Amen kriegen.«

»Statt Tierarzt und Kleie genießen die Esel dafür den besonderen Schutz des heiligen Antonius, das ist auch was Schönes.«

»Meinem wäre die Kleie lieber, so denkt der eben, das kann ich nicht ändern.«

»Auf dieser Welt kann man nicht alles haben, entweder das eine oder das andere.«

»Wer als Esel geboren wird, stirbt auch als Esel. So lange sich daran nichts ändert, ändert sich überhaupt nichts. Aber kann es sich denn ändern?«

»Wenn die Segnung nicht dem Körper dient, so dient sie wenigstens der Seele, das läßt sich nicht bestreiten.«

»Der Seele des Esels? Iah, Iah, Iah.«

Donna Maria Vincenza schiebt den Vorhang an einem der Wagenschläge beiseite und beugt das Gesicht vor: »He! Was soll dieses ganze Gerede?« fragt sie. »Könnt ihr mir das sagen?«

»Oh, Donna Maria Vincenza, welche Ehre. Guten Abend, gnädige Frau. Seid gegrüßt, Donna Maria Vincenza, seid gegrüßt. So eine schlimme Straße, welche Strapaze in Eurem Alter.«

Das blasse und traurige Gesicht verschwindet wieder im Wageninnern. Der Nordwind nimmt zu, auf dieser Wegstrecke bläst er das ganze Jahr über Tag und Nacht. Pferde und Esel gehen jetzt noch langsamer. An der letzten Biegung vor dem Gipfel des Hügels führt ein Saumpfad von der Straße ab, der als Abkürzungsweg dient. Diesen schlagen die Männer auf den Eseln nun einer nach dem anderen ein, die Tiere mit Fußtritten in die Flanken, Schlägen mit dem Halfter und kehligen »Ahahah«-Schreien antreibend. Nur einer von ihnen geht auf der Fahrstraße weiter.

»Du machst es dir bequem«, schreien ihm mehrere zu, die sich nach ihm umdrehen.

»Mein Esel würde es nicht schaffen«, entschuldigt er sich.

Er war bis jetzt schweigsam in der Gruppe mitgeritten. Dem Aussehen nach wirkt dieser Mann nicht weniger ärmlich als die anderen, doch ist er größer und hat ein scharfgeschnittenes, feines, kluges Gesicht. Er nähert sich dem Wagen und ruft in vertraulichem Ton: »Donna Maria Vincenza, haben Sie noch etwas von Ihrem armen Enkel gehört?«

»Bist du es, Simone?« erwidert die Signora. »Man kann dich kaum noch erkennen. Mein Gott, wie heruntergekommen du bist.«

»Hat man wenigstens die Leiche gefunden?« fragt Simone unbeirrt weiter. »Beerdigt? Ich weiß nicht, Donna Maria Vincenza, ob Sie mir vertrauen.«

»Wenn ich doch nur meinen eigenen Angehörigen so vertrauen könnte wie dir«, antwortet sie ohne Zögern. »Aber was willst du von einer alten Frau hören, die bald achtzig wird? Gottes Wille geschehe.«

Simone hält sich am Wagenschlag fest und fährt leise fort:

»Aber wir, können wir denn nichts, wirklich gar nichts tun?«
»Beten.«
»Wirklich nichts anderes?«
»Doch, wenn man allein zu Hause ist, weinen.«
»Wenn Sie mich brauchen, selbst wenn ich ins Gefängnis muß ...«
Etwa hundert Meter vor Orta versperren Karren und Fuhrwerke mit hochstehender Deichsel die Straße. Am Dorfeingang besteht der Schlamm aus häuslichen und menschlichen Abfällen. Die Gasse ist von stinkenden Ställen und moderigen Hütten gesäumt, vor denen sich Küchenreste, Müll, Scherben und anderer Unrat häufen, während in der Mitte der wie eine Rinne angelegten Straße ein schwärzlicher Bach halbzerfallenes Gerümpel mit sich führt. Auf dem Platz vor der Kirche des heiligen Antonius wimmelt es schon wie in einer Arena von Menschen und Tieren; um sich vor den Blicken der neugierigen Menge zu schützen, fährt Donna Maria Vincenza mit zugezogenen Vorhängen an den Wagenschlägen über den Platz, und zeigt sich auch nicht gleich, als der Wagen am anderen Ende vor dem Haus ihres Sohnes hält. Ihre Ankunft wird von anhaltendem Gemurmel der Menge begleitet, das aber sofort verstummt, als sie den Kopf aus dem Fenster beugt. Don Bastiano und seine Frau Donna Maria Rosa eilen herbei, um der unerwarteten Besucherin beim Aussteigen zu helfen und stützen sie auch beim Hinaufsteigen der kurzen Außentreppe, die ins Haus führt.
Don Bastiano verhehlt seinen Unmut nicht.
»Jahrelang läßt du dich hier nicht einmal im Sommer sehen, Mutter, und jetzt im Januar kommst du bei dieser schlechten Straße schon zum drittenmal ganz unerwartet. Was sollen denn die Leute denken?«
»Ich habe mit dir zu reden, Sohn, die Leute gehen mich nichts an.«

»Du hättest mich doch rufen können, ich wäre zu dir gekommen, ohne daß es jemand aufgefallen wäre.«
»Ich konnte nicht warten, Sohn. Ich werde dir alles erklären.«
»Bin gespannt, welchen Wahnsinn du mir jetzt vorschlagen willst: Aber jetzt komm, ruh dich aus, wärm dich am Kamin.«
»Geh inzwischen hinunter, Sohn, und sieh nach den Pferden und sag auch Venanzio, daß er in der Nähe bleiben soll.«
Nachdem sie die Halbhandschuhe, die ihre Finger bis zu den Knöcheln schützten, ausgezogen, das Halstuch und den schwarzwollenen Umhang abgelegt hat, setzt sich Donna Maria Vincenza langsam, als schmerzten ihre Gelenke, auf einen hölzernen Armstuhl am Kamin. Ihre Bewegungen sind gemessen und plötzlich schwerfällig, was sie auch unter der Stoffülle ihrer altmodischen Kleidung kaum verbergen kann. Ihr Atem geht so schnell und keuchend, daß sie erst nach einer Weile wieder sprechen kann.
»Warum nimmst du, anstatt dich auszuruhen, in deinem Alter solche Strapazen auf dich, Mutter?« jammert die Schwiegertochter. »Hast du gesehen, wieviele Leute zur Segnung gekommen sind?« fährt sie dann lachend fort. »Das haben wir nur dem Pfarrer zu verdanken.«
Donna Maria Vincenza muß mit ihrem Stuhl ein wenig vom Kamin abrücken, um ihren Rock vor den Funken zu schützen, die aus dem Holz auf den Feuerböcken sprühen. Der Kamin ist schwarz, hoch und breit, im sogenannten Klosterstil, mit einem niedrigen Sockel und einem so ausladenden Rauchfang, daß sich auch zehn Personen darum scharen können. Licht kommt nur von einem kleinen Fenster, das kaum größer als eine Schießscharte ist, und vom rötlich zuckenden Widerschein des Feuers, und die alte Frau sitzt als dunkle verschwommene, fast violette Masse im Halbdunkel zwischen dem Kamin und der rauchgeschwärzten Wand.

Das einzig Lebendige an ihr sind die Hände, die sie zum Wärmen ans Feuer hält; es sind schmale, magere, lange Hände, verrunzelt wie alte Rebschößlinge und leicht zitternd, bei genauem Hinsehen auch ein wenig verkrampft; im Gegenlicht zeigt sich das Geflecht der Verknotungen und Verästelungen der von der Sklerose angeschwollenen Venen an ihren von Arthritis leicht verformten Handgelenken. Nur der Trauring hat seine Form behalten und bildet einen dunklen Einschnitt im linken Ringfinger.
Als die Schwiegertochter ihr eine Tasse mit einem warmen Getränk in die Hände gibt und sie lachend auffordert, dessen Namen zu erraten, nehmen diese Hände die Tasse nur widerstrebend an und geben sie gleich mit einer Gebärde zurück, mit der sie sich bestimmte Scherze verbittet.
»Was bietest du mir da für einen Sud an? Einen Heuaufguß?«
»Sie nennen es Tee, Mutter. Ich mußte ihn für vornehme Gäste kaufen. Wir bekommen viel Besuch von Fremden, man braucht sie jetzt für alles, besonders für die Pachtverträge. Sicher, es schmeckt ein wenig fad.«
»Du solltest sie nicht einladen. Wozu müßt ihr denn Zigeuner in euer Haus einladen, Maria Rosa?«
»Hier, da kannst du die Packung sehen. Es ist nicht etwa billig.«
»Maria Rosa, wenn es dir nichts ausmacht, gib mir lieber ein halbes Glas Wein mit ein wenig geröstetem Brot. Und, Maria Rosa, bevor Bastiano zurückkommt, erzähl mir, was er jetzt macht. Hat er den Auftrag bekommen?«
Donna Maria Rosa hat nur auf die Aufforderung gewartet, um loszuweinen.
»Soll ich dir die Wahrheit sagen?« fragt sie schluchzend.
»Ich habe keine Ahnung. Mit mir spricht er kaum noch ein halbes Wort am Tag und sieht mich dabei nicht einmal an. Fast jeden Abend geht er weg, ohne mir zu sagen, wohin,

und kommt erst spät zurück, manchmal ist er dann so betrunken, daß er nicht mehr allein die Treppe hinaufkommt. Schon ein Seufzer bringt ihn in Wut, und dann zerschlägt er alles, was ihm in die Hände kommt. Wenn man bedenkt, was Teller und Gläser heutzutage kosten. Ich gehe fast nie mehr aus dem Haus, vor allem, um nicht das Mitleid der Leute zu spüren; denn es gibt ja immer einen, der sich darüber freut.«
»Ach, hat er wieder angefangen, alles zu zerschlagen?«
»Und es gibt immer einen, der sich darüber freut«, seufzt die Schwiegertochter und trocknet sich die Tränen.
Donna Maria Vincenza bricht das geröstete Brot und weicht es in dem Glas Wein ein, das ihr die Schwiegertochter reicht. Es ist ein leichter prickelnder Wein, der vor dem Feuer rubinrot funkelt. Die Schwiegertochter hat sich hingesetzt und verharrt jetzt in ihrer schlichten dunklen Kleidung, wie sie eine arme Hausfrau an einem Arbeitstag trägt, bewegungslos vor dem Kamin. Der Feuerschein läßt ihre geschwollenen Fesseln, die knochigen müden Hände, die auf ihren Knien liegen, die hohe, wie ein Erker vorragende Brust und das volle, platte Gesicht hervortreten, das erdbraun ist wie die Schale gerösteter Kartoffeln und durch den leicht geöffneten Mund und die vom vielen Weinen roten und verquollenen Augen einen zugleich ergebenen und anklagenden Ausdruck hat.
»Es gibt immer einen, der sich freut«, wiederholt sie seufzend und wie um bei der Schwiegermutter Schutz zu suchen. Aber als sie die Schritte ihres Mannes auf der Treppe hört, trocknet sie sich schnell die Augen und setzt eine gleichgültige Miene auf.
»Deine Pferde sind völlig zugrundegerichtet«, sagt Don Bastiano zu seiner Mutter. »Dieser Grauschimmel (wie heißt er noch, Belisario?), hast du gesehen, was ihm für Zeug aus dem Kiefer läuft? Das andere dagegen ...«
Bei diesem Wort unterbricht er sich und sieht seiner Frau forschend in die geröteten Augen. »Das andere?« fragt Donna

Vincenza; aber der Sohn, der mitten im Zimmer steht, beachtet sie nicht mehr. Das fahle Licht vom Fensterchen fällt auf seinen vorzeitig ergrauten Kopf und die kräftigen gebeugten Schultern, während der Widerschein vom Feuer die eingefallenen Züge seines unrasierten Gesichtes rötet. In seinen tiefliegenden Augen unter den dichten, borstigen Augenbrauen keimt Zorn auf.

»Hast du geweint?« herrscht er seine Frau an. »Hast du wieder geweint? Hast du dich wieder beklagt? Wie oft soll ich dir noch sagen, daß ich dich nicht mit roten Augen sehen will?«

»Stimmt ja nicht, frag deine Mutter«, fleht die Frau, während sie in Tränen ausbricht und abwehrend mit den Händen fuchtelt. »Es stimmt ja nicht, daß ich geweint habe.«

»Hinaus«, schreit der Mann, der schon ganz außer sich ist, und weist auf die Tür. »Hinaus mit dir, zum Teufel, oder rede ich hier vielleicht an die Wand?«

Er greift nach einem Stuhl und will ihn schon nach ihr werfen, aber die entsetzte Frau kommt dem Schlag zuvor und flüchtet in das Schlafzimmer nebenan.

»Liebe Leute«, murmelt Donna Maria Vincenza betrübt, »liebe Leute, so weit ist es mit euch gekommen?«

»Ich kann nicht ertragen, wenn sie weint, das ist alles. Wenn ich sie mit verquollenen Augen sehe, verliere ich den Kopf und könnte sie umbringen. Also wie gesagt, Belisario hat Kehlkopfpfeifen. Soll ich Licht machen? In diesem Zimmer wird es früh dunkel.«

»Bastià, erinnerst du dich noch, am Anfang fandest du immer, daß Maria Rosa zuviel lachte. Sie ist albern, sagtest du, sie lacht wegen jeder Fliege. Bastià leg ein wenig Holz auf, siehst du nicht, daß das Feuer ausgeht? Du lieber Gott, was für eine Kälte, was für eine Eiseskälte in diesem Haus.«

Er schiebt die brennenden Holzklötze auf den Feuerböcken zusammen und legt zwei Buchenscheite darüber, dann schürt er die Asche und die glimmende Kohle, damit Luft an das Feuer kommt. Während er sich so über die Feuerstelle beugt, glänzt die vom Alkohol gerötete Bindehaut seiner Augen, als blute sie.

»Ich habe vergessen dir zu sagen, daß ich einige Besucher erwarte«, sagt er, als er sich mühsam wieder aufrichtet. »Einige Bekannte, Prominenz, die sich die Segnung von unserem Balkon aus ansehen wollen. Wenn du ihnen, wie ich annehme, nicht begegnen willst, kannst du hier am Kamin bleiben.«

»Oh, keine Angst, ich werde mich nicht zeigen, ich werde dich nicht blamieren.«

»Du weißt genau, Mutter, daß es nicht darum geht; im Gegenteil.«

Donna Maria Vincenza deutet eine Geste und ein zärtliches Lächeln an, um den Sohn an sich zu ziehen und vertraulich mit ihm zu reden, aber der versteht sie falsch und fährt unerwartet heftig auf.

»Schluß mit dem Gejammere«, schreit er. »Ein für allemal, ich kann nicht ertragen, wenn die Frauen in meiner Umgebung herumflennen.«

Doch angesichts des sanften und schmerzerfüllten Blickes seiner Mutter hält er verblüfft inne und ändert den Ton.

»Ich habe natürlich nicht dich gemeint«, fügt er rasch entschuldigend hinzu.

»Mein armer Junge«, sagt Donna Maria Vincenza und nimmt seine Hand. »Es macht mich traurig, daß du immer bekümmerter wirst. Wie kannst du nur ohne Freunde leben? Wie kannst du mit Menschen zusammenleben, die du verachtest und denen du nicht traust?«

»Du mußt verstehen, Mutter, es geht um die Geschäfte, mit Speck fängt man Mäuse«, erwidert Don Bastiano mit ausweichender Gebärde.

»Mit Suppe bestimmt nicht.«

»Auch das ist eine Kunst, wenn du willst: das Bittere hinunterschlucken und Süßholz raspeln.«
»Du bist doch reich, der größte Grundbesitzer der Gemeinde, und du hast keine Kinder. Könntest du da nicht in Frieden leben?«
Don Bastiano schüttelt den Kopf.
»Das wäre schön«, sagt er, »sehr schön. Aber wenn man A sagt, muß man leider auch B sagen. Wenn ich mich zurückziehen würde, würden sie mir in den Rücken fallen.«
»Wer?«
»Die Freunde. Die sogenannten Freunde. Das ist wirklich ein Kampf bis aufs Messer.«
»Das verstehe ich nicht.«
»Das kannst du auch nicht verstehen. Die Welt hat sich eben verändert, Mutter. Mit deinem Namen kannst du heute nichts mehr anfangen. Mit Geld kannst du noch etwas anfangen, aber auch nur unter gewissen Bedingungen. Durch eine bestimmte Art von Steuern kann die Obrigkeit heute jeden Grundbesitzer ruinieren. Und dann sind da die Aufträge. Ich habe dir schon ein paarmal erklärt, daß es keine öffentlichen Ausschreibungen mehr gibt.«
Die Mutter unterbricht ihn.
»Wozu brauchst du Aufträge?« fragt sie. »Du hast doch deine Weinberge.«
»Ein guter Auftrag bringt mehr ein als zehn Weinberge. Und ein Auftrag kann auch nicht verhageln. Wenn ich die Aufträge Calabasce überlasse, nimmt der mir in zwei Jahren auch noch die Weinberge ab. Verstehst du? Ich habe keine andere Wahl.«
Einen Augenblick lang scheint die Mutter überzeugt.
»Die Unterstützung Don Coriolanos und der anderen Klugschwätzer«, sagt sie, »hast du bis jetzt noch immer für eine Ballonflasche Wein bekommen.«
»Aber sie haben nichts mehr zu sagen«, erklärt Don Ba-

stiano. »Sie sind noch im Amt, um die Reden zu halten, aber die Drahtzieher sind heute andere, schlimme Leute. Mutter, du hast Glück, abseits zu leben.«
»Aber du, Sohn, hast dich doch auch nie um Politik gekümmert. Wie oft wollten sie dich schon zum Bürgermeister machen, und du hast immer abgelehnt! Du wolltest frei bleiben, sagtest du.«
»Jetzt ist niemand mehr frei, verstehst du das nicht? Auch wenn ich mich nicht um Politik kümmern will, kümmert sich die Politik doch um mich. Man kann dem nicht entrinnen. Aber genug jetzt davon; hattest du nicht gesagt, daß du mit mir reden wolltest?«
»Ja, schließ die Tür.«
Von der Treppe her hört man Schritte und Stimmengewirr.
»Donna Maria Rosa, welche Ehre. Ist Don Bastiano zu Hause? Stören wir auch nicht?«
»Willkommen, guten Abend, kommt herauf, Don Coriolano, ich rufe sofort meinen Mann. Was für ein scheußliches Wetter, nicht?«
»Donna Maria Rosa, ich habe mir erlaubt, zwei Parteigenossen mitzubringen, zwei Parteileiter, sehr sympathische Leute, wie Sie mir wohl glauben werden.«
»Aber selbstverständlich, Don Coriolano, welche Ehre für uns. Hier herein, bitte, kommen Sie ins Wohnzimmer, es ist geheizt, wissen Sie. Was für ein scheußliches Wetter, nicht wahr?«
»Erlauben Sie, Signora, daß ich Ihnen Cavaliere* Don Marcantonio Cipolla und den neuen Gewerkschaftssekretär De Paolis vorstelle, er ist noch nicht Cavaliere, wird aber bald dazu ernannt, wie Sie sich denken können.«
»Angenehm, Signora, es ist uns eine Ehre, wir freuen uns sehr, bitte nur keine Umstände.«

---

* Vom Staatsoberhaupt auf Empfehlung verliehener Ehrentitel für besondere Verdienste, der aber auch als Schmeichelei mißbraucht wird. A.d.Ü.

»Die Ehre ist ganz unsererseits, bitte hier herein, das Wohnzimmer ist geheizt, es ist uns ein Vergnügen. Was für ein scheußliches Wetter, nicht wahr? Ich bringe gleich etwas zu trinken und hole meinen Mann.«
»Keine Eile, Signora; wir müssen ja nicht zum Zug. Wir können auch ohne ihn etwas trinken«, erwidern die Gäste lachend.
Don Bastiano hat die Tür geschlossen und sich neben seine Mutter an den Kamin gesetzt. Die beiden bleiben eine Weile stumm nebeneinander sitzen und starren ins Feuer. Der Wind ist wohl heftiger geworden, denn der Rauch wird in Schwaden durch den Rauchfang des Kamins zurückgedrückt.
»Was gibt es Neues, Mutter? Kann man das einmal erfahren?«
Die Mutter winkt ihn näher heran und flüstert ihm mit schwacher, von Erregung gebrochener Stimme zu: »Bastià, es scheint, daß unser armer Junge lebt. Hast du verstanden? Er lebt.«
»Nein«, erwidert er schroff. »Vor ein paar Tagen sind seine Überreste im Gebirge gefunden worden. Wenige, von den Wölfen zerfleischte Überreste.«
»Das hat man im ersten Augenblick geglaubt«, berichtigt ihn Donna Maria Vincenza leise. »Aber es war nicht schwierig, festzustellen, daß es sich um ein Mädchen handelte, und zwar um eine Tochter der Colamartinis, eine gewisse Cristina. Er aber lebt. Hast du verstanden? Er lebt.«
Don Bastiano bleibt unbeweglich sitzen und starrt ins Feuer; nur seine Gesichtszüge sind vor Anstrengung, sich zu beherrschen, verzerrt und werden dadurch noch härter; dann erhebt er sich langsam und stellt unter den erstaunten und bald bestürzten Blicken seiner Mutter mit zerstreuten und gleichgültigen Bewegungen einen Stuhl an seinen Platz zurück, hängt eine Pfanne wieder an die Wand, wählt aus einer Schachtel eine Zigarre, sucht in allen Taschen nach einem Streichholz und beugt sich schließlich, da er keines findet,

zum Feuer hinab, um die Zigarre mit einem Holzscheit anzuzünden.
»Ich muß jetzt hinübergehen«, sagt er mit gleichgültiger Stimme zu seiner Mutter, als erinnerte er sich plötzlich an seine Gäste. »Du verstehst«, fährt er mit einem gezwungenen Lächeln fort, »du verstehst, aus Anstand.«
»Um Gotteswillen, Bastià, geh doch jetzt nach all dem was ich dir gesagt habe, nicht einfach so weg«, fleht ihn seine Mutter an und packt ihn am Arm. »Komm setz dich hier neben mich, dann können wir reden, ohne daß uns die dort drüben hören. Sei nicht so unmenschlich, Junge, hör auf mich, mach nicht so ein grausames Gesicht, als wäre deine Seele schon verdammt. Also hörst du? Einer aus jener Gegend, in der sich unser Junge aufhielt, als ihn die Polizei fand, ist zu mir gekommen und hat mir erzählt, daß er nicht ins Gebirge geflüchtet ist, wie alle und auch die Obrigkeit angenommen haben, sondern sich in einem Stall im Tal versteckt hat, wo er auch jetzt noch lebt. Anscheinend weiß das sonst niemand, und keiner außer uns beiden darf es auch je erfahren. Wir müssen so tun, als hätten wir uns mit seinem Tod abgefunden. Ja, heilige Mutter Gottes, soweit ist es mit uns gekommen, wir müssen so tun. Der Mann sagt, man muß jetzt so schnell wie möglich ein sicheres Versteck für ihn finden. Er selber, dieser Mann, ist ein armer Teufel und will natürlich für sein Risiko bezahlt werden. Nun, diese Kosten kann ich tragen, aber bei dem übrigen mußt auch du mir ein wenig helfen, ich bin alt und verstehe von bestimmten Dingen nichts! Hörst du mir auch zu?«
Don Bastiano ist über das Feuer geneigt und scheint vollkommen davon in Anspruch genommen, mit dem Blasebalg, der aus einem alten Flintenlauf gemacht worden ist, Kreise in die Asche zu zeichnen. Sein verzerrtes und verhärtetes Gesicht hat sich langsam wieder geglättet und einen gleichgültigen Ausdruck angenommen.

»Bastià«, fleht ihn seine Mutter an, »hast du verstanden, was ich dir gesagt habe?«
»Kein Wort, Mutter«, erwidert er wie einer, der gerade erwacht und deutet wie zur Entschuldigung ein Lächeln an.
»Bist du fertig? Hast du mir sonst nichts zu sagen? Jetzt ist es wirklich Zeit, daß ich hinübergehe, die Gäste warten schon auf mich. Willst du dir auch vom Balkon aus die Segnung ansehen? Ich glaube, es geht jetzt los. Dieses Jahr sind mehr Leute gekommen als sonst, Maria Rosa behauptet, das sei dem Pfarrer zu verdanken.«
Er steht auf und will gehen; aber Donna Maria Vincenza packt ihn am Arm und hält ihn zurück, und da er sich mit einer wütenden Bewegung zu befreien versucht, sieht sie ihn eindringlich an und sagt flehentlich, ohne ihn loszulassen:
»Ich bitte dich inständig, Junge, geh nicht so weg. Wenn du schon mit diesem Ausreißer, der immerhin ein Sohn deines Bruders, des seligen Ignazio ist, kein Mitleid hast, solltest du es wenigstens mit deiner Mutter haben. Du siehst doch, daß ich am Ende meiner Kräfte bin. Ich fühle so unsägliches Leid, so tiefen Schmerz, daß es mir das Herz zerreißt. Bedenk doch, Junge, es könnte das letztemal sein, daß wir miteinander reden. Setz dich also hierher. Neben mich, Bastià, noch einen Augenblick. Hab Geduld, selbst dann, wenn ich vielleicht nicht recht habe; wenn du wüßtest, Junge, was es mich gekostet hat, dich großzuziehen.«
Die alte Frau spricht mühsam und muß immer wieder innehalten, um Atem zu schöpfen. Don Bastiano stößt einen tiefen Seufzer aus, setzt sich und streckt die Füße zur Glut hin aus, damit seine schlammverschmierten Stiefel trocknen. Plötzliches Läuten von der nahen Kirche kündigt den Beginn der Segnung an.
»Kannst du dir denn vorstellen, daß ich, um einen Enkel zu retten, einen Sohn verlieren will?« fährt seine Mutter mit tränenerfüllten Augen fort. »Auch das letztemal hast du ver-

sucht, mir die neuen Verhältnisse und den Kampf zu erklären, in den du dich gestürzt hast; du hast mich damit natürlich nicht überzeugt, Bastià, aber damals ging es darum, die Leiche zu suchen und sie christlich zu beerdigen. Aber er lebt ja. Hast du verstanden, Junge? Er lebt. Selbst wenn deine Überlegungen vom letztenmal richtig gewesen wären, und entschuldige, das waren sie nicht, würden sie jetzt nicht mehr gelten. Wenn du sagst, daß sein Beitritt zur Arbeiterpartei ein Wahnsinn gewesen ist, so gebe ich dir ohne weiteres recht. Wenn du meinst, daß sein Herumvagabundieren mit falschen Papieren eine verrückte und gefährliche Sache war, bin ich ganz deiner Meinung. Du siehst, Bastià, ich gebe dir in allem recht. Aber auch du mußt mir doch recht geben, wenn ich sage, daß er trotz allem immer noch ein Angehöriger von uns ist. Kein staatliches Gesetz kann sein Blut verändern. Wir sind durch Knochen, Adern, Eingeweide miteinander verbunden. Wir sind Äste ein und desselben Baumes. Den Baum gab es schon, Junge, als es die Regierung noch nicht gab. Wir können es wohl ablehnen, die Schuld dieses Jungen auf uns zu nehmen; nicht aber seinen Schmerz.«
Die Greisin spricht mit trauriger und aus übertriebener Angst, im Nebenzimmer gehört zu werden, immer schwächer werdender Stimme, die schließlich, von leichtem Pfeifen unterbrochen wie der Atem von Asthmatikern, ganz tonlos ist; was sie sagen will, läßt sich jetzt nur an ihrem Gesichtsausdruck ablesen, der jedes ihrer Worte unterstreicht und ihm schmerzliche Intensität verleiht.
»Bastià«, flüstert die alte Frau und neigt sich zu ihrem Sohn hinüber, »Bastià, ich kann dich wirklich nicht verstehen.«
Der Mann sitzt auf einem etwas niedrigeren und ein wenig nach vorn gerückten Schemel neben der Mutter. Donna Maria Vincenza wartet vergebens auf ein Wort von ihm.
»Die Familien«, fährt sie geduldig fort, als spräche sie zu einem Kind, »die Familien sind vor allem dazu da, um in

traurigen Situationen zu helfen. Wenn das Leben immer nur Freude bedeutete, so würde es allzeit Gasthäuser geben, Kinos und Musikkapellen, die auf dem Platz aufspielen, das kann man sich doch leicht vorstellen; aber Familien? Ich fürchte, die würden ganz schnell verschwinden. Bastià, soll ich dir die Wahrheit gestehen? Wenn ich den Leuten auf der Straße oder in der Kirche nicht ausweichen kann und mich beobachtet fühle, schäme ich mich zum erstenmal in meinem Leben, wie du es dir nicht vorstellen kannst. Und zwar gar nicht weil einer von uns sich gegen die Regierung gestellt und dadurch öffentlich Ärgernis erregt hat. Oh, du weißt ja, es ist in den Augen der meisten noch nie ehrlos gewesen, sich gegen die Regierung zu stellen, sondern schlimmstenfalls ein Wahnsinn, und das Unglück oder die Schuld trifft in jedem Fall nur die Person und nicht die ganze Verwandtschaft. Nein, ich schäme mich und versuche mich deshalb vor den Blicken der Leute zu verstecken, weil wir nichts getan haben, um ihm zu helfen. Ich schäme mich, weil wir uns nicht sofort, nachdem wir die Nachricht von seinem Tod im Gebirge erhalten haben, auf die Suche nach seiner Leiche machten, um ihn in unserem Famliengrab zu bestatten. Ihn christlich im Familiengrab neben seinem Vater und seiner Mutter zu bestatten, dabei allen Gefahren zu trotzen und jede menschliche Angst oder Vorsicht außer acht zu lassen. Bastià, hörst du mir zu? Also ich flehe dich an, wenn du mir zuhörst, dann stell dich nicht taubstumm. Die Spinas waren zwar immer schon für ihren Dickschädel bekannt, ihre harten Knochen, ihre rauhe Schale, aber auch für ihr Herz. Wer einem von uns etwas antat, bekam es immer mit der ganzen Familie zu tun. Wer hat dir bloß das Blut vertauscht?«
So eng aneinandergerückt und vom Feuerschein beleuchtet, verraten Donna Maria Vincenzas und Don Bastianos Kopf ihre große Ähnlichkeit: wie aus Elfenbein geschnitzt der Kopf der Mutter mit hageren, makellosen Zügen und straff

über die Knochen gespannter Haut; wie aus Ton geformt, gröber, kräftiger, zerfurchter der Kopf des Sohnes daneben, ein noch nicht ganz vollendetes, noch ein wenig rohes Abbild.

»Hast du Angst vor der Polizei?« fragt ihn die Mutter unvermittelt. »Hast du Angst vor dem Gefängnis? Du weißt, es wäre nicht das erstemal, daß man sich in unserer Verwandtschaft untereinander auch gegen das Gesetz hilft. Wie wärst du im Krieg sonst davongekommen, als man entdeckte, daß du die Hälfte des Weizens vor dem Requisitionsausschuß versteckt hattest? Und wer hat dich damals vor dem Gefängnis bewahrt, als du bei einem Faschingsball eine Weinflasche auf dem Kopf des armen Giacinto zerschlagen hast? Damals hat sich der Vater dieses Jungen, dessen Leben dir jetzt so gleichgültig ist, dein Bruder Ignazio nämlich, den Carabinieri gestellt und die Schuld auf sich genommen, bis der Amtsrichter als Freund der Familie die Sache klarstellte und einen gütlichen Ausgleich herbeiführte. Hast du vielleicht Angst, den neuen Auftrag zu verlieren?«

Donna Maria Vincenza wartet vergebens und mit wachsender Angst darauf, daß ihr Sohn endlich ein Wort sagt, eine Geste macht, das Gesicht verzieht, irgendeine Regung zeigt. Gleichgültig und zerstreut, als wäre er allein, aber finster blickend schabt er mit einem Stock den angetrockneten Schlamm von seinen abgewetzten und ausgetretenen Stiefeln. Seine Mutter beobachtet ihn staunend, entsetzt und fängt dann plötzlich verzweifelt wie jemand, der die schlimmste Prüfung seines Lebens auf sich zukommen fühlt, wieder an, auf ihn einzureden.

»Du kannst doch nicht weniger tun, als ein Fremder, Junge«, sagt sie. »Erinnerst du dich an Simone Ortiga? Gleich nachdem sich die Nachricht verbreitet hatte, kam er zu mir und bot mir seine Dienste an. Auch jetzt auf dem Weg hierher hat er sich meinem Wagen genähert...«

»Simone, der Marder?« schreit Don Bastiano. »Wirklich ein schönes Vorbild! Soll es mit mir vielleicht so weit kommen wie mit ihm?«
Es scheint keine Hoffnung mehr zu geben.
»Bastià«, murmelt die Mutter betrübt. »Bastià, mein Junge, mach dir doch wenigstens eines klar, du bringst Schande über die Spinas, was sie in ihrer ganzen Geschichte bisher Gottseidank noch nicht erlebt haben. Leider hat es schon immer Sonderlinge, Gewalttätige, Trinker und Geizkragen unter den Spinas gegeben; aber du bist der erste Feigling.«
Von all dem, was seine Mutter gesagt hat, ist dies das erste Wort, das Don Bastiano zu verstehen scheint. Donna Maria Vincenza sieht ihn plötzlich betroffen aufspringen, sich auf sie stürzen, mit geschlossenen Fäusten vor ihrem Gesicht herumfuchteln und außer sich wie besessen schreien:
»Schweig, schweig, willst du wohl schweigen? Wenn du noch ein einziges Wort sagst, werfe ich dich bei Gott mitsamt dem Stuhl die Treppe runter.«
Bei diesem Geschrei erscheint Donna Maria Rosa entsetzt an der Küchentür, aber ihr Mann schleudert ihr einen so wütenden Blick zu, daß sie sich sofort wieder zurückzieht und die Tür hinter sich schließt. Auf der Treppe sind Schritte und Stimmen weiterer Gäste zu vernehmen.
»Seien Sie gegrüßt, Donna Maria Rosa. Guten Abend, stören wir auch nicht?«
»Willkommen, guten Abend Don Michele, Donna Sarafina, was für eine schöne Überraschung, daß auch die jungen Damen mitgekommen sind. Kommen Sie, kommen Sie hier herein ins Wohnzimmer, es ist geheizt. Was für ein Wind, nicht? Nehmen Sie Platz, ganz ohne Umstände. Ich rufe sofort meinen Mann und bringe etwas zu trinken.«
In seiner Wut durchquert Don Bastiano den Raum der Länge und der Breite nach, wirft alles zu Boden und zerschlägt, was ihm in die Hände kommt, die Kaffeekanne, die

Kaffeemühle, das Salzfaß, einige Gläser mit Eingemachtem, die seine Frau auf dem Tischchen hat stehen lassen; vergebens versucht er dann, einen stabilen Schrank aufzumachen, in dem vor kurzem neu angeschafftes Geschirr und Gläser stehen; schließlich bricht er erschöpft und keuchend mit blau angelaufenem Gesicht, trübem Blick und wie epileptisch zuckenden Händen auf einem Hocker in einer Ecke mit dem Gesicht zur Wand zusammen. Entsetzt sieht Donna Maria Vincenza ihren Sohn an. Im Halbdunkel vor der Wand gleicht Don Bastianos Kopf einem Totenschädel, der aber nicht kahl und rein ist, sondern ein finsterer, berauschter Totenschädel, der Schädel eines furchterregenden Verdammten. Schaudernd und voller Mitleid schließt Donna Maria Vincenza die Augen. Langsam läßt Don Bastianos Wut nach, erschöpft und niedergeschlagen sitzt er schweratmend da.

Es vergeht einige Zeit, bis er sich an seine Mutter erinnert und einen flüchtigen Blick in Richtung des Kamins wirft, wo er sie mit auf den Knien ruhenden Händen, den weißen Kopf mit geschlossenen Augen auf die Rückenlehne des Sessels gestützt, reglos dasitzen sieht. Der Gedanke, daß sie tot sein könnte, scheint ihn plötzlich mit Panik zu erfüllen. Von seiner Ecke aus kann er, auch wegen der Dunkelheit, nicht erkennen, ob sie noch atmet und die Augenlider bewegt; und sich ihr zu nähern, wagt er nicht.

Während er zu überlegen scheint, was er tun soll, erkennt er die Schritte seiner Frau auf der Treppe; er verläßt die Küche auf Zehenspitzen, geht ihr entgegen und nimmt ihr einen großen Weinkrug aus den Händen. »Ich werde die Gäste bedienen«, erklärt er freundlich, was so ungewöhnlich ist, daß seine arme Frau vor Verwunderung zu Tränen gerührt ist. »Kümmere du dich um meine Mutter, und wenn ihr ... etwas passiert sein sollte, ruf mich sofort.«

II

Das Wohnzimmer ist leer, als Don Bastiano hereinkommt, es hängt nur viel Rauch von den Toskaner-Zigarren in der Luft. Die Gäste drängen sich auf dem Balkon, der auf den Platz hinausgeht, wo die Segnung der Tiere schon begonnen hat. Der überfüllte kleine Platz gleicht einem Theater, in dem sich das Publikum selber das Schauspiel liefert. Don Coriolano, Don Marcantonio und De Paolis versperren in gebieterischer und gönnerhafter Haltung die Schwelle zum Balkon; um sich ebenfalls wichtig zu machen, hüstelt neben ihnen hin und wieder der kahlköpfige kleine Apotheker, obwohl er nicht erkältet ist, und zieht ohne besondere Notwendigkeit eine große Uhr aus der Tasche. Ihr Erscheinen hat auf dem Platz einige Mißfallensrufe ausgelöst, die aber von ängstlichem Zischen der Menge gleich unterdrückt werden.

»Im Hause der Herren wird heute nur noch kurze Zeit getrauert«, schreit jemand.

»Daß Sie hier sind, gibt mir Sicherheit«, murmelt Don Michele Don Coriolano ins Ohr. »Entschuldigen Sie meine unbeholfenen Worte, aber Sie verstehen schon. Stört denn dieser Wind nicht?«

»Ich verstehe Sie und kann Sie nur loben. Wie läuft die Apotheke?« fragt Don Coriolano und klopft ihm auf die Schulter.

»Soll ich die Wahrheit sagen? Ich wußte nicht, ob ich herkommen sollte«, fährt Don Michele leise fort. »Die Apotheke läuft schlecht, und zwar nicht, weil es keine Kranken gäbe, im Gegenteil; außerdem muß ich zwei Töchter verheiraten; also rechnen Sie es sich selber aus. Im übrigen möchte ich betonen, daß ich dieses Haus nach dem Skandal zum erstenmal betreten habe. Als ich von Ihrer Unterstützung erfuhr, habe ich zu meiner Frau gesagt: Sarafî, wenn ein Mann

wie Don Coriolano dieses Haus betritt und zwei Parteisekretäre mitbringt, so bedeutet das gewissermaßen, daß man es machen kann. Ich weiß nicht, ob ich mich verständlich ausgedrückt habe, Cavaliere.«
»Ich habe verstanden. Ihre Gefühle, Don Michè, erlauben Sie mir, das zu sagen, gereichen Ihnen nur zur Ehre.«
»Tausend Dank. Sarafî, hast du gehört, was er gesagt hat? Nunziatè, Gemmî, habt ihr gehört? Ihr Lob, Cavaliere, berührt mich tief. Im übrigen kann sich einer, der sich um sein Geschäft kümmern muß und zwei Töchter unter die Haube zu bringen hat, keine Neugier erlauben.«
In der ersten Reihe an der Balkonbrüstung haben die Damen Platz genommen, sie hocken auf Kinderstühlen und Schemeln. Donna Sarafina, die Frau des Apothekers, ist eine herausgeputzte Dienstmagd, das sieht man auf den ersten Blick; doch angestachelt durch die Anwesenheit von Fremden spielt sie sich auf wie eine Dame in einer Theaterloge: »Michelî«, sagt sie geziert tadelnd zu ihrem Mann, »warum hast du das Fernglas zu Hause vergessen?« Die beiden Töchter, schmächtige, unterernährte dunkelhaarige Mädchen in hausgemachten Sonntagskleidchen, sind Zielscheibe der Scherze und albernen Anzüglichkeiten Don Marcantonios und De Paolis' und bemühen sich, durch ihre Art zu lachen, zu antworten, zu gestikulieren, kokett und frei wie Stadtmädchen zu sein. Plötzlich brechen alle in schallendes Gelächter aus, und keiner weiß eigentlich genau, welches Wort oder welches Geschichtchen dies ausgelöst hat, und Donna Sarafina versichert, noch nie etwas so Komisches gehört zu haben.
»Solche geistreichen Bemerkungen«, meint der Apotheker und wischt sich die Augen, weil er Tränen gelacht hat, »müßte man wahrhaftig drucken.«
Dona Sarafina läßt ihre Töchter keinen Moment aus den Augen, und mit einer Mimik, die allzu deutlich ist, um von den andern nicht bemerkt zu werden, anderseits aber so kom-

pliziert ist, daß Außenstehende sie nicht ganz verstehen können, genießt sie den Erfolg ihrer Töchter, ermahnt sie aber gleichzeitig im Interesse eben derselben Sache, sich mehr zurückzuhalten. An den beiden Ecken des Balkons sitzen zwei Personen, deren Kommen Don Bastiano nicht bemerkt hatte: seine Schwägerin Donna Filomena, pensionierte Lehrerin, ein mageres einfaches Frauchen mit gelblicher Gesichtsfarbe, zwei klugen lebhaften Augen und einem schwarzen Spitzenhütchen auf dem Kopf. Unter dem Vorwand, Schmerzen im Knie zu haben, hat sie sich schräg mit dem Rücken zu Donna Sarafina und ihren jungen Damen gesetzt; und der Sohn von Calabasce, ein dunkelhaariger ernster und schweigsamer Sechzehnjähriger in Männerkleidern.

»In unserer Familie hat es Gottseidank nie etwas anderes gegeben als Achtung vor der Obrigkeit«, knüpft Donna Sarafina aufseufzend an die Worte ihres Mannes an, nachdem sie sich mit einem raschen Blick versichert hat, daß die Gastgeber nicht da sind.

Und Donna Filomena, die es nicht mehr ertragen kann, sagt dann, ohne sich an jemanden persönlich zu wenden, sozusagen in die Luft:

»Den Unglücklichen beißen sogar die Schafe, da kann man nichts machen.«

»Wer hat denn hier von Schafen geredet?« fragt Donna Sarafina ganz erstaunt. »Filomè, weißt du, daß du nichts verstanden hast? Keiner von uns, keiner von diesen Herren hier hat von Schafen gesprochen.«

Das Gerede verstummt, als Don Bastiano dazukommt, er erwidert die Grüße nur knapp und gibt vor, sich für die Segnung zu interessieren. Er wirkt blaß und gequält. Der Gedanke, daß er ihre Gespräche gehört haben könnte, versetzt die Gäste in Verlegenheit, so schweigen sie und tun ebenfalls so, als interessierten sie sich für das Schauspiel auf dem Platz.

Er tritt auf den Balkon hinaus, um sich inmitten der Redner zu zeigen und sich ein wenig am Neid der Nachbarn zu laben, zieht sich aber sofort wieder zurück, weil er in der Menge Simone entdeckt hat.

»Don Bastià, Papa läßt sich sehr entschuldigen und ausrichten, daß er später kommt«, sagt Calabasces Sohn, »er läßt sich vielmals entschuldigen.«

»Schon gut, schon gut«, erwidert er zerstreut.

»Wie? Hast du auch den eingeladen?« fragt Donna Filomena sichtlich verstimmt.

Die Balkone der Häuser rings um den Platz sind der Kirche zugewandt wie Theaterlogen zur Bühne. Don Coriolano zieht den Hut mit weit ausholenden Gebärden und grüßt viele der auf den Balkonen der Nachbarhäuser versammelten Zuschauer, die ihn erkannt haben und nach ihm rufen, ihn mit Namen, durch Hutziehen oder mit lauter Stimme grüßen. Er genießt nicht mehr so großes Ansehen wie früher, die Zeiten haben sich bekanntlich geändert; aber er hat sich der neuen Macht unterworfen und ist manchmal zwischen ihr und den armen Leuten als Vermittler nützlich; auch deshalb ist er der gefragteste Festredner für Hochzeitsessen, Taufen, Beerdigungen und, obwohl atheistisch und kirchenfeindlich, der begehrteste Firmpate geblieben.

»Sie werden dem heiligen Antonius doch wohl nicht gerade heute Konkurrenz machen wollen?« tadelt ihn Donna Filomena verärgert.

Don Bastiano nimmt den Apotheker einen Augenblick beiseite.

»Bist du gekommen, um mir die Miete für den Laden zu bezahlen?« fragt er ihn.

»Wie undankbar«, erwidert der Apotheker empört. »Ich setze mich hier wer weiß welchen Gefahren aus, indem ich in dein Haus komme, und du dankst mir mit dieser Beleidigung.«

»Du hast seit zwei Jahren nicht gezahlt«, sagt Don Bastiano.
»Und von welchen Gefahren redest du eigentlich?«
Die alte Gemeindekirche auf dem rechteckigen kleinen Platz steht genau gegenüber dem Haus der Spinas; von der Kirchenfassade aus bewachen zwei verwitterte und schwarzgewordene Steinfiguren den Platz; zwei Figuren von unbekannten Heiligen, die durch das lange Zusammenleben und die Vertrautheit mit den Cafoni diesen schließlich ähnlich geworden sind. Die Häuser, die eng aneinandergedrängt um den Platz stehen, sind schmal und hoch, feucht und schlammverschmiert, als wäre im Laufe der Jahrhunderte ein Fluß über sie hinweggeströmt und hätte seinen Schlick dort abgelagert. Die einzige Ausnahme macht das neue Schul- und Amtsgebäude, das in dem monumentalen Grabmalstil erbaut ist, der in den letzten Jahren in Mode gekommen ist. Auf dem kleinen Platz hat sich inzwischen eine große Menschenmenge eingefunden, und es ist schwierig, auf den ersten Blick die Cafoni von den kleinen Grundbesitzern, die Fuhrleute von den Handwerkern zu unterscheiden, da sie alle, wie es hier Brauch ist, mehr oder weniger dicke, mehr oder weniger schäbige pelerinenartige lange schwarze Mäntel tragen. Das einheitliche Dunkel der Versammelten, zu dem auch die fast alle in dunkle Tücher gehüllten Frauen beitragen, ist umgeben vom schlammgrauen Rand des Pfads, auf dem etwa hundert Eselchen und Maultiere, die von ihren Herren geritten und von den Schreien der Leute angefeuert werden, hintereinander hertrotten. Der Hauch von Menschen und Tieren, der durch die Kälte sichtbar ist vermischt sich. Die Versammlung verströmt einen Geruch nach feuchter gedüngter Erde, nach winterlicher ruhender Erde. Der alte Pfarrer in Kutte und Stola segnet die Tiere jedesmal, wenn sie an der Kirche vorbeiziehen, mit dem Weihwedel. Um sich etwas vor dem Nordwind zu schützen, der aus einer Seitengasse auf den Platz dringt und vor der Kirchen-

treppe aufwirbelt, hat der Pfarrer seinen Platz am Rande des Pfads verlassen und sich unter das Kirchenportal geflüchtet. Neben ihm steht der Mesner im roten Meßhemd mit dem Weihwassergefäß und weiter hinten, an einer windgeschützten Stelle, aber für die Menge noch sichtbar, die von den Flämmchen unzähliger verschieden großer Votivkerzen erleuchtete Statue des Heiligen aus Papiermaché. Alte und Junge reiten, wie sie es gewohnt sind, ohne Sattel und Zügel und halten nur ein einfaches Hanfseil in der Hand, das um den Kopf des Tieres gebunden ist; einige von ihnen haben auch beim Reiten den Mantel an und ihn über die linke Schulter geschlagen, um den rechten Arm für das Seil freizuhalten.

Einige Eselchen werden besonders gefeiert, weil sie an Kopf oder Schwanz mit bunten Bändern geschmückt sind und Schellen um den Hals tragen, wie es früher einmal allgemein Sitte war. Dieser billige Flitter, für einen Tag der Aussteuer heiratsfähiger Mädchen entliehen, kann jedoch nicht über den elenden Zustand der armen Tiere hinwegtäuschen, über die Abschürfungen und Schrunden auf dem Rücken, die geschwollenen Schultern, den ausgemergelten oder aber aufgeblähten und herabhängenden Bauch, die aufgesprungenen Knie, die Risse in den Schienbeinen, den haarlosen Schwanz und andere Zeichen ihres alltäglichen, mit armen Leuten geteilten Daseins. Für die meisten Zuschauer, vor allem die jungen und die Handwerker, ist die Segnung ein lautstarkes Vergnügen, das ein wenig Abwechslung in die winterliche Eintönigkeit bringt, und sie spotten und lachen über die am übelsten zugerichteten Tiere und die zwei oder drei armen Teufel, an denen sich die Leute bei jeder größeren Ansammlung üblicherweise schadlos halten. Aber es gibt hier und da auch Gruppen von ernsten und schweigsamen Bauern, deren Blicke auf den Arm des segnenden Pfarrers und auf das wundertätige Heiligenbild gerichtet sind. Der Heilige auf einem

hohen Holzpodest hat ein jugendliches und rosiges Gesicht, das von einer Girlande blonder Locken umrahmt wird; er ist mit einem langen braunen Sack bekleidet und trägt einen Mantel gleicher Farbe über der Schulter; in der linken Hand hält er eine brennende Fackel (zur Erinnerung an die furchtbare Gürtelrose des Mittelalters, die auch Feuer des heiligen Antonius genannt wird) und in der rechten den Pilgerstab mit einem Glöckchen an der Spitze.
In einer Ecke des Platzes wird Venanzio von einer kleinen Gruppe von Landbesitzern, großen und kräftigen Männern in dicken Mänteln, umringt und ausgefragt:
»Merkwürdige Bräuche reißen bei den Spinas ein, Stallknecht«, sagen sie zu ihm. »Sind sie denn nicht in Trauer?«
»Warum hält nicht wenigstens Donna Maria Vincenza die Trauerzeit ein?« fragt ein anderer.
Simone hilft Venanzio aus der Verlegenheit und führt ihn gleich nebenan in eine dunkle und tiefe Höhle, die als Schenke dient. Simone ist schon betrunken und geht die Treppe schwankend hinab. Unten in der Höhle brennt ein kleines Licht vor der Schwarzen Madonna von Loreto.
»Es tut mir leid für deine Herrin«, erklärt Simone dem Stallknecht. »Aber in dieses Haus würde ich keinen Fuß setzen.«
»Schließlich ist Don Bastiano ihr Sohn«, sagt Venanzio verlegen.
»Ich würde keinen Fuß dorthin setzen«, erwidert Simone.
»Filumè«, schreit er, »wir haben Durst.«
Aus dem Dunkeln taucht eine noch dunklere schattenhafte Gestalt auf, die sich mit einem schweren Weinkrug in der Hand nähert; es ist eine magere großgewachsene Frau mit dichtem Haar, zahllosen Korallensträngen um den Hals und großen Goldreifen in den Ohren.
»Früher habt ihr beide, Don Bastiano und du, einmal aus einer Schüssel gegessen«, sagt Venanzio zu Simone. »Und

dann habt ihr beide über die Stränge gehauen, er auf die eine, du auf die andere Weise.«

»Früher einmal«, bestätigt Simone mit einer Handbewegung, die zeigen soll, wie lange das schon her ist. »Trinken wir, Venà, die Zeiten der Herren sind vorüber.«

»Warum hast du es so weit mit dir kommen lassen?« klagt Venanzio. »Und Bastiano? Wer hat sein Wesen so verändert?«

»Ich weiß nicht«, sagt Simone. »Vielleicht das Geld. Es gibt keinen Stolz mehr, Venà, und daher gibt es auch keine Herren mehr. Filumè«, schreit Simone, »bring noch einen Krug, wir wollen auf das Verschwinden der Herren trinken.«

»Du hast schon zuviel getrunken«, sagt Venanzio. »Wie willst du denn nach Colle zurückkommen?«

»Ich werde bei der Wirtin schlafen«, sagt ihm Simone vertraulich ins Ohr. »Sie hat ein breites Bett dort hinter dem Faß; vielleicht kennst du es ja auch. Der Alkoven ist feucht, aber die Wirtin ist trocken und glühend wie ein Höllenfeuer. Trink jetzt, Venà, trink mit mir auf den Tod der Herren.«

»Herren wird es immer geben«, wiederholt Venanzio demütig.

»Einen hat es noch gegeben«, berichtigt ihn Simone, »aber den haben sie in den Bergen umgebracht. Sein Stolz war untragbar. Und die Verwandten haben nicht gewagt, seine Leiche zu suchen und ihn im Familiengrab zu bestatten. Vielleicht ist das sogar richtig; wo es keinen Stolz gibt, gibt es auch keine Verwandten, sondern Bastarde. Filumè«, schreit Simone, »noch einen Krug.«

Aber die Wirtin antwortet nicht; sie ist wohl auf dem Platz. Auch die beiden Männer stehen auf, um hinauszugehen, aber zuerst zerschlägt Simone den leeren Krug auf dem Tisch.

»Simò, wie soll man dich verstehen«, wiederholt Venanzio demütig. »Und Herren wird es immer geben.«

»Geh, geh auch du mit ihnen«, sagt Simone abschätzig, während er ihm einen Stoß gibt und auf den Balkon der Spinas deutet.
Don Coriolano hat einen Augenblick genutzt, in dem seine beiden Kollegen besonders eifrig mit den jungen Damen Canizza plaudern, um Don Bastiano in eine Ecke des Wohnzimmers zu ziehen und ihm im Vertrauen ein paar Worte zu sagen.
»Diesmal hast du dir wirklich ein starkes Stück geleistet«, beginnt er mit ernster Stimme und einer Bewegung, die seine Fassungslosigkeit ausdrückt. »Nachdem du meine Ratschläge so schlecht befolgt hast, schwöre ich dir, daß ich dich nicht mehr schützen werde. Unterbrich mich nicht, Bastià, und hör mir zu. Ich hatte dir doch empfohlen, dem neuen politischen Sekretär einen Glückwunsch und Willkommensgruß zu schreiben. Und weißt du eigentlich, was für verdammtes Zeug du geschrieben hast? Wirklich ein starkes Stück, glaub mir.«
»Wort für Wort, wie du es mir gesagt hast, nicht mehr und nicht weniger«, erklärt Don Bastiano gereizt. »Wort für Wort.«
»Von wegen. Ich habe den Brief mit eigenen Augen gesehen. Laß mich ausreden. Der Sekretär war so freundlich, mich sofort zu rufen und ihn mir zu zeigen, weil er wußte, daß ich mit dir befreundet bin. Ich muß dir schon sagen, mein Lieber, da hast du ganz schön was angerichtet, statt herzlichen Glückwunsch hast du wörtlich geschrieben: herzliches Beileid, auch im Namen meiner Mitbürger. Ich weiß nicht, ob du dir über den Unterschied im klaren bist.«
Don Bastiano sieht ihn argwöhnisch an, weil er eine der üblichen Fallen fürchtet, die dazu dienen, ihm Geld aus der Tasche zu ziehen; auch hat er jetzt anderes im Kopf und versucht deshalb, kurzen Prozeß zu machen.
»Wenn stimmt, was du erzählst«, murmelt er kraftlos, »dann

ist es einfach aus Zerstreutheit geschehen. Mein Gott, in letzter Zeit klappt gar nichts mehr. Aber wenn sogar der Pfarrer manchmal am Altar einen Fehler machen darf, werde ich ja wohl auch mal einen machen dürfen.«
Aber Don Coriolano hat nicht vor, ihn so leicht davonkommen zu lassen.
»Du wirst doch selber zugeben müssen«, fährt er geduldig und überzeugend fort, »daß es einem heutzutage, wenn man nach einer Ernennung herzliches Beileid ausgesprochen bekommt, eiskalt über den Rücken laufen muß. Aber damit nicht genug; das Schlimme ist nämlich, Bastià, daß der neue Sekretär an Verwünschungen glaubt. Doch, doch, mein lieber Freund, genau dies. Er hat dann unter vier Augen im Vertrauen mit mir gesprochen und mir offen gestanden, daß er nicht unbedingt die Hand dafür ins Feuer legen würde, daß es Gott gibt, denn wer hat Ihn schließlich je gesehen? Während Verwünschungen zu den wenigen Dingen gehörten, für die es Erfahrungen gibt, an denen sich nicht zweifeln lasse. Du kannst dir also vorstellen, wie du ihn durch dein Schreiben beunruhigt hast. Als er es mir zeigte, war er buchstäblich grün im Gesicht und lächelte wie einer, der Sardoniakraut gegessen hat. Natürlich habe ich dich voll und ganz verteidigt, auf die Gefahr hin, mich selber zu gefährden. Nun, nun, es ist halb so dramatisch, habe ich zu ihm gesagt, ein *Lapsus,* ein unschuldiges *Qui pro quo*. Weißt du, was er mir geantwortet hat, Bastià? Gerade deshalb ist es sehr schlimm, hat er mir erklärt. Wenn es eine wohlüberlegte Verwünschung gewesen wäre, könne man sie als ein Zeichen von Opposition deuten, bei dem man sehr wohl wisse, wie zu verfahren sei. Aber gegen eine unfreiwillige Verwünschung könne man wirklich gar nichts machen. Wie soll man sich gegen die unsichtbare Hand des Schicksals verteidigen? Das Gespräch zog sich lang hin, und ich muß dir gestehen, daß der neue Sekretär als Redner nicht viel taugt, da stecke

ich ihn ohne weiteres in die Tasche, Ehrenwort, als Logiker dagegen ist er unschlagbar. Ich brauche dir nur zu sagen, lieber Freund, daß er bei den Jesuiten in die Schule gegangen ist.«
»Also soll ich ihm jetzt ein Entschuldigungsschreiben schikken?« fragt Don Bastiano ärgerlich, um zur praktischen Seite der Frage zu kommen.
»Um Gotteswillen, damit machst du die Sache noch schlimmer. Wenn du dabei wieder einen Bock schießt? Hör zu, Bastià, ich habe eine ganze Nacht über deinen Fall nachgedacht, Ehrenwort. Ich glaube, das Beste wäre, du schicktest ihm ein Fläschchen Wein. Oder vielmehr, da er so empfindlich ist und ich sein Freund bin, könntest du es an meine Adresse schicken; dann würde ich ihn hin und wieder auf ein Glas zu mir einladen. Ein gutes Fläschchen Wein natürlich, sonst wäre es schlimmer als nichts.«
»Aber ich zapfe doch den Wein nicht am Brunnen!« ruft Don Bastiano, der endlich verstanden hat, verzweifelt aus.
»Deine Undankbarkeit läßt sich nur noch an deiner Verantwortungslosigkeit messen«, schließt Don Coriolano beleidigt und angewidert. »Du weißt nicht, welche Gefahr es für mich bedeutet, mit dir zu verkehren. Auch ich habe meine Feinde.« Damit dreht er ihm den Rücken zu und kehrt wieder auf den Balkon zurück, um dem Schauspiel beizuwohnen.
Die Segnung der Tiere zieht sich in die Länge. Die Cafoni scheinen zu glauben, daß eine Segnung gut ist, fünf oder zehn aber entsprechend noch besser sein müssen, und so ziehen sie unermüdlich am Pfarrer und dem heiligen Antonius vorbei, um möglichst viel abzubekommen, denn (unglaublich aber wahr) die Segnungen sind ja kostenlos. Aber weil immer neue Gruppen von Eseln und Maultieren ankommen, ist der Pfad schließlich so verstopft, daß keiner mehr vor oder zurück kann, und auch die Schreie, die Verwünschun-

gen und sogar Flüche, die sich von allen Seiten des Platzes erheben, nichts nützen, um die Stockung aufzulösen und das fromme Karussell wieder in Gang zu bringen. Am Ende verliert sogar der Mesner die Geduld, und das ist ein merkwürdiges Schauspiel.
»Mein Gott«, schreit er, »soll ich vielleicht bis morgen hier stehen?«
Er läßt den Worten gleich Taten folgen, denn er stellt den Eimer mit dem Weihwasser auf den Boden, mischt sich ins Gedränge und zieht jene Esel und Maultiere am Halfter heraus, die seiner Meinung nach schon genügend gesegnet worden sind, und schiebt sie mit Gewalt in eine Gasse neben der Kirche, um den Zuletztgekommenen Platz zu machen. Die Autorität des Mesners scheint jedoch außerhalb der Kirche nicht unangefochten, und so löst sein Eingreifen eine Rauferei aus, bei der das rote Mesnerhemd zerreißt und zwei oder drei Cafoni sich auf dem Boden wälzen. Am schlimmsten wird dabei Simone zugerichtet, der zwischen den Cafoni Frieden stiften wollte; da er stark betrunken ist, stürzt er böse und muß am Kopf und im Gesicht blutend zwischen den Füßen eines Maultieres hervorgezogen werden. Ein paar Männer schleppen den halb Ohnmächtigen zum Haus Don Bastianos. Aber schon auf der Treppe schlägt Simone die Augen auf, stemmt sich mit den Füßen gegen die Treppe und weigert sich, weiter zu gehen: »O nein, nicht hierher«, fleht er seine Begleiter an. »Aber irgendwo müssen deine Wunden doch gewaschen werden«, versucht ihm Venanzio zu erklären. »Ja, am Brunnen«, hat Simone noch Kraft zu sagen. Um ihm seinen Willen zu tun, wird er also an den Brunnen an einer Ecke des Platzes gebracht und sein armer blutender Kopf unter das Rohr gehalten. Unter dem Wasserstrahl wirkt der wie eine rote Rübe mit violetter Schale, die tiefe Messereinschnitte trägt. Um den Brunnen bildet sich bald eine

große Blutlache. Den Zuschauern überall auf dem Platz stockt der Atem vor Mitleid und Schrecken.

»Ist er tot?« fragen die weiter entfernt Stehenden. »Ist er gelähmt? Wer ist er?«

»Die arme Frau, der sie ihn auf der Bahre nach Hause bringen«, jammern die Frauen. »Die armen Kinder. Die armen Verwandten. Wie schnell doch ein Unglück geschieht.«

Aber bald darauf sieht man Simone, den Kopf mit einem zerfetzten Hemd umwickelt, wieder auf seinen Esel steigen und wegreiten, dabei schaukelt er aber so stark hin und her, daß man Angst haben muß, er könnte jeden Augenblick herunterfallen.

»Was für ein Glück, was für ein Wunder«, rufen von verschiedenen Seiten Frauen. »Es ist Simone aus Colle, Simone genannt der Marder; das ist ein Mann, der hat den Teufel im Leib.«

»Ohne Hilfe des heiligen Antonius wär er jetzt tot, das ist sicher«, sagen andere.

»Schaut nur, wie er jetzt davonreitet. Er sieht doch wirklich aus wie von den Toten auferstanden. Ja, es ist Simone, der ist wirklich verrückter als alle anderen.«

Simone der Marder hält seinen Esel vor der Kirche an, aber nicht etwa, um dem Heiligen zu danken, sondern um dem Mesner seine Meinung zu sagen.

»Du kahle Kirchenmaus«, schreit er, »Kerzenfresser, räudige Fledermaus, komm heraus, wenn du den Mut dazu hast.«

Aber mehrere Cafoni mischen sich ein und empfehlen Simone, seine Auseinandersetzung mit dem Mesner aus Rücksicht auf den heiligen Antonius, der doch höchstpersönlich danebensteht, auf ein andermal zu verschieben; und er läßt sich trotz seines Rauschs tatsächlich überreden und trottet Richtung Colle davon.

»In jedem zivilisierten Dorf«, gibt Don Michele Canizza sei-

nen Nachbarn auf dem Balkon zu bedenken, »wäre man bei einer solchen Geschichte doch in die Apotheke gegangen. Aber hier wurde der Zwischenfall, wie Sie mit eigenen Augen gesehen haben, am Brunnen beendet. Ich sage das natürlich nicht in meinem Interesse, ganz im Gegenteil, wie Sie sich vorstellen können.«
»Wichtig ist doch nur«, unterbricht ihn Donna Filomena, »daß die Wunden heilen. Ich verstehe nicht, warum man bei Fällen, bei denen auch frisches Wasser reicht, unbedingt ein Pflaster braucht.«
Der Apotheker springt wie von der Tarantel gestochen auf, überläßt die Antwort aber dann Don Coriolano.
»Die Frischwassertheorie«, wendet Don Coriolano lächelnd ein und reibt sich die Hände, »ist aufwieglerisch. Diese Theorie bedroht nicht nur die Pharmakologie, sondern wie Sie mir auf Ehrenwort glauben dürfen, auch die Religion und den Staat.«
»Entschuldigen Sie«, beharrt Donna Filomena errötend. »Sie haben mich falsch verstanden. Ich habe gemeint: Es gibt Fälle, bei denen ein Pflaster vollkommen überflüssig ist.«
»Gute Frau, als Kirchgängerin müßten Sie doch genau wissen, daß nur Überfluß notwendig ist«, erwidert Don Coriolano wollüstig wie eine Katze, die mit einer Maus spielt. »Die Geschichte lehrt uns, Donna Filomè, daß eine Sache dadurch, daß sie überflüssig ist, edler und somit wesentlicher wird. Die Redekunst zum Beispiel.«
»Don Coriolà, entschuldigen Sie die Unterbrechung, aber Sie sprechen wirklich druckreif«, ruft Donna Sarafina aus, »und mit Verlaub, Sie gefallen mir sehr.«
Der Apotheker drückt dem Redner begeistert beide Hände.
»Gestatten Sie eine Frage?« wendet sich De Paolis an die ehemalige Lehrerin. »Wenn Sie den natürlichen Heilmitteln den Vorzug geben, wo bleibt dann die Gnade?«
»Die Gnade, das wissen Sie genauso gut wie ich, kann in

allem sein, auch in frischem Wasser«, erwidert Donna Filomena mißmutig, weil die Sache nun so ausgewalzt wird. »Ja, wenn man an die vielen wundertätigen Quellen denkt, kann man doch nicht leugnen, daß frisches Wasser sogar besonders von der Gnade bevorzugt wird. Bei allem Respekt vor der Redekunst, aber das Wasser ist nicht von der Regierung erfunden worden.«
»Die Wasserleitungen und die Brunnen aber doch«, erwidert der Gewerkschaftsfunktionär. »Alles andere ist Theologie, das heißt, wer dran glauben will, soll dran glauben.«
»Da wir bei der Theologie sind«, sagt Don Coriolano und holt aus wie ein Dirigent, »wäre doch nun der Augenblick gekommen, in dem Don Marcantonio seine Zurückhaltung aufgeben und uns ein wenig seine Ideen darlegen sollte. Natürlich nur in der gebotenen Kürze.«
»Wie?« fährt Nunziatella hoch und zieht einen Schmollmund, »Sie sind Theologe und haben uns nichts davon gesagt?«
Don Marcantonio hat Don Bastiano wohl in der Absicht beiseitegenommen, eine kleine Anleihe von ihm zu erbitten, aber dann nur ein Gestammel mit unbestimmten Anspielungen auf einen fälligen Wechsel und auf seine im schlimmsten Elend lebende Mutter hervorgebracht, die von Pfändung bedroht sei.
»Sie haben doch bestimmt viele Freunde«, sagt Don Bastiano.
»In dem Sinne leider keinen einzigen Freund«, erwidert Don Marcantonio.
Bei der Aufforderung Don Coriolanos errötet er jetzt bis über die Ohren. Dürr, schief und mit Brille wirkt er, obwohl schon über vierzig, nicht nur durch seine Art sich zu kleiden, sondern auch durch sein scheues schlichtes Benehmen noch immer wie ein armer Student.
»Aber erlauben Sie, daß ich dann ganz offen frage, sind Sie

vielleicht ein ehemaliger Priester?« fragt Gemmina beunruhigt.
Die Überraschung der Mädchen und die Verlegenheit des Cavaliere, der keine zwei Worte herausbringt, sorgen für gute Stimmung auf dem Balkon, bis Don Coriolano seinem Kollegen aus der Klemme hilft.
»Ehrlich gesagt«, erklärt er, »hat Don Marcantonio seinerzeit in Landwirtschaft promoviert; aber da er seine Lage etwas verbessern wollte und sich zum Redner begabt glaubte, wofür ich allerdings noch nicht die Hand ins Feuer legen möchte, ließ er letztes Jahr von einem Tag auf den anderen seinen Wanderlehrstuhl und die Versuche mit Kartöffelchen, Salätchen und Zwiebelchen im Stich und zog nach Mailand, wo er deutsch lernte und die berühmte Schule für Staatsmystik besuchte. Von dort ist er vor wenigen Wochen mit einem wunderbaren bunten Diplom zurückgekehrt, das ihn zum Regierungsmystiker weiht. Also muß ich mich für die ungenaue Bezeichnung von vorhin entschuldigen, er ist nicht eigentlich ein Theologe, sondern ein Passionsprediger der Politik.«
»Du brauchst dich doch nicht zu entschuldigen«, unterbricht ihn Don Marcantonio, der endlich weiß, wo er einhaken kann. »Die Mystik ist bekanntlich der kürzeste Weg zur Theologie. Sie führt zur geheimnisvollen Essenz der nationalen Seele und zwar nicht durch steriles Denken, sondern unmittelbar, ja geradezu blitzartig durch *gefühlsmäßiges Erleben**, um es in der Sprache unserer Meister jenseits der Alpen auszudrücken.«
Diese deutsche Formulierung schlägt ein. De Paolis läßt sie sich drei oder viermal wiederholen und erklären.
»Genau gesagt haben wir ja über Pflaster und frisches Wasser geredet«, besinnt sich Donna Filomena. »Ich sagte, wenn

---

* Im Original deutsch.

ein Kranker oder Verletzter ohne Pflaster auskommen kann, warum sollte man ihn dann dazu zwingen?«

»Und dann erklär mir einmal, warum man die Leute dazu zwingt, den Rednern zuzuhören?« versetzt Don Michele erbost und am Ende seiner Geduld. »Ein entfernter Verwandter von dir, Donna Filomè, den alle kennen und der im übrigen ein Dummkopf ist, hat seine Anstellung verloren, nur weil er sich weigerte, zu einer Versammlung zu gehen. Wenn die Redekunst aufgezwungen werden kann, warum sollte dasselbe nicht auch für die Pharmakologie gelten? Ich meine das natürlich nicht in meinem Interesse, ganz im Gegenteil.«

»Papa, laß den Cavaliere antworten«, bittet Nunziatella ungeduldig, »unterbrich ihn doch nicht dauernd.«

Don Marcantonio hüstelt und putzt sich die Nase, während die anderen sich darauf einstellen, ihm zuzuhören. Dann hebt er an und begleitet wie ein Dirigent, der zum erstenmal auf dem Podium steht, seine Worte mit unbeholfenen Handbewegungen.

»Ihr Fehler, Donna Filomè, der schlimmste und gefährlichste Fehler, den man sich überhaupt vorstellen kann, ist der, daß Sie vom Individuum ausgehen, den Teufel gleich einmal beim Namen zu nennen. In einem autoritären Staat dürfte es gar nicht mehr erlaubt sein, sich wie Sie zu fragen, ob eine Person ein Pflaster braucht oder nicht, sondern man müßte sich umgekehrt fragen, ob das Pflaster die Person braucht. Ebenso steht außer Frage, und das wurde bereits durch entsprechende Polizeimaßnahmen durchgesetzt, daß die Redekunst ja nicht für die Zuhörer da ist, sondern umgekehrt die Zuhörer für die Redekunst, so wie die Schule nicht für die Schüler, sondern die Schüler für die Schule; die Eisenbahn nicht für die Reisenden, sondern die Reisenden für die Eisenbahn da sind, *undsoweiter und so fort**, hahaha.«

---

* Im Original deutsch.

Don Marcantonio lächelt selig wie ein Zauberkünstler, dem es zum erstenmal gelungen ist, vor Publikum eine Taube aus dem Zylinder zu zaubern; Don Coriolano aber flüstert De Paolis sein Mißfallen ins Ohr.
»Bist du nicht einverstanden?« fragt ihn De Paolis, während er ihn beiseite zieht.
»Einverstanden oder nicht«, urteilt Don Coriolano, »darauf kommt es in Wirklichkeit nie an. Er läßt sich rühren und drückt sich schlecht aus, darum geht es.«
Der Apotheker hätte gern seine Glückwünsche zum Ausdruck gebracht, aber Don Bastiano, der ihn nicht aus den Augen läßt, kommt ihm zuvor, fällt ihm ins Wort und zwingt ihn zu schweigen.
»Einverstanden, einverstanden«, beteuert er und schüttelt Don Marcantonio kräftig beide Hände.
De Paolis reagiert mißtrauisch auf Don Bastianos Zustimmung, aber Don Coriolano gibt ihm mit einem Wink zu verstehen, daß er sich darum kümmern werde.
»Anstatt uns hier dem Wind und den aufdringlichen Blicken der Cafoni auszusetzen, sollten wir lieber ins Wohnzimmer zurückkehren, meinen Sie nicht auch?« schlägt Donna Sarafina vor. »Schon aus Rücksicht auf Donna Maria Rosa, die, glaube ich, die Gläser vorbereitet hat.«
Der Umzug wird von der Menschenmenge auf dem Platz aufmerksam verfolgt und kommentiert. Mit Ausnahme von Calabasces Sohn, der sich weiterhin die Segnung ansieht, stehen jetzt alle höflich, steif, aber endlich einer Meinung und voller Begeisterung für die schönen Worte um den Tisch im Wohnzimmer.
Don Marcantonio hat unerwartet ein so starkes Selbstbewußtsein gewonnen, so daß er nicht mehr aufhören kann, sich selber zu loben; hin und wieder reibt er sich die Hände, als wolle er sich zu der Ehre beglückwünschen, seine eigene Bekanntschaft gemacht zu haben. Seine Äuglein hinter den

Brillengläsern funkeln vor Ergriffenheit. Im geschlossenen Raum wie jetzt im Wohnzimmer ist deutlich zu riechen, daß seine Jacke kräftig mit Benzin gereinigt worden ist, wo er geht und steht, hinterläßt er einen leichten Motorradgeruch.
»Ein Glas gefällig?« fragt ihn Nunziatella.
»Ja, das kann ich mir nicht verwehren. Und warum sollte ich auch?«
Er kostet den Wein mit Kennermiene; er nippt, schlürft, trinkt schlückchenweise, als handele es sich um Ambrosia, schließlich macht er die Augen halb zu und läßt die Zunge vorschnellen, dann wischt er sich die Lippen mit dem Handrücken ab.
»Wenn Sie gestatten«, sagt De Paolis, »nehme ich die Krawatte ab und lockere den Kragen. Das sind eher demokratische Sitten; aber wir sind ja unter uns.«
»Du brauchst dich wirklich nicht zu entschuldigen«, berichtigt ihn Don Marcantonio. »Wir haben doch keinen autoritären, sondern einen Volksstaat, das dürfen wir nicht vergessen. Auch ich begrüße die Cafoni, die ich in meinem Büro empfange, jetzt mit Handschlag, rauche Pfeife und spucke auf den Boden, obwohl ich lieber Zigaretten rauchen würde und das Spucken auf den Boden mich offen gesagt anekelt. Es ist ganz klar, daß wir rücksichtslos gewisse Auswüchse der Demokratie wie Pressefreiheit, Wahlen, Versammlungen und Kongresse und all die anderen Teufelsdinge, die die Engländer erfunden haben und die eine Beleidigung unserer lateinischen Würde sind, bekämpfen müssen; ansonsten gibt es aber Vorteile, das muß man schon zugeben. Mit einem Wort, wir verwirklichen die wahre Demokratie. In einem mystischen Sinne selbstverständlich.«
Der Apotheker bricht vor Rührung in Tränen aus. Die Eintracht im Wohnzimmer wird plötzlich und nachhaltig durch den unerwarteten Besuch einer jungen Dame gestört, die

durch die Eleganz und den Schnitt ihrer Kleidung wie eine Fremde erschienen wäre, wenn nicht ihre Hautfarbe, Form und Ausdruck ihrer Gesichtszüge keinen Zweifel daran gelassen hätten, daß sie vom Lande stammte. Sie scheint überrascht, so viele Gäste im Wohnzimmer anzutreffen, und will sich schon entschuldigen und zurückziehen, aber Don Bastiano hindert sie daran, er geht ihr entgegen und zwingt sie, sich der Gesellschaft anzuschließen. Mit Ausnahme des Apothekers, der durch einen drohenden Blick seiner Frau gebremst wird, begrüßen alle Männer die neu Angekommene begeistert und prosten ihr zu.
»Nunziatella, Gemmina, kehren wir auf den Balkon zurück«, ruft die Mutter aus. »Wir sind ja Gottseidank wegen der Segnung hierher gekommen und nicht, um uns zu amüsieren.«
Auch Donna Filomena kommt nach einer halbherzigen, zögernden Begrüßung des neuen Gastes wieder auf den Balkon.
»Was für eine Zumutung«, protestiert Donna Sarafina. »Die Hausherrin hätte es uns vorher sagen sollen.«
»Hast du gesehen, wie sie gepudert ist?« fragt Nunziatella.
»Und was für ein komisches Hütchen.«
»Ein getünchtes Haus *locanda est*«, urteilt ihre Mutter.
»Wovon wird sie leben, wenn dieser Alte, von dem sie sich jetzt aushalten läßt, tot ist?«
»Dann muß sie betteln gehn«, sagt Gemmina und zieht befriedigt eine Grimasse.
»Ah, Faustina ist nicht leicht zu verstehen«, wirft Donna Filomena ein. »Wenn sie nicht verrückt ist, ist sie mir ein Rätsel.«
»Mich wundert nur eines, Filomè«, sagt die Frau des Apothekers. »Entschuldige, nimm mir nicht übel, was ich vorhin gesagt habe, weißt du, da habe ich mich nicht richtig ausgedrückt.«

Donna Filomena heuchelt ein Lächeln.

»Laß nur, Worte vergißt man auch wieder.«

»Mich wundert wie gesagt nur eines. Unser Pfarrer ist ein wahrer Heiliger, er verzichtet selber auf das Notwendigste zum Leben, weil er alles den Armen gibt, das weiß ich genau; aber warum, wenn er wirklich ein Gottesmann ist, ruft er dann nicht Don Severino und befiehlt ihm, diese sündhafte Beziehung zu Faustina aufzugeben, die nicht mit ihm verheiratet und dreißig Jahre jünger ist als er?«

»Unser Pfarrer ist ein Mann vom alten Schlag, Sarafì, vielleicht auch ein Heiliger, das weiß ich nicht, jedenfalls ein merkwürdiger Heiliger«, erwidert Donna Filomena. »Der denkt nicht so wie wir.«

Die beiden Frauen ereifern sich.

»Don Severino ist der Organist unserer Gemeinde«, beharrt Donna Sarafina. »Er begleitet jeden wichtigen Gottesdienst mit seiner Musik und ist nicht irgendein gewöhnlicher Mensch. Als ein Mann der Kirche darf er nicht Anstoß erregen.«

»Er ist ein alter Freund des Pfarrers«, wiederholt Donna Filomena, »auch das ist die reine Wahrheit, er ist ein alter Schulkamerad von ihm.«

»Er ist ein Wüstling, Filomè, und ein Ungläubiger. Du wirst dich ja noch an den Skandal bei der letzten Volkszählung erinnern, als er bei der Frage nach der Religion auf das Blatt schrieb, daß er an Bacchus glaube.«

»Aber er hat Bach geschrieben, der auch Musiker ist und sogar ein großer Musiker.«

»Trotzdem war der Skandal da, Filomè, denn zu unserer Schande stand nach der Volkszählung am Aushang: alles Christen, mit Ausnahme eines Bacchus-Anbeters.«

»Kein Mensch hat Don Severino je betrunken gesehen, Sarafì, er ist fast abstinent. Sein einziger Fehler ist vielleicht der Stolz.«

»Er ist aber auch noch etwas anderes, Filomè, er ist der Organist unserer Gemeinde und spielt beim Allerheiligsten die Musik. Der Pfarrer müßte ihn zumindest als Organisten entlassen.«

»Du weißt genau, Sarafì, daß Don Severino für das Orgelspiel kein Geld bekommt. Vielleicht spielt er aus Liebe zur Musik; oder vielleicht aus Freundschaft zum Pfarrer, wie soll man das wissen; sicher ist nur, daß keiner im Dorf ihn ersetzen könnte, und einen Organisten von auswärts kommen zu lassen, würde ein Vermögen kosten.«

»Aber ein Skandal bleibt es doch.«

»Weißt du, was der Pfarrer geantwortet hat, Sarafì, als das Komitee der Töchter Marias zu ihm in die Sakristei kam, um sich über das skandalöse Privatleben des Organisten zu beklagen? Keiner außer Gott kann wissen, was einen Mann und eine Frau vereint, ob das Sünde ist oder etwas anderes. Das hat er geantwortet: Keiner kann es wissen.«

»Oh, ich kann es mir sehr gut vorstellen«, erwidert Gemmina lachend.

»Signor De Paolis«, ruft Gemmina ins Wohnzimmer hinein.

»Michelino«, befiehlt die Ehefrau. »Komm her, ich muß mit dir reden.«

»Cavaliere Cipolla, Don Marcantonio«, bettelt Nunziatella kläglich.

Aus dem Wohnzimmer kommt kein Echo.

»Diese Männer«, urteilt Donna Filomena mit einer gewissen Befriedigung. »Sie verdrehen den wohlerzogenen jungen Mädchen die Köpfe, und fünf Minuten später denken sie schon an etwas anderes.«

»Genau so ist es, sie sind wie die Fliegen«, bestätigt Donna Sarafina erbost. »Die Fliegen im Garten, wie verhalten die sich? Sie schwirren herum, keine Blume scheint schön und wohlriechend genug für sie, und dann laben sie sich schließlich mit Verlaub gesagt, an einem Misthaufen.«

»Cavaliere Cipolla, De Paolis«, flehen die jungen Damen. Sie rufen vergeblich. Im Wohnzimmer triumphiert die Schönheit über die Redekunst, die ihr entsprechend huldigt. In ihrem Bemühen, die Aufmerksamkeit der jungen Frau zu erregen, führen sich die fünf Männer, die sie umringen, einer äffischer auf als der andere. Don Bastiano scheint sich am meisten verwandelt zu haben. Donna Faustina selber aber wirkt zerstreut und enttäuscht, weil sie die Person, die sie hier gesucht, nicht getroffen hat. Nicht im üblichen Sinne schön, hat Faustina aber eine schlanke zarte, mädchenhafte Figur; das schmale, fast katzenartige kleine Gesicht, das ganz aus Augen und Mund zu bestehen scheint, wirkt, auch wenn es nicht von ebenmäßiger Schönheit ist, sehr anziehend; ihre großen, sinnlichen Augen, der fleischige breite Mund verleihen ihr einen leidenschaftlichen, gleichzeitig aber traurigen Ausdruck.

»Meine Herren«, sagt sie, »ich bin nicht hierhergekommen, um mir Ihre Anzüglichkeiten anzuhören. Als ich hinter diesem Haus vorbeiging, sah ich Donna Maria Vincenzas Wagen und kam auf die Idee, ihr guten Abend zu wünschen, nachdem wir seit Jahren nicht mehr miteinander gesprochen haben, einer von euch weiß auch ganz genau, seit wann. Bastià, warum ist sie denn nicht hier bei euch?«

»Sie ist müde«, entschuldigt sich Bastiano verlegen. »Meine Frau leistet ihr drüben in der Küche am Feuer Gesellschaft. Es ist besser, sie nicht zu stören.«

Don Coriolano protestiert entrüstet.

»Diese arabischen Bräuche sollten wir hier bei uns nicht einführen, Bastià«, predigt er mit gespieltem Ernst. »Ich habe Donna Maria Vincenza bald zehn Jahre nicht mehr gesehen, und diese beiden Kameraden hier haben noch nie die Ehre gehabt, ihr zu begegnen. Das wäre doch heute eine einmalige Gelegenheit. Meine Lieben«, fährt er an De Paolis und Don Marcantonio gewandt fort, »wir Redner müßten der heiligen

Anna eine Dankeskerze anzünden, weil sie so klug war, Donna Maria Vincenza als Frau und nicht als Mann auf die Welt kommen zu lassen, ja mehr noch, als eine Frau aus den Abruzzen, die in ihren vier Wänden bleibt; denn sonst hätte sie uns mit ihrem klaren Verstand und ihrer Offenheit, die unmittelbar aus dem irdischen Paradies zu stammen scheint, das Leben ganz schön schwer gemacht, das dürft ihr mir glauben. Außerdem glaubt diese gute Frau so felsenfest an Gott, und zwar so felsenfest wie wir etwa an die Dinge, die wir sehen und berühren können, Spaghetti zum Beispiel oder Wein. Nun ist der Glaube an Gott in gemäßigter Form, wie er ja von vernünftigen Priestern klugerweise empfohlen wird, nicht nur eine unerschöpfliche Quelle der Inspiration für die Redekunst, sondern trägt auch hervorragend zur öffentlichen Ordnung bei, wo der Glaube aber übertrieben wird, führt er zu Anarchie, das dürft ihr mir glauben.«

Seine Kollegen stimmen ihm zu, und der Apotheker beglückwünscht Don Coriolano, während Don Bastiano am liebsten das Thema wechseln würde.

»Donna Maria Vincenza war, wie ihr wißt, sehr eng mit meiner Mutter befreundet«, sagt Donna Faustina, aber weiter kommt sie nicht.

»Fangen wir jetzt nicht wieder mit dem Gejammere an«, fällt ihr Don Bastiano unfreundlich ins Wort, als er bemerkt, daß Donna Faustina Tränen in den Augen hat. »Fangen wir nicht wieder mit der Klagerei an.«

»Ich meine«, schlägt der Apotheker beschwichtigend vor, »wenn Donna Maria Vincenza zu müde ist, um sich im Wohnzimmer mit uns zu unterhalten, könnten wir uns doch alle einen Augenblick um den Kamin versammeln, um ihr die Ehre zu erweisen. Das ist natürlich nur ein Vorschlag.«

Trotz heftigen Widerspruchs des Hausherrn wird Donna Faustina in die Küche geschickt, um die Botschaft zu über-

bringen. Unsicher und ängstlich geht sie, kehrt aber sofort enttäuscht zurück.
»Sie beten«, murmelt sie leise. »Sie beten den Rosenkranz. Als ich hereinkam, haben sie sich nicht einmal umgewandt.«
»Setz dich hierher und trink mit uns«, fordert sie der Hausherr beruhigt auf. »Wenn die drüben dich nicht gesehen haben, ist es um so besser.«
»Der Gedanke, daß anständige Leute auch für uns arme Sünder beten, soll uns trösten«, murmelt Don Coriolano Donna Faustina ins Ohr und streichelt ihr dabei über die Schulter.
»Wie gut deine Haare riechen«, seufzt De Paolis schnuppernd. »Was ist das für ein Duft?«
Donna Faustina ist vor einigen Tagen in Rom gewesen und von dort mit einer neuen Frisur zurückgekehrt. Das Haar ist im Nacken hochgekämmt und auf dem Kopf zusammengefaßt, wo es sich in reizenden Löckchen kringelt; dazu trägt sie tief in die Stirn gedrückt einen winzigen kranzförmigen Hut mit einem Federchen.
»Ich finde, es steht dir sehr gut so, du siehst jetzt wirklich aus wie ein Pferdchen«, sagt Don Bastiano und sieht sie voll unbeholfener Zärtlichkeit an. »Du weißt, jahrelang war es meine Spezialität, junge Pferde zuzureiten, in vollem Lauf aufzuspringen, mich ohne Sattel an der Mähne festzuhalten, und ab wie der Wind.«
»Der, der mich bändigt, Bastià, ist noch nicht geboren.«
»Ja, ich weiß, es gibt Pferdchen, die sich nicht zureiten lassen wollen und lieber den Karren ziehen.«
»Auch mein Karren, Bastià, ist noch nicht gebaut worden.«
»Das läßt sich nicht leugnen«, räumt der Apotheker ein, »wenn man gerecht ist. Don Severino ist auch kein Karren, sondern bestenfalls ein Leichenwagen.«
Donna Faustina fährt wütend hoch.

»Und ihr alle seid im Vergleich zu ihm nichts als Mistkarren«, schreit sie.
Das Hauskätzchen hat sich plötzlich in eine Tigerin verwandelt.
Zitternd vor Wut steht sie da, die Augen furchterregend aufgerissen, sieht sie den Anwesenden der Reihe nach ins Gesicht, bereit, dem ersten, der es noch einmal wagen sollte, etwas derartiges zu sagen, die Augen auszukratzen. Und da alle Angst um ihre Augen haben, geht sie grußlos weg und schlägt die Tür hinter sich zu. Nicht einmal Don Bastiano macht eine Geste, um sie aufzuhalten.
»Da muß einer schon Hellseher sein, um die zu verstehen«, stammelt er.
Ein lebhafter Streit zwischen der Frau des Apothekers und einer Gruppe unter dem Balkon lauernder Jugendlicher bietet den Herren nun eine willkommene Gelegenheit, ihrer peinlichen Lage zu entrinnen.
»Sarafî, laß dich doch nicht dazu herab, mit dem Pöbel zu streiten«, schreit der Ehemann.
Da das Balkongeländer eine Ausbuchtung hat, haben sich die jungen Damen Canizza mit ihren Knien wohl unbedacht zu weit vorgewagt, was zur Folge hatte, daß gewisse Dinge, die nach den Regeln des Anstands verborgen bleiben müssen, an Licht und Luft gelangt waren. Die Nachricht von dieser Gelegenheit, die Unterwäsche der Apothekertöchter zu bewundern, muß sich auf dem ganzen Platz herumgesprochen haben, denn unter dem Balkon hatte sich eine wahre Versammlung von jungen Männern gebildet, die sich lieber dieses neue Schauspiel ansahen als die Segnung der Tiere. Wie immer in solchen Fällen, hatten sich die Stärksten mit Püffen und Stößen die besten Plätze verschafft, und vier oder fünf von ihnen blieben mit in den Nacken geschobenen Hüten wie angenagelt an der eroberten Stelle stehen und sahen hinauf. Bis Donna Sarafina es merkte und Alarm schlug.

»Ihr elenden Lümmel, ihr solltet euch schämen«, schrie sie und beugte sich mit dem ganzen Oberkörper über das Geländer, sodaß sie fast kopfüber hinunter gestürzt wäre.
Durch das rasche Dazwischentreten des Hausherrn und seiner Gäste wird der Streit jedoch im Keim erstickt. Die Gaffer entfernen sich und tauchen in der Menge unter wie Publikum nach einem Kinobesuch, während das fromme Karussell sich seinem Ende nähert. Unter den Tieren, die die letzten rituellen Runden um den Platz drehen, sind jetzt auch die beiden Pferde Donna Maria Vincenzas zu erkennen. Der alte Belisario, dessen graues Fell vom Alter fast weiß geworden ist, wird von einem Freund Venanzios geritten, einem ehemaligen Kavalleristen, der angeberisch auf englische Art reitet, was ihm die volle Bewunderung der alten Weiblein einträgt. Er hebt und senkt sich im Sattel und neigt dabei Haupt und Oberkörper dem Hals des Pferdes zu, als galoppiere er. Hinter ihm reitet Venanzio bescheiden das zweite Pferd, das die schlechte Angewohnheit hat, mit dem Kopf nach unten zu schlagen.
Don Bastiano nimmt Don Coriolano beiseite, der ihm nur zögernd folgt.
»Schließen wir Frieden«, schlägt er ihm demütig und versöhnlich vor. »Würde eine Ballonflasche ausreichen?«
»Aber von dem alten«, macht der Redner zur Bedingung.
Die beiden drücken sich lachend die Hand.
»Seht nur, seht, jetzt kommt auch der arme Plebiscito an die Reihe«, ruft Nunziatella.
»Plebiscito?« fragt De Paolis mißtrauisch.
»So wird der Braune genannt«, erklärt Don Bastiano. »Als Fohlen wurde er Maltinto getauft, aber seit er die schlechte Angewohnheit hat, beim Gehen immer so den Kopf zu senken und zu heben, als würde er Ja sagen, immer und ewig nur Ja, hat Don Severino ihn in Plebiscito umbenannt. Und das Merkwürdige ist«, fährt er lächelnd

fort, »daß auch das Pferd jetzt nur noch auf den neuen Namen hört.«
»Wird es zur Verhöhnung des Volksentscheids so genannt oder aus Achtung?« fragt Don Coriolano mißtrauisch.
»Aus Achtung natürlich, aus Achtung und Ergebenheit«, versichert Don Bastiano.
»Du solltest deiner Mutter vorschlagen, dieses Pferd nach seinem Tod dem Staat zu vermachen«, schlägt Donna Filomena ebenfalls lachend vor. »Einbalsamiert und in einer Schule gezeigt, könnte es noch etwas darstellen.«
Venanzio kommt in die Küche herauf, um seiner Herrin mitzuteilen, daß der Platz sich jetzt geleert hat und der Wagen zur Abfahrt bereit stehe. Sohn und Schwiegertochter begleiten Donna Maria Vincenza.
Auf der Treppe begegnen sie einem untersetzten Mann mit dichten Augenbrauen und wulstigen Lippen, der sehr förmlich grüßt und beiseite tritt. Donna Maria Vincenza sieht ihm ins Gesicht, ohne seinen Gruß zu erwidern.
»Calabà, geh schon hinauf, ich komme gleich wieder«, sagt Don Bastiano zu ihm.
An der Tür stehen drei zerlumpte ausgemergelte alte Frauen mit gebeugtem Rücken, die von Donna Maria Vincenzas Ankunft gehört haben und mit ausgestreckter Hand ein Almosen von ihr erwarten. Sie erkennt eine von ihnen, an deren Rock zwei barfüßige Kinder hängen und nimmt sie beiseite, um ihr leise etwas zu sagen.
»Maria Sabetta?« murmelt sie ihr ins Ohr. »Du brauchst mich, aber ich brauche dich heute noch viel mehr. Hast du ein wenig Zeit? Hast du in den nächsten Stunden nichts vor? Geh in die Kirche, Maria Sabetta, und bete vor dem Allerheiligsten für mich. Du hast so viel gelitten, Maria Sabetta, daß der Herr dich gewiß erhört. Sag Ihm nur eine einzige Sache (hör mir gut zu, Maria Sabetta, damit du keinen Fehler machst). Sag Ihm dies: Maria Vincenza hat keine Angst (was

Er im übrigen weiß), aber sie möchte nicht verführt werden, mehr zu tun, als in ihren Kräften steht.«
»Aus Gehorsam werde ich tun, was du sagst«, erwidert die alte Bettlerin und küßt ihr die Hand. »Aber wie soll ich vor das Allerheiligste treten und etwas für dich erbitten? Wenn der Herr mir antwortet: Du anmaßende, unverschämte Person, wie kannst du es wagen, dich zur Anwältin Donna Maria Vincenzas zu machen?«
»Maria Sabetta, vor dem Herrn zählt nur eine Würde, die Würde des christlich ertragenen Leids. Und du hast so viel gelitten, Maria Sabetta, ohne je zu verzweifeln. Andere Frauen wären an deiner Stelle verrückt geworden. Geh und bete für mich.«
Bevor sie den Wagen besteigt und Venanzio die Decken vom Rücken der Pferde nimmt, fragt Donna Mara Vincenza ihren Sohn:
»War das Calabasce, dem wir auf der Treppe begegnet sind? Der die Wechsel gefälscht hat? Ich bin überrascht, daß du ihm verziehen hast.«
»Da kennst du deinen Sohn aber schlecht«, erwidert er lachend. »Rache ist ein Gericht, das Kenner kalt genießen. Nur Cafoni und Barbiere reagieren heißblütig auf erlittenes Unrecht.«
Don Bastiano lacht, und seine Mutter, die schon im Wagenfond sitzt, bedeckt sich entsetzt die Augen, um seine Fratze nicht sehen zu müssen. Dann läßt sie sich von ihren Gefühlen hinreißen, zieht ihn an sich und küßt ihn lange auf die Wange. »Mein Junge«, murmelt sie, »armer Junge«, und kann ihre Tränen nicht mehr zurückhalten.
Der Wagen fährt ab. Der Ritus auf dem Kirchplatz ist beendet und die letzten gehen nach Hause. Die Türen der schwarzen Ställe, die eng aneinandergebaut am Hang liegen, gehen der Reihe nach auf und zu. Die geweihten armen Esel sind auf die Erde zurückgekehrt. Als der Wagen hinter der

Kirche vorbeifährt, ist dort gerade ein Stümper am Werk, der, umringt von kleinen Jungen, mit Kienruß versucht, die durch einen flüchtigen Blick erhaschten verborgenen Reize der Apothekertöchter auf der Mauer zu verewigen. Das Ergebnis sind zwei gräßliche, gleiche Zeichnungen mit quadratischen Köpfen und gitterartigen Mündern. (»Ihr müßt verstehen, das sind Schwestern«, erklärt der Stümper den kleinen Jungen.) Der Wagen verläßt das Dorf in Richtung Colle und fährt in einen dichten grauen Schneevorhang hinein, der vom Himmel bis auf die Erde herabhängt und vom Wind langsam vorangetrieben wird. Die Landschaft ist trostlos und traurig.
»Fahren wir jetzt nach Hause, Signora? Oder wohin?« fragt Venanzio ins Wageninnere gebeugt.
»Zur alten Mühle. Und beeil dich, wir sind schon zu spät dran«, erwidert die Signora, dann schließt sie die Augen und bekreuzigt sich.

III

Pietro Spinas keuchender Atem hört sich in dem dunklen Zimmer wie das Ächzen eines alten Blasebalgs an. Donna Maria Vincenza im Bett daneben scheint zu schlafen, doch horcht sie Nacht für Nacht lange auf dieses beschwerliche Atmen, das neu ist in ihrem Haus und dessen Stille durchbricht. Wenn sie dann doch, von Müdigkeit überwältigt, gerade einschlafen will, reicht schon die kleinste Unregelmäßigkeit dieses Atems, um sie wieder zu wecken und aufhorchen zu lassen.
»Warum stehst du jeden Morgen so früh auf, Großmutter? Im Winter ist es doch um halb fünf noch dunkel.«
»Ich muß das Feuer anfachen, mein Junge, und Kaffee kochen.«
Am Abend werden die noch glimmenden Kohlen mit Asche bedeckt, und wenn man morgens noch ein paar glühende Stückchen vorfinden will, muß man sich beeilen.
»Könnte das nicht auch die Magd tun, die noch jung ist?«
»Natalina macht es ja sonst, aber den Kaffee für meine Kinder habe ich immer selber gekocht. Unter uns gesagt, die Jungen können keinen Kaffee mehr kochen. Außerdem braucht man im Alter immer weniger Schlaf, vielleicht, um sich für den Tag vorzubereiten, an dem man für immer zu schlafen aufhört.«
Gegen sechs geht die Großmutter zur Messe, Pietro bleibt noch eine Weile im Bett. Er soll sich so wenig wie möglich im Hause bewegen, keine Fenster öffnen und nicht an offene Fenster treten. Es macht ihm im übrigen auch nichts, im Bett zu bleiben, hat er zu seiner Großmutter gesagt: Die Leintücher riechen angenehm nach Quitten, und er spürt noch eine große Müdigkeit in den Knochen, jene Müdigkeit, die man die Müdigkeit des Pilgers nennt. Die Öllampe, die während der Nacht anstelle des elektrischen Lichts brennt, steht

auf einer hohen Konsole, so daß der untere Teil des Zimmers bis zur Höhe der beiden Betten im Dunkeln bleibt und nur die Heiligenbilder an den Wänden sowie die Decke aus wurmstichigem altem Holz beleuchtet werden. Man sieht also nachts in dem großen Raum nur die Heiligenbilder.
»Stören sie dich?« hat ihn Donna Maria Vincenza an einem der ersten Abende gefragt. »Ehrlich gesagt, ich brächte ohne sie vielleicht kein Auge zu.«
Genau gegenüber von Pietros Bett hängt ein düsteres kleines Bild mit roten und dunkelblauen Gestalten zwischen gelben Lichtstreifen, das die Kreuzigungsszene darstellt und von den Paulusworten eingeräumt wird: *Judeis quidem scandalum gentibus autem stultitia*. In den langen schlaflosen Stunden nimmt dieses Bild im flackernden Licht der Öllampe ungeheuerliche Ausmaße an und breitet sich über das ganze Zimmer aus, so daß auch Pietro ein Teil davon wird.
Zu dieser nächtlichen Welt gehört auch eine Mäusefamilie, die zwischen den alten Deckenbalken haust und deren Nagen Pietro deutlich hört; von Zeit zu Zeit hören sie plötzlich auf, trippeln hin und her und fangen dann wieder so hastig zu knabbern an, als wären sie Fließbandarbeiter, die keine Zeit zu verlieren haben. Dieses unermüdliche, beharrliche, ja hartnäckige Nagen beschäftigt Pietros Gedanken, so daß er eines Tages mit seiner Großmutter darüber spricht.
»Es ist doch bezeichnend für die aristokratische Mentalität der klassischen Autoren«, sagt er zu Donna Maria Vincenza im Vertrauen, »daß sie nie über die Mäuse reden.«
»Über wen?«
»Über die Mäuse. Wenn man davon ausgeht, daß sich die Zivilisation in den urbanen Zentren entwickelt hat, kann doch kein Zweifel darüber bestehen, daß das häusliche Leben vor allem in den Mittelmeerländern schon damals weitgehend von der Bekämpfung der Mäuse bestimmt war. Auch wenn die Klassiker darüber schweigen, dürfen wir uns mit

Fug und Recht vorstellen, daß die Frauen der Cäsaren oder die Priesterinnen von Delphi sich jeden Abend neue chemische oder mechanische Mittel ausdachten, um die verhaßte Brut der kleinen Nager auszurotten. Ja, und mit welchem Ergebnis? Kein Mensch wird bezweifeln, daß die alten Griechen und Römer ausgestorben sind und in den Ruinen ihrer Gebäude nur die Mäuse weiterleben.«
»Die gleiche Überlegung könntest du auch bei den Fliegen anstellen«, empfiehlt ihm Donna Maria Vincenza.
Gleich nach ihrer Rückkehr aus der Kirche gegen halb sieben öffnet die alte Frau die Fensterläden, so daß das Tageslicht voll hereinfällt. Dann verblassen die Bilder der Nacht und erstarren in ihren Rahmen, und die Mäuse flüchten sich in ihre Nester. Mit ihren langsamen und leisen Schritten geht die Signora mehrmals zwischen Schlafzimmer und Küche hin und her und stellt auf einen Stuhl neben dem Bett ihres Enkels eine Schale mit lauwarmem Wein und ein Fläschchen mit Olivenöl, um damit die Hautabschürfungen, die er noch am Körper hat, zu reinigen und zu verbinden. Sein schmächtiger langer weißer Oberkörper mit den hervorstehenden Rippen, dem eingefallenen Bauch und zahllosen blauen Flecken und Schürfwunden erinnert Donna Maria Vincenza an die Darstellung gewisser frühchristlicher junger Märtyrer in der Pfarrkirche; aber der vorzeitig gealterte lehmfarbene Kopf mit den eingefallenen Zügen und den gespenstischen Augenhöhlen scheint zu einer ganz anderen Person zu gehören und nur aus Versehen auf diesen Körper gesetzt worden zu sein.
»Jetzt kann ich es dir ja sagen, mein Junge«, gesteht Donna Maria Vincenza lächelnd. »Als der Mann aus Pietrasecca dich am Abend des Antoniusfestes von seinem Karren ablud, habe ich, als ich dieses Beduinengesicht vor mir sah, gezögert, dich in meinen Wagen zu nehmen, weil ich Betrug befürchtete, weil ich fürchtete, du, mein Junge, wärst ein anderer, irgendein Unbekannter.«

»Vielleicht bin ich wirklich ein anderer, Großmutter.«
»O nein. Wie gesagt, ich habe nur einen kurzen Augenblick gezweifelt. Jede Hausfrau erkennt im übrigen das Brot, das aus ihrem Backtrog stammt.«
Nachdem sie die aufgerissenen Stellen und Schürfwunden, mit denen der Körper ihres Enkels übersät ist, sorgfältig mit lauwarmem Wein ausgewaschen hat, wobei sie immer von seinem Gesicht abliest, ob es ihm vielleicht an manchen Stellen noch weh tut, verbindet sie die Narben mit Leinenfetzen, die sie in Olivenöl getränkt hat. Die Gnade und Reinheit dieser sanften Gesten umgibt seinen armen Körper mit einem Wohlgefühl, das er vollkommen vergessen hatte; wenn diese Hand seinen Brustkorb streift, scheint sie sein müdes Herz wieder in normalen Rhythmus zu versetzen. Und wenn sie ihm die Haare auf der Stirn ordnet, glättet sich sein Gesicht, und seine Sorgen werden vertrieben.
»Armer Junge«, bricht es eines Morgens aus der alten Frau hervor, »wie hast du bei deiner zarten Gesundheit nur so große Strapazen ertragen?«
»Weißt du Großmutter, ich gehöre zu denen, die zwar schwaches Fleisch, dafür aber harte Knochen haben. Ein gewöhnlicher Luftzug zwischen zwei Türen kann mich schon gefährden, aber ein Schiffbruch macht mir gar nichts.«
Dies ist eine Erklärung, die Donna Maria Vincenza gefällt.
»Weißt du auch, warum?« erwidert sie. »Vielleicht deshalb: Die Seele hängt nicht am Fleisch, sondern am Skelett, und wenn dies aus guten Knochen gebaut ist, kann man die Seele nur schwer vom Körper lösen. Dies ist auch der Grund, weshalb gewisse schwächliche und kränkliche Personen hundert Jahre alt werden. Du bist in all den schwierigen Lagen, die du zu ertragen hattest, nicht zusammengebrochen, weil du sie nicht allein bewältigen mußtest, sondern dir deine Vorfahren, die du in den Knochen hast, dabei geholfen haben. Überleg nur, wieviele Generationen von Bauern und

Winzern den Boden bearbeitet haben, nüchterne, von der Witterung und den Mühen abgehärtete Menschen.«

In der ersten Zeit ihres Zusammenlebens hat sich Donna Maria Vincenza einzig und allein um die Gesundheit ihres Enkels gekümmert. Sie hat jede peinliche »Auseinandersetzung« oder auch nur leise Anspielung auf den Skandal vermieden, dessen trauriger Held er war. Und was seine Zukunft oder die Dauer seines Aufenthaltes in Colle betrifft, hat sie schon am ersten Abend gesagt: »Darüber werden wir später reden. Mach dir fürs erste keine Gedanken, mein Lieber. Wichtig ist, daß du dich jetzt wieder daran gewöhnst, unter Menschen zu leben, ich meine unter Christenmenschen.«

Für die alte Frau sind Mensch und Christ ein und dasselbe. »Man ist nicht einfach dadurch Mensch«, sagt sie, »daß man auf zwei Beinen geht; denn was wäre sonst mit den Hühnern?«

»Die Hühner«, wirft Pietro ein, »reden ja auch nicht.«

»Und die Papageien? Die Grammophone? Reden die vielleicht nicht?«

»Sie haben kein Bewußtsein.«

»Siehst du, auch du gibst mir recht.«

Die Vorsichtsmaßnahmen, die Donna Maria Vincenza auf Anraten und mit Unterstützung des alten Knechtes und der Magd ergriffen hat, um den Aufenthalt ihres Enkels durch nichts zu verraten, sind peinlich genau ausgedacht und streng, haben auch einige Veränderungen in den gewohnten Beziehungen zwischen dem Haus und der Außenwelt mit sich gebracht. Der alte Familiensitz der Spinas in Colle liegt etwa hundert Meter oberhalb des Dorfes, dahinter erstreckt sich ein weites terrassiertes, mit Reben bepflanztes Gelände, an das sich eine dem Nordwind ausgesetzte, mit Gestrüpp bewachsene Hochebene anschließt, hinter der kahl der Berg aufzusteigen beginnt. Das Haus ist dreistöckig, aus Natur-

steinen gebaut, die mit der Zeit schwarz geworden sind, und die dicken Mauern haben im Erdgeschoß kleine, in trompetenförmigen Vertiefungen liegende Fenster mit dicken Eisengittern. Vor dem Gebäude liegt ein mit Kieselsteinen gepflasterter Hof, in dessen Mitte ein nicht mehr benutzter überdachter kleiner Brunnen steht, dahinter befindet sich eine große Tenne mit Stall, Hühnerhof, Heuschober, Misthaufen und Schuppen. Dies ist das Reich Donna Maria Vincenzas. Vom Rest der Welt ist es durch eine Umfassungsmauer abgetrennt, in der es nur zwei Eingänge gibt, eine mit Eisenblech verstärkte Tür vor dem Haus und ein großes Tor für die Wagen und das Vieh auf der Tennenseite.
»Das Haus«, erzählt die Großmutter Pietro, »wurde, wie du vielleicht weißt, vor etwa hundertfünfzig Jahren, als ebenfalls schlimme Zeiten herrschten, von Giambattista Spina gebaut, der einer deiner merkwürdigsten Vorfahren war.« Und fährt dann lachend fort: »Kommt es dir nicht auch so vor, als habe er gerade für uns beide eine Festung gebaut?«
»Ja, aber heute ist alles viel schlimmer«, wendet er ein, obwohl er nicht genau weiß, ob er ihre naive Äußerung wörtlich nehmen soll. »Was helfen vergitterte Fenster gegen die Polizei?«
»Du irrst, mein Lieber, wenn du glaubst, ich beuge mich einfach der Macht und mache auf. Die Gesetze in meinem Hause bestimme ich.«
Wenn man Donna Maria Vincenza so ernst und gemessen mit erhobenem Kopf in ihren weiten, bis zu den Füßen reichenden Röcken von einem Zimmer ins andere gehen oder die Treppe heraufkommen sieht, wird das Geheimnis ihrer Sicherheit offenbar. Trotz ihres hohen Alters verrät jeder Zug an ihr die Bergbewohnerin, die Herrin, die Großgrundbesitzerin, die gewohnt ist zu befehlen, gewohnt, daß Mensch und Tier gehorchen, ohne daß sie ein Wort zu sagen braucht. Wie sie ist das Haus alt, solide, abgenutzt, sauber.

Im ersten Stock fehlen zwei Fliesen und ein paar andere sind rissig, aber die Signora ist gegen Renovierungen.

»Nach solchen Fliesen kannst du heute lange suchen, die findest du nirgends mehr«, erklärt sie. »Und nur weil zwei fehlen, gleich alle zu erneuern, wäre wirklich lächerlich. Außerdem muß man den Häusern, genau wie den Frauen, ihr Alter ansehen können, sie dürfen, wenn die Jugend vorbei ist, diese nicht vortäuschen.«

Je nach Tageszeit darf sich Pietro in dem einen oder dem anderen Raum aufhalten. Nur zum Dachboden hat er jederzeit Zugang, und da er gern allein ist, verbringt er die meiste Zeit dort. Der Dachboden ist vollgestopft mit zerbrochenen oder nicht mehr gebrauchten Möbeln, Lampen, Spiegeln, Gewehren mit Ladestock, verrosteten Schwertern und anderen merkwürdigen Geräten.

Die gewaltigen Balken, die das Dach tragen, lassen den Dachboden wie einen Schiffskiel aussehen, der Kiel eines Piratenschiffs für Kinder. So, wie man bei gewissen Muscheln, wenn man sie ans Ohr legt, glaubt, den Widerhall von Meeresstürmen zu hören, vernimmt Pietro dort oben längstvergessene Laute von einst, das Heulen des Nordwinds, das Blöken der Schafe, das Kläffen der Schäferhunde. Auch als Junge war er mit Nägeln, Bindfäden, Lakritze in den Hosentaschen gern hier heraufgestiegen, um sich unter diesem Dach zu verstecken. Durch die Luke kann er die vorüberziehenden Wolken und schwarze Raubvögel sehen, die vom Himmel über den Bergen in die Ebene herabstoßen. Venanzio hat ihm erzählt, daß bei der Mühle seit Tagen ein Eselskadaver liegt; um die besten Stücke haben sich die Cafoni gestritten, den Rest hat man den Hunden und Vögeln überlassen. Aus dem dunklen Dachfenster kann Pietro auch, ohne selbst gesehen zu werden, eine Ecke des Dorfplatzes beobachten, wo abends durch den gelblichen Schein einer Straßenlaterne eine Art kleiner Theaterbühne entsteht. Dort treten in regelmäßigen Abständen zwei Carabinieri, ein Betrunkener, ein Cafone mit seinem Esel und ein junger Mann mit seiner Freundin auf. Pietro wartet jeden Abend den Auftritt des jungen Paares ab und versetzt sich dann in die Rolle des jungen Mannes, er hakt das Mädchen unter und geht mit ihr spazieren. Etwas weiter in der Ferne, wo das Hügelgelände in die Ebene übergeht und die Weinberge enden, beginnt der mit Kartoffeln, Weizen und Rüben bebaute Fucino-Grund. Über der weiten Mulde liegt seit mehreren Tagen eine graue Wolkendecke; in der von weißen und schwarzen Bergen umgebenen aschgrauen und grünen Ebene ist der gerade Einschnitt der langen Wege und der Kanäle zu erkennen, die klare, vom Menschen aufgezwungene Trennung zwischen Erde und Wasser. Es scheint eine in sich geschlossene Welt, alle Täler führen ins Flachland hinab, alle Wasser fließen hier zusammen und verschwinden in einer unterirdischen Spalte. Die umliegenden Dörfer auf halber Höhe zwischen Ebene und Berg lassen in der winterlichen Landschaft kahl und müde ihr Alter erkennen, im violetten Schatten der Berge sehen sie aus wie schwarze Bienenstöcke, wie armselige Bienenstöcke in einer steinigen Landschaft, wo kaum Blumen wachsen.

Am Abend, wenn Türen und Fenster nicht nur geschlossen, sondern auch verriegelt sind, setzen sich Großmutter und Enkel unten in der Küche, einem großen weißgekalkten Raum mit Deckengewölbe und wuchtigen Möbeln, nebeneinander an den Kamin auf eine alte Bank mit hoher Rückenlehne. Pietro lernt allmählich wieder, am Tisch zu sitzen. Donna Maria Vincenza hütet sich, ihn zu tadeln, wenn er vergißt, weiter zu essen, oder aufsteht, um lange am Feuer zu hantieren. Mit ihrer würdevollen Haltung bewirkt die Großmutter jedoch, daß er langsam wieder zu seinen früheren Umgangsformen zurückfindet. Donna Maria Vincenza betet vor jeder Mahlzeit, bevor sie sich niederläßt, und bekreuzigt sich. »Du kannst dich schon setzen«, sagt sie zu ihrem Enkel. »Bitte, achte nicht auf mich.« Aber Pietro bleibt ebenfalls stehen.

»Das ist ein ernstes Problem«, gesteht Donna Maria Vincenza. »Glaub mir, ich habe darüber nachgedacht, aber ich finde keine Lösung. Deine Suppe hier befindet sich in derselben Schüssel, und es ist materiell unmöglich, daß Gott nur meinen Teil segnet. Es tut mir leid, mein Lieber, aber ich kann es nicht ändern.«

»Also deshalb ist die Suppe oft versalzen«, erwidert Pietro lachend.

An den ersten Abenden hat Donna Maria Vincenza Pietro über Todesfälle, Hochzeiten, Geburten, über den Verfall oder die Entstehung von Familien berichtet, über solche, die emporgekommen, und solche, die heruntergekommen sind. In der Nachbarschaft weiß jeder, wieviel jede Familie wert ist und welcher Rang ihr gebührt, ob ihre Bedeutung wächst oder abnimmt; auch wenn manche Familie versucht, etwas vorzuspiegeln, weiß man doch immer genau, wieviel sie tatsächlich gilt. Jedes Ereignis, Heirat, Erbschaft, Kauf, Verkauf, Unglücksfall oder ähnliches, wird danach eingeschätzt, ob es der Familie zum Aufstieg verhilft oder ihren Niedergang bewirkt, und entsprechend weitererzählt. Durch das Erdbeben und die letzten Kriege haben nur wenige unverändert ihre Stellung gehalten: Die meisten sind entweder aufgestiegen oder heruntergekommen. So haben sich die Beziehungen der Familien untereinander in den letzten Jahrzehnten sehr verändert, und merkwürdige Dinge sind geschehen. Die Stabilität der Häuser ist die Voraussetzung von allem. Wenn die Erde bebt und die Häuser zusammenbrechen, werden dabei nicht nur Menschenleben und Werte vernichtet, sondern es ergeben sich noch ganz andere unerklärliche Folgen daraus. Wieviele Menschen hat Donna Maria Vincenza schon emporkommen und wieder von der Bildfläche verschwinden sehen. Ihre Welt besteht vor allem aus ihren Familienangehörigen und ist je nach Heirat und Verwandtschaftsgrad streng hierarchisch aufgebaut; die übrige Welt besteht aus den anderen Familien und ihren Mitgliedern. Etwas anderes gibt es auf dieser Erde nicht. Sie hat ein erstaunliches Gedächtnis für die Verwandtschaftsbeziehungen und kann mühelos über Generationen hinweg die Eheschließungen von Vätern, Onkeln, Vettern, ja von Großeltern und Urgroßeltern mit den jeweils dazugehörenden Grundstükken, Mühlen, Walken, Spinnereien, Sandgruben, Steinbrüchen, Ställen und Schafspferchen zurückverfolgen, so daß Menschen, Tiere und das Land in dieser Gegend durch die Geschehnisse miteinander verbunden scheinen und Glück und Unglück teilen. Sogar Zäune und Steine bekommen so auf die Dauer ein familiäres Aussehen und ähneln schließlich den Familien, denen sie gehören.

»Dein Großvater«, erzählt sie Pietro, »von dem du die Kopfform und die Augenfarbe geerbt hast, schlürfte jeden Morgen gleich nach dem Anziehen eine Tasse schwarzen Kaffee, stieg dann aufs Pferd und machte eine Runde durch seine Weinberge. Bei der Rückkehr lag ein bißchen Schafskäse und ein Stück Brot auf dem Küchentisch, das er im Stehen aß. Dann ging er gleich in den Stall hinunter und kümmerte sich um die Kühe und die Pferde. Er sagte immer (in seiner Jugend hat er auch seine Flausen im Kopf gehabt): Gegen verrückte Ideen hilft nur Arbeit; und in den Ruhepausen muß man zuhören, wie das Gras wächst.«

Pietro hört ihr teilnahmsvoll und verwundert zu, ohne sie zu unterbrechen, und eines Abends glaubt die Großmutter in seinem Blick so viel kindliche Weichheit und naives Staunen zu entdecken, daß sie davon zu Tränen gerührt ist. Sie legt ihm eine Hand auf den Kopf und zieht ihn sanft an ihre Schulter.

»Es ist, als hätte mir der Herr am Ende meiner Tage noch

einen letzten Sohn geschickt«, sagt sie. »Ja, jetzt verstehe ich, warum er mich so lange hat leben lassen.«
»Großmutter, glaubst du, daß man wirklich neu geboren werden kann?«
»Ob man das kann? Du weißt genau, mein Lieber, daß man es muß. Natürlich nicht so wie die Frömmler, die Schlichtheit des Herzens mit Verblödung verwechseln und die Katze wieder Miezmiez und das Huhn Gagack nennen.«
»Aber Kindheit im anderen Sinn ist auch illusorisch, wie du genau weißt.«
»Nein, Lieber, das stimmt nicht. Ja, zweifellos kommst du mir manchmal ganz überraschend wie ein Kind vor. Nicht, weil du so aussiehst, und auch nicht (entschuldige mein kühnes Urteil) moralisch gesehen, aufgrund von Unschuld oder Gottvertrauen. Aber reden wir jetzt über etwas anderes, denn dieses Thema ist dir vielleicht peinlich, und du sollst nicht glauben, daß ich dich irgendwie ausfragen will. Du bist hier zu Hause.«
»Dann sag ich dir, was dir an mir kindlich erscheint, Großmutter: daß ich mich mit allen Schwächen und dem schmarotzerhaften Verhalten, das dazugehört, nicht ans allgemeine Leben anpasse.«
»Nun, mein Junge, wenn du so deutlich darüber sprechen kannst, wird es mit deinem Schmarotzertum nicht so weit her sein. Aber wenn du es schon wissen willst, ich habe dies gemeint: Es stimmt, daß in deinem Blick und auch im Tonfall deiner Stimme oft eine Überraschung, ein Wundern, ja ein Staunen zum Ausdruck kommt, das man bei einem erwachsenen Menschen nicht findet. Als ich heute morgen aus der Messe kam, hat Don Gennaro auf mich gewartet, um mich ein Stück zu begleiten. Du weißt, Don Gennaro, der Bruder des Pfarrers von Orta, du mußt dich an ihn erinnern, als du klein warst, kam er oft zu euch nach Hause, und er hatte die einzige Tochter der De Camillis geheiratet, wegen

ihrer Weinberge, vor allem aber wegen der Spinnerei. Wie hieß diese arme Frau gleich noch? Ah, Donna Caritea, die im übrigen von Vaterseite her eine Kusine zweiten Grades deiner Mutter war. Und dann wurde bekanntlich durch den Bankrott der katholischen Landwirtschaftsbank alles zunichte, und die Ärmste starb an gebrochenem Herzen. Als ich aus der Kirche kam, hat dort Don Gennaro, der seit dem Skandal mit dir immer so tat, als sähe er mich nicht, auf mich gewartet.... Glaubst du, daß man vom Hof unsere Stimmen hören kann?«

Pietro schweigt verlegen.

»Hast du mir nicht zugehört?« fragt Donna Maria Vincenza. »Streite es nicht ab«, fährt sie lachend fort, »du bist müde und hast gedacht: Was redet diese Alte so viel daher.«

»Ich könnte dir jedes einzelne Wort wiederholen, das du gesagt hast, glaub mir Großmutter. Aber während ich dir zuhörte, kam mir ehrlich gesagt der Gedanke: Wie merkwürdig, was für eine merkwürdige Welt, wie seltsam, daß ich hierher geraten bin, ist dies wirklich meine Welt?«

»Ich möchte wissen, Junge, was du daran merkwürdig findest. Hast du vergessen, daß dies dein Haus ist? Daß dein Vater hier geboren wurde? Eher wäre doch wohl das Gegenteil merkwürdig, wenn du nämlich nicht hier wärst.«

»Ich habe nichts vergessen. Und dennoch klingen mir diese Familiengeschichten wie ferne Ereignisse aus einer untergegangenen Welt im Ohr, die mit dem Erdbeben begraben worden ist. Entschuldige, daß ich das so offen sage, aber dir kann ich nichts vormachen. Also wenn du mir hier von meinen Vorfahren erzählst, den Spinas, Presuttis, De Angelis, von deinen Vorfahren, den Camerinis, den De Dominicis, den De Camillis und wie sie alle heißen, da drängt sich mir dieser Gedanke auf: Merkwürdig, gibt es eine solche Welt wirklich noch, oder träume ich? Was für seltsame Leute, und was habe ich mit denen zu tun?«

Donna Maria Vincenza erblaßt und schließt die Augen.

»Du Ärmster«, sagt sie nach einer langen Pause traurig, »du Ärmster, du redest wie ein Findelkind, wie ein Mensch ohne Vergangenheit, als hätten wir dich aus dem Waisenhaus geholt, als hätten dein Vater, deine Mutter, deine Vorfahren dir nichts hinterlassen. Ich spreche nicht von vererbten Ländereien oder Häusern, o nein, mein Lieber, ich spreche von der Seele. Du redest so, als hätten wir deine Seele bei den Gebrüdern Zingone oder im Kaufhaus Rinascente gekauft. Du sprichst zu mir wie zu einer Unbekannten.«

»Nein, darum geht es nicht. Vielleicht habe ich mich nicht richtig ausgedrückt. Ah, wie ist es schwierig und mühsam, dir zu erklären, was ich fühle. Vielleicht kann ich selber die Bestürzung nicht beschreiben, die mich schon am ersten Abend ergriff, als ich dieses Haus wieder betrat, die Angst, die mich immer wieder erfaßt, vor allem dann, wenn du, na ja, besonders lieb und zärtlich zu mir bist. Ja, es ist, glaube ich, die Bestürzung über etwas schon einmal Erlebtes, die Angst vor der Wiederholung. Sicher ist es schön hier bei dir, Großmutter, voller Wärme und Herzlichkeit; aber all dies ist für mich Vergangenheit, verstehst du, etwas schon Durchlebtes; warum soll ich dir etwas vorlügen? All dies geht mich nichts mehr an, hat mit meinem Leben nichts mehr zu tun; ist höchstens noch Erinnerung. Glaub mir, Großmutter, es tut mir sehr weh, dir all dies sagen zu müssen.«

»Mein armer Junge, so würden Tote sprechen (wenn sie sprechen könnten)«.

»Man kann für die eigene Familie, für die eigene Welt tot sein und doch weiterleben. Manchmal ist dies überhaupt die Voraussetzung, um weiterleben zu können.«

»Hast du dich vielleicht in jenem Stall von Pietrasecca, in dem du versteckt warst, wohler gefühlt?«

»Oh, wohlfühlen ist sicher nicht das richtige Wort für diesen

Ort. Und um es genau zu sagen, es ist noch nicht einmal ein richtiger Stall, obwohl er außer einer nicht genau feststellbaren, aber beträchtlichen Anzahl von Mäusen auch einem Esel als Unterkunft dient; einem elenden alten Esel. Stell dir eine in den Fels gehauene Höhle vor, die vorne mit einer Steinmauer verschlossen ist; in der Mauer gibt es nur eine einzige Öffnung mit einem schief in den Angeln hängenden Türchen, durch das der Esel gerade paßt; das Innere ist vielleicht halb so groß wie dieser Raum, aber so niedrig, daß ich nicht einmal richtig aufrecht stehen konnte; Wände und Fußboden sind durch den hervorstehenden Felsen uneben; kein Fenster, durch das Luft und Licht hereinkommt, wenn die Tür geschlossen ist; kein Loch für den Mist und keine Abflußrinne (der Dung wird ein oder zweimal in der Woche rasch herausgeholt und neben der Tür aufgehäuft). Also wirklich nur aus Achtung vor dem Esel, der ja nichts dafür kann, könnte man das als einen Stall bezeichnen, es ist aber eher eine stinkende Höhle. Großmutter, du kannst dir nicht vorstellen, wie dankbar ich dir bin, daß du mir keine Fragen über meinen Aufenthalt in Pietrasecca gestellt hast und warum ich dort war und was ich da machte und wen ich da kannte, denn ich hätte die größte Mühe, dir darauf zu antworten. Ebenso widerstrebt es mir, dir jetzt zu erzählen, durch welche Umstände ich im letzten Augenblick, als ich erkannte, daß ich mich vor der Meute von Polizisten nicht mehr durch Flucht retten konnte, die Tür zu diesem verdreckten Versteck fand. Aber eines kann ich dir doch sagen: Sobald sich meine Augen an die Dunkelheit in der Höhle gewöhnt hatten und ich allmählich erkannte, was sich darin befand – die an der Rückwand lehnende hölzerne Futterkrippe, den auf dem Boden zwischen Stroh und Mist liegenden alten Esel, einen alten Saumsattel, die Zügel und einige an der Tür hängende Geschirre, eine Mistgabel und eine zerbrochene Laterne in einer Ecke und an der Wand ein zer-

knittertes Bild des heiligen Antonius, des Beschützers der Tiere – da durchströmte mich ein unsägliches Gefühl der Ruhe und Gelassenheit, tiefer Friede, wie ich ihn in meinem ganzen Leben noch nie gefühlt hatte, und alle Angst wich von mir. Mein Aufenthalt an jenem Ort erschien mir also vollkommen natürlich. Endlich bin ich angekommen, *inveni portum*, dachte ich, ah, dies also war jene höchste Wirklichkeit, die ich gesucht hatte, ohne jeden illusorischen Trost.«
»Mir wird ganz angst, mein Junge.«
»Ich glaube vielmehr, daß meine Lage angsterregend gewesen ist, bevor ich diese Zuflucht fand. In der vollkommenen Klarheit, die mich nun erfaßt hatte, erkannte ich, daß mein ganzes bisheriges Leben nachträglich einen Sinn bekam und wie eine Vorbereitung auf diese Höhle gewesen war. Wenn ich es in Gedanken zurück verfolgte bis in die trägen Internatsjahre, bis zum Erdbeben, zur Flucht der Familie, den unfruchtbaren, trostlosen Emigrationsjahren, so erschien mir dieses Leben wie eine allmähliche Loslösung, eine Befreiung von den groben Täuschungen, die den meisten so teuer sind. Je mehr ich mich an diese Dunkelheit gewöhnte und die primitiven Gegenstände entdeckte, die dort aufbewahrt wurden, das geschundene alte Eselchen, die mageren Mäuschen sah, die darin hausten, desto mehr erschien mir alles wie schon seit langer Zeit vertraut, als hätte ich es schon seit vielen Jahren in mir gehabt, vielleicht zu tief in mir, so daß ich es vorher nicht sehen konnte. Als ich mich neben den Esel auf den Boden setzte, konnte ich mich nicht enthalten, ihm, wie du wohl verstehen kannst, ergriffen ins Ohr zu sagen: He, Alter, guten Abend, da bin ich. Er hat mir nicht geantwortet...«
»Nicht? Mein Lieber, das wundert mich wirklich.«
»Aber er hat sich zu mir umgedreht und glaub mir, Großmutter, er war nicht erstaunt, mich da zwischen dem Stroh und dem Mist zu sehen; ganz im Gegenteil. Verletzt es dich,

wenn ich dir sage, daß dies Dinge sind, die du nicht begreifen kannst? Verzeih, reden wir also über etwas anderes. Nur eines möchte ich noch sagen: In jenem Stall hatte ich vom ersten Augenblick an jedes Zeitgefühl verloren. Das existiert bekanntlich nur für denjenigen, der etwas wünscht und sucht, und für den, der sich langweilt, ich aber brauchte nichts mehr zu suchen (ich war angekommen), und Langeweile habe ich im übrigen nie gekannt. Die Zeit hatte sich für mich also einfach aufgelöst. Als mich aber dann der Eigentümer des Stalls und des Esels, der damit also auch mein rechtmäßiger Eigentümer geworden war, auf seinen Karren lud und mich, nachdem er sich mit dir geeinigt und mich dir regelrecht verkauft hatte, versteckt zwischen Säcken und Lumpen ins Tal brachte, um mich dir zu übergeben, war das erste starke Gefühl, das ich empfand, daß ich wieder in die Zeit zurückgeführt wurde. Und ich erlebte ein außergewöhnliches Phänomen, auf das ich früher nie geachtet hatte, ich begann deutlich den Ablauf der Zeit wahrzunehmen. Du kannst es dir vielleicht so vorstellen, daß ich das Dahinfließen der Zeit wahrnahm, wie man gewöhnlich das Dahinfließen eines Flusses wahrnimmt; nicht auf die abstrakte künstliche, gleichförmige Art der Uhren, nein, ich fühlte die Zeit dahinfließen, wie man einen richtigen Fluß dahinfließen sieht, das heißt stockend und unregelmäßig, einmal langsam und dann wieder heftig, je nach dem Gefälle, nach der Beschaffenheit des Flußbettes und der Ufer, und ob da Mühlen und Walken sind oder ob Waschfrauen am Ufer ihre Wäsche schwenken und ausschlagen. Ich hatte das deutliche Gefühl, daß der wacklige kleine Wagen, auf den ich geladen worden war, von der Zeit mitgerissen wurde wie ein unsicheres kleines Boot von einem Hochwasser führenden Fluß, der vom Gebirge in die Ebene strömt. Und noch eine Überraschung: Wenn ich durch die Risse in den Säcken, unter denen ich versteckt lag, hinaus spähte, staunte ich über jede Einzelheit der Welt draußen, die ich erkennen konnte, obwohl sie mir ja durchaus nicht unbekannt erschien. So gingen zum Beispiel seit der Brücke von Fossa ein Mädchen und ein Soldat eine gute Weile hinter dem kleinen Karren her. Die Frau hatte rote Augen und tränenüberströmte Wangen, und der Soldat sagte im Gehen immer wieder sanft und schicksalergeben zu ihr: Was kann ich daran ändern? Ich muß wieder fort. Das wußtest du doch, oder? Und das Mädchen nickte folgsam, sicher hatte sie es gewußt, aber sie weinte trotzdem weiter; und im Weitergehen legte ihr der Soldat zärtlich den Arm um die Taille und sagte immer wieder traurig: Wenn die Zeit abgelaufen ist, muß man wieder gehen, verstehst du. Daran kann man nichts ändern. So ist das Gesetz. Von derselben Strömung mitgerissen gingen so der Mann und die Frau eine gute Weile hinter dem Karren her. Seltsam dachte ich, was für eine seltsame Welt; was für seltsame Konventionen; wie kann eine solche Welt nur weiterbestehen? Am liebsten hätte ich mich aus den Lumpen befreit, die mich verhüllten, wäre von dem Karren heruntergestiegen und hätte diesen Soldaten freundlich beiseitegenommen, um ihm zu sagen: Glaub mir, Mann, du bist einer fixen Idee zum Opfer gefallen. Aber wir waren schon an der Kapelle der Armen Seelen im Fegefeuer angekommen, du weißt, dort, wo die Straße dann abwärts führt. Die Strömung, die uns gemeinsam davongetragen hatte, geriet hier in einen Wirbel, und wir wurden plötzlich auseinandergerissen, der Esel, der den kleinen Karren zog, fing nun, da es abwärts ging, zu traben an, der Soldat dagegen bog von der Straße ab und schlug einen Feldweg ein, um schneller zum Bahnhof zu gelangen; und so blieb das Mädchen allein zurück, aufrecht und bewegungslos stand es neben einem Schotterhaufen am Straßenrand: Die Strömung hatte sie ans Ufer gespült und dort wie Strandgut liegengelassen. Als die Straße dann wieder aufwärts führte, gingen auch noch andere Leute kurze

Zeit neben dem Karren her. Ich erinnere mich unter anderem, daß dieser einmal von der Fahrbahn herunter mußte, um einen alten tiefgebeugten Cafone nicht umzufahren, einen Alten in völlig zerfetzten und schmutzigen Kleidern, der mitten auf der Straße fast auf den Knien lag und im Schlamm eine verlorene Münze suchte. Was für eine Welt, dachte ich; und keiner sagt zu diesem armen Alten freundlich: Guter Mann, dieses Stückchen Metall, das du verloren hast, dieser verdammte Fetisch ...«
Donna Maria Vincenza scheint bei allem Bemühen, nicht den Faden der Erzählung ihres Enkel zu verlieren, seit ein paar Minuten in ein stilles Gebet versunken zu sein, um das rasche Eingreifen der barmherzigen Muttergottes zu erflehen, deren schmerzliches Abbild in einer Ecke des Raumes von einer Öllampe beleuchtet wird und die auf diese Weise, auch wenn Pietro nicht darauf achtet, ebenfalls in der Küche anwesend ist. Unter Müttern braucht man über bestimmte Situationen nicht viel Worte zu verlieren, da reicht schon ein Blick. Das Schlimme ist nur, daß eine arme Frau heute nicht einmal mehr weiß, wie sie sich ihre Kinder wünschen soll: entweder laufen sie Vergnügungen nach und nehmen Laster an, oder sie verkaufen ihre Seele für Geld, oder sie sind allzu ernsthaft und sehen dann, wie ungerecht es auf der Welt zugeht. Ob daran die Mütter schuld sind, die nicht mehr wissen, wie sie sie ans Haus binden sollen? Ach, Mutter zu sein, ist nie leicht gewesen. Und als Jesus damals im Alter von zwölf Jahren von zu Hause ausriß, ohne zu sagen, wohin er ging und was er wollte und dann im Tempel mit den Schriftgelehrten stritt, war das gewiß auch für Maria kein leichter Tag, vor allem, da es mit den Schriftgelehrten auch gar nichts zu diskutieren gibt, es ist verlorene Zeit. Und wenn Pietro jetzt glaubt, daß seine Großmutter eines Tages Lust haben wird, sich mit ihm über Ideen und ähnliches Teufelszeug zu unterhalten, dann irrt er sich und kann lange warten. Donna

Maria Vincenza war noch ein kleines Mädchen mit Zöpfen, als ein berühmter Passionsprediger kam und in der Kirche von Colle den Syllabus Pius' IX erklärte. Sie erinnert sich daran, als sei es gestern gewesen und wiederholt oft und gern die beredten Erklärungen des heiligen Mannes: »Die falschen Ideen«, sagt er, »entspringen direkt den falschen Gefühlen. Über die Fehler und Häresien zu diskutieren, ist also ganz vergeblich. Die Säulen der Wahrheit sind Sitte und Anstand.« Als sie von einer dieser Predigten zurückkehrte, hatte Donna Maria Vincenza zu Hause ein Buch von einem gewissen Manzoni vorgefunden, das *Die Verlobten* hieß und das ihr künftiger Mann, Don Bernardo Spina, der damals das Gymnasium besuchte, für sie aus Rom mitgebracht hatte; kaum aber hatte das Mädchen auf dem Umschlag das Wort »Roman« gelesen, zögerte es nicht, das Buch den Flammen zu übergeben. »Sehr geehrter junger Herr«, hatte sie dann an den Gymnasiasten geschrieben, »was für eine merkwürdige Vorstellung müssen Sie von mir haben, daß Sie es wagen, mir einen Roman zum Lesen zu geben.«

»Ist diese Welt also so«, fragt Pietro, »daß man, wenn man nur ein paar Wochen weg war, bei seiner Rückkehr schon alles vollkommen absurd und unwahrscheinlich findet?«

»Armer Junge«, erwidert Donna Maria Vincenza bestürzt, »du vergißt, daß diese Welt von Gott geschaffen ist und nur dank der göttlichen Vorsehung weiterbesteht. Wie alt bist du jetzt? Vierunddreißig? Dies ist gewiß schon ein respektables Alter, du bist das, was man einen erwachsenen Mann nennt; aber vergiß nicht, daß Gott älter ist als du und daß er seine Gründe gehabt haben wird, die Dinge so zu machen, wie sie sind.«

Und nach kurzer Überlegung fährt sie lächelnd fort: »Wenn du so alt bist wie Er, wirst du Ihn vielleicht verstehen.«

Jedenfalls ist der Großmutter jetzt klar, daß dieser unbestimmte Ausdruck des Staunens, der so oft im Blick ihres

Enkels liegt, nicht aus einer Naivität des Herzens kommt, wie sie geglaubt hatte; dabei fällt ihr wieder ein, was Natalina gesagt hatte. Mit der Intuition eines schlichten Gemütes hatte die Magd etwas über Pietro gesagt, das Donna Maria Vincenza jetzt genau zutreffend erscheint.

»Wenn ich mich richtig erinnere«, sagt sie, »war es am zweiten oder dritten Tag nach deiner Ankunft hier, daß Natalina, als sie dir im Gang begegnete, wie du gerade die Leiter vom Dachboden herunterstiegst, sich so sehr erschreckte, daß sie ohnmächtig umfiel.«

»Ja, und dabei hat sie, glaube ich, ein halbes Dutzend Teller zerschlagen, die sie in der Hand hatte, was die erste sichtbare Folge meiner Anwesenheit in deinem Haus war.«

»Ach, laß gut sein, fürs Geschirrzerschlagen hat dieses Mädchen schon seit jeher eine besondere Begabung, und die Sachen, die sie nicht zerschlagen kann, weil sie unzerbrechlich sind, die verbeult sie. Wovor hast du bloß Angst gehabt? schimpfte ich, als sie wieder zu sich gekommen war. Hast du vielleicht vergessen, daß mein Enkel hier mit uns im Haus lebt? Und weißt du, was sie mir da geantwortet hat? (Aber vielleicht sollte ich dir das gar nicht erzählen.) Ich habe geglaubt, antwortete sie, da kommt ein vom Tode Auferstandener auf mich zu.«

Man gewöhnt sich an alles, auch an Auferstandene. Am Abend seiner Ankunft in Colle hatte Pietro Natalina nur flüchtig wahrgenommen, sie hatte fast wie ein verängstigtes unterwürfiges Haustier auf ihn gewirkt. Am nächsten Tag konnte er sie, hinter einem Fensterladen stehend, besser beobachten, während sie den Hof überquerte; das Mädchen hatte über einem Tragpolster einen Korb voller frisch gewaschener Leintücher auf dem Kopf, die schlangenförmig zusammengewickelt waren und aus denen noch Wasser tropfte, das ihr über Wangen, Nase und Kinn rann. Er hatte Natalina mit etwas Herzklopfen betrachtet. Sie war ihm

klein und nicht sehr wohlproportioniert erschienen, denn ihr Oberkörper war im Verhältnis zum übrigen Körper sehr kurz, die Schultern schmächtig im Vergleich zu den breiten Hüften, Arme und Hände zart, verglichen mit den groben Fesseln und Waden. Sie ist nicht zum Arbeiten geschaffen, urteilte Pietro damals, sondern zum Kinderkriegen. Durch das offene Hoftor war inzwischen eine Ziege hereingekommen und nach kurzem Zögern direkt auf die Pferdetränke zugegangen. Natalina setzte sofort ihren Korb ab, lief auf die Ziege zu und versetzte ihr einen so heftigen Tritt in den Magen, daß das Tier fast umfiel. Kläglich meckernd floh die Ziege dort hin, woher sie gekommen war. Das Mädchen sah sich um, ob niemand es beobachtet hatte, und nahm dann den Korb wieder auf, um die Leintücher an Drähten neben dem Stall aufzuhängen. Als er sich abends mit seiner Großmutter unterhielt, hatte Pietro das Gespräch dann auf Natalina gebracht.
»Sie ist ein ungebärdiges Füllen«, hatte Donna Maria Vincenza gesagt. »Ein Füllen, das keine Fliegen ertragen kann. Sie hat ihre Mutter beim Erdbeben und kurz darauf den Vater verloren, auch sonst hat sie keine Verwandten mehr in Colle, außer Tante Eufemia, du weißt ja, die letzte De Domenicis, eine hysterische Betschwester, die die Tante von allen und von keinem ist; also bin ich wohl oder übel für ihre Zukunft verantwortlich. Aber ich kann ihr kein Wort sagen; und was noch schlimmer ist, ich kann kein Wort aus ihr herausholen.«
»Ist sie schön?« hatte Pietro errötend gefragt.
»Wie, kannst du das nicht selber beurteilen?«
»Ich meine, hat sie einen Freund? Wenn sie sonntagnachmittags ausgeht, wohin geht sie da? Laufen ihr die Jungen nach?«
»Sie geht nur in die Kirche oder macht kleine Besorgungen. Die Leute denken womöglich, daß ich sie hier festhalte, dabei ist sie menschenscheu.«
Eines Sonntagnachmittags fand Pietro die Tür über dem

Treppchen, das zum Dachboden führt, versperrt. Er wollte schon umkehren, aber dann wurde er doch neugierig, weil die Tür, die kein Schloß besaß, von innen verbarrikadiert worden war und sich folglich jemand auf dem Dachboden eingesperrt hatte. Und da es sich nicht um die Großmutter handeln konnte, versuchte er, die Tür mit Gewalt zu öffnen. Nur mit großer Mühe schaffte er es, die Gegenstände, die von innen dagegengestellt worden waren, um ein paar Zentimeter zu verrücken; sobald es ihm aber gelang, einen Arm durch die Öffnung zu stecken, konnte er einen Kasten, der das größte Hindernis war, leichter beiseiteschieben; und mager wie er war, konnte er hindurchschlüpfen, als der Spalt gerade eine Handbreit offen war. Wie erwartet, fand er Natalina, die in der Mitte des Dachbodens auf zwei übereinandergelegten Koffern stand. Dieses improvisierte Podest ermöglichte ihr, sich mit den Ellbogen auf die Fensterbank der Dachluke zu stützen und die Landschaft in der Ferne, die Fucino-Ebene und die umliegenden hohen Berge, zu betrachten. Das junge Mädchen war im Sonntagsstaat, trug ein gelb und rotgeblümtes Baumwollkleidchen, ein Kleidchen, das in dieser Jahreszeit eher sommerlich und zu leicht wirkte, und hatte mitten auf dem Kopf ein mit weißen Blumen und Kirschen verziertes Strohhütchen sitzen. Natalina hatte Pietros Kommen nicht bemerkt und betrachtete weiterhin die Aussicht, wobei sie den Kopf auf die gleiche Weise in die Handfläche stützte wie jene hinter schneeweißen Wolken verschanzten Engelchen auf gewissen Gemälden.

»He, guten Tag«, rief ihr Pietro zu. »Störe ich dich?«

Natalina wäre vor Schreck fast heruntergestürzt und klammerte sich an einen Laden des Dachfensters.

»Oh, junger Herr, wie seid Ihr denn hier hereingekommen?« fragte sie.

»Wenn ich dich störe, kann ich ja wieder gehen«, antwortete er.

»Nein, eher müßte ich ja gehen.« (Das sagte sie, aber sie rührte sich nicht von der Stelle.)
»Der Dachboden ist ja kein Salon«, erwiderte Pietro. »Hier gelten keine Vorrechte. Aber wenn es nicht zu indiskret ist, wüßte ich doch gern, bevor ich gleich wieder gehe, was du eigentlich hier oben so allein machst?«
Das junge Mädchen wurde sehr verlegen.
»Nicht weil ich kein Vertrauen hätte«, entschuldigte sie sich, »aber ich weiß nicht, ob ich es Euch sagen soll.«
»Also dann entschuldige und Auf Wiedersehen.«
Er war schon auf der Treppe, als Natalina ihn zurückrief.
»Ich sage es Euch«, schrie sie. Und fuhr fort: »Es ist ein Geheimnis. Versprecht Ihr, es der Signora nicht zu erzählen?«
»Ich schwöre«, rief Pietro mit gespieltem Ernst.
Als auch er auf die Koffer gestiegen war, sagte ihm das Mädchen vertraulich ins Ohr: »Ich warte auf den Zug.«
»Auf den Zug?«
»Ja, auf den Zug. Wundert Euch das?«
Pietro wußte, daß an Colle keine Eisenbahnlinie vorbeiführte, der nächste Bahnhof lag fünf oder sechs Kilometer entfernt und war von hier nicht zu sehen; deshalb fragte er genauer: »Wartest du auf einen richtigen Zug, mit Lokomotive, Waggons und Fahrgästen?«
»Natürlich auf einen richtigen Zug. Wundert Euch das?«
»O nein, gar nicht.«
Das blasse Gesicht des Mädchens hatte einen ernsten und ruhigen Ausdruck; nur die Augen, zwei ein wenig ungleiche, mandelförmige Augen, zwei goldschimmernde, eher süßliche Mandelaugen, verrieten, aus der Nähe betrachtet, starke Nervosität. Die kleine Nase und der dünne schmale, lippenlose Mund eines Nagetieres paßten gut zu dem blumenverzierten Hütchen. Pietro bemerkte, daß auf dem Fenstersims der Dachluke ein Wecker stand.

»Weckt der dich, wenn du einschläfst?«
»Nein, der kündigt den Zug an.«
»Ah, verstehe. Das hätte ich mir auch selber denken können, wenn ich nicht so dumm wäre.«
Kurz darauf begann der Wecker tatsächlich zu läuten.
»Da kommt der Zug«, verkündete Natalina ganz aufgeregt.
»Zurücktreten, zurücktreten, erst die Ankommenden aussteigen lassen! Bitte reicht mir den Koffer durchs Fenster, sobald ich eingestiegen bin. Auf Wiedersehen; oder besser gesagt Adieu. Bittet Eure Großmutter, sie möge mir verzeihen. Nur wenn Tante Eufemia stirbt, telegraphiert mir bitte; Ihr wißt schon, wegen der Erbschaft, ich möchte nicht, daß die anderen sich auch meinen Teil nehmen.«
»Schnell, schnell jetzt, du mußt einsteigen.«
»Die Fahrkarte, o Gott, wo ist die Fahrkarte?«
»Du kannst sie im Zug lösen, das ist ausdrücklich erlaubt, schnell, schnell«, schrie Pietro mitgerissen von dem kindlichen Spiel.
»Aber ich habe sie schon gekauft, ich will doch nicht doppelt bezahlen, ich bin doch nicht verrückt.«
»Siehst du nicht, wie ungeduldig der Zugführer ist? Steig ein und such dann weiter.«
Natalina zog ein Stückchen Papier aus dem Mieder.
»Ah, hier ist sie«, schrie sie triumphierend. »Reicht mir bitte den Koffer herein. Danke. Ist er schwer? Natürlich, schließlich sind alle meine Kleider drin. Wohin ich fahre? Bedauere, aber das kann ich nicht sagen. Habt Ihr ein weißes Taschentuch, um mir nachzuwinken, wenn der Zug abfährt? Ja? Danke. Riecht Ihr den feinen Kohlegeruch, der von der Lokomotive kommt? Ah, das ist gewiß englische Kohle.«
»Gute Reise, viel Glück. Und lehn dich ja nicht aus dem Fenster, wenn der Zug fährt.«
»Ich weiß. Und ich darf auch nicht auf den Boden spucken, sondern nur ins Taschentuch.«

»Und auch das Klo während des Halts auf Bahnhöfen nicht benutzen.«
»Ich weiß. Und ich darf auch nicht die Notbremse ziehen, wenn nicht ein dringender Grund vorliegt. Ich weiß alles. Adieu, adieu.«
»Adieu.«
Als sie vom Dachboden heruntersteigen, fragte Pietro das junge Mädchen: »Machst du solche Reisen oft?«
»Jeden Sonntag.«
Noch am selben Abend betritt Pietro nach langem qualvollem Zaudern unangemeldet ihr Zimmer, Natalina ist barfuß und ungekämmt und wühlt nervös in verschiedenen Wäschestücken, die überall herumliegen, auf dem Bett, auf den Stühlen, auf dem Schrank.
»Hast du große Wäsche gemacht?« fragt Pietro mit ungewöhnlich erregter Stimme.
»Nein, ich zähle mein Zeug«, erklärt Natalina wütend. »Mir fehlt ein Taschentuch.«
»Das findest du morgen wieder«, meint Pietro, der das Thema wechseln möchte.
»Warum morgen?«
»Du hast es heute in irgendeinem anderen Zimmer liegenlassen, und morgen findest du es wieder«, erklärt Pietro, um über etwas anderes reden zu können. »Natalina, komm, das ist doch kein Grund zum Verzweifeln. Willst du dich nicht lieber mit mir unterhalten?«
»Aber ich suche es doch schon seit einem Jahr«, erwidert Natalina wütend. »Jeden Abend, seit einem Jahr. Wie könnt Ihr da sagen, daß ich es morgen wiederfinde?«
»Wenn das so ist, Natalina, dann gib es auf. Wenn du es schon ein Jahr lang suchst.«
Natalina sieht ihn so haßerfüllt an, daß Pietro verstummt.
»Das ist mein ›Zeug‹«, schreit sie und schlägt sich auf die Brust. »Was geht Euch mein ›Zeug‹ an?«

»Du lieber Gott, Natalina, ich habe doch nur so gemeint«, beeilt sich Pietro zu erklären. »Ich bin doch nicht hergekommen, um mit dir zu streiten, ganz im Gegenteil. Wenn du es mir erlaubst, schenke ich dir ein ganzes Dutzend Taschentücher.«
»Wißt Ihr überhaupt, was das ›Zeug‹ wert ist?« schimpft das junge Mädchen weiter.
(Pietro denkt: wenn sie noch einmal »Zeug« sagt, gebe ich es auf.)
»Das ›Zeug‹, junger Herr ...«
Pietro wischt sich den Schweiß ab und geht.
Am folgenden Sonntagnachmittag begegnet Pietro Natalina auf der Treppe und fragt sie: »Fährst du heute wieder mit einem schweren Koffer ab?«
»Ja, natürlich, mit all meinem ›Zeug‹. Aber wenn Ihr nicht zum Bahnhof kommt, kann ich mir die Koffer von einem Gepäckträger hinaufreichen lassen. Ihr braucht Euch nicht zu bemühen.«
»Um so besser. Gute Reise.«
»Auf Wiedersehen oder vielmehr Adieu. Schreibt mir, wenn die Tante stirbt.«
»Welche Tante denn?«
»Die Tante Eufemia. Ihr wißt doch, wegen dem ›Zeug‹, das dann verteilt wird.«
Aus einer gewissen Entfernung fühlt er sich von dem Mädchen, ehrlich gesagt, nicht abgestoßen; aus der Nähe aber stört ihn außer Natalinas Manien ihr scharfer und durchdringender Schweißgeruch, ein säuerlicher Geruch, der an bestimmten Tagen noch verstärkt wird durch die Ausdünstungen eines billigen Talkumpuders, von dem sie reichlich Gebrauch macht, sowie durch den »Salatduft«, der ihre mit Öl und Essig eingeriebenen Haare umschwebt; wo sie geht und steht hinterläßt Natalina Schwaden wie von einer ranzigen Vorspeise. Pietro erträgt ohne weiteres (manchmal sogar

offensichtlich gern) den Gestank der Kühe, Esel und Schafe; aber menschlicher Körpergeruch erregt oft seinen Ekel.
»Dies ist vielleicht ein weiterer Grund«, gibt er seiner Großmutter gegenüber zu, »weshalb ich nie ein guter Sozialist gewesen bin. Ein wahrer Mann der Linken darf keine Nase haben; so wie übrigens sein Kollege von rechts keine Ohren.« Die Sonntagnachmittage verbringt er jetzt nicht mehr auf dem Dachboden, sondern im tiefen Keller inmitten von riesigen leeren Fässern. Wegen der eisigen Kälte muß er dick eingemummt in zusätzliche Wollpullover, Schals und Mäntel hinabsteigen, was seine Bewegungen behindert und ihn sehr unförmig macht. Der Keller zieht ihn deshalb an, weil er auch am hellichten Tag etwas Geheimnisvolles hat, und die großen leeren Fässer verleihen dieser nächtlichen, grünlich feuchten Atmosphäre den passenden Rahmen, der seine Phantasie anregt. Ganze Tage lang unterhält er sich damit, mit einem Stück Gips auf die Fässer unwahrscheinliche allegorische Figuren zu zeichnen, unter die er vertraute Namen schreibt: Die Tradition Venanzios, Das Mädchen mit dem Zug, Das Erbe der Tante Eufemia, Das Christentum der Großmütter. Die Stunden vergehen lautlos: Der Strom der Zeit fließt in weiter Ferne und läßt sich hier nur noch als schwaches Murmeln wahrnehmen.
»Du bekommst noch eine Lungenentzündung«, tadelt ihn Donna Maria Vincenza.

IV

Seit die alte Frau etwas beruhigter über den Gesundheitszustand ihres Enkels ist, hat sie ihm ein eigenes Zimmer neben dem ihren gegeben. Es ist ein sehr großer Raum, der früher einmal als Wohnzimmer gedient hat, und aus dieser Zeit stammen noch die schwarz und rissig gewordenen Vergoldungen, mit denen die Decke und die Fenster eingerahmt sind, ein langer Spiegel über dem Marmorkamin sowie ein riesiger Kristallüster; seit Donna Maria Vincenza allein lebt und keine Besuche mehr empfängt, wird das Wohnzimmer nur noch als Garderobe gebraucht, und zu diesem Zweck hat man unter anderem drei schwere Schränke voller Wäsche und Kleider hineingestellt und jetzt auch noch ein Sofa, das nachts in ein Bett umgewandelt wird.

In einer Vitrine mit zwei Fächern werden die farbigen Krippenfiguren aufbewahrt, das nackte Jesuskind auf einem Strohhäufchen, die demütige und glückliche Mutter, der fromme Josef, die Hütte, der Esel, der Ochs, die Engel, die Hirten, die Zicklein und die Felsen. An einer Wand hängt das schwarzumflorte Porträt von Don Saverio Spina. In einem der Schränke entdeckt Pietro die Kavalleriehauptmanns-Uniform dieses Onkels, und ihm kommt die Idee, sie anzuziehen und seine Großmutter damit zu überraschen. »Arme Alte«, sagt er sich, »vielleicht bringe ich sie doch einmal zum Lachen.«

Aber als er sich dann verkleidet hat, zögert er doch. »Und wenn sie den Scherz peinlich findet? Die Uniform wird sie an ihren in Libyen gefallenen Sohn erinnern.« Während er noch überlegt, geht die Tür auf und Venanzio kommt herein. Der alte Knecht erschrickt so sehr, daß es schon komisch wirkt, wie verängstigt er ist.

»Ich dachte doch tatsächlich, der selige Don Saverio steht vor mir«, stammelt er.

»Wer hat dich gerufen?« schreit ihn Pietro verärgert an, weil er in dieser Verkleidung überrascht worden ist. »Und selbst wenn ich dich gerufen hätte, warum kommst du hier herein, ohne anzuklopfen?«
Beleidigt verläßt der Knecht das Zimmer, schließt die Tür hinter sich und klopft dann heftig; aber Pietro läßt ihn eine Weile warten, bevor er aufmacht.
»Wißt Ihr überhaupt, wie lange ich in diesem Hause diene?« fragt Venanzio aufgebracht. »Seit zweiundvierzig Jahren, lieber junger Herr. Als ich hier ankam, da stand Euer Großvater, der selige Don Bernardo, mit seinem Pferd neben dem Brunnen und sagte zu mir: Junger Mann, bist du der neue Stallknecht? Nun, wenn du deine Pflicht tust, werde ich die meine tun. Das war ein richtiger Herr.«
Pietro macht eine ärgerliche Geste.
»Das hast du mir schon einmal erzählt«, schreit er. »Vor Tagen hast du mir auch erzählt, daß du mich als Kind bei verschiedenen Gelegenheiten auf den Knien gehalten hast. Bald willst du mir auch noch weismachen, daß du mich gestillt hast. Und selbst wenn, das entbindet dich doch nicht von der Pflicht, anzuklopfen, bevor du mein Zimmer betrittst.«
Venanzio steht mit dem Hut in der Hand mitten im Zimmer unter dem brennenden Kronleuchter mit den funkelnden Kristallprismen; in dieser vollen Beleuchtung wirkt er noch älter, sein Gesicht und seine Hände erscheinen noch dunkler, seine Kleidung ärmlicher, er selber eingeschüchterter, gedemütigter und gekränkter. Aber in seinem Blick liegt etwas Lauerndes, Ausweichendes, das Pietro mißtrauisch macht. Außerdem hängen diesem die ewigen Familiengeschichten der Spinas schon zum Halse heraus. Um dem Knecht seine Verachtung zu zeigen, kehrt er ihm brüsk den Rücken. Auf diese Weise steht Pietro nun vor dem Spiegel und sieht sich in der Uniform eines Kavallerieoffiziers. Er kommt sich in diesem graugrünen Anzug mit geblähter

Ziehharmonikabrust und breiten Schultern im chinesischen Pagodenstil lächerlich, plump und wie ausgestopft vor. Mit seiner dunklen Hautfarbe und den wirren Haaren könnte man ihn für einen farbigen Soldaten halten, der sich auf dem Schlachtfeld irgendwelche grotesken Verdienste erworben hat und dafür zum Offizier ernannt worden ist. Die Uniform riecht stark nach Kampfer, und Pietro sieht sich selber schon als eingemotteten Hampelmann, als heruntergekommenen, wunderlichen und auch ein wenig unwirklichen Hampelmann. Neben seinem Spiegelbild ist auch das dieses armen alten Mannes zu sehen, dieses unterwürfigen Venanzio, der in den ausgetretenen schmutzigen Stiefeln, den bis über die Knöchel hochgeschlagenen und wie ein Regenschirm zusammengewickelten Hosenbeinen und den zu kurzen Jackenärmeln in seinem ganzen primitiven Elend dasteht. Er bemerkt nicht, daß Pietro ihn beobachtet; Venanzios Hände sind knotig, schrundig und schwarz wie altes Bauerngerät, der Hals hager und ausgemergelt, das Gesicht faltig und gelblich wie ein altbackenes, ja schon ein wenig schimmliges Maisbrot, am langen und dünnen Schnurrbart, um Nasenlöcher, Augen und Ohrmuscheln sogar schon ins Grünliche gehend. Seit zweiundvierzig Jahren arbeitet der arme Mann im Hause der Spinas. Er war also schon vor Pietros Geburt da. Seit zweiundvierzig Jahren arbeitet er hier, zwölf oder vierzehn Stunden mühevolle Arbeit täglich, zum Teil auch sonntags – weil die Pferde ja auch an Feiertagen versorgt werden müssen. Wieviel Mist hat er mit diesen Händen weggeräumt; wieviel Heu, Stroh, Erde bewegt; wieviel Säcke hat er in zweiundvierzig Jahren auf seinem armen Rücken geschleppt. Pietro ist diese Ergebenheit, diese Anhänglichkeit, diese hündische Treue peinlich. Er dreht sich brüsk zu dem Mann um und sagt verlegen:
»Weißt du, Venanzio, ich habe das nicht so gemeint. Außerdem kannst du natürlich jederzeit zu mir hereinkommen,

Venanzio. Übrigens«, fragt er und deutet ein freundliches Lächeln an, »findest du wirklich, daß ich meinem Onkel Saverio ähnele?«

Venanzio ist gerührt über den veränderten Ton, und um zu zeigen, daß er überlegt, runzelt er die Stirn und schließt halb die Augen.

»Don Saverio war kräftiger«, urteilt er. »Er hatte auch eine schöne rosige Gesichtsfarbe, die den Frauen gefiel, wie man weiß. Aber die Augenhöhlen, die Nase, das Kinn sind genau gleich. Auch die Körpergröße, glaube ich. Ja, er war wirklich noch ein Herr.«

Pietro verzichtet darauf, sich seiner Großmutter in dieser Verkleidung zu zeigen. Venanzio versucht verwirrt, ihm etwas zu sagen.

»Ich war nicht gekommen, um Euch zu stören«, stammelt er. »Das ist bestimmt nicht meine Art, junger Herr. Wie heißt es noch? Der Knecht in den Stall und der Herr, wohin es ihm beliebt. Aber es ist so, daß hier Dinge geschehen, die ich nicht länger für mich behalten kann. Stellt Euch vor, junger Herr, heute war Lama dran. Wir sind gleich nach dem Essen losgefahren und erst vor einer halben Stunde zurückgekommen. Nein, ich kann diese Dinge nicht mehr verschweigen.«

»Warum nach Lama? Gibt es dort ein Heiligtum?«

»Es geht nicht um Pilgerreisen, Herr, sondern um Euren Fall. Ihr wollt doch wohl nicht behaupten, daß Ihr nicht versteht? Nun, Donna Maria Vincenza sucht in der ganzen Gegend Rat und Hilfe, um Euch aus der Lage zu retten, in die Ihr geraten seid. Habt Ihr denn nicht bemerkt, daß ich Donna Maria Vincenza in der letzten Woche fast jeden Tag in irgendein Dorf hier in der Umgebung fahren mußte? Heute in Lama befahl sie mir, vor dem Haus eines Rechtsanwaltes zu halten. Die Leute, die uns jetzt jeden Tag irgendwohin fahren sehen, nachdem wir jahrelang ruhig und zu-

rückgezogen gelebt haben, fangen schon an, Vermutungen anzustellen. Im Winter arbeiten bekanntlich nur wenige, und wenn ein Wagen durchs Dorf fährt, kommen alle Leute auf die Straße. Hier in Colle kann ich schon keine zwei Schritte mehr machen, ohne daß mich jemand fragt: Was ist denn mit Donna Maria Vincenza los? Welches Unglück ist denn der armen Frau jetzt geschehen?«
Pietro hatte nichts davon bemerkt. Seit er ein eigenes Zimmer hat, kommt er nicht mehr so häufig mit seiner Großmutter zusammen. Natürlich war ihm das häufige Pferdegetrappel und das Geräusch des Wagens im Hof aufgefallen; aber dabei war ihm nie in den Sinn gekommen, daß da seine Großmutter abfuhr oder zurückkehrte; und auch als er Donna Maria Vincenza, hinter dem Fensterladen hervorblickend ein oder zweimal aus dem Wagen steigen sah, dachte er eben, sie käme aus der Kirche oder von einem Besuch in Colle zurück. Aber jetzt wird ihm auch klar, weshalb seine Großmutter an den letzten Abenden so müde wirkte und sich dafür entschuldigte, ihm am Kamin nicht mehr Gesellschaft leisten zu können.
»Es ist gefährlich, junger Herr, und vor allem ist es eine Schande«, fährt Venanzio mühsam und sichtlich leidend fort. »Nicht etwa, weil die Signora so unvorsichtig wäre, mit irgendeinem Wort zu verraten, daß Ihr jetzt bei ihr zu Hause seid. Die Gefahr, die ich meine, betrifft nicht Euch, sondern die Familie. Im übrigen ist Donna Maria Vincenza ja kein kleines Kind, das sich die Würmer aus der Nase ziehen läßt. Ihr solltet einmal hören, junger Herr, wie vorsichtig sie über Euch zu sprechen versteht. Zum Beispiel war ich neulich dabei, als sie sich mit dem Domherrn Don Angelo Scarfò in der Sakristei der Heiligen Märtyrer in Cavascura traf. Wenn dieser Unglückliche tot ist, sagte Hochwürden mit seiner näselnden Stimme und lächelte scheinheilig mit seinem Gummigebiß, dann können wir nur noch für seine Seele beten.

Und wenn er nicht tot ist? fragte ihn Donna Maria Vincenza seelenruhig. Unwahrscheinlich, erklärte der Domherr. Die Polizei hat ihn nicht gefunden? Das heißt, daß er tot ist. Entschuldigen Sie, aber diese Überlegung verstehe ich nicht. Wenn die Polizei ihn nicht gefunden hat, heißt das doch, daß er lebt. Gute Frau, rief da Hochwürden aus, wenn Sie mehr wissen als ich, warum reden Sie dann nicht? Sagen Sie mir offen, wo er sich aufhält. Wenn er noch lebt, erwiderte Donna Maria Vincenza, bedeutet das, daß ihm Gott in Seiner unendlichen Güte die Möglichkeit geben will, seine Übeltaten wieder gutzumachen und zu einem normalen und ehrbaren Leben zurückzufinden. Aber wenn er in den Bergen oder sonst irgendwo unter falschen Namen lebt, fuhr die Signora fort, kann er das ja gar nicht, wie Sie selber zugeben werden, Hochwürden. Und deshalb, schloß die Signora, bin ich zu Ihnen gekommen, Hochwürden: Wir wissen alle, daß Sie in der Hauptstadt Beziehungen haben; gibt es denn keinen Weg, vom König eine Begnadigung zu erreichen? Sollten dabei Kosten entstehen, schloß Donna Maria Vincenza dann, wüßte die Familie schon, was sie zu tun hätte.«
»Eine Begnadigung vom König«, unterbrach ihn Pietro überrascht und neugierig geworden. »Von welchem König denn?«
»Woher soll ich das wissen, junger Herr?« entschuldigt sich Venanzio achselzuckend. »Ich lese keine Zeitungen. Bei dieser Frage jedenfalls rümpfte Don Scarfò die Nase; aber seine Antwort konnte ich nicht hören, weil er mich unter dem Vorwand, daß er eine Briefmarke brauchte, aufs Postamt schickte. Aber dies war nicht unser einziger Ausflug in die Nachbardörfer. Außer in Cavascura war die Signora noch in Fossa, in Orta, in San Giovanni, in Rocca; heute in Lama; und morgen fährt sie wer weiß wohin. Eine so stolze Frau wie Donna Maria Vincenza, vor der sich alle immer achtungsvoll verbeugt haben, muß heute von einer Gemeinde in

die andere fahren und um Hilfe flehen; und in jedem Haus muß sie erleben, daß man sie, sobald sie nur den Zweck ihres Besuches erklärt und Euren Namen genannt hat, mit einem mehr oder weniger mitleidigen Lächeln zur Tür geleitet.«
Venanzio hat bis jetzt stockend und befangen geredet, mit sichtlicher Mühe, und dabei zu Boden oder zur Seite geblickt und den Hut wie ein Handtuch ausgewrungen, plötzlich aber verändert sich seine Miene, als hätten ihn seine eigenen Worte gerührt, er kommt dichter an Pietro heran und starrt ihn mit einem finsteren Ausdruck an, der mit einem Schlag seine allzu lang unterdrückte Feindseligkeit offenbart. Pietro bleibt ruhig, als habe er die Veränderung nicht bemerkt; vielleicht ist er auf seine gewohnte Art auch nur darüber erstaunt.
»Hast du mir noch mehr zu sagen, Venanzio?« fragt er ihn gleichgültig.
»Die Ehre des Hauses«, schreit der Knecht aufs äußerste gereizt, »Gott im Himmel, wißt Ihr denn überhaupt, was das ist?«
Pietro geht gelassen auf die Tür zu, öffnet sie und winkt ihn mit freundlichem Lächeln hinaus. Der Knecht bleibt aber blaß und erschöpft mit leicht zitternden Händen und Lippen bewegungslos mitten im Zimmer stehen. Durch Pietros Gleichgültigkeit und Gelassenheit entsteht wieder die Distanz zwischen ihnen, die einen Augenblick lang aufgehoben gewesen zu sein schien. Der Knecht blickt wieder zu Boden und gestikuliert herum, als wollte er noch etwas erklären oder sich entschuldigen, aber vor Erregung ist seine Kehle wie zugeschnürt.
»Ich wollte Euch Gottweiß nicht beleidigen«, bringt er schließlich stammelnd heraus. »Wie könnte ich so etwas wagen? Mein ganzes Dasein, mein Herz ist an Eure Familie gebunden.«
»Ich fühle mich nicht beleidigt«, erklärt Pietro. »Man kann

mich auch gar nicht so leicht beleidigen, glaub mir. Wenn du willst, können wir ein andermal über die Ehre sprechen, und dann erkläre ich dir, was ich darunter verstehe.«

Die Tür steht noch immer offen, aber der Knecht macht keine Anstalten zu gehen, sondern bleibt finster entschlossen beharrlich an der Tür stehen.

»Ich habe noch nicht gesagt, weshalb ich Euch sprechen wollte«, sagt er dann.

»Später oder morgen«, schlägt ihm Pietro vor. »Jetzt will ich ins Nebenzimmer zu meiner Großmutter.«

»Um diese Uhrzeit betet Donna Maria Vincenza den Rosenkranz«, bemerkt der Knecht, der nicht gehen will, bevor er sein Ziel erreicht hat. »Entscheidet selbst, ich wollte Euch nur daran erinnern, daß die Signora beim Beten nicht gestört werden will.«

Pietro macht die Tür wieder zu und fordert Venanzio zum Sitzen auf, während er die Offiziersuniform ablegt, um wieder seine Zivilsachen anzuziehen.

»Ihr werdet Euch sicher fragen, mit welchem Recht ich mich in die Angelegenheiten des Hauses einmische, und vielleicht nehmt Ihr an, ich vergesse, daß ich der Knecht bin«, fährt Venanzio fort. »Aber wenn Ihr in meinem Herzen lesen könntet, dann wüßtet Ihr, wieviele Kämpfe es mich gekostet hat, nach welchen Qualen ich mich entschlossen habe, zu sprechen. Es bricht mir das Herz, und ich leide darunter, Euch bestimmte Dinge sagen zu müssen; manchmal glaube ich, ich verliere den Verstand. Das Unglück ist, junger Herr, daß die übrigen Verwandten, auch Don Bastiano, nicht wissen, daß Ihr hier seid, und daher auch nicht ahnen, daß sie sich genauso in Gefahr befinden wie Donna Maria Vincenza. Wer soll Euch dies alles sagen, wenn nicht der Knecht? Verzeiht mir, aber so kann es nicht weitergehen. Oh, bestimmt nicht meinetwegen oder wegen der Pferde. Wir sind in diesem Haus alt geworden und haben ihm zu dienen, und wir

dienen ihm in guten wie in schlechten Zeiten. Aber in Donna Maria Vincenzas Alter und bei all dem Kummer und den Sorgen um Euch, die sie Tag und Nacht nicht zur Ruhe kommen lassen, kann die kleinste Strapaze ihr Ende bedeuten. Stellt Euch doch nur einen Augenblick lang vor, ich steige eines Tages bei der Rückkehr von einer dieser Fahrten vom Wagen und (die heilige Muttergottes bewahre uns davor) muß das Unabänderliche feststellen. Ich meine doch, daß eine Christin wie Donna Maria Vincenza nach einem so langen Leben wenigstens das Recht haben sollte, umgeben von ihren Verwandten und unter dem Beistand des Priesters in ihrem Bett zu sterben. Donna Maria Vincenza weiß selber genau, daß sie mit ihren Kräften am Ende ist. Seit ich sie kenne, habe ich sie noch nie so beunruhigt, aufgeregt und verängstigt gesehen. Seit Ihr hier im Haus seid, fängt sie, die nie vor etwas Angst hatte, bei der geringsten Kleinigkeit an zu zittern und ist ständig in Furcht, natürlich nicht um sich selbst, sondern um Euch. Vor allem Euretwegen hat sie wahnsinnige Angst zu sterben. Als die Signora mir heute befahl, den Wagen für die Fahrt nach Lama vorzubereiten, habe ich mir ein Herz gefaßt und gesagt, nach Eurer Gesichtsfarbe zu schließen, geht es Euch wohl sehr schlecht, und wenn mir eine Bemerkung erlaubt ist, ich schlage vor, den Besuch auf morgen zu verschieben. Gerade weil es mir schlecht geht, hat sie geantwortet, gerade deshalb müssen wir sofort hinfahren, ich habe keine Zeit zu verlieren. Wenn wir dann nach Hause zurückkommen, gilt ihre erste Frage an Natalina natürlich immer Euch; und wenn das Mädchen (Ihr wißt ja, wie zerstreut es manchmal ist) nicht gleich antwortet, bekommt die Signora jedesmal einen Schreck. Und außer Donna Maria Vincenza gibt es ja wie gesagt auch noch die übrige Familie.
Wieviele Generationen dauert es, bis eine Familie zu Glanz und Ansehen gelangt? Und wie schnell wird alles zunichte.

Ihr kennt die Leute von hier nicht, junger Herr, Ihr seid fern von hier aufgewachsen, und wißt nicht, wie beflissen und ergeben die meisten jenen ihre Freundschaft beweisen, die Glück haben, und wie undankbar und schändlich sie Verrat begehen, sobald sie merken, daß der Wind aus einer anderen Richtung bläst. Man kann keinem mehr trauen. Ich will Euch dazu nur von einem kleinen Zwischenfall berichten. Es ist noch keine Stunde her, daß ich auf dem Rückweg von Lama den Wagen anhalten mußte, weil eines der Pferde bei jedem Schritt in sein abgerissenes Geschirr trat. Gerade in dem Augenblick kam ein gewisser Giacinto vorbei, der bucklige Knecht der Pilusis, und den habe ich gebeten, leih mir doch ein Stück Schnur, um das Geschirr in Ordnung zu bringen. Aber Ihr werdet es nicht glauben, der ist nicht mal stehengeblieben und hat mich nur ausgelacht. Na, mach dir nichts draus, hat die Signora gesagt, du weißt doch, daß das ein Dummkopf ist. Aber ich hätte gern geantwortet, erstens ist ein Buckliger nie ein Dummkopf, und zweitens lacht uns ja nicht nur Giacinto aus. Ich weiß diese Dinge eben, weil die Leute bei mir kein Blatt vor den Mund nehmen. Als dieser abgerissene Lump, der sich noch bis vor kurzem, bis zu dem Skandal um Euch, geehrt gefühlt hätte, der Signora Spina einen Dienst zu erweisen, uns ausgelacht hat, da fing ich innerlich an zu kochen. Ich habe das Geschirr, so gut es ging repariert, und als wir dann wieder losfuhren, habe ich jede Beherrschung verloren und der Signora alles gesagt, was ich seit langem auf dem Herzen habe und was mir fast den Verstand geraubt hat. Um die Wahrheit zu sagen, Donna Maria Vincenza hat mich zwar ausreden lassen, dann aber in einem ernsten Ton, der keinen Widerspruch duldete, geantwortet: Venanzio, Zurückhaltung, Anstand, Familienehre, gesellschaftliche Stellung, öffentliches Ansehen, das sind gewiß schöne Dinge. Aber wenn eine Mutter einen Sohn in Gefahr weiß, ist der Sohn wichtiger als alle diese genannten

Dinge. Da war mir klar, es hat keinen Sinn, mit ihr zu reden, sie will nichts davon hören. Vergebens erklären ihr alle die Leute, an die sich Donna Maria Vincenza um Rat und Hilfe wendet, daß sich für Euch (angenommen, daß Ihr überhaupt noch am Leben seid) wirklich nichts machen läßt. Vergebens versuchen sie ihr verständlich zu machen, daß man Euch, wenn Ihr ein Dieb oder Mörder wärt, mit Hilfe von berühmten Anwälten oder mit falschen Zeugenaussagen oder durch gefällige Richter aus der Verlegenheit helfen könnte. Euer Verbrechen aber ist das schlimmste und einzig unverzeihliche, das man sich denken kann, und der Unvorsichtige, der es wagen würde, sich für Euch einzusetzen, erreichte damit nur, daß er auch noch sich selber kompromittierte. Genau das bekommt die Signora von allen Freunden und Verwandten, an die sie sich um Rat wendet, ja zu hören. Aber sie hat etwas anderes im Sinn, und jeder, der sie kennt, weiß genau, daß sie solange von Pontius zu Pilatus laufen wird, bis sie doch noch einen findet, der Euch rettet. Im übrigen war die Signora schon immer so, das ist ja auch ihre größte Tugend, vor der ich die größte Achtung habe; aber sie ist ein Luxus, den man sich nur früher erlauben konnte.«

Venanzio macht eine etwas unbeholfene Armbewegung, um seinem Kummer, seiner Verzweiflung und gleichzeitig seinem Trotz Ausdruck zu verleihen. Jetzt würde ihn wirklich keiner mehr für einen Knecht, sondern eher für einen armen Verwandten halten, für einen heruntergekommenen, Landarbeiter gewordenen Spina, der gerade deshalb empfindlicher auf alles reagiert, was die Leute sagen. Sein hageres gegerbtes Gesicht mit den rußfarbenen tiefen Falten hat jetzt mit Ausnahme der bleigrauen langen Schnurrbartspitzen die rötliche Farbe alten Kupfergeschirrs; seine Ohren sind vor Erregung scharlachrot, und die Lider in den dunklen, fast tiefblauen Augenhöhlen flattern unablässig. Man sieht ihm genau an, daß er schon wüßte, wie die Spinas vor der endgültigen

Schmach gerettet werden könnten, und daß er nur deshalb noch zögert, diesen Weg zu nennen, weil er hofft, daß Pietro von allein darauf kommt.

»Gerade in diesen Tagen habe ich mich an einen Zwischenfall damals beim Erdbeben erinnert, von dem ich Euch wohl noch nie erzählt habe«, fährt er hastig fort, als er schon glaubt, Pietro werde ihm gleich wieder die Tür weisen. »Was für eine furchtbare Katastrophe das war, wißt Ihr leider aus der engsten Familie, daran brauche ich Euch gewiß nicht zu erinnern. Jedenfalls hieß es wirklich, rette sich wer kann. Der Pfarrer von Fossa zum Beispiel, der doch ein geweihter Mann war, sprang im Hemd aus dem Fenster und brach sich ein Bein, aber er rettete sein Leben. Ihr werdet Euch erinnern, daß die Erde schon am frühen Morgen zu beben anfing. Donna Maria Vincenza war auf dem Weg zur Kirche und befand sich fast auf halber Höhe der Sant'Antonio-Gasse. Ich fuhr zur gleichen Zeit mit einem von zwei Ochsen gezogenen Karren voller Holz über den Platz. Sobald ich merkte, daß das ein Erdbeben war, und das zu merken war ja keine Kunst, hielt ich den Karren an und stellte mich vor die Ochsen, die brüllten wie vom Teufel besessen. In weniger als einer halben Minute sah ich mit eigenen Augen an die hundert Häuser einstürzen. Von vielen war die Fassade noch stehengeblieben, so daß sie wie unzerstört aussahen. Ihr werdet nicht vergessen haben, daß auf den ersten Stoß noch zwei weitere, nicht weniger heftige Stöße folgten. Die Signora kam also auf den Platz zu, wo ich mit anderen ebenso entsetzten Leuten stand. Um aber bis zu uns zu kommen, mußte sie noch durch gut die Hälfte der Gasse, vielleicht zweihundert Meter, zwischen zwei eng bebauten Häuserzeilen hindurchgehen. Sobald ich sie erkannt hatte, fing ich, wie Ihr Euch vorstellen könnt, an zu schreien: Signora, lauft, lauft schnell. Aus den meisten Fenstern und Dächern der Sant'Antonio-Gasse stiegen von den im Innern der Häuser zusammenbrechenden Zimmerdecken Wolken von Mörtelstaub auf. Die Fassaden hielten noch stand, konnten aber jeden Augenblick einstürzen und jeden unter sich begraben, der sich da in der Gasse befand. Aber die Signora ging mit ihrem gewohnten ruhigen, gemessenen, aufrechten Gang auf den Platz zu. Ich hatte Angst, sie von einem Augenblick auf den anderen unter einem Schuttberg begraben zu sehen, wenn sie sich nicht beeilte, daher schrie ich mir die Kehle aus dem Hals: Signora, Donna Maria Vincenza, beeilt Euch, schneller. Schließlich kam sie mit Gottes Hilfe heil an. Kaum hatte sie mich erreicht, nahm sie mich beiseite und fragte mich leise: Venanzio, was ist das denn für eine Art? Warum schreist du hier mitten auf dem Platz meinen Namen? Signora, antwortete ich, das ganze Dorf stürzt ein. Das habe ich gemerkt, erwiderte sie. Dazu gehört ja auch nicht viel. Aber wenn die Erde hier verrückt spielt, müssen wir es denn dann ebenso machen?

Schon damals also war es eine Eigenart der Signora, Argumente vorzubringen, die einen zwar nicht überzeugen konnten, die sich aber auch nicht widerlegen ließen. Deshalb habe ich es jetzt gewagt, mich an Euch zu wenden. Es liegt jetzt, mit Verlaub, an Euch, junger Herr, eine Entscheidung zu treffen.«

»Du kannst dir deine Worte sparen«, unterbricht ihn Pietro. »Zu deiner Beruhigung kann ich dir sagen, daß ich nie daran gedacht, daß ich nie vorgehabt habe, mich für lange in diesem Hause einzurichten. Du weißt genau, daß ich hier bin, weil man mich hierher gebracht hat. Aber ich gehe an einem der nächsten Tage.«

Als er diesen Entschluß vernimmt, also genau das, was er herbeigewünscht hat, dreht sich Venanzio nun doch das Herz im Leibe um, und er wird plötzlich von heftigem Mitleid mit dem jungen Herrn erfaßt. »Jesus, Maria und alle Heiligen«, beginnt er zu fluchen; aber Pietro läßt ihn mit

tränenerfüllten Augen, zitternd und mit Schweißperlen im Gesicht, als habe er Fieber, allein im Zimmer zurück. Er geht in Donna Maria Vincenzas Zimmer und trifft sie über ein Blatt Papier gebeugt an, aufmerksam wie eine Schülerin bei den ersten Schreibübungen sitzt sie an einem Tischchen und schreibt. Die rötliche Tischdecke und der rosa Schirm der Tischlampe verleihen ihr eine trügerische, fast jugendliche Gesichtsfarbe.
»Störe ich dich?« fragt Pietro.
»Bleib ruhig hier, mein Lieber, ich bin gleich fertig. Den ganzen Nachmittag habe ich dich nicht gesehen.«
»Es wäre ja auch schwierig, mich in Lama zu treffen.«
»Hat Venanzio es dir erzählt?«
Donna Maria Vincenza hört zu schreiben auf und denkt einen Augenblick nach. Als sie den Kopf wieder hebt, stehen ihr Müdigkeit und Alter ins Gesicht geschrieben.
»Der ganze Stolz unserer Familie scheint sich in diesen armen Venanzio verkrochen zu haben«, sagt sie traurig lächelnd. »Weißt du, daß er es heute gewagt hat, mir Vorwürfe zu machen? Und da er kein Ende fand, mußte ich schließlich, um ihn zum Schweigen zu bringen sagen: Wenn du schon so großen Wert auf die Tradition legst, dann vergiß auch nicht, daß du ein Stallknecht bist und ich deine Herrin. Da hat er aufgehört, aber vorher doch noch gebrummelt: Jetzt müßte Don Berardo auferstehen. Du kannst dir nicht vorstellen, wie sehr er darunter leidet. Gewöhnlich ging er Sonntag nachmittags nach Colle hinunter, um mit Freunden Karten zu spielen und in einer Schenke in Gesellschaft ein Glas zu trinken. Als ich merkte, daß er die letzten Sonntage immer hier blieb, habe ich ihn gefragt, ob er sich vielleicht nicht wohl fühlt. Nach einer Reihe von Ausreden hat er mir schließlich gestanden, daß er sich ›schämt‹. Weshalb schämst du dich? habe ich ihn gefragt. Weil wir so heruntergekommen sind, hat er

mir geantwortet. Wen meinst du mit ›wir‹? habe ich weitergefragt; aber da hat er nichts mehr gesagt.«

»Im Grunde hat er recht«, bemerkt Pietro ernst. »Eine Familie ist mehr eine Sache der Lebensgemeinschaft als des Bluts. Daher meine ich ganz im Ernst und ohne hier ein Paradox aufstellen zu wollen, daß er zweifellos eher ein Spina ist als ich. Er ist immer treu, arbeitsam und anspruchslos hier geblieben, während ich in allen möglichen Ländern dem Abenteuer nachgelaufen bin. Er haßt mich vielleicht auch deshalb. Ist es nicht unerträglich, daß ein Eindringling die Ehre ›seiner‹ Familie gefährdet?«

»Ich sehe mit Vergnügen, daß du zum Spaßen aufgelegt bist«, bemerkt die Großmutter. »Du bist kein Eindringling, im Gegenteil, du bist der einzige überlebende Spina.«

Pietro fährt in verändertem Ton mit fester Stimme fort: »Großmutter, ich will nicht, daß du meinetwegen diesen Leidensweg von einer Gemeinde zur anderen fortsetzt. Wenn irgend etwas mich dazu veranlaßt, unverzüglich und ohne mich auch nur von dir zu verabschieden, von hier wegzugehen, dann ist es genau dies.«

Donna Maria Vincenza erhebt sich, tritt auf ihn zu und antwortet in einem Ton, der keine Widerrede duldet: »Wenn ich etwas tue, was mein Gewissen und mein Herz mir gebieten, brauche ich keinen Menschen um Erlaubnis zu fragen, nicht einmal dich. Wenn du einen Sohn hättest, der in Gefahr ist zu ertrinken, würdest du ihn, glaube ich, nicht um Erlaubnis fragen, bevor du dich ins Wasser stürzt. Das Schlimme ist nur, daß du keine Söhne hast.«

»Lassen wir jetzt doch die Gleichnisse«, erwidert Pietro ungeduldig. »Hör mir gut zu, Großmutter. Ich will das nicht, verstehst du? Ich will nicht (und er schlägt mit der Faust auf den Tisch und hebt die Stimme), daß nach all

dem, was geschehen ist, noch irgend jemand meinetwegen zu leiden hat; daß noch andere Personen, die ich liebe, sich meinetwegen opfern.«
Die Signora verzieht ihr Gesicht zu einem leicht ironischen und schmerzlichen Lächeln.
»Wie ich diese Stimme kenne«, ruft sie aus, »diese Art, mit der Faust auf den Tisch zu schlagen. Ihr Männer der Spina-Familie habt die Tugenden eurer Vorfahren verloren; ihr könnt nicht mehr pflügen, nicht mehr mit dem Vieh umgehen, nicht mehr die Tagelöhner richtig behandeln oder beten, wie sie das konnten; aber die Gesten und das Schreien aus der Zeit, als die Spinas mächtig wurden, sind euch geblieben. Muß ich dir sagen, daß diese Art mich nie beeindruckt hat?«
Da es Winter ist, wird es fast schlagartig dunkel. Die Nacht ist ohne Dämmerung hereingebrochen. Durch die Vorhänge am Fenster sieht Pietro die Lichter im Dorf angehen.
»Wenn du wüßtest, mein Lieber, wie müde ich bin«, fährt Donna Maria Vincenza nach einer langen Pause fort und streckt sich mit Mühe auf ihrem Bett aus. »Müde, wie geprügelt, bis in alle Knochen. Oh, barmherzige Muttergottes, bewahre mich vor der Versuchung, meine Kräfte zu überschätzen.«
Pietro hilft ihr, sich auszustrecken und schiebt ihr Kissen unter den Kopf. Nachdem sie sich ein wenig ausgeruht hat, fährt sie dann fort: »Im übrigen kann ich dich beruhigen, mein Lieber, das, was du meinen Leidensweg genannt hast, ist beendet. Auch wenn ich noch die Kraft hätte, wüßte ich nicht, an wen ich mich noch wenden sollte. Ah, wer hätte gedacht, daß meine Niederlage so groß sein würde? Leute, die ich seit Jahrzehnten kenne und die ich immer für aufrichtige Freunde gehalten habe, nur weil ich sie nie gebraucht habe; sogenannte Christen, die keinen Sonntag die Messe versäumen, bei keinem Triduum und keiner Novene fehlen,

die häufiger zur Beichte und zur Kommunion gehen, als es die Vorschriften verlangen; Verwandte, Priester, Autoritäten haben sich mir plötzlich als armselige verängstigte Kreaturen offenbart, die nichts anderes im Sinn haben, als einfach nur ruhig dahinzuleben. Ich frage mich wirklich: ist dies noch ein christliches Land? Ich finde mich darin nicht mehr zurecht. Dieses Land erfüllt mich mit Schrecken. Es kommt mir vor, als sei dies eine Erde, auf der es seit vielen Jahren nicht mehr geregnet hat; eine Steppe, eine Wüste. Ach, ich habe gar nicht gewußt, daß wir durch die Austrocknung des Fucino, durch das Erdbeben und die Kriege in eine so trostlose Lage geraten sind.«
Donna Maria Vincenza schließt die Augen, kann aber dennoch nicht die Tränen zurückhalten, die ihr schon über die Wangen laufen.
Jetzt, da sie die Augen geschlossen hat, kann Pietro das liebe alte Gesicht aus der Nähe betrachten. Der namenlose Kummer, der darin geschrieben steht, bestürzt ihn. Die Tränen fließen in zwei hellen und dünnen Rinnsalen über die hageren Wangen seiner Großmutter und vereinen sich in den Kinnfalten. Pietro entdeckt plötzlich eine merkwürdige Ähnlichkeit zwischen diesem Gesicht und der Erde, von der seine Großmutter gerade eben gesprochen hat: einer ausgedörrten ausgemergelten verknöcherten alten Erde.
Als Natalina hereinkommt, um der Signora beim Auskleiden zu helfen, wünscht ihr Pietro Gute Nacht und zieht sich in sein Zimmer zurück.
Mitten in der Nacht schreckt Donna Maria Vincenza aus dem Schlaf hoch. Sie lauscht einen Augenblick, zieht sich dann rasch einen Schlafrock über und geht in das Zimmer ihres Enkels. Sie trifft ihn dabei an, wie er mitten im Zimmer steht und einen Koffer packt.
»Gehst du weg?« fragt sie ihn.

»Ich packe einen Koffer, wie du siehst«, antwortet Pietro befangen.
»Dann werde ich auch den meinen packen lassen.«
»Wozu? Wo willst du denn hin?« fragt Pietro.
»Ich begleite dich, wo immer du hingehst.«
»Hör zu, Großmutter, wir sollten uns doch nicht im Zorn trennen. Ich muß wirklich von hier weg.«
»Du hast mich nicht richtig verstanden, Lieber. Ich denke nicht daran, mich von dir zu trennen, ich habe gesagt, daß ich dich begleiten werde. Ich lasse dich nicht allein, das kannst du mir glauben.«
Und fast unfreiwillig fügt sie leise hinzu: »Mein einziger Grund, weiterzuleben, ist nur noch der, mit dir zusammenzusein.«
»Aber das wäre doch Wahnsinn!« ruft Pietro aus.
»Oh, mein Lieber, seit wann bist denn du gegen Wahnsinn?«
Überzeugt, daß es keinen Sinn hat, in diesem Ton weiterzureden, gibt Pietro das Kofferpacken auf, legt sich wieder zu Bett und löscht das Licht.

V

»Die Spinas sind immer ein wenig verrückt gewesen«, behauptet Tante Eufemia. »Ob es um die Politik ging oder nicht, die Verrücktheit war ihnen angeboren, das weiß doch jeder, und deshalb haben sie Glück gehabt und sind die bedeutendste Familie des Dorfes geworden. Wenn es nicht um Politik ging, dann ging es ums Geld; und wenn es nicht um die militärische Laufbahn ging, dann um Frauen oder um die Religion oder was weiß ich warum; um Ausreden waren sie nie verlegen, und wenn es keine gab, erfanden sie welche. Aber andererseits, seien wir doch einmal gerecht, ist es ja nicht ihre Schuld, wenn sie als Verrückte geboren werden. Denk doch einmal darüber nach, Palmira, dann wirst auch du sagen, daß es nicht ihre Schuld ist.«
»Gewiß, gewiß, aber sie haben sich immer für etwas Besseres gehalten als die anderen«, ergänzt Donna Palmira. »Das ist ihr Fehler. Man darf sich nicht für etwas Besseres halten als die anderen. Jeder Mensch hat nur zwei Hände, Tante Eufemia, nur zwei Hände, wie kann er sich dann für etwas Besseres halten als die anderen?«
»Wenn man sich nur an Don Berardo erinnert, als der noch jung war«, beharrt Tante Eufemia. »Ein gutes Herz hatte er ja, sicher, wer will das leugnen? Aber er war überspannter als der heilige Camillus vor der Bekehrung. Palmira, hast du denn nicht gemerkt, daß diese Sardellen verdorben sind? Die Makkaroni werden ganz ranzig schmecken. Aber die Verrückten können zu ihrem Glück auch wie Katzen vom Dach springen, ohne sich das Genick zu brechen. Und so werden wir Don Pietruccio Spina anscheinend bald begnadigt und amnestiert wieder auf den Straßen von Colle sehen, wie er den Haß der Landarbeiter gegen die Grundbesitzer schürt; ach, Palmira, das wird wieder ein Anblick sein.«
»Glaubst du wirklich, Tante Eufemia, daß diese schlimme

Sache ein Werk Don Coriolanos ist? Es hieß doch, daß er nichts mehr zu sagen hat?«

»Ich habe auch gehört, Palmira, daß er jetzt nur noch eine Posaune ist, die von anderen geblasen wird. Andere blasen, und er spielt. Warum hast du ihn eingeladen?«

»Mein Mann will herausbekommen, wie es jetzt um die Spinas steht.«

»Und um ihn zum Reden zu bringen, setzt du ihm Makkaroni mit Sardellen vor, Palmira?«

»Zuerst wollte ich, daß du für Don Coriolano Spaghetti mit Ei machst, weil ich weiß, daß er das mag«, entschuldigt sich Donna Palmira. »Wer mag das nicht? Aber ich brauche eine Kirchgängerin wie dich, Tante Eufemia, doch wohl nicht daran zu erinnern, daß wir jetzt in der Fastenzeit sind und daß wir außerdem den Fastenprediger zu Tisch haben werden?«

»Stimmt es, Palmira, daß der diesjährige Fastenprediger Piemontese ist? Und kannst du mir dann vielleicht erklären, was ein Piemontese in unserer Gemeinde zu suchen hat? Als ob es in unserer Diözese keine großen Redner gäbe.«

»Was mir dagegen nicht in den Kopf will, ist dies: Also zuerst suchte die Regierung einen, der ihn erschießen sollte, und jetzt begnadigt sie ihn? Kann sein, daß ich mir irre, Tante Eufemia, aber auf diese Weise wird doch die Verrücktheit unterstützt und den anständigen Leuten, Leuten wie uns, der Mut genommen. Du weißt, daß ich in der Kirche den Platz gewechselt habe, um Donna Maria Vincenza nicht mehr grüßen zu müssen. Jetzt wirst du sehen, wie der Alten wieder der Kamm schwillt.«

»Du kannst von einem Maultier keine Wolle erwarten, Palmira«, ermahnt sie Tante Eufemia. »Über die Regierungen von Rom habe ich mir nie Illusionen gemacht. Was willst du denn nach den Makkaroni servieren?«

»Weißt du, Tante Eufemia, daß sich der Bürgermeister wieder einmal über deine Redensarten beklagt hat? Du solltest wenigstens, rät er dir, wenn du gewisse Dinge sagen willst und es wirklich gar nicht lassen kannst, leiser sprechen. Das hat er gesagt, natürlich nur, wenn du es wirklich gar nicht lassen kannst.«

»Verstehe, und daher habe ich ihm wiederum freundlich geraten, sich Wachs in die Ohren zu stecken, du weißt, jenes besondere Wachs, das man in der Apotheke bekommt, dann kann er unangenehme Worte nicht mehr hören. Und seine dunklen Drohungen sind doch wahrhaft lächerlich, das mußt du doch auch zugeben, Palmira. Wenn Jesus Christus Angst vor Mäusen hätte, habe ich zu ihm gesagt, dann hielte Er sich ja nicht in der Kirche auf. Und überhaupt, Palmira, kannst du mir vielleicht sagen, wo dieser miese kleine Beamte herstammt? Vielleicht hat seine Mutter es ja gewußt, ich will nicht allzu pessimistisch sein?«

»O Tante Eufemia, du wirst dich mit deinen *Euphemismen* noch einmal ins Unglück bringen und uns alle mit.«

In Colle werden die Sprüche und Sentenzen Tante Eufemias allgemein *Euphemismen* genannt. Viele von ihnen sind schon sprichwörtlich geworden. Die Bedenkenlosigkeit, mit der sie sie hervorbringt, scheint auf den ersten Blick gar nicht zu ihrer Person zu passen. Tante Eufemia sieht nämlich wirklich wie eine dieser alten Betschwestern aus, wie eine große, ausgemergelte, spindeldürre und ewig schwarz gekleidete alte Betschwester, eine unfruchtbare und resignierte fromme alte Jungfer, die keine eigene Familie hat und deshalb von morgens bis abends um die Sakristei herumstreicht, sich mit den Sterbenden befaßt und bei jeder Beerdigung weint. In Wirklichkeit ist Tante Eufemia aber die einzige Überlebende der Patrizierfamilie De Dominicis, die, bevor die Spinas emporkamen oder vielmehr bevor sich die Spinas bei der Versteigerung nach dem Gesetz über den Besitz Toter Hand die Kirchengüter aneigneten, jahrhundertelang die Gegend von Colle und Orta beherrscht hatten. Weil sie den Kirchenbann fürchteten, nahmen gute Christen, darunter auch die De Dominicis, an der Versteigerung nicht teil, und auf diese Weise rissen die Spinas, die liberal und patriotisch eingestellt waren, mit wenig Geld alles an sich und wurden so die reichsten Grundbesitzer der Gegend. Die ältesten Namen der De Dominicis stehen auf den Grabsteinen im Fußboden der Pfarrkirche von Orta, und die De Dominicis aus dem vorigen Jahrhundert beherrschen von einer Grabkapelle aus, die genau in der Mitte steht, noch heute den Friedhof von Colle; so tyrannisieren sie weiterhin die armen Toten, die auf die Auferstehung ihrer Gebeine harren. Unter den Lebenden aber ist ihre Vorherrschaft seit längerem gebrochen, und nun stirbt selbst ihr Name aus. Tante Eufemia ist nämlich die einzige Überlebende dieser vornehmen Familie. Sie ist streng genommen niemandes Tante und kann seltsamerweise gerade deshalb zuletzt von allen Tante genannt werden. Im übrigen ist dieser kollektive Anspruch wenn auch nicht rechtlich, so doch menschlich irgendwie begründet: Das Testament ihres Großvaters enthält nämlich zur Rechtfertigung einer gewissen Hinterlassenschaft für die Armen der Gemeinde eine ausdrückliche Anspielung auf eine nicht genau feststellbare, aber doch erhebliche Anzahl von unehelichen Kindern. Anfangs nahm niemand in Colle diese Vaterschaft in Anspruch; doch das bevorstehende endgültige Aussterben des legitimen Zweiges der De Dominicis hat die Leute von Colle veranlaßt, sich darauf zu besinnen. Und zwar mit um so mehr Berechtigung, als sich die illegitime Nachkommenschaft bei der Zeugungsfreudigkeit dieser unehelichen Kinder inzwischen wohl so vervielfacht hat, daß keine Familie mit Gewißheit unberührt geblieben ist. Auf diese Weise hat Tante Eufemia, obwohl sie überhaupt keine Verwandten besitzt, fast alle Einwohner von Colle zu Neffen und Nichten; und umgekehrt können alle diejenigen in

Colle, die überhaupt keine Verwandten haben, sich zumindest auf sie berufen. Schließlich ist sie nicht irgendeine Tante, sondern von bester Herkunft. Doch wie es auch in den besten Familien vorkommt, waren die Beziehungen zwischen Tante und Neffen und Nichten nie besonders herzlich; ja, man kann sagen, daß sie oft eher stürmisch waren.

Das aus dem siebzehnten Jahrhundert stammende alte Wohnhaus der De Dominicis stürzte beim Erdbeben von 1915 größtenteils ein, jetzt steht von der Fassade nur noch das über fünf Meter hohe Portal mit dem Familienwappen im Schlußstein des Torbogens, darüber schwebt ein großer Balkon mit reichverziertem schmiedeeisernem Geländer. Auf diesem luftig einsamen und traurig vornehmen Trugbild wuchert jetzt Unkraut, und im Frühjahr blüht dort roter Mohn in unverschämten Büschen. Von den übrigen Gebäudeteilen hielt nur ein großer Raum im Erdgeschoß des äußersten Nordflügels stand, der früher als Vorratsraum für Kartoffeln diente und über dem noch zwei Zimmerchen, kleine Räume des ersten Stockwerks thronen. Da einer dieser kleinen Räume einst als Hauskapelle gedient hatte, in der unter anderem die Reliquien einer De Dominicis aufbewahrt wurden, die in der ersten Hälfte des achtzehnten Jahrhunderts gelebt hatte und von der es hieß, sie sei als Heilige gestorben, glaubten die Bewohner von Colle damals an ein Wunder. Diese beiden Räume, die restauriert, mit Balken abgestützt und mit Ziegeln gedeckt wurden, dienen Tante Eufemia heute als Wohnung; aber sie ähneln eher einem von den Tauben verlassenen Taubenschlag. Da es keine Innentreppe gibt, benutzt die Tante eine Sprossenleiter, die sie nachts sowie an den Tagen, an denen sie ihre Nächsten nicht nur aus den verschiedensten persönlichen Gründen haßt, sondern auch noch vom Schirokko eine quälende Migräne hat, wie eine Zugbrücke hochzieht.

»Tante Eufemia hat die Leiter hochgezogen«, raunt man dann in Colle, was heißen soll, daß man am besten einen Bogen um sie macht.
In der ehemaligen Kapelle der De Dominicis befinden sich, obwohl sie jetzt auch als Schlafzimmer dient, noch alle geheiligten Gegenstände, der Altar mit den Reliquien, das Kruzifix, die Leuchter, das Weihwasserbecken, der Betstuhl. Rechts vom Altar hängt ein altes Bild, das den beispielhaften Tod der Familienheiligen darstellt, eine schneeweiße Seele löst sich schmerzlos von einem schon toten Körper und erhebt sich, von Engelchen umschwirrt, sanft in den Sternenhimmel; auf der anderen Seite des Altars hängt ein realistischeres Gemälde mit einem profaneren Thema, das für Tante Eufemia aber nicht weniger heilig ist. Es zeigt Königin Maria Sofia von Neapel, wie sie während der bekannten Belagerung martialisch und freundlich die Truppenparade der Zitadelle von Gaeta abnimmt. Das Gemälde ist in Colle und Umgebung berühmt geworden, und zwar nicht wegen seiner künstlerischen Qualität, sondern wegen eines merkwürdigen und unerklärlichen Phänomens; von Jahr zu Jahr ähnelt Tante Eufemia Königin Maria Sofia auf eindrucksvolle Weise immer mehr. An den anderen Wänden der Kapelle stellt Tante Eufemia kunterbunt alles das aus, was sie an teuren Familienerinnerungen nach dem Erdbeben noch aus den Trümmern hatte retten können, Porträts ihrer Vorfahren und Jagdtrophäen, Kavallerieauszeichnungen und Pfeifensammlungen. Dem Auge eines Fremden könnten diese Gegenstände als ein banales Sammelsurium erscheinen, das zumindest nicht in eine geweihte Kapelle gehört; aber für Tante Eufemia haben sie ihre ursprüngliche Bedeutung verloren und sind jetzt Gegenstände voller Melancholie, Erinnerungen über das Grab hinaus, Gegenstände der Meditation und Anbetung. Kein Wunder also, daß Tante Eufemia sich inmitten dieser Reliquien besser sammeln und inbrün-

stiger beten kann als sogar in der Pfarrkirche. Für die Religion Tante Eufemias läßt sich kein geeigneteres Gotteshaus vorstellen als diese Schlafzimmer-Kapelle. Ihre Religion ist eine gefühlvolle Mischung aus dem Kult ihrer eigenen Familie sowie der entmachteten Dynastie der Bourbonen von Neapel und dem Kult einiger alter (nur weniger, aber sorgfältig ausgewählter) Heiliger und des gekreuzigten Erlösers. Tante Eufemia ist wie alle guten Italiener natürlich katholisch, aber sie ist besonders strenggläubig und hält noch am Syllabus fest, ist also unnachgiebiger und päpstlicher als der Papst. Sie weint der Heiligen Inquisition nach und betet inbrünstig um deren Wiedereinführung, wie sie sich auch weigert, in ihrer Kapelle die Devotionalien zuzulassen, die von den zahlreichen neugegründeten katholischen Kongregationen ständig erfunden und verbreitet werden, von den Salesianern, den Josephinern, den Orioninern und ähnlichen, die sich oft gegenseitig kleinlich bekämpfen und nicht zufällig alle piemontesischen Ursprungs sind. Tante Eufemias Kult ist wie der ihrer Vorfahren ganz süditalienisch und immun gegen die fromme Inflation der modernen Zeit; ihre Gebete richten sich an die echten und erprobten alten Heiligen, die zwischen den Abruzzen und Kalabrien geboren wurden, und ihre Gebete spricht sie meist im Dialekt, so daß andere Heilige, wenn sie mithören würden, einfach nichts verstehen könnten. Ebenso konsequent hat Tante Eufemia es auch immer abgelehnt, für die usurpatorische Dynastie zu beten; ja, sie kann sich nicht enthalten, weiterhin die verdiente Strafe Gottes und den vernichtenden Zorn der Menschen auf deren Mitglieder herabzuwünschen. Die jährlichen nationalen und dynastischen Feiertage sind für sie traurige Buß- und Fastentage. Trotz allem aber ist Tante Eufemia politisch nicht so naiv, daß sie mit einer Wiederkehr des Königreichs von Neapel rechnet, genauso wie sie auch weiß, daß das Verschwinden der Familie De Dominicis durch nichts mehr aufgehalten werden kann. Ihr Kult ist also ein Glaube ohne Hoffnung, eine tieftraurige Treue zu einer verschwundenen Welt, an die sie sich durch Geburt und Erziehung, vor allem aber durch das Andenken an ihren Vater gebunden fühlt, den unglücklichen gottesfürchtigen frommen Ferdinando De Dominicis, Ritter des bourbonischen Januariusordens. In Colle erinnern sich noch viele voller Achtung und Mitleid an ihn. Don Ferdinando starb im Winter 1895 wenige Tage nach seiner Rückkehr aus Neapel an gebrochenem Herzen, nachdem er dort in der Kirche der Bianchi allo Spirito Santo an der Beisetzung des im Exil verschiedenen Exkönigs Francesco II. teilgenommen hatte. Obwohl es nicht die geringste Hoffnung mehr gab, hatte der königstreue naive und unbescholtene abruzzische Edelmann bis dahin beharrlich weitergehofft, hatte sich selber und den furchtsamen Freunden allen Widrigkeiten zum Trotz immer wieder gesagt, daß die göttliche Vorsehung die letzte Instanz der Geschichte sei und die Gerechten die unbesiegbaren Engelslegionen als Reserve auf ihrer Seite hätten. Als er dann aber bei der Trauerfeier den leeren Katafalk und die schwarzgekleideten Zelebranten sah, als er die klagenden Laute des *Miserere* und des *Requiem* vernahm, wurde ihm bewußt, daß das Ende des Königreiches von Neapel trotz aller Vorliebe der Götter unwiderruflich gekommen war. Entsetzt hatte er in diesem politischen Unheil das Wirken desselben höheren Schicksals erkannt, das auch die Familie der De Dominicis verdammte; es fiel ihm also wie Schuppen von den Augen, daß er sein ganzes Leben lang Illusionen genährt hatte. Er starb vor Kummer, und zwar weniger, weil er durch die neue Ordnung sozialen Abstieg und materiellen Schaden zu erdulden hatte, sondern weil er in seinem Glauben betrogen worden war. Der vertrauensvoll sanftmütige naive Don Ferdinando konnte beim besten Willen keine persönliche Schuld an diesem Verlöschen seiner alten politischen und familiären Welt erkennen. Er hatte sich immer geweigert, an ein widriges Schicksal zu glauben und bis in sein hohes Alter wider jede Vernunft weitergehofft, und wenn das Schlagen eines reinen und treuen Herzens den Lauf der Ereignisse hätte beeinflussen können, hätte sich gewiß alles in eine ganz andere Richtung entwickelt. Schließlich hatte Don Ferdinando im traurigen Mai 1860 vertrauensvoll und ungebrochen optimistisch eine Ergebenheitsadresse an den Hof von Neapel geschickt, um das Königreich noch zu retten. Aber trotz dieser Botschaft setzten die frevlerischen Horden Garibaldis ihren Marsch fort; dennoch hatte Don Ferdinando nicht an einen dauerhaften Sieg des Unternehmens glauben können, dem doch der Segen des Heiligen Stuhls fehlte.

Mit ebenso großer Zuversicht hatte sich Don Ferdinando, der letzte De Dominicis, bemüht, seiner Familie einen männlichen Nachkommen zu bescheren. Auch nachdem die ersten Ehejahre unfruchtbar verlaufen waren, verlor Don Ferdinando nie den Mut, so überzeugt war er davon, daß eine Familie wie die De Dominicis, die sich um Thron und Altar so verdient gemacht hatte, einfach nicht aussterben konnte. Nachdem die Praktiken der normalen Liturgie zu keinem Erfolg geführt hatten, begleitete er, nach dem Motto »hilf dir selbst, dann hilft dir auch Gott«, seine gefügige Gemahlin auf den anstrengendsten Pilgerreisen, durchwachte mit ihr ganze Nächte in fernen Sanktuarien auf nackten Steinen, führte sie zu den erfahrensten Ärzten, und auch kein Zaubermittel blieb unversucht, ebensowenig die üblichen Seebäder. Es waren aber alles, wenn man so sagen darf, Schüsse ins Leere gewesen. Von der ganzen Gegend bemitleidet und ermutigt, hatte der redliche scheue Optimist Don Ferdinando wider jede vernünftige Rechnung immer weiter gehofft. Er hatte die fünfzig bei weitem überschritten und war zum drittenmal verwitwet, als er noch einmal dem Schicksal zu trotzen versuchte, indem er eine fast dreißig

Jahre jüngere Frau heiratete. Bei soviel Glauben schien der Himmel endlich ein Einsehen zu haben und gewährte den Neuvermählten die verdiente Gnade. Aber es gab dann ein kleines Mißverständnis, denn nach monatelangem übertriebenem Optimismus kam ein Mädchen zur Welt, die künftige Tante Eufemia eben. Diese Belohnung für Don Ferdinandos geduldige Anstrengungen war zwar nicht ganz zu verachten, entsprach aber doch nicht ganz dem, was er brauchte. Unter der neugierigen Anteilnahme der ganzen Gegend setzte der höfliche Edelmann seine Anstrengungen fort, doch blieben ihm weitere Ergebnisse versagt.

Eufemia schien schon von klein auf deutliche Spuren der unerfüllten Vorliebe des Vaters für einen männlichen Erben zu tragen, als sie größer wurde, wuchs ihr ein gut sichtbarer Schnurrbart, sie bekam männliche Züge, was sich vor allem in der Stimme, in der Arm- und Oberkörpermuskulatur, ja sogar in ihrem streitsüchtigen und handgreiflichen Wesen zeigte. Nach mehreren strengen Erziehungsjahren in einem Klosterpensionat hatte sie jedoch etwas feinere Manieren angenommen und war außerdem blaß, traurig und widerspenstig geworden, wie es sich für eine Tochter aus gutem Hause schickt. Ein übler Streich, dem sie mit zwanzig Jahren zum Opfer fiel (sie hatte inzwischen auch die Mutter verloren und lebte mit einer alten Magd allein in dem großen Herrenhaus) wirkte sich dann verheerend auf ihr ganzes Leben aus. Signorina Eufemia wurde damals bei den Militärbehörden tatsächlich als Wehrdienstverweigerer denunziert. Keiner hat je mit Sicherheit herausgefunden, ob dieser üble Scherz ein Racheakt von Leuten war, die einen alten Groll gegen die Familie hegten und ihn nun auf bequeme Weise an diesem wehrlosen Mädchen ausließen, oder ob er eine Erfindung der üblichen Rüpel, Tagediebe und Schmalspurintellektuellen war, von denen es damals in der Provinz sehr viel mehr gab als heute und denen jede Gelegenheit willkommen war,

Streiche auszuhecken, weil ihnen das Lachen über andere eine kleine Abwechslung in ihrem trägen armseligen Leben verschaffte. Jedenfalls wurde die Anzeige im stillen weiterverfolgt, und sowohl Eufemia als auch die wenigen Leute in Colle, die gegen diese Gemeinheit eingeschritten wären, wenn sie rechtzeitig davon erfahren hätten, hörten erst im letzten Augenblick davon, als die Behörden bereits angeordnet hatten, daß der verdächtige Wehrdienstverweigerer von zwei Carabinieri zum Bezirkskommando geführt und einer medizinischen Untersuchung unterzogen werden sollte. Die entrüsteten Proteste des Pfarrers, der Familie Spina und anderer Persönlichkeiten kamen zu spät. Es ließ sich nur noch feststellen, daß die lächerliche Beschuldigung vor allem auf die Aussage eines halbblöden jungen Flegels zurückging, den die eigentlichen Denunzianten als Strohmann vorschoben und der behauptete, Signorina Eufemia dabei beobachtet zu haben, wie sie die Wäsche wechselte.
In Wirklichkeit gingen die Militärbehörden aus einem viel ernsteren Grund vor. In jener Epoche gab es in Süditalien nämlich Zehntausende von Wehrdienstverweigerern; in einem Bericht der politischen Polizei der Unterpräfektur wurde die angebliche Verkleidung auf Grund der wohlbekannten legitimistischen Tradition der Familie De Dominicis als durchaus glaubhaft angenommen und, sofern sie sich bei der ärztlichen Untersuchung bestätigen würde, als eine bewußte Weigerung, dem Staat zu dienen und der neuen Dynastie die gebotene Treue zu schwören, angesehen.
An jenem Tag, als Signorina Eufemia zur militärischen Untersuchung abgeführt wurde, trieb sich die gesamte Bevölkerung von Colle wie beim Karneval auf der Hauptstraße herum, und Gruppen von Jugendlichen sangen Rekrutenlieder. Als dann aber nach langem Warten Signorina Eufemia, von den beiden Gesetzeshütern flankiert, aschfahl in ihrem dunkelblauen Wollmantel und dem Samthut, der noch von

ihrer Pensionatsuniform stammte, auftauchte, verstummte die gröhlende Menge schlagartig, und es entstand eine peinliche Stille. Viele schämten sich und zogen sich sofort in ihre Häuser zurück, andere, die auf der Straße blieben, zogen, als Signorina Eufemia vorbeikam, unwillkürlich den Hut. Sie ging durchs Dorf, ohne einen einzigen Menschen zu sehen, ohne ein einziges Wort zu sagen, ohne die Grüße zu erwidern, als bemerkte sie nichts; sie beachtete nicht einmal den alten Don Bernardo Spina, der sich erbot, sie und die beiden Gendarmen im Wagen bis zum Bezirksamt zu fahren; ebensowenig sah sie die Schwester des Pfarrers, die ihr zum Schutz gegen den Bösen einen Rosenkranz um den Hals legen wollte, der von einer Pilgerreise ins Heilige Land stammte und auf dem Heiligen Grab geweiht worden war, es war ein Rosenkranz aus Schlehen. Unerschütterlich und unbeirrt war Eufemia mit dem unsicheren Gang einer Schlafwandlerin und der müden Resignation eines Opfers ihres Weges gegangen.

Als sie am selben Abend nach Colle zurückkehrte, wurde sie von niemandem gesehen, weil es schon tiefe Nacht war. Und da niemand im Ernst auch nur den leisesten Zweifel am Ausgang der militärischen Untersuchung gehabt hatte, sprach man in den folgenden Tagen immer weniger über sie, und wenn, dann nur in bewunderndem Ton. Allgemein herrschte der Eindruck, daß Signorina Eufemia die schwierige Prüfung zur Schande der unbekannten Denunzianten so würdevoll wie überhaupt nur denkbar bestanden hatte. Mit ihrem kalten Schweigen und ihrer ruhigen Gleichgültigkeit hatte sie eine vornehme Gesinnung bewiesen, die ihr keiner so richtig zugetraut hatte, eine furchtlose vornehme Gesinnung, die die ältesten De Dominicis im Staube ihrer Gräber frohlokken ließ. Eine Zeitlang veränderte sich am äußeren Verhalten Signorina Eufemias nichts: Von ihrer Magd begleitet, sah man sie wie gewöhnlich auf dem kurzen Weg zwischen ihrem Haus und der Pfarrkirche, wann immer sie zur Messe und zur Abendandacht gerufen wurde; auf der Straße und in der Kirche blickte sie niemanden an, erwiderte keinen Gruß und schien die Leute eigentlich gar nicht mehr wahrzunehmen, wobei sie zunehmend verschlossener und verkrampfter wirkte. Unter ihrer scheinbaren Apathie aber nährte sie, wie man bald merkte, eine furchtbare Wut, die ihr ganzes Leben lang andauern sollte, eine unbezähmbare Wut, die sie damals noch unterdrückte, vielleicht weil sie selber Angst vor deren Heftigkeit hatte, vielleicht aber auch, weil es unmöglich war, ihr angemessen Ausdruck zu verleihen.

Der Damm brach plötzlich eines schönen Abends, als ein paar mildtätige und gottesfürchtige neugierige Frauen auf Bitten der alten Magd in der frommen Absicht zum Herrenhaus heraufkamen, Eufemia in ihrer tiefen und bitteren Einsamkeit beizustehen, wobei sie aber natürlich auch die heimliche Hoffnung hegten, von ihr gewisse heikle Details der ärztlichen Untersuchung zu erfahren. Die unwillkommenen Trösterinnen mußten die breite Treppe des Hauses Hals über Kopf hinablaufen, um der Wut Eufemias zu entfliehen, die sie durch ihren Besuch entfesselt hatten. Schaurige Schreie, allzu lange unterdrücktes Wutgeheul, finstere Drohungen hallten an jenem Abend durch das eingeschüchterte Dorf. Wutanfälle dieser Art und furchtbare Verwünschungen waren von nun an jedesmal zu hören, wenn ein Fremder nur seinen Fuß über die Schwelle des Anwesens der De Dominicis setzte, und zwar gleichgültig, ob es der Stadtschreiber war oder ein Köhler, ein hungriger Bettler oder ein müder Pilger oder auch einfach nur ein Kind beim Versteckspiel. Dennoch wagte keiner in Colle, Signorina Eufemia deshalb zu tadeln; jeder war innerlich überzeugt, daß sie durch die maßlose Verhöhnung, die sie erlitten hatte, dazu absolut berechtigt war.

Schließlich verloren diese Wutausbrüche durch ihre Häufigkeit an Schrecken, und die Bewohner von Colle gewöhnten sich im Laufe der Jahre daran wie an andere Übel auch. Die Jüngeren betrachteten sie wie die übrigen unangenehmen Dinge, die es schon vor ihrer Geburt gegeben hatte, als eine unverständliche und unabänderliche Strafe Gottes für irgendeine unbekannte Schuld der Väter. Es sah so aus, als ließe sich nichts daran ändern, bis es schließlich ein paar Jahre nach dem Erdbeben einem neapolitanischen Jesuitenpater gelang, mit Tante Eufemia zu reden, sich bei ihr Gehör zu verschaffen und sie zumindest teilweise zu bekehren.

Der Pater hatte nach Schilderung des Pfarrers den richtigen Ton gefunden. »Geliebte Tochter«, sagte er zu ihr, »da Ihr nicht mehr wie Eure Ahnen durch Prunk und Stolz herrschen könnt, solltet Ihr wissen, daß Ihr Euch dank der Religion doch in Demut auszeichnen könnt. Ihr könntet, geliebte Tochter, allen Gemeindemitgliedern von Colle ein Beispiel geben. Ihr, eine De Dominicis, könntet und solltet sie mit Eurer Demut in Erstaunen versetzen.« Tante Eufemia fühlte sich durch diesen religiösen Rat in tiefster Seele berührt, eröffneten sich ihrer Wut doch nun ganz neue Wege: dem Monatszyklus des Mondes entsprechend und an weniger periodisch auftretenden Schirokkotagen bekam sie weiterhin ihre menschenfeindlichen Anfälle, dazwischen aber hatte sie lange Perioden schmerzlich eindrucksvoller Demut. Trotz dieser zeitweiligen Rückfälle war ihre Bekehrung insgesamt dauerhaft.

Seit jener Zeit nimmt Tante Eufemia barfuß an der Karfreitagsprozession teil, dabei trägt sie einen dicken Strick um den Hals und Asche auf dem Haupt, wie einst nur die ganz großen Büßer, die nach jahrelangem öffentlichem Skandal bekehrten Sünder; doch ist sie viel lobenswerter und bewunderungswürdiger, da sie ja patrizischer Herkunft und dank ihrer nie in Frage gestellten Jungfräulichkeit auch eine alte Jungfer ist. Es gibt sogar Leute, die am Karfreitag aus den

Nachbardörfern nach Colle kommen, um ihre ungewöhnliche Demut zu bewundern; und Tante Eufemia ist mit vollem Recht stolz darauf. Aber da sich der Neid ja überall einschleicht, geschah es einmal ausgerechnet während der Karfreitagsprozession, daß eine eifersüchtige alte Betschwester es wagte, ihr mit neiderfüllter Stimme vorzuwerfen, ihr Verhalten sei nicht gerade demütig, ja ehrlich gesagt, ganz und gar nicht demütig. Es kam zu einer furchtbaren Szene, die die ganze Prozession aufhielt. Plötzlich verstummten die traurigen Psalmen und Klagegesänge der Bruderschaften, und inmitten der verängstigten Menge erschien Tante Eufemia in jener Aufmachung, die ihre außergewöhnliche Demut bezeugte: barfuß, mit einem Strick um den Hals und mit Asche auf dem Haar, ihre Gesichtszüge aber waren schon von der alten Wut verzerrt. In der Stille der unterbrochenen Zeremonie erhob sich schrecklich ihr drohendes Geheul, mit unheilvollen Verwünschungen, gebieterischer Beschwörung aller entfesselten Naturgewalten und der Götter der Unterwelt: Erdbeben, Blitze, Stürme, Überschwemmungen, giftige Schlangen, Wölfe, Skorpione, tollwütige Hunde. Keiner der Gläubigen achtete mehr auf den Gottessohn, der in seinem Glassarg in der Prozession herumgetragen wurde, oder auf die ebenfalls anwesende barmherzige Muttergottes mit den sieben Speeren der sieben Schmerzen, die in ihrem zarten Aluminiumherzen steckten. Die Pfarrer, die Kreuzträger, die Prioren der Bruderschaften, die Greise, die »Schwestern vom Guten Tode«, die »Töchter Marias«, die Träger der Heiligenbilder umringten alle Tante Eufemia und flehten sie blaß vor Entsetzen an, ihnen noch einmal diese unbesonnene Beleidigung zu verzeihen und sich der doch überwiegend unschuldigen Bevölkerung zu erbarmen, flehten sie lauthals an im Namen ihrer beispiellosen Demut, ihrer unübertrefflichen bewunderungswürdigen Demut. Die verzagte, durch die neuerlichen Verwünschungen und das ihr

drohende Unheil verängstigte Menge setzte die Prozession nur stockend fort, während sich um die verstummte, aber keineswegs besänftigte Tante Eufemia die einflußreichsten Gläubigen scharten, die sie lobten und auch noch im Weitergehen beschworen, zu vergessen, zu verzeihen. Die Zeremonie wurde mit den liturgischen Heiligenbildern fortgesetzt, doch das war jetzt keine Prozession zu Ehren des gekreuzigten Gottessohnes mehr, sondern die Prozession der ungeheuer demütigen Tante Eufemia.
Unter normalen Umständen achtet Tante Eufemia die Religion aber durchaus, sie ist beim Gottesdienst und bei der Liturgie eifrig dabei und unterstützt den Pfarrer bei verschiedenen frommen Einrichtungen mit ihrem Wohlwollen. Dank ihrer im Pensionat erworbenen Kunstfertigkeit nimmt sie für sich das Privileg in Anspruch, die Heiligenbilder der Gemeinde mit Blumen aus buntem Papier zu schmücken. Auf den Wiesen und in den wenigen Gärten von Colle fehlt es, zumindest im Frühjahr und im Sommer, nicht an frischen Blumen, die künstlichen Blumen Tante Eufemias aber, darin stimmen alle überein, sind sehr viel schöner und origineller. Ihre Spezialität, ja ihre »Kreation«, ist eine riesige rote Blume in Form und Ausmaßen eines großen Kohlkopfes, eines riesigen welken Kohlkopfes mit ungeheuer prallen schwarzen Staubblättern, eine Blume, wie man sie in der Natur noch nie gesehen hat und die von der Bevölkerung daher das »Herz Tante Eufemias« getauft worden ist. Am Hauptaltar über dem Tabernakel angebracht und von brennenden Kerzen umgeben, überstrahlt sie das anämische rosige Herzchen Jesu am Tabernakel, so daß der Altar in Wirklichkeit dem Herzen Tante Eufemias geweiht zu sein scheint und Weihrauch so wie liturgische Gesänge der knienden Gläubigen zu ihm aufsteigen.
Die Beziehungen zwischen Tante Eufemia und der Bevölkerung von Colle haben sich in den letzten Jahren entschei-

dend verbessert, seit ein Maurer, der eines Tages gerufen worden war, um in der Kapelle der De Dominicis den Fußboden zu reparieren, in einer Ecke ein geheimnisvolles Gefäß in Form und Größe einer Bütte entdeckte, wie sie bei der Weinlese gebraucht wird. Er verbreitete als erster das Gerücht, daß Tante Eufemia gewiß einen großen Schatz verborgen hielt. Die ältesten Dorfbewohner zeigten sich davon keineswegs überrascht, und zwar nicht nur deshalb, weil sie sich grundsätzlich über nichts wundern, sondern weil sie sich auch genau erinnerten, in ihrer Kindheit einst von einem alten und unvorstellbar großen Schatz gehört zu haben, der in den Mauern des Herrenhauses der De Dominicis verborgen sein sollte, und sie waren sogar damals erstaunt gewesen, daß man ihn nach dem Erdbeben nicht in den Trümmern gefunden hatte. Das zweideutige Lächeln, mit dem Tante Eufemia die zaghaften Anspielungen einiger Dorfbewohner auf den geheimnisvollen Inhalt des Bottichs quittierte, überzeugte auch die letzten Zweifler. Um nicht hintanzustehen, entdeckten nun auch die wenigen Familien von Colle, die sich bisher zurückgehalten hatten, Signorina Eufemia ihre Tante zu nennen, plötzlich alte, ganz vergessene Verwandtschaftsbeziehungen zu deren Familie; in den meisten Fällen handelte es sich dabei allerdings um hypothetische Fehltritte ihrer Großmütter oder Urgroßmütter mit den mächtigen Vorfahren der Familie De Dominicis.

Damit wurde Signorina Eufemia endgültig die Tante aller. Selbst die Allerärmsten, die sonst keine Tante hatten, konnten auf diese Weise wenigstens sagen, sie hätten doch eine; und zwar nicht irgendeine Tante, sondern eine von ehrwürdiger und reicher Herkunft. Aber wie in den besten Familien waren die Beziehungen zwischen Tante und Nichten und Neffen nicht immer die herzlichsten; ja oft waren sie sogar stürmisch. Diese merkwürdigen Neffen und Nichten wissen genau, daß ihnen die reizbare Tante ihr wertvolles Erbe nur dann vorenthalten könnte, wenn sie bei ihrem Tod kein Testament hinterließe, so daß der Schatz dem verhaßten gierigen Staat zufiele. Allerdings wäre dies eine Geste, die nicht zu ihr paßte, ein Akt, der sich mit allem, was die Tante ihr Leben lang getan hatte, nicht vereinbaren ließe, eine gottlose Beleidigung der Tradition ihrer Vorfahren, schließlich eine schlimme, eine furchtbare Schmähung des traurigen Angedenkens ihres Vaters, jenes unbescholtenen sanften, unglücklichen Don Ferdinando De Dominicis, Ritter vom bourbonischen Januariusorden, vor dessen Angesicht eine so aus der Art geschlagene Tochter nach ihrem Tod nicht würde treten können. Diese seltsamen Neffen und Nichten also, die sonst doch vom Wesen her und aufgrund ihrer traurigen Lebenserfahrung eher zu Pessimismus neigen, verlieren gerade in diesem einzigen Fall nicht die Hoffnung. Sie lassen sich von der Habgier nicht gerade so weit treiben, der Tante lautstark den Tod zu wünschen, denn sie haben Angst vor den furchtbaren Folgen, wenn es ihr zu Ohren käme; aber da der Tod schließlich keinem erspart bleibt, halten sie sich streng an die guten Sitten und flehen, seufzen, beten, wie es in den besten Familien vorkommt, im geheimen darum, daß die vornehme und unglückliche Tante nicht mehr lange in diesem Tränental zu leiden habe und baldigst zu ihren lieben Vorfahren eingehen möge. Seit Jahren warten in Colle Geschäftsleute, die vor dem Bankrott stehen, Bauern, die ihre Hypotheken nicht mehr bezahlen können, junge Mädchen ohne Aussteuer ungeduldig und vertrauensvoll auf dieses traurige frohe Ereignis. Auf diese Weise haben auch die Ärmsten, für die es anderswo überhaupt keine Illusion mehr gibt, in Colle wenigstens diese Hoffnung. Wundern darf man sich freilich nicht, daß es unter den Erben auch solche gibt, die versuchen, die Decke auf ihre Seite zu ziehen, und alles andere als selbstlos sind. Leider erweisen sich bei diesen egoistischen Betätigungen gerade die reichsten Neffen und Nichten, die ja am wenigsten darauf angewiesen wären und sich daher zurückhalten könnten, als besonders intrigant und niederträchtig. Ihnen gelingt es nämlich am leichtesten, die einzige Schwäche der verschlossenen, verhärmten und züchtigen Tante für sich auszunützen, ihre Vorliebe für gutes Essen. Im Nonnenkloster, in das man Signorina Eufemia gesperrt hatte, damit sie eine aristokratische Erziehung bekam, hatte sie ihr gesunder Instinkt eines Mädchens vom Lande davor bewahrt, eine Menge merkwürdiger und unnötiger Dinge zu erlernen, die dort gelehrt wurden (Musik, Poesie, Aquarellmalerei, gute Manieren, Französisch und noch mehr Überflüssiges dieser Art), und sie hatte sich außer für Papierblumen vor allem für die Kochkunst interessiert. Als eine wahre Künstlerin ist Tante Eufemia keineswegs gefräßig, und sie verabscheut es, nur für sich alleine zu kochen. In Colle, wo Kochen traditionell eine herrschaftliche Arbeit ist, die nicht der Dienerschaft überlassen bleibt, auch in den Häusern, in denen es eine Magd gibt, dient diese in der Küche nur als Hilfskraft der Hausfrau, läßt sich Tante Eufemia aus Eitelkeit hin und wieder hinreißen, die eine oder andere Nichte in die Geheimnisse ihrer im Kloster erworbenen Kunst einzuweihen. Es gibt Leute, die erzählen, sie vor dem Herd sogar schon einmal lächeln gesehen zu haben. Wenn Mond und Schirokko es erlauben, reißen sich also die besten Familien von Colle darum, Tante Eufemia in ihr Haus zu locken, vor allem dann, wenn sie Gäste von Rang erwarten; dabei loben sie ihr Können und schmeicheln ihr, denken aber gleichzeitig immer auch an den verborgenen Schatz. Glücklicherweise ist Tante Eufemia wie jeder Künstler aber auch undankbar und launisch. So sind die Beziehungen zwischen Tante Eufemia und jenen Familien von Colle, die ihr am meisten nachlaufen, nicht immer herzlich; ja ehrlich gesagt, sie sind geradezu stürmisch.

»Du weißt, Tante Eufemia«, sagt Donna Palmira, »daß du

dich auf meinen Mann und auf mich immer verlassen kannst. Du weißt, Tante Eufemia, daß wir Gottseidank nie wie die anderen gewesen sind, für uns ist die Achtung immer das Wichtigste. Du weißt, Tante Eufemia, wenn es nach uns gegangen wäre, wäre dein Leben anders verlaufen, oh, ganz anders.«

»Gewiß, gewiß, Palmira«, sagt Tante Eufemia, »wenn die Schweine fliegen würden, könnten wir von der Jagd leben, das ist ja bekannt. Jedenfalls, wenn ihr meint, daß ich bald sterbe, habt ihr euch verrechnet.«

»Oh, Tante Eufemia«, sagt Donna Palmira, »mit deinen *Euphemismen* kannst du mir noch den Appetit verderben.«

Tante Eufemia hält in der Hand den Teller mit den ranzigen Sardellen, die sie verachtungsvoll betrachtet. Sie ist wie gewöhnlich schwarz gekleidet, hat ein besticktes schwarzes Tüchlein auf dem Kopf, die noch dichten und frisch glänzend schwarzen Haare sind in der Mitte gescheitelt und tief in die Schläfen gekämmt, um den Hals trägt sie ein straffes schwarzes Band; ihre Gesichtsfarbe hingegen ist von jenem Malvengrün, das man besonders bei Leuten findet, die keine Fliegen ertragen können, von diesen Fliegen aber, die ja keine nachtragenden Tierchen sind, besonders bevorzugt werden.

»Für gewöhnliche Makkaroni mit diesen Sardellen hättest du wirklich nicht gerade mich zu rufen brauchen, Palmira«, sagte Tante Eufemia. »Stimmt das, daß der Prediger Piemontese ist?«

»Ich brauche doch wohl eine Kirchgängerin wie dich, Tante Eufemia, nicht daran zu erinnern, daß jetzt Fastenzeit ist«, sagt Donna Palmira, »daran bin doch nicht ich schuld.«

»Der Prediger kann dich aber dispensieren, wenn er will, das weißt du doch auch, Palmira. Stimmt es, daß er Piemontese ist?«

»Nein, eine Kirchgängerin wie dich, Tante Eufemia, sollte

ich wirklich nicht daran erinnern müssen, daß ein Fastenprediger gehalten ist, mit gutem Beispiel voranzugehen. Zu Hause oder in seinem Kloster kann er essen, was ihm paßt; in Mission aber ist er streng gehalten, den Gläubigen zu zeigen, daß er Buße tut. Er hat sich sogar auserbeten, daß die Soße heute nicht zu kräftig sein darf.«

»Für einen Mann, der bei Tisch Buße tun will, hättest du wirklich nicht gerade mich zu rufen brauchen, Palmira. Und wenn der Piemontese mir auch noch vorschreiben will, wie die Soße zubereitet werden soll, meinst du nicht, Palmira, daß es dann das Beste wäre, er würde sie sich selber kochen? Aber du hast doch gesagt, daß außer ihm auch noch Don Coriolano erscheint, und von dem willst du ja was herausbekommen.«

»Gewiß, auch Don Coriolano kommt; aber man kann doch nicht an ein und demselben Tag zwei verschiedene Mahlzeiten auftischen, Tante Eufemia; man kann nicht an ein und demselben Tag einem Gast magere und dem anderen fette Speisen vorsetzen; du weißt es doch selber besser als ich, daß man nicht an ein und demselben Tag an ein und demselben Herd die Sünde gleichzeitig begehen und nicht begehen kann, wenn dieser Tag in der Fastenzeit liegt und der Fastenprediger mit am Tisch sitzt. Und Don Coriolano ist ja auch gar nicht unseretwegen nach Colle gekommen, das weißt du besser als ich, sondern er ist wegen Donna Maria Vincenza gekommen. In ihrem Auftrag war er in Rom und jetzt ist er hier, um ihr die Botschaft zu überbringen, um ihr zu sagen, wie du ja schon vor mir erfahren hast, daß ihr krimineller Enkel begnadigt worden ist, daß alles vergeben und vergessen ist und er nach Colle zu seiner Großmutter oder nach Orta zu seinem Onkel zurückkehren kann, wenn er nur will. Du wirst doch zugeben, Tante Eufemia, diese Nachricht ist nicht gerade so angenehm, daß wir sie mit einem Verstoß gegen die Vorschriften der Fastenzeit feiern sollten. Die Regierung scheint ja wirklich den Wahnsinn zu unterstützen und ruhigen anständigen Leuten den Mut zu nehmen, Tante Eufemia, Leuten wie uns.«

»Ich verstehe, Palmira, aber an einer Brennessel wachsen keine Tomaten, das müßtest auch du wissen. Ich habe dir schon oft erklärt, daß alle Regierungen, die es in den letzten siebzig Jahren in Rom gegeben hat, unrechtmäßig sind, aber du hörst ja nie zu. Habt ihr denn ernstlich gehofft, daß Donna Maria Vincenza wegen ihres Enkels verzweifelt und gedemütigt wäre? Donna Maria Vincenza ist alt, vielleicht schon achtzig, und sie ist eine Frau vom alten Schlage, eine Camerini eben, die euch alle in die Tasche steckt, auch dich Palmira. Sie ist alt, gewiß, aber zäh wie eine Katze. Was willst du denn nach den Makkaroni servieren, Palmira?«

»Oh, Tante Eufemia, deine Euphemismen sind ein schöner Trost; wirklich, Tante Eufemia, du kannst einem damit den Appetit verderben.«

VI

Draußen schneit es, und der Nordwind bläst heftig. In einem Nebenzimmer wärmen sich Don Coriolano und Padre Gabriele, der Prediger vom Passionistenorden, über einem tönernen Kohlebecken so gut es geht die Füße. Don Coriolano ist mit einem neuen karierten Anzug, einem Paar sonnenblumengelben Schuhen und einer kräftigen Dosis an frischem Optimismus aus Rom zurückgekehrt, was ihn belebt und wie verjüngt hat: Der gezwirbelte Schnurrbart, der scharf zugespitzte Kinnbart, das pomadisierte, in der Mitte gescheitelte Haar, die rosigen Wangen und die funkelnden Augen runden das Bild eines tief bewegten, kindlich glücklichen Mannes ab. Daneben erscheint der Kirchenredner in seinem langen schwarzen Rock des Passionistenordens mit dem weißen Emblem, auf dem das dornengekrönte Herz Jesu abgebildet ist, geradezu düster und erbärmlich wie ein Unglücksbote. Padre Gabriele, ein plumper, knochiger, hagerer Greis, ist vielleicht kränklich, ganz sicher aber unterernährt; seine winzigen Flohaugen hüpfen zwischen den verschiedenen Absätzen des Breviers hin und her und schließen sich bei den Stellen, die er auswendig kennt, was ihm ein leichenhaftes Aussehen verleiht. Don Coriolano hat sich die Gelegenheit nicht entgehen lassen, auch dem Passionistenpater noch einmal die Geschichte seiner Reise nach Rom zu erzählen. Ein paar Tage lang hat er sich in der Illusion gewiegt, etwas mehr als ein hochtrabender Provinzredner zu sein, denn er hat aus der Nähe die Drahtzieher an jenen Schauplätzen gesehen, die durch Zeitungsberichte und die Wochenschauen im Kino geweiht worden sind. Um diese erhebenden Augenblicke noch einmal auszukosten, erzählt Don Coriolano seit Tagen bei jeder Begegnung davon, berichtet von den verschiedenen Szenen in allen Einzelheiten, wiederholt jede Geste, jede Äußerung, jeden Dialog und

bläst bei jeder neuen Erzählung seinen eigenen Erfolg noch mehr auf, indem er sich geistreiche Antworten zuschreibt, von denen die Säle und Gänge der geschichtsträchtigen Gebäude vor Lachen nur so widerhallten.
»Was für ein Trauerspiel, Hochwürden«, ruft Don Coriolano mit gramerfüllter Stimme aus, »was für ein Trauerspiel für einen Mann wie mich, sein Leben so weit von jenen Orten verbringen zu müssen, an denen die denkwürdigen Aussagen gemacht werden. In diesen lausigen Dörfern passiert nichts, Hochwürden; die Bauern sind durch ihr Elend apathisch geworden und haben resigniert, Verbrechen gibt es nur wenige und erbärmliche, keine Attentate, keine Verschwörungen, keine Streiks. Sagen Sie selbst, Hochwürden, gegen wen soll ich denn die Ordnung verteidigen, wenn es keinen gibt, der sie bedroht? Nicht einmal Cicero, Hochwürden, nicht einmal Demosthenes würden es schaffen, sich hier in irgendeiner Weise hervorzutun. Den einzigen Gegner, den wir hier hatten, haben wir dummerweise entkommen lassen. Was für ein Trauerspiel, Hochwürden.«
Der Passionistenpater hört ihm mit undurchdringlichem Lächeln zu, dabei hält er die Lippen geschlossen wie bestimmte Damen, deren Gebiß gerade zur Reparatur beim Zahnarzt ist; Don Coriolano kann sich schließlich des Verdachts nicht erwehren, daß dieses Schweigen auch ironisch gemeint sein könnte. Daher steht er auf, prustet geräuschvoll und stampft im ganzen Zimmer umher, als müßte er sich die Füße wärmen. Auf der Kredenz stehen die üblichen mit Muscheln verzierten Konfektdosen, ein Tintenfaß aus Marmor in Form des restaurierten Kolosseums und ein Salzfaß in Schwanengestalt. »Die üblichen Schweinereien«, sagt Don Coriolano laut. In der Vitrine sieht er einige Flaschen Mineralwasser und Liköre mit Heiligennamen; er versucht die Vitrine zu öffnen, aber sie ist abgeschlossen. »Ewig das gleiche widerwärtige Mißtrauen«, sagt er. An der anderen Wand

hängt in einem den Verästelungen eines Baumes nachgebildeten Rahmen das kolorierte Foto eines Gefreiten mit Medaille auf der Brust; daneben fächerförmig angeordnet wie Trophäen Postkarten. Da er nun wirklich nichts anderes mehr zu tun hat, beginnt Don Coriolano mit der Spitze eines Streichholzes, von dem er den Schwefelkopf abgebrochen hat, in seinen Zahnlücken nach den Speiseresten der vergangenen Woche zu stochern.

»Gestern abend in Celano hat man uns ein gebratenes Hühnchen aufgetischt, Hochwürden«, flüstert er dem Prediger vertraulich ins Ohr, »das war so zart und rein und frisch, sage ich Ihnen, so unschuldig, glauben Sie mir, wie ein junges Mädchen bei der Erstkommunion. Entschuldigen Sie, Hochwürden, ich weiß nicht, ob Sie mich ganz verstehen.«

Verwundert, ja entsetzt, schiebt der Prediger seine Augenbrauen hoch.

»Haben Sie denn ganz vergessen«, murmelt er, »daß wir uns in der Fastenzeit befinden?«

»Vergessen?« erwidert Don Coriolano entrüstet. »Oh, Hochwürden, für wen halten Sie uns, für Türken vielleicht? Hören Sie doch, Hochwürden, und vielleicht sind Sie auch so freundlich, das Brevier einmal beiseite zu legen. Nach dem Hühnchen und den Bratkartoffeln gab es dann ein zartgrünes Salätchen, das mit frischem Olivenöl und sehr altem, ja geradezu klassischem Essig übergossen war, ein zurückhaltendes, bescheidenes, feines, asketisches, im wahrsten Sinne des Wortes klösterliches Salätchen. Und als dieses erfrischende Salätchen aufgetragen wurde, haben alle Gäste erleichtert aufgeseufzt, Ehrenwort. O wie gut, riefen wir aus, o wie gut, daß man hier die Fastenzeit nicht vergessen hat.«

Ganz mit Schneeflocken bedeckt und prustend wie ein Zugpferd kommt nun der Hausherr, Don Lazzaro Tarò, herein, ein großer, kräftiger Kerl mit einem dichten Bart, der nur Augen und Nase ausspart; Don Coriolano umarmt und küßt ihn immer wieder mit kindlicher Freude und hilft ihm, den Schnee von den Schultern zu klopfen.

Don Lazzaro holt aus der Kredenz eine Flasche Sant'-Agostino-Magenbitter, schnuppert daran und gießt geübt wie ein Apotheker drei ziemlich große Gläser randvoll.

»Ein hervorragendes Mittel gegen Grippe«, behauptet Don Coriolano und hebt die mit dunkelgrüner Flüssigkeit gefüllte Flasche prüfend ans Licht.

»Geht denn hier die Grippe um?« fragt der Prediger leicht erschreckt.

»Nein, nein, noch nicht«, beruhigt ihn Don Coriolano. »Aber sie kann noch kommen. Ja, sie wäre ganz bestimmt schon hier, wenn wir nichts zu trinken hätten.«

»Danke, ich trinke nicht«, entschuldigt sich der Prediger mit einer höflichen, aber entschiedenen Geste.

Don Coriolano klopft ihm freundschaftlich auf die Schulter und kneift dabei ein Auge zu.

»Ich verstehe, ich verstehe«, versichert er lachend. »Das gute Beispiel, Erbauung, Buße, ach, Hochwürden, wenn Sie wüßten, wie gut ich Sie verstehe. Aber hier sind wir ja unter verschwiegenen Freunden, wissen Sie, hier können Sie trinken, so viel Sie wollen, Sie können sich sogar betrinken, wir werden es niemandem erzählen.«

»Hier sind Sie unter verläßlichen Freunden«, bestätigt Lazzaro und kneift ebenfalls ein Auge zu. »Wir sind ja gewiß gute Katholiken, aber das geht doch Gottseidank nicht so weit, daß wir beim Bischof petzen. Und dann Hochwürden, sehen Sie doch selber, diese Flasche, das ist doch geradezu geweihtes Zeug.«

Auf dem Etikett stehen neben dem Bild des erzürnten Heiligen folgende Worte eines bekannten anarchistischen Schriftstellers, der zum Katholizismus bekehrt wurde: »Wollt Ihr Gesundheit? Dann trinkt Sant'Agostino-Magenbitter.«

»Danke, ich trinke nicht«, erwidert der Prediger gereizt.

»Ich verstehe«, schließt Don Coriolano beleidigt und verärgert. »Sie trauen uns nicht. Über welches Thema werden Sie heute abend predigen, Hochwürden?«

»Werden Sie auch in die Kirche kommen?«

»Ah, ich käme mit dem größten Vergnügen, wenn ich nur könnte«, versichert Don Coriolano, »aber der Arzt hat es mir verboten. Glauben Sie mir nicht? Wegen dem Kerzengestank. Mein Arzt behauptet, daß er die Stimme kaputtmacht. Nicht, daß man davon die Sprache verliert, nein; aber wenn man Kerzenrauch einatmet, verdirbt das die Stimme, behauptet er, und so gibt es schließlich überhaupt keinen Unterschied mehr zwischen einem geweihten Redner und einem politischen Redner. Wie soll ich wissen, ob der Arzt recht hat oder nicht? Wenn ich ihm aber nicht gehorche, kann das für mich sehr gefährlich werden, das werden auch Sie zugeben. Eine männliche Stimme ist für einen politischen Redner das, was für ein Straßenmädchen die schönen Beine sind oder, wenn Ihnen das lieber ist, das Mehl für die Spaghetti. Nein, Hochwürden, ich habe Sie nach dem Thema Ihrer Predit gefragt, weil Donna Maria Vincenza mir sagte, daß sie die Unterschrift unter das Gnadengesuch für ihren Enkel auf heute abend nach dem Gottesdienst verschieben will. Nicht, weil sie noch Zweifel hätte, aber sie sagte, sie habe alle wichtigen Handlungen ihres Lebens immer gern mit einer gewissen Liturgie, mit einem gewissen Formalismus verbunden; und mit alten Damen muß man Geduld haben. Dies ist auch der Grund, weshalb ich noch bis morgen in diesem gottverlassenen Nest bleiben muß.«

»Weiß man eigentlich so sicher, daß dieser Enkel noch lebt?« fragt der Prediger und schlägt sein Brevier zu. »Die Vergebung der Menschen kommt oft zu spät.«

»Er hält sich im Ausland auf«, erklärt der Cavaliere mit der Miene eines in alle Geheimnisse eingeweihten Menschen. »Ganz ausnahmsweise darf ich hier einmal das Geheimnis preisgeben. Seit einem Monat wissen wir nämlich genau, daß er wieder im Ausland und in Sicherheit ist. Auch Donna Maria Vincenza scheint im übrigen, wenn ich recht verstanden habe, Nachricht von ihm aus Frankreich zu haben. Aber bitte zwingen Sie mich nicht, mehr zu sagen, das kann und darf ich nicht, Ehrenwort.«

Don Coriolano weiß nämlich vieles, ja bei aller Bescheidenheit, er weiß alles und zwar immer schon einen Monat vorher; zu seinem Bedauern aber darf er nicht darüber reden. Keine Nachricht kann ihn überraschen, und die Neuigkeiten, die in der Zeitung stehen, kennt er immer schon mindestens seit einem Monat. Ehrlich gesagt, liest er den politischen Teil in den Zeitungen überhaupt nicht, denn Nachrichten, die schon einen Monat alt sind, müssen ihn ja langweilen, das wird wohl jeder verstehen; und wenn er die Zeitungen überhaupt noch mit einer gewissen Ausdauer liest, so nur wegen der Berichte über Gerichtsverhandlungen und Opernaufführungen, weil dort die beiden schönen Künste gepriesen werden, die er am meisten liebt, die Redegewandtheit und der Gesang. Auch die Rubrik der neuesten Nachrichten, ja sogar die der allerletzten Neuigkeiten in den Zeitungen können ihm nie etwas Neues bringen; das sind für ihn immer lächerliche Nachrichten, Nachrichten, die schon einen Monat alt sind, falsche Nachrichten, auf die er, hahaha, mit einem mitleidigen Lachen für die armen leichtgläubigen Leser höchstens einen Blick wirft. Und dann weiß man ja auch, daß die wirklich wichtigen Nachrichten gar nicht in den Zeitungen erscheinen, die darf der Mann auf der Straße gar nicht erfahren. Don Coriolano hingegen weiß bei aller Bescheidenheit regelmäßig alles und immer schon einen Monat vorher; ach, was für ein Jammer, daß er nicht darüber reden darf. Und obwohl ja bekannt ist, daß er für seine Freunde sogar sein Leben wagen würde, darf man dieses Thema besser nicht berühren, er kann und darf auch mit den treuesten Freunden nicht darüber reden. Natürlich nicht aus Mangel an Vertrauen, verstehen wir uns recht, sondern einfach aus Pflichtgefühl; und wenn er fleht: »Nein, bitte, zwingen Sie mich nicht«, dann drückt seine Stimme echtes Leid aus, und die Augen, diese großen anrührenden Ochsenaugen, glitzern von echten Tränen.

Don Lazzaro kann seinen Ärger eines ehrbaren Großgrundbesitzers und seine Verbitterung nicht verhehlen, er vermag seinen Groll wegen dieser Begnadigung durch die Regierung nicht zu verbergen, die der verhaßten Familie Spina wieder zu Ansehen verhelfen wird. Er geht mit schweren Schritten im Zimmer auf und ab, daß die Kredenz und die Fenster erzittern, und prustet dabei, als wäre er dem Ersticken nahe, der alte Haß zwischen den Spinas und den Taròs peinigt ihn sichtbar bis aufs Blut. Schließlich sagt Don Lazzaro:

»Soll ich die Wahrheit sagen? Ich verstehe überhaupt nichts mehr. Wozu, frage ich, muß man einen solchen Verrückten und solchen Wirrkopf, der nur Unheil über die Familien bringt, denn wieder zu uns friedlichen Leuten zurücklassen? Er hat uns den Gefallen erwiesen, von sich aus freiwillig ins Exil zu gehen zu den vaterlandslosen, gottlosen Übeltätern seines Schlages. Soll er doch dort bleiben, dann haben wir Ruhe. Aber dieselbe Obrigkeit, die ihn noch vor knapp zwei Monaten gesucht hat, um ihn gerechterweise hinzurichten, sucht ihn, so unglaublich das scheint, jetzt, um ihm zu vergeben. *Cavaliè*, mag sein, daß ich ein naiver Provinzler bin, wie du immer behauptest, aber ich muß dir gestehen, ich begreife nichts mehr.«

»Ich weiß genau, was Sie beunruhigt, Don Lazzaro«, mischt sich der Prediger ein, wobei er sich mit einer leichten Verbeugung bei Don Coriolano entschuldigt, »aber vergessen Sie nicht, die Nachsicht der Obrigkeit mit dem reuigen Rebellen kann sich als sehr richtige und kluge Geste erweisen. Es ist nicht christlich, unbarmherzig zu sein, Don Lazzaro, vor al-

lem aber auch nicht nützlich. Nur daran muß ich Sie erinnern. Die Kirche selber ...«
»Was sagen Sie da, Hochwürden?« unterbricht ihn Don Lazzaro drohend, »aber ein Pferd wechselt doch nicht die Gangart, nur um seinem Herrn einen Gefallen zu tun. Die Spinas waren immer merkwürdige Leute, und gerade jetzt, da sie am Boden zerstört zu sein schienen, müssen wir miterleben, daß die Regierung ihnen hilft, sich wieder zu erheben. Darin sehe ich einen Skandal.«
»Ich verstehe, Don Lazzaro«, erwidert der Prediger mit einer Geste und einem Lächeln, die ihn beruhigen sollen. »Ich weiß Ihre berechtigte Sorge richtig einzuschätzen; aber Sie dürfen doch nicht von vornherein die Möglichkeit zur Reue verwehren. Sehen Sie, Don Lazzaro, unsere Religion, unsere Moral gründen sich ja gerade auf die Gnade, nur das will ich Ihnen in Erinnerung rufen. Wenn das verirrte Lamm ...«
»Hochwürden«, ruft Don Lazzaro erbost aus, »ich kenne dieses barmherzige Gleichnis. Aber die Spinas, Hochwürden, entschuldigen Sie, wenn ich laut werde, sind keine Lämmer, man merkt gleich, daß Sie sie nicht kennen, die sind nie Lämmer gewesen, das dürfen Sie mit glauben, sie haben nie inmitten der Herde das frische Gras auf der Weide gefressen. Und jetzt werden sie natürlich die Gnade annehmen, es ist doch klar, daß sie sie annehmen werden, weil sie sich auf diese Weise wieder vom Boden erheben, das zerbrochene Geschirr in ihrem Haus reparieren und die durchgesessenen Stühle mit neuem Stroh überziehen können, das ist doch ganz klar; aber das sind keine sanften Lämmer, Hochwürden, die sich sättigen, trinken und dann schlafen, das sind keine Christen, die Geld verdienen, etwas beiseite legen, leben und leben lassen, sie haben immer geglaubt, etwas Besseres zu sein als die anderen, sie sind stets unzufrieden und unruhig gewesen, das ist die Wahrheit, sie haben immer

den Mond am hellichten Tag und Erdbeeren im Winter gewollt. Ich weiß nicht, ob ich mich verständlich ausgedrückt habe, Hochwürden, aber da liegt der Skandal.«
»Ich verstehe, Don Lazzaro«, erwidert der Fastenprediger unerbittlich, »aber ich sage Ihnen noch einmal, man darf die Gnade nicht ausschließen und die Möglichkeit nicht außer acht lassen, die Unser Herr durch Sein kostbarstes Blut in die Welt gebracht hat, die Möglichkeit nämlich, daß jedes irregeleitete Geschöpf in sich gehen, Buße leisten und wieder auf den rechten Weg zurückfinden, zur Schafherde heimkehren kann. Es ist meine strenge Pflicht, Ihnen das zu sagen. Noch einmal, Don Lazzaro, Sie dürfen nicht glauben, daß es für die Sünde kein Heilmittel gibt, daß der Instinkt ungebremst und die Natur vom Geiste verlassen ist; und vor allem dürfen Sie nicht glauben, daß der Mensch mit seinen Schwächen alleingelassen ist, auch dürfen Sie auf keinen Fall die Erlösung und das Neue Testament verleugnen und nicht vergessen...«
»Sicher, Hochwürden«, schreit Don Lazzaro, am Ende seiner Geduld. »Das fehlte noch, schließlich bin auch ich ein Christ, ein guter Christ, ein wahrer Christ vom alten Schlage, ich kenne das Credo auswendig, ebenso die zehn Gebote, die fünf Tugenden, die sieben Werke der Barmherzigkeit, ich gehe fast jeden Sonntag zur Messe und zahle den Zehnten. Auch ich glaube, was die Dinge des Jenseits betrifft, an jedes Wort des Priesters. Aber, heilige Muttergottes, in den Dingen, die Sie und Ihre Bruderschaft gar nicht betreffen, sondern nur mich und meine Familie angehen, sollten Sie schon so gütig sein, mir zu glauben. Sie sollten wenigstens hier in meinem eigenen Hause nicht auch noch die feindliche Familie verteidigen und mir in jedem Wort widersprechen. Sie sollten wenigstens die alten Regeln der Gastfreundschaft achten, Hochwürden, und zumindest aus Höflichkeit vorgeben, meinen Standpunkt zu teilen, vor al-

lem, da es Sie ja überhaupt nichts kostet. Ich weiß schon genau, was Sie jetzt einwenden wollen, Hochwürden, aber ich finde, daß Sie hier schon genug über Dinge geredet haben, die Sie nicht kennen. Sparen Sie sich also Ihre Worte für die Predigt heute abend, und lassen Sie jetzt mich ein wenig zu Wort kommen, denn ich bin zwar kein Prediger, aber doch hier bei mir zu Hause, und wenigstens das werden Sie nicht in Frage stellen.«
»Sag mal, Lazzaro, um wieviel Uhr wird gegessen?« unterbricht ihn Don Coriolano, dem dieser Streit großen Spaß bereitet. »Nimm's mir nicht übel, aber du weißt ja, daß wir deshalb hergekommen sind.«
Der Passionistenpater ist heftig erregt aufgestanden, er ist so beleidigt, daß sich seine Miene verfinstert hat, er sieht zur Tür, die auf die Treppe hinausführt, zögert jedoch zu gehen; der Adamsapfel an seinem langen und mageren Hals hüpft zwischen den beiden senkrecht verlaufenden Sehnen auf und ab wie ein bitterer Brocken, den er nicht schlucken kann.
»Bitte setzen Sie sich wieder, Hochwürden, es dauert noch ein wenig mit dem Essen«, bedrängt ihn Don Lazzaro und packt ihn dabei am Arm. »Bis dahin möchte ich Ihnen ein Beispiel für die verrückte Art Donna Maria Vincenzas nennen, das so frisch ist wie ein gerade gelegtes Ei. Hören Sie nur, Schweigen hat noch keinem je den Appetit verdorben. Wochenlang also konnten wir Signora Spina beobachten, wie sie eifrig von Pontius zu Pilatus lief, um Schutz für ihren Enkel zu erbitten, von dem jeder annahm, daß er geflohen sei; bis man dann eines Tages hörte, daß Don Coriolano mit einem ganz bestimmten Auftrag von ihr nach Rom fuhr. (Dieser Don Coriolano ist ein alter Freund von mir, Hochwürden, aber wie das Sprichwort sagt, die einzigen Freunde, auf die du dich verlassen kannst, sind jene, die du im Geldbeutel hast.) Don Coriolano reiste also ab, und wie zu erwarten, wurde Donna Maria Vincenzas Jammer von Tag zu

Tag größer, man sah sie noch öfter als sonst in der Kirche beten, sie bezahlte ein paar Betschwestern, damit diese bis zum späten Abend für sie vor dem Allerheiligsten beteten, jeden Morgen ließ sie eine neue Kerze vor der Muttergottes der Vergebung anzünden und mehrmals schickte sie ihren Knecht mit dem Wagen nach Fossa, weil der Redner ja früher zurückkommen konnte und sie dann unbedingt sofort die wichtige Antwort erfahren wollte. Diese Dinge weiß ich ganz genau, weil es da Leute gibt, die sie mir berichten und die ich dafür bezahle. Gestern kam Don Coriolano also zurück, wie Sie bereits wissen, Hochwürden, und in einer Tasche seines neuen Anzugs steckte der Text des Gnadengesuchs und dessen skandalöse, schon vorab erfolgte Akzeptierung durch die Regierung; wie Sie ebenfalls wissen, brauchte Donna Maria Vincenza nur noch die Feder ins Tintenfaß zu tauchen und ihren ehrwürdigen Namen unter die Bittschrift zu setzen. (Soweit also der Bericht, Hochwürden, und nun beginnt das alte Lied, daher bitte ich Sie, mir einen Augenblick lang genau zuzuhören.) Sobald Signora Spina ihrer Sache nämlich sicher war, hatte sie es plötzlich überhaupt nicht mehr eilig; und so hat sie die Formalität der Unterschrift unter fadenscheinigen Vorwänden von gestern auf heute morgen verschoben, und heute morgen hat sie sie dann auf heute abend verschoben, und auch heute abend wird sie nicht unterschreiben und zwar nicht etwa, weil die Gnädigste sich nicht entscheiden kann, ob sie unterschreiben soll oder nicht, nein, nein, sie will sich einfach bitten lassen, sie will nicht Vergebung, verstehen Sie Hochwürden? Sie will selber Vergebung gewähren, aber bevor sie es tut, will sie zuerst darum angefleht werden.«

»Ganz genau, Lazzaro, ganz genau«, ruft der Cavaliere aufgebracht und spöttisch aus, »ich beglückwünsche dich zu deiner Redegewandtheit, vor allem deine Schlußtirade trifft genau ins Schwarze; aber übrigens, wann wird denn hier gegessen?«

»Wenn dem so ist (und ich habe keinen Grund, daran zu zweifeln, Don Lazzaro), dann macht sich die Signora schlimmster Eitelkeit schuldig«, räumt der Prediger ein, sichtlich darum bemüht, sich mit dem Hausherrn wieder zu versöhnen. »Aber enthält die der Signora unterbreitete Bittschrift nicht vielleicht demütigende Formulierungen?« fährt er leise und zaghaft an den Cavaliere gewandt fort.

»Keinesfalls«, schwört Don Coriolano und legt die Hand aufs Herz. »Sogar Donna Maria Vincenza war beim ersten Durchlesen von der Banalität überrascht, wenn man so sagen kann. Derselbe Text ist im übrigen, *mutatis mutandi,* auch schon in anderen Fällen dieser Art benutzt worden und ist wirklich eine Kleinigkeit, ein geschmackloses, gefärbtes Bonbon, eine dieser Verdauungspillen, die man vielleicht nicht gerade mit Vergnügen, aber gewiß nicht mit Ekel über den Gaumen gleiten läßt und deren reinigende Wirkung erst später im intimsten Bereich des Organismus spürbar wird. Desinfizieren ohne zu reizen, ist nicht nur eine hervorragende Formel für Verdauungsmittel, sondern auch die klügste und, Hochwürden, gewiß die katholischste politische Maxime. Zugunsten der Spinas hat sich schließlich auch eine Tatsache ausgewirkt, die unser aller Achtung verdient. Vergessen wir nicht, Kameraden, habe ich den Parteileitern in der Hauptstadt immer wieder gesagt, vergessen wir nicht, daß Donna Maria Vincenza die Mutter von Don Saverio Spina ist, jenem heldenhaften Offizier, der als Freiwilliger in Cyrenaika gefallen ist.«

»Er starb aus Liebeskummer«, unterbricht ihn Don Lazzaro, »das weiß doch jeder. Er suchte den Tod in Afrika, weil Donna Maria Vincenza seine krankhafte Leidenschaft für Faustina nicht zuließ.«

»Die offizielle Version lautet anders«, fährt Don Coriolano

fort. »Der Staat hört nicht auf den Klatsch. Wehe, wenn man all die privaten Motive der Heldentaten untersuchte. Außergewöhnlich an der Bittschrift ist also wie gesagt nur die Einleitung, die ich selber wie folgt formuliert habe: ›Im Namen meines Sohnes Saverio, dessen Heldenblut im glühend heißen Sand der Sahara vergossen wurde, wende ich mich an Sie als Staatsoberhaupt usw.‹ Um den teuflischen Stolz Pietro Spinas (so heißt der Verbrecher, Hochwürden, der jetzt begnadigt wird) nicht zu verletzen, haben wir beschlossen, von ihm so wenig wie möglich zu verlangen; er braucht lediglich zu erklären, daß er die von seiner Großmutter unternommenen Schritte gutheißt, mehr nicht, zumindest fürs erste. Man darf den verlorenen Sohn nicht mit strenger Miene empfangen, wenn er müde vom Herumvagabundieren gedemütigt in sein Elternhaus zurückkehrt. Seine Prügel bekommt er dann schon noch, und nicht zu wenig.«

»Ich verstehe«, sagt Don Lazzaro und schluckt seinen Ärger hinunter, »ich verstehe sehr wohl, daß es hier um Politik geht, und ich weiß auch, daß die Schafe für die Wölfe da sind, und die Politik für die Redner. Als einfacher Mann vom Lande kann ich dir aber auch sagen: wenn du eine Streichholzschachtel zwischen trockenes Stroh legst, dauert es, glaub mir, nicht lange, bis der Stall abbrennt.«

»Gewiß Lazzaro«, räumt Don Coriolano lächelnd ein, »aber für solche Fälle haben wir ja die Feuerwehr. Ohne Brände kann es leider auch keine Feuerwehr geben, Lazzaro.«

»Ich verstehe, du Klugredner, worauf du mit deiner Beredsamkeit hinauswillst«, sagt Don Lazzaro, dem der kalte Schweiß ausbricht. »Als einfacher Mann vom Lande kann ich dir aber auch sagen, daß, wenn du im November zwischen meinen Weizen Quecke, Lolch und Saatwicke säst, mir im Frühjahr nichts anderes übrigbleibt, als Korn und Unkraut abzumähen und dem Vieh als Futter vorzuwerfen. Und woraus backe ich dann mein Brot?«

»Hör mal, Lazzaro«, erwidert Don Coriolano amüsiert und reibt sich vor Vergnügen die Hände, »ich achte ja dein schlichtes Wesen und deine Anständigkeit eines Mannes vom Lande; aber ich meine, daß du irgendwie naiv bist. Außerdem würde niemand absichtlich auf dein Feld oder das Feld deines Nachbarn Quecke, Lolch und Saatwicke säen, denn das sind Dinge, die nur in den Gleichnissen der Evangelien vorkommen. Aber überlege doch einmal eines: Kein Mensch kümmert sich um dieses arme Unkraut; seit es überhaupt Ackerbau gibt, haben alle Bauern immer nur versucht, es mit allen Mitteln auszurotten; und trotzdem wächst es jedes Frühjahr wieder neu, und das verschafft Tausenden von Frauen und Kindern Arbeit und ein Einkommen, denn die Großgrundbesitzer müssen sie notgedrungen zum Jäten einstellen. Glaubst du nicht auch, Lazzaro, daß Weizen, Bohnen, Linsen, Tomaten längst vom Erdboden verschwunden wären, wenn die Menschen in all den Jahrhunderten ebenso hartnäckig und erbittert gegen diese Pflanzen angekämpft hätten?«
»Unkraut ist bekanntlich viel zäher«, räumt Don Lazzaro ein, »aber was seine Nützlichkeit betrifft ...«
»Hast du nie darüber nachgedacht«, fährt Don Coriolano fort und macht dabei eine Geste, als wolle er einen Stier mit dem Schwert durchbohren, »daß es die ganze Landwirtschaft überhaupt nur dank des Unkrauts und all der anderen Übel gibt, die den Boden befallen? Im Garten Eden gab es noch keine Landwirtschaft. Dein Dasein als Landwirt hängt vom Unkraut ab, von Trockenheit, Hagel, Reblaus und den anderen Übeln, die du hier beklagst. Und warum gibt es den Staat und die Redekunst? Auch die Ärzte gibt es ja nur wegen der Krankheiten und die Kirche samt ihren Predigern nur wegen der Sünde (korrigieren Sie mich, Hochwürden, wenn ich mich irren sollte).«
Don Coriolano hält ein und setzt schon zu einem selbstge-

fälligen Lächeln an, das er zu vollenden trachtet, sobald ihm der Prediger beigepflichtet und ihm gratuliert hat; aber dieser neigt nur den Kopf zur Seite und sieht ihn über die Brille hinweg verstohlen und verängstigt an, wie man manchmal Kinder im Zoo gucken sieht. Der Cavaliere will gerade in seiner Beweisführung über die Unabdingbarkeit des Übels für die wahrhaft leuchtende Tugend fortfahren, als aus der Küche der wütende Aufschrei Tante Eufemias ertönt:
»Cavaliere.« (Die Stimme wird lauter). »Cavaliere.« (Bedrohlich.) »Cavaliere.«
Gleichzeitig erscheint Donna Palmira äußerst zerknirscht an der Wohnzimmertür.
»Entschuldigt«, murmelt sie flehentlich, »darf ich bitten, nur einen Augenblick leise zu sein? Tante Eufemia komponiert gerade die Sauce, wißt ihr.«
»Ach, sie komponiert die Sauce?« murmelt Don Coriolano schuldbewußt. Danach herrscht tiefe Stille im Raum, wie in der Kirche während der Messe.

VII

Draußen vor dem Zimmer pfeift und heult der Nordwind und rüttelt an den Angeln der Fensterläden. Ein großer Teil der Wolken ist schon weggefegt, und es hat aufgehört zu schneien; am flachen Horizont steht jetzt eiskalt eine mondartige kränkliche Sonne. Von den Höhen rings um das Dorf stieben im Nordwind noch immer Wolken pulverigen Schnees auf den Ort herab, die als große graue Schwaden durch die dunklen, fast violetten Gassen wirbeln. Der Wind bringt ein paar abgerissene Trompetenstöße mit, die, so vereinzelt, unrein und monoton sie auch klingen, doch das einzige wahrnehmbare Anzeichen von Aktivität in dieser traurigen Gegend sind. Sie stammen von Meister Anacleto, dem Schneider und Musikanten, der seit gestern immer wieder dieselbe Arie aus *La Traviata* übt, jene Arie, die so beginnt: »*Tu non sai quanto soffri.*« Seit gestern bläst Anacleto die Töne dieser traurigen Arie aus vollen Lungen auf seinem Blechinstrument, und noch immer hat er es nicht geschafft, sie auch nur zweimal hintereinander richtig zu spielen. Mit der Geduld des wahren Künstlers beginnt er immer wieder von vorn: »*Tu non sai – Tu non sai quanto soffri – Tu non sai – Tu non sai*«; und von seinem Haus aus verbreiten sich die durchdringenden Töne über Dächer und Gassen. Im Windschatten hinter der Apsis der Kirche sitzen auf niedrigen kleinen Steinbänken, wie gewohnt reglos und schweigend in schwarze Mäntel gehüllt, etwa zehn ärmliche Greise (wenigstens sehen sie so aus). Sie genießen friedlich ein bißchen Sonne, die zwar alles andere als warm, im Monat Februar aber besser ist als nichts, ebenso wie die monotonen und unreinen, dafür aber kostenlosen Musikfetzen. Bald wird nun auch aus dem Gemeindebackofen ganz in der Nähe guter frischer Brotgeruch strömen.

Hin und wieder fährt sich einer der Greise mit der Hand

unters Hemd und zieht, fest zwischen Zeigefinger und Daumen eingeklemmt, eine unsichtbare Beute hervor. Nur wenige Leute sind auf der Straße. Ein paar Frauen, die vom Brunnen zurückkommen, gehen mit ihrem kupfernen Wassergefäß auf dem Kopf schweigend an der Kirche vorüber. Später taucht ein Mädchen auf, das eine Ziege hinter sich herzieht, die Ziege will nicht weitergehen, und das Mädchen weint; danach kommt ein Bauer mit einem Eselchen. Schließlich erscheint Don Gennaro in lebhaftem Gespräch mit seinem Bruder Don Luca, dem Pfarrer von Orta. Vor kurzem hat man die beiden von weitem am Tor vor dem Haus der Spinas stehen sehen.

»He, Don Gennaro«, schreit plötzlich einer der hinter der Kirche sitzenden Greise und steht auf. »Ist die Unterschrift schon da?«

»Welche Unterschrift?«

»Hat Donna Maria Vincenza schon unterschrieben?«

»Nein, die Unterschrift ist noch nicht da«, erwidert Don Gennaro. »Bis jetzt nicht, aber morgen ja, morgen wird sie da sein.«

»Ha, ha, ha«, lachen die Greise, als erwachten sie nun aus ihrer Lethargie. »Die Unterschrift ist noch nicht da?«

»Je mehr man der Katze den Buckel streichelt«, schreit einer der Greise, »desto mehr sträubt sie den Schwanz.«

Wieder lachen alle; sie lachen gequält, als husteten sie. Don Gennaro und sein Bruder, der Pfarrer, verschwinden durch die Sakristeitür. Simone der Marder nähert sich mit tänzelnden Schritten. Offensichtlich ist auch er auf Neuigkeiten aus. Die eingemummten Greise auf ihren kleinen Steinbänken hinter der Kirche finden nun keine Ruhe mehr.

»Er muß doch verrückt sein«, sagt einer von ihnen kopfschüttelnd. »Wenn man sich vorstellt, er hatte alles. Essen, Trinken und ein Bett zu Hause; wenn er nicht verrückt gewesen wäre, hätte er sich dann in die Angelegenheiten anderer eingemischt?«

»Mag sein, daß er schon verrückt war, als er wegging, aber er ist noch verrückter, wenn er jetzt zurückkommt«, platzt Simone der Marder heraus.

»Wäre doch das Schiff untergegangen, das mich vor dreißig Jahren von Argentinien hierher zurückgebracht hat«, sagt ein anderer.

»Mein Sohn hat mir geschrieben, daß er gern zurückkommen möchte«, erzählt ein Dritter. »Ausgerechnet jetzt, habe ich ihm geantwortet, da alle am liebsten weggingen, wenn sie nur könnten.«

»Aber das ist doch etwas anderes. Dein Sohn ging weg, um hier nicht zu verhungern, dem Enkel von Donna Maria Vincenza aber hat es an nichts gefehlt.«

»Don Petruccio ging weg, weil er verrückt ist. Wer sein Brot, seinen Käse und sein Bett sicher hat, kommt leichter auf dumme Gedanken.«

»Die Reichen haben oft so überflüssige Ideen, die sich ein normaler Christenmensch nicht einmal vorstellen kann.«

»Das Pferd denkt eben anders als der Esel. Das war schon immer so.«

»Ein Herr kann sich auch Verrücktes leisten und dann, wenn er genug hat, seelenruhig wieder nach Hause kommen.«

»Wenn ein Cafone auch nur halb so viel gegen die Obrigkeit gesagt hätte wie er, hätte er lebenslänglich gekriegt, da gibt es ja wohl keinen Zweifel.«

»Wenn ein Herr einen Hasen erschießt, ist er immer ein Jäger; aber ein Cafone, der einen Hasen erschießt, ist ein Wilddieb.«

»Das Wild ist nur für die Herren da, das ist doch eine alte Geschichte.«

Simone gefällt all dies Gerede nicht.

»Ihr seid unausstehlich«, sagt er.

»Aber warum ist er bloß weggegangen? Seine Verrücktheiten hätte er doch auch hier austoben können.«

»Gewiß, wenn er gewollt hätte, hätte er seinen Verrücktheiten sogar im Namen der Regierung nachgehen können. Es gibt ja genug andere, die das tun, und einer mehr hätte den Schaden auch nicht vergrößert; dafür wäre er dann noch gut bezahlt worden, das stimmt schon«, räumt Simone der Marder verächtlich ein.

»Wer weiß, vielleicht ist er ja nur herumgezogen, um zu sehen, ob es irgendwo besseres Brot gibt als das aus Korn, besseren Wein als den aus Trauben, bessere Wärme als die einer Frau. Man weiß ja nie.«

»Ha, ha, ha, wer weiß, was er für Teufelszeug gefunden hat.«

»Na, wenn er jetzt nach Colle zurückkommt und die Begnadigung durch die Regierung annimmt, dann bedeutet das ja wohl, daß er nichts Besseres gefunden hat.«

»Dann ist es doch bestimmt besser, man bleibt gleich zu Hause, auf diese Weise spart man wenigstens die Reisekosten.«

»Er hat noch immer nicht den Sattel gefunden, der auf seinen Rücken paßt, so ist das nämlich, er ist noch ein Fohlen, auch wenn er über das Alter schon hinaus ist. Wenn er geheiratet hätte ...«

»Ein Füllen kann keine Fliegen ertragen; wegen einer Fliege galoppiert es schon davon.«

»Sicher, das stimmt, man braucht nur an Tante Eufemia zu denken. Das ist im Grunde die gleiche Geschichte. Man braucht nur an Donna Faustina zu denken. Und an ihn hier, an Simone. Wieviele Skandale hat es in diesen letzten Jahren gegeben.«

»Es ist wirklich eine Zeit der Skandale.«

»Jedenfalls ist er jetzt begnadigt worden«, sagt Simone und spuckt auf den Boden. »Jetzt kommt alles in Ordnung. Nun wird auch er ein staatliches Fohlen, das an der Krippe frißt. Es lohnt sich wirklich nicht, noch weitere Worte darüber zu verlieren.«

»Glaubt ihr nicht, daß sogar die Bittschrift Donna Maria Vincenzas eine Finte ist? Meiner Meinung nach ist das einfach eine von Don Coriolano erfundene Zeremonie, mit der dieser abgehalfterte Marktschreier nur Geld verdienen will.«

»Alle Redner, Polizisten und Schreiberlinge leben ja bekanntlich davon, das ist eine alte Geschichte«, schließt Simone der Marder.

»Pst, pst, pst.«

Der Wind verbreitet nun den ersehnten Geruch des frisch aus dem Ofen gezogenen Brotes, guten warmen Brotgeruch, so daß man die runden Zweikilolaibe mit der goldfarbenen knusprigen Kruste und das schön aufgegangene weiche Innere förmlich vor sich sieht. Sogar die Luft scheint davon lauer geworden zu sein. Die armen Greise sind plötzlich wieder still und reglos, der eine oder andere schließt die Augen und lächelt sogar bei diesem guten Geruch und dem bißchen Sonnenschein, der nicht gerade wärmt, aber im Winter besser ist als nichts.

Der frische Brotgeruch so wie die Trompetenklänge Anacletos kommen aus einem finsteren, schmutzigen, mit allerlei Unrat übersäten Gäßchen, das Colle von Nord nach Süd durchschneidet und von der Kirche gerade hinauf bis zur halben Höhe des Hügels führt, wo es an der Umfassungsmauer des Spinaschen Anwesens endet. Jenseits der Mauer liegt ein Weinberg, von dem der Nordwind gerade den Schnee hinwegfegt und so die niedrigen gewunden schwarzen Weinstöcke freilegt, die erfrorenen Schlangen gleichen; über dem Weinberg erhebt sich ein Spalier skelettartiger Obstbäume, und noch weiter oben steht das korallenrote Wohnhaus Donna Maria Vincenzas, dessen Dach und Fenster aschgrau sind. Schon seit mehreren Stunden sind zwei

Leute damit beschäftigt, im Hof Schnee zu kehren, Venanzio arbeitet mit Schippe und Schubkarren, Natalina hinter ihm mit dem Besen. Den ganzen Morgen über mußte das Mädchen immer wieder ans Tor eilen, weil Besucher, die zu Donna Maria Vincenza wollten (sogar aus Orta und aus Fossa waren sie gekommen), läuteten; aber Natalina hat, wie ihr befohlen, keinen hereingelassen.
»Es tut mir leid«, hat sie immer wieder geantwortet, »es tut mir leid, daß Ihr Euch die Mühe gemacht habt, bis hier herauf zu kommen, aber die Signora empfängt niemanden. Nein, Gott sei Dank, krank ist sie nicht, im Gegenteil; aber sie ist erschöpft, ja, sehr erschöpft. Nein, wirklich, es hat keinen Sinn, es weiter zu versuchen. Heute morgen haben hier schon Leute von sehr viel höherem Ansehen geläutet, und ich habe auch ihnen das Tor nicht geöffnet, da kann ich für Euch keine Ausnahme machen. Versteht mich recht, ich möchte Euch damit nicht beleidigen, sondern nur die Lage erklären. Ihr wolltet die Signora beglückwünschen. Wegen der Unterschrift? Von welcher Unterschrift sprecht Ihr denn? Oh, davon weiß ich nichts, glaubt mir. Wegen dem Enkel? Welchem Enkel? Doch, es ist bestimmt besser, wenn Ihr wieder geht, ich habe es ja gleich gesagt, nichts für ungut. Auf Wiedersehen oder vielmehr lebt wohl, lebt wohl.«
»Natalina«, bemerkt Venanzio verlegen, »du verhältst dich gar nicht wie eine Magd.«
»Ja, das stimmt, Venanzio, das kann ich nicht leugnen«, gibt Natalina errötend zu, »ich habe etwas Herrschaftliches an mir. Aber um eine wirkliche Dame zu sein, fehlt mir das Geld.«
Alle Fensterläden des Hauses sind geschlossen, so daß es wie unbewohnt aussieht. Aus übertriebener Vorsicht haben sich die Signora und ihr Enkel in ein nach Norden gelegenes Zimmer im zweiten Stock zurückgezogen. Auf einem in der Mitte des Zimmers gedeckten Tisch steht fast unberührt das

schon kalt gewordene Mittagessen. An einer Seite des Kamins, in dem viel Holz zu einem Feuer aufgeschichtet ist, liegt Donna Maria Vincenza in einem tiefen Lehnstuhl, wie in einem Bett ausgestreckt, ihr Kopf ist auf einige an der Rückenlehne aufgeschichtete Kissen gestützt. Die Signora ist in eine lange, dicke rote Wolldecke gehüllt und atmet schwer. Pietro kauert an der anderen Seite des Kamins auf dem Sockel und hat Kopf und Rücken an einen der Pfeiler gelehnt. Großmutter und Enkel wirken niedergeschlagen und wie am Ende ihrer Kraft. Sie hatten eine unvermeidliche endgültige Auseinandersetzung. Jetzt ist es wie bei einem Trauerfall, einem unabwendbaren Unglück. Sie vermeiden es sogar, sich anzusehen, und schweigen nun schon seit Stunden, wie alle, die schon hundertmal immer wieder das gleiche Argument vorgebracht haben und genau wissen, daß es sinnlos ist, es noch einmal zu wiederholen. Als Natalina hereinkommt, um den Tisch abzuräumen, ist es schon später Nachmittag. Das Mädchen zählt der Reihe nach die Namen der Besucher auf und berichtet, wie sie sie höflich, aber entschieden am Tor abgewiesen hat; aber da Donna Maria Vincenza und Pietro ihr nicht die geringste Aufmerksamkeit schenken, bricht sie verdrossen mitten im Satz ab und läßt die beiden allein. Als Zwischenmahlzeit bringt Natalina der Signora dann ein Täßchen Kaffee und dem Enkel ein Tellerchen mit Nüssen und ein Glas Wein. Gleich beim Hereinkommen bemerkt sie einen starken brenzligen Geruch und entdeckt, daß das Feuer schon einen Zipfel von Pietros wollener Jacke angesengt hat. Er steht widerstandslos auf und läßt sich eine neue Jacke überziehen. Da das Mädchen ihn daran hindert, sich wieder auf den Kaminsockel zu kauern, setzt er sich nun auf ein Kissen neben seine Großmutter. Und nach einer Weile lehnt er, eher aus Müdigkeit, seinen Kopf an ihre Knie. Ihre weiße und kalte Hand, in der sie einen Rosenkranz hält, hängt wie tot von der Armlehne des

Sessels herab. Er ergreift sie und drückt sie fest zwischen seinen heißen Händen.

»Mein armer Junge«, murmelt Donna Maria Vincenza mit müder und resignierter Stimme. »Was für ein hartes Schicksal du dir auferlegt hast. Was für ein schweres Kreuz. Bis jetzt hatte ich wenigstens noch die Illusion, du würdest es eines Tages abwerfen können. Nun habe ich nicht einmal diese Hoffnung.«

»Großmutter, glaubst du denn, es ist richtig, wenn ein Mensch sich von dem freimacht, was du sein Kreuz nennst?«

»Junge, ich weiß genau, daß niemand je das Leid aus der Welt schafft, welches das Leben, das Geborenwerden, das Sterben, das Lieben mit sich bringt; aber dieses Kreuz hast du dir selber auferlegt.«

»Großmutter, meinst du denn, daß es austauschbare Leben gibt? Ich sage das so, obwohl ich nicht an Schicksal glaube.« Er spricht langsam und denkt bei jedem Wort nach.

»Vielleicht zieht jeder von klein auf, je nachdem, aus welchem Stoff er gemacht ist, die entscheidenden Erfahrungen an sich, die dann seine Seele prägen«, fährt er fort, »Erfahrungen, die bewirken, daß man ein ganz bestimmter Mensch wird und kein anderer. Es gibt Schmerzen, die alle Kräfte eines Menschen, alle seine Lebensenergie beanspruchen und ihn prägen, wie das Rückgrat den Rücken oder die Fäden einen Stoff bestimmen. Kann man die Fäden dann noch zerstören? Ja, gewiß, aber nur, wenn man den ganzen Stoff zerstört.«

»Aber kann man denn nicht mit denselben Fäden einen weniger traurigen Stoff weben, mein Junge?«

»Ein anderer werden? Auch das ist eine Art zu sterben. Du glaubst doch nicht, Großmutter, daß mein Leben aufopfernder ist als das, was mir da angeboten wird. Vielleicht ist der schlimmste Vorwurf, den man einem Gesetzlosen machen kann, der, daß er ein einfaches, ach, ein allzu einfaches und

bequemes Leben führt. Abgesehen von einigen materiellen Schwierigkeiten, einigen Gefahren, die man nicht so tragisch nehmen darf, ist es im Leben eines Gesetzlosen so leicht, immer zu allem nein zu sagen, immer und ewig nur nein. Ehrlich gesagt bin ich mir manchmal wirklich nicht so sicher, ob ich nicht vor allem deshalb so sehr auf die Illegalität aus bin, weil ich eben ein bequemes und sicheres, vielleicht auch faules Leben führen will. Ein gesetzloser Revolutionär lebt nämlich in derselben idealen Situation wie ein Christ im Kloster; er bricht die Brücken zum Feind und seinen gewöhnlichen Verlockungen ab, erklärt ihm den offenen Krieg und lebt nach seinen eigenen Gesetzen.«
»Allmächtiger Gott«, murmelt Donna Maria Vincenza mit Tränen in den Augen, »bringst Du meinen armen Jungen auf diese Gedanken, oder ist es Dein Widersacher?«

VIII

»Was für traurige Zeiten, Severino, was für trostlose und verwirrende Zeiten«, sagt Donna Maria Vincenza. »Bitte entschuldige, daß ich dich hier in der Küche empfange, aber um diese Tageszeit sind wir hier ungestört, und es ist auch weniger kalt. Seit zwei Tagen kann ich nicht einmal mehr beten. Du bist ein Mann und wirst nicht verstehen, was das für eine arme Seele wie mich bedeutet, die das Beten braucht wie der Leib die Speisen. Ich fühle mich so müde und erschöpft, als hätte ich seit Tagen nichts mehr gegessen. Da ist eine große Leere in meinem Innern, und bei all dieser Leere fühle ich einen furchtbaren Schmerz, wie ich ihn noch nie erlebt habe, so als habe man mich von einer Seite zur anderen mit einem riesigen Messer durchbohrt.«

»Liebe Maria Vincenza«, sagt Don Severino, »von allen Leuten, die ich kenne, bist du für mich immer die einzige gewesen, die ich für glücklich gehalten habe. Oh, liebe alte Freundin, ich kann dir gar nicht sagen, wie sehr es mich betrübt, dich so reden zu hören.«

»Glücklich? Dieses Wort klingt mir jetzt wie Hohn. Tag und Nacht verfolgt mich der Gedanke an meinen armen Jungen, und meine Verzweiflung ist unermeßlich. Dieser Schmerz vermischt sich mit allem anderen, was ich je erlebt habe, und verdrängt die Erinnerungen an frohe und heitere Tage in die dunkelsten Ecken des Gedächtnisses, so daß mein ganzes Dasein eine andere Färbung, eine andere Prägung, einen anderen Sinn bekommt. Und ich bin allein, allein und verlassen von allen, wie die Schmerzensreiche Madonna bei der Karfreitagsprozession.«

»Und deine Verwandten?« fragt Don Severino, »all jene, die du unterstützt und mit Wohltaten bedacht hast?«

Aber die alte Frau winkt nur betrübt ab.

»Dies ist die eigentliche Revolution unserer Epoche, liebe

Maria Vincenza, das Verschwinden der Freundschaft«, sagt Don Severino. »Das ist die allerfurchtbarste Revolution. Anstelle von Freundschaft gibt es jetzt die sogenannten Beziehungen, die halten, solange sie einem nützen. So leide ich unter dem Bruch meiner Freundschaft mit Don Luca bestimmt mehr als bei irgendeinem Trauerfall in meinem Leben; aber ich fürchte, Don Luca macht es gar nichts aus. Und dieser Gedanke erfüllt mich mit Schrecken.«
»Ich danke dir, Severino, daß du gleich zu mir gekommen bist. Wie leid tut es mir, daß ich gerade jetzt, in einem für dich so traurigen Augenblick, selber Sorgen habe. Es ist schon wahr, das Herz zählt mehr als Blutsverwandtschaft, und wenn ich dich sofort gerufen und dir mein Geheimnis ohne Zögern anvertraut hätte, wäre mir durch deinen Rat so mancher falsche Schritt und manche Demütigung erspart geblieben.«
Donna Maria Vincenza trägt eine weiße Schürze wie eine einfache Hausfrau und hat ein schwarzes Wolltuch um die Schultern gelegt. Beim Sprechen verstummt sie manchmal unvermittelt und schließt die Augen, dabei klammert sie sich an den Armlehnen des Sessels fest, als befalle sie plötzlich Schwindel und suche sie eine Stütze, um nicht zu fallen. Dann erhebt sie sich langsam und kocht Kaffee für ihren Gast. Don Severino De Sanctis, der Organist der Kirche von Colle, sitzt an der anderen Seite des Kamins und verfolgt jede Bewegung der alten Frau mit liebevollen, besorgten Blicken, wobei seine Lider unablässig auf und nieder flattern. Er wird immer unruhiger, und zwei oder dreimal macht er eine Bewegung, als wolle er ihr zu Hilfe eilen, ein Versprechen abgeben, irgend etwas Unerhörtes herausschreien, aber er findet nicht die richtigen Worte. Er ist um die sechzig und auf jene altmodische Art gekleidet, die in einigen Bergdörfern noch üblich ist; ein enger langer dunkelblauer Mantel mit ausgefransten Ärmelaufschlägen und

glänzenden Ellbogen zwängt seinen mageren Körper und die schon ein wenig gekrümmten Schultern ein; ein hoher offener Kragen läßt von seinem dünnen Hals nur den hervortretenden Adamsapfel erkennen; die aus einem Stück gefertigten Stiefelchen mit einem Gummieinsatz an den Seiten reichen ihm bis über die Knöchel hinauf. Zu seinen Füßen liegt zusammengeringelt ein mageres, halb kahles Jagdhündchen.

»Meine Verwandten sind nicht etwa schlecht, du kennst sie ja, Severino«, fährt Donna Maria Vincenza fort. »Ja, bei geringfügigen Anlässen, in alltäglichen Dingen scheinen sie sogar meist anständig, gewissenhaft und ergeben; sobald sie aber irgendwie Mut beweisen sollen, versagen sie alle. Man kann sich auf keinen verlassen.«

»Scheinheiligkeit und Feigheit sind heute an der Tagesordnung, liebe Maria Vincenza, sie passen gut zusammen und sind unter dem Mäntelchen der Wohlanständigkeit sogar ein besseres Konservierungsmittel als Alkohol«, sagt Don Severino und streckt die Hände zum Feuer aus. »Mein Hund stinkt, liebe Maria Vincenza, aber er scheint so glücklich hier am Feuer, daß ich es nicht über mich bringe, ihn in den Hof hinauszujagen. Scheinheiligkeit und Feigheit, liebe Maria Vincenza, lullen das Gewissen ein. Damit müssen wir uns abfinden; vielleicht sind wir die letzten Überlebenden einer aussterbenden Rasse.«

»Die letzten? Glaubst du, wirklich die letzten?« fragt Donna Maria Vincenza.

Don Severino wendet sich der Signora in plötzlichem Überschwang zu.

»Könnte ich nicht mit dem Jungen reden?« fragt er leise. »Ich muß mich unbedingt mit ihm beraten. Ja, denn mein Leben ist für mich mit einemmal unerträglich geworden. Wenn ich nicht auch irgend etwas tue, werde ich verrückt, liebe Maria Vincenza.«

»Wozu noch mehr Unbesonnenheiten?« antwortet Donna Maria Vincenza. »Du weißt, ich habe es mein Leben lang nie geduldet, daß in meiner Gegenwart über Politik geredet wurde, mit Vertretern der Obrigkeit habe ich nie verkehrt. Warum will mich der Herr gerade jetzt, da ich bald sterbe, dazu zwingen, mit diesen Gaunern umzugehen?«

»Wenn es doch wenigstens echte Gauner wären«, ruft Don Severino aus. »Das Schlimme ist, liebe Maria Vincenza, daß sie alle nur halbe Lumpen sind, miese kleine halbherzige Lumpen, die Gott nur zum Erbrechen reizen. Jahrelang habe ich nach einem wahren, hundertprozentigen Schuft gesucht, liebe Maria Vincenza, aber ich habe keinen gefunden.«

In seinem Überschwang hat Don Severino ein wenig laut geredet, als er jetzt vor der Tür Schritte hört, verstummt er plötzlich.

»Warum nur habe ich ausgerechnet jetzt am Ende meines Lebens mit solchen Leuten zu tun?« protestiert Donna Maria Vincenza. »Was kann ich dafür, wenn ich Dummheiten mache, weil mir die Erfahrung fehlt? Glaub mir, Severino, als ich diesen Hanswurst Don Coriolano nach Rom schickte, habe ich doch nicht gedacht, damit etwas Ehrenrühriges zu tun. Ich habe mir eben eingebildet, daß es gestattet sei, sozusagen die Wolle zu verkaufen, um das Schaf zu retten. In unserer Familie ist es oft vorgekommen, daß die Mütter die Dinge wieder in Ordnung brachten, wenn die Söhne irgend etwas angestellt hatten. Das ist ja auch der Grund, weshalb die Mütter überhaupt noch leben, wenn die Kinder schon groß sind; weshalb auch sonst? Ein erwachsener Sohn wird manchmal, auch wenn er längst verheiratet ist, für einen Augenblick wieder ein kleines Kind und heckt irgend etwas aus, manchmal sogar etwas Schlimmes; und dann kommt die Mutter und versucht, die Dinge wieder zu regeln. Du wirst mir nicht böse sein, Severino, wenn ich dir sage, daß dein Leben wahrscheinlich ganz anders verlaufen wäre, wenn deine Mutter nicht unter den Trümmern verschüttet worden wäre?«

Don Severino macht eine Geste und verzieht, um seine plötzliche Erregung zu verbergen, das Gesicht zu einer traurigen Grimasse.

»Mein Unglück war anders«, murmelt er.

»Ja, wie sollte ich denn wissen«, fährt Donna Maria Vincenza fort, »daß heute manchmal die Arznei schlimmer ist als die eigentliche Krankheit? Nein, so etwas kann ich nicht begreifen. Vor allem, da ich ehrlich gesagt, auch einfach nicht das Recht habe, Pietro als einen unredlichen Menschen zu bezeichnen. Wenn er das nämlich wäre, wäre alles sogar viel einfacher; in Wirklichkeit ist er gerade das Gegenteil. Offen gesagt hatte ich Angst, bevor ich ihn wiedersah, ich war darauf gefaßt, wenn nicht gerade einem Brandstifter oder einem Straßenräuber mit dem Messer zwischen den Zähnen, so doch zumindest einem heruntergekommenen verrohten Menschen zu begegnen. Aber dieser Ärmste ist (warum weiß ich auch nicht) immer noch derselbe, der er mit fünfzehn war. Er ist noch immer so empfindlich, scheu und zartfühlend, ja schamhaft wie als Junge. Aber während ihn damals keiner von uns, nicht einmal seine Mutter, richtig durchschaute, und wir nicht beurteilen konnten, ob seine Zaghaftigkeit gesundheitliche Gründe hatte oder auf mangelnde Intelligenz zurückzuführen war, ist er jetzt so durchschaubar, so offen, ja, man kann in ihm lesen wie in einem aufgeschlagenen Buch. Er erinnert mich an einen armen Pilger, der sein Herz auf der Hand trägt. Und wenn ein solcher Mensch dann in die Politik gerät, Severino! Ach, wenn ich ihn doch nur von seiner fixen Idee abbringen könnte, von seinem Fanatismus. Aber ich wage ja nicht einmal, mit ihm darüber zu reden.«

Don Severino ist noch näher an den Kamin gerückt; er hat

beide Hände auf ein schwarzes Stöckchen mit weißem Elfenbeingriff gestützt, das Kinn auf die Hände gelegt und sieht mit einem schwachen Lächeln, das wer weiß welcher Vision gilt, ins Feuer. Seine nassen Stiefelchen dampfen. Das vom Widerschein des Feuers gerötete und lebhafte Gesicht bildet einen merkwürdigen Gegensatz zu seinem grauen Kopf.
»Vielleicht war das bei ihm ja gar nicht politischer Fanatismus, Maria Vincenza«, wagt Don Severino zu sagen. »Oder nur scheinbar, wenn ich mir aus dem wenigen, das du selbst über ihn erzählt hast, ein Urteil bilden soll. (Dein Kaffee, Maria Vincenza, schmeckt wie immer hervorragend.) Es gibt eine ganz subtile Traurigkeit, Maria Vincenza, die man nicht mit der gewöhnlichen Traurigkeit verwechseln darf, in die man durch Gewissensbisse, Enttäuschungen und Leiden gerät; es ist eine Form von zutiefst innerer Traurigkeit und Verzweiflung, die vor allem auserwählte Seelen befällt. Wenn ich mich nicht irre, hat auch dein Saverio unter dieser Art von Traurigkeit gelitten, sie war sein Geheimnis, und er hat sein ganzes Leben vergebens versucht, sie loszuwerden, daran erinnere ich mich noch genau. Es gibt ja auch, wenn wir einmal ruhig und tief über unser Schicksal nachdenken, offen gesagt nicht sehr viel, was uns erheitern könnte, das mußt auch du zugeben, Maria Vincenza. Diese Form der Verzweiflung war hierzulande unter den empfindsamen Menschen immer schon sehr verbreitet; aber früher ging man dann, um nicht Selbstmord zu begehen oder wahnsinnig zu werden, ins Kloster. Und dies wäre ja auch einmal ein ernsthaftes Thema für eine heilige Meditation: Warum erfüllen die Klöster diesen Zweck nicht mehr?«
»Könnte diese geheime Traurigkeit, von der du sprichst, Severino, nicht vielleicht einen näherliegenderen, einfacheren Grund haben, der sich auch eher beheben ließe? Ich glaube«, sagt Donna Maria Vincenza, »daß man so gut, vielleicht

nicht immer glücklich, aber doch immerhin gelassen und in Frieden leben könnte, wenn die Kinder zu Hause bei ihren Müttern blieben oder wenn sie zumindest nicht weit weggingen.«

Don Severino macht eine Handbewegung, als hätte man ihm etwas aus sagenhaften Zeiten erzählt, aber Donna Maria Vincenza bemerkt sie nicht und fängt an, über jene Zeiten zu reden, da sie jeden Abend nach der Arbeit, so wie eine Glucke ihre Küken unter ihre Flügel nimmt, die Familie um sich versammelte und um die Familie das Gesinde. Und wenn alle da waren, stimmte sie das Abendgebet an, und die anderen nahmen die Mütze ab und sprachen ihr nach; und wenn es im Laufe des Tages ein Mißverständnis, einen Streit oder irgendeinen Zwischenfall gegeben hatte, sprach sie ohne Umschweife darüber und sorgte dafür, daß die Sache wieder in Ordnung kam, und sie erlaubte keinem, nicht einmal ihrem Mann, zu Bett zu gehen, bevor nicht alles ausgetragen und der Groll wieder vergangen war.

»Aber in dieser unserer alten Art zu leben«, sagt Donna Maria Vincenza, »hat der Teufel natürlich keine großen Vorteile gesehen, und deshalb hat er mit allen Mitteln versucht, das zu trennen, was dazu geschaffen war, zusammenzubleiben. Und wieviel Tränen das gebracht hat, sieht man jetzt. Dazu gehört auch diese untröstliche, diese verzweifelte Traurigkeit, von der du sprichst.«

Aber Don Severino wehrt immer wieder heftig ab und ist so erregt, daß er nun aufspringt und sich dabei den Kopf am Kaminsims anschlägt. Erschrocken will Donna Maria Vincenza nachsehen, ob er sich verletzt hat; aber Don Severino sträubt sich mit rotem Gesicht und verwirrt wegen des lächerlichen Zwischenfalls und behauptet, einen harten Kopf zu haben, ja er bedauert sogar den Kamin, vor allem aber brennt er darauf, seine Meinung zu sagen, denn er ist keineswegs einverstanden mit dem, was die Signora gesagt hat.

»Du vergißt, liebe Maria Vincenza«, sagt er, »du vergißt, daß jede Kanaille oder besser gesagt, jede kleine Kanaille, jeder armselige Gauner seine Gemeinheit stets mit Rücksichten auf seine Familie rechtfertigt. Andererseits weißt du auch, daß die Familien oft nicht vom Teufel auseinandergebracht werden, sondern von einem ganz anderen. Du weißt, Maria Vincenza, von jenem anderen, der sich selber gepriesen hat, auf die Welt gekommen zu sein, um zu trennen, was das Blut vereint, um den Mann von seinem Vater, die Tochter von ihrer Mutter, die Schwiegertochter von ihrer Schwiegermutter zu trennen, und wenn fünf in einem Haus leben, wird Er drei gegen zwei und zwei gegen drei aufbringen. Ein ganz anderer als der Teufel, Maria Vincenza, ein ganz anderer als der Böse.«

»Ja, du hast recht. Einer hat sich dafür gepriesen, und die Menschen, die Er auserwählt und verführt, sind ebenfalls verloren für das geregelte Familienleben. Aber wie ist es möglich, daß sich meine Sinne so verwirren, daß ich das Gute nicht mehr vom Bösen unterscheiden kann? Obwohl ich jeden Tag darüber nachdenke, kann ich dir nicht sagen, ob mein Junge ein Heiliger ist oder ein Verdammter, ebensowenig weiß ich, ob ich mit meinem Gejammer nun Gutes bewirke oder Unheil stifte. So weit ist es mit mir gekommen.«

»Wie du dir leicht vorstellen kannst, ist meine Verwirrung noch viel größer, Maria Vincenza. Vielleicht sind die Geheimsekten, von denen heute so viel geredet wird, ein neues Mittel gegen die Verzweiflung.«

Der Hund zu Don Severinos Füßen fängt an zu zittern, er jault, seufzt und winselt im Schlaf.

»Ist er krank?« fragt die Signora.

»Er träumt«, erklärt Don Severino leise, um ihn nicht zu wecken.

»Willst du zum Abendessen hierbleiben?« schlägt die Signora vor. »Allerdings mußt du dich mit einer Kleinigkeit zufriedengeben.«

»Danke, Maria Vincenza«, entschuldigt sich Don Severino, »aber ich werde von Lazzaro Tarò erwartet, ja, von diesem Esel. Einmal im Jahr gehe ich zu ihm wegen der Pacht für ein Grundstück. Jetzt merke ich gerade, daß ich schon zu spät dran bin.«

Don Severino sucht seinen Hut und den Stock. Die Signora will ihn zur Tür begleiten, bemerkt aber, daß er merkwürdig zögert.

»Hat dein Junge vom elenden Ende Cristina Colamartinis erfahren?« fragt er. »Man hat anscheinend ihre Überreste auf dem Berg von Pietrasecca gefunden.«

»Ich habe ihn ein einziges Mal auf die Unglückliche angesprochen«, sagt Donna Maria Vincenza, »aber er hat mich so entsetzt angesehen, daß es mir den Atem verschlug.«

Don Severino bleibt an der Tür stehen.

»Bevor ich gehe«, sagt er schließlich, »muß ich mit dir noch über etwas sprechen, das mich furchtbar bedrückt. Ja, Maria Vincenza, du weißt doch sicher, daß Faustina seit einiger Zeit bei mir lebt.«

Bei diesem Namen verfinstert sich Donna Maria Vincenzas Miene, und um es Don Severino nicht zu zeigen, dreht sie ihm den Rücken zu und ordnet ein paar Dinge in einem Korb.

»Faustina wollte heute mit mir hierher kommen«, fährt Don Severino mit vor Erregung zitternder Stimme fort. »Faustina wollte mich begleiten, und das war ihre Idee. Ja, seit der Auseinandersetzung mit Don Lucca hat sie mir gesagt: Jetzt bleibt uns nur noch Donna Maria Vincenza. Und dann hat sie mich tatsächlich von Orta nach Colle begleitet; aber als sie dann dein Haus wiedersah, hat sie es im letzten Augenblick doch nicht gewagt, so ist sie allein zurückgegangen, wollte aber, daß ich zu dir ging.«

Donna Maria Vincenza trägt den Korb in den Vorraum; Don Severino folgt ihr demütig, er ist verlegen und bewegt.
»Ich bitte dich inständig, hör mir zu«, sagt er. »Du weißt nicht, was ich darum geben würde, wenn du mir glauben könntest. Faustina hat nie aufgehört, dich zu lieben, ja dich zu verehren, und sie läßt dir ausrichten, daß sie dir, wenn du sie brauchst, auch wenn es um eine gefährliche Sache geht, jederzeit zur Verfügung steht wie eine Tochter oder, wenn dies unbescheiden klingt, wie eine Dienerin. Ich weiß, Maria Vincenza, daß du sie glücklich machen könntest.«
»O Severino«, fleht Donna Maria Vincenza und wendet sich ihm mit tränenerfüllten Augen zu. »Muß man denn unbedingt, um eine Wunde zu lindern, eine andere wieder aufreißen?«
Don Severino setzt den Hut auf und geht grußlos, wobei er seinen verschlafenen Hund hinter sich herzieht.
Die Schatten aus der nebligen Ebene steigen rasch zu den schneebedeckten Hügeln empor, schieben sich übereinander und füllen die Gräben mit Pech, die Dorfgäßchen mit Ruß, bedecken Dächer und Gemüsegärten mit Asche. Die Luft ist feucht und trüb. Auf der mit einer dünnen Schneeschicht bedeckten Straße, die vom Haus der Spinas zur Kirche hinabführt, sitzt Meister Eutimio mit einer schiffchenartigen Kappe auf dem Kopf vor der Tür seiner Tischlerwerkstatt auf einem Stuhl, die knotigen Hände auf den Knien. Er hat seine Arbeitskleidung abgelegt und einen dunkelblauen Anzug angezogen, bevor er seine Werkstatt schließt, schöpft er jetzt, ohne auf die Kälte zu achten, ein wenig frische Luft und wünscht dabei den Vorübergehenden guten Abend. Neben ihm auf dem Boden brennt ein Feuerchen aus Spänen und Holzsplittern und hinter ihm lehnt sein Tagwerk an der Wand: ein großes, massives, eindrucksvolles Eichenkreuz, das über vier Meter hoch und schwarzlackiert ist. Es soll nach Beendigung der Fastenpredigten in einer Prozession

herumgetragen und dann auf einer der Höhen um Colle, auf jenem Berg, den die Leute den Toten Esel nennen, aufgerichtet werden; nach der erklärten Absicht des Fastenpredigers soll es eine feierliche Zeremonie zur Sühnung all der Skandale geben, die die ganze Gegend in letzter Zeit erschüttert haben. Der Prediger hatte sich schon am Tage seiner Ankunft in Colle von der Notwendigkeit und Dringlichkeit eines neuen Kreuzes überzeugt, nachdem es ihm gelungen war, eine Anhöhe zu entdecken, auf der noch kein Erlösungssymbol stand. Meister Eutimio hat das Kreuz zwei Wochen früher fertig als bestellt.

»Wozu diese Eile?« fragte ihn der Pfarrer Don Marco ziemlich ärgerlich. »Wohin soll ich jetzt damit?«

»Man muß ihm Zeit lassen, sich an die Umgebung zu gewöhnen«, erklärte Meister Eutimio höflich und selbstsicher. »Ein Kreuz ist etwas Empfindliches, auch wenn es aus Eichenholz ist. Man kann es doch nicht von einem Tag auf den anderen ins Gebirge hinauftragen. Über solche Dinge dürfte ein Tischler einen Priester nicht belehren, wenn das Kreuz nicht aus Holz gemacht wäre.«

»Gut, aber wohin soll ich in der Zwischenzeit damit?« wandte Don Marco ungehalten ein. »Wir haben wahrhaftig schon genug Kreuze hier in der Gemeinde.«

»Ah, dachtest du, ich liefere es dir schon ab? Keineswegs«, beruhigte ihn Meister Eutimio. »Ich werde die Arbeit genau wie bestellt abliefern. Bis dahin soll das Kreuz mit ausgebreiteten Armen an der Wand meiner Werkstatt lehnen. So kann es den Berg betrachten, für den es bestimmt ist, die Leute kennenlernen, die auf der Straße vorübergehen, und mir bei der Arbeit zusehen, wenn es will. War nicht auch Er in seiner Jugend Tischler? Könnte es nicht sein, daß Ihm der Holz- und Leimgeruch besser gefällt als Weihrauch?«

»Mach was du willst«, erwiderte Don Marco achselzuckend und ging weiter.

Das Feuerchen aus Hobelspänen schafft vor der gelbgewordenen Wand der Werkstatt eine Atmosphäre feierlicher Freundschaft, eine Vertrautheit zwischen dem großen schwarzlackierten Kreuz und dem alten Meister Eutimio in seinem groben dunkelblauen Anzug.
»Meister Eutimio«, ruft ihm Don Severino schon von ferne zu und deutet mit seinem Stöckchen auf das Kreuz, »wen willst du denn an dieses furchterregende Schafott nageln?«
Der Tischler zieht sein Hütchen und lächelt errötend.
»Wenn es von mir abhinge, sagen wir ruhig, wenn es von uns abhinge, Don Severino, und Pontius Pilatus zurückkäme und uns ins Rathaus riefe, um uns im Namen der Regierung zu fragen, wen er kreuzigen lassen soll, dann würde dieser Schuft Barabbas diesmal ganz bestimmt nicht davonkommen.«
»Da bin ich gar nicht so sicher, tut mir leid«, wendet Don Severino plötzlich ganz ernst ein. »Nein, versteh mich nicht falsch, ich wollte dich nicht verletzen, aber ich habe da offen gesagt meine Zweifel. Glaubst du, daß deine Dorfgenossen so ohne weiteres Christus von Barabbas unterscheiden könnten?«
Don Severino hat etwas Fiebriges in Aussehen, Stimme und Bewegungen.
»Don Severino, ich weiß wohl, daß du gern Spaß machst«, sagt Meister Eutimio, »ich weiß, daß du gern den Teufel an die Wand malst, um uns zu erschrecken. Aber diesmal gehst du doch zu weit. Hast du das im Ernst gemeint? Da hättest du ja gleich sagen können, wir können Brot nicht von Steinen unterscheiden. Wir sind zwar arme Leute und nicht sehr gebildet, aber schließlich hat man uns getauft, und auch wir haben durch die Priesterhand, die unsere Stirn mit dem geweihten Salz segnete, sozusagen Teil an der Erkenntnis. Ich spreche nicht von den drei Kirchen, die es in Colle gibt, ich

spreche nicht von den Märtyrern, die hier begraben sind; hier ist sozusagen alles christlich, die Tiere, die Luft, das Wasser, die Erde, der Wein, die Asche, das Öl, der Staub auf den Straßen. Ah, ich sehe, du lachst, jetzt weiß ich, daß du Spaß gemacht hast.«

»Nein, ich habe keinen Spaß gemacht«, sagt Don Severino, »und sei mir nicht böse, aber deine Antwort überzeugt mich nicht ganz. Meister Eutimio, glaubst du denn, daß die Leute aus Colle sich auch dann für Jesus und gegen Barabbas entscheiden würden, wenn dieser Barabbas in großer Uniform und mit ordensgeschmückter Brust hoch zu Roß an der Spitze einer Legion bewaffneter Leute hier einritte und von einem Schwarm von Dienern in Livree, von Schreibern, Parteiführern, Rednern, Priestern beklatscht würde, Jesus dagegen von zwei Polizisten wie irgendein hergelaufener armer Teufel vorgeführt würde, wie irgendein Flüchtling, ein Gesetzesbrecher, ein Vaterlandsloser ohne Ausweis? Es ist eine einfache Frage, eine Frage, die ich auch mir selber stelle, aber jetzt bin ich neugierig auf deine Antwort.«

Das Feuer aus Sägespänen ist erloschen, nur ein kleiner Aschehaufen ist übriggeblieben, und die Tischlerwerkstatt liegt bereits im Abenddunkel. Meister Eutimio kratzt sich am Kinn, sieht nachdenklich zu Boden, während Don Severino ihn lächelnd beobachtet.

»In Wahrheit«, gesteht Meister Eutimio schließlich, »ist deine Frage bereits eine Antwort, eine sehr demütigende Antwort. Entschuldige, kann ich dich nicht ein Stück begleiten? So darfst du mich nicht zurücklassen.«

Meister Eutimio schließt seine Werkstatt, und bevor er mit Don Severino und dem Hund weggeht, wirft er noch einen verlegenen Blick auf das Kreuz.

»Ich muß zu Lazzaro Tarò«, sagt Don Severino, »und ich bin auch schon zu spät dran, aber ich mache gern ein

paar Schritte mit dir, wenn ich dich nicht störe. Ich fühle mich nicht wohl und muß ein wenig Luft schnappen.«
Sie schlagen einen Weg ein, der auf die Felder hinausführt und sehen sich um, ob niemand sie beobachtet. Unterwegs sagt Don Severino:
»Meine Nerven sind heute abend merkwürdig gespannt, und ich könnte wegen jeder Kleinigkeit weinen wie ein Kind. Bevor ich an deiner Werkstatt vorüberkam, Meister Eutimio, habe ich schon mit meinem Hund geredet und ihm erzählt, wie traurig ich bin, aber glaub jetzt nicht, daß ich übermäßig tierlieb wäre. Ehrlich gesagt, sind Tiere mir unangenehm und stoßen mich mit ihrer Art, sich wie gedemütigte Menschen zu verhalten, sogar ab. Aber es gibt Augenblicke, in denen der Mensch das Bedürfnis hat, sich jemandem anzuvertrauen und einen Zeugen zu haben; da kann einem auch ein Hund helfen, und wenn kein Tier da ist, sogar ein Baum. Aber ich will dich nicht belästigen; vielleicht wartet schon deine Frau an der Tür auf dich, und die Suppe steht auf dem gedeckten Tisch bereit.«
Meister Eutimio lächelt aus seinen zwei sanften hellen Kinderaugen und beugt sich nieder, um den Hund zu streicheln. »Ich bin nur ein armer Handwerker«, sagt er, »ein ungebildeter Tischler, der einzige Lehrer, den ich in meiner Kindheit hatte, war der Hunger, deshalb kann ich dir gar nicht sagen, wie mir deine Worte ans Herz rühren. Ich glaube nicht, daß es ein Zufall war, Don Severino, daß dich der Weg heute abend an meiner Werkstatt vorbeigeführt hat. Als ich heute in der Nähe dieses Kreuzes arbeitete, spürte ich mehrmals so eine Erregung, die ich mir nicht erklären konnte, ich fühlte, ja ich war sicher, daß ich noch etwas Schönes erleben würde. Auch bei mir kommt es vor, daß ich mit meinen Brettern rede.«
Die beiden gehen eine Weile schweigend wie befangen weiter, und Meister Eutimio sieht sich scheu um, als befürchte

er, bei einer ungewöhnlichen Beschäftigung überrascht zu werden.

»Wenn du wüßtest«, sagt Don Severino, »wie groß mein Bedürfnis ist, mich mit vertrauenswürdigen Menschen auszusprechen, seit ich meine Verachtung für die Schufte immer öffentlich bekenne. Leider ist es so weit gekommen, daß zwei Personen, die sich häufig treffen, aber nicht miteinander verwandt sind oder den gleichen Beruf oder wenigstens das gleiche Laster haben, den Nachbarn oder der Obrigkeit sofort verdächtig erscheinen.«

Auch Meister Eutimio sieht sich ängstlich und argwöhnisch um.

»Willst du wissen«, sagt Don Severino, »was ich meinem Hund erzählt habe?«

Meister Eutimio macht eine höfliche und bescheidene Geste, als wollte er sagen: ›Wenn du meinst, daß ich dessen würdig bin‹.

Don Severino sagt: »Ich bin aufgrund eines Gesuchs der Bevölkerung vom Amt des Kirchenorganisten von Orta enthoben worden. Der arme Don Luca ist heute morgen selber zu mir gekommen, um mir die Entscheidung mitzuteilen. Was willst du, habe ich gesagt, um ihn zu trösten, das ist doch schließlich kein so großer Verlust, weder für die Gemeinde noch für mich. Das Schlimme ist, hat er mir dann erklärt, daß wir jetzt keinen Vorwand mehr haben, uns zu treffen. Warum denn nicht? habe ich ihn gefragt. Du kannst mich doch auch künftig besuchen, wie du es immer getan hast. Aber was würden dann die Leute sagen? war sein Einwand. Ja, was würden wohl die Leute sagen. Er könnte ja erklären, daß er mich aus Freundschaft besucht, und die alten Männer und Frauen der Gemeinde würden es vielleicht sogar verstehen; aber die Jungen, die Mädchen, die Heuchler, die Töchter Marias, die unschuldigen Seelen würden sich fragen: Freundschaft, was ist das? Und es würde einen Skan-

dal geben. Der arme Don Luca hat bestimmt daran gedacht, wie furchtbar Jesus jene verflucht hat, die bei den Unschuldigen Anstoß erregen und um sein Seelenheil gefürchtet.«
»Sie sind auch zu mir gekommen, um meine Unterschrift einzuholen«, erzählt Meister Eutimio. »Es geschieht übrigens oft, daß jemand mit irgendeinem Blatt kommt, das man unterschreiben soll. Ich sage dann regelmäßig, mein Handwerk ist das Tischlern, tut mir leid.«
»Ich möchte nicht, daß du meinetwegen Unannehmlichkeiten bekommst«, sagt Don Severino. »Wenn sie wegen meiner Sache wiederkommen, unterschreib ruhig.«
»Sprich leiser«, murmelt ihm Meister Eutimio zu.
Don Nicolino, der Gerichtsschreiber, hat die beiden schwitzend und atemlos vom Laufen eingeholt.
»Severino, was erzählst du diesem armen Tischler in so düsterer Stimmung?« ruft Don Nicolino hämisch lachend aus. »Hast du deinen Sarg bei ihm bestellt?«
Die beiden bleiben stehen, um den Gerichtsschreiber allein weitergehen zu lassen.
»Wir möchten dich nicht aufhalten«, sagt Don Severino und weist dem Gerichtsschreiber den Weg.
»Ich habe es nicht eilig; oder vielmehr, ich habe kein Ziel«, erwidert Don Nicolino.
»Ich möchte dich nicht aufhalten«, sagt Don Severino noch einmal betont höflich und weist ihm den Weg.
»Störe ich?« fragt Don Nicolino überrascht und ironisch.
»Ein Organist und ein Tischler haben ja doch wohl keine gemeinsamen Geheimnisse, nehme ich an. Severino, wie geht es deiner Braut? Ich will mich nicht loben«, fährt er fort und streicht sich übers Kinn, »aber sie wäre auch mein Typ.«
»Nun, laß dich nur nicht bei deinem Spaziergang aufhalten«, unterbricht ihn Don Severino. »Lebwohl.«
Don Nicolino bleibt betroffen mitten auf der Straße stehen

und möchte am liebsten seinem Unwillen Luft machen, aber die beiden kehren ihm den Rücken zu.
»Hast du gesehen?« murmelt Meister Eutimio verwirrt und ganz rot im Gesicht. »Hast du es gesehen?«

IX

Don Severino, Meister Eutimio und der Hund kehren schweigend zurück. Vor der Sakristei der Pfarrkirche hört Don Severino den Pfarrer Don Marco laut nach ihm rufen. Schon in Chorhemd und Stola für den Abendsegen kommt ihm der Pfarrer die halbe Strecke entgegen und nimmt ihn beiseite, um unbemerkt mit ihm zu reden.
»Bist du bei Donna Maria Vincenza gewesen?« fragt er ihn leise. »Hat sie dich empfangen? Hat sie dir erklärt, wie sie auf die Wahnsinnsidee gekommen ist, die Begnadigung der Regierung für ihren Enkel auszuschlagen? Überleg doch einmal, sich eine solche Gelegenheit entgehen zu lassen! Aber darum geht es mir jetzt gar nicht; ich habe selber schon genug Probleme und kann mich nicht auch noch um die der anderen kümmern. Aber du kannst dir gar nicht vorstellen, was für gemeine Verdächtigungen Don Coriolano über den Fastenprediger verbreitet. Er beschuldigt Pater Gabriele, Donna Maria Vincenza zu ihrer absurden, unsinnigen, ja dummen Entscheidung angeregt zu haben. Ja, er droht sogar damit, ihn bei der Polizei anzuzeigen. Meister Eutimio, entschuldige, siehst du denn nicht, daß ich etwas mit Don Severino zu besprechen habe? Kannst du uns nicht allein lassen?«
Das Kerzenlicht vom Sakristeifenster beleuchtet den Kopf des Pfarrers, so daß seine rotgeränderten wimpernlosen Augen wie von einem weißen Kaninchen, diese verängstigten runden Augen, zu funkeln beginnen; das weiße Chorhemd verstärkt noch seine Ähnlichkeit mit einem unbeholfenen dicken Kaninchen außerhalb seines Stalls. Nach einem gewissen Zögern drückt Meister Eutimio Don Severino die Hand und zieht ihn beiseite.
»Hast du gesehen?« murmelt ihm der alte Tischler zu. »Hast du es gesehen?«

»Ich komme später zu dir«, verspricht ihm Don Severino tröstend. »Dein Pater Gabriele geht mich nichts an«, fährt er in ärgerlichem Ton an den Pfarrer gewandt fort.
Aber dieser läßt sich nicht entmutigen.
»Wenn du Don Coriolano triffst«, fleht ihn der Pfarrer leise an, »dann versprich mir, ihm vernünftig zuzureden. Du mußt ihn daran erinnern, daß die Spinas zu ihren Verrücktheiten nie von anderen angestachelt werden mußten (schließlich kennt er die Familien hier ja auch). Ach, Severino, wie friedlich könnte man hier leben, wenn es nur ein wenig gegenseitige Achtung, ein wenig Achtung vor der Obrigkeit, ein wenig Gottesfurcht gäbe ...«
»He, he, he«, ruft Don Severino aus und lacht ungehörig, »was du da willst, Don Marco, das erinnert doch allzusehr an ein Kochrezept. Ein bißchen Öl, ein bißchen Zwiebel, ein bißchen Petersilie, ein bißchen Tomaten und dann lauwarm servieren.«
Don Marcos Aufmerksamkeit wird plötzlich von einem merkwürdigen Menschen gefesselt, der im Dunkeln neben dem Kirchturm gestanden hat und jetzt auf sie zukommt, aber ein paar Schritte vor ihnen stehenbleibt.
»Wie, bist du schon wieder da?« schreit ihn der Pfarrer sichtlich angewidert und erregt an. »Wen suchst du hier eigentlich? Wer bist du? Woher kommst du?«
Der unbekannte Fremde sieht selbst für einen Cafone ungewöhnlich aus; von unbestimmbarem Alter, groß, mager, kräftig, aber mit unproportionierten Körpermaßen und so zerlumpt und schmutzig gekleidet wie ein Bettler, scheint er es gewohnt zu sein, in einem Schlammgraben zu schlafen; er trägt keinen Hut, und sein Kopf sieht beängstigend aus, mit dem knotigen, riesigen Schädel und dem struppigen wirren Haar, einem stacheligen Zehntagebart und zwei verstört blickenden glühenden Augen, die teils an einen heiligen Eremiten, teils aber auch an einen vom Teufel Besessenen erin-

nern; er ist barfuß, seine Füße sind schwarz, groß und unförmig.

»Seit heute morgen verfolgt mich dieser Mensch, spioniert mir nach, scharwenzelt um mich herum und sagt kein Wort«, erklärt der Pfarrer Don Severino, ohne den Kerl aus den Augen zu lassen. »Du wirst zugeben, daß ich mir da meine Gedanken mache. Kennst du ihn vielleicht? Bist du ihm je in Orta begegnet? Die Carabinieri hier haben ihn schon festgenommen und ihm befohlen, wieder wegzugehen und nicht mehr nach Colle zurückzukehren; und nun ist er schon wieder da.«

Don Severino tritt auf den Unbekannten zu, beobachtet ihn und fragt ihn dann: »Wer bist du? Was suchst du? Brauchst du etwas?«

Aber der Unbekannte schweigt beharrlich; er streichelt nur den Hund, der um ihn herumstreicht, vor Freude mit dem Schwanz wedelt und seine Füße beschnuppert, und verzieht dabei das Gesicht zu einer merkwürdigen Grimasse, die vielleicht ein Lächeln sein soll.

»Er hat wahrscheinlich Hunger«, sagt Don Severino wieder an den Pfarrer gewandt. »Entweder hat er das Gedächtnis verloren, oder er ist stumm.«

»Die Carabinieri haben ihn schon durchsucht«, versichert Don Marco mißtrauisch. »Sie haben ihn sogar nackt ausgezogen, aber sie haben nichts bei ihm gefunden außer einem Stückchen Brot und einem Messer.«

»Ein Messer?« sagt Don Severino mit gespielter Besorgnis. »Ein altes Messer? Ein gut geschliffenes Messer? Armer Don Marco, der liebe Gott beschütze dich.«

»Willst du mir Angst einjagen? Der Brigadiere hat mir nämlich geschworen, daß er ihm das Messer schon abgenommen hat«, erklärt Don Marco und klammert sich an Don Severinos Arm.

»Da hat er sich gewiß leicht ein neues besorgen können«,

versichert Don Severino, »oder vielleicht sogar eine Hippe, eine scharfe Sichel, das ist doch ganz einfach. Liest du denn keine Zeitungen? Heute passieren ganz unerklärliche Verbrechen.«
»Aber was soll ich denn tun?« protestiert der Pfarrer.
»Vielleicht wieder die Carabinieri rufen?«
»Mein Gott, hol dir auch ein Messer und verteidige dich«, ruft Don Severino in herausforderndem und grausamem Ton. »Dies ist der einzige Rat, den ein Ehrenmann seinesgleichen geben kann. Laß mich jetzt gehen.«
»Du vergißt«, beharrt Don Marco und hält ihn am Arm fest, »daß ich Priester bin.«
»Kann man denn nicht Priester und Ehrenmann sein?«
»Du vergißt, daß die Carabinieri zum Schutz der wehrlosen Bürger da sind. Wozu zahlen wir denn Steuern? Vielleicht für den Mondschein? Nun, es bleibt mir gar nichts anderes übrig, als wieder die Carabinieri zu rufen.«
Inzwischen haben sich schon Leute eingefunden, um den ungewöhnlichen Fremden zu betrachten; schmächtige Cafoni von gelblicher Hautfarbe, die ihre Hüte keck quer aufgesetzt haben; vorzeitig gealterte schmuddelige schwarzeingemummte Weiblein; Jungen, die so ernst blicken wie Erwachsene; einige, in schwarze Mäntel gehüllte Greise. Mit der natürlichen Neugier der Armen für einen noch Ärmeren nähert sich die Schar dem Unbekannten. Die Umstehenden rufen ihn an. Der kleine Platz gleicht einer Bühne, auf der gerade der Chor der Zerlumpten auftritt.
»Vielleicht ist er zur Predigt gekommen«, sagt einer.
»Auch er wird sich seine Sünden vergeben lassen wollen, was ist daran so merkwürdig?«
»He, Mann, hast du dich der Völlerei schuldig gemacht?« ruft ihm ein anderer zu. »Hast du dich übergefressen und willst dir jetzt vergeben lassen?«

»Vielleicht ist er gekommen, um nach der Predigt zu betteln«, meint jemand. »Das ist auch ein Handwerk.«
»Sicher, sicher, nicht alle können schließlich Bankiers sein, das wäre auch zu langweilig«, sagt wieder ein anderer.
»Hast du auch einen Bettlerausweis?« fragt ihn Simone der Marder. »Ohne Ausweis darf man heute nicht mehr betteln. Und für jede Münze, die du einnimmst«, erklärt er ihm, »mußt du eine Quittung mit Steuermarke ausstellen, die dich das Doppelte kostet. Das ist Vorschrift.«
Zwei Carabinieri schieben die Leute auseinander, um den Unbekannten, ohne viel Worte zu verlieren, energisch zu packen und ihn so selbstverständlich, wie Straßenkehrer Müll beiseiteräumen, abzuführen. Aber er leistet Widerstand wie ein Baum mit starken Wurzeln. Die Carabinieri können ihn nur schütteln, wie man eben einen Baum schüttelt, ihn aber nicht entwurzeln und wegschleppen. Beim Näherkommen der beiden Polizisten haben sich die Leute zum Teil in alle Richtungen verzogen wie eine Schar Mäuse beim Erscheinen einer Katze. Auf dem kleinen Platz schafft der ungewohnte Widerstand des unbekannten zerlumpten Menschen ängstliche Stimmung wie bei einer Meuterei. Viele flüchten sich in die Kirche, andere laufen in die nächstgelegenen Häuser, Türen und Fenster werden hastig zugeschlagen, und von weither rufen Frauen mit klagender Stimme nach ihren Männern und beschwören sie, sich nicht einzumischen, sich nicht zu kompromittieren, an ihre Kinder zu denken, an die schon geborenen wie an die noch ungeborenen. Don Severino und der Pfarrer suchen in der Sakristei Zuflucht. Blaß und schweißüberströmt stammelt Don Marco: »Meinst du, daß sie ihn jetzt mißhandeln? Denkst du, daß sie ihm Böses antun?«
»Wie kommst du nur darauf«, beruhigt ihn Don Severino, »du weißt doch genau, wie freundlich sie immer sind. Du wirst sehen, Don Marco, sie werden ihm den Rock ausbür-

sten, den Bart rasieren, ihn schön kämmen und ihm dann vielleicht sogar noch Kaffee und Kekse anbieten.«
»Ich habe sie ja nicht gerufen, damit sie ihn schlagen, da bist du selber Zeuge. Ich habe sie nur gerufen, damit sie ihn aus Colle wegschicken. Meinst du wirklich, daß sie ihn jetzt verprügeln?«
Auf dem inzwischen menschenleeren kleinen Platz gehen die beiden Carabinieri nun schwitzend, beharrlich und selbstverständlich wie zwei Holzhacker ans Werk. Mit ihren Nagelschuhen versetzen sie ihm heftige Tritte gegen die Schienbeine und schütteln ihn danach jedesmal, um zu sehen, ob er endlich nachgibt. Schließlich gewinnen sie die Oberhand, es gelingt ihnen, ihn von der Stelle zu bewegen, und sie schleppen ihn ab wie einen entwurzelten Baumstamm. Fenster und Türen der Häuser ringsum öffnen sich erneut; die Leute kommen wieder aus der Kirche heraus, und hinter dem gefangengenommenen Mann bildet sich ein kleiner Zug mitleidiger Neugieriger. Angeführt von Don Severinos knurrendem und bellendem Hund überqueren die Carabinieri mit ihrer Beute und dem nachfolgenden Zug der Neugierigen den kleinen Platz und biegen in die Gasse ein, die zur Wache führt.
»Aber was hat denn dieser Ärmste Schlimmes getan?« schreit Don Severino so laut, daß ihn alle hören. »Hat er vielleicht gestohlen? Hat er vielleicht jemanden umgebracht?«
»Der übliche Verdacht«, erklärt Simone der Marder laut. »Schließlich ist er allzu schlecht angezogen, allzu arm; wie soll man ihn da nicht verdächtigen?«
»Ach, gewiß, he, Mann, warum bist du nicht in der Kutsche hergekommen?« schreit ihm einer zu. »Warum bist du nicht in Zylinder und Schärpe gekommen?«
Einer der Carabinieri dreht sich um und schreit wütend: »Was wollt ihr denn? Du zum Beispiel, was willst du eigentlich, kannst du mir das einmal erklären?«

»Ich?« erwidert Simone der Marder. »Warum fragst du denn gerade mich? Was ist denn das für eine Vertraulichkeit?«

»Warum gehst du nicht deines Wegs?« wiederholt der Carabiniere drohend. »Warum läufst du hinterher?«

»Die armen Leute«, antwortet Simone, »sind nie auf dem falschen Weg, das kannst du dir merken.«

»Du bist ein falscher Armer. Und das Gefängnis«, erwidert der andere, »könnte auch auf deinem Weg liegen, wenn du so weitermachst.«

»Dies ist kein unbekannter Weg, ich bin dort unten an der Ecke geboren.«

»Die Fliegen mögen am liebsten die Nackten und die Zerlumpten«, sagt ein Greis.

»Die Raben picken Würmer«, sagt ein anderer. »So groß ist der Mut der Raben.«

Der kleine Zug löst sich auf, nur der Hund Don Severinos folgt dem Gefangenen und den beiden Carabinieri bis zur Wache.

X

Nachdem Don Severino vergebens seinen Hund gesucht und nach ihm gerufen hat, beeilt er sich jetzt, zum Haus Don Lazzaro Taròs zu kommen. Donna Palmira empfängt ihn oben an der Treppe, blaß, schwarz und geschniegelt wie am Feiertag, mit bittersüßem Lächeln.
»Willkommen, Don Severino, du kommst wie gerufen, wie der Käse für die Makkaroni. Dort sitzt der arme Don Coriolano, du solltest ihn aufmuntern.«
»Käse? Oh, wenn ich Käse wäre, Donna Palmira, dann hätte ich Angst vor deinen Krallen.«
»Ja, ich weiß schon, du hast eine junge Frau aus gutem Hause mit samtweichen und angemalten Händen. Du lebst wie ein Bär in deiner Höhle, Don Severino, aber so langweilig wird das nicht sein, wenn eine kleine Bärin dort ihre Purzelbäume schlägt.«
»Hat er denn nicht recht?« dröhnt Don Lazzaro und kommt seinem Gast entgegen, wobei der ganze Fußboden bebt. »Guten Abend, Severî, wie geht's? Komm herein, laß die neidischen alten Weiber ruhig reden. Du tust nicht gut daran, wie ein Eremit in der Wüste zu leben, aber das andere, ja das verstehe ich wohl. Je älter man wird, desto schwächer werden die Zähne, und um so mehr braucht der Mann zartes Fleisch.«
»Komm herein, geh in die Küche, da ist es nicht so kalt«, wiederholt Donna Palmira. »Und bitte, rede doch dem armen Don Coriolano gut zu, er ist durch den Verrat Donna Maria Vincenzas wie am Boden zerstört.«
»Ich wollte mich gar nicht aufhalten«, entschuldigt sich Don Severino. »Ich wollte nur den Pachtzins für mein kleines Grundstück abholen.«
»Stimmt das, hast du tatsächlich den Posten als Organist verloren?« fragt Donna Palmira. »Das tut uns wirklich sehr leid.«

»Ich habe ihn infolge eines Gesuchs der Bevölkerung verloren«, sagt Don Severino. »Meine skandalöse Lebensführung wurde als unvereinbar mit dem Amt des Gemeindeorganisten angesehen. Ihr habt im übrigen auch unterschrieben.«
»Wie kommst du denn darauf?« protestiert Donna Palmira. »Das erstaunt mich aber doch an dir, Don Severino.«
»Es stimmt aber«, gibt Don Lazzaro zu. »Don Nicolino, der Gerichtsschreiber, ist mit einem Blatt Papier hierhergekommen. Wie hätten wir denn da die Unterschrift verweigern können? Das hätte uns doch nur eine Menge Schwierigkeiten eingebracht.«
»Vollkommen richtig«, sagt Don Severino. »Ja, natürlich.«
Die Küche ist dunkel, niedrig und groß. Von der Decke hängen an parallelen Stangen Schinken, Salami, Würstchen, Käse, Kränze von Zwiebeln, Knoblauch, Paprikaschoten, Spierlingsbeeren und Pilze herab, die trocknen sollen. Kupfergeräte, Kessel, Töpfe, Pfannen, Schmortöpfe, Tiegel, Roste, Kaffeekannen bedecken die ganze Wand gegenüber dem Kamin und reflektieren das dort brennende Feuer. Von den Herdplatten steigt fetter, pfefferiger Geruch von Angebratenem auf. Don Coriolano sitzt mit hängenden Armen und Beinen auf einem großen Stuhl neben dem Kamin, schlaff, finster und zerstört, sein Gesicht ist blau angelaufen, die Augen unter den schweren Lidern sind geschlossen. Von den Gastgebern hereingeführt, steht Don Severino nun vor ihm, er beobachtet ihn zuerst einen Augenblick lang befriedigt und belustigt, dann macht er eine übertriebene tiefe Verbeugung vor ihm und ruft mit theatralischer Feierlichkeit aus: »Meine Ehrerbietung Cavaliere, einflußreichster Redner.«
Das bärtige Riesengesicht Don Lazzaros wird breiter, er bricht in Lachen aus und zieht groteske Grimassen, während Donna Palmira sich das Taschentuch in den Mund stopft, um ihr Lachen zu unterdrücken, wobei sie einen heftigen

Hustenanfall bekommt. Don Coriolano schlägt die Augen auf, bleibt aber regungslos und geistesabwesend sitzen.
»Mitreißender Redner«, fährt Don Severino fort und wiederholt seine komischen Ehrbezeugungen. »Großherziger Verteiler von Amnestien, die keiner haben will, warum bist du so niedergeschlagen?«
Don Coriolano hebt langsam die Hand und macht eine Bewegung, als wolle er eine Fliege verjagen; er verzieht seinen fleischigen Mund zu einem Fischmaul und spuckt ins Feuer.
»Hast du etwas von Don Marcantonio gehört?« fragt er. »Hat er sich in Colle sehen lassen? Ich weiß, daß er herumgeht und Beweise gegen mich sammelt.«
Ein zerlumpter Mann tritt ein, es ist Don Lazzaros Stallknecht.
»Gelobt sei Jesus Christus«, sagt er. »Herr, stimmt das, was erzählt wird?«
»Was willst du denn wissen?« schreit ihn Don Lazzaro drohend an.
»Ob das stimmt, was erzählt wird.«
»Ja, was wird denn erzählt?« schreit Don Lazzaro.
»Ob es stimmt, das mit der Unterschrift. Ist sie abgelehnt worden?«
»Geh zum Teufel, geh; das wissen doch alle, was brauchst du noch zu fragen?«
»Ach, es stimmt also?« fragt der Stallknecht. »Man kann es kaum glauben.«
»Was kann man kaum glauben?« fragt Donna Palmira, die aus dem Nebenzimmer einen Stuhl geholt hat.
»Das, was erzählt wird.«
»Aber was wird denn erzählt?«
»Das mit der Unterschrift. Ist sie wirklich abgelehnt worden?«
»Geh zum Teufel«, schreit Don Lazzaro. »Alle wissen es, ja, es stimmt, es stimmt.

»Ach, es stimmt also?« sagt der Knecht. »Dabei kann man es kaum glauben. Einen solchen Skandal hat man noch nie erlebt.«

Don Coriolano knöpft beleidigt und angewidert den untersten Knopf seiner Weste und den obersten seiner Hose auf.

»Ausgerechnet mir mußte das passieren«, murmelt er mit ersterbender Stimme. »Einem Mann wie mir.«

Donna Palmira schüttet Öl aufs Feuer.

»Cavaliere, willst du einmal wirklich wissen, was daran schuld ist?« fragt sie mit schriller und aggressiver Stimme. »Soll ich es dir ins Gesicht sagen?«

»Es interessiert mich nicht.«

»Na, wenn du's wissen willst, dann sag ich's dir: schuld daran bist du selber. Du bist zu gut, zu großzügig, das ist die Wahrheit. Nach einer solchen Beleidigung hätte doch jeder seine Konsequenzen gezogen, aber du ... Entschuldige die indiskrete Frage, aber wie willst du denn nun gegen die Spinas vorgehen?«

Don Coriolano nickt und wiederholt mit der tiefen Traurigkeit eines Mannes, der ein allseits bekanntes, aber unabänderliches Übel oder Laster bekennt: »Ja, ich bin von Natur aus zu gut, zu großzügig, zu idealistisch, aber was soll ich dagegen tun? Ich bin so veranlagt.«

Die Rührung schnürt ihm die Kehle zu. Don Severino scheint plötzlich einen Einfall zu haben.

»Ich habe gehört«, sagt er mit einschmeichelnder Stimme und setzt sich mit einer freundschaftlichen Geste neben den Redner, »ich habe gehört, der Fastenprediger soll nicht unbeteiligt an Donna Maria Vincenzas Weigerung sein, dann träfe die arme Frau doch gar nicht so große Schuld.«

»Severì, willst du jetzt auch noch verrückt spielen?« unterbricht ihn Don Lazzaro grob. »Es kann doch gar keinen Zweifel geben: Wer sollte das Gnadengesuch unterschreiben? Wer hat sich geweigert zu unterschreiben? Wir werden ja sehen, ob die Obrigkeit dafür eine angemessene Strafe findet.«

»Die Spinas haben sich immer für etwas Besseres gehalten als die anderen«, wendet sich Donna Palmira erbost an ihre Gäste. »Wenn ihr Hochmut sich jetzt in Wahnsinn verwandelt hat, ist der Augenblick gekommen, da die Obrigkeit einschreiten muß. Wir wollen doch mal sehen, ob es in diesem Lande noch Gerechtigkeit gibt.«

»Gewiß, Donna Palmira«, wirft Don Severino mit dem heuchlerischen Lächeln eines falschen Richters ein, »aber wenn sich dann ergibt, daß Signora Spina unter dem Einfluß des Fastenpredigers gehandelt hat?«

»Pater Gabriele ist fremd hier und mischt sich nicht in Familienfragen ein«, erwidert Don Lazzaro wütend wie ein Bauer, dem man eine Kuh stehlen will.

»Pater Gabriele ist ein Heiliger«, widerspricht Donna Palmira. »Er würde niemals wagen, etwas zu tun, was den Unwillen der Obrigkeit erwecken könnte.«

Don Coriolano zieht eine Augenbraue bis auf die halbe Höhe seiner Stirn hoch; und während ein Auge immer kleiner wird und praktisch zu ist, reißt er das andere so weit auf, daß es aussieht wie das Auge eines verrückt gewordenen Ochsen.

»Ich habe den Beweis in der Hand«, schreit er mit heiserer und geifernder Stimme und schlägt sich auf die Brust. »Das ist nicht einfach ein Verdacht, sondern ich habe das *corpus delicti* und das kann mir keiner aus der Hand reißen.«

»Hast du wirklich den Beweis?« fragt Don Severino halb ermutigend und halb ungläubig. »Da bin ich aber neugierig und gleichzeitig belustigt, denn du weißt, wie sehr ich die Leute in der Sakristei schon immer verachtet habe; und dennoch wundert mich, daß ein Pater gegen eine der Grundtugenden der heiligen Mutter Kirche verstoßen haben sollte, gegen die Vorsicht nämlich, und Beweise seiner Intrigen hinterlassen hat.«

Die Gastgeber verstehen nicht recht, warum nun auch Don Severino so eifrig mitmischt. Don Coriolano sucht in einer Geheimtasche angestrengt etwas, und als er dazu seine Jacke und die Weste aufknöpft, macht er aus Versehen auch das Hemd auf und entblößt einen großen Teil seines fetten verschwitzten behaarten Oberkörpers und die ganze linke Brust mit einer violetten Brustwarze, die prall ist wie ein Euter. »Entschuldigt«, stammelt er und bedeckt seine Brust mit der schamhaften Geste einer Amme, »entschuldigt.« Er zieht einen bläulichen zerknitterten Zettel heraus.

»Wißt ihr, was die Alte als Grund angegeben hat, um nicht unterschreiben zu müssen? Darauf kommt ihr nie. Sie hat auf den Zettel, den sie mir geschickt hat, wörtlich geschrieben: *Ich kann nicht unterschreiben, weil es sich nicht mit meinem Gewissen vereinbaren läßt.* He, habt ihr verstanden?« schreit Don Coriolano, springt auf und wedelt Don Lazzaro mit dem Zettel vor der Nase hin und her. »Das unüberwindliche Hindernis, das sich der Alten plötzlich in den Weg stellt und vor dem sie zurückschreckt, heißt Ge-wis-sen. Wer wird denn da nicht, wenn er die Augen schließt, während ich dieses Wort Ge-wissen ausspreche, sofort ekelerregenden Kerzengestank riechen?«

Don Coriolano sieht sarkastisch lachend wie ein Staatsanwalt um sich, der mit einem entscheidenden Beweis die kunstvoll aufgebauten Alibis der Verteidigung zerschlagen hat, und läßt sich wieder auf den großen Stuhl fallen.

»Jetzt erkenne auch ich die Schlange im Dunkeln«, ruft Don Severino todernst aus und versucht überzeugt zu wirken.

Donna Palmira reckt sich heftig wie eine Henne, die gleich

versuchen will zu krähen, aber ihr Mann hindert sie mit einer ausholenden Bewegung am Reden, um selber die allgemeine Entrüstung über Don Coriolano zum Ausdruck zu bringen.

»Also wirklich«, sagt Don Lazzaro zu ihm, »wirklich, ich kann dich nicht verstehen, und es fällt mir sogar schwer zu glauben, daß du jetzt nicht Spaß machst. Ich bin nur ein einfacher Mann vom Lande, ein ungeschliffener Bauer, ein Landwirt, wie man heute sagt, der wie du immer meinst, nur die einfachen erdgebundenen Dinge versteht. Dabei weißt du genau, daß auch ich vor der Redekunst immer große Achtung gehabt habe; du wirst ja nicht vergessen haben, daß ich dich am Tag meiner Hochzeit mit Palmira gerufen habe, damit du eine Rede hältst, ebenso habe ich dich beauftragt, Grabreden auf meine Mutter und meinen Schwiegervater zu halten, und ich habe dich auch immer angemessen bezahlt; auch habe ich dich meinen sämtlichen Verwandten bei allen heiteren und traurigen Anlässen empfohlen; und immer, wenn ich etwas mit Behörden zu tun hatte, habe ich dich um Empfehlungsschreiben gebeten. Es wird dir auch aufgefallen sein, daß ich mit meinen Landarbeitern immer dabei bin, wenn du auf dem Platz redest, und als einer der ersten Beifall klatsche, wenn du einmal eine Atempause machst. Aber heilige Muttergottes, es gibt doch auch Fälle, die wirklich gar nichts mit Redegewandtheit zu tun haben; es gibt Rivalitäten, Kämpfe zwischen Familien, bei denen die Redekunst, wenn sie sich schon unbedingt einmischen muß, doch wenigstens falsch und richtig auseinander halten und nicht alles durcheinander bringen sollte. Wie kann man nur wegen irgend so einem Wörtchen, wegen einem kleinen Tintenklecks auf einem Blatt Papier nun alles verdrehen, Donna Maria Vincenza von ihrer Schuld frei sprechen und diese einem Fremden in die Schuhe schieben, einem Wanderprediger?«

»Das nennst du irgend so ein Wörtchen?« schreit Don Cariolano. »Lazzaro, ich glaube im Ernst, du bist nicht ganz bei Trost. Ein ganz entscheidendes Wort ist das, ein dämpfiges altes Schlachtroß der sakralen Redekunst, eine absurde, hohle, verwaschene Erfindung der Pfaffen. Es ist ein Wort, Lazzaro, damit wir uns da richtig verstehen«, fährt er in verändertem Ton fort, »das ich in der Kirche voll und ganz achte, das aber in der Politik wirklich überhaupt nichts zu suchen hat. Dieses Wort auf diesem Zettel beweist, daß die Kirche hinter der Weigerung der Alten steht. In diesem Punkt lasse ich mich von dir nicht belehren.«

»Ehrlich gesagt«, protestiert Don Lazzaro und streckt seine gewaltigen Fäuste vor, »ehrlich gesagt, ich verstehe dich immer weniger. Selbst einmal angenommen, dieses Wort ist so wichtig, wirst du doch wohl nicht behaupten wollen, daß Donna Maria Vincenza nicht in der Lage wäre, eine Feder in der Hand zu halten, oder daß es ihr an der nötigen Schulbildung fehlte! Ich begreife nicht, warum du unbedingt ausschließen willst, daß sich die Alte dieses Wort allein ausgedacht und niedergeschrieben hat.«

»Ich schließe es ja gerade deshalb aus«, bekräftigt Don Coriolano verärgert, »weil Signora Spina tatsächlich über eine gute Schulbildung verfügt. Sie selber hätte doch bestenfalls von ihrer Würde, ihrer Ehre, ihrem Anstand, ihrer Ruhe oder ähnlichem Blödsinn gesprochen. Und dann darfst du ja auch nicht vergessen, Lazzaro, daß ich nicht auf eigene Initiative nach Rom gegangen bin, um mich dort zu verlustieren oder die Ruinen zu bewundern, sondern daß mich Donna Maria Vincenza ausdrücklich dorthin geschickt hat; und wenn du es genau wissen willst, kann ich dir im Vertrauen sagen, daß sie mir auch die Reisekosten ersetzt und noch etwas darüber hinaus gegeben hat. Und schließlich ist Signora Spina ja kein leichtfertiges junges Mädchen, das alle Augenblicke seine Meinung ändert. Auch wenn sie mich jetzt in eine lächerliche Lage gebracht hat, mußt du doch

einmal einen Augenblick von der Rivalität zwischen euren Familien absehen und zugeben, Lazzaro, daß sie immer eine außerordentlich besonnene Frau war, die zu ihrem Urteil stand. Wie soll man man sich dann erklären, daß sie bis vor zwei Wochen, ja bis vor drei Tagen, bis zu dem Abend meiner Rückkehr aus Rom, zu jedem Opfer bereit war, um ihren Enkel aus dem Ausland zurückholen zu können, und sich jetzt plötzlich weigert, das Gnadengesuch zu unterzeichnen, und dafür einen so fadenscheinigen, merkwürdigen und dummen Grund angibt? Du als Landwirt solltest mir das einmal erklären, Lazzaro.«
Don Severino scheint sich bei diesem Wortstreit köstlich zu amüsieren und entfernt sich sogar ein wenig, um die Szene besser genießen zu können.
»Ich will mich bemühen«, erwidert Don Lazzaro prustend und wischt sich den Schweiß ab wie ein Kuhhirte, der ein Kalb bändigt, »ich will mich bemühen, deine merkwürdige Erklärung für einen Augenblick zu akzeptieren! Mit Rücksicht auf unsere alte Freundschaft und um der Gastfreundschaft willen, nehme ich einen Augenblick lang mal an, daß du recht hast. Donna Maria Vincenza hätte sich beeinflussen lassen? Ja, und? Du vergißt wohl hoffentlich nicht, daß Signora Spina schon eine ganze Weile volljährig und für ihre Handlungen voll verantwortlich ist. Wenn du aber weiterhin behaupten willst, daß sie sich hat beeinflussen lassen und daß andere dafür verantwortlich sind, dann kann ich nur wiederholen: Gut, aber dann frage ich dich: Wer soll denn das gewesen sein, bitte? Warum denn ausgerechnet der Fastenprediger und nicht ein anderer? Könnte der Einfluß, der Signora Spina im letzten Augenblick ihre Meinung ändern ließ, nicht auch von einem ihrer Verwandten gekommen sein? Du kennst sie doch genauso gut, diese Spinas, ihren Hochmut, ihre Eitelkeit, du weißt genau, daß sie immer einen Vorwand gesucht haben, um den gewöhnlichen Pflichten zu entgehen.

Lieber Gott, und jetzt ist ihr Hochmut eben in furchtbaren Wahnsinn umgeschlagen, und sie erdreisten sich sogar, die heilige Hand der Vergebung zurückzuweisen. Unsere Alten sagten: wer die Vergebung ablehnt, hat sie auch nicht verdient.«

»Entschuldige meine Unverfrorenheit, Coriolano«, mischt sich Don Severino ungeduldig ein, weil auch er seine Meinung sagen will, »entschuldige, aber bevor du antwortest, möchte ich unserem Gastgeber eine kleine, doch hoffentlich nicht unnötige Frage stellen. Ich verstehe natürlich deine Erregung, Lazzaro, ich weiß deine Entrüstung richtig einzuschätzen, ebenso deine Wut als Familienoberhaupt, das sich eine Beute nicht entgehen lassen will, nach der es jahrzehntelang geduldig Ausschau gehalten hat; aber mir scheint, daß du vor Erregung mit deinem Bogen Pfeile verschießt, die sich leicht gegen dich kehren könnten. Glaubst du denn wirklich, Lazzaro, daß Donna Maria Vincenza Verwandte hat, die, um nicht gegen ihr Gewissen zu handeln, noch entschiedener als sie bereit sind, einen der Ihren zu opfern, die materiellen Interessen der ganzen Verwandtschaft zu schädigen und den Zorn, die Verfolgung durch die Behörden herauszufordern? Wenn du das glaubst, Lazzaro, muß ich dich in deinem eigenen Interesse warnen. Du glaubst, deine Rivalen herabzusetzen, und sie auf diese Weise zu schlagen; in Wirklichkeit aber stellst du sie damit auf ein Podest, so daß sie für deine Gegenschläge unerreichbar werden. Bildest du dir ein, auf diesem Weg schneller den Augenblick herbeizuführen, da du über sie triumphieren kannst? Aber wenn du sie so hoch über dich erhebst, armer Lazzaro, dann sind sie endgültig nicht mehr deine Konkurrenten, dann gibt es zwischen euch überhaupt keine Vergleichsmöglichkeiten mehr, dann befinden sie sich nur noch mit solchen Leuten in Widerspruch, die aus entgegengesetzten idealistischen Motiven zu ebensolchen Opfern bereit sind; eine gefährliche Sache, gewiß; aber für Provinzler auch eine ungewöhnliche Ehre und ein Glück. Ich glaube aber doch, Lazzaro, daß Donna Maria Vincenzas Verwandtschaft so viel Achtung nicht verdient, sondern moralisch, das sage ich ohne Bosheit, mehr oder minder auf deinem Niveau steht.«

»Oh, Severì, ich wußte ja gar nicht, daß du so logisch denkst«, ruft Don Coriolano überrascht aus. Und an den Hausherrn gewandt, fährt er fort: »Du weißt besser als ich, Lazzaro, daß Donna Maria Vincenzas Verwandte gute, hervorragende Christen sind, Grundbesitzer wie die andern. Sie würden die heilige Rippe Christi mit den Tränen der schmerzensreichen Muttergottes in einem Topf kochen, wenn das eine Brühe ergäbe. Sag doch selber, Lazzaro, was gibt es denn für einen Unterschied zwischen dir und Bastiano Spina, außer vielleicht, daß du einen Bart hast?«

Von der Treppe ist lautes Geschrei von einigen Cafoni zu hören, die gekommen sind, den Redner um irgendein Empfehlungsschreiben zu bitten und vom Hausknecht streng abgewiesen werden. Die Besucher wollen aber nicht gehen, sondern den Redner wenigstens sehen, und betonen immer wieder, daß sie Sitten und Anstand kennen und nicht mit leeren Händen gekommen sind, schließlich seien sie doch keine Wilden.

Don Lazzaro und Donna Palmira eilen dem Knecht zu Hilfe.

»Severì, erlaubst du mir ein brüderliches Geständnis von Redner zu Musiker?« murmelt Don Coriolano Don Severino gerührt und vertraulich ins Ohr. »Was für furchtbare Kanaillen sind doch unsere Großgrundbesitzer. In solchen bittern Augenblicken kann ich deine Einsamkeit verstehen und erahnen. Du bist glücklicher dran, weil dir nach dem Verzicht auf die Karriere die Musik als Trost blieb. Einen einsamen Redner dagegen kann man sich nicht vorstellen. Zu wem sollte ich denn da reden? Vielleicht zu den Salat-

und Kohlköpfen, den Tomaten und Pfefferschoten in meinem Garten? Und wer würde mir Beifall klatschen? Und so muß ich in meinem Alter nicht nur auf öffentlichen Parteiversammlungen reden und Empfehlungsschreiben aufsetzen, sondern auch zu Taufen, Hochzeiten und Beerdigungen gehen. Du kannst dir überhaupt nicht vorstellen, Severì, was es in meinem Alter und bei meinem Temperament bedeutet, bei Regenwetter mit den Füßen tief in der glitschigen wurmigen Erde steckend auf einem Friedhof vor einem offenen Grab reden zu müssen. Die Leute hören mir gern zu, klatschen Beifall, das schon, ja; aber wenn es dann ans Zahlen geht, ziehen sie ein Gesicht, als müßten sie zum Barbier und sich einen Zahn ziehen lassen, dann feilschen sie mit ihren Kupfermünzen, als wären die aus Gummi, sehen mich verachtungsvoll und neidisch an wie einen Parasiten, einen Blutsauger, einen Schmarotzer, einen Lebemann. Ich frage mich wirklich, was sich meine Vorfahren haben zuschulden kommen lassen, daß ich jetzt mit solchem Gesindel geschlagen bin.«

Don Coriolano schweigt einen Augenblick, trocknet sich die tränennassen Augen, ordnet die Haare und fährt dann mit gesenkter Stimme fort: »Du könntest ja nun sagen, Severì, daß es auch noch die Geheimsekten gibt. Gut und schön, aber erklär mir mal, was ich bei denen verloren habe? Werden bei den Geheimsekten Reden gehalten? Vielleicht schon; aber wieviel Leute hören einem da zu? Es ist ja nicht meine Schuld, daß die Redekunst nichts für Katakomben ist. Soll ich dir etwas sagen? Du erinnerst mich ein wenig an Don Ignazio Spina, den Vater dieses Unglücklichen, der jetzt nach Paris zurückgekehrt ist, Don Ignazio und ich waren wie du vielleicht weißt, zusammen auf dem Gymnasium in Neapel, und wir mochten uns sehr gern; ach, das waren noch Zeiten. Du hast mehr Anstand als wir, bist eleganter und hast dich in dein einsames Gärtchen zurückgezogen, um

den bitteren Kelch zu leeren, du hast auf die banalen Tröstungen verzichtet, und außerdem willst du uns Gottseidank weder bekehren, noch erretten, noch erlösen, bist weder ein Heuchler noch ein Moralist, du bist nicht wie die Pfaffen, die es sich auf der Welt bequem eingerichtet haben, sich mästen, die Trommel für sich rühren und uns außerdem auch noch damit auf die Nerven gehen, daß sie den Verzicht irdischer Güter predigen. Ich weiß nicht, ob du zufällig schon dem Fastenprediger begegnet bist, den sie dieses Jahr nach Colle geschickt haben? Hast du ihn mal aus der Nähe beobachtet? Hat er nicht das Gesicht eines Unheilbringers, wie?«
Nachdem sie die Eindringlinge verjagt haben, schließen Don Lazzaro und Donna Palmira die Tür zum Treppenhaus und setzen sich wieder ans Feuer. Don Lazzaro sieht seine beiden Gäste scheel an, Drohungen und verachtungsvolle Worte gegen Leute brummelnd, die keinen Respekt vor dem Haus der anderen haben.
»Jetzt kommen die Leute schon hierher und führen sich auf, als wäre dies ein öffentliches Lokal«, sagt er mit vielsagender Miene zu seiner Frau.
Donna Palmira hört zu, was Don Coriolano sagt, und wartet nur auf den erstbesten Vorwand, sein unnützes Geschwätz zu unterbrechen und das Gespräch wieder auf praktische Fragen zu lenken.
»Pater Gabriele ist ein Heiliger«, bekräftigt sie wütend wie eine Hausfrau, der der Kaufmann beharrlich zu wenig Ware abwiegt. »Der Fastenprediger ist wie gesagt über jeden Verdacht erhaben. Ich habe ihn nicht nur durch Zufall gesehen, wie ihr; ich habe ihn predigen hören, und ich glaube, das ist ein wahrer Gottesmann, mehr kann ich nicht sagen, er mischt sich nicht in Dinge ein, die ihn nichts angehen. Wenn nur alle so wären wie er.«
»Mir kommt er aber eher wie ein richtiger Frömmler vor, wenn du gestattest, Donna Palmira«, erwidert Don Corio-

lano ärgerlich. »Mir kommt er wie ein Scheinheiliger, ein Heuchler, ein Kriecher vor. Dabei mußt du mir glauben, Donna Palmira, daß ich nicht das geringste Vorurteil gegen die sakrale Redekunst habe, im Gegenteil. Der katholische Glaube ist eine Allegorie, die nach allen Regeln der Kunst aufgebaut ist. Wenn ich eine Frau hätte, Donna Palmira, dann würde ich sie jeden Sonntag in die Messe schicken, das darfst du mir glauben, denn ich bin der erste, der anerkennt, daß die Redekunst bei den Frauen das edle und erhebende Gefühl der Treue stärkt und ihnen die notwendige Geduld zu vermitteln vermag, um die unausbleibliche Untreue des Mannes zu ertragen. Ich kann sogar noch mehr für mich verbuchen, Donna Palmira; du müßtest ja wissen, daß ich, als der Staat das Konkordat mit dem Heiligen Stuhl einging, in öffentlichen Reden immer wieder auf meine tiefste Ergebenheit gegenüber Jesus und seiner Mutter hingewiesen habe. Die zivile und die kirchliche Redekunst sind nun also sozusagen verbündet, die Zeiten sind hart, eine Hand wäscht die andere, und beide waschen das Gesicht. So war auch, optimistisch wie ich bin, als ich gestern hier in deinem Hause den Fastenprediger kennenlernte, mein erster Eindruck wohlwollend. Ich dachte zuerst, es mit einem Weihnachtsaal zu tun zu haben, du weißt, mit einem dieser Aale, die man in fingerdicke Stücke schneidet und dann zum Braten aufspießt, wobei man zwischen die einzelnen Stückchen immer ein Lorbeerblatt steckt. Aber als ich ihn dann genauer beobachtete, entdeckte ich, daß es sich bei ihm zwar wirklich um ein im Wasser lebendes Tier handelt, aber um eines von der nicht genießbaren Art, um eine Schlange nämlich. Mit Entsetzen habe ich, während er aß, seine spitze schwarze Zunge beobachtet; eine echte Schlange.«
»Man müßte eben den Pfarrer Don Marco fragen«, beharrt Donna Palmira eisern und erbost. »Er kann uns ja sagen, ob Donna Maria Vincenza tatsächlich mit dem Prediger gespro-

chen hat. Vielleicht sind die beiden sich überhaupt noch nie begegnet, woher willst du das so genau wissen?«
»Ich habe meine Informationen«, erwidert Don Coriolano verstimmt. »Die reichen mir.«
»Hast du kein Vertrauen in Don Marco? Er ist doch einer von uns, er ist dein Freund.«
»Er ist ein weichgekochtes Huhn, ich weiß; er ist gutmütig, sanft und harmlos, ich weiß; er ist ein braver Schlappschwanz«, räumt Don Coriolano ein. »Aber er weiß ganz genau, wo er seine Spitzen setzen muß. Das hat mit Freundschaft nichts mehr zu tun; da ist kein Verlaß.«
Entschlossen, die Karten auf den Tisch zu legen, schüttelt Don Lazzaro seine Trägheit ab.
»Hören wir jetzt endlich mit all diesem unnützen Geschwätz auf«, schlägt er mit betont ruhiger Stimme vor und macht dabei eine Bewegung, als wolle er Fliegen verjagen. »Überlegen wir einmal ganz kühl, bedenken wir das Für und Wider wie erwachsene Menschen. Wer nun recht hat und wer unrecht, erfahren wir vielleicht einmal beim jüngsten Gericht von Gott, wenn es dort keine Anwälte und Priester gibt; aber hier auf Erden ist es ganz und gar unwichtig. Selbst wenn nun der Prediger schuld an der Weigerung Donna Maria Vincenzas wäre, dann frage ich dich, Cavaliere, na und? Jetzt sag mir doch einmal ganz offen unter uns, was willst du denn von ihm erreichen? Pater Gabriele ist fremd hier, das weißt du, er kommt aus Piemont. Wenn diese Fastenzeit vorüber ist, werden wir ihn hier wahrscheinlich nie mehr sehen, ebenso wenig, wie wir die Prediger früherer Fastenzeiten hier noch mal gesehen haben. Er gehört dem Passionistenorden an, ist also gar kein Pfarrer, der Name, den er trägt, ist nicht sein richtiger Name, er ist ein Mönch, nicht einmal die Sandalen, die er an den Füßen trägt, sind sein Eigentum. Es ist leicht vorstellbar, daß seine Oberen ihn verteidigen würden, wenn du ihn beschuldigst,

du weißt besser als ich, welche allgegenwärtige Macht die Bruderschaften in unserem Land darstellen. Also du würdest damit wirklich in ein Wespennest stechen und hättest keinen ruhigen Tag mehr. Severì, laß mich ausreden, ich spreche jetzt nicht mit dir, sondern mit dem Cavaliere. Ich erlaube mir, dir meine Überlegungen von Freund zu Freund zu unterbreiten, so wie sie mir in den Kopf kommen, zu deinem, und ich füge hinzu, auch zu unserem Wohl. Hör auf einen Mann, der dir immer treu gewesen ist. Laß diesen Pater aus dem Spiel, und wenn du dich für eine Schmach rächen und, wie es dein heiliges Recht ist, Vorteile für dich herausholen willst, so brauchst du dich ja nur an die Spinas halten. Sie sind noch reich, in den Augen der Obrigkeit bereits kompromittiert und verdorben und haben sowohl in Colle als auch in Orta viele Feinde, auf deren Dankbarkeit du zählen kannst. Muß ich mich noch genauer erklären? Nun, wir alle sind zuverlässige alte Freunde, und ich weiß, ich kann hier reden wie im Beichtstuhl. Vor einer Stunde hatte ich Besuch von Calabasce, der eigens dafür von Orta herkam; du kennst ihn, er hat einen tödlichen Haß auf Don Bastiano Spina und läßt dir ausrichten, er sei bereit, wie im übrigen auch ich, deinen Akt der Gerechtigkeit mit einem schönen Geschenk zu belohnen, wenn es dir gelingen sollte, den Spinas den Gnadenstoß, den Schlag eines großen Redners zu versetzen; wenn man auch die anderen zuverlässigen Freunde zu einem Beitrag auffordern würde, könnte man, glaube ich, ein schönes Sümmchen zusammenbringen. Ich weiß nicht, ob ich mich verständlich ausgedrückt habe. Palmira, warum sitzt du da wie angenagelt, merkst du denn nicht, daß unsere Gäste Durst haben?«

Don Severino entgeht Don Coriolanos tiefe Verwirrung nicht: Die Ellbogen auf die Knie gestützt und den Kopf auf eine Handfläche gelegt, hat der Redner nun die Augen halb geschlossen und die Stirn gerunzelt, als sei er in tiefes Nachdenken versunken.

»Keine Angst, Lazzaro«, ruft Don Severino aus und springt nervös auf, denn er hat plötzlich einen Einfall, »keine Angst, daß ich deine Rede um ihre schöne Wirkung bringen will. Ich wage es einzig und allein deshalb, einige naive Überlegungen dazu anzustellen, um mich nicht der moralischen Verpflichtung zu entziehen, zur Entscheidung eines alten und zuverlässigen Freundes mit einem Rat beizutragen, der vielleicht auch falsch, in jedem Fall aber ehrlich gemeint und umsonst ist, glaub mir. Danke, Donna Palmira, du weißt, ich trinke nicht. Erlaubt ihr mir, einmal so zu reden, als wäre der Hauptinteressierte gar nicht hier? Also stellt euch einmal dieses vor: Don Coriolano steht vor der peinlichen Aufgabe, der römischen Behörde, die ihm den heiklen Auftrag erteilt hat, das Fiasko seiner Mission bei Donna Maria Vincenza zu erklären. Nehmen wir einmal an, er schreibt: Hochverehrte Parteileitung, es tut mir schrecklich leid, aber Signora Spina (eine fast achtzigjährige, kränkliche Frau, die schon mehr im Jenseits als im Diesseits lebt) hat es sich in der Zwischenzeit anders überlegt und will das Gnadengesuch für ihren Enkel nicht mehr unterschreiben. Was wird dann geschehen? Der Funktionär, der den Empfang des Briefes registriert, wird vielleicht mit der Achsel zucken oder vor sich hinmurmeln: schade um den Enkel. Dies natürlich nur im günstigsten Fall; denn es könnte ebensogut sein, daß der Brief dem obersten Funktionär vor die bebrillten Augen kommt, und der wird dann die Nase rümpfen, mit der Faust auf den Tisch schlagen und schreien: Ja macht sich denn dieser Hanswurst vom Lande, dieser lächerliche Jahrmarktschreier, dieser Winkeladvokat mit einem so tragikomischen Namen wie Coriolano über uns lustig? Hat er uns hier für dumm verkaufen wollen? Uns an der Nase herumgeführt? Und wenn Don Coriolano das nächste Mal nach Rom kommt, wird ihm kein Mensch mehr glauben, alle werden ihm ins Gesicht lachen. Und wenn er überhaupt nichts erreicht, was der Familie Spina schaden könnte, wird ihm nicht einmal die armselige kleine Tröstung zuteil, die ihm Calabasce versprochen hat. Dagegen könnte meiner Meinung nach die Reaktion durchaus positiv sein, wenn er bei den hohen Tieren ungefähr diesen Ton anschlagen würde: Ihr müßt wissen, hochverehrte Parteileiter, daß Signora Spina voll und ganz bereit war, das Gnadengesuch zu unterzeichnen, und sie war auch sicher, daß ihr geflohener Enkel es ebenfalls tun und in sein Heimatland zurückkehren würde, durch die willkürliche Einmischung eines Fastenpredigers aber, der hier in Colle wirkt, glaubt die fromme Dame nun plötzlich, daß ein solcher Akt gegen die Vorschriften der Religion verstößt (vergeßt nicht, hochverehrte Parteileiter, daß es sich um eine fast achtzigjährige kränkliche Frau handelt, die wirklich dem Jenseits schon näher ist als dem Diesseits, eine Frau, die von einem Tag auf den anderen darauf gefaßt ist, vor den Thron des Allmächtigen gerufen zu werden), so daß sie jetzt, aus Angst vor Höllenqualen, nicht mehr wagt zu unterschreiben. Ein solcher Brief würde in Rom doch einschlagen wie ein Blitz aus heiterem Himmel, das möchte ich wirklich wetten. Ein solches Stück Papier würde doch aus den Händen des Funktionärs wie der Wind in die des Ministers gelangen; Don Coriolano würde telegraphisch in die Hauptstadt beordert, er würde überall bekannt, vielleicht würden sich die Journalisten mit ihm beschäftigen und, wenn Gott will, sogar die Fotografen. Na, ich sehe mit Vergnügen, daß Don Coriolano lächelt und mir beipflichtet. Wie hätte ich daran zweifeln sollen? Und auch du, Lazzaro, bist jetzt gewiß überzeugt. Überleg doch ein wenig: Das Schicksal bietet unserem Redner eine seltene Gelegenheit, aus der Mittelmäßigkeit des Provinzdaseins herauszukommen und seiner Redegewandtheit staatliche Horizonte zu eröffnen. Wenn es ihm gelingt, Held eines Zwischenfalls in den Beziehungen zwischen Staat und Kirche zu werden, hat er das Glück, sich auf

eines der edelsten rhetorischen Pferde zu schwingen, ein Pferd, das ihn sehr weit bringen kann.«
Don Coriolano lächelt, er wirkt wieder kindlich und gutmütig.
»Severì«, sagt er sanft, »ich wußte ja, daß du nicht dumm bist, aber daß die Musik dich so scharfsinnig gemacht hat, hätte ich nicht gedacht. Ich kann dir nur gratulieren, und es betrübt mich jetzt erst recht, daß man dich nie oder nur alle Jubeljahre einmal zu Gesicht bekommt. Donna Palmira, dein Weinchen hier hat einen eucharistischen Geschmack, der Tote erwecken könnte; ist das Wein aus einem neuen Faß? Ich wette, da ist viel Malvasier drin.«
Don Lazzaro schnaubt und versucht, den bitteren Brocken zu schlucken, und obwohl ihn seine Frau ermuntert, sich nicht geschlagen zu geben, will er die Sache vorerst lieber auf sich beruhen lassen; er sieht Don Severino nur scheel und übelnehmerisch an wie ein Bauer, dem ein Taschenspieler gerade die Uhr weggezaubert hat.
Assunta, die hinkende Magd, kehrt aus der Kirche zurück und kommt nun mit schleppendem Schritt die Treppe herauf.
»Gelobt sei Jesus Christus«, sagt sie an der Küchentür. »Gelobt sei die Jungfrau Maria. Darf ich reinkommen?«
»Assunta, komm nur rein, ist die Predigt schon zu Ende?« fragt ihre Herrin. »Hat Pater Gabriele noch immer Halsweh?«
Die plumpe breithüftige ärmliche Frau, die ein schwarzes Tuch um den Kopf und ein runzliges kleines Gesicht in der Farbe gekochter Kartoffeln hat, kommt bis in die Mitte der Küche.
»Es war noch schlimmer als gestern abend, Donna Palmira«, jammert die Magd. »Ja, es war wirklich qualvoll. Ich habe ihn gut beobachten können, weil ich genau unter der Kanzel saß. Er sprach mit solcher Mühe, als hätte er Glassplitter im

Mund. Wie gut, Donna Palmira, daß Ihr nicht in die Kirche gekommen seid, das war eine Eingebung Gottes. Alle Leute murren nämlich über Euch; jeder in der Kirche sprach davon, und keiner kam auf den Gedanken zu beten; bis auf Tante Eufemia natürlich. Die Tante war sehr auf ihr Gebet konzentriert. Also alle wissen, daß Pater Gabriele die Halsentzündung sozusagen in Eurem Haus bekommen hat, als er die Makkaroni mit Sardellen aß, und alle fragen sich, was Ihr da bloß für ein Teufelszeug in die Soße gemischt habt und warum überhaupt, und sagen, daß Ihr Euch nicht schlimmer gegen das Heilige Wort hättet vergehen können.«

»Habe vielleicht ich gekocht?« fragt die Hausherrin aufgebracht. »Du wußtest doch genau, daß nicht ich es war, das hättest du immer wieder sagen sollen, wozu habe ich dich überhaupt zur Predigt geschickt!«

»Ich habe es denjenigen erklärt, die mir zuhören wollten«, jammert Assunta, »aber Ihr wißt doch, daß sich niemand mit Tante Eufemia anlegen will, und daher geben alle lieber Euch die Schuld. Alle sagen immer wieder, daß man einem Fremden und erst recht nicht einem fremden Pater eine so scharfe Soße vorsetzen kann, und dann auch noch in der Fastenzeit, eine Soße aus Öl, Sardellen, Pfeffer, Knoblauch und roten Paprikaschoten und wer weiß welchem *Teufelszeug*.«

»Wenn er unsere Küche nicht verträgt«, platzt Don Coriolano heraus, »warum haben sie diesen Unglücksraben dann überhaupt hierher geschickt? Einen wahren Redner erkennt man vor allem bei Tisch. Aber abgesehen davon, Donna Palmira, unter uns gesagt, muß ich dir gestehen, daß ich gestern nur aus offensichtlichen Gründen des Prestiges und um keinen Ärger mit Tante Eufemia zu bekommen, spartanisch den Helden gespielt habe, denn diese Soße war höllisch scharf und hätte einer Kuh die Eingeweide verbrennen können.«

»Ich habe die ganze Nacht Wasser getrunken«, gesteht Don Lazzaro verzagt.

XI

Von der Treppe sind wieder Schritte zu vernehmen, und Donna Palmira geht den Gästen schlechtgelaunt entgegen. Man hört Stimmengewirr.

»Guten Abend, Donna Palmira, habe die Ehre, ist der Brummbär zu Hause? Sogar Don Coriolano ist da? Lebt er denn noch?«

»Willkommen Don Marcantonio, Signor De Paolis, guten Abend, es ist mir ein Vergnügen, was für eine schöne Überraschung, kommt bitte herein, seid ihr bei der Predigt gewesen?«

»Da kommen sie«, murmelt Don Coriolano Don Severino ins Ohr. »Das sind meine schlimmsten Feinde. Die gehen herum und sammeln Beweise gegen mich.«

Die Neuankömmlinge stampfen an der Türschwelle mit den Füßen auf, um den Schnee von den Schuhen abzuschütteln. Don Coriolano geht den beiden Parteileitern freudig und aufgeblasen wie ein Truthahn entgegen; aber sie erwidern seinen Gruß nur mit einem kurzen Winken.

Don Marcantonio zieht den Hausherrn in eine Ecke, um ihm seine peinliche Lage anzuvertrauen. Seine alte Mutter hat, um ihm das Studium zu ermöglichen, ein entbehrungsreiches Leben geführt, Schulden gemacht, Wechsel gezogen, die jetzt fällig sind; die arme Alte wird wegen dieser Sache an gebrochenem Herzen sterben, und Don Lazzaro gibt vor, nicht zu verstehen.

»Ich bedaure Sie und bewundere Sie«, sagt er. »Durch solche Schicksalsschläge festigt sich der Charakter. Aber kommen Sie jetzt an den Kamin.«

Don Coriolano wiederum hat Don Severino beiseite genommen, sie stehen am Fenster.

»Ich danke dir, Severì, gestatte, daß ich dir beide Hände drücke, gestatte, daß ich dich umarme. Du hast vorhin wie

ein Bruder, was sage ich, wie eine Mutter zu mir gesprochen. Ich schwöre dir, daß ich dir das nie vergesse. Dein Rat, was Rom betrifft, kann mir noch dienlich sein. Wie schade, Severì, daß du nicht trinkst, sonst könnten wir hin und wieder einen zusammen heben. Du magst keinen Wein? Warum bloß, heilige Muttergottes? Sogar in der Kirche wird er bei der heiligen Messe gebraucht. Entschuldige, hast du gesehen, wie diese Schweine mich gerade behandelt haben? Hast du gehört, wie dieser Ochse, dieser Lazzaro, sich erlaubt, mit mir zu sprechen? Und dieser Mistkerl Calabasce, den ich schon mehrmals vor dem Gefängnis bewahrt habe, geruht nicht, zu mir zu kommen, damit wir unter vier Augen reden, sondern er läßt es mir ausrichten, als wäre ich eine öffentliche Prostituierte. Severì, ist dir übel? Willst du ein Glas Wein?«
Don Coriolano spricht leise, von Angesicht zu Angesicht mit ihm, und da sein Atem nach saurem Wein und Schnaps stinkt, wird Don Severino ein wenig schwindlig.
»Danke, es ist schon vorüber«, sagt Don Severino und zwingt sich zu einem Lächeln, wobei er sich mit der Hand Luft zufächelt.
»Nun, du wirst es mir nicht glauben«, murmelt ihm Don Coriolano gerührt und herzlich zu, »und du hast auch allen Grund, mir nicht zu glauben, aber ich schwöre dir, bei der großen Anstrengung, die ich unternommen habe, diesen Jungen wieder nach Hause zu seiner Großmutter zurückzuholen, hat wohl das Prestige eine Rolle gespielt, warum sollte ich das leugnen, und auch, daß ich dabei Geld verdiente, warum sollte ich mich schämen, das zuzugeben, in meinem tiefsten Innern aber werde ich vor allem durch die Erinnerung an die schöne Jugendfreundschaft zwischen mir und seinem Vater bestimmt. Ach übrigens, ich habe gehört, daß du heute nachmittag lange bei Donna Maria Vincenza gewesen bist; ja, die Carabinieri informieren mich über alles. Darf ich erfahren, was sie dir gesagt hat?«

Don Severinos Miene verdüstert sich.
»Donna Maria Vincenza? Mir?« sagt er und spielt den Überraschten, »nichts, glaub mir.«
Die Magd kommt herein, um Don Severino mitzuteilen, daß Don Gennaro, der Bruder des Pfarrers von Orta, unten auf der Straße unablässig vor dem Haus auf und ab geht; er habe zufällig erfahren, sagt er, daß Don Severino zu Besuch bei Don Lazzaro sei, und er lasse sich für die Störung entschuldigen, aber er bitte ihn, nur einen Augenblick herunterzukommen, weil er ihm etwas sagen wolle, es dauere nur eine halbe Minute; es sei auch an sich nicht so eilig, aber es habe wieder angefangen zu schneien, und er habe Husten.
»Warum kommt denn dieser Dummkopf nicht herauf?« protestiert Don Lazzaro gekränkt. »Was ist denn das für ein Mißtrauensbeweis, für eine Beleidigung? Rühr dich nicht von der Stelle, Severì, ich gehe selber hinunter und hol ihn dir rauf.«
Der Hausherr verschwindet im Treppenhaus und kommt bald darauf keuchend zurück und zieht wortlos Don Gennaro hinter sich her, wie man ein störrisches Kalb in den Stall zerrt. Don Gennaro ist ein gebeugtes, mageres Männchen mit Kapuze, das verlegen um sich blickt.
»Setz dich ans Feuer und wärme dich«, befiehlt ihm Don Lazzaro grob. »Auch die Handschuhe könntest du ausziehen, siehst du nicht, daß sie ganz naß sind? Palmira, gib ihm was zu trinken.«
»Laß ihn doch wenigstens zu Atem kommen«, mischt sich die Frau ein. »Don Gennarì, was ist denn das für eine Art? Warum wolltet Ihr denn nicht heraufkommen? Ist das vielleicht Freundschaft?«
Don Gennaro kommt nur mühsam wieder zu Atem; er ist förmlich, fügsam, treuherzig und versucht, die Anwesenden für sich einzunehmen, indem er jedem einzelnen freundlich zulächelt.

»Wirklich«, stammelt er, »glaubt mir, ich wollte euch nicht stören. Es ist nicht meine Art, jemanden einfach zu besuchen, ohne mich vorher anzukündigen.«

Auf seinem abgewetzten Wintermantel trägt er einen abnehmbaren kreisförmigen Schaffellkragen, der nicht am Kragen festgenäht ist. Obwohl Mantel wie Kragen tropfnass sind, will sich Don Gennaro keinesfalls ausziehen; es lohnt sich nicht, sagt er, ich bleibe sowieso nicht lange. Er will ins Café Eritrea und beim Billard zusehen; das ist seine Leidenschaft, sein Sport, manchmal träumt er sogar davon, gesteht er errötend. Aber Don Lazzaro gelingt es dann doch, ihm die Kapuze herunterzuziehen und seinen flaumigen ovalen Schädel zu entblößen, der dunkel ist wie eine Kokosnuß.

»Du wolltest mit Severino sprechen?« fragt ihn Don Lazzaro. »Na, hier ist er, da kannst du ja mit ihm sprechen, es wird dich wohl nicht stören, daß wir dabei sind.«

»Nein, nein, im Gegenteil«, verhaspelt sich Don Gennaro, »das wäre ja noch mal schöner. Aber jetzt erinnere ich mich gar nicht mehr, was ich ihm eigentlich sagen wollte, wahrscheinlich gar nichts, ja ganz gewiß sogar. Ach ja, doch, entschuldigt mein schlechtes Gedächtnis, ich wollte euch Guten Abend sagen. Severì, bleibst du noch lange?«

Bei dieser Erklärung lachen alle außer Don Lazzaro, der mißtrauisch den Kopf schüttelt und immer wieder sagt: »Das glaube ich nicht.«

»Guten Abend«, erwidert Don Severino den Gruß, »guten Abend, Don Gennarì, wie geht es dir? Warst du bei der Predigt?«

Don Lazzaro legt weiteres Holz auf. Die Gäste bilden einen weiten Halbkreis um den Kamin, und ihre Gesichter sind vom Widerschein der Flammen gerötet und tief eingefurcht. Die drei Parteileiter vermeiden es, sich gegenseitig in die Augen zu sehen.

»Vielleicht habt ihr schon von dem Plan gehört, auf dem

Gipfel des Toten Esels ein großes Kreuz zu errichten«, wendet sich Don Gennaro glücklich, endlich einen Vorwand gefunden zu haben, an die anwesenden Honoratioren. »Findet ihr nicht, daß das nicht nur eine fromme, sondern auch eine äußerst sinnvolle Idee ist? Die Seelen brauchen wirklich einen Ritus für ihre Buße. Schuld daran ist natürlich der Materialismus. Nach der Predigt vorhin haben wir eine kleine Versammlung des Vorbereitungskomitees gehabt; man hat mich zum Vorsitzenden des Komitees gewählt, ich sage es errötend, denn ich bin ja nicht würdig.«

Diese Nachricht löst bei Don Marcantonio eine Heiterkeit aus, die die anderen nicht gleich verstehen können. Mit seinem Bürstenhaarschnitt, der Schildpattbrille, dem etwas weit geschnittenen schwarzen Anzug und seinen abrupten Bewegungen wirkt Don Marcantonio wie ein ehemaliger Priester; seine Reaktion ist unerwartet und unverständlich, die Anwesenden sehen ihn überrascht an.

»Sie, Don Gennarì, sind also der Vorsitzende des Komitees?« ruft Don Marcantonio aus und drückt ihm herzlich die Hände und schüttelt sie. »*Mensch, Herr Januar! Wie schicksalhaft ist unsere Begegnung!** Ich war nach Colle gekommen, um zu Sie suchen, ja um Sie zu finden, um Ihnen meine maßgebende Mitarbeit anzubieten.«

»Entschuldigen Sie«, unterbricht ihn Don Gennaro verängstigt und eingeschüchtert, »entschuldigen Sie, aber ich glaube, Sie sind Opfer eines Mißverständnisses geworden; oder, was wahrscheinlicher ist, ich habe mich nicht deutlich ausgedrückt. Der religiöse Ritus, der nach Beendigung der Fastenpredigten stattfinden soll, ist dem heiligen Kreuz unseres Herrn gewidmet. Das hat wirklich gar nichts mit Politik zu tun.«

»Das habe ich sehr wohl verstanden«, sagt Don Marcantonio

---

* Im Original deutsch.

arrogant wie alle Scheuen, wenn sie Macht bekommen. »Das hätten Sie gleich selber gemerkt, wenn Sie mich hätten ausreden lassen.«
Don Coriolano lächelt über Don Marcantonio mitleidig wie ein Meister über den Lehrling.
»Du bist fanatisch und leidenschaftlich«, tadelt er ihn, vielleicht, um zur Tat überzugehen. »Gib acht, das sind zwei gefährliche Eigenschaften. Fanatismus und Leidenschaft können einen leicht auf Pietruccio Spinas Weg führen.«
»Ist der Patriotismus nicht auch eine Leidenschaft?« unterbricht ihn Don Marcantonio.
»Bei Unbedarften«, erklärt Don Coriolano mit einem gezwungenen Lächeln. »Aber bei einem Großen ist es eine Kunst, also eine Liebe aus gehörigem Abstand, ich möchte fast sagen, die Erinnerung an eine Jugendliebe.«
Es scheint gleich ein Duell zu geben. Die roten Gesichter im Halbkreis um den Kamin wenden sich Don Marcantonio zu, gierig seine Antwort erwartend; aber dieser schweigt. Auf seinem Gesicht breitet sich ein unergründliches zweideutiges Lächeln aus; es ist kein verlegenes Lächeln, sondern ein herausforderndes boshaftes Lächeln, das nicht zu diesem Gesicht paßt, und Don Coriolano kalte Schauer über den Rücken jagt. Alle spüren, daß gleich etwas Schlimmes, wovon bisher niemand etwas weiß, passieren wird.
»Die obersten Parteiführer«, sagt Don Marcantonio, »haben bereits entschieden.«
»Was ist geschehen?« fragt Don Gennaro erschreckt. »Du lieber Gott, was ist geschehen?«
»Zu trinken«, fleht Don Coriolano, »bitte, gibt es denn nichts zu trinken?«
Donna Palmira entkorkt eilig eine Flasche mit einer Bewegung, als wollte sie einem Huhn den Hals umdrehen, und Don Lazzaro füllt die Gläser. Die Männer trinken schweigend. Der rätselhafte Don Marcantonio lächelt noch immer

und genießt die Neugierde, die Verlegenheit und die Angst, die er durch sein Schweigen noch steigert. Schließlich steht er auf, schiebt seinen Stuhl weg und tritt ein paar Schritte zurück, so daß zwischen ihm und den anderen ein freier Raum entsteht, der den gehörigen Abstand zwischen dem Redner und dem Publikum, zwischen dem Schauspieler und den Zuschauern, zwischen der Autorität und dem gewöhnlichen Volk deutlich machen soll.

»Ich wäre nicht abgeneigt«, sagt er, »mich mit Don Coriolano auf einen platonischen Wortstreit über die beiden einander entgegengesetzten Arten von Redegewandtheit einzulassen, die wir beide in dieser Gegend so brillant vertreten, wenn mir das jetzt nicht meine strenge Disziplin verböte. Ich muß dir nämlich die schmerzliche Mitteilung machen, Coriolà, daß unsere Meinungsverschiedenheit (über deren Einzelheiten ich mich hier vor Laien nicht auslassen will) von der obersten Parteiführung untersucht und in der Weise entschieden worden ist, daß du der Teilnahme an jeder weiteren politischen Zeremonie enthoben worden bist; ja, ausdrücklich ent-ho-ben. Im übrigen wirst du die traurige Nachricht morgen oder übermorgen selber in der Zeitung lesen. Du kannst dir gar nicht vorstellen, wie sehr ich das bedaure.«

Don Coriolano wird fahl im Gesicht und sieht die Anwesenden der Reihe nach an, weil er hofft, daß irgendeiner die unglaubliche Nachricht schnell wieder dementieren wird.

»Enthoben?« wiederholt er blöde. »Auf wessen Vorschlag geht denn das zurück, möchte ich wissen?« schreit er. »Auf welche infame Anzeige?«

»Dir wird Frömmelei vorgeworfen«, erklärt Don Marcantonio genauer. »Deine Zugeständnisse an die Spinas waren zumindest übertrieben.«

»Gottlob«, schreit Don Lazzaro spontan und leidenschaftlich wie ein Glaubender, dem ein Gnadenerweis zuteil wird.

Donna Palmira ist plötzlich in ein Nebenzimmer verschwunden und kehrt mit einem brennenden Kerzchen zurück, das sie auf den Kaminsims vor ein frommes Bildchen des heiligen Antonius stellt. Durch diese Geste wird Don Coriolano vollends entmutigt. Er wendet sich flehentlich an De Paolis, der eine zerstreute Geste macht wie jemand, der das Gespräch nicht verfolgt hat und nicht weiß, worum es geht; er wendet sich an Don Severino, der unverhohlen schamlos grinst, während Don Gennaro buchstäblich nicht weiß, was für ein Gesicht er machen soll, und versucht, mit seiner dem neuen Redner zugewandten Wange zu lächeln und mit der dem verflossenen Redner zugewandten zu weinen. Don Coriolano bricht der kalte Schweiß an Stirn und Händen aus, er läßt sich auf den Stuhl zurückfallen und knöpft sich mühsam den einengenden Kragen auf. Mit verwirrten stumpfen Blicken befragt er jetzt nur noch den Fußboden, den Kamin, die Kochstellen, die Küchengeräte, die an der Wand hängen; und er wundert sich, daß alle diese Dinge an ihrem gewohnten Platz bleiben.
»Enthoben«, wiederholt er klagend. »Ein Mann wie ich enthoben.«
Don Marcantonio ist stehengeblieben und beobachtet die Szene mit einem zynischen und unverschämt siegesgewissen Lächeln, sich dabei selber über seinen Mut wundernd.
»Ich und frömmlerisch?« stößt Don Coriolano zwischen den Zähnen hervor. »Aber ich könnte doch, wenn nötig, meinem besten Freund die Augen auskratzen.«
»Daran zweifelt ja auch niemand«, räumt Don Marcantonio ein. »Aber willst du vielleicht leugnen, daß du auf Donna Maria Vincenzas Kosten nach Rom gefahren bist?«
»Frömmler«, wiederholt Don Coriolano voller Verachtung. »Von wem stammt denn diese lächerliche Meinung?«
»Von wem? Ha, ha, ha«, lacht Don Marcantonio. »Man kann die Dinge drehen und wenden wie man will.«

Don Lazzaro erhebt sich, umarmt ihn, küßt ihn auf beide Wangen, hält ihn fest in den Armen, küßt ihn wieder und bedeckt dabei sein ganzes Gesicht mit Speichel.
»Du wirst es weit bringen«, sagt er ergriffen. »Bevor du gehst, sollten wir noch einmal über diese Sache mit den Wechselchen deiner Mutter reden.«
Don Gennaro versucht, Don Severino mit sich zu ziehen, doch der sträubt sich: »Das Schauspiel beginnt mich zu amüsieren«, sagt er.
Der Halbkreis um den Kamin löst sich auf. Donna Palmira trägt die Gläser, die Korbflasche und andere zerbrechliche Gegenstände, die auf dem Kaminsims stehen, weg, weil man nie weiß, wie Diskussionen zwischen Männern enden und Geschirr heute ein Vermögen kostet. Don Coriolano hängt schlaff wie ein Dudelsack, aus dem die Luft heraus ist, auf seinem Stuhl, während De Paolis fest entschlossen zu sein scheint, einfach nicht zur Kenntnis zu nehmen, worüber hier gesprochen wird. Schließlich ist er Gewerkschaftssekretär und kann sich nicht erlauben, das Wohl der Arbeiterklasse durch eine ungehörige Gefühlsduselei zu gefährden; daher knöpft er sich sorgfältig die Jacke zu und hebt zerstreut den Blick gen Himmel; der Himmel ist in diesem Fall die Küchendecke mit ihren zahlreichen Stangen, an denen Schinken, Salami, Würstchen, Käse, Zwiebeln, Pilze und Paprikaschoten hängen; er lächelt angenehm überrascht und vergißt Zeit und Raum, während er in der Haltung der heiligen Therese beim Gespräch mit Jesus den Anblick dieses schönen Himmels ausführlich genießt. Neben ihm steht noch immer Don Marcantonio und drückt und schüttelt sich lebhaft selber die Hände, als wollte er sich zum verdienten Erfolg beglückwünschen, und da das Geheimnis nun einmal gelüftet ist, verändert sich seine Haltung unwillkürlich und entspricht immer mehr der neuen Aufgabe, er bläht den Brustkorb, schiebt den Kiefer vor, verteilt sein neues Beschützer-

lächeln auf das allerdings nur spärliche Publikum, er denkt ja schon an die Menschenmassen, die noch nichts davon wissen, aber seiner harren wie der Ton auf den Bildhauer. Unterdessen haben sich die Gastgeber zurückgezogen, man hört sie im Nebenzimmer reden. Don Severino, der am Kamin sitzt, scheint sich als einziger ganz offen wie ein Provinzler bei der Aufführung einer alten Farce zu amüsieren; für ihn ist dieses Thema alles andere als neu; ähnlichen Schauspielen hat er schon als Junge beigewohnt, dennoch haben sie für ihn nichts von ihrer unwiderstehlichen Komik verloren. Auf Don Gennaro hingegen wirkt das Geschehen hochdramatisch, und obwohl es ihn Gottseidank überhaupt nichts angeht und ehrlich gesagt auch kalt läßt, weil für ihn so oder so überhaupt nichts dabei herauskommt, macht er dennoch wohlerzogen ein den Umständen angemessenes, tiefernstes Gesicht; der verflossene Redner kann es als tiefempfundene Anteilnahme, der neue als ernst gemeinte Gratulation deuten.

»Schuld ist in jedem Fall der Materialismus«, bekräftigt Don Gennaro entschieden. »Severì, willst du noch lange hier bleiben?«

Don Severino achtet nicht auf ihn. In seiner Ungeduld, den Sieg auszukosten, läßt sich Don Marcantonio nun hinreißen, eine Lobrede auf seinen Vorgänger zu halten, dabei redet er wie über einen Toten.

»Die Art der lyrisch-zelebrierenden Redekunst«, sagt er, »die Don Coriolano so meisterhaft beherrscht, wird auch weiterhin sehr gut bei Hochzeiten, Taufen, Firmungen, Erstkommunionen, Beerdigungen passen, ja, sie ist für solche Anlässe geradezu unübertrefflich. Wenn es aber um Skandale wie den Fall Pietro Spinas geht, wirkt sie lächerlich: Diese Art von Redegewandtheit paßt nicht mehr, sie kann die Hörer nicht empor reißen; sie klingt wie schöne Musik zum Träumen, die passiv läßt. Damit läßt sich die

Masse nicht zu einem Kollektiv verschmelzen, in dem die tiefsten Instinkte der Vorfahren geweckt werden. Denn, das hat sich gezeigt, mit Worten allein läßt sich die Seele unseres Volkes leider nicht verwandeln, es ist Zeit, daß sich unsere uralte Redekunst mit Liturgien, Darbietungen, Symbolen verbindet. Und das ist, wie ihr wißt, genau meine Spezialität. *Mein Steckenpferd, meine Herren, darauf reite ich.*«*

»Sind Sie sich denn im klaren«, ruft Don Severino mit gespieltem Entsetzen aus, »daß Sie unser wohlgeordnetes Land auf diese Weise in eine wahre Revolution stürzen können? Seit unser uraltes Vaterland besteht, hat man es immer mit Gerede regiert; und jetzt sagen Sie, daß das nicht mehr reicht? Aber hat man denn über den politischen Redner nicht schon gesagt, daß ihm das Wort Lanze und Schwert, Harnisch und Helm ist? Ist es Cicero vielleicht nicht allein mit Worten gelungen, Schwierigkeiten zu überwinden, die den Ihren durchaus ähnlich waren?«

»Vergessen Sie nicht, daß unser erhabener Kollege vor Senatoren sprach«, gibt ihm Don Marcantonio mit sicherer und ruhiger Stimme zu bedenken. »Er sprach vor Patriziern und nicht vor der Plebs, nicht vor den Sklaven; und das ist immer der entscheidende Punkt, wie Sie wissen. Gewiß, es gibt bestimmte nackte und bloße Wörter, bestimmte alte, aber nicht altgewordene Wörter, die auch heute noch einen Sklavenaufstand auslösen könnten wie eine Ladung Dynamit einen Berg sprengt; zum Beispiel die geheiligten Worte des Spartakus. Ich meine ja gar nicht, daß wir uns nicht auch einige dieser mitreißenden Ausdrucksweisen aneignen könnten; wir dürfen uns bei aller Bescheidenheit alles erlauben. Einige dieser katastrophalen Wörter verlieren, wenn sie in unsere Liturgie aufgenommen werden, nicht nur ihre Virulenz, sondern sie verwandeln sich in ein sehr wirksames Gegengift

---

* Im Original deutsch.

gegen die verderblichen Keime der sozialen Revolution und lösen außerdem eine für die nationalen Mysterien sehr heilsame Angst aus.«
Don Severino geht nervös im Zimmer auf und ab, als habe er nun die Selbstkontrolle verloren.
»Ich leugne nicht«, räumt Don Severino mit erregter Stimme ein, »daß Pfarrer, Hexen und Schwätzer in diesem hochzivilisierten Land jeder auf seine Art immer einen wertvollen Beitrag zur Aufrechterhaltung der öffentlichen Ordnung geleistet haben; bis jetzt haben sie sich aber immer getrennt bemüht oder sich sogar gegenseitig bekämpft. Unsere klassische Kultur, unsere klassische Art, uns einzureden, daß wir fortschrittliche zivilisierte Menschen sind, hat aus dieser Trennung immer Vorteile gezogen. Ich will Sie damit nicht entmutigen, ganz im Gegenteil. Sie können auf meine aufrichtige Sympathie bauen. Ich bin nach allem überzeugt, daß Sie ein äußerst unterhaltsames Werk vollbringen, das in einem Land wie dem unseren den größten Erfolg haben wird. Hierzulande gibt es bekanntlich nur wenig Abwechslung. Ich mache mir keine Illusionen, daß mich Ihre Zeremonien lange fesseln können, aber bei der ersten Vorstellung möchte ich nicht fehlen, entschuldigen Sie meinen Snobismus. Werden Sie dann an mich denken?«
»Ich werde Sie nicht vergessen«, versichert Don Marcantonio wohlwollend. »Werden Sie dann auch die reizende Donna Faustina mitbringen? Ich weiß nicht, ob Ihnen das aufgefallen ist, aber die jungen Frauen sind ganz besonders empfänglich.«
Während er daherschwadroniert, beobachtet Don Marcantonio seine beiden Parteigenossen unablässig aus dem Augenwinkel. Don Coriolano wirkt geistesabwesend; er hat das Kinn auf die Brust sinken lassen, seine beginnende Kahlheit auf dem gesenkten Kopf sieht aus wie eine Tonsur; da das Feuer heruntergebrannt ist, haben seine Hände und sein

Gesicht jetzt die gelbliche Farbe von verdorbenem Safranrisotto; er blickt mit halbgeschlossenen Augen scheel in die Kaminasche. De Paolis sitzt noch immer hintübergebeugt auf dem Stuhl und betrachtet die Decke; Schinken, Salami und Würstchen hat er schon durchgezählt, jetzt beginnt er mit dem schwierigeren Inventar der zu Kränzen gebundenen Zwiebeln, Pilze und Paprikaschoten.

»Diese neuen Darbietungen«, wagt Don Gennaro zu fragen, »worin bestehen die dann in der Praxis? Wird es die auch in Colle geben? Wenn ich einen Vorschlag machen darf, es wäre meiner Meinung nach gut, wenigstens das Ende der Fastenzeit abzuwarten, um die Gottesdienste nicht zu stören.«

»Ihr Vorschlag, Don Gennaro, gestatten Sie mir, das zu sagen«, erwidert Don Marcantonio mit ausgesuchter Höflichkeit, »beweist außerordentliche Geistesschärfe. Ich meine das keineswegs als Kompliment, es ist wirklich so. Keine Angst also, ich werde das Ende der Fastenzeit abwarten. Ich erlaube Ihnen ausdrücklich, dies den Mitbürgern mitzuteilen, sagen Sie ihnen ruhig auch, daß ich auf Ihren Vorschlag hin beschlossen habe, das Ende der Fastenzeit abzuwarten. Und warum sollte ich es auch nicht abwarten? Die Fastenzeit ist eine Zeit des Fastens, des Trauerns, des Betens, darauf muß man wirklich vorübergehend Rücksicht nehmen. Ich erlaube Ihnen, dies den Mitbürgern Wort für Wort zu sagen; wenn Sie wollen, können Sie es sogar aufschreiben. Aber kommen wir jetzt zur Sache; für wann war die Errichtung des neuen Kreuzes auf dem Gipfel des Toten Esels geplant? Für das Ende der Fastenzeit, sagen Sie? *Oh, günstiges Schicksal! Oh, barmherzige Vorsehung!** Dies paßt wie das Wacholderblättchen in den Schnabel der gebratenen Drossel. Hören Sie zu, Don Gennarì, meine Vorstellung wäre,

---

* Im Original deutsch.

Ihre Prozession in eine feierliche Zeremonie staatlicher Mystik umzuwandeln. Natürlich muß ich zuerst die Genehmigung der Parteiführung einholen, und dann gibt es noch eine ganze Reihe von Einzelheiten zu klären, über die wir uns abstimmen müssen. Meinen Sie, daß viele Leute daran teilnehmen werden?«
»Warum wollen Sie denn gerade in Colle beginnen?« stammelt Don Gennaro bestürzt. »Die Welt ist doch so groß.«
»Irgendwo muß ich ja anfangen, Don Gennarì. Ob hier oder anderswo ist mir gleich.«
»Nein, ich meinte, dies ist ein armes, so zurückgebliebenes, so finsteres Dörfchen.«
»Es wird berühmt werden, Don Gennarì, das verspreche ich Ihnen. Oder haben Sie vielleicht kein Vertrauen in mich? Überlegen Sie doch einmal, Don Gennarì, Nazareth, war das vielleicht eine Metropole, ein berühmter Ferienort, ein Universitätszentrum? Die Pharisäer, die alles besser wußten, sagten voller Verachtung: Was kann aus einem solchen Ort schon Gutes kommen? Aber wie haben sie sich geirrt.«
Don Gennaro blickt sich hilfesuchend um, aber keiner springt ihm bei; die anderen scheinen sich an seiner Verlegenheit zu weiden.
»Dies ist ein schlechtes Dörfchen«, fährt er seufzend fort. »Mit Ausnahme der Anwesenden ist die Bevölkerung starrsinnig, Neuigkeiten abgeneigt, ein undankbares Dörfchen.«
»Aber gerade das suche ich ja: das Werk da zu beginnen, wo sich der größte Widerstand bietet«, ruft Don Marcantonio aus. »Wenn sich die staatliche Mystik hier durchsetzen läßt, wird es anderswo wie geschmiert gehen. Und wenn Sie mir dabei helfen, Don Gennarì, zweifle ich nicht am Erfolg.«
Don Gennaro leidet Qualen. Da ihm keiner hilft, kann er sich nur noch die Hände in Unschuld waschen.
»Entschuldigt«, sagt er, »warum sagen Sie dies alles gerade mir? Glauben Sie mir, ich hatte nicht die geringste Absicht,

hierher, in dieses Haus zu kommen, ich bin nicht gekommen, weil ich Sie treffen wollte, ich bin wirklich ganz zufällig vorbeigekommen, ich wollte Severino kurz etwas sagen und dann beim Billard zusehen.«
»Mit wem sollte ich denn reden, wenn nicht mit Ihnen? Mit dem Fastenprediger vielleicht? Haben Sie mich nicht selber gebeten, das Ende der Fastenzeit abzuwarten?«
»Gewiß, aber Pater Gabriele wird bis zum Tag der Zeremonie hierbleiben, das neue Kreuz wird von ihm gesegnet.«
»Aber hatten Sie nicht gesagt, daß Sie der Vorsitzende des Komitees sind? Hängt denn nicht alles von Ihnen ab? Wissen Sie, offen gesagt, verhandle ich lieber mit einem Mann, der Hosen anhat, bei Männern, die Röcke tragen, weiß man nie genau, woran man ist.«
»Entschuldigen Sie, Cavaliere, Sie brauchen sich ganz gewiß nicht von einem unbedeutenden Manne wie mir das kanonische Recht erklären zu lassen. Sie wissen besser als ich, daß Laien in der Kirche kaum etwas zu sagen haben. Die Entscheidung über alle Dinge liegt in geweihten Händen; Ausschüsse von Laien sind meist nur dazu da, die Mittel zu sammeln, sonst nichts.«
»Und das sagen Sie mir jetzt?« erwidert Don Marcantonio verärgert. »Konnten Sie damit nicht schon ein bißchen eher herausrücken? Gut, dann werde ich eben mit dem Unglücksraben reden; was ist das für ein Typ? Unheimlich? Trinkt er? Übrigens (wenigstens das müßten Sie als einfacher Laie doch wissen), wird denn das neue Kreuz nach traditionellem Vorbild gebaut? Ich frage das, weil ich eine Ergänzung vorschlagen möchte, eine sehr originelle Idee, die von mir stammt.«
»Das weiß ich nicht, dafür sind Laien nicht zuständig«, wiederholt Don Gennaro. Dann wendet er sich an Don Severino und fleht ihn an: »Wollen wir nicht gehen?«
»Ich bin wegen dem Pachtzins für ein Grundstück herge-

kommen«, flüstert ihm Don Severino erklärend ins Ohr. »Ich warte auf mein Geld.«
Don Coriolano hat die fettige Blässe eines Leichnams am zweiten Tag der Aufbahrung. In einer Zimmerecke am Fenster spricht De Paolis auf Don Marcantonio ein und legt dabei beide Hände aufs Herz; aber Donna Palmira versucht, den Halbkreis um den Kamin wieder herzustellen.
»Wir haben ja die Neuigkeit noch gar nicht begossen«, sagt sie betont ungezwungen. »Setzen wir uns doch alle wieder, Don Marcantonio, Signor De Paolis, auf Ihre Plätze.«
Die Gastgeberin holt aus dem Nebenzimmer die übliche grünliche Flasche mit Sant'Agostino-Magenbitter, und Don Lazzaro beginnt die Gläschen zu füllen.
»Danke, ich trinke nicht«, entschuldigt sich Don Severino. »Ich möchte lieber ein Glas Wasser.«
»Donna Palmira«, murmelt Don Coriolano gequält, »haben Sie nicht eine weniger ekelerregende Flüssigkeit für mich?«
»Wollen Sie lieber einen San Pellegrino-Likör? Der stärkt das Herz.«
Don Lazzaro erhebt sich und versucht einen Trinkspruch. Er streckt seine große Hand mit den Wurstfingern, in der er das grünliche Gläschen hält, in die Höhe und beginnt:
»Auf unsere Gesundheit und den wachsenden Ruhm der neuen Redekunst. Wie sagt man in solchen Fällen? Der König ist tot, es lebe der König. Oder vielleicht ist es, da wir ja in der Fastenzeit sind, besser, zu sagen: Wenn ein Papst tot ist, wird ein neuer gewählt. Auf die Freundschaft.«
Nicht einmal Don Severino kann der Versuchung widerstehen, etwas zu sagen; er steht auf, und während er mit der durchscheinenden mageren langen Hand sein Glas Wasser mit einer eleganten Geste hochhebt, fängt er an:
»Ein Hoch auf die Freundschaft. Erlaubt mir, dazu eine merkwürdige Geschichte zu erzählen, die sich vor kurzem an einem Markttag in Orta ereignet hat. An jenem Tag kam

ganz unerwartet auch eine alte Zigeunerin. Sie setzte sich auf den Platz, erklärte, sie sei Hellseherin und könne jedem Erwachsenen für das bescheidene Sümmchen von zwanzig Centesimi das wichtigste Geheimnis seines Lebens enthüllen, wobei sie jedem dringend empfahl, die auf diese Weise erfahrene Wahrheit unbedingt für sich zu behalten. Wie immer in solchen Fällen, kamen anfangs nur wenige zaghaft der Aufforderung der Wahrsagerin nach; aber ihre Zahl nahm rasch und in ganz ungewohnter Stärke zu; am Ende bildete sich eine richtige Schlange von Wartenden, unter denen sich durchaus auch ernsthafte und gesetzte Leute befanden. Es war weniger der bescheidene Betrag, der die Menge anzog, als der überzeugte, staunende Gesichtsausdruck all jener, denen sie die Offenbarung bereits ins Ohr gesagt hatte. Jede Unterredung dauerte nur ein paar Sekunden, die Hellseherin brauchte sich nicht zu konzentrieren, um die verborgene Wahrheit der einzelnen zu erkennen. Und ohne Ausnahme reagierte jeder auf die wenigen Worte, die sie ihm zumurmelte, mit bewundernden Ausrufen und Gesten. Es ist nicht übertrieben zu sagen, daß der größte Teil der Bevölkerung, einschließlich der Großgrundbesitzer und Händler, an jenem Tag bei der Zigeunerin vorbeizog.«
»Sie wird ihnen ein öffentliches Geheimnis anvertraut haben«, unterbricht ihn De Paolis.
»Wie man dann später erfuhr«, schließt Don Severino, »hat die Hellseherin jedem genau diese Worte gesagt: Mißtraue deinem besten Freund, er verrät dich. Keiner hatte Schwierigkeiten, ihr zu glauben.«
»Ein geistreicher Einfall«, räumt De Paolis ein.
»Don Severì, ich wußte gar nicht, daß du so unhöflich sein kannst«, bemerkt Donna Palmira. »Auch wenn es stimmt, muß man es dann unbedingt aussprechen? Ehrenwort, du könntest auch einem Wolf den Appetit verderben.«
Don Marcantonio pflichtet der Gastgeberin bei.

»Man soll es mit der Ehrlichkeit nicht übertreiben«, sagt er.
»Wenn mich meine Nase nicht täuscht«, unterbricht sie Don Gennaro ganz aufgeregt und schnuppert in der Luft, »dann kochen Sie Fleisch, Donna Palmira. Entschuldigen Sie, ich will mich nicht in Ihre Angelegenheiten einmischen, aber in der Fastenzeit...«
»Wenn Sie hergekommen sind, um uns auszuspionieren, sagen Sie es ruhig gleich«, erwidert Don Lazzaro drohend.
»Was ist denn das für eine Art, frage ich, was ist das für eine Art, uneingeladen in ein Haus zu kommen und dann in den Kochtöpfen herumzuschnüffeln.«
»Nimm es doch nicht ernst, Don Lazzaro«, fleht ihn De Paolis achtungsvoll an. »Was kannst du vom Bruder eines Pfarrers anderes erwarten? Don Gennarì, bevor du ein so ernstes Urteil aussprichst, solltest du dich zumindest erkundigen, um welche Art Fleisch es sich handelt; schließlich könnte es doch mageres Fleisch sein?«
»Palmira, mach Licht!« befiehlt Don Lazzaro seiner Frau. »Merkst du denn nicht, daß man nichts mehr sehen kann?«
»Was für ein Typ ist denn dieser Pater?« fragt Don Marcantonio.
»Nichts besonderes«, meint Don Coriolano hinterhältig. »Eine gewöhnliche in Essig eingelegte Viper; du wirst es selber merken.«
»Er ist ein Heiliger«, widerspricht Donna Palmira.
»Ich hätte da einen sehr gewagten und genialen Plan«, fährt Don Marcantonio lebhafter fort. »Ich sehe unsere nächste Zukunft in rosigem, optimistischem Licht: Ich bin ganz sicher, daß wir am Anfang einer langen Periode von Kriegen stehen. Der gegenwärtige kleine Krieg mit Abessinien ist nur das Vorspiel zu einer langen Serie von Kriegen, die unaufhaltsam zur Wiedererrichtung des römischen Imperiums führen werden. Jawohl, ich glaube an die Theorie der Zyklen, derzufolge sich alles in bestimmten Zeitabständen wie-

derholt. Jetzt ist also eine Wiederholung des römischen Reiches an der Reihe: folglich werden wir innerhalb weniger Jahre alle die Kriege erleben, durch die Rom sein Reich errichtete, die italischen Kriege, die karthagischen Kriege, den gallischen Krieg, den hellenischen Krieg, um nur die wichtigsten zu nennen. Es ist einfach so, verlangt von mir keine Erklärung dafür, ihr würdet sie sowieso nicht verstehen, auch wenn ich sie euch gäbe. Im übrigen, welche Art Erklärung wolltet ihr eigentlich? Ein Rad, das sich am Anfang der Zeiten aus eigner Kraft in Bewegung setzt, wird ja dem Organisten von Orta keine Erklärungen schuldig sein.«
»Dem ehemaligen Organisten von Orta«, verbessert ihn Don Severino.
»Wie soll man die Volksseele mit ihrem Schicksal in Einklang bringen?« fährt Don Marcantonio fort. »*Dies ist die Frage.** Wir können die Herausforderung annehmen, wenn wir von der Gewißheit ausgehen, daß die Symbole der römischen Macht in der italienischen Seele weiterleben (sogar die Regierungsgesetze gebieten uns nun, daran zu glauben, also muß es ja wahr sein); aber sie leben da nur voll Lethargie weiter, unter der aufgesetzten Kruste des Christentums. Mit anderen Worten, wir müssen also durch die christlichen Embleme hindurch, um zu den römischen Symbolen in jener tiefen Schicht zu gelangen, wo sie schlafen, und sie ebenso wie die alten Tugenden wiedererwecken. Aber ich fürchte, ich habe schon zu viel gesagt, ihr könnt euch selber denken, in welche Richtung die neue Redekunst vorstoßen wird.«
»Versteh es nicht als Kompliment«, sagt Don Lazzaro bewegt und eifrig, »aber ich schwöre dir bei der Gesundheit meiner Frau, daß ich noch nie so erhebende Gedanken so eindrucksvoll vorgetragen gehört habe. Solche Gedanken müßte man den Nachkommen auf Pergament überliefern.

---

* Im Original deutsch.

Palmira, bitte, merkst du denn nicht, daß der Cavaliere Durst hat?«

»Ohne Gottes Wille rührt sich kein Blatt«, erklärt Don Gennaro nachdrücklich. »Dies ist mein Standpunkt, und von dem rücke ich nicht ab.«

»Ja, Lazzaro, ich habe schon daran gedacht, ein Buch zu schreiben«, gesteht Don Marcantonio errötend. »Ehrlich gesagt habe ich bis jetzt nur den Titel geschrieben: *Das Faschistenkreuz*. Ich hoffe, daß die Parteileitung mir das *Imprimatur* erteilen wird.«

»Der Titel könnte nicht erhabener und origineller sein«, pflichtet De Paolis bei. »Ich möchte bloß wissen, Marcantonio, wo du so neue Ideen herholst? Der Titel allein ist schon ein Gedicht. Ja, du solltest keine Zeit verlieren und das Buch sofort herausbringen, vielleicht einfach nur den Umschlag.«

»Don Marcantonio, wollen Sie einen guten Rat?« fragt Don Severino kühl. »Hüten Sie sich vor dem Kreuz, das Kreuz ist ein recht gefährliches Ding, glauben Sie mir.«

»Aber Don Severì, was fällt Ihnen denn ein?« protestiert Donna Palmira empört. »Wie können Sie es wagen, so zynisch über das Heilige Kreuz Unseres Herrn zu reden! Man kann über viele Dinge seine Witze machen, ja Sie können, wenn es Ihnen Spaß macht, über die Bigotten und sogar über die Pfarrer lachen, aber das Heilige Kruzifix müssen Sie achten. Auch wenn Sie es nicht verehren wie ein guter Christ, müssen Sie es zumindest ernst nehmen.«

»Severì, Er ist für unser aller Sünden gestorben«, fügt Don Gennaro so traurig hinzu, als handele es sich um einen jüngst erfolgten Todesfall. »Auch für deine Sünden, Severì, das scheinst du vergessen zu haben. Aber wenn du dich dem Tod näherst, wirst du es noch bereuen.«

Don Lazzaro murmelt Don Marcantonio etwas ins Ohr. »Soll ich die Carabinieri rufen? Das würde ihm einen schö-

nen Schlag versetzen.« Aber der andere sagt ihm ebenfalls ins Ohr: »Noch nicht. Man darf nichts überstürzen.«
Don Severino fährt mit wachsender Erregung fort: »Wenn uns einer auffordert, im Namen der Wahrheit nicht etwa zu sterben, Donna Palmira, das wäre wirklich zuviel verlangt, sondern nur ein kleines Opfer zu bringen, ein bescheidenes Zeugnis abzulegen, einen mutigen Akt zu vollziehen oder mit einer kleinen Geste Würde und Stolz zu beweisen, antworten wir mit unserer berüchtigten Vorsicht und hausgemachten christlichen Moralvorstellung: Ja, aber wer zwingt mich denn dazu? Ich bin ja nicht wahnsinnig. Hier kann der ungeheuerlichste Machtmißbrauch geschehen, und abgesehen vom kläglichen Jammern der Opfer ist hier nicht der geringste Protest zu vernehmen; jeder gute Christ sagt sich: Ja, wer zwingt mich denn dazu? Ich bin ja nicht wahnsinnig.«
»Schuld daran ist der Materialismus«, unterbricht ihn Don Gennaro unerschütterlich. »Das kann man wohl behaupten.«
»Man müßte ihn ins Irrenhaus einsperren«, flüstert Donna Palmira Don Marcantonio ins Ohr. »Da gehört er hin.«
»Hat er denn keine Familie, Verwandte?«
»Ihm fehlt eine Frau, die ihn gebändigt hätte. Er hat Donna Maria Vincenza einen Antrag gemacht, als sie Witwe wurde, aber eine Abfuhr bekommen, trotzdem hat er sie sich nicht mehr aus dem Kopf geschlagen.«
»Über dem Hochaltar eurer Gemeindekirche stehen Worte, Donna Palmira«, fährt Don Severino immer erregter fort, »die den ganzen Unterschied zwischen Jesus und unseren guten christlichen Sitten erkennen lassen: *Oblatus est quia ipse voluit.* Er opferte sich, weil es Ihm so gefiel. Also hat Ihn keiner dazu aufgefordert, und da Er ja Gott war, hatte Er auch nicht das Bedürfnis, daß die Zeitungen über Ihn schrieben, und der Gedanke, Gemeinderat von Jerusalem zu

werden, hat Ihn auch nicht gelockt. Seine Tat war vollkommen selbstlos. Vom normalen gesunden christlichen Menschenverstand her betrachtet, hat Jesus also einen Wahnsinn begangen, dieses Wort Wahnsinn ist übrigens schon von vielen Heiligen in Zusammenhang mit dem Kreuz genannt worden. Und ein solches Beispiel wollten Sie der Jugend unseres Landes liefern, Cavaliere?«

»Ich persönlich habe die Pflicht, dir mitzuteilen«, erklärt Don Gennaro, der sich wie auf glühenden Kohlen fühlt, »daß ich dir nicht zuhöre. Immer, wenn du anfängst, über Religion zu reden, das habe ich dir schon früher gesagt, versuche ich, an etwas anderes zu denken. Nicht weil die Gefahr besteht, daß du mich zu deiner Gottlosigkeit bekehrst, sondern einfach deshalb, weil es Laien nicht zusteht, über Religion zu reden. Also wenn ich eine Moralpredigt hören will, dann gehe ich in die Kirche.«

»Don Severì«, mischt sich De Paolis ein, »da wir hier nicht alle Pfaffenbrüder sind, können Sie ruhig weiterreden. Ehrlich gesagt wußte ich gar nicht, daß Sie die sakrale Redekunst so gut beherrschen. Ihre Überlegungen amüsieren mich sehr. Worauf zum Teufel wollen Sie hinaus?«

Donna Palmira steht sprachlos vor Entsetzen am Kamin und behält Tür und Fenster im Auge, falls jemand spionieren sollte.

»Entschuldigt«, sagt Don Severino. »Ich weiß nicht, was ich heute abend habe, vielleicht bin ich verrückt.«

»Vielleicht, sagst du?« bemerkt Don Lazzaro. »Du bist ja wirklich vom Zweifel angekränkelt.«

»Schließlich und endlich«, versucht Don Severino zum Abschluß kommend zu sagen, aber bei Donna Palmiras haßerfülltem Blick bleibt ihm das Wort in der Kehle stecken.

»Schließlich und endlich«, ermutigt ihn dann Don Marcantonio.

»Irren Sie sich«, fährt Don Severino fort und wendet der

Gastgeberin die Schulter zu, »wenn Sie glauben, das Kruzifix für Ihre Zwecke nutzen zu können. Jesus wäre dann ein ideales Vorbild für den gesunden Menschenverstand gewesen, den uns Pfarrer und Parteileiter empfehlen, wenn er geheiratet hätte, viele Kinder, einen Schwiegervater und eine Schwiegermutter, Schwäger, Schwägerinnen, Neffen und Nichten gehabt, wenn er seine Tischlerwerkstatt vergrößert und am Lohn für seine Gesellen gespart, dafür aber seine Konkurrenten geschlagen und seine Tage in fortgeschrittenem Alter beendet hätte; vielleicht an Gicht leidend, in jedem Fall aber mit einem schönen Sümmchen auf der Bank. Statt dessen...«

»Schuld daran ist der Materialismus«, wirft Don Gennaro ein.

Don Severino steht am Kamin, einen Ellbogen auf den Sims gelegt und spricht mit der Intensität eines Menschen, der sich endlich einmal von der Seele redet, worüber er schon seit Jahren nachgedacht hat, und keiner kann ihn mehr bremsen.

»Severì, was faselst du daher?« schreit ihn Don Lazzaro an. »Was hast du denn heute getrunken? So nimm doch Vernunft an.«

»O nein«, erwidert Don Severino und verzieht angeekelt das Gesicht, »alles bloß nicht Vernunft. Und im übrigen müssen Sie wissen, daß mir von Ihrem gesunden Menschenverstand schlecht wird. Ich weiß nicht, Cavaliere, ob Sie je die dem Heiligen Bartholomäus gewidmete Kirche von Orta betreten haben. Dieser zurückgebliebene primitive Mann ließ sich nämlich, um seinem Glauben nicht abschwören zu müssen, bei lebendigem Leibe häuten. In der kleinen Kirche von Orta ist er in einer lebensgroßen Statue dargestellt, alle Muskeln seines Körpers liegen frei und bluten, und von seinem linken Unterarm hängt die Haut herab wie ein Regencape. Dies ist gewiß kein schöner Anblick, den man in einem öf-

fentlichen Gebäude, zu dem auch Jungen und Mädchen Zutritt haben, ständig bieten sollte, vor allem ist es kein erhebender Anblick, kein empfehlenswertes Vorbild. Der heilige Bartholomäus ließ sich keineswegs häuten, um die Steuern und Hypotheken zu zahlen, die auf seinem Haus lasteten; er nahm die grauenhafte Tortur wegen dieser lächerlich überflüssigen, gar nicht greifbaren Sache auf sich, die man Wahrheit nennt. Er fragte sich nicht, wie das ein gutes Gemeindemitglied heutzutage tut: Wer zwingt mich denn dazu? Er brachte sein Leben auf eine törichte und skandalöse Weise in Gefahr.«
Donna Palmira kommt vor Entsetzen in Atemnot.
»Jetzt überschreiten Sie wirklich jedes Maß«, protestiert sie rot vor Zorn.
Keiner hat Don Severino je so viel reden hören; keiner erkennt ihn wieder; was ist nur mit ihm los? Don Lazzaro bläst kniend in das niedergebrannte Feuer und dreht sich wütend und vorwurfsvoll zu ihm um. Aus dem Rauchfang des Kamins dringen Rauchschwaden, und die Gäste, denen die Augen zu tränen beginnen, hüsteln; wie ein Blasebalg pustet Don Lazzaro auf die Scheite, die nicht anbrennen wollen.
»Sie wissen genau, Don Severì«, fährt Donna Palmira erregt, geradezu erschreckt fort, »Sie wissen, daß ich mich nicht gern in Diskussionen zwischen Männern einmische; aber wenn man über Religion spricht, muß die Frau darauf achten, daß Gott und die Heiligen nicht so maßlos beleidigt werden. Es ist doch bekannt, daß Gott als Strafe für gottloses Reden in vielen Häusern schreckliches Unheil geschehen läßt. Wenn Sie schon auf diese Weise reden müssen, Don Severì, wenn Sie es wirklich nicht lassen können, dann müßten Sie doch wenigstens so höflich sein, dies im Freien zu tun oder, wenn schlechtes Wetter ist, in einem Haus, das von dem meinen weit entfernt liegt.«
Diese Aufforderung scheint Don Severino betroffen zu machen.

»Donna Palmira, glauben Sie mir«, rechtfertigt er sich ein wenig verlegen, »ich wollte nur Don Marcantonio einen uneigennützigen Rat geben, denn aus mir selber unerklärlichen Gründen hat er mich irgendwie gerührt. Nie wäre ich auf den Gedanken gekommen, daß meine Flüche Ihr solides altes christliches Haus in Gefahr bringen könnten, das sogar den Erdbeben und Don Lazzaros Sünden standgehalten hat.«

»Ich danke Ihnen für den freundschaftlichen Rat«, sagt Don Marcantonio besonnen und höflich. »Ich weiß Ihre feinsinnige Eloquenz durchaus zu schätzen, glauben Sie mir, aber Ihre Ängste sind, mit Verlaub, einfach aus der Luft gegriffen. Es geht ja nicht darum, welche Überlegungen und Absichten abstrakt gesehen durch die Betrachtung des Kreuzes und der Gebeine der heiligen Märtyrer ausgelöst werden könnten, sondern darum, welche Art von Einfluß das Kruzifix und die Reliquien der christlichen Märtyrer tatsächlich auf die Masse der Gläubigen ausüben. Sie selber haben vorhin eingeräumt, daß in unserem ständig von Erdbeben und Anarchie bedrohten Land die Religion der Pfarrer eine der wirksamsten Kräfte zur Sicherung von Stabilität ist. Und dieselbe vorsichtige hausgemachte Moral, diese gesunde Furcht vor Gott und der Hölle, diese Schicksalsergebenheit, dieses Niederknieen, Kopfbeugen, Bodenküssen, diese demütige Fügsamkeit zahmer Tiere, die den Namen Schafe, mit dem die Bischöfe die Gläubigen bezeichnen, sowie, daß sie sich selber Hirte nennen, so voll rechtfertigt, geht doch gerade auf die Anbetung des Kruzifixes und der Heiligen zurück. Oder um es noch genauer zu sagen, Don Severì: auf die maßvolle Anbetung, die von den rechtschaffenen Priestern empfohlen und von den Carabinieri überwacht wird.«

»Deshalb habe ich ja auch gesagt, Cavaliere, laßt das Kreuz den Pfarrern«, beharrt Don Severino. »Die Pfarrer haben jahrhundertelang Erfahrung damit, das Kreuz ungefährlich zu machen. Und dennoch gelingt es, wie Sie wissen, nicht einmal diesen raffinierten Meistern immer, zu verhindern, daß einfache Christen das Kreuz ernst nehmen und sich wie Wahnsinnige verhalten. Beispiele dafür könnte ich nicht weit von Colle finden.«

»Nein, nicht sehr weit«, räumt Don Gennaro verbittert ein. »Seine Familie so viel Geld für das Studium zahlen zu lassen und sich dann keine Position aufzubauen, sondern so schändlich zu enden, ist nicht nur ein Skandal, sondern auch undankbar, das muß doch jeder vernünftige Mensch zugeben.«

»Eines verstehe ich wirklich nicht«, gibt Don Marcantonio zu, »hat denn dieser überspannte Pietro Spina, über den schon zu viel geredet wird, gar keinen Ehrgeiz?«

»Ehrgeiz nicht, aber Stolz«, erklärt Don Severino.

»Das verstehe ich nicht«, gesteht Don Marcantonio. »Was soll das heißen?«

»Er ist gegen das Gesetz«, schreit Don Lazzaro am Rande seiner Geduld. »Ist das denn so schwer zu verstehen?«

»Für die Verrückten unserer Zeit sind wir da, der weltliche Arm«, versichert Don Marcantonio lächelnd und gönnerhaft. »Ihre Ängste in Ehren, Don Severino, aber sie sind unnötig.«

»Verfolgungen haben die verrückten Anhänger des Kreuzes nie eingeschüchtert«, erwidert Don Severino. »Wer weiß, vielleicht lieben sie die sogar.«

»An allem ist nur der Materialismus schuld«, wiederholt Don Gennaro taub und unerschütterlich wie ein Märtyrer unter der Folter.

»Eine sehr viel wirksamere Waffe gegen diese gefährlichen Christen«, fährt Don Severino fort, ohne auf ihn zu achten, »waren früher die Klöster, da wurden sie wenigstens aus dem Verkehr gezogen und ungefährlich gemacht. Seit einiger Zeit aber deuten viele Zeichen darauf hin, daß die Klöster ausgedient haben, und die verrückten Anhänger des Kreuzes, denen es gelingt, dem Gefängnis zu entgehen, flüchten sich in die Geheimbünde.«

»In Zeiten der Not«, gibt Don Marcantonio zu, »tauchen immer lügnerische Ritter auf, schwärmerische Heilsbringer, denen arme Sancho Pansas nachlaufen. Aber dies ist eine Form von Wahnsinn, die bei uns verschwindet, Don Severì.«

»Ganz recht«, pflichtet Donna Palmira eifrig bei. »Das sind wirklich Verrückte, die sich für etwas besseres halten als die anderen, aber wie kann sich ein Mensch nur für etwas besseres halten als die anderen? Wie Sie ganz richtig gesagt haben, müßte man sie ausrotten. Sie sprechen besser als Don Coriolano.«

»Der Kampf gegen diese Wahnsinnigen«, bekräftigt Don Lazzaro, »ist ein Kampf gegen den Hochmut, da haben Sie recht. Am schlimmsten ist ihr Hochmut und ihr Stolz, dieses ewige Gerede über Gewissen, Würde und Achtung. Man muß jeden vernichten, der sich für etwas besseres hält als die anderen, man muß die Heuchler zermalmen.«

Don Lazzaro wiederholt das Wort zermalmen drei oder viermal und stampft dabei so stark mit dem Fuß auf, daß die Wände wackeln.

»Da sind wir uns doch endlich alle einig«, ruft Don Severino befriedigt und ironisch aus. »Dennoch kann ich Ihren Optimismus nicht teilen, Don Marcantonio, ich glaube nicht, daß es je gelingen wird, diese stolze rebellische Pflanze ganz auszurotten. Und selbst wenn Ihnen das gelänge, könnten Sie doch nicht den neuen Samen vernichten, der hier und da (wo genau weiß keiner, vielleicht an Orten, wo es niemand vermutet) schon unter der Erde heranreift. Es wird immer solche merkwürdigen Geschöpfe geben, die nicht nur Hunger auf Essen haben,

sondern auch noch auf etwas anderes und die, um dieses traurige Leben ertragen zu können, ein wenig Selbstachtung brauchen.«
»Also ich bitte dich, Severì, bremse jetzt deinen Redefluß, du hast schon alles damit überschwemmt«, fleht Don Coriolano gelangweilt und müde. »Wenn Lazzaro gestattet, möchte ich ihn fragen, ob er uns heute abend zum Essen eingeladen hat oder zu spirituellen Übungen.«
»Assunta deckt gerade den Tisch«, verkündet Donna Palmira.
Von der Treppe ertönt klägliches Hundegewinsel.
»Assunta, mach bitte nicht so viel Lärm mit den Stühlen«, bittet Don Severino. »Ja, ich erkenne ihn, das ist mein Hund. Wer weiß, wo er sich versteckt hatte. Entschuldigt, Freunde, ich muß jetzt gehen.«
»Bleiben Sie denn nicht zum Abendessen?« heuchelt Donna Palmira Enttäuschung, dabei ist sie heilfroh, daß er geht.
»Da haben Sie bis jetzt gewartet und gehen ausgerechnet dann, wenn das Essen fertig ist?«
»Haben Sie denn meinen Hund nicht gehört, Donna Palmira? Ich muß wirklich gehen.«
»Wenn Ihnen soviel daran liegt, kann der Hund auch heraufkommen. Aber ich will Sie natürlich nicht zwingen.«
»Ehrlich gesagt, ich habe auch gar keinen Appetit«, entschuldigt sich Don Severino unbeholfen. »Ja, wenn ich so sagen darf, Donna Palmira, mir ist irgendwie übel oder besser gesagt, mir ist sehr übel. Die frische Luft wird mir guttun, wenn ich jetzt zu Fuß nach Orta zurückkehre. Leben Sie wohl.«
»Auf Wiedersehen, leben Sie wohl, guten Abend, Empfehlungen an die schöne Faustina«, rufen die Parteileiter.
Don Gennaro holt ihn unten an der Treppe ein.
»Was willst du?« fragt Don Severino und dreht sich ärgerlich nach ihm um. »Weißt du denn nicht, daß zwischen mir und

Don Luca alles aus ist? Hat es dir dein Bruder nicht erzählt? Hat er dich nicht gewarnt?«
»Sprich nicht in diesem Ton mit mir«, fleht Don Gennaro. »Ich muß dir etwas erklären.«
»Euer gesunder Menschenverstand ist angekränkelt«, sagt Don Severino verachtungsvoll. »Eure Feigheit nennt ihr Religion.«
»Luca liegt hier in Colle in meinem Haus mit hohem Fieber im Bett und phantasiert«, sagt Don Gennaro verlegen. »Und wenn er phantasiert, dann ruft er nach dir. Deshalb habe ich nach dir gesucht.«
»Dummkopf, und das sagst du mir erst jetzt?«
Kaum haben sie die Straße betreten, schlägt Don Gennaro vor: »Gehen wir doch durch die unteren Gassen, Severì. Dann sieht dich niemand mein Haus betreten. Ich möchte keinen Verdacht erregen.«

XII

»Kein Zweifel«, sagt Pietro Spina beunruhigt, »deine Beschreibung dieses Mannes überzeugt mich immer mehr davon, daß es sich um meinen Freund aus Pietrasecca handelt. Du kannst dich setzen, Venanzio, komm doch bitte rein und steh nicht an der Tür rum. Jetzt hör mir mal zu, Venanzio, du mußt mir helfen und diesen Mann, meinen armen Freund, befreien. Du weißt genau, daß ich in meiner dummen Lage ohne deine Hilfe überhaupt nichts ausrichten kann; wir müssen also gemeinsam überlegen, was zu tun ist, und sofort handeln.«

Pietro räumt rasch die auf dem Tisch verstreuten Blätter zusammen, steckt sie in einen großen Umschlag, den er in eine Schublade einschließt. Es ist der Anfang eines *Briefes an einen jungen Europäer des 22. Jahrhunderts mit besonderen Hinweisen für die jungen Menschen der ehemaligen italienischen Nation.*

»Ich fürchte, junger Herr, Ihr habt mich falsch verstanden, wenn ich mich so ausdrücken darf«, erwidert Venanzio mit plötzlich finsterer Miene. »Der Mann, den ich sah, als zwei Carabinieri ihn abführten, der kann nicht, wie Ihr sagt, Euer Freund sein. Ich habe doch, glaube ich, schon erklärt, daß er auf dem Platz gleich eine Menge Leute angezogen hat, eben weil er so wild aussieht. Er könnte ein Landstreicher sein, vielleicht auch ein aus dem Gefängnis Entflohener oder auch einer jener Unglücksraben, deren Nest noch keiner entdeckt hat und die immer aufkreuzen, bevor ein großes Unheil passiert. Und da kann man dann nichts mehr machen, nicht einmal der Herrgott kann das Schicksal mehr aufhalten. Einen Tag vor dem großen Erdbeben war solch ein Mann nach Colle gekommen, daran können sich noch viele erinnern. Es steht Euch natürlich frei zu tun, was Euch beliebt, aber ich kann und will mit solchen Leuten nichts zu tun haben.«

»Dieser Mann ist ist kein Landstreicher«, beharrt Pietro und zwingt sich zur Ruhe. »Er ist ein armer Cafone, nur daß er noch ein wenig elender dran ist als die anderen, ein wenig unglücklicher, weil er von Geburt an fast taub ist und keine Angehörigen hat. Jedenfalls darfst du mir glauben, Venanzio, ich fürchte weder Unglücksraben noch Bettler, weder Landstreicher noch Obdachlose oder Heimatlose. Ich kann dir sogar noch mehr sagen, nämlich daß ich die wenigen Freunde in meinem Leben gerade unter ihnen fand. Es tut mir wirklich leid, Venanzio, daß jedes Gespräch zwischen uns, trotz bester Absichten meinerseits, in Streit ausartet und du dich so häufig über mich aufregst. Aber ich will jetzt über gar nichts streiten und kann auch, so lange mein Freund im Gefängnis sitzt, über gar nichts anderes reden, als über Mittel und Wege, ihn da herauszuholen. Sieh mich nicht so schief an, Venanzio, sei nicht so dickköpfig wie ein Maulesel und hör mir zu. Also wenn es stimmt, daß er nur festgenommen worden ist, weil er keinen Ausweis hat, dann dürfte es ja nicht so schwierig sein, ihn freizubekommen. Ich bin sicher, daß es reicht, wenn irgend jemand aus Colle erklärt, ihn zu kennen, und Auskunft über seine Person gibt. Ich würde ja selber hingehen, Venanzio, wenn ich ihnen dadurch, daß ich mich stelle, nicht ein allzu großes Geschenk machen und diesem Mann durch meine Aussage nicht mehr schaden als nützen würde. Für dich dagegen besteht nicht die geringste Gefahr, Venanzio, und außerdem würdest du ein gutes Werk tun.«
»Ihr müßt wissen, daß ich mein Leben lang nie etwas mit den Carabinieri zu tun haben wollte«, erwidert Venanzio verdrossen und finster. »Für mich war es mein Leben lang Ehrensache, weder im Guten noch im Bösen je mit der Polizei zu tun zu haben. Und ich begreife nicht, weshalb ich mich jetzt in meinem Alter plötzlich um Dinge kümmern soll, die mich nichts angehen. Ich kann nur noch einmal sa-

gen, daß ich diesen Mann, der gestern abend verhaftet worden ist, nicht kenne, ich weiß nicht, wer er ist; was sollte ich da über ihn erzählen können?«

Durch die geschlossenen Läden der beiden Eckfenster dringt das graue Dämmerlicht in schmalen rechteckigen Streifen herein, die sich überkreuzen und an der Wand ein Netz bilden, das einem großen Käfig gleicht. Pietro geht auf eines der Fenster zu, um es zu öffnen, aber der Knecht ruft ihm mit einer raschen energischen Geste in Erinnerung, daß die Fenster aus Gründen der Vorsicht zu bestimmten Tageszeiten nicht geöffnet werden dürfen. Pietro zuckt mit den Achseln wie ein Gefangener, der gegen die strengen Vorschriften aufmuckt, und geht dann hocherregt im Zimmer herum. Dabei wirft er hin und wieder einen verachtungsvollen wütenden Blick auf den widerspenstigen Knecht. Venanzio, der vollkommen durchnäßt ist, bleibt regungslos inmitten einer Pfütze stehen, die der schmelzende Schnee, der von seinen Kleidern tropft, gebildet hat; seine unförmigen Stiefel wirken in dieser Pfütze wie zwei riesige schlammbedeckte Kröten, ja von seiner ganzen Person, die auch deutliche Spuren von vor kurzem erledigter Stallarbeit aufweist, geht etwas Sumpfiges, Glitschiges, Modriges aus. In einer solchen Aufmachung würde er es nie wagen, Donna Maria Vincenza vor Augen zu treten, dem jüngsten Spina möchte er aber wohl gern einmal zeigen, was Feldarbeit wirklich bedeutet. Angewidert, ungeduldig und unentschlossen umkreist ihn Pietro wie ein Bauer einen Maulesel, der mitten auf der Straße stehenbleibt und nicht mehr weiter will. Dann pflanzt er sich vor ihm auf, um auf ihn einzureden, überlegt es sich im letzten Augenblick aber doch anders, schluckt die Worte hinunter, die er sagen wollte, um versöhnlichere und überzeugendere zu finden.

»Ich habe dir bereits erklärt«, beginnt er mühsam, »ja, Venanzio, ich habe bereits versucht, dir zu erklären, daß dieser arme Kerl, dieser Freund von mir, ein Cafone aus Pietrasecca ist. Er mag zwanzig, vielleicht aber auch dreißig Jahre alt sein, das läßt sich schwer sagen. Die Leute nennen ihn Infante (wie in solchen Fällen bei uns üblich), weil er von Geburt an taub ist, in Wirklichkeit ist er aber gar nicht ganz taub und hat nur deshalb nicht sprechen gelernt, weil sich nie ein Mensch um ihn gekümmert hat. Seine Mutter starb, als er noch klein war, der Vater ging nach Amerika, in den ersten Jahren schrieb er anscheinend hin und wieder aus Philadelphia, dann hat er nichts mehr von sich hören lassen, keiner weiß, ob er noch lebt oder schon tot ist. Das weiß ich alles vom Besitzer des Stalles, in dem ich in Pietrasecca versteckt war. Während der ersten Monate meines Aufenthaltes dort habe ich nicht auf den Taubstummen geachtet, ich hatte ihn ein oder zweimal auf der Straße gehen sehen, wußte aber nicht, daß er dieses Gebrechen hat. Eines Abends dann, als ich sehr traurig war, bin ich ihm in seine Höhle gefolgt, um ein wenig mit ihm zu reden. Ich habe nicht gewußt, Venanzio, daß in diesem Land Menschen noch elender leben als Tiere. Da der Stall, in dem ich mich auf der Flucht versteckte, nur zwei Schritte von seiner Behausung entfernt lag, hatte er mein Versteck zufällig entdeckt. Er behielt das Geheimnis für sich und besuchte mich oft, um mir Gesellschaft zu leisten. Ich hätte nie geglaubt, Venanzio, daß man eine Person, die man kaum kennt, so lieb gewinnen kann. Und das geschah ganz bestimmt nicht aus Dankbarkeit, glaub mir. Sicher hätte er mich anzeigen, mich verraten und in gewisser Weise verkaufen können; und bei seiner Armut wäre das sogar sein gutes Recht gewesen. Statt dessen hat er mir geholfen. Dabei kommt aber auch jetzt meine Anhänglichkeit an diesen armen Mann nicht aus einem Gefühl der Dankbarkeit. Es ist eine stärkere selbstlosere Verbindung, so etwas wie Verwandtschaft. Ich sage dir das, Venanzio, um dir eine Vorstellung zu geben, und weil es für dich wahrscheinlich nichts Höheres gibt als Blutsverwandtschaft. Stelle es dir also ein wenig so vor, als hätte ich einen Bruder und als wäre der aus irgendeinem banalen Grund unschuldig in die Hand der Polizei gefallen und im Gefängnis gelandet. Ungefähr so ist es mit Infante. Es gibt auch ein legales Mittel, um diesen armen Mann zu befreien; ein einfaches und ehrenhaftes Mittel, das in keiner Weise kompromittierend ist. Ich erkläre es dir noch einmal: Also Venanzio, du müßtest zu den Carabinieri auf die Wache gehen und erklären, daß du in der Lage bist, genaue Angaben über den gestern Verhafteten zu machen; er ist der und der, sagst du, von da und da, und du hast ihn in Rocca dei Marsi oder in Fossa oder in Orta oder wo immer du willst auf dem Markt getroffen und im Auftrag von Donna Maria Vincenza einen Korb Tomaten bei ihm gekauft.«

»Normalerweise verkauft Donna Maria Vincenza Tomaten und kauft sie nicht etwa und schon gar nicht von einem aus Pietrasecca, dort werden Tomaten doch überhaupt nicht reif, das weiß jeder«, korrigiert ihn Venanzio und verzieht höhnisch das Gesicht.

»Na schön, dann sagst du, du hast von ihm einen Sack Linsen gekauft...«

»Linsen aus Pietrasecca? Im Gebirge werden keine Linsen angebaut, aber es wundert mich gar nicht, daß Ihr das nicht wißt.«

»Gut, Venanzio, dann sagst du, du hast von ihm Stangen gekauft, um die Bohnen, Tomaten, Reben und Obstbäume damit zu stützen. Also, erfinde eben selber etwas, das du von ihm gekauft haben könntest. An jenem Tag, so sagst du den Carabinieri, hattest du nicht genug Geld dabei und bist ihm daher einen bestimmten Betrag schuldig geblieben.«

»Aber das stimmt doch überhaupt nicht, wir sind diesem

Unbekannten überhaupt nichts schuldig. Warum sollen wir ihm denn etwas schuldig sein, wenn er uns in Wirklichkeit gar nichts verkauft hat?«

»Raub mir nicht die Geduld, Venanzio, du sagst zu den Carabinieri, daß dieser Mann jetzt nach Colle gekommen ist, um das Geld von meiner Großmutter zu holen. Und das erklärt auch, weshalb er ohne Proviant und Geld von zu Hause weggegangen ist. Du bringst ihm also fünfzig Lire von meiner Großmutter.«

»Ich verstehe, daß das Ganze gewissermaßen eine Finte sein soll. Wenn der Mann aber dann, nachdem er einmal aus dem Gefängnis raus ist, sich weigert, mir das Geld zurückzugeben? Wenn er sich auf meine Aussage vor den Carabinieri beruft und behauptet, daß dieses Geld ihm wirklich zusteht? Dann säße ich doch ganz schön in der Patsche.«

»Ich habe ja nicht gesagt, daß du dir das Geld zurückgeben lassen sollst, Venanzio.«

»Ach, das wollt Ihr ihm schenken? Wißt Ihr denn überhaupt, wie lange man auf dem Feld arbeiten muß, um einen solchen Betrag zu verdienen? Dazu muß man mindestens zehn Tage schwer arbeiten. Aber es wundert mich gar nicht, daß Ihr das nicht wißt.«

»Ich glaube doch, Venanzio«, schreit Pietro, am Ende seiner Geduld, »daß ich mit meinem Geld tun und lassen kann, was ich will.«

»Aber ja, gewiß, das wäre noch mal schöner«, erwidert Venanzio, der plötzlich wieder eine feindselige und finstere Miene aufsetzt. »Aber ich glaube nicht, wenn ich das einmal so sagen darf, daß es ausgerechnet meine Aufgabe sein kann, dorthin zu gehen und zugunsten eines Unbekannten auszusagen. Ich glaube nicht, daß es klug ist, mich für einen zerlumpten Kerl zu verbürgen, der nicht nur keinen Ausweis hat, sondern auch keine Mittel, von denen er leben kann und von dem nicht einmal Ihr sagen könnt, wovon er sich in den

letzten Tagen ernährt hat und mit welchen geheimen Absichten er in unsere Gegend gekommen ist. Ich glaube, daß nicht einmal Ihr ausschließen könnt, daß er zum Beispiel auf dem Weg hierher Diebstähle begangen hat.«
»Das schließe ich auch nicht aus, Venanzio, und ehrlich gesagt, interessiert es mich auch nicht.«
»Dann glaube ich nicht, wenn ich das einmal so sagen darf, daß es einem anständigen Mann ansteht, einem solchen Menschen zu helfen. Wie gesagt, ich glaube nicht, daß irgend jemand mir beweisen kann, daß ich einem solchen Mann gegenüber zu irgend etwas verpflichtet bin.«
»Auch dieser arme Schlucker war mir gegenüber zu gar nichts verpflichtet«, erwidert Pietro aufgebracht und beißt sich vor Wut auf die Lippen. »Und doch war dieser Mann, von dem du mit solcher Verachtung zu sprechen wagst, wie gesagt die ganze Zeit über, die ich mich in Pietrasecca versteckt hielt (außer dem Besitzer des Stalles, der mich dann wie ein fettes Kalb an meine Großmutter verkaufte), der einzige, der mein Versteck kannte, und er hat mich nicht verraten. Sicher wird es dir nie passieren, Venanzio, daß du dich vor der Polizei verstecken mußt, aber du könntest doch mit deinem Ochsenkarren einmal in einen Graben stürzen. Ich nehme an, daß du in einer solch gefährlichen Lage um Hilfe rufen würdest und es ganz normal fändest, wenn dir dann auch Unbekannte helfen würden.«
»Da irrt Ihr Euch nicht«, antwortete Venanzio mit plumpem Sarkasmus. »Und auch diejenigen, die mir in einem solchen Unglücksfall (den der heilige Antonius verhüten möge) zu Hilfe kämen, würden sich ganz bestimmt auch nicht irren, das dürft Ihr mir glauben. Aber es wäre doch ausgesprochen merkwürdig, wenn Unbekannte helfen würden. Hier kennen sich alle, müßt Ihr wissen. Wenn man einem auf der Straße begegnet, weiß man genau, woher er kommt und wohin er geht, und selbst bei den Kindern, die ein Mann meines

Alters nicht mehr alle kennen kann, genügt mir ein Blick in ihr Gesicht, um zu wissen, wer ihre Eltern sind. Jetzt arbeite ich schon 42 Jahre in diesem Haus, ich habe hier in guten wie in schlechten Jahren ausgeharrt, das wißt Ihr oder solltet Ihr wissen; und mit Gottes Hilfe hoffe ich auch hier zu sterben, bevor ich wegen Invalidität vor die Tür gesetzt werde oder bevor ein neuer Herr den Platz der Spinas einnimmt. Es hat mir nie an Gelegenheiten gefehlt, mich unabhängig zu machen, das dürft Ihr mir glauben, und mehrmals habe ich auch Leute kennengelernt, die mir die Kosten für die Überfahrt vorgestreckt hätten. Aber ich bin selbst in den Jahren des Elends, als Colle leer war wie ein Bienenstock nach dem Ausschwärmen der Bienen, hiergeblieben. Das Abenteuer hat mich nie gelockt, ebensowenig das Geld. Das wissen die Leute, hier kennen wir uns alle, und in einem Unglücksfall hilft man sich unter Christen, schon weil es heißt, heute mir, morgen dir. Selbst diejenigen, die vom Schicksal in die Ferne verschlagen werden, gehen, wie Ihr wißt, selten allein und ziehen in solche Orte, wo sie auf Landsleute, bekannte Gesichter und Namen treffen. Viele sind nach Amerika gegangen, doch leben sie dort nicht unter Amerikanern; auch dort bleiben sie gewissermaßen in Colle. Die wenigen, die sich allein unter die Fremden wagen, sind fast immer verlorene Seelen und nehmen ein böses Ende, wie sie es verdient haben. Selbst hier bleiben die Leute aus einem Dorf, wenn sie auf Jahrmärkte und zu Messen gehen, immer zusammen und essen gemeinsam in den Gasthäusern.«

»Ich will mich bemühen, dich zu verstehen, Venanzio, dich in deiner Stumpfheit zu verstehen, die vom Hühnerhof zu kommen scheint«, sagt Pietro, der rot vor Zorn ist und seine Verbitterung nur mühsam beherrscht. »Was soll ich bloß noch erfinden, damit du mir ein einziges Mal zuhörst, aber nicht wie ein Knecht seinem Herrn oder ein Bauer einem Landstreicher, sondern wie ein Mensch einem Menschen

oder, wenn dir das lieber ist, wie ein Christ einem Christen? Auch ich kann verstehen, Venanzio, daß für Hühner ihr Hühnerhof der Mittelpunkt der Welt ist, er ist der sicherste Ort, um fett zu werden, Eier zu legen, Küken auszubrüten, vielleicht ist er in ihren runden kleinen Augen auch sozusagen der einzig anständige Ort, an dem die guten Sitten bewahrt werden, das mag schon sein. Ich kann auch verstehen, daß es dir am angemessensten und ungefährlichsten erscheint, hier zu bleiben, unter Leuten, die man kennt, die sich gegenseitig helfen, wenn ein Unglück geschieht und es sich wirklich nicht umgehen läßt, dem anderen einen Dienst zu erweisen, wobei man natürlich erwartet oder hofft, gegebenenfalls selbst Hilfe zu erhalten. Und obwohl du dann doch nicht gerade ein Huhn bist, kann ich sogar auch verstehen, daß du aus der Not einfach eine Tugend machen und das Gute an einem Leben sehen mußt, das genau besehen von Angst und Eigennutz geprägt ist. Aber ich möchte doch wissen, ob du dir wenigstens vorstellen kannst (ich sage nur vorstellen), daß es auch selbstlose Güte geben kann, eine Anständigkeit, die sich nicht nach dem richtet, was die Leute sagen werden, großzügige, ganz uneigennützige Gesten, die nicht mit Belohnungen oder Gegenleistungen vergolten werden wollen, nicht einmal im Jenseits, ja für die sogar Strafe droht, eine Solidarität eben, die nichts mit dem Hühnerhof zu tun hat. Ich erwarte, daß du mir nicht mit dem Herzen, sondern aus deiner Vorstellungskraft antwortest.«
»O gewiß«, ruft Venanzio auf der Stelle aus, »auch ich kenne die Geschichte vom Bauern, der die vor Kälte erstarrte Schlange an seinem Busen wärmte; sie stand im Schulbuch der dritten Klasse. Ich erinnere mich aber auch noch, wie sie ausging.«
»Du kannst gehen«, schreit ihn Pietro voller Abscheu an. »Ja, ich bitte dich, mein Zimmer nicht mehr zu betreten.«
Vom Hof dringt das klägliche Gewinsel eines Hundes her-

auf. Pietro wendet dem Knecht den Rücken zu, tritt ans Fenster und versucht, durch die Lamellen der geschlossenen Läden hindurchzusehen. Venanzio bleibt regungslos mitten im Zimmer stehen, er gleicht jetzt einem alten Bettler, den man gerade aus einem Schlammgraben gezogen hat und der jetzt von Schaudern überrieselt wird; er schließt seine kleinen Triefaugen und preßt die Kiefer zusammen, als müßte er ein Schluchzen unterdrücken. Sein Kopf hat eine gelbliche Farbe, die an Kork und Kalk erinnert, und grünliche Spuren um Nase und Ohren; seine Haare sehen wie eine Perücke aus schmutzigem Werg aus.
»Natürlich«, stammelt Venanzio gedemütigt, »seid Ihr mein Herr; muß ich das noch betonen? Wenn Ihr es mir befehlt, tu ich was Ihr wollt. Wo kämen wir sonst hin.«
»Ich bin nicht dein Herr, begreifst du das nicht?« schreit Pietro und läßt seinem Zorn freien Lauf. »Ich will niemandes Herr sein. Aber wenn du nur ein Schaf wärst, dann würde ich dich ganz sicher auf dem nächsten Markt verkaufen, um dich nicht mehr sehen zu müssen, du abscheulicher Kerl.«
Durch den Fensterladen sieht Pietro eine eindrucksvolle Gestalt auf das Hoftor zukommen, eine schauerliche, große Frau, vollkommen schwarz gekleidet und mit verschleiertem Gesicht. Vom Tor aus ruft die Besucherin nach Natalina, anfangs noch mit ganz normaler Stimme, dann aber verliert sie die Geduld und stößt durchdringende Schreie und anhaltend wütendes Geheul aus. Nach minutenlangem ungläubigem Staunen schreit die Magd im Innern des Hauses laut auf und läßt eine Menge Geschirr polternd zu Boden fallen.
»Die Tante, die Tante, die Tante«, schreit Natalina unten an der Treppe.
Atemlos und mit zerzausten Haaren stürzt die Magd los, um Donna Maria Vincenza zu suchen und ihr mit sich überschlagender Stimme anzukündigen: »Signora, die Tante ist am Hoftor.«

»Welche Tante?«
»Tante Eufemia, Signora, sie wartet unten am Hoftor.«
»So beruhige dich doch, Natalina, reg dich doch nicht so auf. Was war das für ein Lärm vorhin? Hast du wieder Geschirr zerschlagen?«
»Tante Eufemia, Signora, Tante Eufemia persönlich wartet unten am Tor.«
»Worauf wartet sie, Natalina?«
»Daß ich aufmache, Signora. Man kann sie doch nicht warten lassen.«
»Dann geh und mach auf, Natalina, und wenn sie mit mir sprechen will, führe sie ins Wohnzimmer.«
Die Begegnung zwischen Signora Spina und dem letzten Sproß der De Dominicis verläuft nicht ohne eine gewisse befangene Feierlichkeit, hat aber auch etwas Lächerliches.
»Nehmt Platz, Signorina De Dominicis«, sagt Donna Maria Vincenza und weist höflich auf einen Sessel. »Herzlich willkommen.«
Tante Eufemia trägt ein schwarzes Kleid mit einem alten, halb von den Motten zerfressenen Spitzenbesatz und hat ein dunkles Hütchen auf dem Kopf, an dem ein kleiner Strauß künstlicher Veilchen steckt; sie scheint nicht bemerkt zu haben, daß ihre grünen Strümpfe auf die kräftigen Schienbeine heruntergerutscht sind. Sie entledigt sich langsam der zimtfarbenen Wollhandschuhe, schlägt den Halbschleier mit den weißen und schwarzen Kügelchen zur Stirn hoch und entblößt ihr hageres Gesicht, das die gelbe Farbe von Talgkerzen hat und zwei wässerige, austernartige grünschwarze Augenhöhlen.
»Seit hundertfünfzig Jahren, wenn ich nicht irre«, beginnt Tante Eufemia mühsam und erschaudernd, als habe sie Fieber, »seit etwa hundertfünfzig Jahren sprechen wir nicht mehr miteinander, wie Ihr ja wohl selber wißt, Signora Spina.«

»Auch wenn es nicht so aussieht, Signorina De Dominicis«, bemerkt Donna Maria Vincenza freundlich lächelnd, »so alt bin ich noch gar nicht, glaubt mir, und ich bezweifle auch, ob ich so alt werde. Darf ich Euch nicht eine Tasse Kaffee anbieten? Es würde mir wirklich leid tun, Signorina De Dominicis, wenn Ihr dieses neumodische Getränk vorzöget, diesen sogenannten Tee, denn ich habe keinen hier.«

»Seit hundertfünfzig Jahren, wenn ich nicht irre«, fängt Tante Eufemia, ärgerlich über die Unterbrechung, noch einmal von vorne an, »seit etwa hundertfünfzig Jahren, Signora Spina, sprechen unsere Familien, habe ich gemeint, nicht mehr miteinander. Ja, ich nehme gern ein Täßchen Kaffee an. Ihr wißt, Signora Spina, daß ich in meinem Leben den bitteren Kelch, den das Schicksal für mich bereithielt, mit christlicher Demut bis zur Neige geleert habe; aber Tee zu trinken, habe ich mich immer geweigert. Glaubt Ihr auch, daß das ein Getränk piemontesischer Herkunft ist?«

»Piemontesischer oder aber englischer«, erwidert Donna Maria Vincenza höflich zustimmend.

Tante Eufemia verzieht angewidert das Gesicht, holt ein schwarzes Spitzentaschentuch aus der linken Manschette und spuckt ernst hinein.

»Seit hundertfünfzig Jahren, wenn ich nicht irre«, hebt die Tante noch einmal an, denn sie scheint den Faden verloren zu haben, »seit etwa hundertfünfzig Jahren, wenn ich nicht irre, Signora Spina, sprechen also unsere Familien nicht mehr miteinander.«

»Vielleicht hatten sie sich nicht viel zu sagen, Signorina De Dominicis«, hilft ihr Donna Maria Vincenza weiter. »Vielleicht haben sie vor hundertfünfzig Jahren die Ermahnung ganz wörtlich genommen, daß man nach dem Tod über alle auf dieser Erde unnötig verschwendeten Worte Rechenschaft ablegen muß. Unsere Vorfahren waren mehr für Taten als für Worte, Signorina De Dominicis.«

»Bevor ich herkam, Signora Spina, war ich auf dem Friedhof«, fährt Tante Eufemia, die nicht zum Spaßen aufgelegt ist, fort. »Ihr werdet verstehen, daß ich einen so kühnen Schritt wie den, hier in dieses Haus zu kommen, nicht unternehmen konnte, ohne mich vorher mit meinen Vorfahren beraten zu haben. In gewissem Sinne spreche ich jetzt auch in deren Namen zu Euch. Ihr werdet verzeihen, Signora Spina, wenn meiner Stimme eine gewisse Erregung anzuhören ist.«
»Wie schade, daß ich nicht Lotto spiele«, sagt Donna Maria Vincenza mit gespieltem Bedauern. »Sonst hätte man aus Euren Worten vielleicht auf einen schönen Gewinn schließen können.«
»Ich beleidige Euch hoffentlich nicht«, fährt Tante Eufemia mit fester Stimme und ausgesprochen herablassend fort, »wenn ich Euch gestehe, daß meine Vorfahren immer gewisse Zweifel am Charakter Eurer Familie hatten. Ich weiß, Ihr seid eine geborene Camerini, aber durch das heilige Sakrament seid auch Ihr eine Spina geworden. Gewiß, auch in der Vergangenheit hat es unter den Spinas sympathische Verrückte gegeben; Tatsache ist aber, daß sie außer mit ihren Verrücktheiten auch mit den Geschäften sehr gut zurechtkamen. Das Mißtrauen meiner Vorfahren war vielleicht nicht gerechtfertigt. Jedenfalls zeigt sich der Adel einer Familie erst im Unglück; und gerade in einer sehr harten Zeit für Euch und die Euren habt Ihr das Vorurteil widerlegt, daß es den Frauen nicht gegeben sei, die Adelstitel für ihre Familie zu verdienen. Eure großartige Weigerung, die Begnadigung von der piemontesischen Dynastie anzunehmen ...«
»Entschuldigt, Signorina De Dominicis, nehmt Ihr ein oder zwei Stückchen Zucker in den Kaffee? Natalina, bitte stell doch die Kaffeekanne auf den Tisch und laß uns alleine.«
»Keinen Zucker. Wenn der Kaffee gut ist, trinke ich ihn ohne Zucker. Danke. Mit dieser vornehmen Weigerung hat

sich Eure Familie endgültig über das gemeine Volk erhoben, wenn Ihr erlaubt, es so nüchtern auszudrücken. Signora Spina, gestattet der letzten der De Dominicis nach hundertfünfzig Jahren der Feindseligkeit und des gegenseitigen Mißtrauens ...«

»Natalina, ich bitte dich, schütte mir doch nicht den ganzen Inhalt der Kaffeekanne auf die Knie. Nimm doch ein wenig Rücksicht auf deine Tante, vielleicht möchte sie ja noch eine Tasse trinken. Ja, so, Natalina, es ist besser, du stellst die Kanne auf den Tisch und läßt uns alleine. Entschuldigt, Signorina De Dominicis, es tut mir sehr leid daß ich Euch mitten im schönsten Schwung unterbrochen habe.«

Zur gleichen Zeit irrt Pietro im obersten Stockwerk unruhig wie eine Seele im Fegefeuer von einem Raum zum anderen. Vom höchsten Fensterchen des Dachstocks aus beobachtet er die ein paar hundert Meter entfernt zu seinen Füßen liegenden unregelmäßigen Umrisse der Dächer des Dorfes und versucht, die Polizeiwache zu erkennen. Zwischen dem alten Teil, wo sich einige hundert verräucherte und baufällige Hütten um die Kirche drängen und dem nach dem Erdbeben neu erbauten Teil, der aus gelben Häuschen mit roten Dächern besteht, die alle einstöckig, gleichförmig wie Bienenstöcke oder schachbrettartig angeordnet sind, erkennt Pietro das öffentliche Amtsgebäude im heroischen Grabmalstil modernster Bauart.

»Natalina, liegen die Zellen für die Gefangenen im oberen Stockwerk oder im Untergeschoß der Wache?« fragt Pietro die Magd, als er sie vor Donna Maria Vincenzas Zimmer dabei überrascht, wie sie durchs Schlüsselloch sieht.

»Ob Ihr es mir glaubt oder nicht«, entschuldigt sich Natalina errötend, »im Gefängnis war ich noch nie.«

»Weißt du wenigstens, wer jetzt für die Gefangenen kocht?«

»Nein, tut mir wirklich leid, das weiß ich nicht; ich nehme meine Mahlzeiten zu Hause ein.«

»Hast du aber wenigstens gehört, ob es zur Zeit noch andere Gefangene im Gefängnis von Colle gibt? Hat es in letzter Zeit nicht noch mehr Verhaftungen gegeben? Ich meine solche wegen Diebstahl, Prügeleien, Trunkenheit, Belästigungen.«

»Nicht unter den wenigen Mädchen, die ich kenne. Es tut mir wirklich leid, es Euch gestehen zu müssen, aber von meinen Freundinnen ist keine darunter.«

»Du weißt auch überhaupt nichts, Natalina«, sagt Pietro am Ende seiner Geduld. »Du bist wahrhaftig das dümmste Mädchen, mit dem ich je geredet habe.«

Am Abend rührt Pietro bei Tisch nichts an und hört der belustigten Erzählung seiner Großmutter vom Besuch der Tante Eufemia nur zerstreut und gelangweilt zu. Er entschuldigt sich mit heftigem Kopfweh; sein Gesichtsausdruck, der bis gestern noch unbewegt oder zerstreut war, verrät jetzt bittere Traurigkeit. Donna Maria Vincenza vermeidet es, ihm Fragen zu stellen, und gibt vor, an sein Kopfweh zu glauben. Nach dem Abendessen fordert sie ihn auf, ihr, wie an den ersten Abenden nach seiner Ankunft, am Kamin Gesellschaft zu leisten, in der Hoffnung, daß er ihr vielleicht sein Herz ausschüttet. Aber Pietro rückt nur seinen Stuhl ans Feuer, lehnt den Kopf an einen Pfosten und verharrt traurig, müde und geistesabwesend in Schweigen. Sein Kopf mit dem feinen hageren Profil hebt sich von der verräucherten Wand ab; durch die wie mit einem verkohlten Korken eingezeichneten Züge wirkt sein tabakfarbenes Gesicht vor dem schwarzen Stein wie ein Basrelief, und das Kaminfeuer verleiht seinem Profil feine rote Umrisse. Er vermittelt den merkwürdig widersprüchlichen Eindruck eines Mannes, der zu Hause ist, gleichzeitig aber ein Wanderer, fast ein Eindringling ist.

Donna Maria Vincenza verrichtet die abendlichen Arbeiten, füllt ein wenig Öl in die Lampe vor der Barmherzigen Madonna, legt ein paar kleine Holzscheite aufs Feuer und schiebt dann einen Stuhl unter die Lampe, um Wäsche zu flicken. Ihre Bewegungen sind sehr langsam; sie hat die gleiche Festigkeit und gute Qualität, die gleiche Farbe und vielleicht das gleiche Alter wie die Gegenstände im Haus; man merkt deutlich, daß sie sich nie von hier entfernt hat und sich auch mit geschlossenen Augen im Haus bewegen und jene vertrauten Bewegungen machen könnte, wie sie die Mütter schon seit Jahrtausenden machen. Sie hebt einen Moment den Blick in stummem Gebet zum Madonnenbildnis, als wollte sie sagen: Heilige Jungfrau, es ist nicht leicht, Mutter zu sein. Im Licht der Flammen wirkt ihr Gesicht so durchscheinend wie altes Porzellan, und es hat auch zarte Risse wie dieses. Pietro sieht schweigend ins Feuer, wer weiß, wo er in Gedanken ist. Die trockenen Holzscheite im Kamin sind heruntergebrannt, auf den Feuerböcken liegt nur noch ein halber Buchenstamm, der aber nicht Feuer fängt; auf seiner graubraunen Rinde mit den silbrigen Streifen brodelt die Feuchtigkeit und bildet kleine Dampfblasen.

»Venanzio hätte den Klotz auch spalten können«, brummelt Pietro. »Oder ihn wenigstens trocknen lassen, bevor er ihn ins Feuer legte.«

»Er hat ihn ja gerade deshalb hineingelegt, um ihn trocknen zu lassen«, erklärt Donna Maria Vincenza. Und nach einer kurzen Pause fährt sie fort: »Ich bin ein wenig besorgt, weil er zum Abendessen noch nicht zurückgewesen ist. Es wird ihm doch nichts passiert sein? Sei mir nicht böse, aber jedesmal, wenn er mit dir streitet, gerät er in Angst. Du darfst nicht so hart mit ihm umgehen, mein Junge, und nicht zu viel von ihm verlangen; er hat, wie du ja wohl weißt, eine schwierige, trostlose Jugend gehabt; er ist, wie man so sagt, ein Kind der Madonna.«

»Ein Findelkind?«

»Ja, deshalb heißt er auch mit Nachnamen Di Dio. Und ob-

wohl es in Colle auch noch andere in seiner Lage gibt, ist er nie darüber hinweggekommen. Das ist die Wunde seines Lebens. Daher klammert er sich wahrscheinlich auch so sehr an unsere Familie, hat Angst vor dem Unbekannten, haßt und mißtraut den Herumtreibern. Sei nicht so hart zu ihm. Ich kann mich erinnern, daß dein Großvater einmal nach einem Streit zwischen Venanzio und einem anderen Knecht alle beide vor die Tür setzte. Der andere suchte sich ohne viel Federlesens eine neue Arbeit. Aber Venanzio kam zu mir zurück, kniete vor mir nieder, küßte meinen Rocksaum, gab zu, daß er Unrecht gehabt hatte, und flehte mich an, ihm jede andere Strafe aufzuerlegen, auch wenn sie härter war, ihm meinetwegen lange Zeit keinen Lohn zu geben, ihn aber unbedingt wieder ins Haus aufzunehmen. Dabei war es damals leicht, einen anderen Herrn zu finden; er hat eben immer Angst vor dem Unbekannten gehabt.«
Donna Maria Vincenza stockt, befeuchtet das Ende eines Fadens zwischen den Lippen, nähert es im Gegenlicht dem Nadelöhr und fädelt ein; dann macht sie an einem Ende des Fadens einen Knoten. Im gelblichen Lampenschein haben ihre aschgrauen, in zwei dünnen Zöpfen um den Kopf gewundenen Haare einen strohfarbenen Schimmer; und sie hat den Nacken so tief über die Näharbeit gebeugt und näht mit so großer Aufmerksamkeit, daß sie wie ein kleines Mädchen bei seinen ersten Nadelstichen wirkt. Pietro bricht das Gespräch ab und starrt nachdenklich ins Feuer.
»Ich mache mir Sorgen wegen Venanzios Verspätung«, wiederholt Donna Maria Vincenza nach einer Weile. »Ich habe dir noch nicht gesagt, daß er auf die Polizeiwache gegangen ist, weil er versuchen wollte, deinen Bekannten, den sie gestern verhaftet haben, freizubekommen. Aber jetzt müßte er doch zurück sein. Hoffentlich ist alles gut gegangen.«
Pietro ist höchst überrascht aufgesprungen, seine Augen füllen sich mit Tränen.

»Einen Freund zu haben«, sagt er, »und dann einen Fremden brauchen zu müssen, wenn man dem Freund helfen will. Ihn nur zwei- oder dreihundert Meter von hier entfernt zu wissen und ihn nicht sehen, nicht mit ihm herumgehen, ihn nicht einladen können.«
Donna Maria Vincenza faßt Pietro bei der Hand und fragt: »So gern hast du ihn? Kennst du ihn schon lange?«
»Wenn du wüßtest«, versucht Pietro zu erklären, »wie arm dieser arme Mann ist.«
»Wenn auch ich arm würde, mein Lieber, hättest du dann auch mich ein wenig gern? Weißt du, dazu ist es ja noch nicht zu spät.«
»Großmutter, wie kommt dir nur in den Sinn, daß ich dich nicht gern haben könnte? Aber ehrlich gesagt, dich gern zu haben, ist für mich so, als hätte ich mich selber gern, das ist eine Form von Egoismus. Und dann muß ich dir auch offen sagen, Großmutter, du könntest nie arm sein, selbst wenn du es wolltest, denn auch wenn du nichts zum Anziehen und nichts zum Essen hättest, würdest du doch immer wie eine Königin wirken, die Exerzitien macht.«
»So betrachtet, bist auch du nicht wirklich arm, mein Lieber und könntest es auch nicht sein.«
»Ja, Großmutter, es ist schwierig, wirklich arm zu sein. Hat dir Venanzio Genaueres über diesen Mann berichtet, der gestern unten auf dem Platz verhaftet worden ist?«
»Ja, das, was du ihm erzählt hast. Er ist taubstumm, nicht wahr?«
»Er kann nur mühsam ein paar halbe Wörter stammeln, die ihm seine Mutter beigebracht hat, darunter vor allem Papa. Deshalb haben sie ihn Infante genannt.«
»Der Vater ist in Amerika?«
»Er ist nach Philadelphia und von dort nie zurückgekehrt, er schreibt auch nicht mehr; keiner weiß, ob er noch lebt oder schon tot ist. Die Mutter hatte gerade noch Zeit, ihm das

Wort Papa beizubringen, für den Fall, daß der Vater zurückkäme. Nach dem Tod seiner Mutter haben ihn die Cafoni von Pietrasecca ausgenutzt wie einen Esel oder ein Maultier in öffentlichem Besitz; er wurde von allen ausgebeutet und mißhandelt; er war gewissermaßen der Sklave aller. Zum Ausgleich dafür kann er alle Häuser betreten, ohne anzuklopfen; man läßt ihn gewähren, da er wegen seiner Taubheit ja keine Geheimnisse ausspionieren kann. Er ernährt sich von Resten, die er mit den Hühnern, den Hunden und Schweinen teilen muß. Du kannst dir ja vorstellen, was für Reste es in den Familien der Cafoni gibt: Kartoffelschalen, Kohlstrünke, steinharte Brotrinden. Als er dann größer wurde, hat Infante von sich aus ein paar heisere und schrille kehlige Laute gelernt, mit denen er sich manchmal wie ein Tier auszudrücken versuchte. Dabei ist er aber weder dumm noch bösartig, es fehlt ihm vielleicht an Geist, aber bestimmt nicht an Herz. Doch ist er auch nicht der gute Wilde, der reine und lächerliche natürliche Mensch aus den Romanen im Stil Rousseaus; o nein. Er ist ein ganz gewöhnlicher Cafone, nur eben noch ein wenig ärmer und noch ein wenig unglücklicher als die anderen. Aber wie soll man einen Menschen objektiv beurteilen, den man gern mag? Er hat mich in dem dunklen und schmutzigen Stall, in dem ich mich in Pietrasecca versteckt hielt, jeden Abend besucht. Jeden Abend habe ich auf ihn gewartet. Wenn das ganze Dorf schlief, hörte ich ihn den Weg überqueren, stocken, stehenbleiben, sich umdrehen, die windschiefe Stalltür öffnen und hereinkommen. Er streckte sich zwischen mir und dem Esel auf dem Stroh aus, manchmal murmelte er mir unverständliche einsilbige Wörter ins Ohr, vielleicht wollte er mir eine Neuigkeit erzählen, meistens aber schwieg er. Ach, Großmutter, wie soll ich dir eine Vorstellung von dieser einfachen, stummen und tiefen Freundschaft geben, die auf diese Weise zwischen uns entstand? Gewöhnlich nahm ich von Infante nur sein ruhiges tiefes Atmen wahr; aber zwischen mir und den anderen Lebewesen, den anderen Gegenständen in dieser Höhle (Infante, der Esel, die Mäuse, die Krippe, das Stroh, der Sattel des Esels, eine zerbrochene Lampe) entwickelte sich ein Zusammengehörigkeitsgefühl, eine Gemeinschaft und Brüderlichkeit, die mich etwas ganz Neues empfinden ließ, was ich vielleicht Frieden nennen könnte, Großmutter. Aber glaube jetzt nicht, daß das bei mir romantische Schwärmerei war, weil ich nun in so enger Verbindung mit der Natur lebte, nein, wie den meisten Menschen, die auf dem Land geboren und aufgewachsen sind, ist auch mir die Natur fast gleichgültig. Und ich glaube auch nicht, daß mein spontaner Kontakt und diese Selbstfindung in so bescheidenen einfachen Dingen von meinen Ideen oder meinen politischen Anschauungen bestimmt worden wäre; auch der Besitzer dieses Stalles war ja, um dir gleich ein Gegenbeispiel zu geben, ebenfalls ein armer Cafone, aber seine täglichen Besuche lösten bei mir Schrecken und Widerwillen aus. Ich begriff sofort, daß er mich nur deshalb nicht der Polizei ausgeliefert hatte, weil er sich ein gutes Geschäft versprach, sobald er meinen Namen erfahren hatte. Vielleicht ist Freundschaft auch nicht einmal das richtige Wort, um diese Art von Beziehung zu beschreiben, die zwischen mir und den anderen Dingen dieser Zufluchtsstätte entstand; ja, es wäre vielleicht genauer zu sagen, daß ich mich in Gesellschaft fühlte, in guter vertrauter Gesellschaft, und daß ich eben Gefährten gefunden hatte. ›Gesellschaft‹ war auch das erste neue Wort, das Infante von mir lernte. Er konnte schon ›Brot‹ sagen, daß er wie ›Boot‹ aussprach, und ich erklärte ihm mit Gesten, daß zwei Personen, die das Brot teilten, Kumpane, Gefährten werden. Am nächsten Tag lieferte mir Infante einen Beweis seiner Intelligenz und daß er mit meinen eigenen Empfindungen übereinstimmte, als er auf ein paar Mäuse zeigte, die zwischen dem Stroh herumtrippelten und

Brotkrümel suchten, und mir ins Ohr flüsterte: ›Kumpane‹. Von da an gab er jeden Tag auch dem Esel ein Stück Brot, damit der ebenfalls in unsere Gesellschaft aufgenommen würde und wir ihn auch wirklich unseren Gefährten nennen konnten, wie er es verdiente. Ich müßte dir viel mehr über meinen Aufenthalt in dem Stall erzählen, käme dabei aber doch jedesmal wieder zu dem Schluß, daß ich dir damit meinen gegenwärtigen Seelenzustand zu erklären versuche, denn ich bin von dort, wenn nicht vollkommen verwandelt, so doch von allem entblößt herausgekommen. Mir scheint, daß ich bis zu jenem Tag nicht ich selber war, sondern nur wie ein Schauspieler im Theater eine Rolle dargestellt und mir dazu sogar eine passende Maske aufgesetzt und vorgeschriebene Floskeln deklamiert habe. Unser ganzes Leben erscheint mir jetzt theatralisch, konventionell und künstlich.«

»Du willst mir Angst machen, meine Junge«, sagt Donna Maria Vincenza.

»Wenn ich gestorben wäre, als ich von diesem Land nur kannte, was in den Büchern steht, hätte ich nicht einmal erfahren, daß es Cafoni gibt, das siehst doch auch du ein. Und schließlich handelt es sich ja nicht um wenige Leute und noch nicht einmal um unbedeutende, denn am Ende ernähren wir uns ja alle von ihrer Arbeit. Aus den Büchern hätte ich auch nie erfahren, daß es Infante gibt. Glaub mir, Großmutter, ich möchte dir nicht weh tun, es widerstrebt mir, einer Person, die ich liebe, etwas vorzuheucheln, sonst würde ich dir am liebsten verheimlichen, wie ich die Dinge jetzt sehe. Mit bloßem Auge betrachtet, wie ich das jetzt kann, erscheint mir unser Land so gefährdet und vom Einsturz bedroht wie Theaterkulissen: Eines Nachts wird es ein etwas heftigeres Erdbeben geben, und damit ist dann die Vorstellung beendet. Das ist alles nicht sehr ermunternd. Die Ruhe dagegen, der Friede, die Vertraulichkeit und das

Wohlbehagen, das ich in diesem Stall empfunden habe, kamen nur von dieser demütigen und beständigen Gesellschaft. Stundenlang hörte ich nur das dumpfe Geräusch, mit dem der Esel die Streu zwischen den Kiefern zermahlte, und ich mußte unwillkürlich daran denken, daß nur wenige Menschen imstande sind, bei Tisch eine solch gelassene Zurückhaltung zu üben. Auch die wenigen Lebenszeichen, die von außen in meine Höhle drangen, waren dieser Art. Oben an einer der Wände entdeckte ich neben einem Dachbalken eine Öffnung, die nur eine halbe Hand breit war; wenn ich mich rittlings auf den Esel setzte, konnte ich durch diesen Spalt einen Misthaufen und ein paar Meter eines schneebedeckten schmalen Weges sehen. Auf diesem Wegstück erblickte ich manchmal einen kahlen alten Schäferhund, dessen Halsband zum Schutz vor den Wölfen mit Nägeln gespickt war, hin und wieder kam auch ein Huhn vorbei. Sie näherten sich dem Stall, sahen zu dem Loch hoch, durch das ich sie beobachtete, vielleicht sahen sie auch mich, ja ganz gewiß sogar, aber sie behielten es für sich. Ich sah von dort aus auch einen schmalen Streifen des leeren weißlichen Himmels, über den nur ein paar braune Spatzen flogen; einige von ihnen setzten sich auf den Misthaufen und hüpften hungrig und unruhig, wie es in diesem Land sogar die Vögel sind, pickend auf dem Dung herum. Dann entdeckte ich, nachdem ich einen großen Stein weggerückt hatte, der sie von innen verschloß, auch unten an einer Mauer gleich über dem Erdboden eine Öffnung, die so groß war, daß gerade eine Katze hindurchkonnte. Ich gewöhnte mir an, dieses Loch jeden Morgen aufzumachen, um ein wenig mehr frische Luft hereinzulassen, als durch die Türritzen eindrang; ja, und um noch besser atmen zu können, streckte ich mich da aus und legte den Kopf neben das Loch auf eine Handvoll Stroh, das mir als Kopfkissen diente. Es bestand nicht die geringste Gefahr für mich, entdeckt zu werden, weil draußen vor dem Loch der

Boden ein wenig aufgeworfen war und ein Vorübergehender beim besten Willen nicht durch das Loch hätte hereinsehen können. Ich selber konnte nicht mehr erkennen als die Erdscholle, die sich vor dem Stein gebildet hatte, der das Loch verschloß, und die ohne dessen Stütze nun aussah, als sei sie in der Mitte durchgeteilt worden. Stundenlang lag ich bewegungslos da und hatte als einzigen Ausblick nur dieses wenige Zentimeter von mir entfernte Stück Erde. Ich hatte Erde noch nie so aus der Nähe gesehen. Daß eine Erdscholle, aus der Nähe betrachtet, eine so lebendige, reiche, unendliche Wirklichkeit sein könnte, ein wahrer Kosmos, ein Gewebe von Bergen, Tälern, Sümpfen, Tunnels mit unbekannten und meist unerkannten Bewohnern, hätte ich mir nie vorgestellt. Dies war im eigentlichen Sinne meine Entdeckung der Erde. Das Merkwürdige ist: Ich bin hier auf dem Lande geboren und dann durch halb Europa gereist, einmal war ich sogar zu einem Kongreß in Moskau; wie viele Felder, wie viele Wiesen habe ich also schon gesehen; bestimmt Tausende von Hügeln und Bergen, Millionen Bäume, aberhundert Flüsse; und doch hatte ich die Erde so noch nie gesehen. Überleg doch, Großmutter, wenn die Polizei mich nicht gezwungen hätte, mich in einer Höhle zu verkriechen, hätte ich trotz der paar Jahrzehnte, die ich schon lebe, nicht einmal erfahren, was das ist, die Erde. Das Wort Erde hat für mich nun eine ganz bestimmte Bedeutung erhalten; es bezeichnet für mich jetzt vor allem jene ganz bestimmte Erdscholle, die ich aus der Nähe gesehen und persönlich kennengelernt habe, mit der ich eine gewisse Zeit zusammengelebt habe. Das Wort Erde ist jetzt also für mich so etwas wie der Name eines guten Bekannten. Dabei war aber diese Erdscholle, wie du dir vielleicht schon gedacht hast, ganz und gar nichts Besonderes, das war kein auserwähltes Stück Erde, das besonders fruchtbar gewesen wäre, sondern es war ein ganz gewöhnliches Stück Erde. Stell dir vor, wie aufregend, als ich eines Morgens in dieser Erde ein keimendes Weizenkorn entdeckte. Zuerst hatte ich Angst, daß der Samen schon tot wäre; als ich aber dann ganz vorsichtig mit einem Strohhalm den Boden ringsum entfernte, entdeckte ich, daß eine ganz zarte kleine Zunge aus ihm herauswuchs, die aussah wie ein winziger Grashalm. Von nun an war mein ganzes Sinnen und Trachten nur auf diesen kleinen Samen gerichtet. Ich war ganz verzweifelt, weil ich nicht genau wußte, was ich am besten tun sollte, um seine Lebensbedingungen zu verbessern. Und auch jetzt weiß ich leider immer noch nicht, ob das, was ich getan habe, dann das Richtige war. Um ihn vor Frost zu bewahren und Ersatz für den von mir entfernten Stein zu schaffen, der ihn bisher geschützt hatte, häufelte ich eine Handvoll Erde auf; jeden Morgen brachte ich darüber ein wenig Schnee zum Schmelzen, um ihm die nötige Feuchtigkeit zu verschaffen; und damit es ihm nicht an Wärme fehlte, hauchte ich oft darauf. Und da auch ich nichts zu trinken hatte und meinen Durst mit dem wenigen Schnee stillen mußte, den ich durch die Öffnung erreichen konnte und den ich möglichst sauber zu schmelzen versuchte, der aber trotzdem immer ein wenig nach Holz und Mist schmeckte, ein wenig nach flüssiger Erde, ernährten dieser kleine Same und ich uns in gewissem Sinne von demselben und waren so auch irgendwie Gefährten geworden. Meine eigene Existenz kam mir ebenso gefährdet, und ich kann mir ebenso ausgeliefert vor wie der kleine Samen, der unter dem Schnee sich selber überlassen war; gleichzeitig empfand ich meine Existenz genauso natürlich, lebendig und wichtig wie die seine, ja sie war das Leben selbst in seiner anspruchslosen, schmerzlichen und immer bedrohten Wirklichkeit. Es ist tatsächlich unmöglich und wäre auch zu bequem, sich mit dem Konzept der Unsterblichkeit zu trösten (der Unsterblichkeit der Getreidespezies), wenn man um das Schicksal eines bestimmten Weizenkorns

zittert, das man persönlich kennt und mit dem man zusammengelebt hat. Leider sind meine Worte nicht einfach, rein und klar genug für diese Dinge, die ich dir da erzähle, Großmutter. Während dieser ganzen Zeit habe ich unter keiner besonderen geistigen oder körperlichen Störung gelitten. Nur mein Herz schlug schneller als gewöhnlich, das muß ich zugeben. In bestimmten Augenblicken hörte ich seine dumpfen unregelmäßigen Schläge gegen meinen schwachen Brustkorb, als kämen sie aus weiter Ferne, und waren doch so nahe, wie wenn ein Kumpel unten im Bergwerk mit seiner Spitzhacke arbeitet; sie ähnelten auch (eine merkwürdige und unerklärliche Assoziation meines Gedächtnisses) den Hammerschlägen des Tischlers auf den Sarg, in dem mein Vater lag. Das Gedächtnis schafft geheimnisvolle Zusammenhänge. Auch du warst damals dabei, Großmutter, als Meister Eutimio den Deckel auf den Sarg legte, in dem mein Vater seit vierundzwanzig Stunden lag, und ihn dann zunagelte. Daran erinnere ich mich, als wäre es heute. Es war damals Abenddämmerung. Draußen auf der Straße bildete sich schon der Trauerzug. Weit weg von allen in meinem Zimmer eingeschlossen, drückte ich die Fäuste auf die Ohren und machte die Augen zu, um allein zu sein, um das Weinen Mamas, das Psalmodieren der Pfarrer nicht zu hören; aber die Schläge des Tischlers auf den Sarg, die hörte ich sehr wohl, diese unregelmäßigen dumpfen kurzen Schläge, die aus weiter Ferne zu kommen schienen. Ich hätte nicht gedacht, daß sie mir so lange und hartnäckig im Gedächtnis haften, mir so tief in Fleisch und Blut eingedrungen sein würden, daß ich sie jedesmal wiederhöre, wenn mein Herz vor Erregung heftig schlägt. Ist es denn so schwierig, Großmutter, seinen Vater zu begraben? Ich weiß nicht, ob du eine ähnliche Erinnerung hast.«
»Ich habe erlebt, wie so mancher Sarg zugenagelt wurde, mein Junge«, sagt Donna Maria Vincenza, »ich habe geliebte

Menschen dahingehen sehen und an offenen Gräbern auf dem Friedhof gestanden, in die sie gelegt wurden.«
»Wenn die liebsten Menschen gestorben sind«, fährt Pietro fort, »bekommt das ganze Leben eine andere Farbe, es wird dunkler; auch am Morgen kommt es uns dann vor, als sei es Abend. Vielleicht hatte mich der Tod Don Benedettos und eines anderen Menschen, den du kennst, Großmutter, innerlich darauf vorbereitet, mich mit den Lebewesen und den Gegenständen meines dunklen Zufluchtsortes vertraut zu machen und mich dem Rest der Welt zu entfremden. Ich bin ehrlich gesagt überzeugt, daß diese Neigung meines Herzens nicht einmal durch die Verhaftung zerstört worden wäre. Versteckt habe ich mich, weil ich eher instinktiv jene alte Regel befolgte, die es anständigen Leuten verbietet, sich ihren Verfolgern spontan auszuliefern, um ihnen ihr widerwärtiges Handwerk nicht zu sehr zu erleichtern. An den ersten Tagen in meinem Versteck, als es im Tal von Pietrasecca von Polizisten, Soldaten und Carabinieri wimmelte, kam mir mehrmals der Gedanke, aus meinem Unterschlupf herauszukommen und sie zu fragen: Meine Herren, wen sucht ihr eigentlich? Warum schnuppert und wühlt ihr denn wie Jagdhunde hinter jedem Busch, in jeder Höhle, hinter jedem Felsbrocken herum? Ach, mich sucht ihr? Ihr wollt mich mitnehmen? Mich? Aber merkt ihr denn nicht, ihr Dummköpfe, daß ich nicht zu euch, sondern zu einer ganz anderen Rasse gehöre? Wißt ihr denn nicht, daß ich euch selbst dann nicht gehöre, wenn ihr mich ankettet? Aber da ihr so unwissend seid, will ich es euch erklären: Ich gehöre nämlich zu jenen, deren Reich nicht von dieser Welt ist, dies ist das Geheimnis von mir und meinen Freunden. Aber glaubt nun nur nicht, daß ich damit sagen will, unser Reich sei im Himmel; dies können wir großzügig den Pfarrern und den Spatzen überlassen; nein, unser Reich ist unter der Erde. So hätte ich zu meinen dummen Verfolgern gesprochen, wenn ich mich

schon damals an jenen ersten Tagen leichten Herzens von meinen Gefährten hätte trennen können, die ich in dem Stall getroffen hatte. Erst später, als das Fuhrwerk mich auf dem Strom der Zeit zu Tal brachte, wurde mir bewußt, wie eng ich mit ihnen verbunden war. Noch heute kommt es oft vor, daß ich nachts aufwache und mich frage: Was wohl Infante jetzt macht? Ob er gestern abend irgendwelche Abfälle zum Essen gefunden hat? Ob er noch ein paar Worte gelernt hat und sich noch an die erinnert, die ich ihm beigebracht habe? Was wohl Susanna macht?«
»Susanna?« fragt Donna Maria Vincenza überrascht.
»Ja, sie war auch da, das habe ich dir doch gesagt«, sagt Pietro, »warum wunderst du dich darüber?« »Eine Frau?«
»Ja, das heißt, nein; nun, der von mir schon oft erwähnte Esel ist eine Eselin und heißt Susanna; ich dachte, ich hätte es dir gesagt. Objektiv gesehen ist Susanna nicht gerade so ein außergewöhnliches Tier. Ja, sie ist eine ganz gewöhnliche, fast bis zum Skelett abgemagerte, von all den Anstrengungen und vom Werfen aus der Form geratene Eselin mit zahlreichen Abschürfungen und kahlen Stellen auf dem Rücken und an den Beinen; aber sie hat ihre guten Eigenschaften, sie ist schweigsam, geduldig, in ihr Schicksal ergeben und ruhig, ja, sehr ruhig und in keiner Weise von dem lächerlichen Ehrgeiz geplagt, der arme Leute oft verdirbt. Meine Liebe zu Susanna gehört nicht in die unbestimmte widerwärtige Kategorie des »Tierschutzes«, das hast du sicherlich verstanden, Großmutter; mir ist das arme Tier einfach deshalb lieb geworden, weil wir eine Zeitlang das gleiche Brot gegessen und auf dem gleichen Stroh geschlafen haben; und zwar lange Zeit, ohne auch nur einmal mit Susanna zu streiten oder mich aufzuregen. Sie hat einen Blick ... Großmutter, hast du jemals einem Esel in die Augen geschaut?«
»Vielleicht, ich weiß nicht, mein Lieber, ich kann mich nicht erinnern.«

»Bestimmt hast du das nicht getan, sonst hättest du es nicht vergessen. Wenn die Esel reden könnten, Großmutter ...«
»Dann könnten sie bestimmt nichts Übermenschliches sagen, glaub mir, mein Junge. Sie würden gutes Stroh verlangen und sauberes Wasser.«
»Meinetwegen, vielleicht. Auch wenn bei den Eseln nicht mehr als diese zwei oder drei Wörter herauskämen, würden diese wenigstens konkreten, sichtbaren, greifbaren Dingen entsprechen. Es wäre doch ein großes Glück für unsere aus den Fugen geratene alte Kultur, wenn man von vorne anfangen könnte, beim nackten Stroh und beim sauberen Wasser, und dann tastend weiterginge, indem man jedes unserer großen Worte erst einmal auf die Goldwaage legte.«
»Aber Junge, kein Lebewesen braucht doch den Rat eines anderen, um zu wissen, was Gerechtigkeit, Ehre und Treue ist; und alles übrige kann meinetwegen der Teufel holen. Aber ich verstehe gar nicht, warum Venanzio nicht zurückkommt; vielleicht ist er in einer Kneipe gelandet und denkt nicht darüber nach, daß wir auf ihn warten.«
Da es immer später wird, überredet Pietro schließlich seine Großmutter, sich schlafen zu legen und ihn allein auf die Rückkehr des Knechts warten zu lassen.
Um die Wartezeit abzukürzen, betritt er ein Nebenzimmer, das dreißig Jahre nach Don Bernardos Tod immer noch Don Bernardos Zimmer genannt wird, und beginnt zwischen den alten landwirtschaftlichen Büchern und Heiligenlegenden zu wühlen; die Literatur ist einzig und allein durch die *Göttliche Komödie*, *Das befreite Jerusalem* und *Meine Gefängnisse* vertreten; die Geschichte durch den Muratori und den Botta. Irgendein Handbuch der Taubstummensprache gibt es nicht. Pietro hat sich darüber bei seiner Großmutter schon bitter beklagt.
»In deiner Bibliothek fehlt wirklich das Wesentliche«, sagte er eines Tages ohne Umschweife zu ihr.

»Wir haben nie Taube in der Familie gehabt«, entschuldigte sich Donna Maria Vincenza.

»Die Familie, immer und ewig nur die Familie«, antwortete Pietro verärgert.

Pietro blättert in einem *Barbanera*-Almanach und liest, neugierig geworden, die dynastischen und tellurischen, landwirtschaftlichen und meteorologischen Vorhersagen für das Jahr; aber da in der Gegend um Rom kein einziges Erdbeben angekündigt wird, findet er den Almanach doch zu dumm und reaktionär. Er gähnt, sein Kopf wird schwer vor Müdigkeit und sinkt ihm auf die Brust. Er löscht die Lichter im Raum und reißt ein Fenster auf, vielleicht hofft er, in der kalten Luft wach zu bleiben; das Fenster ist wie alle anderen im Erdgeschoß durch ein starkes Eisengitter geschützt. Er steigt auf die Fensterbank, um etwas weiter sehen zu können, aber sein Blick wird durch die Umfassungsmauer eingeschränkt; die skelettartig verkrümmten Äste der dahinterstehenden Bäume erinnern an Stacheldraht. Obwohl der Himmel bedeckt ist, wirkt der Hof durch den Schnee einigermaßen hell; die Dinge im Hof haben unter dem Schnee ihre Körperlichkeit verloren und sind jetzt nur noch reine Formen, Rechtecke, Quadrate, Dreiecke, Pyramiden um den zylindrischen Brunnen. Das Tor ist ein schwarzes Rechteck. Jenseits davon liegt die Welt. Pietro horcht hinaus, um vielleicht mit dem Gehör wahrzunehmen, was er nicht sehen kann. Er lauscht wieder auf den alten Strom der Zeit, der jenseits des Tores fließt; in das Murmeln jener Wasser mischt sich das klägliche Gekläffe einiger Hunde in den Heuschobern. Mit der Stirn an einen der Eisenstäbe gelehnt, hört Pietro lange angestrengt hinaus. Der Hof vor ihm gleicht einer Insel, die Umfassungsmauer einem Deich, das Eisengitter vor dem Fenster ist genau wie in einem Gefängnis. Er starrt in Richtung des Hoftors, das ihm wohl ganz unglaublich nahe erscheint. Plötzlich springt Pietro von der

Fensterbank und schließt das Fenster. Er läuft zur Haustür, aber diese ist fest verriegelt; außer dem schweren Schloß und einer dicken Kette gibt es zwei im Boden verankerte Eisenstangen, sowie in Kopfhöhe zwei in die Mauer eingelassene eiserne Verstärkungen. Von innen läßt sie sich aber leicht öffnen. Er beschließt, wegzugehen. Auf Zehenspitzen geht er die Treppe hinauf, die zu seinem Zimmer führt, sucht im Schrank einen dicken Mantel, einen Schal, Wollhandschuhe und ein Paar Stiefel und will schnell noch zwei Abschiedsworte an seine Großmutter auf ein Stück Papier schreiben. Aber in diesem Augenblick ruft ihn Donna Maria Vincenza aus dem Nebenzimmer; er zögert, aber beim dritten oder vierten Rufen bleibt ihm nichts anderes übrig als seine Wollsachen auf einen Stuhl zu legen und das Zimmer der Großmutter zu betreten, um zu sehen, ob sie etwas braucht. Das Zimmer ist von einem Öllämpchen erleuchtet, das auf einer Konsole steht. Donna Maria Vincenza liegt mit gefalteten Händen da, als bete sie. Das Gebetbuch auf dem Nachttisch ist aufgeschlagen.
»Ist Venanzio noch nicht zurück?« fragt sie. »Und du bist noch nicht im Bett? Junge, vor kurzem hat es schon Mitternacht geschlagen. Mir kommt es vor, als hätte ich schon viele Stunden geschlafen. Ich habe von dir geträumt, mein Lieber, und ich wollte in dein Zimmer kommen, um es dir zu erzählen, als ich deine Schritte hörte. Was für ein anstrengender, trauriger und merkwürdiger Traum. Ich bin vor kurzem aus Angst vor dem Traum hochgeschreckt. Setz dich einen Augenblick hier ans Fußende, mein Lieber, dann vergeht mir vielleicht die Angst, und ich kann mich wieder erinnern, wie es war. Ja, also ich habe geträumt, ich sei eine Eselin. Verstehst du, nicht einfach so, sondern eine echte Eselin mit vier Beinen, irgendeine ganz gewöhnliche und schon alte Eselin. Und das wäre an sich ja noch nichts so Besonderes. Aber ich hatte als Eselin im Traum die Aufgabe, dich auf

dem Rücken zu tragen und deinen Vater zu suchen. Es wäre falsche Bescheidenheit, mein Junge, wenn ich behaupten wollte, du seist leicht gewesen; sechzig Kilo hast du bestimmt gewogen; und das war ein sehr mühsamer Weg durch Täler, über Berge und Hügel, an unbekannten Flüssen und Bächen entlang, durch furchterregende dunkle Wälder. In meinem ganzen Leben hatte ich noch nie eine so mühevolle Aufgabe. Und obwohl ich nicht vergesse, daß es ein Traum war, habe ich auch jetzt noch heftige Schmerzen im Rücken und an den Knien. Also war es vielleicht doch kein Traum. Über dich als Reiter kann ich mich nicht beklagen, ich kann nicht einmal behaupten, daß du mich zu viel geschlagen hättest, nur wenn ich langsamer wurde, drücktest du mir prompt die Fersen heftig in die Weichen und schriest: Hü hott, wie man es ja bei Eseln macht. Ich hatte also die Aufgabe, dich zu deinem Vater zurückzubringen, und irgendwie gehört, daß er sich an einen Wallfahrtsort geflüchtet hätte. Wer weiß warum, denn dein Vater war zwar ein guter Christ, aber Tabakgeruch hat ihm immer besser gefallen als Kerzengestank. Ich habe dich also zuerst einmal nach San Domenico di Cocullo getragen, aber dein Vater war nicht da. Von dort sind wir zur Madonna della Libera nach Pratola; dann nach San Giovanni da Capestrano. Ach, mein Junge, als ich dazu bestimmte Anhöhen hinauf mußte, geriet ich mehrfach außer Atem. An jedem Wallfahrtsort setzte ich dich ab, betrat die Kirche und suchte deinen Vater in den Pilgergruppen, bei den Heiligtümern, in den Beichtstühlen, den Kapellen der Seitenschiffe, hinter dem Hauptaltar, in der Sakristei, in den Herbergen; am merkwürdigsten war, daß keiner sich wunderte, eine Eselin in der Kirche herumlaufen zu sehen.«
»Der Esel ist doch in der Kirche wie zu Hause«, sagt Pietro.
»Der Esel ist bei der Krippe, bei der Flucht aus Ägypten.«
»Auf der Straße fragte ich die Leute: Gute Leute, habt ihr nicht zufällig den Vater dieses Jungen vorbeikommen sehen?

Gute Eselin, antworteten mir da immer die Leute, es tut uns wirklich leid, aber wir haben ihn nicht gesehen. Und so mußten wir unsere Suche von einem Wallfahrtsort zum andern fortsetzen. Von Capestrano habe ich dich zur Schmerzensreichen Mutter von San Gabriele gebracht; und dann kamen wir, nachdem wir die Berge hinter uns gelassen hatten und am Meer entlang gegangen waren, schließlich in das heilige Haus von Loreto. Unter dem großen Portal dort erwartete er uns, dein Vater. Er war sehr blaß und schien, ehrlich gesagt, nicht gerade guter Laune, nein, er war ganz bestimmt kein fröhlicher Mann. Wenn er uns sieht, dachte ich bei mir, wenn er uns erkennt, wird er vor Freude weinen, und es wird wie in dem frommen Gleichnis vom verlorenen Sohn sein. Ich habe den Kopf zu dir umgewandt, um dich aufzufordern, abzusteigen und in seine Arme zu eilen. Aber du warst nicht mehr da, keine Spur von dir weit und breit auf dem Platz oder auf der Treppe zur Wallfahrtskirche, du warst verschwunden. Und jetzt mußt du mir einmal erklären, mein Junge, warum du mich zuerst gezwungen hast, diesen langen Weg zurückzulegen und dann ohne auch nur ein Wort zu sagen, einfach weggegangen bist? Findest du das in Ordnung?«
»Großmutter, das war doch ein Traum«, protestiert Pietro.
»Oh, entschuldige, du siehst, ich schlafe noch halb und habe immer noch diese Angst.«
Gerade in dem Augenblick hört man das Tor quietschen. Durch den Fensterladen sieht Pietro einen Mann den Hof überqueren, einen Augenblick zu den Fenstern von Donna Maria Vincenzas Zimmer heraufblicken, kurz zögern und dann nach links abbiegen und hinter dem Haus verschwinden.
»Es ist Venanzio«, sagt die Signora. »Ich erkenne ihn am Gang. Gottseidank ist ihm nichts passiert.«
»Aber warum kommt er denn nicht herauf?« fragt Pietro.

»Er muß sich doch denken können, daß ich, daß wir auf ihn warten.«
»Er wird Hunger haben und müde sein. Aber wenn du willst, kannst du ja in sein Zimmer hinunter. Dazu brauchst du nicht außen herum zu gehen; du kannst auch über die Innentreppe und durch den Speicher.«

XIII

Pietro geht eine Wendeltreppe hinab bis zu einem dunklen Gang; die Tür ganz hinten führt zu Venanzios Zimmer. Pietro trifft den Knecht auf der Bettkante sitzend an, aus einer großen Schüssel, die er auf den Knien hält, ißt er kalte Suppe. In einer Pfanne auf einem Stuhl liegt auch ein Stück gelblicher Stockfisch, der mit Öl, Pfeffer und Essig zubereitet ist. Dieses Schlafzimmer ist ein großer feuchter, eiskalter kahler Raum im Erdgeschoß, mit einem Fußboden aus Ziegeln, die größtenteils zerbröckelt und wacklig sind; in einer Ecke stehen einige Fässer, eine Pumpe zum Schwefeln, ein Handkarren und ein paar Schaufeln; wäre da nicht das Bett, man hielte den Raum eher für einen Schuppen. Als Pietro eintritt, stellt der Knecht seine Suppenschüssel heftig auf den Boden. Er ist bis zum Kopf schlammverschmiert, die Kleidung, die er am Leib trägt, ist verschmutzt, und seine langen Schnauzbartspitzen hängen herab wie Mäuseschwänze. Er wirkt erschöpft und sieht finster und schlechtgelaunt drein.
»Ist er freigelassen worden?« fragt Pietro voller Angst.
»Ihr dürft mir glauben, daß ich das nächste Mal lieber zwei Ochsen auf den Marsicano-Berg hinauftreibe«, erwidert Venanzio wütend. »Lieber würde ich zu Fuß zur Dreifaltigkeitswallfahrtskirche gehen.«
»Sicher, Venanzio, geh ruhig, wenn du meinst, daß du damit deine Seele retten kannst; aber nicht danach habe ich dich gefragt.«
»Ja, ja, Euer Freund ist raus, Euer Freund ist freigelassen worden, das ist ja das einzige, was Euch interessiert.«
Dieses »Euer Freund« hat er mit derbem Sarkasmus betont.
»Habt Ihr vielleicht geglaubt«, fährt er fort, »die Carabinieri wollten ihn im Gefängnis behalten und für den Rest seines Lebens ernähren? Sicher, das Leben eines Pensionärs auf Staatskosten könnte jedem gefallen; aber für Cafoni ist das

nicht vorgesehen, es ist nur für solche, die ihr ganzes Leben lang nichts tun und im Alter müde vom Nichtstun sind. Im übrigen hätten sie diesen tauben Landstreicher, wie mir der Brigadiere erklärt hat, auch ohne meine Aussage morgen oder übermorgen freigelassen, denn er hat ihnen schon auf seine Art mit Gesten und Gewinsel klargemacht, daß er aus Pietrasecca stammt und Fante heißt oder so ähnlich; und schließlich hatten sie ihn vor allem deshalb festgenommen, weil der Pfarrer das in seiner Panik gefordert hatte, aus keinem anderen Grund.«

Pietro fällt ihm ins Wort: »Wo ist er jetzt? Ist er nach Pietrasecca zurückgebracht worden?«

»Ich komme gleich darauf, habt doch ein wenig Geduld. Zuerst einmal müßt Ihr wissen, daß das mit der Entlassung nicht so glatt lief, wie Ihr mir habt einreden wollen; ich bin sogar schwer in die Klemme geraten. Die Carabinieri wußten, wie gesagt, schon, wer dieser Mann ist, sie hatten keine Zweifel, was seine Person betrifft, aber sie brauchten, um ihn freilassen zu können, eine Unterschrift, so verlangt es anscheinend das Gesetz. Der Brigadiere hat mir erklärt, daß man für jeden Akt eine Unterschrift, einen Beleg braucht, den man dann ins Archiv tun kann. Und da es in Pietrasecca, das ja nur eine Gemeindefraktion ist, kein Amt gibt, haben die Carabinieri auf die Unterschrift aus dem Rathaus von Lama gewartet, zu dem Pietrasecca gehört; einfach irgendeine Unterschrift auf einem Stück Papier, auf dem steht: Der Soundso ist wirklich geboren, also gibt es ihn, fertig, nur so fürs Archiv. Schon heute morgen hatte der Brigadiere an das Rathaus geschrieben, und spätestens morgen oder übermorgen wäre die Unterschrift wahrscheinlich eingetroffen und zu den Akten gekommen. Dann hätte sich die Verhaftung erübrigt.«

»Die Akten der Carabinieri interessieren mich ehrlich gesagt in diesem Augenblick nicht gerade sehr, Venanzio. Hast du

Infante gesehen? Trägt er Spuren von Prügeln, von Mißhandlungen?«

»Auch mich haben diese Akten nicht im geringsten interessiert, das dürft Ihr mir glauben. Ich habe mich stets nur um meine eigenen Angelegenheiten gekümmert, wie Ihr genau wißt oder wissen solltet. Aber der Brigadiere hat mir von den Akten ungefähr mit der gleichen Achtung erzählt, wie sie Tante Eufemia bei der Anbetung des heiligen Sakraments aufbringt, und hat dann schließlich, heuchlerisch wie einer, der einen mit derselben Hand streichelt, in der er schon das Messer verbirgt, zu mir gesagt: Venanzio, ich setze jetzt sofort das Protokoll auf, ich schreibe auf ein Stück Papier, was du über diesen Mann erzählt hast, dann unterschreibst du das, und dieser Mann wird freigelassen.«

»Um es kurz zu machen, du hast unterschrieben, und er ist freigelassen worden. Ich danke dir.«

»Von wegen, ich habe meinen Hut genommen. Herr Brigadiere, gehaben Sie sich wohl, habe ich gesagt und bin schnell Richtung Ausgang gegangen. Als er sah, wie ihm seine Beute entwischte, lief mir der Brigadiere nach, schloß die Tür und stellte dort eine Wache auf; dann hat er versucht, mir einzureden, daß ich ihn falsch verstanden hätte, während ich ihn in Wirklichkeit natürlich sehr gut verstanden hatte. Was er von mir verlange, sei eine reine Formalität, hat er gesagt, die unschuldigste Sache der Welt. Du liebe Zeit, Venanzio, hat er auf mich eingeredet, du hast A gesagt, jetzt kannst du auch B sagen, Worte sind gut und schön, ich behaupte ja nicht, daß ich deinen Worten nicht glaube; aber Worte sind vergänglich, während die Akten bleiben. Sei vernünftig, Venanzio, fuhr er fort, deine Unterschrift ist unerläßlich, nicht für mich, ach, wenn es nur um mich ginge, sondern für die Akten, und mit den Akten darf man nicht scherzen; dann hat der Brigadiere ein Blatt Papier genommen und angefangen zu schreiben. Als ich das sah, stieg mir das Blut in den

Kopf, ich habe ihn am Arm gepackt und ihn gezwungen, die Feder niederzulegen. Um Gotteswillen und im Namen aller Heiligen, Herr Brigadiere, habe ich gesagt, sparen Sie sich die Mühe, ich unterschreibe nicht. Glauben Sie bloß nicht, Herr Brigadiere, habe ich ihm erklärt, daß Sie es mit einem unwissenden Cafone zu tun haben; ich bin zur Schule gegangen, ich weiß genau, was eine Unterschrift bedeutet und wieviel Leute sich wegen einer einfachen Unterschrift schon das Leben ruiniert haben. Als er mich so reden hörte, verlor der Brigadiere den Mut, er wollte sich nicht damit abfinden, daß es ihm nicht gelungen war, mir etwas vorzumachen, es schien ihm ein Ding der Unmöglichkeit, daß ein anständiger Mensch auf die Wache kommen und von da wieder weggehen konnte, ohne in die Akten aufgenommen worden zu sein. Dickköpfig wie er war, wollte er sich nicht geschlagen geben und fing nun wieder an, halb verführerisch, halb drohend auf mich einzureden, während ich darüber nachdachte, daß ich ja selber an allem schuld war; dies ist die verdiente Strafe, das passiert mir nur, weil ich mich in Dinge einmischen wollte, die mich nichts angehen. Mein Leben lang habe ich mich nur um meine eigenen Angelegenheiten gekümmert und jetzt, ausgerechnet jetzt mußte ich in diese Falle gehen? Nun, Venanzio, willst du deine Aussage unterschreiben? hat der Brigadiere am Ende seiner Litanei gefragt. Um Gotteswillen, Herr Brigadiere, habe ich geantwortet, haben Sie doch wenigstens ein bißchen Achtung vor meinen grauen Haaren; mein ganzes Leben lang habe ich ehrenwert gelebt, warum sollte ich mich da jetzt kompromittieren? Venanzio, hat der Brigadiere zu mir gesagt, der die letzte Hoffnung aufgegeben hatte, ich wußte nicht, daß du so dumm bist. Gewiß, Herr Brigadiere, habe ich rasch erwidert, es muß für einen intelligenten Menschen wie Sie sehr langweilig sein, mit einem so dummen Menschen wie mir reden zu müssen; deshalb hoffe ich, daß Sie mich jetzt sofort gehen lassen.«

»Nun Venanzio, am Ende wirst du ja dann unterschrieben haben, denn, wie du mir gesagt hast, haben sie Infante freigelassen. Ist er nach Pietrasecca zurückgebracht worden?«

»Es ist sehr viel schlechter für mich ausgegangen, ich bin wirklich ein Unglücksrabe. Als der Brigadiere schließlich sicher war, daß er mich nicht hinters Licht führen konnte, hat er ein ganz anderes Gesicht gemacht und zu mir gesagt: Du bleibst so lange hier, Venanzio, wie es mir paßt; du willst also nicht unterschreiben? Gut, das wird dir noch leid tun, hat er mit einem höhnischen Lächeln hinzugefügt; aber in die Akten kommst du trotzdem; denn mit den Akten darf man nicht spaßen, das weißt du doch genau, Venanzio. Ich werde deine Aussage zu Protokoll nehmen und dann darunter schreiben, daß du dich auf verbrecherische Art weigerst, es zu unterschreiben. Deine Weigerung wird durch meine Unterschrift sowie die des wachhabenden Carabiniere bestätigt und bleibt bei den Akten, so lange du lebst, und auch noch danach, Venanzio, noch lange danach, da kannst du sicher sein, denn mit den Akten darf man nicht spaßen. Ich brauchte über die Bedeutung dieser Worte nicht lange nachzudenken; ich habe begriffen, daß ich unrettbar verloren war. Meine schlimmsten Befürchtungen, und Ihr hattet mich ja deshalb ausgelacht, hatten sich erfüllt. Wenn sich in dem Augenblick der Boden unter meinen Füßen aufgetan hätte und ich da hineingestürzt wäre, hätte meine Verwirrung nicht größer sein können. Alle Anstrengungen meines ganzen Lebens, ein anständiger Mensch zu bleiben, waren umsonst gewesen. Nachdem der erste Schreck vorüber war, fing ich an zu weinen wie ein Kind; was blieb mir noch anderes übrig? Ich hatte einen großen Kloß im Hals, der mich daran hinderte, auch nur ein Wort zu meiner Verteidigung oder des Protestes hervorzubringen; aber auch wenn ich hätte reden können, was hätte es genützt? Der Brigadiere schrieb inzwischen mit einem boshaften Lächeln; er schrieb langsam und weidete sich an jedem seiner Worte. Wenn er einen Satz geschrieben hatte, legte er die Feder nieder, um die brennende Zigarette an die Lippen zu führen; er sog den Rauch tief ein und sah dann dem blauen Rauchwölkchen in der Luft nach, bis es sich auflöste. Hin und wieder fragte er nach Einzelheiten zu meiner Person: Venanzio Di Dio, schrie er, antworte lauter; wer war dein Vater? Antworte lauter, sagte er wieder, ich kann dich nicht verstehen. Er ließ mich jede Antwort drei-, vier- oder fünfmal immer lauter wiederholen und behauptete immer, mich nicht zu verstehen. In Wahrheit hatte aber der an der Tür auf Posten stehende Polizist meine Antworten sehr wohl verstanden und lachte; sogar die Leute auf der Straße blieben stehen und hörten zu. Wie lange hat dieses Martyrium gedauert? Ich saß mit dem Hut in der Hand auf einer Bank, mein ganzer Körper war schweißüberströmt, und mein Kopf dröhnte zum Zerspringen. Neben mir befand sich ein vergittertes Fenster; an der Wand gegenüber ein Bild des Königs und der Königin. Zu einem bestimmten Zeitpunkt sah der Polizist dann auf die Uhr, dann stand er auf und sagte zu der Wache: Ich gehe jetzt essen, behalte ihn im Auge. Es war schon dunkel, und wie ich da allein und wehrlos in diesem feindlichen Raum saß, wurde mir mein Unglück bewußt, und wie traurig mein Schicksal war. Dieses neue Pech erschien mir gleichzeitig unverständlich und ganz natürlich.«

»Es tut mir leid, daß ich dich beim Essen gestört habe«, sagt Pietro. »Kannst du nicht nebenher essen, während du erzählst?«

»Ich habe keinen Hunger«, erwidert Venanzio.

Das Erzählen ist für den Unglücklichen gleichzeitig schmerzvoll und nötig, um sich abzureagieren. Eine ganze Zeitlang wird er an nichts anderes denken können.

»Nach ein oder anderthalb Stunden ist der Brigadiere zurückgekehrt«, fährt er fort. »Er hatte einen Zahnstocher

zwischen den Zähnen und machte das Licht an; er trällerte ein Liedchen und schien mehr getrunken als gegessen zu haben. Er setzte seine Unterschrift auf das Blatt Papier, das noch auf dem Tisch lag; dann rief er den Wachtposten und ließ ihn ebenfalls unterschreiben. Darauf legte er das Blatt in eine Schachtel und diese in einen Schrank, wobei er mich hohnlachend ansah. Er brauchte mir gar nicht zu sagen, daß dies die verdammte Akte war, das verstand ich sofort. Du kannst jetzt gehen, sagte der Polizist schließlich zu mir. Nein, warte, du mußt dem Tauben zuerst noch das Geld geben, das du ihm schuldest. Durch eine Falltür im Boden sah ich diesen Unglücksraben heraufkommen, der wirklich eine Jammergestalt war, er hinkte, hatte ein geschwollenes Auge und einen ganz verwilderten Bart. Ich drückte ihm den Fünfziglireschein in die Hand, den Donna Maria Vincenza mir gegeben hatte.«
»Hat er sich darüber nicht gewundert?«
»Nein, er hat den Geldschein zerstreut angesehen wie eine Postkarte. Vielleicht hat er eine so hohe Summe noch nie gesehen und wußte gar nicht, was das war; oder vielleicht hat er auch gedacht, dieser Betrag steht ihm zu, sozusagen als Lohn für die Verhaftung, man kann nie wissen. Draußen auf der Straße merkte ich, daß es schon spät war. Ich bin ein paar Schritte mit dem Tauben gegangen, dann habe ich ihm den Abkürzungsweg nach Orta gezeigt und zu ihm gesagt: Geh jetzt, geh mit Gott, Mann, und laß dich hier nie mehr blicken. Aber er hat zuerst ein wenig gezögert und ist dann einfach immer weiter hinter mir hergegangen. Wie gesagt, es war schon spät, aber es gab noch Leute auf der Straße, hin und wieder eine Frau, die nach der Predigt noch eine Weile in der Kirche geblieben war, und die üblichen Betrunkenen in der Gegend der Kneipen. Ich wollte mich wirklich nicht in Gesellschaft dieses heruntergekommenen Fremden zeigen und mich auch noch ausfragen lassen, ob ich auch verhaftet

gewesen sei und wie und weshalb. Ah, Ihr könnt Euch ja überhaupt nicht vorstellen, wie gemein die armen Leute sein können. Komm, habe ich deshalb zum Tauben gesagt, ich begleite dich ein Stück, und habe ihn am Arm gezogen. Wir sind den Abkürzungsweg unterhalb von Don Lazzaros Haus gegangen und kamen auf diese Weise schnell vors Dorf. Bevor es aufwärts ging, mußten wir den Weg verlassen, weil wir bis zu den Knien im Schnee einsanken, und die Fahrstraße weitergehen. Nach einem guten Stück Weges habe ich dem Tauben Zeichen gemacht, daß er jetzt allein weitergehen solle: Geh, geh mit Gott, habe ich zu ihm gesagt, und komm nur nie auf den unglückseligen Gedanken, noch einmal in diese Gegend zurückzukehren. Aber während ich nach Colle zurückeilte, hörte ich Schritte hinter mir; ich drehte mich um und sah, daß er mir wieder hinterherlief. Also da habe ich dann wirklich die Geduld verloren. Willst du mich zugrunderichten? habe ich ihn angeschrien. Reicht es dir noch nicht, daß ich deinetwegen in den Akten der Carabinieri stehe? Warum läufst du mir nach? Bin ich vielleicht dein Vater? Geh, sagte ich wieder, zieh deines Wegs. Aber ich konnte reden so viel ich wollte, er verstand mich ja nicht; er hat nur ein paar unverständliche Silben gemurmelt. In dem Augenblick fing es wieder stark an zu schneien. So standen wir also mitten auf der Straße im Schnee und sahen uns an, ohne uns miteinander verständigen zu können, und wir waren doch durch den Zufall aneinandergefesselt; so wie man manchmal auf Märkten eine Ziege und einen Esel am selben Pfahl zusammen angebunden sieht. Es war klar, daß dieser arme Mann, der durch die Prügel der Polizisten übel zugerichtet und halb lahm war, bei diesem Wetter und auf dieser Straße die ganze Nacht gebraucht hätte, um bis Pietrasecca zu kommen. Und das auch nur im besten Fall, wenn seine Kräfte bis dort oben ausgereicht hätten. Da kam mir der Gedanke (vor allem deshalb, muß ich gestehen, um ihn loszuwerden), ihm für die Nacht dort in der Nachbarschaft eine Unterkunft zu verschaffen. Komm mit, habe ich also zu ihm gesagt und ihn am Arm gezogen, damit er verstand. Wir haben die Fahrstraße verlassen und sind ein paar hundert Meter über die Felder gegangen bis zum Mühlengraben; dann folgten wir den Pappeln und mußten sehr achtgeben, nicht ins Wasser zu fallen. Auf diese Weise kamen wir zum alten Heuschober der Spinas, der immer noch so heißt, obwohl ihn Euer Onkel Don Bastiano schon vor bald dreißig Jahren an Simone den Marder verkauft hat, der darin wohnt. Kennt Ihr Simone nicht? Das ist ein merkwürdiger Mann; man kann sich ihn nicht vorstellen, wenn man ihn nicht kennt. Aus Hochmut ist er von einem ehemals wohlhabenden Mann schlimmer heruntergekommen als ein Cafone, und es ist schwer zu sagen, ob nun sein gutes Herz stärker ist oder seine Merkwürdigkeit. Früher einmal war er eng mit Eurem Onkel Don Bastiano befreundet, obwohl man sich kaum zwei verschiedenere Charaktere vorstellen kann. Als die Nachricht durchsickerte, daß die Polizei Euch in der Gegend von Pietrasecca suchte, überlegte Simone nicht lange und ging dorthin. Wie man dann erfahren hat, wurde er sofort von der Polizei verhaftet und verhört. Ich bin zur Jagd gekommen, sagte er, zur Wolfsjagd, und zeigte auf sein tatsächlich mit 8 mm Patronen geladenes Gewehr. Aber er hatte keinen Jagdschein. Auch die Wölfe haben keinen, sagte er zu seiner Verteidigung. Dieses Argument ließ man nicht gelten. Sie nahmen ihm das Gewehr ab und erlegten ihm eine Geldstrafe auf, die er bestimmt nicht bezahlt hat.

In meiner Lage«, fährt Venanzio fort, »war dieser Simone der einzige Mensch, an den ich mich in der Gewißheit wenden konnte, daß er mir helfen würde. Als wir vor dem Heuschober angekommen waren, rief ich laut nach ihm und klopfte heftig an die Tür, aber als einzige Antwort kläffte der

Hund von drinnen. Er bellte wie wahnsinnig und warf sich gegen die Tür, die zum Glück verschlossen war. Von Simone keine Spur. Als ich schon entschlossen war, zu gehen und den Tauben dort zu lassen, sah ich am Graben, wo auch wir kurz vorher entlanggegangen waren, einen Schatten näherkommen. An dem schwankenden Gang erkannte ich Simone, der wie gewöhnlich einiges getrunken hatte, und da er sich, wohl durch das Kläffen seines Hundes alarmiert, beeilte, sahen wir ihn ein paarmal im Schnee hinfallen. Wahrscheinlich hat ihn mehr der Schutzengel, der Betrunkene begleitet, als seine Ortskenntnis davon bewahrt, ins Wasser zu stürzen. Jedesmal, wenn er wieder aufstand, hetzte er seinen Hund gegen uns auf: Leone, beiß sie, verschling sie, schrie er. Erst als er bis auf wenige Meter herangekommen war, erkannte er mich, und sogar den Tauben erkannte er wieder, weil er ihn am Vorabend bei der Verhaftung gesehen hatte. Simone wußte natürlich schon von meinem Verhör auf der Polizeiwache, davon hatte er in den zwei oder drei Kneipen gehört, wo er den Abend verbracht hatte. Er hatte sogar erfahren, daß ich selber auch festgenommen worden war, deshalb freute er sich sehr, als er mich mit dem Tauben zusammen sah, denn er dachte, wir wären beide aus dem Gefängnis geflohen und fing an, mich immer wieder zu umarmen und zu küssen und mich zu beglückwünschen. Simone ist leider immer so gewesen. Ich könnte nicht sagen, daß er ein schlechter Mensch ist, im Gegenteil, er hat bestimmt ein gutes Herz, und wenn er nicht betrunken ist, auch Kraft und Mut wie wenige; aber er hat sich immer in die Dinge der anderen eingemischt; daher ist es mit ihm immer weiter abwärts gegangen, er hat seine Mühle und den Weinberg verloren, und seit ein paar Jahren lebt er wirklich wie ein Tier. Ich konnte es daher kaum abwarten, ihm den Tauben anzuvertrauen und dann nach Hause zu gehen; aber Simone glaubte beharrlich weiter, daß wir aus dem Gefängnis ausgebrochen seien, und behauptete daher, daß es für mich gefährlich wäre, nach Hause zu gehen, wo mich die Polizei als erstes gesucht hätte. Während er in seinen Taschen nach dem Hausschlüssel suchte, befahl er seinem Hund, der noch immer kläffte, still zu sein und gab ihm zu verstehen, daß wir als Gäste und als von der Polizei Verfolgte doppelt heilig seien; dann sang er dem Tauben ein verbotenes altes Liedchen ins Ohr, dessen Kehrreim lautet:

Oh, er wird kommen, er wird kommen, er wird kommen,
Jener Tag ...

Immer wieder versuchte ich, auch wenn das eine Enttäuschung für ihn bedeutete, Simone zu erklären, daß wir, ehrlich gesagt, nicht ausgebrochen seien; aber er glaubte mir nicht. Du bist ein ganz geriebener Bursche, sagte er, aber du kannst nicht erzählen. Von einem Angsthasen wie dir, Venanzio, sagte er, während er immer noch nach seinem Schlüssel suchte, von einem Hasenfuß wie dir, hätte ich das ehrlich gesagt, nicht erwartet. Ich will dich damit nicht beleidigen, fuhr er fort, es soll dich nur ermutigen. Mach weiter so, sagte er, dann wird noch ein Mann aus dir. Als er den Schlüssel endlich gefunden hatte, fing er an, das Schlüsselloch zu suchen. Ist dir auch schon aufgefallen, sagte er zu mir, daß im Dunkeln der Schlüssel größer und das Schlüsselloch immer kleiner wird und manchmal sogar ganz verschwindet? Ich warne dich, Venanzio, wenn du versuchst abzuhauen, dann hetze ich Leone hinter dir her. Ich mußte mich also fügen und sein ganzes wirres Gerede anhören und eben darauf hoffen, daß er bald einschlafen würde, sobald er einmal im Haus wäre. Ich machte also mehrere Streichhölzer an, damit er das Türschloß schneller fand; aber er hatte es überhaupt nicht eilig. Ist dir nicht auch schon aufgefallen, Venanzio, daß das Türschloß, sobald man Licht macht, statt einem Loch plötzlich zwei Löcher hat? Wie soll ein armer Teufel dann wissen, welches das richtige ist und welches das falsche? Mit Gottes Hilfe ging die Tür dann endlich auf. Simone trat ein und zündete eine Öllampe an. Er stellte uns umständlich seinem Hund Leone vor und befahl ihm dann, sich auf sein Lager in einer Ecke des Raumes zu legen. Er stellte uns auch seinen Esel Cherubino vor, der hinten im Raum auf Stroh lag, und wünschte ihm gute Nacht. Simones Strohlager mit ein paar zerfetzten Decken befand sich mitten im Raum, und daneben thronte auf zwei Böcken ein Fläschchen Wein. Mein Schlafraum liegt eigentlich im ersten Stock, erklärte er mir, aber wenn ich allein bin langweile ich mich. Du kannst dich gleich auf deinem Strohsack ausstrecken, sagte ich zu ihm, und die Lampe ausmachen; man sieht dir wirklich an, daß du sehr müde bist; ich werde hinaufsteigen und für den Tauben und für mich Stroh herunterwerfen. Aber Simone ließ sich nicht davon abbringen, einen Krug Wein zu füllen und uns zu trinken anzubieten. Ich bin arm, sagte er zu uns, aber ich kenne und achte die Gesetze der Gastfreundschaft. Es sind die einzigen Gesetze, die Achtung verdienen, fügte er hinzu, und in einem christlichen Land sollte es keine anderen geben. Dann wollte er uns auch noch Brot und Käse anbieten. Man könnte so gut leben, murmelte er dem Tauben ins Ohr, wenn es uns gelänge, die Polizisten alle zu erhängen. Natürlich, fuhr er nach kurzer Überlegung fort, könnte man einen guten Teil von ihnen auch erschießen und einem anderen Teil die Kehle durchschneiden; und diese Worte begleitete er mit den Gesten einer Hausfrau, die einer Henne den Hals umdreht, und mit dem kehligen Schrei der erwürgten Henne. Das Wichtigste wäre jedoch, ihren Samen für alle Zeit zu zerstören; also würde es eigentlich ausreichen, sie zu kastrieren. Denk doch nur, Tauber, wie gut man leben könnte. Bei all diesem Gerede konnte ich den Augenblick kaum abwarten, mich davonzumachen und hierher zurückzukommen, um meinen armen Kopf endlich auszuruhen. Aber es war dann ein ganz merkwürdiger Augenblick, als der Taube, vielleicht durch den Wein angeregt, plötzlich anfing zu lachen. Und er sprach. Vor allem lachte er und zeigte dabei auf das Stück Brot, das wir in der Hand hielten, und sagte ganz laut und deutlich, so deutlich wie wir: Kumpane. Wir trauten unseren Ohren nicht. Wie, bist du denn nicht stumm? schrien wir, hast du bis jetzt nur so getan? Hast du dich über uns lustig gemacht? Er lachte und sagte noch einmal: Kumpane, und dann wollte er auch dem Hund und dem Esel Brotstückchen geben, zeigte auf uns fünf alle zusammen und wiederholte lachend: Kumpane. Es war eben das einzige Wort, das er gut aussprechen konnte. Was ist mit Euch, fühlt Ihr Euch nicht gut?«

»Doch, doch, ich bin nur ein wenig erkältet, Venanzio, achte nicht darauf, es ist nichts.«

»Inzwischen verging immer mehr Zeit, und ich wollte doch endlich nach Hause. Einmal sagte ich dann ohne besondere Absicht so dahin: Donna Maria Vincenza wird sich schon Sorgen machen. Als er diesen Namen hörte, fuhr Simone hoch und runzelte die Stirn: Glaubst du wirklich, fragte er mich, daß sich Signora Spina Sorgen macht, wenn du nicht nach Hause kommst und sie nicht weiß, wo du bist? Sicher, antwortete ich, es wundert mich, daß du das überhaupt fragst; seit zweiundvierzig Jahren arbeite ich in diesem Haus und bin jede Nacht heimgekommen. Und wenn die Polizei dich wieder einfängt? wandte Simone ein. Deshalb bot er an, am frühen Morgen am Kircheneingang auf Donna Maria Vincenza zu warten und ihr zu sagen, daß ihr Knecht an einem sicheren Ort sei und sie sich keine Gedanken zu machen brauche. Aber ich bin doch überhaupt nicht aus dem Gefängnis ausgebrochen, entgegnete ich Simone, am Ende meiner Geduld; das habe ich dir doch bereits gesagt, und ich sage es dir noch einmal, ich bin keineswegs verhaftet worden, denn ich habe mich immer nur um meine eigenen Angelegenheiten gekümmert wie jeder weiß, und ich will auch in Zukunft überhaupt nichts anderes. Ich mußte ihm also alles noch einmal von vorne erklären, warum und wieso ich zu so ungewöhnlicher Stunde zu ihm gekommen war, um ihn einzig und allein darum zu bitten, den Tauben bis zum nächsten Morgen zu beherbergen. Wenn das so ist, kannst du auch gehen, sagte Simone angewidert zu mir. Das ließ ich mir nicht zweimal sagen. Als ich dann die Gasse an der Backstube heraufkam, sah ich aus der Ferne zwei Carabinieri an unserer Umfassungsmauer entlanggehen, wahrscheinlich waren sie auf ihrer üblichen Nachtrunde. Aber früher sind sie bei ihrer Runde doch nie bis dort hinauf gekommen. Jedenfalls bog ich, um ihnen nicht zu begegnen, denn sie kamen mir ja entgegen, an der ersten Ecke instinktiv in eine Nebengasse und versteckte mich im Dunkeln unter einem Treppenaufgang, ich glaube, es war unter dem Haus des Schneiderleins Anacleto. Warum habe ich mich jetzt versteckt, fragte ich mich sofort. Vor wem oder was habe ich eigentlich Angst? Welches Verbrechen habe ich begangen? Was geht denn seit ein paar Stunden überhaupt mit mir vor? Als ich die immer schwereren Schritte der Carabinieri näherkommen hörte, die auf mein Versteck zugingen, konnte ich überhaupt nicht mehr nachdenken. Ich kauerte da in meinen schwarzen Mantel gehüllt und hatte den ebenfalls dunklen Hut tief ins Gesicht gezogen. Im Dunkeln konnte man mich bestimmt nur schwer erkennen. Aber dann wurde ich unsicher: Wenn die Carabinieri nun, was ja oft vorkam, einen Hund dabei hatten? Oder wenn Anacletos Hühner plötzlich anfingen zu gackern? Und wenn mich die Polizisten in dieser verdächtigen Haltung nun entdeckten, was für eine einleuchtende Erklärung könnte ich ihnen dann geben? Als sie in einer Entfernung von einem oder zwei Metern an mir vorbeigingen, schloß ich die Augen, hielt den Atem an und versuchte, mein heftiges Herzklopfen dadurch zu unterdrükken, daß ich meine geschlossenen Fäuste mit aller Kraft gegen den Brustkorb drückte. Auch als ihre Schritte nicht mehr zu hören waren, blieb ich müde, erniedrigt und von mir selbst und meinem ganzen Leben angewidert da noch sitzen. So ergeht es einem eben, sagte ich zur mir selber, wenn man sich nicht um seine eigenen Angelegenheiten kümmert; du rennst der Kröte nach und fällst in den Graben.«

»Venanzio«, sagt Pietro und nimmt ihn freundschaftlich bei der Hand, »du sollst es doch nicht bereuen, ein gutes Werk getan zu haben; doch darüber sprechen wir ein anderes Mal. Es ist spät, aber vor dem Schlafengehen will ich dir doch noch sagen, daß du dich nicht so sehr ängstigen sollst, weil jetzt dein Name in den Akten der Carabinieri steht. Glaub mir, dieser Papierkram wird schon ganz bald abbrennen. Gute Nacht, Venanzio, schlaf gut und träume davon, wie die Akten in Flammen aufgehen.«

XIV

Gleich am frühen Morgen stieg Pietro auf den Dachboden und kletterte über eine Sprossenleiter bis zum obersten Fensterchen, um so vielleicht in der Ferne den Heuschober zu entdecken, in dem Infante die Nacht verbracht hatte. Er konnte ihn nur schwer finden, weil er zuerst zu weit in der Ferne suchte. Als Junge, als sich dort noch der Pferdestall seines Onkels Bastiano befunden hatte, war Pietro mehrmals in der Gegend gewesen, und wie es bei Kindheitserinnerungen oft geschieht, war ihm der Weg dorthin länger erschienen, als er in Wirklichkeit war. Eisiger, bis in die Niederungen dringender Nordwind hat die Ebene des Fucino schon vom nächtlichen Nebel befreit. Das aschgraue und grünliche weite Tal wirkt jetzt verlassen, still und wie tot. Über den Berggipfeln ringsum liegt eine dichte Wolkendecke, so daß die ganze Gegend aussieht wie ein riesiger umgestülpter Korb oder auch wie eine riesige Mausefalle. Als Pietro seinen Ausguck gerade schon enttäuscht verlassen will, entdeckt er plötzlich gleich unterhalb des Dorfes, was er in der Ferne gesucht hatte. Dort, wo sich der Abhang zu einem ebenen Vorsprung ausweitet und sich die senkrechten Linien der Weinstöcke mit den waagerechten der Gemüsegärten verbinden, fällt sein Blick auf eine Pappelreihe am Damm eines Wassergrabens; als er diese Baumreihe mit den Augen weiterverfolgt, sieht er das plumpe bäuerliche Gebäude, das Simone dem Marder jetzt als Behausung dient. Keine Menschenseele ist bei dem Heuschober zu erkennen. Infante wird wohl wieder nach Hause zurückgekehrt sein. Aus dem Schornstein des Gebäudes steigt eine dünne Rauchsäule auf, die aus der Ferne und von oben gesehen über der Pappelreihe zu schweben scheint; und da die Baumgipfel vom Nordwind hin- und herbewegt werden, erinnert das Haus an ein Schiff, das gerade im Begriff ist, den Anker zu lichten.

»Herr, wollt Ihr die Zukunft vorhersagen?« fragt Natalina lachend. »Wird es dieses Jahr Hühnerpest geben?«
Die Magd hält mit beiden Händen eine neue Mausefalle aus Draht fest, in der eine winzige, noch lebende graue Maus sitzt, die in der Nacht gefangen worden ist.
»Natalina«, schreit Pietro, »was hast du mit diesem armen Tierchen vor?«
»Ich werde es wie gewöhnlich in dem Bottich hinterm Stall ertränken.«
Pietro steigt hastig die Leiter herunter, indem er zwei Sprossen auf einmal nimmt.
»Die Mäuse, die in der Kirche gefangen werden«, fährt Natalina lachend fort, »haben ein schlimmeres Schicksal, die werden mit Petroleum bespritzt und von Donna Carolina, der Schwester des Pfarrers, lebendig verbrannt. Jeden Morgen versammeln sich ein paar Jungen vor der Sakristei (wie schade, daß Ihr das nicht auch einmal miterleben könnt) und unterhalten sich bestens bei diesem Schauspiel. Manchmal kann man sonntags bei der Messe den Weihrauchgeruch vom Gestank der verbrannten Mäuse kaum unterscheiden. Nicht, daß die Mäuse das nicht verdient hätten, ganz im Gegenteil, aber ich finde, es ist besser, sie zu ertränken, es ist einfacher, außerdem kostet das Petroleum ja auch so viel. Donna Carolina aber meint, daß man warnende Beispiele braucht, wenn man die Mäuse aus der Kirche vertreiben will, und daß die noch lebenden Mäuse von vornherein riechen müssen, was für eine Höllenqual sie erwartet. Und trotz allem kann man wirklich nicht behaupten, daß ihre Zahl in der Kirche abgenommen hätte, ganz bestimmt nicht; in den Beichtstühlen für die Frauen hört man diese ekelhaften Tierchen schon am hellichten Tag herumtrippeln und nagen.«
»Natalina«, ruft Pietro aus, der seine Entrüstung nicht mehr unterdrücken kann, »was du hier sagst, ist nicht nur gemein, sondern auch widerwärtig.«

In dem Augenblick klingelt es am Tor. Natalina stellt die Mausefalle auf den Boden und läuft los, um zu öffnen. Als sie später wieder auf den Dachboden zurückkehrt, findet sie die Falle leer vor. Wütend macht sie sich auf die Suche nach Pietro, der ebenfalls verschwunden ist. Er hat sich in einen Abstellraum im zweiten Stock geflüchtet, der auch als Speisekammer dient. Dort liegen auf Regalen haufenweise schöne Früchte ausgebreitet, Birnen, Äpfel, Mandeln, Nüsse, Quitten, dazu einige Gläser mit Oliven und Marmelade. Seit ein paar Tagen schließt sich Pietro gern in dieser Speisekammer ein, um dort ungestört zu schreiben. Angeregt von diesen Wohlgerüchen, hat er damit begonnen, den Plan zu einer *Apologie der Taubheit* zu entwickeln. Ohne falsche Bescheidenheit liest er das Inhaltsverzeichnis mit großem Vergnügen. *Einführung:* »Glücklich die Tauben im Lande der Lautsprecher.« *Zweites Kapitel:* »Die wahre Kunst, taub zu sein.« *Drittes Kapitel:* »Über die geeignetsten Mittel zur Verbreitung der Taubheit unter den Italienern.«
»Wo ist die Maus hingekommen?« schreit sie wutentbrannt.
»Oh, ist sie weg, ohne dir ihre Adresse zu hinterlassen?« fragt er grinsend.
»Wo ist sie?« schreit sie noch lauter.
»Ha, was für ein gefühlvolles Mädchen«, fährt Pietro im selben Ton fort. »In so kurzer Zeit hast du sie schon so liebgewonnen!«
»Wo ist sie?« schreit Natalina.
Venanzio kommt angelaufen, um sie zum Schweigen zu bringen.
»Bist du denn übergeschnappt?« fragt er. »Du weißt, daß die Signora Besuch hat, und schreist hier so herum?«
Donna Maria Vincenza war gerade erst von der Messe zurückgekehrt, als ihr der unerwartete Besuch des Pfarrers angekündigt wurde.
»Warum haben Sie mir denn nichts vom Mesner ausrichten

lassen?« fragt die Signora, ohne ihre Überraschung zu verbergen. »Ich hätte doch nach der Messe in die Sakristei kommen können.«
»Wenn ich nicht störe«, entschuldigt sich Don Marco, »können wir hier doch vertraulicher miteinander reden. Bei mir zu Hause herrscht nicht einmal nachts Ruhe, und die Sakristei ist wie der Wartesaal eines Bahnhofs, da kommt unablässig jemand herein oder geht hinaus, manche treten auch einfach nur ein, weil es dort geheizt ist.«
Auf dem Tisch steht eine kupferne Kaffeekanne und ein Porzellanmilchkännchen mit einer Tasse für das Frühstück. Donna Maria Vincenza bietet dem Pfarrer einen Platz am Kamin an und setzt sich ihm gegenüber, um ihm zuzuhören. »Wie geht es Donna Carolina?« fragt sie, um das Gespräch in Gang zu bringen.
Ohne ihren Mantel und den schwarzen Schleier wirkt die Signora ärmlich gekleidet; ihr Gesicht ist ohne Verunstaltungen gealtert, doch aus der Nähe betrachtet zeigt es eine Traurigkeit, die Don Marco tief beeindruckt. Trotz ihrer Müdigkeit hält sie ihren an die Rückenlehne des mit einem alten Gobelinstoff bezogenen Sessels gebetteten Kopf hoch; dieser Kopf scheint ebenso abgenutzt wie die verblaßten Rosen auf dem Stoff. Don Marco hat das Haus der Spinas schon seit vielen Jahren nicht mehr betreten und sieht sich jetzt heimlich um, dabei bemerkt er überrascht und verwirrt die Strenge in diesen Räumen, in denen früher, zu seiner Zeit als armer Seminarist, Überfluß und die Aktivität einer Familie von Großgrundbesitzern mit zahlreichen Kindern, Verwaltern, Landarbeitern und Knechten herrschte. Er kann sichtlich sein Unbehagen nicht verbergen. In seinem verschossenen, grünlich schimmernden Hausrock sieht er im harten Morgenlicht wie ein am Feuer zum Trocknen aufgestelltes Holzbündel aus, ein Holzbündel, auf dem ein großer weißer Gipskopf mit zwei runden, in tiefen Höhlen liegenden

Augen aus dunklem Glas sitzt. Der Hut hat rings um seinen Kopf einen dauerhaften Ring eingedrückt, eine Art Aureole, von der kalte Schweißperlen tropfen und die von schwarzen Adern durchzogen ist. Als Donna Maria Vincenza schon anhebt, ihn nach dem Grund seines ungewöhnlichen Besuches zu fragen, fängt der Priester, um Zeit zu gewinnen, langsam und leise, mit ernster und trauriger Stimme an zu reden, wobei er die Hälfte seiner Worte verschluckt, denn bekanntlich ist es nicht unbedingt nötig, daß man tröstende Worte auch versteht, wichtig ist nur, daß sie ausgesprochen werden. Nachdem sich seine Zunge einmal gelöst hat, fließen Don Marcos Worte ganz von allein. Es sind Floskeln, die er seit Jahrzehnten mehr als einmal täglich wiederholt; jeder, der sie hören will, kann also damit rechnen; während er sich gerade rasiert oder Schach spielt, während er also an anderes denkt, er braucht nur die materielle Möglichkeit, den Mund aufzumachen und zu schließen. Heilige Worte. Es ist nicht unerläßlich, daß man über heilige Worte nachdenkt oder auf sie hört; sie wirken einfach schon dadurch, daß sie ausgesprochen werden.

»Wir machen schlimme Zeiten durch, Signora, und wir müssen mit Gottes Hilfe Geduld aufbringen. Sie haben schon achtzig Jahre lang Geduld geübt und nun, da sich der glückliche Tag nähert, an dem Sie die reichen Früchte ernten könnten, wollen Sie die Geduld verlieren? Ach, versuchen Sie mit Christi und der heiligen Jungfrau Hilfe, noch ein wenig Geduld aufzubringen; beißen Sie die Zähne zusammen. In Ihrem hohen Alter kann es sich nur noch um kurze Zeit handeln.«

Seine Worte wirken wie eine beruhigende Arznei, die man einem Sterbenden reicht; sie kann diesen nicht vor dem Tod bewahren, lindert aber seine Schmerzen. Don Marco ist erkältet, und durch die Wärme am Kamin muß er nun nießen. Um die Signora nicht anzustecken, dreht er den Kopf zur

Seite, er sitzt ganz schief da, als habe er plötzlich einen steifen Hals, aber auf diese Weise braucht er der Signora nicht ins Gesicht zu sehen. Ohne Pause geht er vom Thema der christlichen Geduld zu dem der Vorbereitung auf den guten Tod über. In der vergangenen Nacht hat man ihn ans Bett zweier Schwerkranker gerufen, erzählt er.

»Natürlich muß man hingehen, muß man zu ihnen eilen, ein Priester kann schließlich nicht antworten, daß er müde oder erkältet ist. Es gibt hier wieder Fälle von Lungenentzündung«, fährt er fort, »eine Krankheit, die die Alten ins Grab bringt. Heute ich, morgen du, sicher, keiner entgeht der Sense des Schnitters. Ein alter Cafone, Graziano Pallanera, vielleicht erinnern Sie sich an ihn (das ist der, der die Bäckersfrau umgebracht hat, ja, genau der) liegt schon seit Tagen in Agonie und kann nicht sterben. Das braucht einen auch gar nicht zu wundern; vierzig Jahre lang hat der Unglücksmensch keinen Fuß mehr in die Kirche gesetzt, und er hat bestimmt eine ganze Menge von Teufeln im Leib. Ein Priester tut natürlich sein Bestes, um sie zu beschwören, aber vielleicht gibt es Stellen, die von der Segnung nicht berührt werden. Ach, wir machen schlimme Zeiten durch«, seufzt der Priester, »und mit Gottes Hilfe müssen wir Geduld üben.«

Zwei oder drei Knöpfe seines Hausrocks sind in Brusthöhe auf, der Priester faßt hin und wieder mit seiner behaarten Hand hinein und zieht mühsam, als wären es Eingeweide, eine Uhr von der Größe einer Zwiebel hervor, hält sie ans Ohr und schiebt sie, ohne auch nur einen Blick darauf zu werfen, wieder in ihr tiefes Versteck zurück.

»Sind Sie vielleicht wegen eines Almosens gekommen?« fragt Donna Maria Vincenza mit wachsender Ungeduld. »Brauchen Sie Geld für ein frommes Werk?«

»Oh, ich bin nicht deshalb gekommen«, protestiert der Priester errötend. »Im Gegenteil, ich muß mich entschuldigen, weil ich noch nicht in der Lage bin, meine kleine Schuld zu begleichen.«

Donna Maria Vincenza wirft einen Blick auf ihren Kaffee und die Milch, die kalt werden, während der Priester nun anfängt, sich über den schwachen Besuch des Religionsunterrichts und das übliche Klatschen der Frauen beim Gottesdienst zu beklagen. Der Fastenprediger, der ein Mönch ist und außerdem Piemontese, hat dem Priester schon angedroht, daß er dies in seinen Bericht an Monsignore aufnehmen und daß die ganze Gemeinde elend abschneiden werde. Wenn Ihr ein wenig länger hierbliebet, Pater, hatte Don Marco versucht, dem Prediger zu erklären, würde auch Euer Ohr sich daran gewöhnen; man muß ein wenig Geduld haben, hatte er lächelnd zu ihm gesagt, das ist schon immer so gewesen. Man soll ja nicht sein Ohr daran gewöhnen, antwortete der Prediger ihm ungerührt, man darf sich nicht damit abfinden, man darf sich nicht daran gewöhnen, daß die Gläubigen sich in der Kirche aufführen wie auf dem Marktplatz. Als Geistlicher teile ich selbstverständlich Eure Meinung, antwortete Don Marco, aber als einer von hier wollte ich Euch sagen, daß auch Ihr, Pater, wenn Ihr einmal zehn Jahre hier wäret, nicht mehr hinhören würdet, man muß eben ein wenig Geduld haben, sagte er zu ihm, es ist immer so gewesen. Wie auch immer, schloß der Prediger beharrlich, ich werde es in meinem Bericht an Monsignore erwähnen. Und auf diese Weise gibt die Vorsehung dem armen Priester von Colle statt des schwarzen Kaffees, der aus Ersparnisgründen gestrichen worden ist, jeden Tag eine Portion Galle zu schlucken.

Er atmet schwer und stößt die Luft aus seinen vom Tabak gelbgefärbten Nasenlöchern mit einem Pfeifen aus, das an das von alten Mäusen in dürrem Holz erinnert.

»Wie geht es Ihrer Schwester?« fragt Donna Maria Vincenza. »Grüßen Sie sie bitte von mir.«

Mit diesen Worten will sich Donna Maria Vincenza erheben. Don Marco bemerkt es nicht oder gibt vor, es nicht zu bemerken; er nimmt die Hand mit dem Taschentuch von der Nase und macht eine ausholende Geste voll trauriger Resignation.

»Es ginge ihr keineswegs schlecht«, erklärt er mit ganz steifem Hals, »meiner Schwester Carolina ginge es wirklich nicht schlecht, wenn sie sich nicht die abwegige Idee in den Kopf gesetzt hätte, die Mäuse in der Kirche vollkommen auszurotten. Stellen Sie sich das doch einmal vor. Mäuse hat es dort immer gegeben, sage ich ihr bis zum Überdruß. Carolina, nimm doch Vernunft an, schon in den glorreichen Zeiten der heiligen Märtyrer hat es sie gegeben. In den Katakomben hat es sicher von Mäusen gewimmelt, ja vielleicht haben diese sie sogar nach einem Plan der heiligen Vorsehung ausgehöhlt, und die Apostel haben sie erst später, als sie schon vollendet waren, in Besitz genommen; wenn man sie genau anschaut, wirken sie doch auch heute wie riesige Mäusehöhlen. Verstehen Sie mich richtig, ich will natürlich nicht die Mäuse verteidigen, ich stelle nur einfach fest, daß es sie zu allen Zeiten gegeben hat. Kann man sich denn eine katholische Kirche ohne Mäuse überhaupt vorstellen? Man muß das mit Geduld hinnehmen. Gewiß, die Mäuse vermehren sich ungeheuer, es besteht sogar die Gefahr, daß sie die heiligen Stätten ganz in Besitz nehmen und die Gläubigen vertreiben, und da muß man dann natürlich eingreifen und sie dezimieren; ohne sich dabei allerdings Illusionen zu machen, daß man sie wirklich ausrotten könnte. Verstehen wir uns richtig, ich bin der erste, der einräumt, daß die Mäuse in unserer Kirche von Colle jetzt wirklich übertreiben. Sie haben sich in den Beichtstühlen eingenistet, und es gibt fromme Frauen, die jetzt aus Angst vor ihnen nicht mehr zur Beichte kommen. Pater Gabriele hat gestern in der Abendpredigt gegen die Frauen gewettert. Wie? hat er ausgerufen, ihr habt mehr Angst vor den Mäusen als davor, in Todsünde zu verharren? Wißt ihr denn, welche ewigen Strafen euch in der Hölle erwarten, wenn ihr heute nacht plötzlich sterbt? Verstehen wir uns richtig, Signora, vom rein religiösen Standpunkt aus gesehen hat der Fastenprediger natürlich tausendmal recht, und als Priester kann ich ihm nicht widersprechen. Tatsache ist jedenfalls, daß die Mäuse in meiner Gemeinde inzwischen über ihre natürlichen Grenzen hinausgehen, und wenn es Frauen gibt, denen es nicht gefällt, daß sie ihnen zwischen den Röcken herumhüpfen, während sie bei den Bußübungen das Mea culpa aufsagen, dann muß man zugeben, daß ihr Wunsch, geeignete Mittel zu finden, um diese Tierchen zumindest aus den Beichtstühlen fernzuhalten, wirklich berechtigt ist. Schließlich ist die Kirche ja groß und hat Platz für alle. Meine Schwester Carolina übertreibt nun in der anderen Richtung und würde die Mäuse am liebsten ausrotten und ihren Samen vernichten. Stellen Sie sich das nur einmal vor. Meine Warnungen als Priester und als Bruder nützen gar nichts. Das ist doch eine Utopie, sage ich ihr immer wieder bis zum Überdruß. Carolina, hör zu, es ist vielleicht sogar eine Häresie, ja, denk doch einmal nach, Carolina, das ist doch regelrecht manichäisch. Aber Carolina ist in diesem Punkt völlig taub für theologische Argumente und vernünftige Ratschläge, und so macht sie sich das Leben schwer. Wenn ihr nicht gelingt, was sie vorhat (und das kann ihr ja nicht gelingen), dann stirbt sie gewiß an gebrochenem Herzen. Ich frage mich wirklich, wie sie nur darauf gekommen ist?«

Donna Maria Vincenza kann nur mit Mühe ein Gähnen unterdrücken und sieht voller Bedauern auf ihr inzwischen eiskaltes Frühstück.

»Don Marco«, sagt sie mit müder Stimme, »ich möchte der Gemeinde nicht Ihre wertvolle Zeit rauben.«

Der Priester schüttelt den Kopf und sagt unbedacht: »Ent-

schuldigen Sie, Donna Maria Vincenza, ich bin ja nicht zu einem Höflichkeitsbesuch hergekommen. Sie wissen doch, daß ich so etwas nie tue.«
Er stockt, befürchtet, schon zu viel gesagt zu haben, während die Signora darauf wartet, daß er weiterredet und erklärt, was er will.
»Keiner hört uns hier«, bemerkt sie, um ihn zu ermutigen.
»Ja, wissen Sie«, fährt er stockend fort und legt eine Hand auf die Brust, »ich bin ein zu einfacher Mann. Mein Vater war, wie Sie sich erinnern werden, ein armer Bauer, meine Mutter flocht Strohsitze, und ich bin dank eines Stipendiums der Familie Spina Priester geworden; daher würde ich es bestimmt nicht wagen, hier schöne Reden zu führen oder einer Dame wie Ihnen gute Ratschläge zu erteilen. Und Sie wissen auch, Donna Maria Vincenza, daß ich mich nie gern in die Angelegenheiten der anderen eingemischt habe, mein Platz ist immer in der Kirche gewesen. In jeder Familie gibt es Leid, das muß man mit Geduld ertragen; mein einziges Bestreben ist, die Seelen zu retten, für die ich vor Gott verantwortlich bin. Daß ich mich um Sie nie besonders gekümmert habe, Donna Maria Vincenza, hat einen ganz einfachen Grund: Ein Hirte, der von morgens bis abends hinter den Schäflein herlaufen muß, die sich von der Herde entfernen wollen, hat keine Zeit, sich auch noch um die wenigen zu kümmern, die immer treu im Schafstall geblieben sind.«
»Ach, und heute sind Sie also gekommen oder geschickt worden, um mich auf den rechten Weg zurückzuführen«, ermuntert ihn Donna Maria Vincenza mit resigniertem Lächeln. »Gut, lassen Sie hören.«
»Ersparen Sie mir Ihre Ironie und vergessen Sie bitte meine menschliche Unwürdigkeit, meine Herkunft, meine Verwandtschaft und sehen Sie in mir bitte nur den Priester. Glauben Sie mir, ich denke in diesem Augenblick nur an Ihren Seelenfrieden.«

Er hat soviel Aufrichtigkeit und Wärme in seine Worte gelegt, daß Donna Maria gerührt einwirft: »Don Marco, ich würde mir nie erlauben, bei einem geweihten Mann nach seiner Herkunft zu fragen. Wo es um die Religion geht, bin ich ein Gemeindemitglied wie die ärmste Ihrer Bäuerinnen.«
Don Marco hat große Mühe, weiterzureden.
»Es gibt nicht nur die Gebote Gottes und die Vorschriften der Kirche. Ein Priester muß seinen Gläubigen auch zur Besonnenheit raten, zu jener Besonnenheit, die im Katechismus an erster Stelle unter den Kardinaltugenden steht und dazu hilft, Skandale zu vermeiden und ein ruhiges Gewissen zu bewahren.«
»Ah, Don Marco, Gott allein weiß, daß es mir noch nie gefallen hat, mich zur Schau zu stellen, das Gerede und die Aufmerksamkeit der Obrigkeit und der Leute auf mich zu lenken. Aber heutzutage gibt es doch Christen, für die auch schon ein Kreuz ein Skandal geworden ist, den man vermeiden muß.«
»Ich weiß, daß Sie in letzter Zeit Furchtbares durchgemacht haben, Donna Maria Vincenza, und vor allem, was das Schlimmste ist, daß Sie dabei vollkommen allein waren. Als Priester habe ich aber die Pflicht, Ihnen zu sagen, daß es leider überhaupt nichts nützt, gegen die Welt zu kämpfen. Die Welt, Signora, läßt sich nun einmal nicht ändern. Nicht einmal die Kirche hat sie in ihrem zweitausendjährigen Kampf, mit all ihren glorreichen Heiligen, Päpsten, Predigern, Beichtvätern, Märtyrern und Eremiten ändern können, die Welt ist schlecht geblieben. Man muß eben dem Kaiser lassen, was des Kaisers ist.«
»Die Welt interessiert mich nicht, Don Marco, das dürfen Sie mir ruhig glauben, und ich persönlich überlasse sie auch gern dem Teufel, der der Herr ist, den sie verdient. Ach, Don Marco, ich bin nur eine arme Mutter in Ängsten um einen Sohn, etwas anderes fühle und verstehe ich nicht. Un-

terstellen Sie mir bitte nicht irgendwelche Absichten, die ich gar nicht habe. Eine Mutter muß besonnen sein, gewiß, manchmal aber braucht sie auch Mut. Wenn Sie keine mutige Mutter gehabt hätten, Don Marco, dann wären Sie, entschuldigen Sie, daß ich Sie daran erinnere, auch nicht Priester geworden.«
Der Priester schließt die Augen und erschaudert.
»Aber eine Mutter darf ihre Kinder nicht aus Liebe überallhin begleiten, auch nicht in den Wahnsinn.«
»Sie kann sie vielleicht manchmal in der Freude allein lassen, Don Marco, das schon, aber im Leid nie.«
»Es sind schwere Zeiten und auch gefährliche, wir müssen sie mit Geduld ertragen. Sie wissen genau, daß ich mich nicht gern in die Angelegenheiten anderer einmische, und als Priester interessiert mich nur die Rettung der Seelen. Aber auch die Kirche hat trotz einiger scheinbarer Vorteile jetzt einen schwierigeren Stand, und es müßte die Pflicht eines jeden Christen sein, ihr nicht noch mehr Ärger zu bereiten. Wissen Sie eigentlich, daß man jetzt versucht, den Fastenprediger und mich für Ihre Weigerung verantwortlich zu machen?«
»Ich bin ja schließlich kein kleines Kind mehr, Don Marco.«
»Sie werden zugeben, Signora, daß man mit diesem Argument den Böswilligen nicht den Mund stopfen kann.«
»Gewiß, aber das Quaken der Kröten wird im Himmel nicht gehört. Im Himmel ist Gott.«
»Ja gut, aber die Kirche ist auf Erden, das dürfen wir nicht vergessen. Und sie muß hienieden und inmitten der Menschen die Mission erfüllen, die der Erlöser ihr aufgetragen hat. Und Sie wissen ja selbst, Donna Maria Vincenza, welch böse Zeiten wir durchmachen.«
»Ich lese keine Zeitungen.«
»Es geht hier nicht um die kleinen täglichen Zwischenfälle, Signora, sondern um tiefgreifende Ereignisse, durch die uns die Erfüllung unserer Mission sehr erschwert wird.«

»Von welchen Ereignissen reden Sie denn, Don Marco? So weit ich weiß, war für einen Christen das letzte Ereignis von Bedeutung die Kreuzigung Jesu. Ist denn irgend etwas geschehen, wodurch das Opfer unseres Erlösers in irgendeiner Weise aufgehoben oder kleiner gemacht worden wäre?«

Der Pfarrer schiebt seine kräftigen gelblichen Augenbrauen zusammen, sein Gipskopf verliert die Form, er bricht in Lachen aus, dann wird er plötzlich wieder ernst, erscheint tief bewegt und steht hastig auf, um zu gehen. Er ist am Ende seiner Kraft.

»Ich werde Pater Gabriele bitten, diese Unterhaltung mit Ihnen fortzusetzen, wenn er Lust hat«, ruft er, schon an der Tür.

Im Hof trifft der Priester eine Gruppe alter Bettlerinnen, die auf das allwöchentliche Almosen Donna Maria Vincenzas warten.

»Wie geht es der Signora?« fragen sie ihn weinerlich, während sie ihn umringen. »Hat man etwas über ihren unglücklichen Enkel erfahren? Ach, Don Marco, wieviel Unheil, was für Zeiten!«

»Ihr geht es besser als uns«, erwidert Don Marco verstört. »Jedenfalls besser als mir.«

Aber die armen Frauen murmeln dennoch Mitleidsworte für die alte Dame. Ihr Stimmengewirr klingt wie eine lange Litanei.

»Wie soll es einer Mutter gut gehen, wenn ihr Sohn in Gefahr ist?«

»Ach, was muß eine Mutter alles ertragen; solange sie lebt, muß eine Mutter immer leiden.«

»Wozu nützt alles Geld, wenn man seinem eigenen Sohn nicht helfen kann? Ob arm oder reich, wer Kinder gebärt, muß Schmerzen ertragen.«

»Die Kinder sind unser Kreuz; ob wir wollen oder nicht, auf die eine oder andere Weise sind sie immer unser Kreuz.«

»Sogar Jesus hat seiner Mutter Leid zugefügt; gewiß hat er es nicht absichtlich getan, aber wieviel Leid hat er ihr zugefügt.«

Don Marco läuft wie toll den Hügel hinab und sieht dabei weder nach rechts noch nach links; aber auf dem kleinen Platz zwischen der Kirche und dem Amtsgebäude gerät er dem Gerichtsschreiber Don Nicolino in die Fänge, der von Don Marcos Besuch bei Signora Spina erfahren hat und ihm schon seit einer halben Stunde auflauert, um irgendwelche Neuigkeiten zu erfahren. Da heute Gerichtstag ist, hat sich um das neue trostlose und wie ein Grabmal weißgestrichene Amtsgebäude eine große Menschenmenge versammelt, die vor sich hinraunt, wie im Spital, wenn eine Epidemie ausgebrochen ist. Am Gerichtstag haben die meisten Handwerksbetriebe, die Schneidereien, Schuhmachereien, Tischlereien und Barbierstuben geschlossen; die Gesellen wollen sich die Verteidigungsreden zum Vergnügen anhören. Der Gerichtsschreiber zieht den Priester beiseite.

»Na, Don Marco, ist es dir gelungen, die Gespenster aus diesem Haus da oben zu vertreiben?« fragt er hämisch grinsend. »Ganz im Ernst, Don Marco, es gibt Gerüchte, daß seit einiger Zeit im Haus der Spinas nachts die Geister umgehen. Einige Leute wollen sogar den seligen Don Saverio erkannt haben, wie er sich aus dem Dachfenster lehnte und dann mit einer Kerze in der Hand eine Runde am Dachrand entlang machte.«

Don Nicolinos Kopf erinnert an eine Eule, seine langen dünnen, vom Nikotin gelbgefärbten Schnurrbartspitzen hängen herab wie ein Chinesenbart, und beim Sprechen schließt er halb die Augen, als wolle er sein Vergnügen verbergen und allein genießen.

»Ja, Don Nicolino, du weißt gar nicht, wie nahe du der Wahrheit kommst«, gesteht der Priester traurig. »Ich habe dort oben einen Geist angetroffen, weißt du, einen wahren

Geist, der sogar einem Priester Angst einjagen kann. Aber der läßt sich nicht austreiben.«

»Auch ein Rassehund kann die Tollwut bekommen, Don Marco«, bemerkt der Schreiber, reibt sich die Hände und lacht auf seine Weise. »Und den kann man dann auch nicht anders behandeln als die Straßenköter.«

»Hör mal, Don Nicolino«, sagt der Priester und versucht, große Überzeugungskraft in seine Stimme zu legen, »du bist nicht von hier, du lebst zwar schon seit vielen Jahren hier, aber du stammst nicht von hier, und gewisse Dinge kannst du nicht so gut verstehen wie wir. Donna Maria Vincenza kannst du nicht verstehen. Aber soviel kann jeder begreifen: Das ist eine alte Frau, eine Frau von fast achtzig, eine Mutter, weißt du, eine wahre Mutter, und sie verdient es, in Frieden sterben zu dürfen. Entschuldige, Don Nicolino, daß ich mich hier in Dinge einmische, die mich nichts angehen; jetzt spreche ich nicht einmal als Geistlicher zu dir, sondern als Dorfbewohner.«

»Keiner will doch deinen Schützling daran hindern, in Frieden zu sterben, Don Marco, das weißt du ganz genau: Ich verstehe nicht, warum du sie jetzt zu einem Opfer machen willst«, entrüstet sich der Gerichtsschreiber. »Je früher Donna Maria Vincenza diese Welt verläßt und uns in Frieden läßt, desto besser. Aber so lange sie noch unter uns weilt, werden wir ihr ein wenig Demut beibringen. Wir werden ein paar nette kleine Szenen erleben, Ehrenwort, Don Marco, hehehe.«

Der Priester faßt den Gerichtsschreiber am Arm und antwortet ihm in sehr ernstem Ton.

»Ich glaube zu wissen, Don Nicolino, auf welche Belästigungen du anspielst. Der Amtsrichter hat mir gestern abend etwas angedeutet. Aber, entschuldige, daß ich mich in Dinge einmische, die mich nichts angehen und mir die Frage erlaube: Wenn es wieder neue Skandale gibt, wem nützt das?«

»Jetzt verstehe ich«, sagt der Gerichtsschreiber in einem zweideutigen Ton und grinst weiter, »ja, jetzt verstehe ich endlich gewisse Verdächtigungen gegen dich. Du schuldest der Alten Geld, stimmt's? Sie erpreßt dich? Na, wir werden ja noch darüber reden, Don Marco, jetzt muß ich hinauf, denn die Verhandlungen beginnen gleich.«
Der Priester hält ihn am Arm zurück; er ist so verwirrt und bestürzt, daß er kaum noch stammeln kann: »Gib acht, Don Nicolino, vorhin habe ich nur als Priester geredet. Aber als Bürger bin ich vollkommen deiner Meinung, was glaubst du wohl. Ja, ehrlich gesagt, ich ginge sogar noch viel, viel weiter. Wenn ich mich irgendwie falsch ausgedrückt haben sollte, dann würde mir das wirklich außerordentlich leid tun, Don Nicolino, glaub mir.«
Der Gerichtsschreiber bricht in Lachen aus.
»Dein Sonett klänge wirklich vollendet, Don Marco, wenn es nicht noch einen weiteren Vers hätte«, bemerkt er mit mißtrauischer Miene.
Und nachdem er den Priester eine Weile mit offenem Mund angestarrt hat, verschwindet er mit hämischem Lachen durch die große Eingangstür des Amtsgebäudes. Auch die Gruppe von Handwerkern, die auf die Öffnung der Ämter und den Beginn der Verhandlungen wartete, hat nun in kleinen Gruppen schweigend und barhäuptig das weiße Mausoleum betreten. Auf den Steinbänken zu beiden Seiten der Eingangstür sitzen nur noch, vor dem Nordwind geschützt, die üblichen, in ihre langen schwarzen Mäntel gehüllten Cafoni; schweigend, gleichgültig in ihr Schicksal ergeben, sitzen sie da wie Bettler an der Pforte eines Armenfriedhofs. Sie gehören zu den wenigen, die sich nicht mehr für die Redekunst interessieren.
»Gesundheit, Hochwürden«, sagen einige von ihnen zum Priester. »Wie haben Sie Donna Maria Vincenza angetroffen?«

»Ihr geht es besser als uns«, erwidert Don Marco gereizt. »Das könnt ihr mir glauben. In jedem Fall geht es ihr besser als mir.«
»Wird die Signora morgen als Zeugin zum Prozeß der Brüder Lazzaretti kommen?« fragt ihn Simone der Marder. »Es ist eine Schande, daß man sie vorgeladen hat.«
Aber der Priester entfernt sich ängstlich, ohne zu antworten.
Der Prozeß zwischen den beiden Brüdern Lazzaretti geht um eine gemeine blutige Schlägerei, deren unfreiwillige Zeugin Donna Maria Vincenza auf ihrem Gang zur Frühmesse geworden war. Dem Untersuchungsrichter, der seinerzeit zu ihr gekommen war, um ihre Aussage aufzunehmen, hatte Signora Spina sofort erklärt, daß sie keinen der Streitenden erkannt habe und nicht imstande sei, zu erklären, wer nun wen herausgefordert, wer zuerst zugeschlagen habe und wer danach. Da sie sich nichts darüber vorgemacht habe, die beiden vom Haß geblendeten Rasenden mit Gewalt oder mit guten Worten trennen zu können, habe sie ihren Weg fortgesetzt und einige Männer, die vor der Sakristei gerade Holz abluden, alarmiert. Sie könne also keine genaue Aussage machen und wolle mit dem Prozeß nichts zu tun haben.
»Für den Fall, daß Sie es nicht wissen sollten, Herr Richter, können Sie in Ihrem Archiv nachsehen«, hatte Donna Maria Vincenza zum Abschluß gesagt, »dann werden Sie ja feststellen, daß ich in meinem ganzen langen Leben nie etwas mit der sogenannten Justiz zu tun hatte. Und es gibt auch überhaupt keinen Grund, weshalb ich jetzt so kurz vor meinem Tod noch eine solche große Demütigung hinnehmen sollte. Ich weiß, es würde sich nur um eine einfache Zeugenaussage handeln, aber auch das ist mir zuwider. Wir haben Streit und Interessenkonflikte in unserer Familie immer gütlich geschlichtet und in verwickelten Lagen Personen unseres Vertrauens um ihre Meinung gebeten. An die Gerechtigkeit von Ämtern und Beamten habe ich nie geglaubt, Herr Richter.

Im übrigen braucht man sich ja nur umzusehen, da sieht man doch traurige Gestalten im Auto oder zu Pferd herumreisen, von denen gemunkelt wird, daß es Verbrecher sind, die ins Gefängnis gehören, die die Justiz der Ämter aber frei herumlaufen läßt oder lassen muß.«
Der Richter, ein Mann von Welt, hatte herzlich aufgelacht und ihr dann versprochen, daß sie unbehelligt bleiben würde, vor allem, daß sie ja über den Streit nichts aussagen konnte. Seither aber haben sich verschiedene Dinge ereignet, durch die sich die wohlwollende Haltung der Obrigkeit gegenüber Signora Spina verändert hat, und so wurde sie kurz vor dem Prozeß als Zeugin vorgeladen und gleichzeitig vor strafrechtlichen Folgen gewarnt, falls sie nicht erschiene.
»Was für eine Unverfrorenheit«, sagt Simone der Marder. »Eine wahre Unverschämtheit. Sie legen sich mit einer alten Dame an, dazu gehört ja wirklich Mut.«
»Die Jäger erlegen lieber Tauben als Raben, die sind schmackhafter«, erwidert einer der Greise.
»Früher konnte sich eine Frau Signora nennen, eben weil sie niemandem Rechenschaft ablegen mußte«, sagt ein anderer, »aber heutzutage müssen alle Rechenschaft ablegen, und es gibt keine Herren mehr.«
»Es ist eben schwierig, aus allen Herren zu machen«, erklärt Simone der Marder, »daher werden jetzt alle schäbige Cafoni. Wirklich eine schöne Gleichheit.«
»Es wird immer Generäle und Soldaten geben«, widerspricht ein Alter. »Es wird immer welche geben, die befehlen, und welche, die gehorchen.«
»Das Schlimme ist nur«, sagt Simone, »daß auch Generäle schäbig, daß auch sie gewissermaßen Cafoni sein werden. Das gibt wirklich eine schöne Gleichheit.«
»Donna Maria Vincenza ist die letzte Herrin in unserer Gegend«, sagt ein anderer. »Vielleicht gibt es auch später noch

reiche Frauen, aber mit den wahren Herrinnen ist es aus, sie werden nicht mehr geboren.«

»Auch wenn es noch reiche Frauen geben wird, sind sie ebenfalls schäbig«, erwidert Simone der Marder. »Das fordert die Gleichheit.«

»Wer gibt dann die Almosen?« fragt einer.

»Die Ämter natürlich«, erklärt Simone. »In Zukunft machen sie alles, das läßt sich nicht verhindern. Natürlich sind dann auch die Ämter schäbig.«

»Solange die einen befehlen und die anderen gehorchen, ändert sich nichts«, widerspricht ein anderer. »Solange es Aas gibt, gibt es auch Aasgeier.«

»Im Grunde wird alles wie vorher sein«, stimmt Simone der Marder zu. »Natürlich kann sich die Welt nicht ändern; aber insgesamt gibt es mehr schäbige Emporkömmlinge. Alle gleichen den Cafoni, und so herrscht scheinbar Gleichheit. Aber alles ist wie vorher.«

»Als Leichen stinken alle gleich«, schließt einer der Cafoni, der bisher geschwiegen hatte. »Das ist die wahre Gleichheit.«

Simone sieht von ferne den Knecht der Spinas vorübergehen.

»He, Venanzio«, schreit er, »Venà.« Er läuft ihm nach, um ihn einzuholen. Die beiden unterhalten sich eine Weile. Der arme Venanzio wirkt sehr gealtert und sieht sich ängstlich um.

»Morgen muß ich Donna Maria Vincenza zum Gericht begleiten«, sagt er mit Tränen in den Augen. »Überleg doch nur, was für eine Demütigung für das Haus Spina, der Name Donna Maria Vincenzas in einer Gerichtsakte. Ach, wenn doch Don Bernardo auferstehen könnte.«

»Aber was sagt denn Bastiano dazu?« fragt Simone entrüstet. »Warum läßt er zu, daß seine Mutter so schlecht behandelt wird? Hat er denn kein Blut mehr in den Adern?«

»Der hat doch nur den Auftrag im Kopf und seinen Streit mit Calabasce. Etwas anderes hört und sieht er nicht.«
»Und wenn sich die Signora weigerte, zu erscheinen, was könnten sie ihr da antun? Würden sie es wagen, sie von Carabinieri vorführen zu lassen?«
»Bis gestern war sie noch entschlossen, nicht zu gehen, aber heute hat sie sich damit abgefunden, als hätte ihr Gott eine Buße auferlegt. Donna Maria Vincenza ist müde, sehr müde und will keine Skandale mehr.«
»Wenn ich irgend etwas tun kann, ruf mich. Denk daran. Selbst wenn es etwas Gefährliches sein sollte«, sagt Simone.
»Die Signora will es nicht. Was weiß ich, vielleicht hat sie auch andere Gründe, vorsichtig zu sein, und will nicht die Aufmerksamkeit auf ihr Haus lenken.«
Hinter einem Fensterladen beobachtet Donna Palmira die beiden; Venanzio bemerkt es und läuft grußlos weg.
Die Abfahrt Donna Maria Vincenzas am nächsten Morgen vom Hof ihres Hauses zum Gericht verläuft so traurig, als habe es einen Todesfall in der Familie gegeben. Der Wagen ist schon bereit, aber die Signora läßt auf sich warten: Schließlich erscheint sie schlicht schwarz gekleidet mit einem Gebetbuch in der Hand.
»Fahr am alten Friedhof vorbei«, befiehlt sie Venanzio leise. »Ich will nicht durch Colle fahren.«
Der Knecht hat rote Augen und nickt nur mit dem Kopf, denn er bringt vor Erregung kein Wort hervor.
»Natalina, merk dir genau«, fährt die Signora an das junge Mädchen gewandt fort, »laß in meiner Abwesenheit keinen Menschen ins Haus.«
Natalina schluchzt wie ein Kind und verspricht, ungefähr zum Zeitpunkt der Gerichtsverhandlung ein Lichtchen anzuzünden und zur Madonna des weisen Ratschlusses zu beten.
Der Morgen verläuft ohne Zwischenfälle, nur am Hoftor

war es zu einem völlig unerwarteten Wortstreit zwischen Natalina und Donna Faustina gekommen. Als es klingelte, beugte sich Natalina, die gerade beim Saubermachen war, aus einem Fenster und bedeutete der ungewöhnlichen Besucherin nach ihrer ersten Überraschung mit Zeichen, wieder zu gehen, das Tor bleibe geschlossen, auch wenn sie noch so sehr auf Einlaß beharre. Aber Donna Faustina rührte sich nicht von der Stelle und machte immer wieder gebieterische Kopfbewegungen, um der Magd zu bedeuten, daß sie herunterkommen und aufmachen solle, weil sie unbedingt hereinmüsse. Als sie dann aber merkte, daß Natalina das Fenster geschlossen und ihre Hausarbeit wieder aufgenommen hatte, konnte sich die Besucherin nicht mehr beherrschen und zog von neuem wütend an der Klingel. Da lief Natalina wie eine Furie hinunter und nahm den Besen gleich mit.
»Was willst du denn?« schreit sie wütend. »Ich habe dir doch gesagt, daß ich nicht aufmachen kann. Schämst du dich denn gar nicht, hier vor diesem Haus zu erscheinen?«
»Du kannst dir ja wohl denken, daß ich nicht gekommen bin, um mit dir zu reden«, erwidert die Besucherin verachtungsvoll. »Richte der Signora aus, daß ich ihr etwas sehr Wichtiges mitzuteilen habe.«
»Wir wissen mit deinen Informationen nichts anzufangen.«
»Ich brauche dich wohl nicht daran zu erinnern, daß du nur eine Magd bist, und meine Informationen dich überhaupt nichts angehen.«
»Und ich brauche dich wohl auch nicht daran zu erinnern, was du für eine bist. Als Mädchen muß ich mich ja schämen, das Wort überhaupt auszusprechen.«
»Wer weiß, was du mir mit deiner schmutzigen Phantasie für Schweinereien andichtest. Es interessiert mich auch überhaupt nicht. Mach jetzt das Tor auf und melde mich bei der Signora.«
»Wenn die Signora mich nicht gebeten hätte, gerade heute

jede Art von Zwischenfall zu vermeiden, dann würde ich dir jetzt für das, was du da gerade gesagt hast, mit dem Besen den Puder vom Gesicht kehren, das darfst du mir glauben.«
»Und ich würde dir am liebsten deine Triefaugen ausreißen und sie auf einen Teller legen, wie man es in der Kirche auf dem Bild der heiligen Lucia sieht. Aber ich habe schon viel zu viel mit dir geredet, nun lauf und melde mich bei der Signora an.«
»Du kannst dem Himmel dafür danken, daß die Signora nicht zu Hause ist, sonst hättest du aus ihrem eigenen Munde gehört, in wie guter Erinnerung sie dich behalten hat.«
»Donna Maria Vincenza kann ich manches verzeihen, aber einer Magd nicht, merk dir das.«
»Ach, du bist hierher gekommen, weil du uns verziehen hast? Du bist ganz schön unverschämt, glaub mir!«
»Wann kommt die Signora zurück?«
»Das weiß ich nicht, sie ist auf dem Gericht.«
»Dann warte ich auf sie«, sagt Donna Faustina entschlossen. Und sie setzt sich auf einen der Prellsteine, die sich auf beiden Seiten des Tores befinden. Als sich Natalina aber dann, nachdem sie wieder ins Haus zurückgekehrt ist, aus dem Fenster beugt, sieht sie sie aufstehen und langsam weggehen. Donna Faustina trocknet sich die Augen mit einem Taschentuch.
»Natalina, wer war diese wunderschöne junge Dame?« fragt Pietro, der die Szene hinter dem Fensterladen stehend beobachtet hat. »Warum hast du sie nicht hereingelassen?«
»Wer sie ist?« fragt das Mädchen zurück, »eine Hure ist sie, wie man sie hierzulande Gottseidank nur selten antrifft.«
»Wie heißt sie? Stammt sie von hier?«
Aber Natalina ist schon wieder beim Saubermachen und antwortet ihm nicht.
Am Eingang von Orta, vor dem öffentlichen Waschplatz, an dem es von Frauen wimmelt, die ihre Wäsche waschen und

ausschlagen, begegnet Donna Faustina dem Wagen Donna Maria Vincenzas, die unerwartet früh vom Gericht zurückkehrt. Donna Faustina winkt Venanzio sofort heftig zu, damit er langsam fahren und anhalten soll, doch sie erreicht genau das Gegenteil, er peitscht auf die Pferde ein, die lostraben. Donna Faustina bleibt einen Augenblick wie eine abgewiesene Bettlerin mitten auf der Straße stehen. Aber das höhnische Lachen der Wäscherinnen vertreibt sie, so flieht sie nach Colle und bemerkt nicht einmal Donna Filomena, die Lehrerin und Schwägerin Don Bastianos, die auf sie zukommt, um ihr ein paar Worte zu sagen.

»Früher hat man solche wie die auf dem Marktplatz verbrannt«, schreit eine Wäscherin.

»Früher trugen die Wäscherinnen keine Schuhe und die Mädchen gingen nicht zur Schule«, sagt Donna Filomena. »Heute lernt man in der Schule, daß es keine Hexen und kein Hexenwerk gibt.«

»Aber Skandale, die gibt es«, sagt eine andere.

Die anderen Frauen hören auf, zu waschen und ihre Wäsche auszuschlagen, und mischen sich in den Streit ein.

»Wenn die Söhne und die Töchter der Herren nicht mehr nach alter Sitte leben, was sollen dann die armen Leute denken?«

»Warum hat Don Pietruccio Spina die verzeihende Hand zurückgewiesen?«

»Warum hat Donna Faustina das Haus ihrer Tante Lucia verlassen und lebt jetzt mit einem alten Herrn ohne das Sakrament der Ehe?«

»Und warum hat sie den armen Don Saverio Spina in den Tod getrieben?«

»Ihr mögt recht haben«, sagt Donna Filomena. »Aber keiner hat uns den Auftrag erteilt, über unsere Nächsten zu richten, das ist die Schwierigkeit.«

»Und wenn es Erdbeben, Brände, Überschwemmungen

gibt?« klagt die älteste Wäscherin. »O weh, dies ist wirklich eine Zeit der Skandale.«

»Ihr mögt recht haben«, sagt Donna Filomena. »Aber ist es nicht ebenfalls ein Skandal, die Sünden der anderen auf der Straße auszuposaunen?«

Der Wagen Donna Maria Vincenzas hat inzwischen schon den Hof des Spinaschen Hauses erreicht. Natalina eilt herbei, um der Signora beim Aussteigen zu helfen, und sieht dabei Venanzio mit ängstlichen Augen fragend an, um zu erfahren, wie es ausgegangen ist.

»Gott sei gelobt, besser konnte es gar nicht ausgehen«, schreit Venanzio lachend wie ein Kind und bekreuzigt sich. Schon lange hat man den armen Mann nicht mehr so herzlich lachen hören. Auch Donna Maria Vincenza wirkt recht zufrieden und läßt sofort ihren Enkel in ihr Zimmer rufen.

»Der Herr hat mir vor allem Angst machen wollen«, erzählt sie ihm lachend. »Im letzten Augenblick hat er mir aber dann doch aus der Klemme geholfen. Hör zu, mein Lieber, es klingt wie im Märchen. Ich kam also pünktlich, aber so müde am Gericht an, daß ich mich kaum auf den Füßen halten konnte. Venanzio mußte auf dem Gang warten, und mich haben sie mit verschiedenen Cafoni aus Colle, die wegen desselben Prozesses vorgeladen waren, in einen für die Zeugen bestimmten kleinen Raum geführt. Diese armen Leute waren ehrlich gesagt sehr verlegen, als sie mich auf derselben Bank sitzen sahen. Unter ihnen befand sich auch Simone Ortiga, genannt der Marder. Er hat mir sofort anvertraut: Ich habe darum gebeten, über die weit zurückliegenden Ursachen der Schlägerei aussagen zu dürfen, aber sie liegen wirklich so weit zurück, daß sie gar nichts mehr zu bedeuten haben; in Wahrheit bin ich hier nur für den Fall, daß Sie mich brauchen. Ich weiß nicht, mein Lieber, ob du schon von diesem Simone gehört hast; das ist ein anständiger Mann, aber weil ihm der Glaube fehlt, ist er elend heruntergekommen. Mir erschien diese ganze Szene so unwirklich, daß ich dachte, jeden Augenblick in Ohnmacht zu fallen; aber ich gab vor, mich damit abgefunden zu haben, und ich habe sogar versucht, zu lächeln, um meinen Landsleuten die Lage etwas weniger peinlich zu machen. Ihr könnt sicher sein, daß ich nicht euretwegen so widerstrebend hierhergekommen bin; schließlich stammen wir aus ein und derselben Gemeinde und atmen seit unserer Geburt alle die gleiche Luft. Endlich tauchte dann ein Mann auf mit einem großen runden und ganz durchlöcherten Gesicht, das aussah wie ein Nudelsieb, er hatte ein Bündel Papiere in der Hand und befahl allen, aufzustehen. Dann rief er die Zeugen auf. Dabei ging er in alphabetischer Reihenfolge vor, die einzige Ordnung, die in diesem Lande noch respektiert wird, und rief dann schließlich: Signora Spinelli Maria Vincenza. Keiner hat geantwortet. Ist Signora Spinelli nicht anwesend? fragte das Nudelsieb noch einmal. Sind Sie nicht Signora Spinelli? wandte er sich dann direkt an mich. Die Anwesenden fingen an zu lachen. Nein, habe ich ganz ruhig geantwortet, ich kann Ihnen versichern, verehrter Herr, daß ich noch nie Signora Spinelli gewesen bin. Die Anwesenden haben wieder gelacht. Signora Spinelli ist eine andere, hat Simone der Marder in gereiztem Ton aufspringend gesagt; wer kennt denn Signora Spinelli nicht? Ja, aber was machen Sie dann hier? hat mich das Nudelsieb gefragt. Ihm paßte vor allem nicht, daß die Cafoni lachten, deshalb wollte er seine Autorität beweisen und herrschte mich an: Ich fordere Sie auf, diesen Raum so schnell wie möglich zu verlassen. Du kannst dir vorstellen, daß ich mir das nicht habe zweimal sagen lassen. Wenn Sie es mir befehlen, habe ich geantwortet, bleibt mir nichts anderes übrig, als zu gehen. Draußen auf dem Platz vor dem Gericht stand Venanzio und gab gerade den Pferden Kleie und Saubohnen, sobald er aber begriffen hatte, daß keine Zeit zu verlieren war, half er mir beim Einsteigen, ja,

er schob mich geradezu in den Wagen hinein und ließ die Pferde losgaloppieren, damit ich aus der gefährlichen Gegend herauskam. Sogar Plebiscito, das kranke Pferd, schien plötzlich Flügel zu haben. Wenn ich jetzt mit ausgeruhtem Kopf darüber nachdenke, erscheint mir das ganze Abenteuer wie ein Gleichnis. Ja, ganz offenbar wollte der Herr mich für meinen Hochmut strafen. Er wollte mir Angst machen, aber dann im letzten Augenblick hatte Er doch Mitleid mit mir und hat mich gerettet.«
»Also ehrlich gesagt«, bemerkt Pietro, der nun ebenfalls lacht, »ich möchte dir ja nicht widersprechen, aber eine Namensverwechslung ließe sich ja vielleicht auch ohne übernatürliche Einwirkung erklären?«
»Die Familie Spina ist so bekannt, daß sie nicht verwechselt werden kann«, behauptet die Signora mit Nachdruck.
»Entschuldige, Großmutter, ich will dir ja nicht dreinreden, aber glaubst du nicht auch, daß man vorsichtig sein und Gott nicht in unsere kleinen Angelegenheiten hineinziehen sollte?«
»Aber wir ziehen Ihn ja gar nicht hinein«, erwidert Donna Maria Vincenza fast gekränkt. »Er selber mischt sich doch ein, und Ihm kann man schließlich nicht wie irgendeinem Pfarrer befehlen, in seiner Sakristei zu bleiben.«
»Wenn Gott sich so gern in die Angelegenheiten unserer Welt einmischt«, wendet Pietro in halbernstem Ton ein, »dann mußt du doch selber zugeben, daß es da noch ganz andere Unternehmungen gäbe, die Seiner würdig wären: ein schönes Erdbeben in Latium zum Beispiel, mit dem Innenministerium und dem Vatikan als Epizentrum, das wäre doch eine Sache, die Ihm gut anstehen würde; oder etwas anderes dieser Art.«
»Die Dinge, die den Menschen so wichtig erscheinen, sind für Gott vielleicht gar nicht so wichtig«, weist ihn Donna Maria Vincenza nach kurzer Überlegung zurecht. »Wie sol-

len wir das wissen? Genau das habe ich heute morgen auch schon Simone dem Marder erklären müssen, während wir da in diesem kleinen Raum im Gericht nebeneinander auf der Bank saßen. Warum entschließt sich der Herrgott nicht endlich einmal, sagte er zu mir, und blies mir dabei seinen nach Alkohol riechenden Atem ins Gesicht, über unsere Machthaber ein großes Unheil zu bringen? Simone, versuchte ich ihm zu erklären, vielleicht existieren diese Machthaber in Seinen heiligen Augen überhaupt nicht. Vielleicht sind sie für Ihn nichts als Ausgeburten der menschlichen Phantasie. Und die Polizisten, fragte dann Simone, existieren die auch nicht wirklich? Und die Richter?«
»Großmutter, ich brauche dir nicht zu erklären, wie sehr mir deine Art, die Dinge zu sehen, gefällt«, gibt Pietro zu. »Aber sie überzeugt mich doch nicht so sehr, wenn ich überlege, daß man dann daraus schließen müßte, wenn man etwa im Diözesanblatt die Rubrik der Danksagungen liest, daß die höchsten Wirklichkeiten des Lebens in den Augen des Ewigen kleine Begebenheiten dieser Art sein könnten: Eine Witwe findet eine verlorene Schere wieder, ein Kind fällt aus den Armen seiner Amme und kommt mit leichten Abschürfungen davon, jemand erhält einen Brief von einer Person, von der man jahrelang nichts gehört hat.«
»Entschuldige, mein Lieber«, erwidert Donna Maria Vincenza recht enttäuscht, »ich bin doch einigermaßen erstaunt, daß du nicht verstehst. Es ist wohl ganz natürlich, daß den Zeitungsschreibern solche kleinen Begebenheiten, wie du sie schilderst, banal, lächerlich und nicht berichtenswert erscheinen; schließlich ist bekannt, daß die Zeitungen, wenn sie nicht gerade Falschmeldungen bringen, doch immer aus einer seichten glitzernden Scheinwelt berichten. Es ist also durchaus verständlich, daß die Zeitungen das Wiederfinden einer Schere oder die Ankunft eines Briefes nicht zur Kenntnis nehmen, dafür aber einer Botschafterkonferenz oder der

Thronrede viel Platz einräumen. Aber niemand kann doch annehmen, daß der Ewige Vater Seine unfehlbaren Urteile nach diesen oberflächlichen und käuflichen Urteilen der Zeitungen ausrichtet. Ich glaube sogar, daß es nicht einmal unehrerbietig wäre, davon auszugehen, daß Er die Zeitungen gar nicht liest; dabei würde Ihm im übrigen auch nicht viel entgehen, sie sind ja so schlecht geschrieben.«
»Ach, Großmutter«, ruft Pietro aus und seine Augen glänzen vor Erregung. »Warum hat meine Mutter mich damals nicht zu dir in die Schule geschickt, statt mich ins Internat zu stecken?«
»Jetzt bist du ja gekommen, mein Lieber«, antwortet Donna Maria Vincenza zufrieden. »Ein wenig spät, gewiß, du hast mich lange warten lassen, aber am Ende bist du doch gekommen. Und um dir auch etwas Freundliches zu sagen: Auch ich habe mir immer einen Sohn gewünscht wie dich, einen Sohn, der ein wenig verrückt ist wie du, auf so eine bestimmte Art verrückt, und das gefällt mir im Grunde sehr. Aber jetzt entschuldige mich, ich muß mich ausruhen, weil mich die Angst heute morgen sehr angestrengt hat.«
Den Rest des Tages verbringt Donna Maria Vincenza im Bett, um auszuruhen, und Pietro flüchtet sich in seine geheime Rumpelkammer, um eine Abhandlung zu schreiben *Über Gegenstände, die verloren gehen und sich wiederfinden, Kinder, die hinfallen, Briefe die ankommen.*
Am Abend nach dem Essen ist er bester Laune und geht in Venanzios Zimmer hinunter, um sich mit ihm zu unterhalten.
»Letzte Nacht habe ich geträumt, das Archiv der Carabinieri würde brennen«, erzählt ihm der Knecht. »Es war ein Traum, ein furchtbarer Kampf. Alle Möbel und Papiere waren zu Asche geworden, alle, außer jenem Blatt, Ihr wißt schon, jenem verdammten Blatt, auf dem mein

Name stand. Das hüpfte zwischen den Flammen herum wie ein Salamander«, sagt Venanzio verdrießlich.

»Ah, ich habe vergessen, Euch etwas anderes zu erzählen, das Euch vielleicht interessiert«, fährt er fort. »Ich bin Simone dem Marder begegnet; ja, ja, wißt Ihr was? Dieser Taubstumme da aus Pietrasecca, dieser Freund von Euch, der lebt jetzt bei ihm. Ja, er ist immer noch da, wo ich ihn hingebracht habe, und die beiden sind ein Herz und eine Seele. Es stimmt wirklich, was man sagt, Gott erschafft uns zuerst einzeln, und dann spannt er uns paarweise zusammen.«

Am folgenden Morgen zur Frühstückszeit ist Pietro weder in seinem Zimmer noch sonstwo im Hause zu finden. Auf seinem unberührten Bett liegt ein kurzer Abschiedsbrief an seine Großmutter.

XV

»Es tut mir wirklich leid, Cavaliere«, sagt Meister Eutimio, »aber was Ihr da von mir verlangt, übersteigt meine Fähigkeiten. Wie Ihr ja wohl wißt, bin ich ein einfacher und ganz altmodischer Tischler.« Meister Eutimio lächelt freundlich, um sich zu entschuldigen und seiner Ablehnung jede Schärfe zu nehmen; sein Geständnis, »ganz altmodisch« zu sein, klingt resigniert, als habe er damit ein schon chronisches Leiden preisgegeben, für das er ein wenig Nachsicht in Anspruch nimmt.

»Es ist kein böser Wille«, setzt er hastig hinzu. »Versteht mich um Gotteswillen nicht falsch. Aber ich wüßte wirklich beim besten Willen nicht, wie ich Eurem Wunsch entsprechen und Eure Bestellung ausführen sollte. Ich bin ein ganz altmodischer Tischler und beherrsche tatsächlich nur das Wenige, was ich als Junge gelernt habe, die üblichen einfachen und praktischen Dinge.«

Unter der Tür seiner Tischlerwerkstatt versucht Meister Eutimio, Don Marcantonio von seiner Unfähigkeit zu überzeugen, an dem von der Gemeinde in Auftrag gegebenen und schon fertiggestellten Kreuz die Veränderungen und Ergänzungen anzubringen, die dieser von ihm verlangt, um es für die Liturgie der neuen Redekunst geeignet zu machen. Meister Eutimio trägt über seinem gewöhnlichen Anzug einen grünlichen Arbeitsanzug aus rauhem Stoff und von grobem Zuschnitt; er sieht darin wie ein mit Kupfersulfat gespritzter alter Baumstamm aus, ein knotiger, aber noch früchtetragender, gegen die saisonbedingten Krankheiten gut geschützter Obstbaum; über dem alten Stamm treten seine hellen Äuglein hervor wie zwei Knospen im Frühjahr, aber sein knochiger und knotiger Kopf mit dem kurzen Haarschnitt und dem eine Woche alten Bart erinnert auch an zwei Stoppelfelder, gewissermaßen an zwei magere, harte

Gebirgsäcker; hinter dem einen Ohr steckt ein roter Bleistift, hinter dem anderen eine erloschene halbe Zigarre.
Don Marcantonio, der durch seine Gummiabsätze größer wirkt, plustert sich neben ihm auf. Er hört den Tischler schweigend und mit einem gebieterisch mitleidigen Lächeln an.
»Es tut mir sehr leid, Cavaliere, aber ich kann es nicht«, entschuldigt sich Meister Eutimio noch einmal und reicht ihm das Blatt Papier zurück, auf dem das Liktoren-Kreuz skizziert ist. »Jeder macht das, wofür er geschaffen ist, und man kann auch nicht vom Weinstock Wachs und von der Biene Wein verlangen.«
Zwischen Werkstatt und Straße liegt ein kleiner Platz, auf dem Meister Eutimio arbeitet, wenn es ihm das Wetter erlaubt und wo er heute morgen schon den vielen Schnee weggekehrt hat, der über Nacht gefallen ist und nun in drei Haufen am Straßenrand liegt.
An einer Seite der Tür lehnt das große und schwere, mit Teer bestrichene Eichenkreuz an der grauen Wand und breitet seine gewaltigen Arme aus. Obwohl das Kreuz das ganze, nur einstöckige Haus beherrscht, wirkt es nicht erdrückend, sondern scheint dieses eher zu stützen. Auf der anderen Seite liegt über zwei Böcken ein gerade fertig gewordener Backtrog, der noch nach Kiefernholz riecht, und nur noch lackiert werden muß. Es ist ein gewöhnlicher Backtrog mit einem Schrankteil und zwei Schubladen darunter; auf der einen Schublade ist ein Mond, auf der anderen eine strahlende Sonne grob eingeritzt.
»Wenn Ihr jetzt erlaubt«, entschuldigt sich der Tischler und deutet auf die wartende Arbeit. Er beugt sich hinab, um unter dem Topf mit Leinöl ein Feuerchen aus Holzspänen und Splittern anzuzünden. Auf den Fersen hockend, bläst er in die Flamme und wärmt sich die Hände

mit raschen und kindlichen Bewegungen. An den Türrahmen gelehnt, sieht Don Marcantonio hin und wieder auf die Uhr und gähnt.

»In einer Viertelstunde werde ich endlich vom Fastenprediger empfangen«, sagt er. Der habe sich vor kurzem für die Verspätung damit entschuldigt, daß er zu vielen Pfarrkindern die Beichte abnehmen müsse. »Aber ich will doch keine Beichte ablegen, das fehlte gerade noch, habe ich ihm geantwortet. Es sei denn, Hochwürden, ich könnte vielleicht Euer Geständnis anhören, wenn Ihr Gewissensbisse habt. Hahaha, *es wird lustig sein.*«*

Don Marcantonio zieht aus einem Etui Kamm und Bürste hervor und richtet sich damit sorgfältig den winzigen Schnauzbart, ein dichtes, schmales Haarbüschel in der Mitte seiner Oberlippe.

»Im übrigen, Meister Eutimio«, fährt er in Beschützerhaltung fort, »habe ich dich als Holzfachmann um deine Meinung zu dem von mir entworfenen patriotischen Kreuz gefragt, weil wir ja auf unsere Weise auch eine Demokratie sind, ja wir sind sogar die einzig wahre Demokratie. Aber wie du dir vielleicht vorstellen kannst, ist deine Meinung natürlich vollkommen bedeutungslos, das kann auch gar nicht anders sein, sonst wären wir ja schon wieder soweit. Dein Kreuz ist wie gesagt in seiner jetzigen Form unmöglich, es ist von lächerlicher Einfachheit und für meinen Zweck unbrauchbar. Jedenfalls laß dir gesagt sein, daß es *so oder so**, von dir oder einem anderen, geändert werden muß, *und Schluß**.«

Meister Eutimio bereitet jetzt den Backtrog für die Lackierung vor. Er verschließt einige Vertiefungen und Spalten mit Gipspulver und fährt über einige beim Hobeln entstandene Risse und Sprünge rasch mit Schmirgelpapier und anschließend mit einem in Olivenöl getauchten Bimsstein. Er geht um

---

* Im Original deutsch.

den Backtrog herum, besieht ihn im Gegenlicht, kniet davor nieder, steht wieder auf, fährt mit der Hand darüber, sieht ihn noch einmal aus der Ferne an, und dies alles mit leichten, peinlich genauen, liebkosenden Bewegungen, mit einer Eleganz und Sicherheit, die niemand bei einem Manne seines Alters erwartet hätte, der in allen Dingen, die nicht sein Handwerk betreffen, eher zaghaft, langsam und unbeholfen ist.

»Erlaubt Ihr eine Frage?« sagt Meister Eutimio unvermittelt. »Wenn Ihr oben am Kreuz ein Rutenbündel anbringen oder, was auf dasselbe herauskommt, ein Rutenbündel einschnitzen lassen und ganz oben, wie auf der Skizze gezeichnet, eine große Axt verzapfen wollt, wo soll dann das Haupt unseres Herrn ruhen?«

»Du vergißt, daß Christus nicht mehr am Kreuz hängt«, erwidert Don Marcantonio überrascht. »Das lehrt sogar die Kirche.«

»Hierzulande gibt es aber Leute, die glauben, daß Er noch immer am Kreuz hängt und noch immer mit dem Tod kämpft«, sagt Meister Eutimio ernst. »Es gibt Leute, die überzeugt sind, daß Er nie gestorben und nie auferstanden ist, sondern noch immer auf dieser Erde mit dem Tod kämpft. Und auf diese Weise würden sich viele Dinge erklären lassen.«

»Du vergißt«, unterbricht ihn Don Marcantonio gereizt und voller Unbehagen, »daß Er an deinem Kreuz jedenfalls weder im Todeskampf noch als Toter hängt. Das ist gewiß, *und Schluß**.«

»Wie könnt Ihr da so sicher sein?« fragt Meister Eutimio beleidigt und gekränkt. Und nachdem er einen Augenblick überlegt hat, fährt er fort: »Wenn dem wirklich so wäre, dann wäre es besser, es zu verbrennen.«

---

* Im Original deutsch.

Die beiden wenden sich dem großen, an der Wand lehnenden Eichenkreuz zu und betrachten es schweigend; Meister Eutimio demütig und vertrauensvoll, der Redner merkwürdig befangen. Einige Frauen, die vom Brunnen zurückkehren, Wassergefäße auf dem mit einem Kissen geschützten Kopf balancierend, kommen an der Werkstatt vorbei, bekreuzigen sich fromm und grüßen.
»Gelobt sei Jesus Christus«, sagen sie zu dem Tischler.
»In Ewigkeit, Amen!« erwidert Meister Eutimio.
»Ich muß jetzt gehen«, wehrt sich Don Marcantonio verstimmt. »Du weißt genau, daß ich erwartet werde.«
Hinter den halboffenen Fenstern ihrer Häuser haben mehrere Frauen heimlich die Szene zwischen dem Redner und dem Tischler mitangesehen und beobachtet, wie der Tischler mühsam versucht hat, eine drohende Anzeige abzuwehren und der zynischen Gleichgültigkeit zu begegnen, mit der der Redner davon sprach. Die verhängnisvolle Neuigkeit wird von Tür zu Tür weitergetragen und erreicht so auch Maria Antonia, die Frau des Tischlers, die gerade bei der Hausarbeit ist. Die Nachbarinnen wissen bereits, daß die arme Frau schon den ganzen Morgen sehr niedergeschlagen ist, weil sie einen Traum hatte, den sie als trauriges Omen nahm. Die Unglücksbotschaft überrascht sie also nicht, aber die gefürchtete Bestätigung macht sie dennoch tief betroffen. Mit zum Himmel erhobenen Armen läuft sie verzweifelt und vor Entsetzen keuchend, von den mitleidigen Seufzern der Nachbarinnen begleitet, durch die Gassen des Dorfes zur Tischlerei. Als sie bei ihrem Mann angekommen ist, deutet sie seine Überraschung als Niedergeschlagenheit, die Kräfte verlassen sie, so daß sie sich an die Tür der Werkstatt lehnen muß, um nicht umzufallen.
»Ach, wir Armen, ach, wir Armen«, klagt die Frau. »Ich wußte ja, daß uns ein Unglück treffen würde.«

Meister Eutimio versucht, sie mit beschwichtigenden Worten zu beruhigen und zu trösten.
»Wirklich, Maria Antonia«, sagt er immer wieder liebevoll, »glaub mir, es ist nichts Schlimmes passiert.«
Aber seine Frau ist leider kein kleines Kind mehr, dem man etwas weismachen kann.
»Ah, Eutì, meinst du denn, du kannst mir nicht die Wahrheit sagen?« stöhnt sie mit trauriger und schmerzerfüllter Stimme. »Das ganze Dorf darf es wissen und deine Frau nicht?«
Die schmächtige, totenblasse arme Frau ist schweißüberströmt und zittert, als habe sie das Wechselfieber.
»Ach, wir Armen«, jammert sie weiter, »was haben wir nur Schlimmes getan? Eutì«, sagt sie dann aggressiv und vorwurfsvoll, »wie oft habe ich dir gesagt, du solltest dich nur um deine eigenen Angelegenheiten kümmern? Du hast mich ausgelacht, weil ich Angst hatte, und jetzt können die anderen uns auslachen.«
»Wenn du heulen und jammern willst«, rät er ihr sanft, »wenn du wirklich nicht anders kannst, dann tu mir den Gefallen und geh wieder nach Hause. Schließlich sind die Häuser ja zu diesem Zweck da.«
Er kann sich den Grund dieser plötzlichen Bestürzung eigentlich nicht erklären, denn bei genauer Überlegung war das Gespräch zwischen dem Redner und ihm doch eigentlich in höflicher, ruhiger Form verlaufen. Aber als ihn dann seine Frau, um jedes Mißverständnis auszuschließen, fragt, ob der Parteiführer nun bei ihm gewesen sei oder nicht, ob er ihn befragt habe und schließlich unzufrieden weggegangen sei, gerät Meister Eutimio ganz durcheinander und fährt sich mit der Hand über die Augen, als könne er plötzlich nicht mehr richtig sehen.
»Ich weiß nicht, ich weiß nicht«, stammelt der arme Mann und muß sich an das Kreuz lehnen, um nicht umzufallen.

Hinter halboffenen Fenstern verfolgen viele Frauen heimlich die schmerzliche Szene zwischen dem Ehepaar; keiner weiß genau, was diesen beiden Unglückseligen eigentlich passiert ist, aber es kommt ja auch nicht auf die Einzelheiten an.
»Gott zum Gruße, Meister Eutimio«, grüßt Don Severino freundlich, der plötzlich vor der Werkstatt auftaucht.
Der Tischler sieht ihn verlegen an, erblaßt, zögert mit der Antwort und macht dann eine unbestimmte Handbewegung.
»Was ist denn passiert, lieber Freund, daß du so niedergeschlagen bist?« fragt der Organist besorgt. »Ist dies deine Frau? Guten Tag, Maria Antonia, Sie wissen ja, ich bin ein Freund Ihres Mannes.«
Aber sie erwidert seinen Gruß nicht. Die dünne Gestalt Don Severinos, der einen runden kleinen Hut trägt und in einen langen dunkelblauen Mantel gehüllt ist, wankt ein wenig nach vorn und zögert dann.
»Wir sollten uns nur um unsere eigenen Angelegenheiten kümmern, Don Severino, darum geht es doch«, hält ihm Maria Antonia unfreundlich vor. »Nehmt es uns nicht übel, aber die Angelegenheiten der anderen interessieren uns nicht.«
Don Severino sieht den Tischler an, um herauszufinden, warum sie so merkwürdig redet; aber Meister Eutimio scheint wie verwandelt, verängstigt, ratlos und verunsichert, er weiß nicht, wohin er sich wenden soll, um den Blicken seines Freundes und seiner Frau auszuweichen, er täuscht vor, sehr beschäftigt zu sein, macht fahrige Bewegungen, nimmt Werkzeuge auf und legt sie wieder auf denselben Platz zurück.
»Sie dürfen mir glauben, Maria Antonia, daß ich nicht hierhergekommen bin, um mit Ihrem Mann über meine Angelegenheiten zu reden, so etwas liegt mir gar nicht«, erklärt Don Severino sichtlich um die Frau bemüht, die ihm so ab-

weisend begegnet ist. »Ich wollte ihn einfach wie immer begrüßen und ein paar harmlose Worte mit ihm wechseln.«
»Ich verstehe, Don Severino, aber mein Mann ist kein Redner, er ist ein Tischler. Ich weiß nicht, ob Euch der Unterschied klar ist«, erwidert die Frau mit gespielter, leicht ironischer Geduld, weil sie gezwungen ist, so banale und selbstverständliche Dinge zu erklären. »Wenn Ihr ein Tischchen oder ein Fenster bräuchtet, wäre es wirklich nichts Unrechtes, hier vorbeizukommen. Aber so, Ihr wißt doch selber, wie leicht die Obrigkeit Verdacht schöpft. Wir dürfen uns nur um unsere eigenen Angelegenheiten kümmern, darum geht es doch.«
Die Frau dreht sich zu ihrem Mann um, damit er bekräftigt, was sie gesagt hat.
»Ich bin nur ein bescheidener Tischler«, setzt Meister Eutimio folgsam hinzu und sieht mit einem traurigen Lächeln und um Nachsicht bittend zu Boden. »Ihr wißt es doch, Don Severino, ich bin nur ein armer, ziemlich altmodischer Tischler. Und außerdem habe ich Familie.«
Er sagt das Wort »Familie« mit ängstlicher schwacher Stimme, als gäbe er damit ein Geheimnis, ein Gebrechen preis.
»Wir haben keine Rente«, schließt die Frau erbittert und vorwurfsvoll. »Wir können uns keine Extravaganzen leisten.«
Don Severino entfernt sich, er schlägt langsam und in entgegengesetzter Richtung die Straße nach Orta ein, von wo er gerade erst gekommen ist. Er geht ein wenig gebeugt, ist blasser als gewöhnlich und stützt sich auf sein schwarzes Stöckchen. Schließlich bemerkt er, daß ihm ein Mann nachläuft: es ist Venanzio, der Knecht der Spinas.
»Die Signora möchte sich gern mit Euch beraten«, sagt er atemlos vom Laufen. »Es gibt etwas Neues, etwas Schlimmes.«

»Tut mir leid«, murmelt Don Severino und setzt seinen Weg fort, ohne Venanzio anzusehen. »Ich muß rasch nach Orta zurück und will niemanden mehr sehen.«
»Ich glaube, daß die Signora Euch dringend sprechen möchte«, beharrt Venanzio. »Danach könnte ich Euch ja mit dem Wagen nach Orta fahren.«
»Selbst, wenn es dringend ist, das kannst du deiner Herrin ausrichten«, erwidert Don Severino mit veränderter Stimme, »wäre es an der Zeit, Donna Faustina nicht mehr mit dieser Mißachtung zu begegnen.«
Mit dem Hut in der Hand und tränenerfüllten Augen läuft Venanzio noch ein gutes Stück neben ihm her, schließlich bleibt er stehen und sieht ihm in der Hoffnung nach, er werde jeden Augenblick doch umkehren und mit freundlicheren Gefühlen zurückkommen; aber nein, er geht mit unregelmäßigen Schritten wie ein sehr müder oder kranker Mann seines Weges und verschwindet hinter einer Biegung. Da endlich kehrt Venanzio fassungslos und verzagt um.

Vor der Gemeindesakristei tritt ein Scherenschleifer, der von schweigenden Jungen umringt ist, ein Liedchen pfeifend sein Pedal, bis Funken aus dem Rad schlagen. Der ölige Geruch der am Morgen verbrannten Mäuse hängt noch in der Luft. Venanzio macht einen großen Bogen, um nicht von dem üblichen Grüppchen von Honoratioren gesehen zu werden, das mitten auf dem Marktplatz steht. Auch ohne sie persönlich zu kennen, sieht jeder schon von weitem an ihrer Art zu lachen, zu gestikulieren, zu hüsteln und den Stock zu schwingen, daß sie einflußreiche und optimistische Leute sind. Der ganze Platz gleicht einer Bühne: Das Amtsgebäude, die Hoheitszeichen an den Mauern, der Balkon für die Ansprachen, die Kirche mit ihrem reich mit Schnitzereien und Ornamenten verzierten Portal sind die Seitenkulissen, während die Überreste des alten herrschaftlichen

Hauses der De Dominicis den Hintergrund bilden. Mitten auf der Bühne befindet sich eine erhöhte Plattform, auf der an Feiertagen die Musikkapelle spielt; darüber hängt eine große bogenförmige Lampe. Das Amphitheater für die Zuschauer liegt gegenüber; in der ersten Reihe einige Häuser von Grundbesitzern mit zum Marktplatz gelegenen Balkons und Fenstern und weiter hinten am Hügel dicht aneinandergedrängt und übereinandergebaut die Hütten, Ställe für Schweine und Hühner, die Häuser der Armen, die über dunkle Gassen, Treppen, Gänge mit Geländern, Dächern, Bögen eng miteinander verbunden sind. Ein verweintes Auge auf das Brevier, das andere unruhig auf den Platz gerichtet, wartet Don Marco seit einer Stunde hinter den Fensterläden der Sakristei, daß die Leute gehen, damit er endlich hinaus kann.
»Hast du gesehen?« sagt Don Nicolino zum Amtsrichter, »daß der Pfarrer jetzt auch am hellichten Tag die Läden schließt?«
Don Gennaro hätte sich um Haaresbreite auf der Straße erwischen lassen, als er auf der Suche nach Don Severino war, dem er Nachrichten über Don Lucas Befinden überbringen sollte; als er die Gefahr erkannte, zog er sich fluchtartig ins Café Eritrea zurück.
Don Nicolino nimmt den Amtsrichter, Don Sebastiano, einen Augenblick beiseite.
»Gib acht, du kannst ihnen nicht trauen«, raunt er ihm zu. »Jetzt kommt die Reihe bald an dich.«
»Was kann man mir denn zum Vorwurf machen?« fragt Don Sebastiano hell entsetzt.
»Du kannst ihnen nicht trauen«, wiederholt der andere nur. »Mehr kann ich dir nicht sagen, aber ich weiß, wovon ich rede.«
»Diese Pfaffen meinen, ihr Spiel mit mir treiben zu können, indem sie sich gegenseitig die Schuld zuschieben«, erzählt

Don Marcantonio entrüstet seinen Kollegen. »Der Fastenprediger behauptet, daß man ihn nur zum Predigen hierhergeschickt habe; *ergo* ist der Pfarrer für die Beziehungen zu den Zivilbehörden zuständig. Don Marco aber macht geltend, daß die Initiative zur Errichtung des neuen Kreuzes vom Fastenprediger ausgegangen sei, der auch die *quapropter* Prozession anführen werde, also könne es logischerweise nicht Sache des Priesters sein, die Zeremonie zu leiten. Ich werde jetzt also noch weitere wertvolle Zeit verlieren und mich an den Bischof wenden müssen, damit er diesen Kompetenzenstreit schlichtet.«
»Man sieht doch gleich, Cavaliere, daß du aus der Landwirtschaft kommst«, bemerkt Don Nicolino boshaft. »Weißt du denn nicht, daß die Schlichtung eines Kompetenzstreits bei der katholischen Kirche Jahrzehnte, wenn nicht Jahrhunderte dauert?«
Die Anwesenden brechen in lang anhaltendes schallendes Gelächter aus, bis dieses aus gebotenem Respekt vor dem neuen Redner auf einen Wink des Gerichtsschreibers abrupt abbricht.
»Die Pfaffen sind schlau wie Füchse«, bemerkt Don Lazzaro. »Die neue Rednerkunst sollte meiner Meinung nach nicht zu viel Zeit mit den Pfaffen verlieren. Wenn sie die Familie Spina vom Sockel stürzen würde, wäre weit mehr gewonnen. Ich weiß nicht, Don Marcantonio, ob ich mich verständlich ausgedrückt habe, wir können auch noch unter vier Augen darüber reden.«
»Ihre Schlauheit hat die Füchse, so viel ich weiß, noch nie vor den Kürschnern bewahrt, Don Lazzaro«, äußert Don Marcantonio mit einer sehr selbstsicheren Geste.
Diesmal ist das Gelächter eine Huldigung an die neue Redekunst. Die Anwesenden beglückwünschen den Redner.
»Eine so geistreiche Bemerkung habe ich schon seit Wochen nicht mehr gehört«, räumt Don Nicolino feierlich ein.

»Zu Lasten des Fastenpredigers läßt sich vielleicht noch Schlimmeres vorbringen«, unterstellt der Amtsrichter, an Don Sebastiano gewandt, mit geheimnisvollem Unterton.
Der Amtsrichter ist ein beleibter, grobschlächtiger jovialer Mann; seine wulstigen Lippen und die violetten geschwollenen Tränensäcke lassen ihn als gefühlvollen, gierigen, Feste liebenden Menschen erkennen. Wenn er seine epikureische Maske nur ein wenig ernsthaft oder traurig verzieht, erzielt er unwiderstehlich eine komische Wirkung; daher ist er auch bei Kollegen, die sich gegen Tränen schützen wollen, sehr gern gesehen auf Beerdigungen, Hochzeiten, bei Pfändungen und allgemein bei öffentlichen Zeremonien. Don Tito, der Gemeindepolizist bestätigt den Verdacht des Amtsrichters nickend.
»Es läßt sich noch Schlimmeres sagen«, meint er.
Don Tito trägt eine Uniform, wie sie vor 1914, im goldenen Zeitalter der Uniformen, bei feierlichen Anlässen von Generälen getragen wurde; und seine Frisur, Augenbrauen, Schnurrbart und Lippen sind ausladend ornamental, zum Stil der Uniform passend, Wuchs und Schultern jedoch, die eher schmächtig sind, erinnern an seine Herkunft aus Handwerkerkreisen. Don Titos Amt ist in Wirklichkeit nur das eines einfachen Schutzmanns; daß man ihn zum Polizeichef ernannt hat, hängt nur mit der Uniform zusammen. Als Don Saverio Spina anläßlich einer Romreise vom Gemeinderat in Colle beauftragt worden war, die Dienstkleidung für den neuen Schutzmann in Auftrag zu geben und dabei aber so wenig Geld wie möglich auszugeben, erwarb er bei einem Lumpenhändler, der auch mit Theaterzubehör handelte, für billiges Geld eine Uniform, die ihm sehr, den Honoratioren von Colle aber bedeutend weniger gefiel, weil sie einem ganz einfachen Schutzmann viel zu viel Autorität verlieh. Wegen ihres äußerst bescheidenen Preises und auch weil die Gemeinde damit sehr an Glanz gewann, wurde der Kauf nach

endlosen Diskussionen schließlich gutgeheißen. Don Tito hatte diese Uniform jedoch kaum am Leibe, als er dieses Mißverhältnis zwischen ihrer Prächtigkeit und seinem Rang unerträglich stark spürte und von der Gemeinde verlangte, ihm eine andere, passendere Uniform zu erwerben. Aber da es billiger war, ihn im Rang zu erhöhen, wurde er zum gleichen Sold eines einfachen Schutzmanns zum Polizeichef ernannt. Es gab noch weitere Erpressungsversuche, und eine Zeitlang wurde die übertriebene Uniform Don Titos geradezu zum Alptraum der Bevölkerung von Colle. Neben seinem rechtsmäßigen Amt als Schutzmann maßte er sich im Laufe der Zeit noch eine ganze Reihe anderer vollkommen ungewöhnlicher Aufgaben an; aber auch die bescheidenen Obliegenheiten eines Schutzmannes haben dadurch, daß sie von einem Manne in dieser Uniform ausgeführt werden, ein ganz anderes Gewicht bekommen. Auch die Carabinieri verfügen nicht über die Autorität, Don Titos Machtmißbrauch zu bremsen, denn sie sind hier fremd und auf seinen Rat und seine Informationen angewiesen.
Daß Don Tito den Verdächtigungen des Amtsrichters, was den Fastenprediger betrifft, beipflichtet, ist deshalb so schwerwiegend, weil er im gesamten Gemeindegebiet für das von ihm erfundene Amt »Anzeigen, Verleumdungen und Gerüchte« zuständig ist.
Wie aus einer Theaterkulisse betritt plötzlich Simone der Marder aus einem Seitengäßchen die Szene des Marktplatzes. Er ist frisch rasiert, barhäuptig und trägt ein Militärmäntelchen, das ihm kaum bis zu den Knien reicht. Er beschnuppert neugierig die Gruppe der Würdenträger und hüpft dann mit einem ganz ungewöhnlichen rhythmischen Schritt um sie herum.
»Was bist du denn heute so fröhlich, Marder?« schreit ihm Don Tito zu, der von Amts wegen stets aufs Fragen eingestellt ist.

»Das liegt am Frühling«, erwidert der andere lachend.
»So, du spürst bei dieser Hundekälte den Frühling? Hahaha, bei diesem Schnee? Hahaha, Simò, der Wein hat dein Gehirn erweicht. Paß auf, bei manchem hat es schon so angefangen.«
»Seht ihr denn nichts dort unten?« fragt Simone und deutet auf die schneebedeckten Hügel und Felder in der Ferne.
»Wir sehen schneebedecktes Land«, antworten mehrere.
»Und unter dem Schnee seht ihr nichts?«
»Hahaha, wie soll man denn sehen, was unter dem Schnee ist, solange der Schnee daliegt?«
Sie lachen im Chor.
»Wenn ihr das sehen könntet, was ich sehe, würdet ihr nicht so blöde lachen«, sagt Simone nun mitleidig.
»Na, Marder, gib acht, wie du redest und mit wem du redest«, ermahnt ihn der Polizeichef mit ernster Miene.
»Cavaliere, du solltest dem Marder das Kreuz der neuen Redekunst zeigen«, schlägt Don Nicolino wichtigtuerisch vor, als wolle er ablenken, in Wirklichkeit erhofft er sich aber ein noch boshafteres Vergnügen. »Da hättest du gleich eine Probe, wie es aufs Volk wirkt.«
Der Redner zeigt Simone ein Blatt mit der Skizze, und um Mißverständnisse auszuschalten, erläutert er sie ihm.
»Dies da, was ganz oben am Kreuz angebracht werden soll, ist eine Axt oder vielmehr eine Streitaxt«, erklärt er. »Eine große Streitaxt, weißt du.«
»Eine echte Axt?« fragt Simone sofort sehr interessiert. »Aus Eisen, aus richtigem Eisen? Na, ich glaube, die wird nicht eine einzige Nacht auf diesem Pfahl in der frischen Luft bleiben. Eine gute, solide Axt aus echtem Eisen?«
»Dies ist ein anderes Problem, damit sollen sich die Carabinieri befassen«, erklärt Don Marcantonio. »Mich interessiert nur, welche Gefühle es auslöst, oder besser gesagt, welche Gefühle es in der Volksseele auslöst.«

»Es wird sehr beeindruckend sein«, gibt Simone ehrlich zu. »Jeder wird sich fragen: Ist sie wirklich aus echtem Eisen? Oder ist sie, da es sich um ein Staatswerkzeug handelt, vielleicht aus bemaltem Holz? Oder aus mit Blech verkleidetem Holz? Einige werden zu Meister Eutimio laufen, um sich Gewißheit zu verschaffen; andere werden plötzliche religiöse Inbrunst vortäuschen und sie mit der Hand berühren, mit den Knöcheln daran klopfen wollen.«

»Du hast überhaupt nichts begriffen«, unterbricht ihn Don Tito, der die Gelegenheit nur nutzen will, sich bei dem neuen Staatsredner beliebt zu machen. »Deine Vorhersagen, Marder, sind ja leider nicht falsch; aber die neue Redekunst interessiert sich nicht für diese Gemeinheiten, die du da erzählst.«

»Es geht also im Grunde darum«, ergänzt der Amtsrichter eilig, um auch seine volle Zustimmung zur neuen Redekunst zu bekunden, »ein Symbol zu finden, das gleichzeitig die religiösen und die patriotischen Gefühle zu erwecken vermag.«

»So betrachtet«, bemerkt Simone ganz offen, »erscheint mir die Axt als Ideal auf dem Kreuz aber ganz falsch, wenn ich das so sagen darf. Ach, da müßte schon etwas anderes her, glaubt mir, etwas ganz anderes, um die guten Christen dieser Gegend hier zu rühren. Ja, vielleicht erlaubt ihr mir, euch kostenlos, wie es meiner Gewohnheit entspricht, eine geniale Idee anzubieten? Na, laßt die Axt weg und setzt statt dessen ein buntes Bild, vielleicht sogar aus Email, darauf, auf dem ein schöner Teller Spaghetti mit Tomatensauce abgebildet ist.«

Durch einen Sprung kann er sich gerade noch vor einem wütenden Fußtritt Don Marcantonios retten, doch der Polizeichef erwischt ihn an einem Mantelzipfel. Und als er daran zieht, springt eine Nadel auf, mit der der hochgeschlagene Kragen der Jacke zusammengehalten war, so daß diese herunterrutscht und da sie keine Knöpfe hat, einen Augenblick lang bis zum Magen aufspringt und den Blick auf einen mageren schwarzen Mumienkörper freigibt, der nicht einmal mit einem Hemd bekleidet ist. Bei diesem unerwarteten Anblick gibt der Chor der Honoratioren ein erstauntes und angewidertes Gemurmel von sich. Don Tito läßt Simone laufen, schreit ihm aber nach:

»Lauf nur, lauf, du Lump, bei dir kann man ja die Knochen zählen wie bei einem alten Esel.«

»He, Tito, weißt du, was der Esel geantwortet hat?« ruft ihm Simone von weitem zu. »Der Esel sagte eines Tages zum Schwein: Du bist fetter, aber du wirst am Ende abgestochen.«

»Was willst du damit sagen?« schreit Don Tito. »Erklär das mal genauer.«

»Das soll jeder auf seine Weise verstehen.«

»Ich weiß nicht, wie ihr die ewigen Frechheiten dieses Cafone hinnehmen könnt«, beklagt sich Don Marcantonio bei seinen Kollegen. »Locht ihn doch ein.«

»Das wäre nicht das erste Mal«, teilt ihm der Gerichtsschreiber mit, der sich bei dieser Szene bestens amüsiert hat. »Und dann? Man muß ihn ja wieder freilassen.«

»Im übrigen ist Simone kein Cafone«, erklärt Don Sebastiano. »Das darf man nicht verwechseln. Er ist ein Verweigerer. Er ist mutwillig tiefer gesunken als ein Cafone, das ist wirklich ein Skandal; letzten Endes aber ist er herrschaftlicher Herkunft, er ist ein Ortiga. Man kann ihn nicht wie einen Cafone behandeln.«

»Eure Scheinheiligkeit ist äußerst verdächtig«, äußert Don Marcantonio kalt. »Wir leben in harten Zeiten.«

Der Gerichtsschreiber und der Amtsrichter erblassen.

»Bitte versteht uns nicht falsch«, entschuldigen sie sich fast wie aus einem Munde.

»Eines schönen Tages hat dieser Skandal ein Ende, dafür

werde ich schon sorgen«, versichert Don Tito. »Ich habe noch eine alte Geschichte mit diesem Verrückten zu klären; Ihr wißt schon, worauf ich anspiele.«
»Habt Ihr bemerkt«, fährt der Polizeichef fort, »daß Don Severino vorhin mit Meister Eutimio und dem Kutscher der Spinas geredet hat?«
Don Marcantonio will etwas anderes wissen.
»Welche Einbußen hat Don Severino dadurch erlitten, daß ihm als Organist von Colle gekündigt worden ist?« fragt er. »Wie lange kann er so ohne Anstellung durchhalten?«
»Er hat nie ein Gehalt dafür bekommen«, sagt Don Tito. »Die Gemeinde ist arm.«
Don Marcantonio ist entrüstet.
»Don Severino lebt also von seinem eigenen Vermögen?« bemerkt er verdrossen. »Dies ist wieder einer der vielen Fälle, in denen wirtschaftliche Unabhängigkeit der Freigeisterei den Boden bereitet.«
»Ein weiteres Beispiel ist Pietro Spina«, ergänzt der Amtsrichter, um sich wieder lieb Kind zu machen.
»Es gibt keinen echten und sicheren Gemeinsinn«, verkündet Don Marcantonio, »wo nicht vollkommene, auch ökonomische, Abhängigkeit vom Staat herrscht.«
»Werden wir am Schluß alle Staatsbeamte?« fragt Don Lazzaro ängstlich.
»Alle«, stimmt der Redner zu.
»Auch die Grundbesitzer?«
»Gewiß.«
»Und die Cafoni?«
»Natürlich.«
»Alle gleich?«
»Nein. Einige werden vom Staat in das Amt von Grundbesitzern eingesetzt, andere in das von Tagelöhnern. Wer sich dagegen auflehnt, verliert die Anstellung.«

»Es gibt da noch den Fall Don Bastianos«, mischt sich Don Lazzaro ein.

»Über diesen Sonderfall müssen wir noch nachdenken«, schließt Don Marcantonio ernst und gebieterisch.

Simone biegt in eine schmutzige Gasse hinter dem Platz ein und verschwindet geräuschlos in einem niederen und dunklen Lebensmittellädchen. In diesem finsteren Loch kann er die schwarzgekleidete Besitzerin nicht gleich erkennen, die in einer Ecke sitzt und stumm betet oder vielleicht weint, daher fängt er an, sich selber zu bedienen.

»Na, Simò«, fragt ihn die Besitzerin, nachdem sie ihn eine Weile beobachtet hat, »du glaubst wohl, du bist hier zu Hause?«

»Oh, Maria Luisa«, entschuldigt sich Simone, »ich wollte dich wirklich nicht stören, weißt du, das ist der einzige Grund. Wie geht es dir, Maria Luisa? Hast du Nachrichten aus Amerika, von deinem Mann?«

»Sag mal, Simò, wann zahlst du mir denn die Sachen, die du da genommen hast. Was ist denn das für eine Art, eine arme Frau auszurauben?«

»Schreib all diese Sachen in dein großes Buch, Maria Luisa, und dann sei so gut und sag nichts mehr. Du weißt, ich kann die alte Leier nicht mehr hören. Ich werde eben bezahlen, sobald ich kann.«

»Warum hast du denn auch eine Tüte Zucker genommen, Simò? Gibt es bei dir zu Hause vielleicht etwas zu feiern?«

»Vor Frauen wie dir, Maria Luisa, kann man nie etwas geheimhalten. Aber erzähl es niemanden, es ist ein Geheimnis, Cherubino hat heute Geburtstag.«

»Cherubino, wer ist denn das? Einer deiner unehelichen Söhne?«

»Ja, mein Esel. Auch er wird älter, der Ärmste.«

»Simò, wirst du denn nie vernünftig?« fleht ihn Maria Luisa an. »Willst du denn ewig so verrückt bleiben?«

Simone kehrt so rasch wie eine Hausfrau, die sich auf dem Markt verspätet hat, zu seinem Heuschober zurück. Als er den Weg am Kanal entlang erreicht hat, blickt er sich mißtrauisch um, wie ein wildes Tier, bevor es in seine Höhle zurückkehrt, um zu sehen, ob ihm jemand folgt und ob es verräterische Spuren im Schnee gibt. Der Schnee reicht ihm bis zu den Knien, und er kommt nur mühsam voran. Der Kanal scheint vereist, nur hier und da sind zarte Spuren von Nachttieren zu entdecken. Als er sich nähert, wedelt Leone vor der Tür des Heuschobers mit dem Schwanz und winselt vor Freude. Simone schließt die Tür hinter sich und ruft durch die Falltür, die zum ersten Stock hinaufführt:
»Gibt es was Neues?«
»Nichts«, antwortet sofort eine helle Stimme von oben.
»Und im Dorf?«
»Auf dem Marktplatz die üblichen Parteibonzen.« Dann fährt er fröhlich fort: »Heute wird gefeiert, nach dem Mittagessen gibt es Kaffee mit Zucker.«
Von der Luke herunter ist langes kindlich wieherndes Gelächter zu hören und dann die Frage:
»Aber woher hast du denn das Geld? Vielleicht wieder in der Lotterie gewonnen?«
»Bleibt vorerst oben«, erwidert Simone, »ich rufe euch, wenn ihr herunterkommen könnt.«
Pietro und Infante nehmen ihren Unterricht wieder auf, dem sie sich immer dann widmen, wenn Simone weggeht. Sie sitzen einander auf zwei Strohsäcken gegenüber, die ihnen nachts als Bett dienen; sie sind beide gegen die Kälte in eine Menge Lumpen gehüllt und sitzen so nah beieinander, daß sich ihre Knie fast berühren. Die Lektion geht weiter. Pietro sieht seinem Freund mit einem zugleich sanften und gebieterischen Blick in die Augen, zeigt ihm eine volle Korbflasche mit Wein und sagt: Vi-no, die Silben dabei deutlich voneinander absetzend. Er wiederholt das Wort drei- oder viermal,

bis Infante mühsam nachspricht: I-no. Pietro sagt ihm immer wieder geduldig vor: Vi-no, wobei er das V besonders nachdrücklich ausspricht; nach weiteren kläglichen Versuchen gelingt es Infante schließlich, den Labiallaut auszusprechen, auch wenn bei ihm das V mehr nach F klingt. Fi-no, sagt er, Pietro stimmt zu und lacht.
»Schäm dich«, hält er ihm aber dann doch vor, »du sprichst das ja aus wie ein Teutone.«
Infante, der von dem ganzen Satz vielleicht nur ein Wort verstanden hat, lacht ebenfalls. Die beiden, die sich da gegenübersitzen, scheinen mehr oder weniger gleich groß zu sein, aber der Taube ist kräftiger. Beide haben den Kopf kahlgeschoren, ein Werk Simones, der unter anderem früher einmal Schafe geschoren hat. Diese vollkommen nackten Schädel, das fahle Winterlicht und die Bewegungslosigkeit, in der die beiden über und über in Lumpen gehüllten Gestalten dasitzen, verstärken bei beiden den Eindruck eines besorgniserregenden Zustandes, einer bis zum äußersten angespannten und kaum mehr beherrschten Empfindsamkeit, die jeden Augenblick in Schreie oder Gesten zu explodieren droht.
Pietro sieht so tief bewegt aus, als wäre er vom Tode auferstanden und habe nun etwas gefunden, was er im vorangegangenen Leben vergebens gesucht hat; in seiner Ergriffenheit bekommt er durch seine erdige Gesichtsfarbe einer ausgegrabenen Statue und die schmalen grauen Lippen jemandes, der Erde gegessen hat und deren Geschmack noch im Mund hat, ein fast schon unmenschliches Aussehen. Auch Infantes Gesicht wird ganz von den Augen behrrscht, wenngleich aus einem anderen Grund. Die Taubheit hat seine Augen vergrößert, alle Energie, die den Ohren vorenthalten ist, ist in den Augen konzentriert, das ganze Universum geht durch sie hindurch; und Infantes Universum hat sich in diesen letzten Tagen durch Pietros Unterricht plötzlich erwei-

tert und bereichert, durch das Erlernen neuer Wörter, von denen jedes einzelne einem bestimmten Gegenstand entspricht, durch neue Beziehungen zwischen den Wörtern, neue unerahnte Begriffe; und tiefgreifender noch, seine primitive arme Welt von einst ist durch die von Simone erwiesene Gastfreundschaft und das plötzliche unerklärliche Wiederauftauchen Pietros, dieses merkwürdigen, von der Polizei verfolgten Herrn, auf den Kopf gestellt worden. Infante glaubt wohl irgendwie an Wunder, sonst müßte ihm Pietros plötzliches Wiederauftauchen als ein Wahnsinn erscheinen, der überhaupt nicht in die ihm bekannte Welt paßt. So wirkt Infante tief bewegt, keinesfalls aber überrascht. Neben der feindlichen und harten alten Welt von Pietrasecca hat er nun zufällig eine andere entdeckt, die absurd, wundervoll, freundlich, aber doch ebenso natürlich ist, denn es gibt sie ja, auch wenn sie unterschiedlich ist; eine Welt, eine merkwürdige Art zu leben, die nicht wie die andere auf Geld gegründet ist, auf Gewinn, Gewalt, Angst und auf Dienste, die man zu leisten hat oder die einem geleistet werden; sondern auf das, was Augen sehen, auf Sympathie, wie Infante sie noch nie erlebt hat und die ganz uneigennützig ist; es ist dies eine neue Welt, die äußerlich der ihm schon bekannten gleicht, in der aber alles umgekehrt ist. Darüber, daß es sie gibt, scheint sich Infante nicht zu wundern; und da sie ihm gefällt, betrachtet er sie und freut sich an ihr. Sein ganzer Kopf drückt diese starke innere Freude aus. Dieser Kopf ist ein armer ausgemergelter Schädel mit unnützen großen abstehenden Ohren, einem gebräunten Gesicht und zahlreichen alten schlammverkrusteten Narben, am Kinn, am Kiefer und auf der Stirn hat er frischere Quetschungen, Hautabschürfungen und Schwellungen; es ist ein Gesicht, das nie lachen gelernt hat und dem, da es nun diese unerwartete neue Zufriedenheit ausdrücken soll, nur groteske Grimassen gelingen. Pietro beobachtet ihn ernst und gerührt, als hätte er einen

Säugling in Obhut. Wenn sie so auf ihren Strohlagern sitzen, befinden sie sich noch in der geschütztesten Ecke des Heuschobers, denn Schnee und Wind dringen durch zwei große Fensterhöhlen ohne Läden ungehindert ein. Es ist hier so kalt wie auf der Straße. Wenn in der Nacht ein Schneesturm tobt, verwandelt sich ihr Lager in eine Dornenhecke, einen Graben, einen Hügel, einen felsigen Berg, ein auf den Wellen treibendes Floß. Morgens sind dann ihre nach dem Scheren wieder nachgewachsenen Haarstoppeln hart wie die Stacheln eines Igels, ihre Gelenke schmerzen, und die Füße sind geschwollen.

»Da die Fenster keine Läden haben«, erklärt Simone, »kommt das schlechte Wetter natürlich herein. Aber, weil die Fenster eben keine Läden haben, geht das schlechte Wetter genau so schnell, wie es hereingekommen ist, auch wieder hinaus. Pietro, im Frühjahr wirst du merken, daß ich recht habe.«

XVI

Der Heuschober ist groß und geräumig, man merkt, daß die Spinas ihn erbaut hatten, um Heu und Stroh für viel Vieh zu lagern: Jetzt enthält er nur ein bißchen Stroh für den einzigen Esel. Der Dachstuhl ächzt und knarrt im Wind wie der Kiel eines Schiffes im Sturm. Zahllose Spinnweben blähen sich groß wie Leintücher unter den Windstößen, halten ihnen aber stand. An den rohen Steinwänden hat man ein paar Höhlungen ausgespart, in die wohl damals bei der Erbauung die Dachbalken eingepaßt werden sollten und die jetzt den Eindruck der Verwahrlosung noch verstärken. Ins Erdgeschoß gelangt man über eine Sprossenleiter, durch dieselbe Bodenluke, durch die auch das Stroh für die Spreu und die Futterkrippe des Esels heruntergezogen wird.

Ins Erdgeschoß dringt der Wind nicht ein, dafür ist das Gemäuer feucht und auch der mit Kieselsteinen gepflasterte Fußboden ist da, wo der Esel nicht hinkommt, mit einer schlammigen braunen Schmutzschicht bedeckt. Die drei Männer müssen den ganzen Tag über so dick angezogen sein, als säßen sie auf der Straße. Feuer machen sie in einer Ecke des Raumes zwischen ein paar dicken rußgeschwärzten Steinen; es gibt auch einen Dreifuß, auf den sie zum Wasserwärmen und Kochen einen Kessel und eine Pfanne stellen können. Pietro macht es Spaß, das Feuer anzuzünden und beim Kochen zu helfen, die Kartoffeln zu schälen, die Zwiebeln zu schälen und kleinzuschneiden, den Stockfisch einzuweichen und zu braten. Am besten aber schmecken ihm Gerichte, um die er damals, als er klein war, die armen Kinder beneidet hat; zum Beispiel *panunta:* Dazu wird das Brot in dicke Scheiben geschnitten und geröstet, danach werden die Scheiben mit Knoblauchzehen eingerieben und reichlich mit Olivenöl beträufelt. Der scharfe Knoblauch verbindet sich auf dem gerösteten Brot vollkommen mit dem sanften Ge-

schmack des Öls. Pietro fühlt jedesmal, wie ihm die Tränen in die Augen steigen, und um nicht lächerlich zu erscheinen, gibt er dem Knoblauch die Schuld.
»Als Kind war ich überzeugt, daß sich die Seligen im Paradies an *panunta* labten«, gesteht er Simone errötend.
Zur Abwechslung gibt es auch *panzanella*. Auf das eingeweichte Brot braucht man nur ein paar Tropfen Öl, ein wenig Salz und ein paar kleingerupfte Basilikumblätter zu geben. Das Öl, das Simone »auf Kredit« bei Maria Luisa erwirbt, ist von grünlich gelber Farbe und hat einen leicht bitteren Beigeschmack; es stammt im übrigen genau wie die Milch, das Wasser, der Wein, das Obst, das Brot und alles übrige aus der Umgebung.
»Man kann es aber nur schätzen, wenn man unbeschwerten Sinnes ist«, bemerkt Simone.
»Als ich letztes Jahr mit dem Nachtzug aus Rom kam«, bestätigt Pietro, »merkte ich am leicht bitteren Geruch der Luft, daß ich mich unserer Gegend näherte.«
Zur Tischgesellschaft der drei Männer gehören aber auch der Esel und der Hund. Cherubino mit seinem nachdenklichen großen schweren Kopf ist durch seine Geduld und Würde eine Bereicherung; mit all seinen Übeln, dem aufgedunsenen Bauch, den von Stockschlägen aufgeplatzten Schultern, den vom Hinfallen abgeschürften Knien liegt er unaufdringlich, aber auch ohne sich zu schämen, sozusagen mit am Tisch. Auf seinem Rücken hat er, wie es bei Eseln häufig vorkommt, einen kreuzförmigen dunklen Streifen, der ihm das Aussehen eines armen Christenmenschen verleiht.
»Ah, Cherubì, die Zeiten, da du noch drei Zentner geschleppt hast, die sind vorbei«, sagt Simone. »Ich mache dir keinen Vorwurf, es kommt mir auf das bißchen Stroh, das du frißt, bestimmt nicht an. Wieviel hast du schon geschleppt.«
Cherubino läßt ihn reden. Auch Leone leidet in der kalten

Jahreszeit, er niest und hustet, Schnauze und Augen triefen; aber auch er beklagt sich nicht. Wenn Simone und der Hund sich in die Augen sehen, wird die innere Beziehung, die sie zusammenhält, fast sichtbar.
»Er weiß alles«, vertraut Simone Pietro leise an.
»Was denn alles?«
»Über uns. Er hat alles ganz genau begriffen. Seit der Nacht, in der du angekommen bist, sieht er mich auf so eine bestimmte Art an, die keinen Zweifel bestehen läßt. Im übrigen kann man sich auf ihn verlassen. Aber glaub nur nicht, daß das bei ihm die übliche Treue des Hundes für seinen Herrn ist; in dem Fall würde ich ihn verachten; nein, Leone und ich haben wirklich schon viel durchgemacht, und so haben wir uns verstehen und schätzen gelernt.«
Wenn Leone will, kann er auch lachen; er zieht die Oberlippe hoch und zeigt die Zähne. Dann freut sich Simone immer und nennt ihn zärtlich: »du Bastard, du Mistvieh, du Hornochse«. Das würde er dem Esel nicht zu sagen wagen.
»Sicher, auch er ist gutgelaunt, aber er bleibt immer ernst und ist vielleicht auch übelnehmerisch«, erklärt Simone. »Er ist eben ein Cafone geblieben, er hat keinen Humor. Du Ärmster, was du alles geschleppt hast.«
Auch in Infantes Adern fließt schweres Blut, zur angeborenen Traurigkeit der Cafoni kommt wegen seiner Unfähigkeit, die Scherze und Wortspiele der anderen zu verstehen, bei ihm noch die Melancholie und das Mißtrauen der Tauben hinzu. Zum Glück kann er in Anwesenheit Pietros sicher sein, daß die Scherze nicht auf ihn gemünzt sind. Jedenfalls versucht Infante auf seine Weise ebenfalls zur guten Stimmung der Gesellschaft beizutragen. Er kann die Ohren wie ein Hase bewegen, und da Pietro beim erstenmal gelacht hat, als er sie so bewegte, wackelt er jetzt jedesmal mit den Ohren, wenn er seine Gefährten mit ernster Miene sieht. Und dann lachen sie, um ihn nicht zu beleidigen. Auf diese

Weise sind seine armen großen Ohren wenigstens zu etwas gut. Ein anderer Quell der Freude ist die Weinflasche, die mitten im Raum auf zwei niedrigen Holzböcken thront. Sie liefert ein helles, leichtes, wohlriechendes und wohlschmeckendes Weinchen, das für lange freundschaftliche Gespräche sehr förderlich ist. Obwohl Simone bestimmt kein Verächter eines guten Tropfens ist, ist die Flasche bei Pietros Ankunft immer noch fast voll, was diesen nicht wenig erstaunt.
»Trinken muß man in Gesellschaft«, entschuldigt sich Simone. »Heimlich trinken bekanntlich nur Verräter und Pfaffensöhne. Der Wein in den Kneipen ist gewöhnlich nichts wert! Aber wer geht schon wegen des Weins dorthin? In den Kneipen ist man nie allein; das ist das Gute daran. Und auch wenn die meisten, die man dort antrifft, nur einfache ungebildete Handlanger sind, ist ihre Gesellschaft doch immer noch besser als gar keine.«
Jetzt hat Simone aber Gesellschaft im eigenen Haus, und zu deren Ehre trinkt er schon am frühen Morgen, um sich, wie er sagt, den Mund auszuspülen, die Augen auszuwischen und die Stimme zu klären, damit er seinen Freunden reinen Herzens guten Morgen wünschen kann. Und am Abend leert er, bevor er sich auf seinem Strohlager ausstreckt und nachdem er seinen Gästen gute Nacht und glückliche Träume gewünscht hat, das letzte Glas, um, wie er sagt, die Sorgen zu vertreiben und jede Verdächtigung und jede Art niedriger Gesinnung aus seinem Körper zu verbannen, die sich im Laufe des Tages eingeschlichen haben könnte. Mit der Zeit ist davon aber nur noch die Zeremonie übriggeblieben, die ihm als Vorwand dient. Lieber noch als trinken, will er sich mit Pietro einfach unterhalten, ihn ausfragen, hören, was er über Länder, die er gesehen hat, oder über die Lebensweise anderer Leute zu berichten weiß. Und je mehr Tage vergehen, desto öfter erzählen sie sich gegenseitig bis tief in die Nacht. Aber sogar zu den Mahlzeiten trinkt Si-

mone jetzt weniger, nachdem er selber ein System erfunden hat, bei dem sie sich abwechseln; er findet nämlich, daß das in guter Gesellschaft das beste ist. Bei diesem System muß er sich dauernd darum bemühen, das Gespräch in Gang zu halten.
»Hier, stärk dich, Tauber, du bist an der Reihe. Stärk dich, Pietro, dies ist ein ganz unverfälschter Wein. Pietro, jetzt wundere ich mich aber doch. Reich mir den Krug rüber, seht her, ihr Schwächlinge, laßt euch von einem Alten zeigen, wie man trinkt.«
Zum Spaß macht er dabei allerlei Faxen, gießt sich den Wein wie eine Dusche direkt in den Mund, setzt den Krug wie eine Trompete an oder trinkt wie ein patriotischer oder wie ein geistlicher Redner, wie ein Säugling, wie ein Huhn, wie eine Kuh, wie ein Pilger und auf verschiedene andere Weise, worüber die anderen herzlich lachen. Doch ist es eher viel Lärm um nichts, denn mit jedem Tag achtet er mehr darauf, bei klarem Verstand zu bleiben, weil es ihm immer besser gefällt, mit Pietro zu sprechen, ihm zu erzählen und ihm zuzuhören. Schade, daß ein ganzer Abend in wenigen Minuten vergeht. Wenn er nicht mit dem Trinken an der Reihe ist, raucht Simone eine geteerte Tonpfeife, deren zerbrochenes Rohr mit einem Bindfaden zusammengewickelt ist; beim Sprechen zieht er sie ein wenig aus dem Mund und spuckt auf den Boden. Pietro achtet sehr darauf, Infante nicht zu verletzen, ihn nicht auszuschließen und ihn seine Unterlegenheit als Tauber nicht spüren zu lassen. Erleichtert beobachtet er, daß sich Infante wie ein Vogel, der sein Nest im Stroh baut, mit den übrigen Mitgliedern der Gemeinschaft besser zurechtfindet, daß er sich um Hund und Esel kümmert, Holz zum Feuern holt, mit dem Eimer zum Bach geht, um Wasser zu schöpfen, und das bißchen Wäsche, das Simone ihm besorgt hat, wäscht und auf eine Leine zum Trocknen hängt.

»Wenn ich mich nicht irre, hat Infante noch die fünfzig Lire in der Tasche, die Venanzio ihm gegeben hat«, bemerkt Pietro eines Tags zu Simone. »Vielleicht könntest du ihm mit diesem Geld irgend etwas kaufen, was er besonders dringend braucht.«
Hätte er das nur nicht gesagt.
»Braucht er denn etwas?« fragt Simone verblüfft und beleidigt.
»Auch wenn man das Nötigste hat«, erklärt Pietro, »gibt es immer noch nützliche Sachen, die man kaufen könnte.«
»Na sag schon, was braucht er denn?« wiederholt Simone gekränkt. »Bedauere wirklich sehr, daß ich es nicht gemerkt habe; sag du mir, was er braucht.«
»Wirklich, Simone, ich wollte dich nicht beleidigen«, entschuldigt sich Pietro. »Er braucht überhaupt nichts, reden wir über etwas anderes.«
»Ehrlich gesagt, von dir hätte ich einen solchen Vorschlag nicht erwartet«, erklärt Simone verbittert. »So hoch achtest du mich also? Ja, sicher, ich bin arm, aber für meine Gäste sorge ich allein. Wenn ich kein Geld habe, finde ich schon einen Weg, das ist meine Sache.«
»Simone, entschuldige, wirklich«, wiederholt Pietro. »Und überhaupt, wenn ich so nachdenke, braucht Infante wirklich nichts.«
»Wenn Geld da ist, muß es natürlich ausgegeben werden, aber du hast vergessen, daß dies kein Hotel ist, sondern ein Privathaus«, fährt Simone ärgerlich fort. »Das ist der Unterschied. Du hast vergessen, daß ich euch hier nicht als zahlende Pensionsgäste aufgenommen habe. Natürlich bedauere ich, daß es mit der Bequemlichkeit ein wenig zu wünschen übrig läßt.«
»Wenn mir so viel an der Bequemlichkeit läge, dann wäre ich dort geblieben, wo ich herkomme, oder ginge dort-

hin zurück, Simone«, unterbricht ihn Pietro. »Du weißt genau, daß ich es nicht so gemeint habe.«

»Na ja, du hast dich nicht richtig ausgedrückt«, schließt Simone versöhnlich. »Wenn du künftig etwas brauchst oder wenn du merkst, daß Infante etwas braucht, dann wirst du es mir sagen, nicht?«

»Vorerst brauchen wir überhaupt nichts«, versucht ihn Pietro zu überzeugen. »Es könnte uns wirklich gar nicht besser gehen.«

Pietro ist kein sehr anspruchsvoller Gast. Simone hatte ihn gleich bei seiner Ankunft auf die Probe gestellt.

»Zu essen gibt es das, was da ist«, erklärte er ihm. »Oft ist gar nichts da, und dann gibt es eben gar nichts.«

»Durch Fasten bewahrt man seine schlanke Linie«, erwiderte Pietro lachend.

Bei Tisch gab es keine Gläser, und man mußte direkt aus dem Krug trinken. Wie würde sich Pietro verhalten?

»Bei deiner Großmutter hattest du bestimmt einen Kelch für jede Sorte Wein und ein Gläschen für jede Sorte Schnaps«, bemerkte Simone. »Hier mußt du dich ohne behelfen.«

»Wenn wir schon dabei sind«, schlug ihm Pietro begeistert vor, »verzichten wir doch gleich auch auf den Krug, wir können ebenso gut aus dem Zapfen trinken.«

»Wir wollen es doch nicht übertreiben«, warf Simone ein.

Simone nimmt jeden Morgen ein Bad, sommers im Graben und winters im Schnee, den er eigens dazu hinter dem Heuschober aufhäuft. Diese Gewohnheit ist inzwischen allen Bewohnern von Orta bekannt, ja, sie gilt bei ihnen sogar als das Seltsamste an ihm und hat sie in ihrer Ansicht, er sei ein verwilderter Halbverrückter, noch bestärkt.

Um seine teuflische Natur zu beweisen, haben ein paar fromme Frauen behauptet, daß aus dem Schneehaufen Flammen und Rauch aufgestiegen seien, sobald sich Simone mit seinem furchtbar mageren und schwarzen nackten Körper darauf ausgestreckt habe.

Aber trotz Pietros Anspruchslosigkeit wagt Simone es dennoch nicht, seinen Gästen ebenfalls ein so primitives Waschsystem vorzuschlagen, und andere bietet sein Stall nicht. Aber jede noch so gut organisierte Behausung läßt sich noch verbessern; und so stellt Simone mit einem leeren Benzinfaß, in das er mit einem Nagel siebartig Löcher bohrt und das er dann an einer Schnur aufhängt, eine praktische und sparsame Dusche her. An einer anderen Schnur hängt er eine Kuhglocke auf, die ungenutzt in einer Kiste mit altem Kram gelegen hatte, daran zieht er jedesmal, wenn er Pietros und Infantes Sprachunterricht unterbrechen und sie zum Essen rufen will. Der Esel Cherubino ist der einzige, der sich über diese Neuerungen nicht wundert.

»Ist das nun Gleichgültigkeit oder Snobismus?« fragt Pietro immer wieder.

»Ich beobachte ihn nun schon fünfzehn Jahre und verstehe ihn immer noch nicht«, bemerkt Simone.

»Vielleicht ist es eine angeborene alte Überlegenheit«, meint Pietro. »Wenn es nämlich nur Pose wäre, würde er sich ja irgendwann wenigstens einen Augenblick lang verraten.«

»Wie gut«, räumt Simone ein, »daß hier unter uns einer ist, der uns auf so radikale und logische Weise immer wieder an seine Verachtung für die Nichtigkeit und Hohlheit der Welt erinnert.«

Zum zweitenmal, seit Pietro in dem Heuschober lebt, liegt ein Huhn auf dem Tisch, ein prächtiges kräftiges Tier der sogenannten Paduaner Rasse mit langen Beinen und einem Federbüschel auf dem Kopf. Überrascht sieht sich Pietro dieses »bürgerliche Opfer« in der bescheidenen Umgebung an. Der Hals des Huhns ist langgestreckt, die Federn sind zerzaust und verklebt, die Lappen hängen schlaff vom Schnabel herab, und die Lider sind geschlossen, als grause es

ihm vor seinem elenden Schicksal, in einem Stall verzehrt zu werden.
»Schon wieder Huhn?« fragt Pietro mißtrauisch.
»Heute ist Sonntag«, erwidert Simone. »Auf irgendeine Weise muß man doch die Feiertage heiligen.«
»Ich will nicht aufdringlich sein«, fährt Pietro zaghaft fort. »Aber wo befindet sich eigentlich dein Hühnerstall?«
»Da hinter dem Haus«, versichert Simone voller Überzeugungskraft. »Da liegt der Gemüsegarten und der Hühnerstall. Hast du denn die Hühner nie gackern gehört?«
Simone geht hinaus, um die Federn in den Abfallgraben zu werfen, und da hört man hinter dem Haus ein langanhaltendes Gackern aus heiserer Kehle, das aber unnatürlich perfekt klingt. Nur der Komplize Leone spielt mit und bellt, winselt und scharrt an der Tür.
»Übrigens, wenn die Frage erlaubt ist«, fragt Pietro beim Essen, »warum haben sie dich eigentlich Marder genannt?«
»Alles Verleumdungen«, erwidert Simone ausweichend. »Im übrigen haben wir hier alle einen Spitznamen (die Spinas werden, wie du ja wohl weißt, die Dickköpfe genannt), und mir ist inzwischen dieser Tiername eigentlich lieber als der standesamtliche.«
»Nämlich wie?« beharrt Pietro.
»Ortiga, wenn ich mich richtig erinnere.«
»Ortiga? In meinem ersten Internatsjahr schlief bei mir im Zimmer ein kleiner Junge namens Remo Ortiga; er ist dann beim Erdbeben umgekommen und seine Mutter, glaube ich, auch. Er hatte eine schöne Stimme, er war der Beste beim Gregorianischen Gesang.«
Simone ist plötzlich zusammengezuckt, aber Pietro bemerkt es nicht.
»Ach, du hast Remo gekannt?«
»Natürlich«, sagt Pietro. »Das Internat war klein, und

wir zwei kamen, wenn nicht aus dem gleichen Ort, so doch aus der gleichen Gegend. War das ein Verwandter von dir?«

»Mein Sohn.« Aber diese Erinnerung scheint ihm unangenehm zu sein, denn er fügt gleich hinzu: »Trink, Pietro, du bist schon seit einer halben Stunde an der Reihe, erfrisch dein Herz. Es geht mir schon auf die Nerven, wie langsam du trinkst. Und jetzt trink du, Tauber, bitte, erfrisch deine Eingeweide. Hier, schaut mal her, wie man richtig trinkt, laßt es euch von einem armen Vater zeigen.«

Im Winter gibt es zu Simones Behausung nur einen einzigen Weg am Damm entlang, zwischen dem Kanal und den Feldern. Sobald sich jemand nähert, schlägt Leone Alarm, und man kann schon von weitem sehen, wer kommt. Um Überraschungen zu vermeiden, ergreift Simone besondere Vorsichtsmaßnahmen für die Nacht. Da der Damm an verschiedenen Stellen durch die Klappen unterbrochen ist, mit denen im Sommer die Bewässerung der Felder geregelt wird, führt der Weg dort nur über Bretterstege weiter, und so nimmt Simone jeden Abend mit Hilfe des Tauben diese Bretter weg, um den Weg abzuschneiden. Das kostet nicht wenig Mühe, ist aber sehr lohnend.

»Nachts sind wir hier wie in einer Burg«, erklärt Simone Pietro sichtlich stolz. »Wir verteidigen uns mit mehreren Zugbrücken.«

Als er eines Morgens die schweren Bretter wieder zurücklegt, entdeckt Simone am verschneiten Wegrand frische Fußspuren. Jemand war in der Nacht bis hierher gekommen und hatte wegen des unterbrochenen Weges nicht weitergehen können; Simone sieht an den Spuren im Schnee auch, daß der Unbekannte, nachdem er den Boden abgesucht hatte, bis zum Acker hinabgestiegen war, dann aber, als er die erste Hecke erreicht hatte, erkannte, daß er hier nicht durchkam, und umkehrte. Notgedrungen unterrichtet

Simone Pietro von seiner Entdeckung und bespricht einige Vorsichtsmaßregeln mit ihm.

»Wenn es ein sogenannter Freund ist«, schließt er, »kommt er wahrscheinlich im Lauf des Tages wieder. Aber wer immer auch kommt, wobei die schlimmsten immer die falschen Freunde sind, beim ersten Alarm steigst du mit Infante auf den Heuboden, dann zieht ihr die Leiter hoch und macht die Falltür zu. Hier gibt es keine andere Leiter, daher wird es nicht leicht sein, an der nackten Wand hochzuklettern, und bis eine Leiter geholt ist, kann es lange dauern. Und Leone und ich werden ja schließlich auch nicht einfach dabeistehen und Beifall klatschen.«

Aber den ganzen Tag über läßt sich niemand sehen; bei jedem etwas stärkeren Windstoß und Hundegebell ist Simone vergebens an die Tür gelaufen, um den Weg zu beobachten. Gegen Abend ist er von der Ungewißheit so entnervt, daß er Pietro noch einmal ermahnt, dann sein Militärmäntelchen anzieht und ins Dorf hinabsteigt, um mit harmloser Miene herumzuschnuppern. Vor der Wirtschaft »Zur Fahne« ruft ihn der halbbetrunkene lahme Schuster Nazzareno an und fordert ihn zu einer Partie auf.

»Ich habe gehört, Marder, daß du wie der heilige Camillo Mantel und Hemd verspielt hast«, verhöhnt ihn der Lahme. »Aber wie ich zu meiner Freude sehe, hast du ja noch die Hose. Komm her zum Teufel, dann spielen wir um sie.«

»Und wenn du verlierst, Lahmer«, erwidert Simone mitleidig, »was machst du dann ohne Hose? Da kriegst du ja Rheuma an dein Holzbein.«

Aus der verrauchten finsteren Spelunke dringen die rohen Stimmen der anderen Trinker ...

»He, Marder, was ist los mit dir? Warum läßt du dich nicht mehr sehen? Marder, bist du wieder verliebt? Wo verbringst du bloß deine Abende?«

»In der Kirche, geliebte Brüder und Schwestern«, antwortet

Simone von der Straße her, wobei er die Stimme eines Geistlichen nachahmt. »In der Kirche, um Buße zu tun.«
Gelächter und Spottgebärden antworten ihm, hahaha.
»Na, dann behalt dein Geheimnis ruhig für dich, aber jetzt komm herein. Marder, wenn du keinen Mantel und kein Hemd mehr hast und wenn du deine Hose nicht verspielen willst, dann spiel mit mir um deinen Esel«, ruft ihm ein anderer zu. »Wozu brauchst du den überhaupt noch?«
»Ah, Damià«, antwortet Simone von der Straße her, »Cherubino ist mein einziger treuer Freund.«
»Na, dann zieh ab, Marder«, fordert ihn der Lahme verächtlich auf, wobei er sich am Türpfosten festhält, um nicht umzufallen. »Mit dir ist in letzter Zeit wirklich nichts mehr anzufangen.«
»Laß ihn gehen«, tönt eine heisere Frauenstimme aus dem Inneren der Schenke. »Bekanntlich kann ein Teufel keinen anderen Teufel verführen.«
»Damit hast du recht, Matalè«, stimmt Simone lachend zu, während er sich entfernt, »als eure Teufel noch in den Windeln lagen, war meiner schon kanonisiert.«
Eine Gruppe von jungen Cafoni, die in ärmliche alte Mäntel gehüllt sind, stehen mitten auf dem Platz im Kreis zusammen und rauchen, bis die Frauen aus der Kirche kommen. Sie haben sich gemeinsam eine Zigarette gekauft und rauchen sie jetzt reihum, jeder bekommt einen Zug; der letzte steckt sich die Kippe in die Hutkrempe, vielleicht kann er sie noch brauchen. Als Simone auftaucht, fangen einige von ihnen wie Hühner zu gackern an.
»Wenn ihr jemanden braucht, der euch das Ei sucht, liebe Jungen«, sagt Simone zu ihnen, »dann wendet euch an eure Mütter, denn ich habe mir heute morgen die Hände gewaschen.«
Simone läßt sich vom guten Geruch eines Hammelbratens am Spieß zu einem Umweg verleiten. Während er noch die

Nase in die Luft streckt, um herauszubekommen, von wo der angenehme Duft kommt, begegnet er Venanzio, der langsam den Hügel heraufkommt. Der Knecht der Signora Spina winkt ihm, er möchte ihn sprechen, aber nicht hier, um keinen Verdacht zu erregen. Die beiden gehen schweigsam nebeneinander her, bis die Gasse zwischen den Weinbergen endet.
»Wenn man dich nachts besuchen will, braucht man jetzt Flügel«, wirft ihm Venanzio schließlich vor.
»Ach, du warst das?« erwidert Simone beruhigt. »Ich möchte nur wissen, was du bei Nacht gewollt hast!«
»Ich habe dir einen Korb voller guter Sachen gebracht«, fährt Venanzio fort und sieht ihn forschend an, ob Simone begierig darauf reagiert. »Nicht für dich natürlich, das heißt, ich meine, nicht nur für dich, verstehst du.«
»Nein, ich verstehe nicht.«
»Die Signora hat mich beauftragt, unbemerkt einen Korb voller Lebensmittel in dein Haus zu bringen, für dich und deine Gäste. Jetzt wirst du wohl verstanden haben.«
»Nein, immer noch nicht.«
»Tut mir leid, genauer kann ich es nicht erklären.«
»Wer ist denn auf die Idee mit dem Korb gekommen? Die Signora? Das kommt mir unwahrscheinlich vor. Sicher, sie ist reich, aber sie ist doch vor allem eine Signora, und sie hat mir immer ebensoviel Achtung entgegengebracht wie ich ihr und wie wir beide es verdienen. Wie konnte sie annehmen, daß es meinen Gästen in meinem Hause an etwas fehlt?«
»Jetzt übertreibst du. Die Signora zweifelt ja nicht an deiner Großzügigkeit, aber sie weiß eben auch, daß du arm bist. Und wenn man zwei Gäste im Haus hat, so wird das auf die Dauer...«
»Vielleicht fehlt es mir an Mitteln, aber bestimmt nicht an Ideen«, unterbricht ihn Simone von oben herab.
Und er stellt seine Maxime sofort unter Beweis, indem er

sich mit zwei Fingern schneuzt. Danach dreht er Venanzio den Rücken zu und kehrt um. Seine etwas gebeugte Haltung beim Gehen und sein hüpfender Schritt, die mageren langen Beine und das graugrüne Mäntelchen, das ihm nicht einmal bis zu den Knien reicht, verleihen ihm das Aussehen einer Riesenheuschrecke. Mit wenigen Sprüngen ist er wieder im Heuschober zurück. Er trifft Pietro strahlend an. Der Taube hat das nützliche und anständige Wort Mist erlernt, aber nicht nur dies, sondern auch das schöne Wort Glück. Es ist der erste abstrakte Begriff, den Infante verstanden und erlernt hat; Pietro hatte lange gezögert, ob er es ihm beibringen sollte, denn er befürchtete, daß sich diese erste Abstraktion schädlich auf Infantes Geist auswirken könnte. Aber zu seiner Freude konnte er feststellen, daß Infante das Wort Glück ausschließlich mit ihrem Zusammenleben in diesem Stall in Verbindung brachte. Während des Abendessens, als er Simones Schuhe sieht, die ebenso mistverschmiert sind wie die Hufe und Schienbeine Cherubinos, überlegt der Taube ein wenig und sagt dann »Kumpanei Glück«, wobei er auf seine besondere Art lacht.

Pietro ist gerührt. Infante spricht mühsam, mit gellender, kehliger Stimme, aber man versteht ihn deutlich. Pietro ist jedesmal davon bewegt, als habe er sein ganzes Leben in dieses Gestammel gelegt. Später geht Infante ein paar Minuten hinaus; als er wieder hereinkommt, lacht er und verkündet: Glück. Simone verhehlt seine Sorge nicht:

»Wenn er so weiter macht, wird er noch Redner«, bemerkt er stirnrunzelnd.

Pietro hat auf der Innenseite der beiden schweren Türflügel beim Saubermachen und Entfernen von Spinnweben zufällig viele Namen entdeckt, die dort mit Bleistift oder mit Gips geschrieben, zum Teil sogar mit dem Messer eingeritzt worden sind und hinter denen kurze Charakterisierungen, Sätze, Ziffern und Zeichen stehen.

»Das ist ein Teil der Buchhaltung meines kleinen Unternehmens«, erklärt Simone bescheiden und verlegen. »Habe ich dir noch nicht davon erzählt? Ehrlich gesagt, rede ich nur aus Diskretion nicht darüber; aber vor dir habe ich ja keine Geheimnisse. Hast du noch nie etwas von der ›ewigen Pille‹ gehört? Ich verstehe, in den anständigen Familien hat man sie immer totgeschwiegen. Aber nun stell dir bloß nicht wunder was vor, wenn sie in den nächsten Tagen einmal verfügbar wird, zeige ich sie dir. Wenn man sie so sieht, scheint nichts besonderes daran zu sein, ein weißes Kügelchen von der Größe eines Taubeneis; wenn man sie aber verschluckt, wirkt sie wie ein Fremdkörper und bewirkt starkes Zusammenziehen der Eingeweide und infolgedessen auch das gewünschte Ergebnis, das wir jetzt hier nicht beim Namen nennen wollen. Ein Kügelchen aus wer weiß welchem Material; ein Chemiker sagte mir einmal, daß es wohl aus Antimon sei; aber weißt du vielleicht, was das ist? Das Kügelchen wird unversehrt ausgestoßen, und das ist das Beste daran. Frisch gewaschen läßt es sich sofort wieder neu verwenden. Ein wahres Ei des Kolumbus eben. Es ist jetzt, ohne zu übertreiben, schon hundert Jahre im Gebrauch, und wahrscheinlich wird keiner von uns sein Ende erleben. Wenn man von der Ewigkeit redet, wird man leicht sentimental und überschwenglich, entschuldige. Aber eines ist doch wahr, wenn ich bedenke, wieviele Regierungswechsel es in diesen hundert Jahren gegeben hat, dann habe ich ja wohl allen Anlaß, zufrieden zu sein. Die ›ewige Pille‹ ist jedenfalls das einzige Erbstück, das ich noch von Vaterseite habe. Das einzige, das ich für kein Geld der Welt hergeben würde. Nicht, weil ich mich jetzt loben will: Aber wenn ein Teil der Bevölkerung von Colle mir wohlgesonnen ist, und sich, zumindest gelegentlich, von mir beeinflussen läßt, so liegt das vor allem an meiner Pille. Sie bringt mir sogar etwas ein; das magere Einkommen (wie du dir wohl vorstellen kannst, ist die Gebühr für die Pille zwar gering, aber ich verleihe sie nicht unentgeltlich) hat zwar nie für Ferien am Meer gereicht, mir aber doch so manche schlimme Viertelstunde erleichtert. Außerdem bekomme ich auf diese Weise Kredit, und der Kredit ist die Seele des Geschäftes. Am meisten hänge ich aber an dieser Pille wohl wegen der bösen Unannehmlichkeiten, die sie mir eingebracht hat. Wie du dich vielleicht erinnern kannst, gab es hier einmal einen Apotheker; nach zehn Jahren mußte er wegen Kundenmangel schließen. Das lag nicht etwa daran, daß die Leute von Colle so gesund gewesen wären; aber wenn sie eine schwere Krankheit haben, wenden sich diese guten Christen lieber an die Heiligen; bei anderen Übeln holen sie sich vom Barbier Aristodemo die Blutegel; und wenn sie ein Abführmittel brauchen, haben die meisten immer meine Pille benutzt, die billig, althergebracht und landesüblich ist. Ich will jetzt hier nicht blind die alten Zeiten loben, aber es läßt sich doch nicht leugnen, daß früher mehr Toleranz herrschte. Die alte Redekunst war so verlogen wie jede andere auch, aber sie ließ die anderen leben. Ein denkwürdiger Prozeß, den die Apotheker des Bezirks wegen unbefugter Ausübung des Arztberufs gegen mich angestrengt haben, hat mich ein Vermögen für Rechtsanwalt Zabaglione gekostet, aber ich habe ihn gewonnen. Darauf folgten dann goldene Zeiten für mein Kügelchen. Vor ein paar Jahren hat aber dann der neue Redner Don Coriolano, den die Apotheker der umliegenden Dörfer aufgestachelt hatten, aus heiterem Himmel und ohne die Formalität eines neuen Prozesses einfach auf dem Marktplatz verkündet, daß für die Verdauungsschwierigkeiten der Bürger einzig und allein der Staat zuständig sei, ja, daß es eine der grundlegenden, wenn nicht überhaupt die grundlegende Befugnis sei, auf die die Regierung auf gar keinen Fall verzichten könne, und daß meine Pille nicht nur gegen die geheiligten Prinzipien der Hygiene, der Moral und der Religion verstoße, sondern auch die öffentliche Ordnung untergrabe. Mir wurde befohlen, dem Polizeichef Don Tito innerhalb von vierundzwanzig Stunden das Antimon-Kügelchen auszuhändigen. Wie du dir wohl vorstellen kannst, habe ich mich unter Berufung auf die Verfassung und den Liberalismus geweigert. Ich wurde für ein paar Tage eingesperrt, und Don Tito machte sich in meiner Abwesenheit auf die Suche nach der Pille. Aber wie soll man ein Kügelchen beschlagnahmen, das die meiste Zeit in den Eingeweiden der Leute versteckt ist? Wie soll man es genau in dem Augenblick schnappen, in dem es ans Tageslicht kommt? Das hatte Don Tito nicht bedacht, und so machte er sich überall lächerlich. Von falschen Denunziationen fehlgeleitet, sah man ihn in seiner pompösen Generalsuniform meistens am frühen Morgen und nach den Mahlzeiten in den Gassen des Dorfes herumstreifen und auf der Suche nach dem Corpus delicti bei den verdächtigen Familien hereinplatzen. Es kam auch zu den skurrilsten Episoden, die mir der Anstand zu erzählen verbietet. Das ganze Dorf, das ganze Bauernvolk wurde nach jahrhundertelanger Apathie von tiefen Wellen der Heiterkeit ergriffen, die sogar noch in dem unterirdischen Dreck zu spüren war, in dem ich als ein bescheidener Märtyrer des Handels gefangen saß. Dieser Skandal durfte natürlich nicht von langer Dauer sein, und in der Tat wurde er bald würdig, korrekt und der Tradition entsprechend beendet. Um das Ansehen seiner Uniform zu wahren, verkündete Don Tito eines Morgens auf dem Marktplatz, daß das Kügelchen beschlagnahmt worden sei, und zeigte den Neugierigen etwas, das so aussah, wie vielleicht ein Taubenei oder eine Billardkugel. Die ›ewige Pille‹ aber ist, wie du dir ja wohl schon gedacht hast, nicht beschlagnahmt worden. Das ganze Dorf wußte das ganz genau, und auch Don Tito mußte ja davon überzeugt sein. Dem Polizeichef kam es aber gar nicht so sehr auf die praktische Zerstörung

des Kügelchens an, als vielmehr darauf, daß das Ansehen der Uniform gewahrt blieb, und dafür reichte, da die Pille unauffindbar blieb, durchaus auch die formelle Ankündigung ihrer Beschlagnahme in einem entsprechenden Protokoll, das ich ohne mit der Wimper zu zucken unterschrieb und das zu den Akten gelegt wurde. Seither herrscht, was die unauffindbare Pille betrifft, stummes Einvernehmen zwischen mir und den Behörden. Sie darf weiterhin ihren Dienst tun, aber offiziell gibt es sie nicht mehr, und keiner darf darüber reden.«
Infante sitzt derweil neben dem Esel auf dem Stroh und versucht, diesem die Wörter Mist und Glück beizubringen; er buchstabiert ihm die zwei Worte langsam vor und sieht dem Esel dabei fest in die Augen. Cherubino hört ihm mit sichtlichem Interesse zu; aber er spricht die beiden wichtigen Wörter nicht nach; vielleicht findet er es überflüssig, sie zu wiederholen, oder meint, daß reden sowieso nichts nützt. Infante findet dieses vollkommene Schweigen übertrieben, verliert die Geduld und ruft Pietro zu Hilfe; aber Pietro achtet nicht auf ihn, so sehr fasziniert ihn Simones Enthüllung.
»Zu meiner Ehre muß ich dir gestehen, daß ich diesen Pakt bisher eingehalten habe«, fährt Simone fort. »Aber Don Tito ist trotz seiner Uniform ein alter Bauer geblieben, ein leicht erregbares Heißblut; er muß so tun als ob, er bemüht sich, so zu tun als ob, aber er leidet darunter. So kommt ihm immer wieder, vor allem, wenn er mir begegnet und betrunken ist, der Ärger hoch, dann versucht er, mich zu provozieren und mir zu drohen. Das Kügelchen ist ihm irgendwie in der Kehle stecken geblieben, und er kann es weder ausspucken noch hinunterschlucken. Ich bin aber unschlagbar im Vorteil, da ich Vorspiegelung der Legalität und Realität für mich verbuchen kann. Schon deshalb lasse ich mich nicht einschüchtern; im Gegenteil, es macht mir Spaß, gegen diese lächerliche Person zu sticheln. Ich verbeuge mich ehrerbietig

und preise die unvergleichliche Schlauheit, den kriminalistischen Spürsinn und die Luchsaugen, die er bei der nunmehr berühmten Beschlagnahme unter Beweis gestellt hat, und beklage das grausame Schicksal, das mich dieser Stütze meines Alters beraubt hat, als ich sie gerade am meisten brauchte. Wenn andere Leute an unserem Geplänkel teilnehmen, kommt es vor, daß der eine oder andere eifrig meine ernsten Gesten und Worte nachahmt und sich meinen Komplimenten anschließt. Don Tito lacht dann immer giftig, er kann gar nichts anderes machen, er regt sich furchtbar auf, und der Schaum steht ihm vor dem Mund wie einem tollwütigen Hund, aber er bringt kein Wort heraus. Aus verschiedenen Hinweisen schließe ich jedoch, daß er die Hoffnung immer noch nicht aufgegeben hat, die Pille zu finden. Das ist für ihn Ehrensache. Dieses unauffindbare harmlose Kügelchen, das von einem Darm in den andern wandert, beweist ihm die Grenzen seiner Macht. Seine Uniform scheint ihm, nur wenn er nüchtern ist, also morgens, wenn er lange vor einem großen Frisierspiegel steht, der die halbe Wand seines Büros für ›Anzeigen, Verdächtigungen und Gerüchte‹ bedeckt, die Illusion einer Befriedigung zu geben. Sobald er aber anfängt zu trinken, und er trinkt jeden Abend, gibt es eine Katastrophe, und er steht wieder vor der nackten Wirklichkeit. Wenn Don Tito noch einmal einen Versuch machen will, sich der Pille zu bemächtigen, muß er seiner Sache schon ganz sicher sein, noch eine Demütigung dieser Art kann er sich nicht leisten.«
Pietro bleibt voller Bewunderung in Gedanken versunken sitzen.
»Da kann man in einem Dorf geboren sein«, gesteht er beschämt, »und dort zwanzig Jahre gelebt haben, kreuz und quer durch alle Gassen gegangen sein und sich einbilden, es zu kennen, kennt aber nicht die wesentlichen Realitäten. Wenn der Zufall mich nicht zu dir geführt hätte, hätte ich diese aufwühlende Geschichte nie erfahren.«

»Ich glaube nicht, daß wir uns zufällig begegnet sind, Pietro«, versetzt Simone nachdenklich, »vielleicht war es Schicksal, oder vielleicht hat Gott es so gewollt. Das weiß ich nicht, von bestimmten Sachen verstehe ich nichts. Wenn du nicht gekommen wärst, hätte mein Leben keinen Sinn mehr gehabt. Aber hören wir jetzt auf mit diesem Weibergeschwätz. Trink, Pietro, erfrisch dein Herz, du bist an der Reihe, bitte ärgere mich nicht. Und jetzt trink auch du, Tauber, du bist an der Reihe, wärm dir die Ohren. Hier ihr Grünlinge, jetzt seht einmal aufmerksam zu, wie man trinkt, laßt euch das von einem alten Fachmann zeigen.«
Die Tage gehen schnell vorbei. In seinem ganzen Leben hat sich Simone noch nie so viele Stunden im Haus aufgehalten, nicht einmal in der Zeit vor dem Erdbeben, als er noch ein bequemes Haus und eine Familie hatte, aber ein anderes Leben, über das er nicht gern spricht; es ist schmerzhaft, alte Wunden aufzureißen. Die längst vergangenen Jahre liegen ihm wie Steine auf der Seele; wenn man sie weghebt, ist der Schmerz größer als die Erleichterung. »Übrigens«, fällt er jedem, der auf diese Zeit zu sprechen kommt, ins Wort, als wolle er irgendeine wichtige Einzelheit hinzufügen, aber er lenkt dann das Gespräch auf etwas anderes. »Ich werde langsam ein Haustier«, sagt er immer wieder lachend. »Ich werde ein alter Junggeselle.« Eines Abends bringt Simone eine alte Petroleumlampe in den Heuschober und hängt sie in der Mitte des Raumes im Erdgeschoß auf, wo sie ein grünliches Licht verbreitet und wie eine Katze faucht, wenn sie einen Buckel macht, um einem Feind Angst einzujagen. Diese Lampe verändert die kümmerliche Einfachheit des Heuschobers gründlich, Leone und Infante sind begeistert, während Cherubino wieder nur unverhohlene Gleichgültigkeit zur Schau trägt.
»Wo hast du denn dieses Museumsstück her?« fragt Pietro neugierig.

»Das habe ich bei der Lotterie gewonnen«, erklärt Simone bescheiden und ausweichend. »Es wird dir dienlich sein, wenn du auch abends lesen oder schreiben willst. Entschuldige, daß ich nichts Besseres gefunden habe.«
Von Simones Heuschober aus sieht Pietro die ganze auf dem Hügel gelegene Ortschaft Colle; aus der Ebene gesehen, scheint die verabscheute Gemeinde ein ganz anderes Dorf zu sein, ein Haufen übereinandergetürmter schwarzer Häuser, zwischen denen es nicht den geringsten Abstand gibt.
»Man fragt sich wirklich, wie die da noch atmen können«, sagt Pietro.
»Wer dort lebt, stellt sich diese Frage nicht«, antwortet Simone. »Wer aber einmal fortgegangen ist, kann es nachher nicht mehr ertragen.«
»Es wird da auch nicht schlimmer sein als in anderen Orten«, stimmt Pietro zu.
»Schlimmer vielleicht nicht, vielleicht nur noch elender«, sagt Simone. »Als das Erdbeben die Häuser abdeckte, sind eben Dinge zum Vorschein gekommen, die normalerweise verborgen bleiben. Wer konnte, ist damals geflohen.«
»Es werden ja nicht alle, die hiergeblieben sind, so heruntergekommen sein.«
»Ja, wirkliche Schufte gibt es nur wenige«, sagt Simone. »Die meisten sind halbwegs anständig. Am schlimmsten dran sind die ehrlichen Leute, die, um zurechtzukommen, Gemeinheit vortäuschen müssen. Die einzige, die nichts vorzutäuschen braucht, ist Donna Maria Vincenza.«
»Das hat aber nichts damit zu tun, daß sie wohlhabend ist. Meine Großmutter würde sich, glaube ich, auch nicht anders verhalten, wenn sie arm wäre.«
»Wenn sie arm wäre«, sagt Simone, »dann wäre Donna Maria Vincenza jetzt hier bei uns.«
»Das wäre wunderbar«, ruft Pietro aus und fährt fort: »Meine Großmutter hat ihren Glauben. Wer jeden Tag mit

Gott und den Heiligen umgeht, mißt den Schwierigkeiten des Daseins keine Bedeutung bei.«

»Entschuldige meine indiskrete Frage«, sagt Simone, »In welchem Alter hast du aufgehört, an Gott zu glauben?«

Pietro wird nachdenklich.

»Ich weiß nicht«, erwidert er. »Ich weiß nicht, ob ich wirklich aufgehört habe, an Gott zu glauben.«

»Entschuldige«, fragt nun er, »und du?«

»Nach dem Erdbeben habe ich Ihm endgültig den Rücken gekehrt«, erklärt Simone ohne zu zögern. Dann fährt er lachend fort: »Manchmal habe ich allerdings den Eindruck, daß er mir hinterherläuft. Da mir andere Gewißheiten fehlen, glaube ich an die Freundschaft.«

Durch die Gegenwart seiner Gäste kommen Simone Erinnerungen an ferne und vergessene Freunde in den Sinn, meistens an Gefährten aus seiner frühen Kindheit oder aus der Zeit seiner Emigration nach Brasilien und Argentinien. Wo sie wohl heute sein mochten? Ob sie noch lebten? Ob sie entmutigt, gedemütigt worden waren und sich angepaßt hatten? Simone wundert sich selbst über die Genauigkeit und Frische gewisser plötzlicher Erinnerungen, über die Leichtigkeit, mit der ihm Gesichter, Redensweisen und Namen von Personen und Orten, selbst von flüchtigen Begebenheiten wieder einfallen, die so viele Jahre lang in seinem Gedächtnis begraben und vergessen waren.

»Es liegt wahrscheinlich am Wein«, entschuldigt er sich. »Es gibt Weine, bei denen man alles vergißt und stumpf wird, andere dagegen machen einen munter und frischen das Gedächtnis auf.«

Abends, wenn Infante sich zum Schlafen ausstreckt, setzt Pietro sich noch neben Simone. Unweigerlich kommen sie dann jedesmal auf irgendeinen vergessenen Freund zu sprechen.

»Ach, Pietro, wenn du Bartolomeo gekannt hättest, den Fär-

ber von Celano; oder besser gesagt, wenn er dich kennengelernt hätte. Sein Unglück war, Pietro, entschuldige, daß ich das so sage, daß er einem Mann wie dir begegnet ist. Bei seinem Tod in Santa Fé, in Argentinien, war er bei einer andalusischen Familie, einer riesigen Familie, einer wahren Sippe. Der Arzt hatte auf dem Totenschein, weil er ja irgend etwas darauf schreiben mußte, als Todesursache Typhus angegeben; ich als einziger wußte, daß er an Verzweiflung gestorben war. Du warst damals wohl so drei, vier Jahre alt.«
»Verzweiflung worüber?« fragt Pietro.
»Ein paar Leute aus seinem Dorf haben mir erzählt, daß er als Junge aus einem Orden geflohen ist.«
»Hatte er keine Familie?«
»Er hatte in Celano eine Frau und sieben Kinder zurückgelassen.«
Obwohl Simone und Pietro es möglichst vermeiden, taucht in Zusammenhang mit dem Erwerb des Heuschobers, in den sich Simone nun seit Jahren bescheiden zurückgezogen hat, immer wieder der Name Don Bastianos auf.
»Ich weiß, daß ihr einmal unzertrennliche Freunde gewesen seid«, sagt Pietro.
»Ich weiß nicht«, antwortet Simone verlegen. Dann fährt er stockend und widerstrebend fort: »Er war die größte Enttäuschung meines Lebens. Trink, Pietro, du bist an der Reihe, bekämpfen wir die Traurigkeit, ich habe jetzt keinen Grund mehr, mich zu beklagen.«
»Meine Großmutter meint«, ergänzt Pietro, »daß der Untergang meines Onkels Bastiano an dem Tag begonnen hat, an dem ihr beide euch gestritten habt.«
»Das war kein Streit«, berichtigt ihn Simone mit sichtlicher Mühe. »Zu einem bestimmten Zeitpunkt entdeckte Bastiano die Frauen. Und einige Zeit darauf entdeckte er das Geld. Das war bei ihm eine richtige Krankheit, wie Typhus oder Hirnhautentzündung. Er wurde gewalttätig, grob und auch

unaufrichtig; er hatte heftige Zusammenstöße mit seinen Brüdern und seiner Mutter. Selbst nachdem er sich mir gegenüber äußerst unkorrekt verhalten und mich betrogen hatte, brach ich noch nicht mit ihm; ich war bereit, ihm zu verzeihen, weil ich ihn gern hatte. Daher ging ich zu ihm, ich suchte ihn, ich ließ ihn rufen; er ging mir aus dem Weg. Als er schließlich erfuhr, daß ich seinen Betrug durchschaut hatte, schickte er mir einen Brief. Verstehst du, wie weit es mit ihm gekommen war? Statt zu mir zu kommen und über die Sache zu reden, schickte er mir einen Brief. Den rührte ich natürlich nicht einmal an. Der Briefträger Salvatore war zu mir gekommen und hatte gesagt: Entschuldige vielmals, Bastiano schickt dir diesen Brief. Von dem Augenblick an war Bastiano für mich wie gestorben. Ich zeigte dem Briefträger den Abfallgraben hinter dem Haus. Von da an habe ich, um das noch hinzuzufügen, nie mehr irgendeinen Brief aufgemacht.«
»Und wenn dir ein wirklicher Freund schreibt?«
»Wenn er mir etwas zu sagen hat, kann er herkommen. Ich erkenne dann an seiner Stimme, ob er die Wahrheit sagt. Der Briefträger Salvatore hat meine Gründe verstanden, und wenn er einen Brief für mich hat, dann ruft er mich seit damals nicht einmal mehr, sondern legt ihn gleich in den Abfallgraben hinter dem Haus.«
»Und wenn der Freund, der dir schreibt, weit weg ist? Wenn dir ein Freund aus Amerika schreibt?«
»Dann kann er herkommen und wird mir als Freund immer willkommen sein. Wenn das, was er mir zu sagen hat, nicht wichtig ist, dann braucht er mir auch nicht zu schreiben.«
»Du hast recht, glaub mir, ich käme auch aus Amerika zu dir. Natürlich nur, wenn ich dir etwas Wichtiges zu sagen hätte.«
»Wie würdest du denn wissen, daß das auch für mich wichtig ist? In jedem Fall«, beharrt Simone, »müßtest du herkommen.«

»In jedem Fall würde ich herkommen.«
»Und warum hast du von Amerika geredet? Willst du von hier weg? Fehlt dir etwas?«
»Mir fehlt nichts, ich lebe hier wie ein Pascha.«
Infante schläft neben ihnen auf seinem Strohlager zusammengekauert wie ein Tier in seiner Höhle, er ist mit Simones Militärmäntelchen und mit anderen Lumpen zugedeckt; als er sich einmal umdreht, entblößt er seine Beine, zwei kräftige behaarte Beine und zwei riesige Füße mit tiefen schwarzen alten Narben. Pietro erhebt sich, um ihn wieder zuzudecken.
»Warum erzählst du mir nichts über deine Freunde in der Partei?« fragt Simone plötzlich. »Ich verstehe nicht, wie du die einfach verlassen konntest oder wie sie dich ziehen und in dieser Wüste enden lassen konnten. Etwas anderes wäre es, wenn du es satt gehabt hättest, in der Welt umherzuirren, und wieder nach Hause gewollt hättest.«
»In der Partei habe ich keine wirklichen Freunde zurückgelassen«, erwidert Pietro verlegen. »Die Beziehungen zwischen den Genossen sind so ähnlich wie beim Militär. Man hat mehr zufällig, als wenn man sie sich aussuchte, mit allen möglichen Menschen zu tun. In der Partei habe ich bestimmt irgendwie ein paar tausend Leute kennengelernt, ein wenig näher dann vielleicht ein paar Dutzend; aber so gut, wie ich jetzt dich und Infante kenne, habe ich in fünfzehn Jahren keinen kennengelernt. Manchmal habe ich gedacht, daß ich selber daran schuld war; aber den anderen ging es genauso. Ehrlich gesagt, wird Freundschaft innerhalb der Partei nicht einmal gern gesehen, ja erregt geradezu Verdacht; und das ist vielleicht sogar berechtigt, wenn man die Gefahr der Cliquenwirtschaft bedenkt. Freundschaft im eigentlichen Sinne wollen nur wenige, sie wird von den meisten als kleinbürgerliche Sehnsucht nach Privatleben verachtet.«

»Aber wie kann man gemeinsam kämpfen und Gefahren begegnen, wenn der Mann, den man an seiner Seite hat, nicht ein Freund ist?« fragt Simone ungläubig.
»Und im Krieg?« fragt Pietro zurück.
In seiner Stimme schwingt deutlich Trauer mit.
Nach langem Schweigen erhebt sich Simone, um sein Lager zu bereiten, und murmelt: »Ich hätte nicht gedacht, daß das Übel so weit reicht.«
Die »Matratzen« voller Maisblätter liegen auf dem Boden über einer Schicht aus Stroh und dürren Zweigen und einer Wolldecke; da dies aber gegen die Kälte nicht ausreicht, häufen die drei Männer auch alle Kleider darüber, die sie tagsüber am Leib tragen. Pietro schläft immer als letzter ein; den Nacken auf die ineinander verschränkten Hände gestützt, liegt er lange da und horcht auf die fernen Stimmen von Tieren, Wind, Erde, Nacht. Hin und wieder verstummen diese Stimmen ganz, und es gibt lange Pausen vollkommener Stille. Auch die Schäferhunde schweigen dann. Die armen Esel ruhen sich in den Ställen von ihren Anstrengungen aus. Die Schafe in ihren Pferchen. Die Hühner in ihren Höfen. Die Hasen in ihren Höhlen. Die Frösche in den Teichen. Aber in dem Balken genau über Pietros Kopf sitzt ein kleiner Holzwurm, der nicht schläft, der sich nicht ausruht, sondern tief in einem Loch nagt, und aus dem Loch rieselt hin und wieder ein Körnchen Sägemehl auf Pietros Stirn. Er kann die Sägegeräusche des Insekts genau unterscheiden, am Ende hört er nur noch dies. Die Nacht, die weite Nacht ist davon erfüllt, die in Lethargie verfallene Erde ist davon beherrscht. Es hört sich an wie das heimliche Ticken einer Höllenmaschine. Schwer zu sagen, wann die explodieren wird; dieses Knistern ist ein Ausdruck der Geduld. Pietro steht hastig auf, zieht sich an und legt sich als Schutz vor der schneidenden Kälte die Wolldecke von seinem Lager um die Schultern. Dann holt er aus einem Kästchen in einer Ecke

des Raumes Manuskripte heraus, geht auf Zehenspitzen zum Tisch, zündet die alte Öllampe an und beginnt zu schreiben. Um die Freunde nicht zu wecken, legt er einen Lappen über die Lampe und schirmt sie mit seinem Körper ab. Er schreibt anfangs unsicher, dann immer regelmäßiger, feiner und intensiver und scheint darüber Ort und Zeit zu vergessen. Er schreibt eine Zeile, streicht sie durch, schreibt sie noch einmal, streicht sie noch einmal durch und schreibt sie wieder neu. Seine Feder erzeugt auf dem gelben Papier ein kratzendes Geräusch wie von einem Nagetier. Wie er so in die grüne Decke gehüllt über den mit Papieren übersäten kleinen Tisch gebeugt ist, ähnelt er einer einsamen Maus, die kleine Papierfetzen annagt.
»Wem schreibst du denn so eifrig, deiner Braut vielleicht?« murmelt ihm Simone lachend zu.
Pietro schreckt hoch und dreht sich um. Simone steht hinter ihm, sein magerer langer Körper ist bis zu den Knien in eine rote Wolldecke gehüllt, er steht mit nackten knotigen Füßen auf dem glitschigen Boden. Pietro zeigt ihm die Widmung auf der ersten Seite seines Manuskriptes *Brief an einen jungen Europäer des 22. Jahrhunderts* ...
Simone setzt sich gegenüber von Pietro auf einen Hocker.
»Glaubst du, daß ein Brief zweihundert Jahre überdauern kann?« fragt er besorgt.
»Auch noch länger. Natürlich hängt das nicht vom Papier ab und auch nicht von der Tinte, sondern von den Worten. Man muß reine, aufrichtige Worte finden. Die bleiben unzerstörbar.«
»Aber wenn die Polizei kommt und den Brief zerreißt?«
»Es gibt Worte, die sind vor ein paar Jahrtausenden leise gesagt worden und haben überdauert, obwohl sie der Polizei nicht gefallen haben.«
Simone meint aber, daß Vorsicht geboten ist, und hat auch eine Idee.

»Wenn du fertig mit Schreiben bist«, schlägt er vor, »stecken wir den Brief in eine Dose oder ein Eisenrohr und lassen ihn in ein Haus einmauern, das gerade gebaut wird. Ich kenne einen Maurer, der das bestimmt macht, wenn ich ihn darum bitte. In hundert oder zweihundert Jahren gibt es hier in dieser Gegend ganz sicher wieder einmal ein Erdbeben und dann findet man deine Botschaft in den Trümmern.«
»Unsere Botschaft«, korrigiert ihn Pietro und zeigt ihm die letzte, noch tintenfeuchte Seite, die mit diesen Worten beginnt: »*Zu jener Zeit sagte Simone, genannt der Marder, gern: man könnte so gut unter Freunden leben.*«
Simone kann seine Rührung nicht verhehlen.
»Ich bin alt, Pietro, körperlich und den Jahren nach«, sagt er, »und trotzdem habe ich manchmal das Gefühl, mein Leben nicht gelebt zu haben. Wenn ich jetzt stürbe, Pietro, müßte man mich in einem weißen Sarg auf den Friedhof tragen, wie es bei uns hier für Kinder unter sieben Jahren üblich ist.«
Ein eiskalter heftiger Wind, der sich inzwischen erhoben hat, rüttelt an den Läden und schlägt ein Stück Dachrinne hin und her.
»Ein Glück, daß Infante nichts hört«, sagt Pietro.
Leone hat sich den beiden Freunden genähert. Auf den Hinterbeinen sitzend, hört er ihnen mit feuchter schwarzer Schnauze zu und scheint tief bewegt.
»Es gibt friedliche Augenblicke, in denen man Jahre der Ängste und Kälte vergessen kann«, sagt Pietro. »Jetzt müssen wir uns aber wieder schlafen legen, sonst wirst du mit deinen nackten Füßen hier auf dem kalten Boden noch krank.«
»Bleiben wir wach«, bittet Simone vor Kälte zitternd. »Vielleicht sind wir nie mehr in der gleichen Verfassung wie in dieser Nacht.«
Pietro beginnt ihm ein Kapitel aus seiner Schrift zu lesen, das *Den jungen Leuten der ehemaligen Nation Italien* gewidmet ist:

»Zu jener Zeit sagte Simone, genannt der Marder, gern: man könnte so gut unter Freunden leben, ohne Polizei.«

XVII

Infante hat den Heuschober verlassen, um einen Eimer Wasser zu holen, kurz darauf kommt er mit dem leeren Eimer keuchend und bestürzt zurückgelaufen. Aufgeregt wimmernd weist er mit der Hand zur Fahrstraße, als nahe von dort eine ganz bestimmte schreckliche Gefahr: taap, taap, taap sagt er immer wieder. Simone verriegelt sofort Tür und Fenster des Erdgeschosses; während Pietro Infante wie einem kleinen Kind, das man beruhigen muß, ein Glas Wasser hinhält, das dieser halb auf die Erde verschüttet, bedeutet er ihm mit Zeichen, schnell nach oben zu steigen und sich dort ruhig zu verhalten. Infante verschwindet so schnell wie ein verängstigter Affe.

»Geh auch du hinauf, Pietro«, sagt Simone und verbarrikadiert die Tür mit Eisenstangen. »Um Gotteswillen«, wiederholt er. »Worauf wartest du noch?«

»Es ist besser, ich bleibe hier unten bei dir«, versucht ihm Pietro zu erklären und packt mit an. »Hör mal, wäre es nicht besser, die Tür nicht so zu versperren? Wenn die Polizei mich sucht und hier findet, können wir sagen, daß ich gerade erst hier angekommen bin, daß ich vor kurzem ganz zufällig hereingekommen bin, was weiß ich, um mich aufzuwärmen oder dich um ein Stück Brot zu bitten. Wir können sagen, daß du nicht wußtest, wer ich bin, und daß du mich vorher nie gesehen hast. Hör auf mich, es ist besser, nicht zuzumachen.«

»Wozu besprechen wir alles«, unterbricht ihn Simone ärgerlich, »wenn du im entscheidenden Augenblick alles vergißt. Pietro, ich bitte dich, geh auch du nach oben.«

»Aber warum sollen wir uns alle drei schnappen lassen, wenn sie nur mich suchen? Warum sollen wir ihnen diesen Gefallen tun?«

»Es könnte auch sein, daß sie mich suchen. Bei aller Bescheidenheit und ohne mich loben zu wollen, Pietro, auch ich habe eine gewisse Aufmerksamkeit verdient. Wenn du nach oben gehst, nehmen sie vielleicht nur mich fest und bemerken gar nicht, daß noch andere im Haus sind. Los, geh nach oben, mach mich nicht wütend.«

»Wenn sie aber, was viel wahrscheinlicher ist, mich suchen? Wenn sie mich hier versteckt finden, dann ist doch deine Komplizenschaft ganz offenbar! Auch die Komplizenschaft Infantes!«

Simone wehrt ärgerlich und müde ab. Die Tür ist verbarrikadiert, die Fenster sind geschlossn, die beiden schweigen in der Dunkelheit und horchen. Es herrscht absolute Stille.

»Vielleicht hat Infante auch nur eine Vision gehabt«, wagt Pietro nach einer langen Pause zu sagen. »Du weißt doch, wie er ist.«

Sie steigen auf den Heuboden hinauf, um ihn zu fragen, sie versuchen mehr mit Gesten als mit Worten aus ihm herauszubringen, ob es sich um Carabinieri gehandelt hat, um Leute in Uniform und mit Gewehr, ob es zwei, vier, sechs Leute waren, ob sie am Kanal entlang auf den Heuschober zukamen oder ob sie sich in einem Graben versteckt hatten, oder ob es sich um ein Tier gehandelt hat, einen Wolf, einen Bär, ein Ungeheuer, einen Teufel. Infante verneint alles energisch; schließlich sagt er immer wieder zu Pietro, so als müsse wenigstens er verstehen: taap, taap, taap und macht dazu die Bewegungen eines Reiters: Aber die beiden begreifen nicht. Infante nähert sich vorsichtig einem der großen Fenster und deutet mit aufgeregten Gesten auf das Gebirge in der Ferne, hinter dem Pietrasecca liegt, ein großer schneebedeckter Kogel mit einem gelben Saum vor dem grauen Himmel. Pietro und Simone sehen zu den Bergen hinüber, überlegen und verstehen immer noch nicht. Der Wind stößt über dem Tal von Pietrasecca schwere Wolkengebilde vor sich her,

türmt sie über den Bergen auf, einige sehen aus wie mit Dung gefüllt, andere mit Stroh.
»Ach, Sciatàp?« erinnert sich Pietro plötzlich.
Infante bestätigt es sofort und immer wieder, schließlich war es doch gar nicht so schwer, darauf zu kommen, taap, taap, taap konnte doch kein anderer sein. Er hat also Sciatàp gesehen oder ist ihm begegnet, dem Stallbesitzer, bei dem sich Pietro ein paar Wochen lang versteckt hielt, bis er seiner Großmutter übergeben wurde.
»Aber warum hat er dann so große Angst?« fragt Simone.
Pietro nimmt an, daß Infante entsetzt glaubte, wieder nach Pietrasecca zurück zu müssen, und diese Angst war auch gar nicht unbegründet.
Jeder Cafone dort oben behandelt ihn wie sein Eigentum, wie eine Art Gemeindeesel. Aber abgesehen davon erscheint Sciatàps Auftauchen in Colle auch Simone verdächtig. Obwohl Pietrasecca kaum zwanzig Kilometer von Colle entfernt ist, gehören die beiden Dörfer verschiedenen Bezirken an: Zwischen der Bevölkerung der beiden Orte hatte es nie direkte administrative Beziehungen gegeben, auch keine Heiraten oder andere menschliche Kontakte. Auf den kleinen Wochenmarkt von Colle kommen nie Leute aus Pietrasecca, auch nicht zu den religiösen Festen im Sommer; außerdem ist heute weder Markttag noch Feiertag, sondern ein ganz gewöhnlicher Tag in der Fastenzeit. Auch Sciatàp kennt niemanden in Colle. Vielleicht war er Mitte Januar überhaupt zum ersten und einzigen Mal in Colle gewesen, als er das Haus der Spinas aufsuchte, um Donna Maria Vincenza die Nachricht zu überbringen, daß ihr Enkel lebte und ihr für ein bestimmtes Lösegeld übergeben würde. Für Sciatàp war das ein gutes Geschäft. In Wahrheit hatte er bereits das Geld an sich genommen, das Pietro bei sich

trug; das wußte Donna Maria Vincenza damals nicht, aber selbst, wenn sie es gewußt hätte, wäre sie bereit gewesen zu zahlen, um ihren Enkel wiederzubekommen. Was will dieser Mann jetzt noch? Warum ist er nach Colle zurückgekehrt? Simone setzt schnell seinen Hut auf und zieht das Mäntelchen an, steckt etwas in die Tasche und macht sich auf die Suche nach ihm.

»Damià«, fragt Simone den ersten Bekannten, dem er begegnet, »hast du vielleicht vor kurzem einen Fremden hier vorbeigehen sehen, einen Mann aus den Bergen, etwa in meinem Alter und auf einem Pferd oder einem Esel?«

»Einen Cafone zu Pferd, meinst du? Der ist vor einer halben Stunde den Hügel hinaufgeritten.«

Simone läuft weiter und bleibt keuchend vor der Werkstatt Meister Eutimios stehen.

»Hast du vielleicht vor kurzem einen Fremden zu Pferd, einen Fremden, der aussieht wie ein Bergbewohner, hier vorbeireiten sehen?«

»Der ist vor kurzem hier vorübergekommen und ist wahrscheinlich zum Spina-Haus hinauf. Aber da kommt er ja schon zurück. Woher der wohl stammt?«

Auf einem mittelgroßen Fuchs kommt ein in einen verblichenen und zerschlissenen alten Mantel gehüllter Mann herab, dessen Gesicht von einem ungepflegten schwarzen Stoppelbart bedeckt ist und der scheel unter seinem Hütchen hervorsieht, das er schief über einem Ohr trägt, wie einer, der es den anderen zeigen muß, daß er vor niemandem Angst hat.

»Du reitest das Pferd wie einen Esel«, schreit ihm Simone herausfordernd entgegen. »Man sieht sofort, daß du ein Cafone bist, und wenn du das Pferd nicht in der Lotterie gewonnen hast, so hast du es ganz bestimmt mit erschwindeltem Geld gekauft.«

Verblüfft und mißtrauisch hält Sciatàp sein Pferd an und beobachtet mit weit aufgerissenen Augen, die, wie man aus der Nähe sieht, ganz rot sind, diesen merkwürdigen Unbekannten, der wie ein Bettler gekleidet ist, ihn aber mit der Stimme, der Selbstsicherheit und Arroganz eines Herrn anredet.

»Wenn du schon unbedingt streiten mußt, Simone, warum machst du das gerade vor meiner Werkstatt?« fragt ihn Meister Eutimio flehentlich.

»Merkst du denn nicht, daß dein Pferd den Zaum verschluckt?« schreit Simone Sciatàp im gleichen herausfordernden Ton zu. »Wenn du so an ihm zerrst, du Grobian, machst du das arme Tier ganz verrückt. Ich möchte doch gern wissen, wie lange du das Pferd schon hast? Mit welchem Geld hast du es denn gekauft?«

Sciatàp beschließt, den Unbekannten als Verrückten zu behandeln und reagiert mit einem gezwungenen mitleidigen Lachen. Um seine Gleichgültigkeit zu zeigen und Zeit zum Nachdenken zu haben, zieht er eine vom langen Gebrauch ganz schwarz gewordene Tonpfeife unter dem Mantel hervor, stopft sie gemächlich und steckt sie mit zwei Schwefelhölzern an.

»Meister«, wendet er sich dann zwischen zwei Zügen aus der Tonpfeife an Eutimio, »kannst du mir nicht sagen, wo in der Gemeinde der Regierungsredner wohnt? Ihr werdet hier doch sicher mindestens einen haben.«

»Wir sind hier alle Redner«, mischt sich Simone immer herausfordernder ein. »Auf dem Hügel ist es nicht wie in den Bergen, das darfst du mir glauben. Und wir brauchen keine fremden Spione, weißt du. Ich will uns nicht loben, aber Spione haben wir Gottseidank so viele, daß wir welche davon verkaufen könnten.«

»Mit deinem Gerede kann ich wirklich nichts anfangen«, unterbricht ihn Sciatàp ärgerlich.

»Am besten ziehst du deiner Wege, Fremder«, rät ihm Mei-

ster Eutimio freundlich und so überzeugend wie möglich. »Ich weiß nicht, warum du gerade vor meiner Werkstatt stehenbleiben mußtest. Gute Reise.«
Sciatàp zuckt mit den Achseln und trabt Richtung Marktplatz davon. Mehrere Neugierige nähern sich, um den Fremden zu beobachten, wie gewöhnlich sind es junge Leute und Handwerker aus den nahegelegenen Werkstätten.
»He, Onkel, was verkaufst du denn? Was kaufst du?« schreien sie ihm von verschiedenen Seiten zu.
Sciatàp hat seine Dreistigkeit verloren und weiß nicht mehr, an wen er sich wenden soll, um eine Auskunft zu bekommen. Gegenüber der Kirche steht da zwar ein weißes Gebäude mit Rednerbalkon im ersten Stock, ganz im neuen Stil der öffentlichen Ämter; aber wenn es das doch nicht wäre? Um Zeit zu gewinnen und überlegen zu können, steigt er vom Pferd, bindet es an einem der Eisenringe fest, die an der Sakristei in die Mauer eingelassen sind, und hängt ihm an einer Schnur einen Sack mit Kleie wie einen Maulkorb um. Er beobachtet das Pferd beim Fressen, fährt ihm betont liebevoll durch die Mähne, tätschelt ihm die Kruppe, vielleicht macht er das alles nur, um den Beobachtern zu zeigen, daß er weiß, wie man mit Pferden umgeht. Sein Pferd hat einen Kopf wie ein Schafbock, eine dichte Mähne, fleischige hervortretende Schultern, eine gekrümmte Kruppe, die einem Hasenbauch ähnelt und ein alles in allem eher schwächliches Hinterteil. Seit er vom Pferd gestiegen ist, sieht man, daß Sciatàp die typische gedrungene Gestalt eines Cafone und eine merkwürdige Ähnlichkeit mit seinem Tier hat: kurze Beine, breiter Oberkörper und massige Schultern, und er verhält sich unsicher, mißtrauisch, prahlerisch und zugleich scheu. Nach einer Weile überquert Tante Eufemia den Platz und begibt sich mit finsterer, reumütiger Miene unter dem

schwarzen Gesichtsschleierchen zum Abendgebet in die Kirche. Eine vertrauenswürdigere Person für eine Auskunft könnte sich Sciatàp kaum vorstellen.
»Entschuldigt, Signora«, sagt er, während er ihr entgegengeht und linkisch den Hut zieht. »Entschuldigt, könnt Ihr mir sagen, wo das Haus oder das Amt des Regierungsredners liegt? Hier gibt es doch bestimmt mindestens einen.«
»Das kann ich Euch ganz genau sagen«, erwidert Tante Eufemia zuvorkommend. »Geht zur Hölle, den Weg kennt Ihr ja wohl, immer geradeaus, da könnt Ihr ihn nicht verfehlen.«
Sciatàp bleibt mit offenem Mund und dem Hut in der Hand wie betäubt stehen und sieht der frommen Dame nach, die jetzt in der Kirche verschwindet.
»Was für ein Dorf, was für Leute«, murmelt er entmutigt. »Wo bin ich nur hingeraten?«
Er macht gerade ein paar Schritte auf das Regierungsgebäude zu, als ihn jemand von ferne laut mit Namen anredet.
»Warte, Sciatàp, ich will mit dir reden, ich werde dir die Ehre erweisen, mit dir ein Gläschen zu trinken.«
Wieder jener merkwürdige Mann, der ihn zuvor ohne erkennbaren Grund vor der Tischlerei provoziert hatte. Er kennt also auch seinen Namen. Als Sciatàp mit seinem Pferd losgetrabt war, hatte Simone ihm gleich nachlaufen wollen, um ihn nicht aus den Augen zu verlieren, aber er war dann von Venanzio aufgehalten worden, der in heller Aufregung und noch verängstigter als gewöhnlich den Hügel herabkam. Der Knecht Donna Maria Vincenzas berichtete ihm hastig und verwirrt über Sciatàps Besuch im Hause Spina und die Weigerung der Signora, sich erpressen zu lassen und ihm die verlangte Summe auszuzahlen (eine Wahnsinnssumme, wie Venanzio noch hinzusetzte), sowie schließlich über Sciatàps Drohung, alles bei den Behörden anzuzeigen, um so das beachtliche Kopfgeld zu kassieren, das seiner Meinung nach auf Pietro ausgesetzt war.

Simone ließ Venanzio stehen, um dem Mann aus Pietrasecca nachzulaufen.
»Komm mit«, herrscht Simone jetzt Sciatàp an.
Dieser meint, ihn plötzlich wiederzuerkennen.
»Wenn ich mich nicht irre, bist du doch der sogenannte Wolfsjäger, den die Miliz vor einiger Zeit in Pietrasecca verhaftet hat?«
»Du hast ein gutes Gedächtnis«, erwidert Simone.
Mißtrauisch und neugierig folgt ihm Sciatàp in eine steile Gasse und geht mit ihm durch eine kleine Tür, über der ein Mistelzweig hängt. Dabei sieht er sich um, als befürchte er einen Hinterhalt. Der fünf oder sechs Stufen unter der Erdoberfläche gelegene Raum ist dunkel, feucht und übelriechend, es stehen ein paar grobgezimmerte Tische für die Trinker darin und in einer Ecke ein abgeschlagenes Bett mit einer zusammengerollten Matratze. Die Wirtin, eine zerlumpte Alte, hockt am Kamin und hält ein zwei- oder dreijähriges Kind auf den Knien, das so dunkel und dünn ist wie ein kleines Brot. Die beiden Männer setzen sich, ohne den Mantel auszuziehen, an einen Tisch. Um diese Uhrzeit ist die Schenke leer. Die Alte stellt ihnen einen vollen Weinkrug und zwei Gläser hin. Simone wedelt heftig mit der Hand, damit sie sich entfernt, aber die Alte zögert.
»Wenn du streiten willst, Simò, warum mußt du dann gerade zu mir kommen?« jammert sie. »Es gibt doch auch noch andere Kneipen in Colle! Wirklich, ich bitte dich, du weißt doch, was heute die Gläser kosten.«
»Geh ein bißchen Luft schnappen«, befiehlt Simone. »Merkst du nicht, wie mein Freund hier stinkt?«
Die Alte ergreift einen Schemel und geht mit dem Kind auf dem Arm, das wohl wegen der Kälte zu weinen anfängt, auf die Straße hinaus und setzt sich dorthin. Simone füllt sein Glas und leert es in einem Zuge. Sciatàps Glas bleibt leer. Sciatàp sieht sich unentschlossen und mißtrauisch um. Der

Kellerraum ist niedrig und bedrückend wie eine Höhle. Nur durch die Tür dringt ein wenig Licht. An einer Wand hängt ein Bild des heiligen Rochus, des Schutzpatrons gegen die Pest, mit wallendem blonden Haar, weißer Hose und gelbem Überrock. Die Tische sind alt und wackelig und voller Einkerbungen. Zahlreiche dunkle Ringe von den Gläsern mehrerer Trinkergenerationen sind unauslöschlich darauf eingeprägt. Simone schenkt sich ein und lacht. Der Krug ist mit einem schwarzen Hahn bemalt, der einen roten Kamm hat.
»Also, was willst du eigentlich?« fragt Sciatàp gereizt. »Wozu stiehlst du mir die Zeit? Wer bist du überhaupt?«
»Es geht nicht um mich, Sciatàp, das weißt du genau«, antwortet Simone leise. Dann sieht er ihm fest in die Augen und fährt fort: »Du willst einen ganz anderen Mann anzeigen.«
»Woher weißt du das? Und selbst, wenn es so wäre, was geht dich das an? Sind das vielleicht deine Angelegenheiten?«
»Wenn nicht mich, wen soll es dann etwas angehen?« fragt Simone hoch erstaunt zurück.
»Du gehörst also zu seiner Partei?«
»Viel mehr als das«, erklärt Simone. »Colle ist wie Pietrasecca, hier gibt es keine Parteien.«
»Bist du mit ihm verwandt? Aber wenn ich dich so ansehe, ist das mehr als unwahrscheinlich.«
»Viel mehr als das, wie gesagt. Für keinen Verwandten würde ich so mein Leben oder meine Freiheit wagen wie für diesen Jungen. Ich rate dir in deinem eigenen Interesse, glaub mir.«
»Mein lieber Mann«, sagt Sciatàp und zieht eine höhnische Grimasse, »du bellst hier einfach den Mond an, laß mich jetzt gehen.«
Simone wird plötzlich finster und drohend.
»Spiel dich hier nicht auf, du fette Wanze«, sagt er, »du machst alles nur noch schlimmer.«
Sciatàp zieht seine Pfeife hervor und beginnt, das Rohr übertrieben aufmerksam und gleichgültig mit einem trockenen

Hirsestengel zu reinigen. Simone hat die Ellbogen auf den Tisch gestützt und das Kinn in die Hand gelegt und beobachtet ihn, dann füllt er wieder sein Glas und trinkt es aus. Das kleine Kind vor der Tür friert und weint noch immer, die ganze Gasse ist von seinem Geschrei erfüllt.

»Ein schönes Liedchen wirklich«, räumt Sciatàp nach einer Weile ein und zwinkert Simone zu. »Du müßtest mir jetzt nur noch sagen, wieviel die Alte dir dafür geboten hat, daß du es mir vorsingst.«

Simone bricht in Lachen aus, als hätte er einen besonders guten Witz gehört, und bei diesem plötzlichen Heiterkeitsanfall spritzt er Sciatàp den Wein ins Gesicht, den er noch im Mund hatte. Simones Gelächter klingt so offen und ehrlich, daß der andere darüber hinwegsieht.

»Nun sag mir doch endlich, wer du bist!« bittet Sciatàp noch einmal ungeduldig. »Warum raubst du mir meine Zeit? Warum mischst du dich in meine Angelegenheiten ein?«

»Aus Freundschaft«, erwidert Simone offen.

Diesmal krümmt sich Sciatàp vor Lachen, er bekommt einen endlosen Lachanfall, daß ihm die Tränen herunterlaufen und er kaum noch atmen kann; zwei- oder dreimal scheint das Gelächter vorbei zu sein, aber dann platzt Sciatàp, wahrscheinlich weil er noch einmal über diese seltsame Antwort nachdenkt, mit offenem Mund wieder heraus. Simone betrachtet ihn eine Weile verwundert, aber das Schauspiel dieses armen, traurigen, vom Lachen geschüttelten Strolchs ist so komisch, daß auch er lachen muß. Von der Straße ertönt die gellende Stimme der Wirtin.

»Simò«, schreit die Alte, »hast du wieder eine von deinen Schweinereien erzählt?«

Die beiden Männer sitzen einander gegenüber. Sie sind wohl gleichaltrig, um die fünfzig, aber Sciatàp ist kleiner und von gedrungener Gestalt, sein Kopf ist groß und klobig, erdig, finster und eingefallen, und sein zu einer Grimasse verzerr-

tes Gesicht wirkt auf den ersten Blick schief, heimtückisch, fast bestialisch, eine aufgesetzte Maske, die ein starkes Maß an Feigheit verrät; er atmet keuchend, sein Atem ist sauer von Wein, unverdautem Knoblauch und den Tabakkrümeln unter dem Zahnfleisch. Er zieht ein verschrumpeltes Äpfelchen aus der Tasche und beginnt es langsam mit einem großen Klappmesser zu schälen, das einen beinernen Griff und eine gut geschärfte, bestimmt fünfzehn Zentimter lange Klinge hat.
»Was für ein schönes Messer«, sagt Simone förmlich.
»Wo es Wölfe gibt, tragen die Hunde bekanntlich Nägel am Halsband«, erwidert Sciatàp.
Mit einem vorgetäuschten Schlag in Sciatàps Gesicht und einem raschen Griff nach dessen Hand, zwingt ihn Simone, das Messer auf den Tisch fallen zu lassen. Er fängt es im Flug auf und schleudert es unter das Bett ganz hinten im Raum.
Sciatàp stürzt sich wütend auf ihn, aber Simone reagiert blitzschnell mit einem Kopfstoß in den Magen Sciatàps, so daß der mit Rücken und Kopf an die Wand prallt. Sciatàp ist ein wenig verwirrt, und Simone wartet mit der Geduld eines Tierbändigers bei einem rebellischen Tier, bis er sich wieder erholt.
»Paßt auf mein Geschirr auf«, kreischt die Alte von der Straße her. »Simò, was habe ich dir gesagt? Gibt es nicht noch andere Kneipen in Colle? Warum gehst du nicht woanders hin, wenn du streiten willst? Ach, Simò, du bist mein Ruin.«
»Sei endlich still!« befiehlt Simone. »Keine Sorge, wenn etwas zerbricht, wird mein Freund hier bezahlen.«
Die Alte beruhigt sich; auch das Kind hat zu weinen aufgehört und beobachtet jetzt lächelnd die Szene von der Tür aus. Die beiden ziehen ihre Mäntel aus und werfen sie über die Matratze, Simone schiebt Tisch und Stühle beiseite und bringt Weinkrug und Gläser auf dem Kaminsims in Sicher-

heit. Dann geht der Kampf weiter. Sie prallen im Dunkeln wie zwei Tiere aufeinander. Sciatàp versetzt in blinder Wut mit gesenktem Kopf und schweratmend, langsame schwere Schläge, und Simone peinigt ihn, indem er wie ein wildgewordener Affe auf Tische und Stühle springt, ihn beleidigt und aufstachelt, seinen Schlägen ausweicht und ihn mit Täuschungsmanövern verwirrt. Dennoch bekommt er einen mächtigen Hieb in den Nacken, so daß er seine Taktik ändert. Viele weitere Schläge von beiden Seiten treffen ins Leere oder nur von der Seite, bis es Simone gelingt, durch einen Sprung den Abstand zu verkürzen und nun zum Nahkampf überzugehen. Er betäubt seinen Gegner noch durch mehrere Fausthiebe auf den Kopf, die diesen wie Keulenschläge treffen, und ohne ihm eine Verschnaufpause zu gewähren, packt ihn Simone an der Brust und schlägt ihn wie einen Sack voll Knochen gegen den Tisch, dann stößt er ihn mehrmals heftig gegen den Türrahmen und setzt ihn schließlich mit Gewalt auf die Truhe. Er selber setzt sich ihm gegenüber und befühlt seine Glieder. Es scheint alles mehr oder weniger in Ordnung. Den schmerzhaftesten Schlag hat er auf ein Ohr erhalten. Sciatàps Gesicht hat ein paar blaue Flecken und blutunterlaufene Stellen, vielleicht hat er auch ein paar Zähne verloren, denn er spuckt Blut, die Augen scheinen aber in Ordnung. Simone steht auf und stellt als Zeichen, daß für ihn der Kampf beendet ist, Krug und Gläser auf den Tisch zurück. Er schenkt zuerst Sciatàp, dann sich selber ein und wartet, bis der andere Atem schöpft und wieder Lust zum Reden bekommt. Er muß ziemlich lange warten.
»Trink, Sciatàp«, sagt Simone schließlich und zwingt sich zu einem Lächeln. »Und dann hör mir zu, ich muß ernsthaft mit dir reden.«
Sciatàp spuckt auf den Boden und hebt das Glas, um zu trinken. Simone stößt mit ihm an: »Zum Wohl«, sagt er lachend.

Aber Sciatàp sieht ihn immer noch finster und wie betäubt an. Die beiden trinken. Simone füllt sein Glas mehrmals nach.

»Dieser Wein ist nicht schlecht, aber in Colle gibt es besseren«, vertraut Simone Sciatàp an. »Wenn du wieder einmal nach Colle kommst, mußt du mich unbedingt besuchen, dann schenke ich dir eine Korbflasche von dem meinen, der hat so eine nelkenartige Blume, daß du dir die Lippen danach leckst.«

Simone füllt sich auch das eigene Glas, die Alte bringt noch einen Krug, und die beiden trinken weiter.

»Entschuldige«, sagt Simone, »ich habe mich noch gar nicht vorgestellt. Ich heiße Simone der Marder.«

Sciatàp beobachtet ihn ein wenig und sieht ihn voll ängstlicher Neugierde genau an.

»Ach, du magst wohl Hühner?« sagt er dann.

»Die übliche Verleumdung«, erwidert Simone bescheiden. »Der übliche Neid. Und im übrigen, sag doch ehrlich, wer mag sie denn nicht?«

»Zum Wohl«, sagt Sciatàp schließlich betäubt und besänftigt.

»Eines verstehe ich nicht«, beginnt Simone, sobald er glaubt, daß Sciatàp wieder fähig ist, nachzudenken. »Im letzten Monat hast du dir das Pferd gekauft, Schuhe, eine Uhr mit Goldkette und vielleicht noch andere Sachen. Da darf ich dich ja wohl fragen, ob dir das nicht reicht? Du könntest jetzt in Frieden leben und dich an diesem unerwarteten Reichtum freuen, warum willst du nun aus Habgier das Risiko eingehen, alles zu verlieren? Ganz im Ernst, Sciatàp, ich verstehe dich nicht. Ein praktisch veranlagter Mann wie du müßte doch vernünftig nachdenken. Warum ich dir das sage? Du mußt wissen, Sciatàp, wenn du es dir nicht anders überlegst, dann muß ich dir leider sagen, entweder mache ich dich fertig, oder du erledigst mich. Eine andere Lösung gibt

es nicht. Aber selbst in dem ziemlich unwahrscheinlichen Fall, daß ich den kürzeren ziehe, kämst du natürlich ins Gefängnis. Und ich weiß aus eigener bitterer Erfahrung genau, was es heißt, in einem bestimmten Lebensalter die Welt durch Gitterstäbe betrachten zu müssen. Jedenfalls könntest du dich dann an deinem Pferd, den Schuhen, der Uhr mit der goldenen Kette nicht mehr freuen. Es wundert mich doch sehr, Sciatàp, daß ein Mann wie du, ein praktisch veranlagter Mann, eine so einfache Sache nicht kapiert.«
»Was ich nicht kapiere, ist etwas ganz anderes«, erwidert Sciatàp sichtlich bemüht, klar nachzudenken. »Wenn man dir so zuhört, wie du redest, und sieht, wie du dich verhältst, möchte man meinen, daß du vielleicht kein richtiger Cafone bist, andererseits ist aber auch klar, daß du nicht gerade mit irdischen Gütern gesegnet bist. Man braucht dich ja nur anzusehen, wie heruntergekommen du bist. Warum setzt du dich dann so für die Herren ein?«
»Bestimmt nicht wegen Geld, Sciatàp, das darfst du mir glauben.«
»Auch ich kann dir versichern, daß ich es nicht nur aus Geldgier oder Habsucht mache, wie du behauptest. Gewiß, bei allem Respekt vor dem heiligen Franziskus, Geld hat jeder gern. Du vielleicht nicht, Simone? Ich habe es ehrlich gesagt, sogar sehr gern, und ich finde, daß es äußerst dienlich ist. Aber außer Geld kann es für einen Cafone auch noch etwas anderes geben, das vielleicht weniger dienlich ist, dafür aber mehr Befriedigung verschafft. Verstehst du denn nicht, was für ein himmlisches Vergnügen ich bei dieser einmaligen Gelegenheit empfinde, solchen Herren Angst einzujagen, sie zu beherrschen, sie erbleichen zu sehen, ohne daß sie die Carabinieri rufen, sich verteidigen, mich verhaften lassen können?«
»Ich habe auch die Härten des Lebens zu spüren bekommen, Sciatàp, trotzdem finde ich nicht, daß du recht hast.«

»Vielleicht hast du nicht soviel durchgemacht wie ich. In meinem elenden Leben ist immer alles schiefgelaufen, ich habe mir mein Brot immer nur im Schweiße meines Angesichts verdient und die niedrigste Arbeit tun müssen; das sind Dinge, über die man noch reden kann, es gibt aber auch noch anderes. Als ich es allein nicht mehr schaffte, diente ich einem Herrn und bekam von da an nur noch Verachtung zu spüren. Oft habe ich sie nicht gewechselt, meine Herren, denn ich habe schon früh begriffen, daß es keinen Sinn hat. In Pietrasecca heißen sie Colamartini; und in New York war es ein gewisser Don Carlo Campanella, später nannte er sich Mr. Charles Littlebell, das hat aber nichts geändert; in Rosario hieß er Don Edmundo Esposito y Rodriguez y Albarez. Esposito nach seinen vornehmen aber unbekannten Eltern, Rodriguez von seiner Ehefrau und Alvarez in Erinnerung an deren ersten Ehemann. Wie? Hast auch du diesen Blutsauger kennengelernt? Bist du auch in Rosario gewesen? Dann kann ich dir ja alle Einzelheiten ersparen. Ja, und da du ja weißt, daß man mich Sciatàp nennt, wirst du wohl auch wissen, was dieses Wort auf amerikanisch bedeutet? Halt den Mund, heißt es, einfach so, halt den Mund. Mr. Charles Littlebell sagte das unentwegt zu mir, sobald ich nur versuchte, ein Wort zu sagen, und ich muß dir gestehen, daß *shut up* das amerikanische Wort ist, das sich mir am tiefsten eingeprägt hat. Und da man mir dieses Wort als Spitznamen gab, begleitete es mich mein Leben lang, und praktisch forderte mich jeder, der mich ansprach, schon bevor ich den Mund aufmachte, gewissermaßen zum Schweigen auf. Don Edmundo dagegen sagte zu mir: *Càllate, hombre,* was auf Argentinisch dasselbe heißt. Ich gebe allerdings zu, daß nicht alle Herren darin gleich sind. Der selige Don Camillo Colamartini, der Herr von Pietrasecca, zum Beispiel, befahl mir als wahrer Edelmann nicht unfreundlich zu schweigen, aber wenn ich zu ihm ging, fragte er mich, noch bevor ich irgend etwas sagen konnte, mit seinem wohlwollenden Lächeln: Bist du wieder gekommen, um dich zu beklagen? Und dann schwieg ich. (Danke, Simone, aber trink du auch selber.) Ich bin doch kein Jeremias oder alter Jammerlappen, ich weiß genau, daß Gott uns verschieden geschaffen hat, daß es Würmer und Zikaden, Esel und Pferde gibt und habe auch nie entfernt daran gedacht, daß es auf der Welt anders zugehen könnte, als es tatsächlich zugeht. Aber davon, daß mich einer dieser Herren einmal bei meinem richtigen Namen angeredet und zu mir gesagt hätte: So komm her in Gottesnamen, sag was du auf der Seele hast, rede wann es dir paßt –, ja davon, das muß ich dir schon gestehen, habe ich oft geträumt, und Träume lassen uns ja gut schlafen. Daß ich aber eines schönen Abends einen dieser Herren in meinem Stall antreffen würde, zwar einen von der Polizei verfolgten Gesetzesbrecher, aber eben dennoch einen Herrn, einen aus dieser verdammten Rasse, die sich am Elend der armen Leute weiden, einen Herrn, der so weit heruntergekommen war, daß er mich um Gastfreundschaft nicht einmal in meinem Haus, sondern in meinem Stall neben meiner alten Eselin bitten mußte, das überstieg doch bei weitem meine Vorstellungskraft. Und wenn ich jetzt kühl darüber nachdenke, ist mir klar, daß dies ein Fingerzeig Gottes war. Du glaubst nicht an Gott? Simone, das ist nicht gut. Nur der Allmächtige in seiner unendlichen Schlauheit konnte als Entgelt für die zahllosen Erniedrigungen, die ich erdulden mußte, die vielen kleinen Umstände zusammenfügen, die dazu führten, daß dieser Herr in meinem Stall landete wie ein Maus in der Falle. Ich konnte mit ihm machen, was ich wollte, ihn nackt ausziehen, ihn in einen Sack stecken und in den Bach werfen, ihn stückweise verkaufen für soundsoviel pro Kilo, ihm die Haut abziehen, ihm Rizinusöl zu trinken geben, ihm die Ohren abschneiden, vor allem aber, was mir das wichtigste war, ich konnte ihm befehlen zu schweigen und ihn zwingen, mir, Sciatàp, zuzuhören. Ich weiß nicht, ob man sich etwas Wunderbareres überhaupt vorstellen kann. Du glaubst nicht an Wunder? Das ist nicht gut. Ich wollte meinen eigenen Augen und Ohren nicht trauen. Wenn ich nachts aufwachte, kamen mir plötzlich Zweifel: Vielleicht habe ich nur geträumt, sagte ich mir. Dann stand ich schnell auf und lief in den Stall, um mich zu vergewissern, daß der junge Don Pietro Spina wirklich und wahrhaftig neben der Eselin auf dem Stroh lag. Und er war mir wirklich ausgeliefert. Auf dem Heimweg kniete ich mehrmals vor dem Gekreuzigten nieder und sagte zu Ihm: Auf Knien danke ich Dir dafür, Herr, daß Du mir am Ende meines unglücklichen Lebens diese große Freude gewährst. Wie du mir bereits vorgehalten hast, habe ich meinen Gefangenen um das Geld erleichtert, das er bei sich trug. Dies Geld war mir wirklich dienlich; abgesehen davon wäre es ja wohl jedem dienlich gewesen. Für mich lag aber die größte Befriedigung darin, daß ich es ihm wegnahm, ohne daß er es mir verweigern konnte. Kannst du dir eine wunderbarere Lage vorstellen? Ein Herr gerät in deine Gewalt, er hat Geld in der Tasche, du nimmst es ihm weg, und er widersetzt sich nicht. Währenddessen durchkämmte die Polizei das ganze Tal, suchte und schnupperte hinter jedem Busch und versprach jedem, der ihn tot oder lebendig auslieferte, eine schöne Summe; aber das tat ich nicht, denn wenn ich ihn der Obrigkeit ausgeliefert hätte, wäre er ja für mich verloren und nicht mehr von meiner persönlichen Gnade abhängig gewesen. Also versuchte ich, ihn mit tausend Vorsichtsmaßnahmen vor der Polizei zu schützen. Und daß ich mich schließlich an seine Angehörigen wandte, an seinen Onkel und an seine Großmutter, lag nicht nur daran, daß ich noch mehr Geld wollte, obwohl mir dies natürlich dienlich war (wem ist es nicht dienlich?), mein Gefangener, der junge Herr Pietro Spina, befriedigte mich ehrlich gesagt auf die Dauer nur wenig. Ich weiß nicht, ob dieses

Jüngelchen schon von Geburt verrückt oder dumm ist, jedenfalls hat er es geschafft, sich mir gegenüber auch in diesen elenden Verhältnissen, in die er geraten war, wie ein Herr zu verhalten. Er lebte da inmitten des Unrats wie ein kleiner König. Der Verlust seines Geldes zum Beispiel berührte ihn gar nicht, er kümmerte sich mehr um die Eselin und einen Taubstummen aus der Nachbarschaft, der ihn oft besuchte, als um mich, er hörte mir nicht zu, und was noch schlimmer war, er bot mir nie Gelegenheit, ihm das Reden zu verbieten: Sciatàp, weil er nicht einmal mit mir redete, und oft überraschte ich ihn dabei, wie er mit den Engeln sprach, wie man bei uns sagt, wenn einer unsichtbaren Gesprächspartnern zulächelt. Ich erfuhr (denn bevor ich sie besuchte, erkundigte ich mich), daß seine Großmutter, Donna Maria Vincenza, eine außergewöhnliche Frau war, und das bereitete mir dann doppeltes Vergnügen. Wenn sie geizig, hochmütig und bösartig gewesen wäre, hätte man meine Handlungsweise als gegen diese schlechten Eigenschaften gerichtet deuten können, während ich meine Wut einfach an den Herren als Rasse auslassen wollte, ich brauchte es, daß eine Herrin vor mir zitterte, in Angst geriet, mich anflehte, vor mir, Sciatàp, um diesen Enkel litt. Donna Maria Vincenza gab mir Geld, wie du schon weißt, und ich nahm es, weil es mir dienlich war (wem ist es nicht dienlich?), fand mich aber um keinen Preis bereit, auf die Macht zu verzichten, die ich dank der Vorsehung über diesen jungen Spina gewonnen hatte. Und ich habe schließlich nur deshalb eingewilligt, daß der junge Herr von meinem Stall in das Elternhaus umzog, weil ich auf diese Weise meine Macht auf die ganze Familie ausdehnen wollte, indem ich sie nämlich durch ein ernstes und bleibendes Geheimnis an mich, an Sciatàp, band.«
»Sciatàp, du hast gewiß recht«, sagt Simone, »Reiche und Arme sind praktisch wie zwei verschiedene Rassen, man müßte schon blind sein, um das nicht zu sehen. Es gibt aber

auch Menschen, die bestimmt genug zu essen haben und die es dennoch nicht ertragen können, daß andere Hunger leiden; Menschen, die sich dafür schämen, daß es ihnen gut geht, weil es den meisten schlecht geht; und die sich nicht damit abfinden können, daß andere Menschen unterdrückt und erniedrigt werden und leiden müssen.«
»Ich sehe schon, worauf du hinaus willst; aber wie heißt es doch? Hoffen und Harren macht manchen zum Narren.«
»Ich will ja auch nicht behaupten, Sciatàp, daß ein paar Leute mit Gerechtigkeitsgefühl dieses Tränental in das Reich Gottes verwandeln können. Das haben ja nicht einmal die Heiligen geschafft, das haben nicht einmal San Gioacchino, Franz von Assisi oder San Celestino geschafft. Nein, Sciatàp, ich meine etwas anderes. Aber trink erst mal, damit du einen klaren Kopf bekommst. Diese Leute werden von der guten Gesellschaft ausgestoßen, von der Kirche exkommuniziert, und das ist auch ganz verständlich. Die Staatsmacht verfolgt sie als Feinde der Ordnung, und das ist auch gar nicht anders zu erwarten. Aber findest du es richtig, Sciatàp, daß auch die Cafoni, die armen Teufel und Hungerleider sie verachten und hassen, sie schlecht behandeln und verraten und an ihnen allen Groll und alle selbst erlebten Erniedrigungen auslassen, auf diese Weise der Polizei in die Hände arbeiten?«
»Du verlangst also, daß man diese Herren aus Achtung vor ihren Phantastereien nicht mit den anderen in einen Topf wirft? Aber haben Ideen denn je den Stand einer Person verändert? Sind Ideen, gleich welcher Art, denn nicht von vornherein schon ein Luxus? Sie sind doch ganz sicher, und es wundert mich, daß du das nicht merkst, ein wahrer Luxus der Herren.«
»Auch die Ideen, die gegen die Privilegien der Herren sind?«
»Auch die, das ist doch wohl klar. Sie sind ein Luxus, die Herren schmücken sich nur zu ihrem Zeitvertreib damit.«
»Aber wenn das so ist, Sciatàp, und vielleicht ist es so, wie

du sagst, dann können auch wir, auch du, auch ich Herren werden; und wenn wir wollen, sogar ganz schnell, das hängt doch offensichtlich nur von uns ab.«
»Wie denn? Entschuldige, aber da muß ich lachen.«
»Indem wir diese Ideen übernehmen, diesen Luxus, diesen Zeitvertreib, diesen Schmuck, dieses Überflüssige, wodurch man, wie du sagst, wirklich ein Herr wird und wodurch sich ein Herr nicht nur von einem Cafone, sondern auch von den anderen Reichen unterscheidet.«
»Aber wie sollen wir uns denn um das Überflüssige kümmern, es uns verschaffen und unbesorgt genießen, wenn es uns am Nötigsten fehlt?«
»Sciatàp, sind dir denn nicht auch schon auf Gebirgswegen oder bei einem Pilgerzug oder auch auf den Feldern merkwürdige zerlumpte, mit Schweiß und Staub bedeckte Menschen begegnet, die dennoch eine Haltung, einen Blick, ein Lächeln und eine Traurigkeit hatten wie wahre Könige?«
»Mag sein, mag sein«, erwidert Sciatàp unsicher. »Glaubst du denn wirklich ...«
Weitere Gäste steigen in die Schenke herab, grüßen, setzen sich an die Tische und bestellen etwas zu trinken. Simone und Sciatàp gehen hinaus.
»Übrigens habe ich gehört«, sagt Simone auf der Straße, »daß dein ehemaliger Gefangener, dieser Pietro Spina, wieder über alle Berge ist, nach Frankreich, du brauchst dich also nicht mehr um ihn zu kümmern.«
»Und der Taubstumme ist wohl auch ins Ausland?« fragt Sciatàp augenzwinkernd.
»Welcher Taubstumme?«
Auf dem Marktplatz wird Sciatàps Aufmerksamkeit sofort von einer unangenehmen Entdeckung in Anspruch genommen.
»Wer hat die Decke gestohlen?« schreit er mit drohender

Stimme. Er hatte auf dem Rücken seines Pferdes eine neue Wolldecke liegengelassen.

»Wo ist die Decke?« fragt Sciatàp noch einmal. »Mitten auf dem Marktplatz, am hellichten Tage«, schimpft er weiter. »Es ist doch unmöglich, daß keiner den Dieb gesehen hat.« Er blickt sich um, um die wenigen Müßiggänger zu befragen, die auf dem Platz herumstehen und jetzt sehr damit beschäftigt scheinen, die am Himmel fliegenden Vögel zu beobachten.

»Sciatàp, du darfst dich nicht wundern«, ermahnt ihn Simone, »willst du zum Schaden auch noch den Spott, du kannst dem heiligen Antonius danken, daß du wenigstens dein Pferd noch vorgefunden hast. Schließlich hast du es ja nicht von deinem Vater geerbt«, fügt er gereizt hinzu.

Da Sciatàp immer weiter herumschreit, läuft Simone plötzlich davon angewidert, einen so gewöhnlichen Menschen kennengelernt zu haben, weg.

»Die einzigen Diebe, für die man noch Achtung haben kann«, erklärt er zum Abschied, »sind die, die es hinnehmen, daß man sie auch selber bestiehlt.«

In der Gasse der Schenke »Zur Fahne« begegnet er dem Polizeichef Don Tito, der keuchend einem einarmigen Bettler nachläuft.

»He, Mann, wohin gehst du?« schreit Don Tito dem Einarmigen nach. »Gerade habe ich dir ein Almosen gegeben, und jetzt läufst du schon in die Schenke, um es zu verprassen?«

Der Einarmige bleibt unter dem Mistelzweig an der Türschwelle der Schenke stehen und wartet, bis der Polizeichef näherkommt, damit er nicht schreien muß.

»Wieviel hast du mir gegeben?« fragt er.

»Es geht nicht um die Summe«, versucht Don Tito zu erklären.

»Wieviel hast du mir gegeben?« fragt der andere noch einmal schroff.

»Zwanzig Centesimi. Aber wie gesagt, es geht nicht um die Summe.«

Der Bettler hält das Geldstück noch in der Hand und gibt es ihm jetzt zurück.

»Hast du vielleicht geglaubt, du könntest mir mit zwanzig Centesimi meine Seele abkaufen?« fragt er.

Don Tito nimmt das Geldstück wieder an sich und enfernt sich murrend. Simone hat der ganzen Szene mit angehaltenem Atem beigewohnt; er nähert sich dem Bettler mit vor Rührung glänzenden Augen.

»Du weißt gar nicht, unbekannter Herr«, sagt er mit weicher Stimme, »du weißt gar nicht, wie sehr du mir gefällst.«

Der Bettler, der gerade die Schenke betreten wollte, dreht sich um und lächelt.

»Oh, so schnell? Liebe auf den ersten Blick also.«

Simone wird rot.

»Wenn ich eine Tochter hätte«, fährt Simone fort, »würde ich sie dir zur Frau geben.«

»Könntest du mir nicht vielleicht ein Zündholz anbieten?« schlägt der andere lachend vor.

»Ich habe keins bei mir«, entschuldigt sich Simone mit sichtbarem Bedauern. »Aber ich habe etwas Besseres für dich.«

Er streckt ihm das Messer entgegen, das Sciatàp vergessen hat: Wenn man auf einen Knopf drückt, springt eine Klinge hervor, die festbleibt, ein sehr praktisches Messer für einen Einarmigen.

»Zu anderer Zeit«, entschuldigt sich Simone, »in einem früheren Jahrhundert hätte ich dir ein Schwert geschenkt.«

»Ein Messer fällt weniger auf«, erwidert der Bettler. »Und es schneidet besser Brot. Man darf nicht zu sehr auffallen.«

Er zieht aus der Innentasche seiner Jacke einen halben Brotlaib hervor, klemmt ihn zwischen seinen Armstummel und die Brust und schneidet eine dicke Scheibe ab, die er Simone entgegenstreckt.

»Die Frauen in der Bäckerei haben es mir vorhin geschenkt«, sagt er. »Es ist schön aufgegangen und noch warm, riech mal, wie es duftet!«

»Könntest du mir nicht noch zwei Scheiben schenken?« bittet Simone leise. »Es ist für zwei Freunde, zwei anständige Gefährten.«

»Wenn sie arm sind«, sagt der Bettler, »gebe ich es dir ganz. Ich habe heute schon gegessen.«

»Sie sind nicht arm«, erklärt Simone leise, »ja, einer von ihnen ist sogar reich; nun, wie soll ich es dir erklären? Auch er will lieber von der Nächstenliebe leben.«

Aus den drei Scheiben werden fünf, damit auch der Esel und der Hund zu ihrem Recht kommen.

»Könnten wir ihn nicht auffordern, sich hier bei uns niederzulassen?« schlägt Pietro vor.

Aber Simones Gedanken gehen in eine andere Richtung.

»Dieser Bettler hat mich in seiner Art, wie er lacht und spricht ein wenig an Meister Raffaele aus Goriano erinnert«, erzählt er. »Bist du je in Goriano gewesen? Sobald das Wetter wieder schön ist und dir der Aufstieg über Forca nicht mehr schwerfällt, müssen wir unbedingt hin und Meister Raffaele besuchen. Er wird sich ein wenig über unser Kommen wundern, sich dann aber bestimmt freuen. Früher wohnte er gleich am Dorfeingang rechts. Habe ich dir nie von ihm erzählt? Kaum zu glauben. Das ist ein Mann, der dir sehr gefallen wird, ein Maurer, ein Polier, ein Edelmann, ein aufrechter unbeugsamer und offenherziger Mann. Du mußt dir vorstellen, Pietro, daß er zugleich ein Mann alten Schlages und ein Kind in einer Person ist, ein junger Mann alten Schlages, der vollkommen unbestechlich ist. Bevor er sich zu Tisch setzt und bevor er aufsteht, bevor er seine Arbeit beginnt und wenn er damit aufhört, bekreuzigt Meister Raffaele sich, und diese Geste, die mir bei den Heuchlern so sehr auf die Nerven geht, daß ich schreie, ist bei ihm ganz

einfach, natürlich, wunderbar, das solltest du einmal sehen. Diese Rasse wird immer seltener, und wie wird unsere schon jetzt so traurige Welt aussehen, wenn sie vollends ausgestorben ist?«
»Sie kann nicht aussterben«, erwidert Pietro zuversichtlich. »Wenn sie an einem Ort ausgerottet wird, ersteht sie anderswo neu, du wirst sehen.«
Simone lächelt zustimmend.
»Sie kann nicht aussterben«, wiederholt er.
»Hat dir Meister Raffaele nie geschrieben?« fragt Pietro.
»Geschrieben?« schreit Simone entrüstet.
Pietro bittet ihn beschämt um Entschuldigung.
»Mit zwanzig hätte ich seine Schwester heiraten sollen«, erzählt Simone.
»Aber kann man eine Frau nur deshalb heiraten, weil man ihren Bruder mag?«
Infante hält halb verborgen im Stroh an einem der großen Fenster im ersten Stock Ausschau. Plötzlich kündigt er mit seiner wuterfüllten kehligen gellenden Stimme das Wiederauftauchen Sciatàps an.
»Taap, taap, taap«, schreit er. Simone und Pietro eilen herbei und sehen Sciatàp den sanft abfallenden Hügel nach Orta hinabreiten. Der Weg führt durch Weinberge und ist von kümmerlichen Obstbäumen gesäumt.
»Er begreift wahrscheinlich überhaupt nichts von dem Abenteuer, mit dem er in Berührung gekommen ist«, sagt Pietro. »Aber warum ist Sciatàp jetzt auf dem Weg nach Orta? Wenn er nach Pietrasecca will, macht er auf diese Weise einen Umweg von fünf oder sechs Kilometern.«
»Wahrscheinlich hat er jemanden nach einer Abkürzung gefragt«, vermutet Simone. »Und dann haben sie sich gegenseitig übertroffen, ihm den längsten Weg zu beschreiben.«
Infante läßt Sciatàp nicht aus den Augen, und als dieser hinter dem Hügel verschwunden ist, macht er eine unvorher-

sehbare kindliche und lustige Geste: Er streckt den Hals aus dem Fenster und spuckt aus, dann verzieht er das Gesicht zu einer haßerfüllten Grimasse, mit der man eine Verwünschung ausstößt, und sagt ein Wort, das er an diesem Tag neu gelernt hat: »Simonie, Simonie.« Simonie, hat Pietro ihm beigebracht, ist das genaue Gegenteil von Simone. Entsprechend und ohne sich groß um den gewöhnlichen Sinn der Wörter zu kümmern, hat er ihm gestern beigebracht, daß *fante* das Gegenteil von Infante bedeutet. Mit dieser Reihe von Gegensatzpaaren hatte Simone vor drei Tagen begonnen, als er dem Tauben beibringen wollte, ›Pietro‹ richtig auszusprechen. Aus Pietro machte der Taube unwillkürlich *pietra*‹, »Stein«. Und Simone stimmte zu: Dann zeigte er ihm aber an einem Stein, daß *pietra* etwas ganz und gar anderes ist: hart, schmutzig, kalt, stumpf, steril, unbeseelt, also alles in allem wirklich das Gegenteil von Pietro. Diese Erklärungen hatten wohl Infantes Phantasie angeregt und seine natürliche Neigung noch verstärkt, die Wörter im weitesten Sinne zu verstehen, denn kurz darauf hörte man ihn auch dem Hund und dem Esel zärtlich »Pietro« zumurmeln, und so wurde klar, daß dieser Name für ihn nicht nur die Person seines Freundes bezeichnete, sondern viele andere unausdrückbare Dinge. Aber welche furchtbaren Folgen hat es, wenn die Lippen nur ein klein wenig anders bewegt werden. Ein einfaches »a« verkehrt den scheinbar unverrückbaren und unveränderlichen Sinn des Wortes Pietro in sein Gegenteil und macht daraus ein feindliches, rohes, unsensibles Ding, Gestein, Steine, Steinwürfe, Erdrutsche im Gebirge und auch das ihm verhaßte Pietrasecca. Die beiden einander so ähnlich klingenden und gar nicht in Einklang zu bringenden Wörter Pietro und *pietra* beschäftigten den Tauben auch noch am darauffolgenden Tag. Bei jeder Gelegenheit, am liebsten aber an den Hund und den Esel gerichtet, wiederholte er sie und veränderte dabei den Gesichtsausdruck ihrem gegensätzlichen Sinn entsprechend. Leone wedelte mit dem Schwanz und bellte freudig, aber Cherubino blieb ungerührt; nach seinen Blicken zu schließen, schien er den Mitteilungen des Tauben keine besondere Bedeutung beizumessen. Doch Pietro war nun überzeugt, daß er ihm durch Gegensatzpaare mehr beibringen konnte als durch Synonyme. Er dachte darüber nach und besprach sich mit Simone. Sobald er den Eindruck gewann, daß Infante sich von der Emotion erholt hatte, die durch die Ähnlichkeit und die gleichzeitige Gegensätzlichkeit von Pietro und *pietra* in ihm ausgelöst worden war, brachte er ihm ein anderes Gegensatzpaar bei: Infante und *fante*. Wer und was Infante war, wußte der Taube bereits; daß aber dieses ihm so wohlbekannte Wort, das seit seiner Geburt ganz allein zu ihm und zu keinem anderen seiner Bekannten gehörte, einfach durch Weglassen der ersten Silbe seinen Todfeind bezeichnete, den *fante* (den Mann in Uniform, den Soldaten, den Carabiniere, den Mann, der über Handschellen und Gefängnis gebot), hätte der Taube nie geglaubt, hätte es ihm nicht ausgerechnet Pietro immer wieder so erklärt. Die erste Schwierigkeit ergab sich für Pietro dabei aus der Unmöglichkeit, ihm einen *fante* vor Augen zu führen, wie es Simone zwei Tage zuvor etwa mit dem Stein getan hatte, und so blieb ihm nichts anderes übrig, als vor dem Tauben ein wenig Theater zu spielen, indem er seine Jacke wie eine Uniform zurechtzog, den Hut wie ein Käppi aufsetzte, einen Stock wie ein Gewehr oder ein Schwert gebrauchte und kerzengerade wie ein Soldat herummarschierte, wobei er immer wieder *fante, fan-te, fan-te* sagte. Endlich gab Infante zu erkennen, daß er verstanden hatte. Größere Schwierigkeiten ergaben sich aus Infantes schlechter Angewohnheit, den ersten Vokal seines Namens zu verschlucken, wenn er ihn aussprach. Mit Gesten und furchterregenden Grimassen versuchte ihm Pietro klarzumachen, daß er auf keinen Fall mehr *fante* und Infante verwechseln dürfe, zwei Dinge, die undeutlich ausgesprochen ähnlich klingen, in Wirklichkeit aber etwas Grundverschiedenes, ja Gegensätzliches bezeichnen. Der Taube schien von dieser Entdeckung tief beeindruckt. Wie oft hatte er, wenn er sich selber meinte, statt Infante nur *fante* oder *'nfante* gesagt.

Den ganzen Tag über vernachlässigt er nun seine häuslichen Pflichten und erklärt Hund und Esel unaufhörlich den wesentlichen und unüberbrückbaren Unterschied zwischen Infante und *fante*, er erklärt es auf seine Weise mit ernsten und lustigen Gesten und mit Gewinsel. Leone bellt, als er diese Dinge hört und wedelt freudig mit dem Schwanz, aber Cherubino erwacht keinen Augenblick aus seiner Apathie. Ehrlich gesagt, hört er Infante mit endloser Geduld und ohne eine Spur von Ironie zu, und er erweckt auch den Eindruck, ernst zu nehmen, was der Taube erzählt, und es keinesfalls in Zweifel zu ziehen, aber er hält es für unnötig, ihm irgendwie zuzustimmen, ihn auch nur ein wenig zu ermuntern. Schließlich ist Infante am Ende seiner Geduld und macht seinem Ärger über diese Teilnahmslosigkeit Luft.

»Stein!« schreit er ihn schließlich an und streckt ihm die Zunge heraus.

Simone, der sehr auf harmonische Beziehungen seiner Gäste untereinander bedacht ist, hat dieses Wort und die Geste bemerkt; und da er den Eindruck hat, daß Pietro Infantes Entrüstung und Ärger irgendwie teilt, nimmt er ihn beiseite, um mit ihm zu reden.

»Glaube nur nicht, Pietro«, sagt er zu ihm, »daß der Esel unserem Freund feindlich gesinnt ist. Es würde mir sehr leid tun, wenn du ihn einer solchen Gemeinheit für fähig hieltest. Vielleicht ist Cherubino einfach nur vollkommen stoisch und verweigert jede Form einer Unterhaltung, wer weiß, man darf ihn nicht ausschließen.«

»Ich sehe das genauso wie du«, erwidert Pietro ernstlich besorgt, »und du darfst sicher sein, daß ich mich nie über das Schweigen eines Esels beschweren würde, schon weil ich allgemein Esel und Schweigen immer geliebt und bewundert habe. Aber jetzt geht es um Infante. Du weißt, er ist noch ein Kind, und er freut sich so sehr, wenn er Zustimmung findet. Leone ist schließlich auch ein Tier, aber er bemüht sich. Meinst du nicht, wir könnten versuchen, es dem Esel beizubringen? Vielleicht müßte man ihm nur irgendeine Reaktion mit den Ohren oder mit den Lippen beibringen, mit der er seine Gefühle ausdrücken könnte.«

»Ich glaube nicht«, sagt Simone mit sichtlichem Bedauern, »ich glaube nicht, daß es Sinn hat, bei Cherubino so etwas zu versuchen. Ich kenne ihn jetzt schon viele Jahre, und es tut mir sehr leid, aber ich glaube nicht, daß man ihn dem Tauben oder überhaupt irgend jemandem gegenüber mitteilsamer machen kann. Ehrlich gesagt, wüßte ich auch gar nicht, wie ich es ihm beibringen könnte, wie ich es anfangen sollte.«

»Entschuldige das brutale Wort, aber meinst du nicht, daß er einfach dumm ist.«

»Wenn du es genau wissen willst, bei Cherubino ist bestimmt Hopfen und Malz verloren. Es tut mir sehr leid, aber so ist es nun einmal. Aber er hat ein gutes Herz, das ganz bestimmt; wäre er sonst bei mir geblieben?«

»Das ist doch das Wichtigste, Simò. Intelligente gibt es sowieso zuviele auf der Welt, und man kann nicht behaupten, daß die Welt durch sie besser geworden wäre. Ich werde also, wenn es dir recht ist, versuchen, Infante zu erklären, daß Cherubino nicht gleichgültig, sondern eben zurückhaltend ist.«

»Das ist das richtige Wort«, bestätigt Simone.

Er ist froh, daß er diesen schmerzlichen Mißton bei seinen Gästen ausräumen konnte.

»Trinken wir«, sagt er. »Du kommst an die Reihe, Tauber,

erfrisch dein Herz. Jetzt du, Pietro, erfrisch deine Augen. Schon fertig? Ah, ungeratene Jugend, hier schaut her und laßt euch von einem armen Alten zeigen, wie man trinkt.«
Heute hat Pietro Infante ein neues wichtiges Gegensatzpaar beigebracht: Simone und Simonie. »Simone« auszusprechen war ihm ziemlich leicht gefallen, und wer Simone war, hatte der Taube schon gewußt. Um den Gegensatz zu erklären, die verabscheuungswürdige verwerfliche »Simonie«, hat Pietro versucht, mit Gesten Niedertracht, Geiz, Verrat, Grausamkeit gegenüber Tieren und Menschen darzustellen, und Infante gab ziemlich schnell zu verstehen, daß er begriff. Auf diese Weise hat sich die zweigeteilte Welt des Tauben in ihrer freundschaftlichen wie in ihrer feindlichen Hemisphäre wesentlich vergrößert. Als Simone und Infante später gerade dabei sind, die Bretter wegzuziehen, um den Weg am Kanal über Nacht abzuschneiden, kommt Venanzio aufgeregt daher, wie er es seit einiger Zeit allzu oft ist. Der arme Knecht wirkt sehr gealtert.
»Simone, weißt du schon, daß der Sciatàp, dieser Schuft, dieser gemeine Kerl, von hier nach Orta gegangen ist«, erzählt er. »Anzeige hat der Lump noch nicht erstattet, die scheint er sich für Don Marcantonio aufzubewahren, den neuen Regierungsredner, der heute abend in Orta zu einem Bankett erwartet wird. Aber dieser Gauner, dieser Schweinehund kann nicht genug bekommen und hat nun auch versucht, Don Bastiano zu erpressen, und dann ist er wer weiß wie an diese andere Ausgeburt der Hölle geraten, an Calabasce. Don Severino (ach Simò, die Rasse der Ehrenmänner ist ja doch noch nicht ganz ausgestorben), kam gleich zur Signora, um sie zu warnen, weil er fürchtete, daß Don Pietro noch bei uns wohnte. Aufgrund der Anzeige aber wird es schon heute Nacht eine große Hetzjagd geben. Die Signora läßt dich fragen: Meinst du, er ist in deinem Haus noch sicher?«
»Die Signora braucht sich keine Sorgen zu machen. Mehr

kann ich dir vorerst nicht sagen. Und du, Venanzio, hör auf zu weinen, schließlich bist du doch ein Mann.«
»Du weißt, wie die Signora ist; läßt du ihr nicht etwas Genaueres ausrichten?«
»Sag ihr, sie braucht sich keine Sorgen zu machen. Die Signora kennt mich, sie kann auf mich vertrauen.«
Mit Infantes Hilfe zieht Simone rasch die Bretter weg und läuft dann zu Pietro, um mit ihm zu besprechen, was jetzt sofort, ohne weitere Zeit zu verlieren, zu tun ist.
»Was regst du dich so auf, das ist doch lächerlich«, zieht ihn Pietro auf. »Beruhige dich, wenn du kannst, und hör mir zu. Du weißt genau, sie bekommen mich nie, egal was geschieht. Auch wenn sie mich gefangennehmen und mich zum Beispiel einlochen, auch wenn sie mich auf gewohnt brutale Weise behandeln, bekommen sie mich nie, das weißt du genau. Warum dann diese ganze Aufregung? Komm, machen wir uns doch nicht lächerlich.«
»Entschuldige Pietro, wenn du in diesem Ton mit mir redest, will ich auch nicht als Angsthase dastehen. Also sage ich nichts über mich; aber Infante? Hast du an ihn gedacht?«
»Meinst du, sie reißen uns auseinander, wenn sie uns zusammen verhaften?«
»Da muß ich doch lachen, Pietro. Du verwechselst das Gefängnis anscheinend mit einer Familienpension. Hat man dich denn noch nie verhaftet? Ich will dich ja nicht beleidigen, aber wie du redest, entschuldige.«
»Ich kann dir nur eins sagen: Ich bin es leid, mich auf eine Ebene mit der Polizei zu stellen. Vor nichts graut mir so sehr, wie davor, eine Figur in einem Kriminalroman zu werden.«
»Mag sein, daß du recht hast. Aber du mußt auch meine Ansicht gelten lassen, Pietro, wir dürfen unsere Haut nicht verschenken, einzig und allein darum geht es.«

Simone legt dem Esel das Halfter um und eine Decke als Sattel auf den Rücken.
»Willst du fort?« fragt ihn Pietro überrascht. »Wohin gehst du?«
»Nach Orta.«
»Hör zu, mach dir die Hände nicht schmutzig wegen dieses elenden Cafone aus Pietrasecca, das lohnt sich nicht. Hör doch auf mich.«
Aber Simone ist bereits draußen, besteigt seinen Esel und setzt ihn in Trab. Es ist schon fast Nacht und kalt. Pietro bleibt an der Tür stehen und sieht Simone nach. Im fahlen Dämmerlicht tauchen Simone und der Esel zwischen den kahlen, skelettartig verkrümmten Bäumen immer wieder wie Gespenster auf. Auf dem schlammigen holperigen Sträßchen nach Orta begegnen sie keiner Menschenseele. Dies ist mehr ein Weg für Fuhrwerke als eine Straße. Plötzlich kündigt sich hinter Simone knatternd und mit aufgeblendetem Licht schon von ferne ein Motorrad an. Simone springt vom Esel, stellt diesen quer zur Straße und winkt dem Motorradfahrer heftig, anzuhalten.
»Seid Ihr unser Regierungsredner?« schreit er dem Unbekannten zu, der eine Lederjacke trägt und das Gesicht halb hinter einer Brille versteckt hat. »Steigt ab, ich muß Euch etwas sagen.«
Simone scheint entschlossen, die Sache unverzüglich in Angriff zu nehmen.
»Ich bin der Gewerkschaftssekretär«, erwidert der andere und setzt die Füße auf die Erde. »Ich bin De Paolis, der Arbeitervertreter. Don Marcantonio hatte noch in Fossa zu tun, er wird in einer halben Stunde hier durchkommen. Was willst du? Wer bist du?«
»Der Mesner der Gemeinde Orta«, sagt Simone, »das weiß doch jeder.«
»Na, dann kannst du ja in Orta im Hause Calabasces reden«,

fährt der andere lachend fort und startet. »Dort findet heute abend ein Festessen zu seinen Ehren statt.«

XVIII

Als das Motorrad vor Calabasces Haus, in dem die anderen Gäste langsam die Geduld verlieren, ratternd vorfährt, glauben alle, daß Don Marcantonio angekommen sei. Beflissen eilen die Gastgeber die Treppe hinab.
»Oh, Cavaliere, welche Freude, welche Ehre, kommen Sie herein, man wartet schon auf Sie wie auf den heiligen Geist.«
Aber das Mißverständnis ist schnell aufgeklärt.
»Wie, er ist nicht mitgekommen? Ist ihm etwas passiert?« fragt Signora Maria Peppina erschrocken. »Weshalb hat er sich verspätet? Das Essen wird ja kalt.«
»Don Marcantonio läßt sich entschuldigen«, sagt De Paolis und legt die Lederjacke ab. »Er kommt später, zu Kaffee und Likör. Er wurde in Fossa aufgehalten; Sie verstehen schon, Staatsgeschäfte.«
Widerstrebend findet sich Calabasce damit ab und sagt: »Gut, gut, Hauptsache, er kommt noch.«
Aber seine Frau stampft mit den Füßen auf, sie kann sich nicht beruhigen; wenn sie es schon morgens gewußt hätte, hätte sie sich doch nicht in solche Unkosten gestürzt, darüber ärgert sie sich, über nichts anderes. Calabasce ist ein roher plumper, etwas klein geratener Kerl, der am ehesten an eine dicke Kartoffel erinnert, und es wäre wirklich nichts Besonderes an ihm, hätte er nicht auffallende Nasenlöcher und Kinnladen. Seine Nasenlöcher sind so breit wie die eines Ochsen, bei einem Wettbewerb, der in seiner Jugend in der Diözese stattfand, wurden sie als die größten der ganzen Gegend mit einem Preis ausgezeichnet, und er bekam den Ehrentitel »Nüster«. Auf diesen Titel hat er allerdings verzichtet, seit er zu Geld gekommen ist.
»Das Opfer bin natürlich wieder ich«, beklagt sich De Paolis. »Ich werde für zwei essen müssen. Bin ich denn nicht übrigens der Vertreter der hungernden Massen?«

Bei diesen Worten kneift er die Hausfrau, entschuldigt sich aber gleich, da der Ehemann es bemerkt hat, und sagt: »Zerstreut wie immer.« Maria Peppina lacht und verschwindet in der Küche. Signora Calabasce ist eine rundliche Bäuerin mit frischer Gesichtsfarbe, die viel jünger aussieht als ihr Mann, sie hat eine schmale Taille, bogenförmige schwarze Augenbrauen, leuchtende Augen, um den Hals trägt sie eine Korallenkette, im rabenschwarzen dichten Haar einen Schildpattkamm und an den Ohren goldene Ringe; eine typische Dorfschönheit; und dabei alles andere als dumm. Calabasce ist so stolz auf sie wie auf seine Kühe, für die hat er allerdings mehr bezahlt.
»Komm herein ins Eßzimmer, steh hier nicht zwischen Tür und Angel herum«, sagt Calabasce zu De Paolis und zerrt ihn von der Küchentür weg.
Calabasce ist festlich gekleidet, ganz amerikanisch, er trägt weite Hosen, ein kariertes doppelreihiges Jackett mit Achselpolstern und einem Schlitz im Rücken, dazu knirschende Schuhe.
Nach langem zermürbendem Hinundher hat die Obrigkeit ihm endlich die Ausführung der Bauarbeiten an der neuen Brücke übertragen. Don Bastiano Spina ist also, obwohl er sich heftig dagegen gewehrt und unbeschreibliche Demütigungen hingenommen hatte, ausgestochen worden. Folglich werden alle ortsansässigen Arbeitskräfte in den nächsten Monaten von der Nüster abhängig sein, die am Ende Millionen einheimsen wird. Viel wichtiger als diese erheblichen Einnahmen ist aber der damit verbundene moralische Wert; für die Spinas bedeutet dies den Anfang vom Ende. Die Nachricht hat in der ganzen Gegend tiefen Eindruck hinterlassen; und obwohl Calabasce allgemein verachtet wird, hat es keiner der Gäste gewagt, die Einladung zu diesem Festessen abzulehnen, bei dem sein Sieg gefeiert werden soll. Im Speisezimmer ist für etwa fünfzehn Personen

gedeckt, und die Geladenen warten jetzt schon seit über einer Stunde darauf, daß das Abendessen endlich aufgetragen wird: Blaß, erschöpft und gähnend stehen sie in dem schmalen Zwischenraum zwischen Tisch und Wand herum und lehnen sich an ein Möbelstück oder Fenster. Calabasce hatte ihnen immer wieder ans Herz gelegt, pünktlich zu kommen, und jetzt? Wirklich eine Gemeinheit!
»Wenn ich diese Niederträchtigkeit geahnt hätte«, murmelt der Apotheker Don Michele vor sich hin, »hätte ich wenigstens zu Mittag gegessen.«
Die Damen verziehen sich eine nach der anderen in die Küche, oh, wie schön warm es hier ist, wie gut es hier riecht. Da die Ehemänner nicht dabei sind, dreht sich das Gespräch bald schon um Abführmittel; wie gewöhnlich schwören die einen auf Magnesia, die anderen auf den Pagliano-Sirup. Eine will die andere überzeugen, jede erhebt die Stimme, jede hat ihre Beweise, ihre Empfehlungen, und schließlich versteht man sein eigenes Wort nicht mehr. Es ist ein unüberwindlicher Gegensatz; es hat überhaupt keinen Sinn, vernünftig darüber zu reden, es ist mehr eine Gefühlssache, schon die Großmütter waren in zwei Parteien geteilt. Maria Peppina bildet sich mit dem freundlichen Optimismus einer gesunden Bauersfrau ein, einen Kompromiß vorschlagen und wieder Frieden und Harmonie zwischen den Gästen herstellen zu können, indem sie die diskrete aber zuverlässige Wirkung von gekochten Pflaumen preist; man sollte es nicht glauben, und dennoch. Aber sie erntet nur mitleidiges Lächeln; Pflaumen sind doch bestenfalls für kleine Mädchen gut, ha, heilige Unschuld. Im Speisezimmer werden De Paolis' makabre Scherze kühl und mit Gähnen aufgenommen. Vor seinem Eintreffen hatten die Gäste mehr oder weniger heftig darüber gestritten, ob die Fenster aufgemacht werden sollten, um frische Luft in das von zwei Kohlenbecken und den Toskanerstumpen verpe-

stete Zimmer herein zu lassen, oder ob sie geschlossen bleiben sollten. Die Diskussion war im Sand verlaufen, jeder hatte seine Meinung gesagt, um Galle abzulassen, und am Schluß war nichts dabei herausgekommen. Der Apotheker Don Michele erklärte:
»Lieber ersticke ich, als daß ich erfriere.«
»Dann hättest du auch zu Hause bleiben können«, bekam er von mehreren zu hören.
»Was wollt ihr damit sagen?« fragt er.
Die Fenster sind vorerst zu. Amtsrichter Achille Verdura ist zu dem Festessen gekommen, obwohl er sich krank fühlt, aber was tut man nicht alles aus Freundschaft? In Wahrheit ist er auf seinem Posten ziemlich gefährdet, denn er hatte ihn durch die Protektion Don Bastianos und Don Coriolanos erhalten. Er ist Familienvater und muß jeden Verdacht von sich fernhalten; letzten Endes heißt es ja auch *mors tua vita mea*, so will es das Schicksal. Er wäre sogar noch vom Sterbebett zu diesem Essen gekommen; die Pflicht geht vor. Der arme Don Achille hat eine akute Gelbsucht; er ist gelber als jeder Chinese, safrangelb; sein ebenholzschwarzes Bärtchen in Schwalbenschwanzform und die à la Mascagni frisierten pomadeglänzenden tiefschwarzen Haare bilden einen wunderbaren Gegensatz zu diesem massiven Gold. Er wirkt wie der Götze einer Frisörsreligion. Gegen die Gelbsucht und zur Vermeidung jeder Komplikation wurde ihm vom Arzt verschrieben, mindestens eine Rede pro Woche zu halten, und Don Achille hätte auch wahrlich nichts dagegen gehabt, denn an Worten hätte es ihm ganz gewiß nicht gemangelt, im Gegenteil. Aber seine politische Stellung ist wegen seiner Vorgeschichte gefährdet. »Rede so wenig wie möglich«, hat ihm andererseits ein alter Freund empfohlen, der Parteisekretär in der Hauptstadt ist und den er heimlich um Rat und Protektion gebeten hat. Ach, wieviel besser wäre es da doch, tot zu sein. Don Michele, der sich als erstes nach dem Menü

erkundigt hat, das in der Küche vorbereitet wird, fragt Don Achille mit unverhohlenem Sarkasmus:
»Bekommt es dir denn nicht schlecht, wenn du deine Diät unterbrichst?«
»Ich habe eine schriftliche Erlaubnis des Arztes«, versichert der Amtsrichter.
Und zum ersten Mal an diesem Abend lacht er, wobei er zwei Zahnreihen entblößt, die ebenfalls Gelbsucht zu haben scheinen, so gelb, ja goldgelb sind sie, wie reifer Mais.
Auch die übrigen Gäste befinden sich übrigens in keiner bequemeren Lage als Don Achille, sie sind mehr oder weniger alle Don Bastianos und Don Coriolanos Schützlinge gewesen und daher jetzt ein wenig verdächtig. Don Coriolanos Schicksal scheint dabei noch am schlimmsten zu sein, denn keiner lädt ihn mehr zum Essen ein. Er ist sozusagen von der Bildfläche verschwunden und auf den Olymp verdammt worden. Nur im Verborgenen erlebt er noch ein wenig Genugtuung. Wie eine junge Mutter, die, nachdem sie ihr neugeborenes Kind verloren hat, um der eigenen Gesundheit willen, gezwungen ist, ein fremdes Kind zu stillen, schreibt Don Coriolano jetzt, teils um seinen Lebensunterhalt zu verdienen, vor allem aber um seine unstillbaren rhetorischen Bedürfnisse zu befriedigen, Reden, die andere vorlesen oder auswendig lernen und vortragen. Seine Kunden sind vor allem Bürgermeister, Regierungsbeamte, Pfarrer und anscheinend auch ein paar Marktschreier. Darunter leidet seine Eitelkeit; aber die Notwendigkeit, die eigene Persönlichkeit aufzugeben und in die Rolle seiner Kunden zu schlüpfen, verschafft ihm auch eine bisher unbekannte Befriedigung. Er ist also der geheime Dramaturg der Gegend geworden. Aber zu seinem Kummer weichen ihm dieselben Leute, die sich an ihn wenden, damit er ihnen Reden, Gebete, Predigten, Moralpauken oder Lobreden schreibt, und sich mit seinen Federn schmücken, in der Öffentlichkeit aus, gehen auf die

andere Straßenseite und geben vor, ihn nicht zu kennen, um sich nicht durch ihn zu kompromittieren. So ist es ihm noch nicht gelungen, einen geeigneten Raum für seine »Schule für schöne Reden bei feierlichen Anlässen des Lebens« zu finden, die er zum Nutzen der ehrgeizigen Jugend gründen möchte.

Für Calabasce ist das Schönste, daß er Don Bastiano einen schweren Schlag versetzt hat, vor Freude darüber möchte er fast zerspringen. Er darf jedoch nicht auf seinen Lorbeeren ausruhen, denn der Gegner ist zwar getroffen, aber noch nicht besiegt, er darf ihn nicht zu Atem kommen lassen, muß ihn kaltstellen, demütigen, provozieren, zur Verzweiflung treiben und jede seiner Unvorsichtigkeiten nutzen, um ihn endgültig zu Boden zu zwingen. Das Festessen ist eine erste Warnung an die Bevölkerung. Er hat die wenigen Leute aus Orta und Umgebung versammelt, die hier etwas gelten, den Amtsrichter, den Apotheker, den Gemeindesekretär, einen Pfarrer, ein paar Beamte des Fürsorgeamtes, zwei Lehrer, wobei er diejenigen wählte, die bisher als Freunde Don Bastianos galten. Bei den jetzt herrschenden Verhältnissen fühlten sich auch einige Leute gezwungen, die Einladung anzunehmen, die sich früher geschämt hätten, die Treppen dieses Hauses hinaufzusteigen. Für Don Calabasce ist nun die angekündigte Verspätung Don Marcantonios eine kalte Dusche; und wenn er nun gar nicht käme? Zu einem Abendessen geladen zu sein, bei dem die einzige Gemeinsamkeit der Gäste ist, daß alle im gleichen Verdacht stehen, ist nicht gerade heiter. Jeder betrachtet seinen Nachbarn verachtungsvoll, so, als ob dessen Anwesenheit den eigenen Fall noch schlimmer machte. Jeder scheint zu sagen: Lieber Gott, unter was für Leute bin ich hier geraten.

Die Gastgeberin versteht nicht, warum sich alle verhalten wie bei einem Leichenbegräbnis. Doch wohl nicht vor Hunger? Die Gäste gehören alle zu den Honoratioren des Dorfes; gewöhnlich spielen sie sich vor den Cafoni als wichtige Leute und Gönner auf. Und hier wirken sie jetzt wie eine Gruppe Statisten hinter der Bühne, eine Gruppe Schmierenschauspieler, denen der Rauswurf droht. Wenn es wenigstens etwas zu essen gäbe; bei Tisch kann man so manches vergessen. Pfarrer Don Piccirilli watschelt wie ein dickbäuchiger plattfüßiger Pinguin auf und ab und um den Tisch herum; seine Schutzheilige Theresa von Avila hat einst geschrieben: »Leiden, leiden und nicht sterben«, und jetzt sieht er, wie wahr ihr Motto ist. Ein schmächtiger Schullehrer mit Brille, dessen Gesicht ganz aus Augen und Mund zu bestehen scheint, hat einen schwarzen Anzug an, mit dem er gewiß schon bei der Erstkommunion war. Keiner spricht mit ihm, keiner sieht ihn an, er steht an einem Fenster und macht zum Zeitvertreib unablässig ein Benzinfeuerzeug an und aus. Don Filippo, der älteste Anwesende, ein bescheidener und farbloser Mann, der nur durch seine Handschrift hervorsticht und wegen seiner kunstvollen Unterschrift auch der Schnörkel genannt wird, hat einen hartnäckigen Schluckauf. Dieser Schluckauf hat auf dem Herweg begonnen. Als Don Filippo hier ankam, hat er eine Flasche Wasser verlangt, sich in eine Ecke gesetzt und schlückchenweise getrunken, um den Schluckauf zu unterdrücken; vergebens. In regelmäßigen Abständen wird er von dem Schluckauf so geschüttelt, als habe ihm eine unsichtbare Hand einen Faustschlag unters Kinn versetzt. Am schlimmsten ist, daß jedesmal auch alle anderen wie elektrisiert hochfahren. Es ist eine vulgäre, lächerliche und allmählich peinliche Störung. Der arme Don Filippo hat nun schon einen ganzen Liter Wasser getrunken, ohne Erfolg. Er ist wachsbleich und schwitzt vor Angst, seine Augen quellen vor Anstrengung hervor. Alle bedauern ihn, weil nun all das unnütze Wasser in seinem leeren Magen keinen Platz mehr für das Essen läßt. Ein

Glück, daß der Redner noch nicht angekommen ist, wie würde er sonst vor ihm dastehen. Maria Peppina versucht ihm zu helfen und klopft ihm auf den Rücken, wie es eine Mutter mit ihrem kleinen Kind macht, sie empfiehlt ihm, den Kopf hochzuhalten, zur Decke zu sehen, sich möglichst zu entspannen, an etwas ganz anderes zu denken, das sei das einzige Mittel.
»Nur Mut, Don Filippì«, sagt sie vertraulich zu ihm. »Verlieren Sie nur nicht die Nerven, das geht von allein wieder weg.«
»Das ist gar nicht gesagt«, wirft Don Michele ernst ein. »O nein, man kennt doch viele Fälle, die tödlich endeten.«
»Das sind ganz alltägliche Störungen«, widerspricht Maria Peppina und trocknet Don Filippo mit einer Serviette vom Tisch mütterlich den Schweiß von der Stirn. »Wichtig ist, daß man an etwas anderes denkt.«
»Gewiß«, räumt Don Michele ein. »Aber es kommt immer wieder zu Todesfällen; das dürfen Sie mir ruhig glauben. Gibt acht, Filippì, ich will dich nicht erschrecken, aber du bist kein kleiner Junge mehr, man kann dir ja die Wahrheit sagen.«
Das Warten nimmt kein Ende. Zwei Gäste versuchen etwas Haltung zu bewahren und den Schluckauf Don Filippos zu überhören, indem sie Zeitung lesen oder vorgeben, diese zu lesen, sie sehen aus wie an einem Kohlkopf knabbernde Kaninchen. An einer Wand hängt ein Reiterporträt, Calabasce hat für alle Fälle eine Öllampe auf eine Konsole vor das Bild gestellt; hin und wieder hebt er den Blick zu dem Porträt, als erflehe er von ihm göttliches Erbarmen. De Paolis hingegen fühlt sich ganz zu Hause, er geht in der Küche ein und aus, stößt seine Rauchwolken aus und verkündet:
»Noch ein wenig Geduld, Freunde, bald gibt es was zu nagen.«
»Woher nimmt dieser Flegel soviel Selbstsicherheit?« flü-

stert der Apotheker dem Amtsrichter ins Ohr. »Hat er denn nicht auch etwas zu befürchten? War er denn nicht auch mit dem in Ungnade Gefallenen ein Herz und eine Seele?«

»Oh, der braucht keine Angst zu haben, er genießt volle Rückendeckung, der Glückliche«, sagt Don Achille nun Don Michele mit einer resignierten Geste ohnmächtigen Neides ins Ohr. »Er hat vor etwa zehn Jahren in Bussi bei einer Schlägerei einen sozialistischen Arbeiter umgebracht; da kannst du dir ja vorstellen...«

»Hätten doch auch wir, anstatt das Geld unserer Familie auszugeben und an der Universität für diese armseligen Titel zu pauken, einen Sozialisten umgebracht«, seufzt Don Michele. »Aber daran haben wir nicht gedacht.«

»Das war äußerst unvorsichtig«, räumt Don Achille ein.

»Leider sind wir jetzt alt und es ist zu spät.«

»Zu spät wäre es ja noch nicht«, korrigiert ihn Don Michele. »Für Heldentum ist es nie zu spät. Aber sag doch mal ehrlich, auf wen sollten wir denn schießen? Hier gibt es keinen politischen Kampf, wir leben in einem lächerlich rückständigen Dorf. Wir haben einen Verrückten gehabt, den haben wir uns entwischen lassen.«

»Wärst du denn fähig, auf ihn zu schießen?«

Die schmutzige, plumpe finstere Gestalt Sciatàps erscheint an der Tür des Speisezimmers.

»Ist der Redner angekommen? Wie lange soll ich noch warten?« fragt er Calabasce am Ende seiner Geduld.

Das Auftauchen des unbekannten Cafone erweckt bei den Gästen Erstaunen und Abscheu.

»Hab Geduld, Don Marcantonio ist noch nicht da, das siehst du doch selbst«, sagt der Hausherr und versucht ihn wieder zur Treppe zu geleiten. »Sobald er kommt, rufe ich dich, jetzt geh wieder auf die Straße.«

»Wißt Ihr überhaupt, daß ich ein paar Stunden brauche,

um nach Hause zu reiten?« beharrt Sciatàp mit lauter Stimme. »Nehmt doch auch ein wenig Rücksicht, mein Gott.«
»Was ist los? Worum geht es?« mischt sich De Paolis wichtigtuerisch ein.
»Es geht um eine Anzeige«, erklärt Sciatàp zögernd und eingeschüchtert.
»Gegen wen? Nun sag schon.«
»Man muß einem Feind der Regierung, einem ziemlich mächtigen Gegner, die Justiz auf die Fersen hetzen. Aber natürlich nur, wenn die Verhältnisse geklärt sind.«
»Wie heißt der? Rede!«
»Ich möchte zuerst einmal genau wissen, ob ein Kopfgeld auf diesen Mann ausgesetzt ist und wie hoch die Summe ist, ob die bar ausbezahlt wird oder wie. Ihr müßt schon verstehen, jeder muß sehen, wo er bleibt.«
»Um wen geht es? Wie soll ich dir sagen, ob es ein Kopfgeld gibt, wenn ich nicht einmal den Namen weiß? Nun mach schon den Mund auf.«
»Ich rede nur mit der zuständigen Person. Wer seid Ihr überhaupt? Klare Verhältnisse, lange Freundschaft. Nicht einmal der Priester liest die Messe umsonst.«
»Wenn du mit Don Marcantonio reden willst, mußt du eben warten«, sagt De Paolis verstimmt. »Ich bin der Gewerkschaftssekretär, aber wenn du kein Vertrauen hast...«
Calabasce begleitet Sciatàp wieder die Treppe hinab, und da dieser sich nun über die Kälte auf der Straße beklagt, unter der er selber, der ja ans Schlimmste gewöhnt sei, vielleicht nicht einmal so sehr leide wie das Pferd, dem man die Decke gestohlen habe, führt Calabasce beide in seinen eigenen, nur ein paar Schritte entfernten Stall und bietet Sciatàp sogar Hafer für das Pferd an.
»Sobald der Redner kommt, rufe ich dich, es kann jetzt

nicht mehr lange dauern«, sagt er. »Wie gut, daß du nichts vor den anderen gesagt hast, wirklich gut.«

Als er wieder ins Haus kommt, sitzen die Gäste schon bei Tisch. Jeder hat ein Täßchen Brühe vor sich stehen, in der Sternchen und Buchstaben schwimmen. Das war eine Idee von Maria Peppina gewesen, eine freundliche Huldigung an die Kultur.

»Kultur ist nur dann gut«, sagt Don Piccirilli, »wenn sie von Gottesfurcht begleitet ist.«

Das Gespräch endet auf diese Weise beim gewohnten Thema, jeder sagt etwas dazu oder pflichtet dem bei, was andere sagen, um nicht der Zurückhaltung beschuldigt zu werden.

»Es heißt, Don Pietruccio Spina war in der Schule Klassenbester«, sagt Don Filippo. »Was hat ihm das genützt?«

»Etwas verstehe ich wirklich nicht«, wirft Donna Sarafina ein. »Wenn er nicht Karriere machen wollte, warum hat er es dann überhaupt zugelassen, daß seine Familie so viele Opfer brachte, um ihm das Studium zu ermöglichen! Da hätte er doch wenigstens das Geld sparen können.«

»Die Spinas haben sich immer für etwas Besseres gehalten«, bestätigt Maria Peppina gereizt, »das ist doch Tatsache. Sie sind immer hochmütig gewesen.«

»Don Pietruccio Spina hat eben der Braten allein nicht gereicht«, schließt Calabasce. »Er wollte auch noch Gewürzkräuter dazu und hat dann auch noch Schierling beigefügt, hahaha.«

Calabasce lacht über den eigenen Witz und zwingt die Gäste ebenfalls zum Lachen, indem er sie der Reihe nach ansieht.

»In Don Bastianos Haut möchte ich wirklich nicht stecken«, fährt er laut lachend fort.

Er geht um den Tisch herum und schenkt aus einem großen Krug, der vier oder fünf Liter faßt, Wein ein.

»Wenn man es so kostet, scheint dieses Weinchen ganz

harmlos«, erklärt er den Gästen. »Aber keine Angst, man wird trotzdem betrunken, das werden Sie später merken.« Rechts vom Hausherrn sitzt die Frau des Amtsrichters, Donna Teodolinda, eine ungezwungene freundliche Dame, schön rosig, dick und frischrasiert, die aussieht wie ein Thunfisch, zur linken Donna Sarafina, die Frau des Apothekers, die vornehm tut, geziert und anzüglich lächelt; sie hat ein Doppelkinn, das an den Koller eines Truthahns erinnert. Außer den beiden sind noch zwei andere Damen da, die auf den mittleren Plätzen sitzen, die Ehefrauen von anwesenden Beamten, eine affektierte farblose Blondine, die in einer Pose tiefer Traurigkeit und Verständnislosigkeit verharrt, und eine noch kindlich wirkende Dunkelhaarige mit Lockenkopf, fleischigen roten Lippen, vollen Wangen und lebhaften Eichhörnchenaugen, sie ist die einzige Person, die sich mit Maria Peppina zu verstehen scheint. Trotz aller Bemühungen schleppt sich das Gespräch dahin. Don Filippos Schlukken hatte plötzlich aufgehört, als Sciatàp erschien. Den anderen fiel es gar nicht auf. Jetzt herrscht peinliche Stille. Nicht nur die Männer, auch die Frauen schweigen. Auf die ständigen Provokationen und zweideutigen Fragen De Paolis' antworten sie piepsend und lachend, gehen ihm aber nicht in die Falle. Offenbar mußten sie vorher zu Hause ihren Ehemännern bei ihren unschuldigen Kindern schwören, den ganzen Abend den Mund nicht aufzutun, weil sie das Schicksal der ganzen Familie gefährden könnten. De Paolis mag wohl Witze machen, der Glückliche, er ist durch seine Vergangenheit als Mörder geschützt.

Nun wird ein schöner Fisch mit Mayonnaise aufgetragen. Calabasce macht die Tischgesellschaft auf die außerordentlich fein zubereitete Mayonnaise aufmerksam; aber Maria Peppina will sich nicht mit fremden Federn schmücken und lüftet das Geheimnis: »Kein Wunder, sie ist doch vom Lahmen.« Die Gäste aus Orta verstehen sofort, den anderen

aber muß die Geschichte noch erklärt werden. Im Dorf lebt ein alter Steinmetz, dessen Beine seit vielen Jahren gelähmt sind und dessen einer Arm heftig zittert; der Ärmste lebt von Almosen, die besseren Familien nutzen, wenn sie wichtige Gäste erwarten, sein Armzittern aus und lassen ihn die Eier für die Mayonnaise und die Zabaione steif schlagen. Wieviel Eier muß dieser Arm zu Weihnachten und Ostern steif schlagen; er ist sozusagen ein Gemeindearm geworden. Man erzählt sich auch, daß Don Michele den ehemaligen Steinmetz, der in einer elenden Hütte, einer Art Schweinekoben, lebt, im Frühjahr auf einem Stuhl in seinen Gemüsegarten tragen läßt; der Gelähmte ist es zufrieden und vertreibt dabei gleichzeitig mit seinen Armbewegungen die Sperlinge von den Gemüsepflanzen.
»Jedes Übel hat auch etwas Gutes«, bemerkt Don Piccirilli, der diese Geschichte noch nicht kannte.
»Natürlich das Übel der andern«, ergänzt De Paolis lachend.
Aber nur Calabasce lacht mit. Don Achille wird von Fieberschaudern geschüttelt, seine Frau trocknet ihm fürsorglich den Schweiß von der Stirn und murmelt ihm Worte der Zuversicht ins Ohr. Dann herrscht wieder Schweigen. De Paolis sieht sich gereizt um. Die Unverstandene neben ihm stochert lustlos und geistesabwesend im Essen herum, das Eichhörnchen knabbert vor sich hin und wirft der Gastgeberin vielsagende Blicke zu, der Pinguin, der etwas weiter entfernt sitzt, verschluckt sich, die Kaninchen nuckeln herum, der goldene Götze kaut wie ein Ziegenbock, der Thunfisch schnappt nach Luft. Calabasce sieht alle Augenblicke auf die Uhr und murmelt wie im Traum vor sich hin: »Wenn alles klappt, erwacht Don Bastiano morgen früh im Loch.«
»Ich wundere mich nicht wenig darüber«, schreit De Paolis schließlich allen Gästen herausfordernd zu, »ja, ich bin

maßlos erstaunt, daß ein Ereignis von solcher Tragweite wie der Sieg unseres Freundes Calabasce hier so zurückhaltend und in gedrückter Stimmung aufgenommen wird.«
»Es könnte doch ein Zeichen von Ergriffenheit sein!« wendet Don Achille erschreckt ein.
Nach einem Augenblick der Panik richten sich alle Blicke ängstlich auf den Amtsrichter. Wegen der Gelbsucht, die ihm von der Vorsehung bestimmt war, kann sich Don Achille als einziger erlauben, alles zu sagen, was er will, ohne befürchten zu müssen, dabei zu erröten oder zu erblassen. Seine gelblichen Augen in den tiefen Augenhöhlen schimmern jetzt wie zwei schöne Spiegeleier. De Paolis hat eine gewisse Vergangenheit, die will ihm keiner nehmen, wo käme man da hin; in der Dialektik aber kann er sich mit Don Achille Verdura nicht messen. Nein, nein, ein Mord und die Redekunst, das sind zwei vollkommen verschiedene Dinge. Wenn Don Achille nicht gewisse Jugendsünden als pazifistischer und humanitärer Redner zu verantworten hätte, könnte er heute ein sehr viel höheres Amt haben als das eines bescheidenen Amtsrichters in einem ländlichen Bezirk; an Redegewandtheit fehlt es ihm gewiß nicht.
Das zustimmende Raunen, das Don Achilles glücklicher Einfall auslöst, geht im Beifall für die Köchin unter, die jetzt mit einer großen dampfenden Platte hereinkommt. Auf der Platte liegen zwei Reihen prachtvoller aufgespießter gebratener Sperlinge. Gierig heben die Tischgäste die Nase in die Luft und saugen lustvoll diesen Wohlgeruch ein; was für ein himmlischer Anblick. Die magere kleine Brust der Vögelchen ist mit rosigen Scheiben geräucherten Bauchspecks umwickelt, das schwarze Schnäbelchen steckt im Brustbein, zwischen den auf den Rücken gebogenen Flügeln steckt ein Salbeiblatt, ein weiteres Salbeibüschelchen ist zwischen die am unteren Ende abgeschnittenen und überkreuz, wie zum Gebet zusammengelegten Beine geklemmt. Oh, köstliche

Unschuld. Zwischen den einzelnen Sperlingen liegt als kleines weiches Polster eine geröstete Scheibe Brot. Kaum sind die Sperlinge auf dem Tisch, fliegen sie schon, als wären sie noch lebendig, von einem Teller zum andern und hüpfen von den Tellern in die gierigen Münder, daß es eine Lust ist. Im Gaumen bestätigt sich die Vorahnung von Nase und Augen. Nun wird der Ruf nach spritzigem Weißwein laut, rasch, die Vögelchen haben Durst; aber die Magd kommt lange nicht, sie ist immer noch im Keller. Wo bleibt die Alte? Sie ist schon vor einer Ewigkeit hinunter gegangen und läßt auf sich warten.
»Wer in den Keller geht, kann nur einem Verrückten weismachen, daß er dort nicht trinkt«, sagt Maria Peppina mißtrauisch; vor der Ehe war sie Bedienerin.
Sobald die Alte mit dem Krug auftaucht, befiehlt ihr ihre Herrin, sich zu nähern, mit weit geöffnetem Mund tief einzuatmen, aus vollen Lungen auszuatmen. Dann befiehlt sie ihr mit drohender Stimme: »Mach den Engel.«
»Vor all diesen Herrschaften?« fragt die Alte jammernd.
»Los, mach den Engel.«
»Ich bin so müde«, jammert die Magd weiter. »Von morgens bis abends bin ich auf der Treppe.«
»Wirst du dich wohl beeilen?« schreit die Herrin.
Den Engel machen heißt, daß man ein Bein heben und, ohne sich abzustützen, genau in der Haltung das Gleichgewicht wahren muß, in der die Engel in der Kirche dargestellt sind; ein altbewährtes Mittel in anständigen Familien, um nachzuprüfen, ob die Dienstboten heimlich trinken. Leider verliert Maria Peppinas Magd, sobald sie ein Bein gehoben hat, sofort das Gleichgewicht. Es ist nicht leicht, die Engel nachzuahmen. Der erste Sperlingsschwarm ist unterdessen davongeflogen, und nun wird ein zweiter warm und duftend auf dem Tisch abgesetzt.
Von der Straße her ertönt eine gebieterische Stimme, die nur

durch die geschlossenen Fenster gedämpft wird: »Sciatàp, komm raus; Sciatàp, komm runter, ich muß mit dir reden.«
Gleichzeitig hallen von der Treppe kräftige Schläge gegen die Haustür wider.
Calabasce läuft besorgt zum Fenster und sieht Schatten vor seiner Tür, er meint, einen Mann und einen Esel zu erkennen. Nach einer kurzen Pause schreit der Mann auf der Straße wieder drohend zum Fenster hinauf: »Sciatàp, komm raus, komm runter.«
Calabasce holt eine Laterne und eilt die Treppe hinab.
»Wer bist du?« fragt er den Unbekannten argwöhnisch und wütend, während er die Haustür nur zu einem Viertel öffnet. »Was schreist du hier so vor meinem Haus herum?«
»Sag deinem Freund aus Pietrasecca, er soll runterkommen«, befiehlt ihm dieser barsch. »Ich muß ihm etwas Interessantes ins Ohr sagen.«
»Ach, du bist es, Simone aus Colle?« erwidert Calabasce überrascht, nachdem er herausgekommen ist und dem Mann mit der Laterne ins Gesicht geleuchtet hat. »Guten Abend, was treibst du um diese Uhrzeit so weit von deinem Haus?«
»Ich suche Sciatàp aus Pietrasecca«, wiederholt Simone finster. »Ich habe ein Hühnchen mit deinem Busenfreund zu rupfen, schick ihn runter.«
»Er ist nicht mein Freund«, antwortet Calabasce, »es wundert mich, daß du so mit mir sprichst, ich kenne den Mann ja kaum. Er kam hier nur mal kurz vorbei, aber jetzt ist er mit seinem Pferd schon über alle Berge. Tut mir leid, wenn du mit ihm reden wolltest, kommst du zu spät. Gute Nacht. Aufwiedersehen. Entschuldige, daß ich dich nicht einlade, aber in meinem Haus findet gerade ein kleines Familienfest statt, du weißt schon, ewig die lästige Verwandtschaft.«
Calabasce geleitet Simone, der seinen Esel hinter sich herzieht, ein Stück durch die Gasse bis zum Platz, dann kehrt er nach Hause zurück und reibt sich zufrieden die Hände.

Der zweite Schwarm Sperlinge mit den heißen Bauchspeckwesten und den goldgelben weichen Kissen aus geröstetem Brot ist inzwischen ebenfalls auf und davon und hat nur noch den leicht bitteren Geruch von Bergkräutern und Sträuchern hinterlassen. Nun wird den Gästen grüner Salat aufgetischt.
Don Filippo hat sich zu Don Achille hinübergebeugt, um ihm seine Bewunderung auszudrücken.
»Don Achì«, murmelt er ihm ins Ohr, »eines möchte ich doch gern wissen, sag mal, glaubst du denn selber an das, was du da vorhin gesagt hast?«
»Was meinst du mit glauben?«
»Ich möchte nicht indiskret sein, aber es interessiert mich doch, ob du wirklich daran glaubst.«
»Mach mich nicht wütend. Was hat das denn mit Glauben und Überzeugungen zu tun? Hab ich vielleicht etwas Falsches gesagt?«
Jemand kommt eilig die Treppe herauf: Don Marcantonio betrit das Speisezimmer, aber er ist so übel zugerichtet, daß man ihn kaum erkennt. Ohne Hut und von Kopf bis Fuß mit Schmutz bedeckt, sieht er aus, als käme er gerade aus einem Schlammgraben; die Farbe seiner Schuhe und Hose ist unter diesem Schlammgrau nicht mehr zu erkennen; an den Händen sowie zum Teil am Kopf und an einem Ohr scheint dieses Grau mit Rot vermischt. Sein Gesicht drückt jedoch keinen Schmerz aus, und er steht auch ganz aufrecht an der Tür, seine Haltung läßt keineswegs auf eine Verletzung schließen; aber er hat so ein besorgniserregend höhnisches Lächeln auf den Lippen, daß die Tischgäste erstarren.
»Wer hat dich denn so zugerichtet?« fragt Calabasce bestürzt und geht auf ihn zu.
»Wir haben dein Motorrad nicht gehört«, sagt De Paolis.
»Wie bist du denn hergekommen?«
»Das Motorrad liegt an der Kurve vor Orta«, erzählt der

Cavaliere aufatmend. »Ich habe es dort in einem Graben liegenlassen, und da kann es auch vorerst bleiben, es gehört sowieso dem Staat. Fürs erste meine Herrschaften, könnt ihr dem heiligen Antonius eine Kerze zum Dank dafür anzünden, daß ich davongekommen ist. Don Achille Verdura, da ist dir eine Gelegenheit entgangen, eine schöne Grabrede zu halten. An der Kurve vor Orta hat man mir nämlich freundlicherweise einen Baumstamm quer über die Straße gelegt, damit ich dort stürzen sollte. De Paolis, als du vor kurzem dort vorbeigekommen bist, war der Baumstamm wohl noch nicht da? Das wundert mich nicht. Ach, statt nach dem Strohhalm im Auge der andern zu suchen, sollte man auf den Balken achten, der vor einem liegt. Dieser Baumstamm sah nämlich nicht so aus, als wäre er da gewachsen oder als läge er einfach nur so zum Spaß da. Er lag da und wartete geduldig auf mich. Mit der stummen freundlichen Geduld der Bäume wartete er genau in der Kurve, um mich zu überraschen, Herrschaften, ihr könnt wirklich dem heiligen Antonius eine Kerze zum Dank dafür anzünden, daß ich langsam fuhr, sonst ... Calabà, morgen früh gehst du mit einer Axt dorthin, um mir einen schönen Span von diesem historischen Baumstamm abzuschlagen; den lege ich mir dann als Glücksbringer auf den Schreibtisch. Mit dem Baumstamm könnt ihr dann machen, was ihr wollt. Da die Sache mich betrifft, verbietet es mir die Bescheidenheit, euch Befehle zu erteilen. Macht also damit, was ihr wollt; aber ihr könntet diesen schicksalhaften Baumstamm auch in die Kirche bringen und weihen lassen oder ihn zum Gedenken an diese Feuertaufe der neuen Redekunst im Parteigebäude aufstellen. Leider ist es, wie ihr seht, eher eine Schlammtaufe gewesen, aber das will nicht viel heißen; wenn man jedes Ding bei seinem Namen nennen würde, lieber Gott, wohin kämen wir da? Und wozu gibt es die Redekunst? Und jetzt, verehrte Herrschaften, wäre ich sehr dankbar, wenn ihr mir

eure brüderlichen Glückwünsche dafür, daß ich der Gefahr entronnen bin, ersparen würdet. Noch dankbarer wäre ich allerdings der schönen Maria Peppina, wenn sie mich in ihr Zimmer führen und mir die Möglichkeit bieten würde, mich zu waschen und mir etwas Sauberes anzuziehen, bis meine eigenen Kleider getrocknet und leidlich gereinigt sind. Ich bin gleich wieder da.«
Die Gastgeber geleiten Don Marcantonio zuvorkommend in ein Nebenzimmer. Im Speisezimmer hat das plötzliche Erscheinen des so übel zugerichteten neuen Regierungssprechers und seine zynische sarkastische Ausdrucksweise peinliches Unbehagen ausgelöst. Die Zukunft hat sich wieder verdüstert. Die Ehepaare tauschen besorgte Blicke. Einige sind noch so mutig, weiter zu essen. Auf dem Tisch steht noch Käse und eine Menge Obst, von dem bis jetzt keiner genommen hat. Wenn nichts zu essen etwas nützen würde, ja dann; aber da es gar nichts nützt, ist es besser, dem Schicksal mit vollem Bauch zu begegnen. Andere haben sich erhoben und gehen nervös hin und her. In einer Ecke unterhalten sich der Apotheker und De Paolis leise miteinander.
»Meinst du, Don Marcantonio verdächtigt auch mich?« fragt Don Michele niedergeschlagen. »Das wäre ungeheuerlich.«
»Natürlich«, erwidert De Paolis verwundert, »warum auch nicht, was glaubst du denn.«
»Aber ich habe ihm keinen Anlaß gegeben, mich zu verdächtigen.«
»Wenn du ihm einen Anlaß gegeben hättest, wärest du nicht ein Verdächtiger, sondern ein Schuldiger.«
»Meinst du, auch die anderen sind verdächtig?«
»Natürlich, welche Frage. Jeder Bürger ist verdächtig, vergiß das nicht. Sonst gäbe es ja keine Gleichheit mehr vor dem Gesetz. Es wundert mich wirklich, Don Michè, daß du so primitiv denkst.«
Als Don Marcantonio flankiert von den Gastgebern wieder

auftaucht, bildet sich sofort wieder eine Einheit unter den Gästen, die vertrauensvoll lächelnd jene durch die delikaten Umstände gebotene unterwürfige Haltung einnehmen.
»Gleich wird der Kaffee serviert«, verkündet Maria Peppina. »Bitte setzt euch alle.«
Frisch mit Veilchenseife gewaschen, trägt Don Marcantonio jetzt einen Jagdanzug aus braunem Samt, der ihm in den Schultern zu weit und an den Beinen zu kurz ist, was ihm ein groteskes Aussehen verleiht. Er zieht einen kleinen Kamm und ein Bürstchen aus einem Lederetui und kämmt sich damit sorgfältig die Haarsträhne auf der Stirn und das kurze dichte Schnurrbärtchen unter der Nase.
»Heute bin ich durch mehrere Dörfer gekommen«, erzählt Don Marcantonio, während er sich nun ebenfalls an den Tisch setzt. »Dabei habe ich weiter nach einem Tischler gesucht, der fähig wäre, das von mir entworfene Liktorenkreuz herzustellen, ihr wißt schon, das Symbol der neuen Redekunst. Ihr werdet es mir vielleicht nicht glauben, aber ich habe immer noch keinen geeigneten Tischler gefunden. Ehrlich gesagt, hat bis jetzt noch keiner Kritik an meinem Projekt geübt, das wäre ja auch die Höhe; im Gegenteil, ich muß sagen, daß sich jeder Tischler lobend darüber geäußert hat. Nur, wenn es dann um die praktische Ausführung geht, lehnen alle ab, erklären sich alle für unfähig, sagen, an einem solchen Objekt hätten sie sich noch nie versucht, sie hätten so etwas einfach nicht gelernt. Es ist ja im übrigen jetzt auch nicht mehr so dringend. Die Fastenpredigten in der Gemeinde Colle sind vom Bischof wegen ›Indisposition des Predigers‹ unterbrochen worden, und infolgedessen ist auch die Prozession zur Errichtung des neuen Kreuzes verschoben worden.«
Wer Don Marcantonio schon ein paar Monate nicht gesehen hat, erkennt ihn kaum wieder, so sehr hat ihn die neue Aufgabe verändert. Sein Gesicht ist jetzt gipsweiß wie das einer

Büste auf dem Friedhof, seine Augen blicken verstört, die Kinnladen, die Pferdehufen ähneln, sind so nach vorn geschoben, als ob man sie abmontieren könne; als wolle er nachprüfen, ob es auch noch da ist, faßt er sich oft an sein Schnurrbärtchen unter der Nase, das in Schmetterlingsform geschnitten ist, es sitzt wie ein kleiner Schmetterling zwischen Mund und Nasenlöchern, ebenso greift er an seine Haarsträhne auf der Stirn und ist jedesmal sichtlich befriedigt.
»Du darfst nicht den Mut verlieren«, sagt De Paolis und schlägt ihm freundschaftlich auf die Schulter. »Du weißt doch, die größten Märtyrer haben alle zuerst einmal mit großen Schwierigkeiten zu kämpfen gehabt, bis sie sich durchsetzen konnten.«
Calabasce brennt darauf, Don Marcantonio mitzuteilen, daß Sciatàp auf ihn wartet. Ein endgültiger Schlag gegen die Familie Spina wäre doch die Krönung für die neue Redekunst, aber er wagt den Redner weder bei dessen Deklamationen noch beim Nachdenken zu stören, außerdem möchte er auch nicht vor den anderen reden, denn Vertrauen ist gut, Mißtrauen aber besser. Wie soll man wissen, ob der einflußreiche und optimistische Freund, der dich heute protegiert und dem du bei den Parteiversammlungen Beifall klatscht, bis dir die Haut von den Händen fällt, nicht morgen schon abgesetzt wird? Das Furchtbarste ist, wenn man sich zum Komplizen gemacht hat, ohne es selber zu wissen. Auch die Damen scheinen begriffen zu haben, wie heikel die Lage ist; sie sitzen auf ihren Stühlen wie beim Fotografen, wenn dieser gerade sagt: »Achtung, bitte lächeln«, starren den Redner an, den Wundertäter des Tages, und lächeln ihn an, versuchen ihn zu besänftigen, zu rühren, zu erweichen, sie sehen ihn mit einer gleichzeitig verführerischen und mütterlichen Intensität an, kokett und mit grausamer Verzweiflung und sich wohl bewußt, daß von ihrem Lächeln ihr Eheglück und die

Zukunft ihrer Kinder abhängen kann. Die übrigen Anwesenden, Lehrer und Beamte, sitzen bewegungslos müde und niedergeschlagen wie Schiffsbrüchige in einem zerbrechlichen Rettungsboot etwas abseits beisammen. Jede Bewegung kann gefährlich werden, und es hilft nichts, wenn man schreit; wer würde einen schon hören? Wenn sich die anderen retten können, werde ich mit gerettet. Aber der neue Redner scheint die Tortur in die Länge ziehen und nicht ein einziges Wort aussprechen zu wollen, um die Anwesenden aus ihrer peinlichen Lage zu befreien, er sieht sie der Reihe nach mit dem glasigen undurchdringlichen Blick eines einbalsamierten Kauzes an.

»Wer zuletzt lacht, lacht am besten«, warnt er zynisch.

Diese sarkastische Bemerkung löst im Speisezimmer eisiges Schweigen aus. Maria Peppina schenkt aus einer großen Kupferkanne Kaffee in winzige Porzellantassen ein. Endlich gelingt es dem Hausherrn, einen günstigen Augenblick zu nutzen, um Don Marcantonio in ein Nebenzimmer zu ziehen und ihm zu erklären, welche wichtige Aussage ihm ein Cafone aus Pietrasecca zu machen bereit ist, ein wahrer Glücksfall für die neue Redekunst, man muß das Glück wirklich beim Schopf ergreifen. Aber ausgerechnet während ihrer kurzen Abwesenheit wird die Tür zur Treppe aufgerissen, und vom langen Warten hell erzürnt erscheint Sciatàp. Keiner kann sich erklären, warum dieser schmutzige Cafone so beharrlich ist.

»Was will denn dieser Rüpel von uns?« ruft Don Michele angewidert aus. »Werfen wir ihn doch die Treppe runter.«

»Der Redner ist schon hier?« schreit Sciatàp finster. »Und mich laßt ihr weiter im Stall warten?«

Um ihn zu besänftigen, will Maria Peppina ihm lächelnd ein Glas Wein anbieten, aber De Paolis kommt ihr zuvor, er nimmt eine Korbflasche, füllt ein Glas, streckt es Sciatàp entgegen und wünscht »zum Wohl«. Auf der Korbflasche

klebt das Etikett eines bekannten toskanischen Weins, ein Etikett, das De Paolis dem Cafone nun zeigt; in Wirklichkeit enthält die Flasche aber Essig und stand noch auf dem Tisch, wo sie zum Salatanmachen gedient hatte; es ist ein sehr starker Essig, der einem wirklich den Magen umdreht. Die Gäste und auch Calabasce, der gerade mit Don Marcantonio wieder hereinkommt, bemerken es sofort, schweigen aber, um den Spaß nicht zu verderben und weil sie neugierig sind, wie Sciatàp beim ersten Schluck reagieren wird. Nichtsahnend und vielleicht auch, um dem Redner zu zeigen, daß er wegen des langen Wartens nicht nachtragend ist und weiß, wie man sich in Gesellschaft benimmt, hebt Sciatàp das Glas, prostet den Anwesenden zu und probiert das Getränk. Nach dem ersten Schluck ist er einen Augenblick lang verunsichert. Dann leert er ohne mit der Wimper zu zucken, langsam und unbeirrt das ganze Glas. Das Spiel ist nicht gelungen, wie schade; die Gäste sehen sich verlegen an.
»Hat er dir geschmeckt?« fragt De Paolis lachend.
Sciatàp sieht ihn nur unglaublich ruhig und gleichgültig wortlos an.
»Willst du noch ein Glas?« fragt er ihn weiter.
»Wenn du es mir anbietest«, erwidert Sciatàp ruhig.
»Warum nicht?«
Er trinkt auch das zweite, randvoll mit Essig gefüllte Glas langsam und mit unerschütterlicher Miene aus, die nichts Herausforderndes oder Prahlerisches hat, er trinkt einfach, als wäre es ein Glas Wasser. Seine Lippen laufen bläulichweiß an, aber seine Gesichtszüge verraten nichts, er verzieht keine Miene.
»Danke«, sagt er, reicht das Glas zurück und wischt sich mit dem Handrücken die Lippen ab.
»Bist du beleidigt?«, fragt ihn De Paolis ärgerlich.
»Beleidigt?« fragt Sciatàp zurück. »Warum denn?«
»Du lieber Gott, so lach doch darüber«, schreit ihm Cala-

basce schließlich besorgt zu. »Kannst du denn keinen Spaß vertragen?«
Auch die anderen sind ihm böse, weil er so beharrlich traurig und übelnehmerisch ist.
»Es war doch nur ein Spiel«, sagen einige, froh über diese Ablenkung. »Es war ein Spaß, ein harmloser Scherz, los, sei nicht so störrisch. Man muß sich doch umgänglich zeigen. Du bist ja nicht der erste, dem so ein Streich gespielt wird.«
Um die Situation zu retten, will Maria Peppina Sciatàp lächelnd ein Täßchen Kaffee anbieten, sie tut eigenhändig Zucker hinein und rührt um, wie man es für Kinder macht. Aber Sciatàp lehnt kalt und höflich ab. Er ist tatsächlich kaum wiederzuerkennen.
»Danke«, sagt er. »Ich bin bereits bedient worden.«
»Also, wenn du hergekommen bist, um mit mir zu reden, dann beeile dich«, befiehlt Don Marcantonio gereizt wegen des langen Hinundhers.
Gastgeber und Gäste ziehen sich in den Hintergrund des Speisezimmers zurück, um die beiden ungestört zu lassen. Man kann nie wissen, es könnte ein willkommener Blitzableiter sein. Als Blitzableiter ist ein Cafone immer am besten geeignet. Aufgeblasen und gebieterisch beginnt Don Marcantonio das Verhör:
»Wie hast du denn Pietro Spinas Versteck herausgefunden?« fragt er. »Ich empfehle dir, die Wahrheit zu sagen und zwar schnell.«
Den geflickten zerschlissenen Mantel über dem Arm und das Hütchen in der Hand, steht Sciatàp mit seiner massigen Gestalt vor ihm. Er antwortet nicht, sondern scheint ganz in den Anblick des Tisches versunken, auf dem noch immer Gedecke und Essensreste stehen. Die Mißhandlungen und Enttäuschungen, die er an diesem Tag erfahren hat, haben ihn von jeder gewalttätigen und habgierigen

Anwandlung bekehrt und ihn in seine elende mühevolle harte Wirklichkeit zurückgeholt. Er gleicht einem Bettler.
»Wie hast du Pietro Spinas Versteck herausgefunden?« fragt ihn der Redner noch einmal ärgerlich und ungeduldig.
»Er ist mir im Traum erschienen«, murmelt ihm Sciatàp ins Ohr.
»Du willst es mir nicht sagen?« beharrt der Cavaliere. »Hast du Angst, jemanden zu gefährden? Einen Komplizen? Na, vorerst interessiert es mich auch gar nicht, wie du sein Versteck herausgefunden hast. Sag mir jetzt lieber, wo er sich versteckt hat, und zwar ein bißchen plötzlich.«
»Er ist mir im Traum erschienen«, sagt ihm Sciatàp noch einmal ins Ohr, als vertraue er ihm ein großes Geheimnis an. »Und er hat zur mir gesagt: Ich bin jetzt in New York, und da geht es mir gar nicht schlecht, ich wohne in der Mulberristritt, weißt du, ich habe einen schönen Obst- und Makkaroniladen aufgemacht, das ist gar nicht übel.«
»Calabà«, schreit Don Marcantonio wütend. »Hast du denn nicht gemerkt, daß dieser Cafone ein Trottel ist? Wen hast du denn da angeschleppt?«
Sciatàp verzieht sich eilig die Treppe hinab; aber Calabasce läuft ihm nach und holt ihn auf der Gasse ein, wo Sciatàp sein störrisches Pferd hinter sich herzieht. Die Gasse ist dunkel, schmal, von Gräben durchzogen und voller Mist. Die drei Körper füllen nun ihre ganze Breite aus und bilden eine einzige schwere schwarze Masse, die nur mühsam vorankommt. Calabasce hält Sciatàp fest wie ein Hund seine Beute, und Sciatàp versetzt seinem Pferd, das sie beide mitzerrt, Fußtritte an die Schienbeine.
»Du feiger Verräter, glaubst du vielleicht, daß du so billig davonkommst?« sagt Calabasce mit drohender Stimme und packt ihn am Arm. »Jetzt hör mir mal gut zu, wenn du nicht bald ausspuckst, was du zu sagen hast, dann

schlitze ich dich bei Gott mit diesem Schlachtermesser hier auf, das sonst für die Schweine dient.«
Sciatàp zieht wortlos seines Weges, Calabasce folgt ihm wutschäumend und stößt dabei die blutigsten Drohungen aus, zwischen die er Schmeicheleien streut, mit denen er ihn zu locken versucht.
»Sciatàp, bleib stehen, überleg doch, verstehst du denn nicht, daß ich dein Bestes will? Warum hast du es dir bloß anders überlegt? Bist du verrückt geworden? Du hast schon das Pferd, Sciatàp, du könntest auch noch den Wagen dazu bekommen. Ich verstehe dich wirklich nicht. Gib acht, Sciatàp, wenn du nicht zurückkommst, so schwöre ich bei Gott, daß ich dich umlege. Mit diesem großen Messer da, siehst du?«
An der Biegung der Gasse fällt das gelbliche Licht einer Straßenlaterne gespenstisch auf ein Stück abbröckelnde Mauer und auf einen Mann und einen Esel, die bewegungslos dastehen.
»Calabà«, sagt Simone, der sich von der Mauer löst und entschlossen auf ihn zugeht, »ich rate dir eines, wenn du dich nicht böse erkälten willst, laß diesen Mann in Ruhe und geh ganz schnell nach Hause.«
Sciatàp nutzt die Gelegenheit, Calabasce abzuschütteln.
»Simone«, sagt Calabasce besänftigt, »ich habe mit diesem Cafone da eine persönliche Angelegenheit zu regeln, eine dringende Angelegenheit. Zieh du nur deines Wegs und laß uns miteinander verhandeln.«
»Wenn du es genau wissen willst, Calabà«, erwidert Simone, während er ihn am Rockkragen packt und gegen die Mauer stößt, »wenn du es genau wissen willst, geht eure Angelegenheit auch mich etwas an. Und dieses kleine Taschenmesser da in deiner Hand beeindruckt mich überhaupt nicht, im Gegenteil, es ist lächerlich.«
»Ich habe dir doch schon gesagt, Simò«, sagt Calabasce und versucht, sich ihm zu entwinden, »mit dir will ich überhaupt

nichts zu tun haben. Geh, zieh deines Wegs, kehr nach Colle zurück, was hast du hier verloren?«

»Du kennst mich, Calabà«, warnt Simone und stößt ihn zwei- oder dreimal heftig gegen die Mauer, »und du weißt genau, daß ich, falls es zu einer Schlägerei kommt, nicht gern zu zweit gegen einen kämpfe. Daher komme ich dir jetzt entgegen und schicke diesen armen Sciatàp weg, dann können wir beide uns hier oder anderswo, wie du willst, unter vier Augen ungestört weiter unterhalten. Wie gesagt, ich komme dir damit nur entgegen.«

Sciatàp führt Pferd und Esel ein paar Schritte abseits, um das Kampffeld zu räumen. »Los, zeig's ihm Simò«, feuert ihn Sciatàp an, »zerquetsch diese Wanze«, und spitzt dabei die Ohren, ob er Leute kommen hört.

»Laß mich in Ruhe«, fleht Calabasce mit ohnmächtiger Wut. »Geh, kehr zu deinesgleichen zurück, kehr in deinen Schweinestall zurück«, sagt Simone, reißt ihn von der Mauer los und versetzt ihm einen so heftigen Stoß in Richtung seines Hauses, daß er zu Boden fällt.

Schlammtriefend erhebt sich Calabasce wieder und geht unter Ausstoßung unverständlicher Drohungen nach Hause zurück. Sciatàp stillt inzwischen an einem Brunnen in der Nähe seinen Durst, er hält den offenen Mund eine ganze Weile unter das Wasserrohr; der verfluchte Essig brennt ihm im Magen. Dann springt er auf sein Pferd und reitet wortlos davon. Simone besteigt den Esel, zündet seine Pfeife an und sucht in dem Gewirr der Gassen von Orta den Weg nach Colle. Als er am Haus der Spinas vorüberkommt, sieht er Don Bastiano auf dem Absatz der Außentreppe in einen schwarzen Mantel gehüllt und trotz der Kälte barhäuptig allein bewegungslos dastehen. Simone zieht seines Weges, ohne ihn zu beachten, und er kehrt auch nicht um oder verlangsamt wenigstens die Gangart des Esels, als er hinter sich schwere Männerschritte hört.

»Simone, warte, ich will mit dir reden«, sagt eine Stimme hinter ihm. »Warte Simò«, widerholt die Stimme ängstlich, »so warte doch um Himmelswillen.«
»Du brauchst keine Zeit zu verlieren, Bastià«, antwortet Simone ohne sich umzudrehen.
»Ich muß mit dir reden, es geht nicht um dich oder mich.«
»Schreib mir einen Brief, wenn du mir etwas zu sagen hast.«
»Weil du Briefe jetzt liest?«
»Nein«, antwortet Simone und setzt den Esel in Trab. »Niemehr seit damals.«

XIX

Als Simone am Dorfende an Don Severinos Haus vorbeikommt, wundert er sich, daß Licht durch die Ritzen der Fensterläden scheint. Ist Don Severino denn nicht in Colle bei Donna Maria Vincenza geblieben? Er sieht sich mißtrauisch um, steigt ab und bindet den Esel an einem in die Mauer eingelassenen Ring fest, dann überlegt er es sich aber anders, bindet ihn wieder los, geht ums Haus herum und macht ihn so an einem Obstbaum fest, daß er von der Straße aus nicht gesehen werden kann.

»Guten Abend«, sagt Simone leise zu der Frau, die ihm die Tür öffnet.

Als er aber einen Schritt auf die Tür zumacht, wird ihm diese wie von einem Windstoß vor der Nase zugeschlagen. Simone zuckt mit den Achseln und entfernt sich; dann kehrt er aber zurück und klopft noch einmal etwas kräftiger. Im Erdgeschoß geht ein Fenster auf.

»Wer ist da?« ruft eine zornige Frauenstimme.

»Guten Abend«, sagt Simone in Richtung des Fensters. »Wenn Don Severino noch nicht schläft und ich nicht störe, möchte ich gern mit ihm sprechen. Ich heiße Simone«, fügt er leise hinzu, »man nennt mich Simone den Marder.«

Sofort wird die Tür aufgerissen.

»Ach, Ihr seid es, Simone?« sagt Donna Faustina überrascht und freundlich. »Kommt herein, entschuldigt, wie konnte ich das wissen?«

Sie macht Licht im Gang.

»Don Severino ist noch nicht aus Colle zurück«, fährt Donna Faustina höflich und besorgt fort, »aber er kann jeden Augenblick kommen. Ist etwas passiert? Bitte, Simone, bleibt doch nicht an der Schwelle stehen, kommt herein, man könnte Euch sehen.«

Sie führt ihn in ein großes Zimmer im Erdgeschoß, wo sie

alle Lampen anmacht. Der halbe Raum wird von einem Flügel eingenommen; in einer Ecke befindet sich ein Kamin, in dem ein Feuer brennt und zu dessen beiden Seiten zwei sehr niedrige breite Sessel stehen. An einer Wand ziehen sich mit Büchern überladene Regale entlang; die übrigen Wände sind mit einer alten rosa Tapete mit goldenen Blümchen geschmückt, das Gold ist schon sehr verblaßt. Der Fußboden ist ganz mit einem weichen rotschwarzen Teppich bedeckt.
»Bitte, Simone, kommt herein«, wiederholt Donna Faustina und lächelt ihm freundlich zu. »Ihr müßt entschuldigen, wie konnte ich das wissen? Severino wird sich freuen, Euch hier anzutreffen, das weiß ich bestimmt. Er hat in letzter Zeit oft von Euch gesprochen. Er bewundert Euch sehr; oder vielmehr, um es ehrlich zu sagen, er beneidet Euch.«
Simone errötet.
»Wirklich?« sagt er verwirrt. »Das verstehe ich nicht.«
Simone bleibt bewegungslos und geradezu verlegen an der Tür stehen; vielleicht befürchtet er, mit seinen schlammverschmierten Stiefeln den Teppich zu beschmutzen. In dem hellerleuchteten und gut geheizten Zimmer sieht er wirklich wie ein armer Schlucker aus. Eine eng um seine Taille gebundene Schnur hält sowohl seine Hose fest als auch die Jacke zusammen, die keine Knöpfe mehr hat; die Jackenärmel sind zu kurz und ausgefranst; der Kragen ist hochgeschlagen und am Hals mit einer Sicherheitsnadel geschlossen. Simone sieht sich neugierig um.
»Es ist schön hier, Donna Faustina«, sagt er höflich.
»Und warm; ich will mich nicht loben, aber bei mir ist mehr Luft, viel mehr Luft.«
»Habt Ihr ein großes Haus?« fragt Donna Faustina. »In welcher Gegend wohnt Ihr denn? Verzeiht, kaum zu glauben, daß wir in demselben Dorf leben.«
»Bei mir braucht man sozusagen beim Feuermachen nicht selber zu blasen«, erklärt Simone sichtlich stolz. »Da bläst

der Wind. Ja, ich muß sogar, wenn ich Feuer anzünde, aufpassen, daß der Wind es nicht im ganzen Haus verbreitet.«
»Oh«, ruft Donna Faustina bewundernd aus, »Euer Haus ist so groß, daß auch der Wind darin wohnt?«
»Nicht nur der Wind«, begeistert sich Simone, der jetzt alle Scham verloren hat. »Auch der Regen und in der kalten Jahreszeit selbst der Schnee. Und im Sommer den ganzen Tag über die Sonne; nachts der Mond und die Sterne.«
»Das muß wunderschön sein«, wiederholt Donna Faustina hingerissen. »Das muß herrlich sein.«
»Aber hier ist man besser geschützt«, setzt Simone freundlich hinzu, um nicht gegen die Regeln der Gastfreundschaft zu verstoßen. »Das ist für eine Frau bestimmt besser.«
Donna Faustina geht durch eine kleine Tür in den Garten hinaus, um den Esel mit einer Wolldecke zuzudecken, es ist eine sehr schöne handgewebte schwarzrote Decke. Simone ist hochüberrascht und gerührt von dieser unerwarteten Geste.
»Wißt Ihr, Donna Faustina, das ist ganz unüblich«, kann er gerade noch einwenden. »Pferde deckt man zu, Esel nicht. Ein Esel hat eine dicke Haut.«
Aber Donna Faustina ist schon im Garten, und Simone beobachtet die Szene tief bewegt von der kleinen Tür aus, als traue er seinen Augen nicht.
»Jetzt sieht er fast aus wie ein Kardinal«, sagt er ernst, als sie wieder hereinkommt. »Wißt Ihr überhaupt, Donna Faustina, was Ihr da getan habt?«
»Ich merke jetzt, was für eine Freude ich Euch damit gemacht habe«, erwidert die junge Frau lachend.
Die beiden beobachten den so ungewöhnlich luxuriös herausgeputzten Esel. Der scheint sich davon aber nicht im geringsten beeindrucken zu lassen, höchst gelassen steht er neben dem Baum und läßt den Kopf hängen.
»Donna Faustina, nehmt es ihm bitte nicht übel«, fleht Si-

mone. »Versteht die Gleichgültigkeit meines Esels bitte nicht falsch. Er ist nicht dumm, glaubt mir, und er ist auch nicht undankbar. Aber Luxus läßt ihn wirklich ganz ungerührt, ich weiß nicht, ob eine Frau das verstehen kann, er hat noch nie Wert darauf gelegt, nicht einmal, als er jung war. Ach, wie soll ich es Euch erklären?«
Donna Faustina wirkt sehr belustigt.
»Gewiß, gewiß«, pflichtet sie ihm schnell bei, »von Eurem Esel habe ich auch nichts anderes erwartet, Simone. Habt Ihr ihn schon lange?«
»Donna Faustina«, wendet Simone ein, »macht Euch kein zu edles Bild von mir, ich möchte mich nicht mit fremden Federn schmücken. Cherubino, so heißt mein Esel, war schon von klein auf so, und ehrlich gesagt hat er in den vielen Jahren, die wir zusammenleben, nichts von mir gelernt, sondern umgekehrt ich von ihm. Ich hoffe, Ihr glaubt mir, Donna Faustina, ich sage das nämlich nicht im Spaß.«
Donna Faustina wird plötzlich ernst.
»Simone«, sagt sie, »Ihr dürft nicht erwarten, daß ich alles, was Ihr mir sagt, so schnell verstehe. Ich kann Euch nur eines versichern: Ich werde lange darüber nachdenken und mir vielleicht auch einen Esel anschaffen. Oder meint Ihr, daß es für mich zu spät ist? Sagt es mir bitte ganz offen, Simone.«
»Für jede andere Frau wäre es zu spät«, erwidert Simone nach kurzem Nachdenken. »Aber für Euch nicht. Ich meine das ganz ehrlich.«
»Ich danke Euch«, antwortet Donna Faustina errötend. »Bitte Simone«, fährt sie liebevoll fort, »bleibt da nicht zwischen Tür und Angel stehen, kommt, setzt Euch hier ans Feuer. Severino muß bald kommen. Ihr werdet sehen, wie er sich freut, wenn er Euch hier antrifft.«
Donna Faustina beugt sich vor dem Kamin hinunter und legt noch mehr Holz aufs Feuer; dann rückt sie eine kleine kup-

ferne Kaffeekanne in die Glut. Simone setzt sich und beobachtet sie jetzt ganz offen und ungezwungen. Die junge Frau bewegt sich so gewandt, liebenswürdig und freundlich, daß er davon wie bezaubert scheint. Sie muß jetzt fast dreißig Jahre alt sein, ein Alter, in dem die Frauen der Cafoni schon alt sind; aber sie wirkt noch immer wie ein junges Mädchen. Ihr schon für die Nacht gerichtetes Haar ist wunderbar dicht und üppig; die Haut noch frisch und weich; auch ihre lebhaften, vor Begeisterung fast fiebrig glänzenden großen Augen und die stark geschminkten Lippen haben etwas sehr Jugendliches. Donna Faustina schiebt ein Tischchen mit zwei kleinen Tassen und einer Zuckerdose zwischen die beiden Sessel und setzt sich neben den Gast auf ein Kissen auf den Boden. So stehen Simones riesige schmutzige alte Schuhe, die mit Bindfaden zugeschnürt sind, neben Donna Faustinas Schühchen aus Schlangenleder.

»Ich bin Euch bestimmt schon oft auf der Straße begegnet«, sagt sie nach langem Schweigen, »wußte aber nicht, daß Ihr das wart. Wenn ich nicht so dumm wäre, hätte ich Euch natürlich erkennen müssen«, schließt sie mit einer Geste des Bedauerns.

»Wir sind sogar ein wenig verwandt«, fährt Simone lächelnd fort. »Der erste Mann Eurer Tante Lucia, der beim Erdbeben umgekommen ist, war mein Bruder. Aber damals wart Ihr wohl gerade erst geboren, nehme ich an.«

»Don Enicandro?« ruft sie aus.

»Könnt Ihr Euch an ihn erinnern?«

»Eine entsetzliche Erinnerung«, sagt sie leise vor sich hin.

Simone ist ganz in seine eigenen Erinnerungen versunken und bemerkt nicht, wie überrascht und tief bewegt die Frau ist.

Donna Faustina erhebt sich, um einen Leuchter auf dem Flügel anzuzünden und das allzu helle Deckenlicht auszuschalten. Im Halbdunkel ist Simones Armut nicht mehr zu erkennen, statt dessen treten seine verborgenen edlen Züge hervor: sein regelmäßiges mageres abgezehrtes Gesicht, die scharfgeschnittene Nase, die intelligenten Augen, das freundliche ironische Lächeln. Donna Faustina sieht ihn bewundernd an.

»Gewiß, wenn ich nicht so dumm wäre, hätte ich Euch erkennen müssen«, wiederholt sie wie zur Entschuldigung.

»Kaum zu glauben, daß wir seit so vielen Jahren im gleichen Dorf leben«, meint er lachend.

»Ehrlich gesagt«, fährt sie zur Erklärung fort, »gehöre ich schon lange nicht mehr zu diesen Leuten. Ich bin hier geblieben, aber wie in der Verbannung.«

»Auch ich bin gewissermaßen den Reihen der Rechtschaffenen entflohen, Donna Faustina«, beeilt sich Simone zu erklären. »Ich sage das nicht, weil ich mich mit Euch vergleichen oder mich selber loben will, aber auch ich werde seit Jahren von den anständigen Familien gemieden.«

»Wir sind beide ausgerissen, das stimmt«, räumt Donna Faustina befriedigt ein. »Aber Ihr seid in die eine Richtung gegangen und ich in eine andere, das ist der Unterschied. Und deshalb sind wir uns auch bis heute nicht begegnet. Man möchte kaum glauben, daß wir aus ein und demselben Dorf stammen, aus einem so kleinen Dorf. Da mußte schon der Zufall heute abend helfen, daß wir uns kennengelernt haben.«

»Nicht der Zufall«, korrigiert sie Simone ernst und höflich. »Wenn sich zwei Ausgestoßene begegnen, Donna Faustina, ist das nie Zufall, auch wenn es so erscheint.«

Donna Faustina stimmt sofort zu und lacht fröhlich.

»Genau so ist es«, wiederholt sie, »wenn zwei Ausgestoßene sich begegnen. Ihr müßt entschuldigen, Simone«, fährt sie bedauernd fort, »daß ich so dumm bin. Wie konnte ich bei einem Menschen wie Euch von Zufall reden?«

Simone fühlt plötzlich Mitleid.

»Für Frauen ist es schwierig, auszureißen, zu entfliehen«, bemerkt er traurig. »Ich meine das wegen der Röcke, Donna Faustina. Zum Ausreißen sind Hosen viel bequemer.«
»Hauptsache, man bringt sich in Sicherheit«, erwidert Donna Faustina entschieden. »Auf welche Weise, spielt keine Rolle.«
»Am wichtigsten ist es in diesem heruntergekommenen Land, sich abzusetzen«, wendet Simone ein. »Aber das läuft im Grunde auf dasselbe hinaus, es ist nur ein anderer Ausdruck dafür. Ich wollte sagen, Donna Faustina, daß es für Frauen leider sehr schwer ist, sich abzusetzen, es ist viel mühsamer, weil es Skandal erregt, Klatsch verursacht und so weiter. Don Timoteo, der Pfarrer von Cerchio, zum Beispiel, war als Junge ganz bestimmt kein Feigling, ich habe ihn gut gekannt, er war wirklich in Ordnung; ich weiß nicht, Donna Faustina, ob Ihr einmal mit ihm zu tun hattet. Aber heute ist er heruntergekommen wie viele andere, ein Schlappschwanz. Wie? habe ich ihn gefragt, als ich ihm das letzte Mal begegnet bin, soweit hat dich das Evangelium heruntergebracht? Nicht das Evangelium, hat er mir erklärt, sondern die Soutane. In der Soutane muß ich doch achtgeben, verstehst du, Simone, da kann ich doch nicht reden und handeln wie mir innerlich zumute ist, das würde doch viel zu viel Skandal erregen. Vielleicht hat Don Timoteo recht. Was kann man von einem Mann erwarten, der eine Soutane trägt?«
»Man darf keine Angst vor dem Skandal haben«, sagt Donna Faustina.
Donna Faustina war Simone früher, soweit er sie beobachten konnte, als ein ungestümes und zorniges, ein stolzes, überschwengliches und verängstigtes Wesen erschienen. Eine so geschmähte und dabei doch so hochmütige Person hatte es in unserer Gegend noch nicht gegeben. Als sie eines Tages nach Colle zurückgekehrt war, um ihre Koffer und andere

persönliche Gegenstände bei den Spinas abzuholen, wurde sie von den Frauen des Dorfes fast gesteinigt; der Zweispänner, auf dem sie ihre Sachen geladen hatte, wurde auf dem Marktplatz von schreienden, drohenden, sich die Haare raufenden Frauen eingekreist und aufgehalten, und sie mußte sich den Weg mit Peitschenhieben bahnen. Mit einem solchen Peitschenschlag traf sie auch Simone ins Gesicht, obwohl dieser ihr hatte zu Hilfe eilen wollen. Ein anderes Mal erlebte Simone eine ähnliche Szene vor dem Eingang der Kirche mit, in der eine Totenmesse für Don Saverio abgehalten wurde. Ein paar Betschwestern hinderten Donna Faustina am Betreten der Kirche. Simone sah sie mit verstörtem, tränenüberströmten Gesicht weglaufen! Und da er befürchtete, daß sie sich etwas antun würde, eilte er ihr nach, um sie einzuholen und nach Orta zu begleiten. Aber sobald Donna Faustina merkte, daß ihr jemand folgte, lief sie in wilder Panik los, und Simone gab auf.

Jetzt beobachtet er sie und kann sein Erstaunen nicht verbergen. Diese Frau mit dem kindlichen Lächeln, mit dem offenen, klaren und aufrichtigen Blick sollte eben jene Person sein, von der die ganze Gegend die unglaubliche Liebesgeschichte mit Don Saverio Spina erzählte? Und die nun in wilder Ehe mit dem alten Don Severino zusammenlebte? Simone beobachtet sie und lächelt ungläubig.

»Jeder rettet sich, wie er kann«, sagt er schließlich. »Soweit ist es mit uns gekommen, rette sich, wer kann und wie er kann.«

»Glaubt Ihr nicht, daß alles vom Schicksal vorherbestimmt ist?« sagt Donna Faustina. »Bei dem Erdbeben damals befand ich mich, als das Haus zu beben anfing, gerade im Badezimmer. Das Haus brach zusammen, und als ich wieder zu mir kam, stand ich, wer weiß wie ich da hingekommen bin, mit der Zahnbürste in der Hand und im Nachthemd im Gemüsegarten.«

»Man kann nie genau sagen, wie wir in einem Augenblick der Gefahr reagieren, wenn keine Zeit mehr zum Überlegen bleibt«, sagt Simone. »Man entscheidet sich in solchen Fällen blitzschnell. Habt Ihr Euch gefragt, Faustina, warum wir in solchen Augenblicken nicht alle denselben Notausgang wählen?«
»Entscheiden wir das selber oder wird für uns entschieden?«
»Vielleicht ist das ein und dasselbe«, sagt Simone. »Die wahre Freiheit besteht wahrscheinlich in der absoluten Treue uns selbst gegenüber.«
»Wie sollen wir rechtzeitig begreifen, wer wir selber sind?«
»Das ist unmöglich, und es wäre auch absurd, das schon vorher zu wissen«, sagt Simone. »In manchen Fällen beginnt man es auf halbem Wege zu ahnen. Könnte es denn anders sein? Wie sollen wir begreifen, welchen Sinn unsere Taten haben, bevor wir sie begehen?«
»Wie soll man dann sicher sein, daß man sich selber treu ist? Entwickelt sich das Schicksal vielleicht erst hinterher?«
»Das Schicksal ist meiner Meinung nach nichts anderes als dies«, sagt Simone: »Unsere aufrichtigsten Handlungen können nur unsere eigenen sein. Das Schicksal bildet sich nach und nach heraus, wenn wir die Knoten unseres Knäuels entwirren. Je redlicher wir sind, desto deutlicher erkennen wir, glaube ich, unser Schicksal.«
Nach kurzer Überlegung fährt Simone fort: »Statt Schicksal sollte man vielleicht besser Bestimmung sagen.«
»Setzt das nicht auch ein Bestimmungsziel voraus? Welches könnte das sein?«
»Vorerst ist es nicht zu erkennen, und es kann auch sein, daß der Bestimmungsort bei der Post unbekannt ist.«
»Simone«, sagt Donna Faustina. »Ich danke Euch für die Geduld, mit der Ihr mir Eure Vorstellungen über diese Dinge erklärt. Auch ich habe die Gewohnheit, nachzudenken, aber ich komme damit nie sehr weit. Vielleicht weil ich

einige unerklärliche alte Verbrechen noch nicht verwunden habe.«

»Für eine Frau ist natürlich alles viel schwieriger«, schließt Simone.

»Diese Verachtung für die Frauen ist Eurer nicht würdig«, sagt Donna Faustina leicht verärgert. »Würdet Ihr einer Frau raten, diese Treue für ein ruhiges Leben zu opfern? Soll über Frauen wie über Katzen von anderen bestimmt werden? Warum tauft man uns dann überhaupt?«

»Verzeiht«, sagt Simone, »ich habe nicht von den Frauen allgemein gesprochen, sondern von Euch. Außerdem bin ich ein schlechter Ratgeber der anderen, weil ich immer durch Mitleid blind gemacht werde. Meine Schwägerin Lucia...«

»Ich möchte lieber nicht über sie reden«, unterbricht ihn Donna Faustina.

»Warum nicht?« fragt Simone überrascht.

Donna Faustina antwortet nicht.

»Wie Ihr wollt«, sagt Simone.

Donna Faustina steht auf, um die Kaffeekanne aus dem Feuer zu holen.

»Ich überlege schon seit einer Viertelstunde, ob ich Euch eine bestimmte Geschichte erzählen soll«, sagt sie dann plötzlich. »Es ist ein schlimmes Ereignis aus meiner Kindheit, dessen einziger Zeuge ich gewesen bin und das ich noch keiner Menschenseele erzählt habe.«

»Wenn es zu schmerzlich für Euch ist, mir das zu erzählen«, sagt Simone, »möchte ich nicht...«

»Bis vor einer Viertelstunde wußte ich nicht, daß die Sache Euch etwas angeht«, fährt Donna Faustina fort. »Habt Ihr nicht gesagt, daß Ihr der Bruder von Don Enicandro Ortiga seid? Wißt Ihr, wie er gestorben ist?«

»Beim Erdbeben, das wissen doch alle«, sagt Simone überrascht.

»Könnt Ihr Euch noch an die genauen Umstände erinnern?« fährt Donna Faustina fort. »Wart Ihr damals auch in Colle?«
»Gewiß«, sagt Simone. »Ich habe mich nicht sofort um Enicandro gekümmert, weil ich kaum eine Stunde nach dem Hauptbeben meiner Schwägerin begegnete, die wahnsinnig vor Schrecken durch die Trümmer irrte und mir sagte, daß ihr Haus vollständig zusammengebrochen und ihr Mann sicher tot sei. Fünf Tage später aber, als ich gerade meine Frau und meinen Sohn begraben hatte, begegnete ich Bastiano, der mich schon gesucht hatte, um mir zu sagen: Aus dem Haus deines Bruders sind anscheinend Klagelaute zu hören. Sie könnten von Enicandro sein. Und ehrlich gesagt, fügte er auch noch hinzu: Ich muß noch mehrere meiner Angehörigen ausgraben, aber wenn du Hilfe brauchst, rufe mich.«
»Diese Klagelaute waren schon seit zwei Tagen zu hören«, unterbricht ihn Donna Faustina. »Und es gab keinen Zweifel, daß sie von Onkel Enicandro kamen. Ich rief ihn, und er antwortete mir. Aber ich war damals erst sieben Jahre alt und zu nichts anderem fähig, als vor diesen Trümmerbergen zu weinen, unter denen er begraben war. Ich flehte die Vorübergehenden um Hilfe an, aber jeder hatte seine eigenen Trümmer.«
»Enicandro antwortete auch mir, sobald ich an Ort und Stelle war«, fährt Simone fort. »Seine Stimme war so schwach wie kurz vor dem Erlöschen. Nach meinen Erfahrungen mit ähnlichen Fällen in jenen Tagen war mein erster Gedanke, daß es nicht am dringendsten war, ihn aus den Trümmern herauszuholen, sondern zuerst einmal eine Öffnung zu schaffen, durch die ein wenig Licht zu ihm drang und man ihm eine Stärkung, etwas zu essen oder zu trinken, hinablassen konnte. Obwohl ich erschöpft war und noch aus verschiedenen Wunden blutete, die ich beim Einsturz meines Hauses davongetragen hatte, machte ich mich mit verzweifelter Energie an die Arbeit. Ich habe mich in meinem

Leben wahrlich abgemüht, aber dies war wohl das Schlimmste, was ich je tun mußte. Es war nicht nur eine Arbeit mit Händen und Armen, sondern ein Kampf meiner ganzen Person. Wie ein Tier, ja wie ein wildes Tier kroch ich unter die Balken, die Eisenbleche, die Möbel, die Mauerblöcke und hob sie unter Anspannung all meiner Kräfte weg. Ich hätte nie gedacht, daß ich zu einer solchen Kraftanstrengung fähig war. Ich weiß nicht, warum mir das Herz nicht zersprungen oder das Rückgrat, der Nacken, die Knie nicht zerbrochen sind. Es war mir auch gar nicht möglich, Atem zu schöpfen. Enicandros Stimme klang nun immer näher und deutlicher. Nur Mut, schrie ich ihm zu, noch ein wenig, noch ein wenig, noch ein wenig.
Schließlich hatte ich den Eindruck, daß Enicandros Stimme aus einem Backtrog kam, der da zwischen anderen Trümmern lag«, fährt Simone fort. »Ich machte ihn auf, fand aber nur ein wenig Mehl und Hefe darin; ich verrückte ihn, und da sah ich ein Mauerstück mit einem noch heilen Kaminrohr. Es war ein Kamin, den meine Schwägerin im Keller für die große Wäsche hatte einrichten lassen. Mein Bruder war also da hinabgestürzt und hatte im Schutz des Rauchfangs ein wenig Raum und Luft. Obwohl ich ihn nicht sehen konnte, war es doch möglich, mit ihm zu reden. Er sagte, er sei verletzt, aber nicht schlimm. Vielleicht habe ich das Bein gebrochen, sagte er, vielleicht auch eine Schulter. Der Rauchfang war zu schmal, ein Erwachsener wäre da nicht durchgekommen. Andererseits hätte es selbst mit Hilfe von zwei oder drei andern Leuten Stunden gedauert, um Enicandro aus den Trümmern zu befreien; und dies im Dunkeln zu versuchen, wäre gefährlich gewesen. Ich erklärte es Enicandro und bat ihn um Geduld. In der Zwischenzeit wollte ich etwas zum Essen und Trinken beschaffen und es ihm durch den Kaminschacht hinablassen. Auch seine Frau würde ich sofort benachrichtigen, und so könnten wir uns über Nacht

abwechseln und ihm Gesellschaft leisten. Ich vertraue auf dich, antwortete Enicandro. Seine Stimme war müde, aber ruhig und gefaßt. Ich erinnere mich, daß es in dem Augenblick wieder angefangen hatte zu schneien. Es war vielleicht gerade erst fünf Uhr nachmittags, aber in dieser Jahreszeit war es schon dunkel.«
»Habt Ihr nicht, bevor Ihr weg seid, ein breites Brett zum Schutz über den Kaminschacht gelegt?« fragt Donna Faustina.
»Ja, ich erinnere mich jetzt«, bestätigt Simone. »Ich habe tatsächlich den Deckel des Backtrogs schräg über den Schacht gelegt, so daß dieser geschützt war, aber noch Luft hinein konnte. Da an jenen ersten Tagen diese Straße nicht mehr wiederzuerkennen war, gingen Menschen und Tiere zwischen den Trümmern herum, und ich wollte außerdem verhindern, daß jemand in dieses Loch fiel.«
»Könnt Ihr Euch nicht erinnern, daß da auch ein Mädchen war, ein kleines sieben- oder achtjähriges Mädchen?« fragt Donna Faustina. »Könnt Ihr Euch nicht erinnern, daß Ihr diesem kleinen Mädchen aufgetragen habt, bis zu Eurer Rückkehr Wache zu halten?«
»Richtig, jetzt erinnere ich mich, da war ein reizendes kleines Mädchen«, bestätigt Simone. »Ja, es war sogar schon da gewesen, als ich kam und führte mich dorthin, wo man Enicandros Stimme am besten hören konnte.«
»Sprecht weiter«, beharrt Donna Faustina. »Was glaubt Ihr, wie ist er gestorben?«
»Während ich nach etwas zu essen für ihn suchte«, erzählt Simone weiter, »fielen bei einem neuen Erdstoß einige Steine und Mauerstücke durch den Kaminschacht und töteten ihn. Als ich zurückkehrte, rief ich vergeblich nach ihm.«
Donna Faustina schüttelt den Kopf, zögert aber mit einer Erklärung.
»Es gab einen neuen kleinen Erdstoß«, sagt sie schließlich,

»der hat aber keinen einzigen Stein dieser Trümmer ins Rollen gebracht. Um Don Enicandro zu töten, mußte schon jemand das Brett absichtlich hochheben, mit dem Ihr den Schacht abgedeckt hattet, und mit eigener Hand große Steine hineinwerfen.«

»Aber wer hätte ein solch schändliches Verbrechen begehen sollen?« schreit Simone. »Einen Verletzten umzubringen, ihn umzubringen, ohne gesehen zu werden, ihn umzubringen, während er sich nicht einmal rühren konnte.«

Donna Faustina zögert, dann fragt sie: »Hattet Ihr jemand von der bevorstehenden Rettung Eures Bruders erzählt?«

»Mehrere Leute haben mich gesehen, wie ich grub und in den Trümmern suchte«, sagt Simone. »Wie soll ich mich nach so vielen Jahren an all die Namen erinnern?«

»Hattet Ihr nicht auch seiner Frau davon erzählt«, beharrt Donna Faustina.

»Natürlich«, sagt Simone. »Ich ging sofort zu ihr und erzählte ihr davon.«

»Ja, Ihr wart noch nicht lange weg, da kam seine Frau«, erzählt Donna Faustina. »Sie hatte sich schon damit abgefunden, jetzt Witwe zu sein. In den Tagen zuvor hatte sie unaufhörlich geweint. Ihr Schmerz schien aufrichtig, sie war untröstlich, beispielhaft. Sie hatte auch Trauerkleidung an. Wo und wie sie in jenen Tagen, da alles drunter und drüber ging ein schwarzes Kleid aufgetrieben hat, bleibt mir rätselhaft; aber sie hat es aufgetrieben. Und ich muß zugeben, die Trauer stand ihr recht gut. Sie wollte auch eine Totenmesse für den Verstorbenen lesen lassen, der Pfarrer riet ihr aber, damit zu warten, bis die Leiche geborgen sein würde. Ich lebte schon fast ein Jahr (seit dem Tod meiner Mutter) bei meiner Tante, und ich hatte sie sehr gern. Mir gegenüber war sie immer sehr liebevoll und fürsorglich. Onkel und Tante verstanden sich so gut, daß die Atmosphäre in ihrem Haus wirklich wohltuend war. Nach dem Erdbeben behielt sie mich in der Baracke, in der wir Zuflucht gefunden hatten, immer im Auge und versuchte alles, um mich davor zu behüten, allzu früh die grausamen und rohen Dinge zu verstehen, die sich rings um uns abspielten. So hat mich die Tante eines Morgens, als Donna Clorinda Tatò, die mit ihren Töchtern ebenfalls in der Baracke hauste, anfing, aus Angst vor dem ihrer Meinung nach unmittelbar bevorstehenden Ende der Welt laut ihre Sünden zu beichten, sofort unter dem Vorwand hinausgeführt, ich brauchte ein bißchen frische Luft. Genau da ging ich dann zu den Trümmern unseres Hauses und hörte das Jammern Onkel Enicandros. Die Tante wollte mir nicht glauben. Das hast du geträumt, sagte sie, und jetzt bildest du dir ein, daß es wahr ist. Meine Beharrlichkeit ärgerte sie, und ich erreichte auch nicht, daß sie mich an Ort und Stelle begleitete, um mit eigenen Ohren zu horchen. Diese Ungläubigkeit der Tante verletzte und verwunderte mich, um so mehr, als sie mir mit der Behauptung, »den Frieden der Toten nicht stören« zu wollen, verbot, mit anderen darüber zu reden. Trotzdem flüchtete ich mich jedesmal, wenn es mir gelang, unbemerkt wegzugehen, zu diesen Trümmern, um den unter den Steinen vergrabenen Onkel eine bekannte Stimme vernehmen zu lassen, damit er nicht von allen verlassen starb. Da ich so beharrlich zwischen diesen Trümmern saß, wurden schließlich mehrere Leute aufmerksam, und so verbreitete sich die Nachricht, daß Don Enicandro noch lebte. Eines Abends kamt schließlich Ihr. Damals wart Ihr noch nicht Simone der Marder, vielleicht habt Ihr im Hause Eures Bruders nicht verkehrt, denn ich erinnerte mich nicht, Euch da gesehen zu haben; oder aber die Mühen jener Tage hatten Euer Aussehen stark verändert. Aber Eure verzweifelten Versuche, einen Weg durch diese Trümmer zu bahnen, haben sich mir tief eingeprägt. Ihr habt wie ein Löwe gegen den Tod gekämpft. Als meine Tante, nachdem sie von Euch über die bevorstehende

Rettung ihres Mannes unterrichtet worden war, herbeieilte und mich da vorfand, gab sie mir, ohne mich auch nur nach den Gründen zu fragen, zwei schallende Ohrfeigen und befahl mir, sofort in die Baracke zurückzugehen. Ich entfernte mich weinend, ging aber nicht weit weg. Ich blieb nach ein paar Schritten auf der Kirchentreppe stehen und überlegte, wie ich meine Tante strafen könnte; ich dachte: wenn sie mich in der Baracke nicht findet und die ganze Nacht vergebens auf mich wartet, wird sie sicher sehr erschrecken und es bereuen, mich so schlecht behandelt zu haben. Ich drehte mich dort, wo ich stand um, und beobachtete meine Tante. Und so erlebte ich den schrecklichsten aller Morde mit, der mich für den Rest meines Lebens unglücklich gemacht hat. Es entging mir nicht die kleinste Einzelheit...«
Donna Faustina kann nicht weitersprechen. Sie lehnt sich mit der Stirn an Simones Schulter und bricht in Tränen aus. Simone wird von Schaudern geschüttelt; dann streckt er eine Hand nach ihrem gesenkten Kopf aus und streichelt ihr wie einem Kind übers Haar. So bleiben die beiden eine Weile schweigend sitzen.
»Deine Stirn und deine Hände sind ganz heiß«, sagt Simone schließlich. »Armes Mädchen, immer noch, nach so vielen Jahren.«
»Was hätte ich tun sollen?« fährt Donna Faustina fort. »Hätte ich andere Verwandte informieren sollen?«
»Es hätte nichts geholfen.«
»Hätte ich sie bei den Carabinieri anzeigen sollen?«
»Es hätte nichts geholfen. Es gibt Schmerzen, die man nicht im Lärm ersticken kann.«
»Es gibt Schmerzen, die man durch gar nichts ersticken kann«, bestätigt Donna Faustina. »Hätte ich es nicht erzählen sollen?«
»O doch«, sagt Simone. »Jetzt hast du zwischen uns eine Verwandtschaft ganz neuer Art geschaffen. Und Enicandros

Tod erscheint mir jetzt nicht mehr zu früh gekommen zu sein. Stell dir doch nur vor, wenn ich ihn gerettet hätte, wäre er der Ehemann seiner eigenen Witwe geworden.«
Donna Faustina steht auf, um den Kaffee einzuschenken.
»Severino bedauert sehr, daß er mit dir keinen Umgang gehabt hat«, sagt sie und hält ihm eine Tasse hin. »Doch, glaub mir, ich sage das nicht nur so, Simone; ich bin überzeugt, daß es ihm sehr gut getan hätte.«
»Ich fürchte, daß ich für ihn allzu plebejisch geworden bin, allzu roh und derb«, entschuldigt sich Simone. »Es ist schwierig, mit mir Freundschaft zu schließen. Und entschuldige, aber Don Severino ist für mich vielleicht auch zu wohlerzogen, gesittet, kühl und gewählt, was weiß ich.«
»Du hast recht, aber das ist nur der äußere Schein. Im Innersten seid ihr, sind wir, davon bin ich überzeugt, von der gleichen Art. Die jetzt ausstirbt.«
»Dein Kaffee ist wunderbar, das freut mich, es ist ein gutes Zeichen. Faustina, du hast recht, es sind schlechte Zeiten für Leute unserer Art angebrochen. Aber vielleicht darf man die Hoffnung nicht aufgeben«, fährt er lachend fort. »Verrückte wird es immer geben.«
»Immer?« fragt Faustina besorgt.
»Die Verrückten«, erklärt Simone mit gelassenem Optimismus, »sind wie die Vögel in der Luft und die Lilien im Tal. Keiner zieht sie auf oder pflanzt sie, und dennoch sind sie da.«
»Machst du dir da nicht Illusionen?« fragt Faustina mißtrauisch und beunruhigt. »Das sagst du wohl nur, um mich zu trösten? Severino erklärt mir diese Dinge: Er sagt, sie erfinden jetzt jeden Tag etwas Neues, um uns zu erniedrigen.«
»Ich weiß, ich weiß«, versichert Simone lachend. »Das Entscheidende ist aber, daß man die Verrücktheit unter den Menschen nicht ausrotten kann. Wenn sie von den Straßen verjagt wird, flüchtet sie sich in die Klöster; wenn sie aus den

Klöstern verjagt wird, flüchtet sie sich in die Schulen; oder in die Kasernen, oder was weiß ich wohin. Glaub mir, Verrückte wird es immer geben«, schließt er lachend.
Faustina scheint beruhigt und lächelt.
»Schon seit Jahren habe ich keine so wohltuenden Worte mehr gehört«, gesteht sie.
Hinter dem Flügel hört man eine Maus hin und herlaufen und kratzen. Das Holz im Kamin fällt herunter, die Scheite beginnen zu rauchen. Simone beugt sich vor, um das Feuer wieder in Gang zu bringen, er kniet nieder und legt die Scheite mit der Hand aufeinander, ohne die Zange zu Hilfe zu nehmen.
»Das Haus ist alt und daher voller Mäuse«, entschuldigt sich Donna Faustina, »Simone, kannst du uns nicht eine gute Katze schenken?«
»Eine Katze nicht«, entschuldigt sich Simone. »Aber ich könnte dir noch mehr Mäuse schenken. In meinem Haus gibt es verschiedene interessante Arten.«
Faustina lacht herzlich.
»Seit einiger Zeit sind die Mäuse ganz versessen auf Severinos Manuskripte«, klagt Faustina. »Man weiß gar nicht, wie man sie vor ihnen bewahren soll.«
»Don Severino schreibt?« fragt Simone. »Was denn?«
»Seit vielen Jahren«, erzählt Faustina. »Das ist seine Art, sich Luft zu machen. Er führt ein Tagebuch mit dem Titel: *Geschichte meiner Verzweiflung*. Ich werde noch eine Mausefalle kaufen müssen, um es zu schützen«, schließt sie.
»Eine Mausefalle?« fällt ihr Simone beunruhigt ins Wort. »Überleg dir das bitte gut, Faustina; Pietro wäre traurig darüber.«
»Pietro?« wiederholt Faustina.
Nachdem dieser Name gefallen ist, folgt eine lange Pause, und Simone bedauert schon fast, ihn ausgesprochen zu haben.

Faustinas Stimme kommt jetzt aus noch größerer Nähe.
»Jemand hat mir erzählt«, murmelt sie, während sie in die Flammen des Kamins blickt, »daß du ihm sofort zu Hilfe geeilt bist, als sich plötzlich die Nachricht verbreitete, er werde in der Gegend von Pietrasecca von der Polizei gesucht.«
»Von wem hast du das erfahren?« unterbricht sie Simone verwirrt.
»Ach, wie gern wäre ich da mit dir gegangen«, fährt Faustina errötend fort.
»Ja, das war ein dummer Einfall«, erzählt Simone verlegen. »Ich ging nachts, und auf manchen Wegen versank ich bis zum Gürtel im Schnee. Ich ging blindlings drauflos und vertraute meinem Instinkt. Die Polizei hielt meine Spuren für die Pietros, und das war das einzig positive Ergebnis meines Unternehmens. Dann nahmen sie mich fest, und ich gestand, auf Wolfsjagd gewesen zu sein.«
»Wie gern wäre ich mit dir gegangen«, wiederholt Faustina.
»Hättest du nicht Angst vor dem bösen Wolf gehabt?« fragt Simone in scherzhaftem Ton.
Aber das Mädchen nimmt seine Worte ernst.
»Oh, es ist besser, man wird von den Wölfen zerrissen«, sagt sie, »als sein Leben lang von den Schweinen angenagt.«
Bei diesen Worten macht Simone eine Bewegung, als wollte er sie gerührt umarmen; aber er beherrscht sich im letzten Augenblick. Um seine Gefühle zu verbergen, steht er auf und legt noch ein Holzscheit ins Feuer.
Unvermittelt fragt Faustina: »Hast du Cristina, die Tochter der Colamartinis, je kennengelernt? Sie soll sehr schön gewesen sein. Spricht Pietro mit dir manchmal über sie?«
»Nie. Dies ist eine Art Schmerz, über den man mit anderen nur schwer sprechen kann.«
Sie schweigen lange.
»Simone, ich muß dir noch ein Geheimnis anvertrauen, es

hat aber nur mit mir zu tun«, sagt Faustina. »Ich habe es noch keinem Menschen erzählt, und Pietro hat, obwohl es ihn betrifft, nie den leisesten Verdacht gehabt. Er ist die große Leidenschaft meines Lebens. Es hat angefangen, als ich gerade erst fünfzehn war. Noch bevor ich überhaupt wußte, was Liebe ist, war ich vollständig für Pietro eingenommen. Hätte ich ihn weniger geliebt, wäre es mir vielleicht gelungen, es ihm zu sagen; aber es war zu stark und absolut. Ich konnte an nichts anderes denken, mich aber auch keinem Menschen anvertrauen. Dies war der Anfang meiner langen Einsamkeit.«

»Mit fünfzehn Jahren«, überlegt Simone voller Mitgefühl.

»In die schlimmste Einsamkeit gerät man dann, wenn man seine Gefühle nicht ausdrücken kann«, fährt Faustina fort. »Dann entsteht ein abgrundtiefer Abstand zur Außenwelt; man kann sich mit nichts trösten oder ablenken.«

»Schon mit fünfzehn Jahren«, wiederholt Simone. »Die Natur ist oft grausam zu ihren Lieblingsgeschöpfen. Ein so reizendes Mädchen wie du. So wie es verboten ist, das junge Wild zu jagen, das sich nicht verteidigen kann, müßte die Leidenschaft auch die Jugend verschonen, ihr Zeit lassen.«

»Simone«, unterbricht ihn Faustina, »es tut mir überhaupt nicht leid. Pietro war ein paar Jahre älter, und man konnte es ihm von den Augen ablesen, daß ihm ein besonderes Schicksal bevorstand. Er ging schon sehr früh weg, aber keiner konnte mich daran hindern, an ihn zu denken. Er war in jenen Jahren der Verzweiflung mein geheimer Begleiter. Ich habe nie damit gerechnet, ihn wiederzusehen: Nach so langer Zeit kann ich mir nicht einmal vorstellen, was aus ihm geworden ist; aber in meinen trostlosen Augenblicken hat er mir durch sein Beispiel Kraft gegeben.«

»Verzeih mir, wenn ich jetzt wage, dir eine Frage zu stellen, Faustina«, sagt Simone. »Sie würde in jeder anderen Lage oder in jeder anderen Verfassung wie eine dumme Indiskre-

tion klingen, aber nach all dem, was wir uns jetzt erzählt haben, ist es vielleicht meine Pflicht.«
»Alles, was du zu mir sagst, kann doch nur aufrichtig und freundschaftlich gemeint sein, Simone.«
»Liebst du Don Severino wirklich?«
»Sicher, Simone.«
»Habt ihr nie darüber nachgedacht, daß es besser wäre, zu heiraten?«
»Nie, Simone. Ich liebe Severino so wie ich, wenn du es erlaubst, künftig auch dich lieben werde; und nicht anders.«
»Oh, du Glückliche«, sagt Simone tief bewegt. »Ich hätte nicht gedacht, daß du so vom Schicksal auserwählt bist.«
Aber das Mädchen ist in Gedanken schon anderswo.
»Ich verstehe nichts von Politik«, sagt Faustina nach langem Schweigen. »Und ehrlich gesagt interessiert sie mich auch nicht. Ich verstehe jeden, der sein Leben für einen Menschen einsetzt; aber für Ideen? Wenn ich zur Zeit der Katakomben gelebt hätte, hätte vielleicht auch ich mein Leben Jesus geopfert; aber dem Christentum? Wie schade, Simone«, fährt sie leiser fort, »daß ein Mann wie Pietro sich mit Politik eingelassen hat.«
»Das befürchtete ich auch, bevor das Glück ihn in mein Haus gebracht hat, Faustina«, sagt Simone lächelnd. »Es klingt wie ein Märchen, und wenn es Weihnachten geschehen wäre, hätte ich es für eine himmlische Gnade halten können. Ich fand ihn in meinem Haus vor wie irgendein absurdes Geschenk, das man eines Morgens im Rauchfang des Kamins findet; in solchen Fällen gibt es nur eine Erklärung, nämlich, daß ein Wunder geschehen ist. Glaub mir, Faustina, er hat mit Politik nichts zu tun; ich meine mit den Kämpfen und Verschwörungen und Intrigen, um an die Macht zu gelangen. Befehlen ist der geheime Traum von Sklaven, und er ist das Gegenteil eines Sklaven. Auch er ist weggelaufen, das ist die Wahrheit, auch er hat sich absetzen

oder, wie du sagst, sich retten wollen. Genau wie du, wie Don Severino, wenn ich das sagen darf, wie ich und andere, jeder auf seine Art. Aber er hat den Weg gewählt, der am weitesten führt, er hat die Armen entdeckt oder vielmehr die Materie, aus der die Armen gemacht sind, die Erde, den Mist.«
»Das läßt sich leicht sagen. Wer kennt schon die Armen nicht?« ruft Donna Faustina aus. »Die Erde wimmelt von ihnen, wie von Würmern.«
Aber Simone ist anderer Meinung.
»Ich bin jeden Tag mit ihnen zusammen, auf der Straße, in der Kneipe, ich kenne viele von ihnen, und dem Aussehen nach unterscheide ich mich in nichts von ihnen. Als Pietro anfing, über die Cafoni zu reden, mußte ich unwillkürlich lächeln, weil ich dachte, er ist eben einer jener humanitären jungen Herren, die sich zum Volk herablassen. Aber dann habe ich gemerkt, daß es bei ihm etwas ganz anderes ist. Faustina, er ist nämlich unter der Erde gewesen und hat die Welt von innen gesehen, und dieser Blick auf die Dinge ist ihm geblieben. Nein, Faustina, glaub mir, er ist nicht einer jener Intellektuellen, jener Grübler und Haarspalter; er ist noch immer ein Junge von hier, ein Junge vom Lande, nur ein wenig zerstreut und merkwürdig, man merkt ihm nicht einmal an, daß er studiert hat. Es war sein Schicksal, daß er unter die Erde mußte und jedes Ding von innen sah, daher läßt er sich vom äußeren Anschein nicht täuschen. Er sieht, daß die Dinge, die von der Welt verehrt und angebetet werden, nichts wert sind, und daher verachtet er sie; und er sieht, daß die Dinge, über die die Welt lacht und die sie verabscheut, die einzig wahren und echten sind. Aber wie soll ich dir das alles richtig erklären, Faustina?«
»Oh, erzähl, erzähle«, fleht ihn Faustina mit Tränen in den Augen an.
Simone lächelt, stopft die Pfeife und steckt sie mit einem

brennenden Holzscheit aus dem Kamin an. Faustina schiebt noch eine volle Kaffeekanne ans Feuer. Den Rest der Nacht verbringt Simone mit Erzählen.

XX

»Du siehst ein wenig müde aus«, sagt Faustina. »Willst du mir nicht die Zügel geben? Und hör auf, mich Donna Faustina zu nennen, wenn du nicht willst, daß ich dich mit Don Pietro anspreche.«
»Ich bin nicht müde, sondern ich habe es einfach satt«, erwidert Pietro. »Immer nur fliehen, überleg doch, Faustina.«
»Dabei war es diesmal wirklich nötig. Wenn du nur noch ein wenig gezögert hättest, wärest du ihnen in die Falle gegangen.«
»Warum war das nötig? Können nicht ein einziges Mal auch die anderen fliehen und sich verstecken?«
»Welche anderen?«
»Die Polizisten und ihre Freunde.«
»Du vergißt, daß sie die Stärkeren sind.«
»Die Stärkeren? Der Schein trügt, Faustina. Warum glaubst du, sind sie die Stärkeren? Vielleicht, weil sie Uniform tragen?«
»Und außerdem, wenn sie fliehen würden und du sie verfolgen würdest, dann wärst doch du der Häscher. Ich verstehe nicht, was daran gut sein soll.«
»Wer hat denn gesagt, daß ich sie verfolgen würde? Wie kannst du so etwas Gemeines annehmen? Wenn sie doch nur fliehen würden, ich würde sie ganz bestimmt nicht verfolgen, glaub mir, Faustina.«
»Dann würde es bestimmt Simone tun oder sonst jemand. So sind die Spielregeln, Pietro, da kann man nichts machen, wir haben das Spiel nicht erfunden, entweder bist du der Hase oder der Hund.«
»Und wenn einer sich verweigert?«
»Dann verstößt er gegen die Spielregeln und muß fliehen, also die Rolle des Hasen übernehmen. Gib acht, Pietro, gleich fährst du in den Straßengraben.«

»Keine Angst, das Pferd hier wäre für einen Landarzt geeignet, jedes Kind kann es lenken. Es ist bestimmt nicht falsch, was du da vorhin gesagt hast, Faustina, aber ich kann mich mit diesem Dilemma nicht abfinden.«
»Leider entspricht die Wirklichkeit nicht unserem Geschmack, sie ist älter.«
»Die Wirklichkeit?« fragt Pietro neugierig. »Was ist das für eine teuflische Erfindung?«
Faustina widerspricht ihm, aber man merkt, daß ihr seine Art unvernünftig zu reden, gefällt.
Die schmale, zweisitzige leichte Kalesche auf zwei hohen dünnen Rädern scheint das ideale Fahrzeug für diese schmutzige und holperige Straße; und das Pferd (Belisario, eines der beiden Pferde von Donna Maria Vincenza) zieht sie vorsichtig, wobei es mehr auf seinen Instinkt, als auf die unerfahrene Hand Pietros vertraut. Die beiden Reisenden tragen dicke Pelzmäntel und haben den Kragen bis zu den Ohren hochgeschlagen; so sind sie gegen die beißende Kälte geschützt und gleichzeitig fast unkenntlich. Die Frau unterscheidet sich von dem Mann nur durch einen grünen Schal, den sie wie einen Turban um den Kopf gewickelt hat, während Pietro eine Pelzmütze tief in die Stirn gezogen hat. Er sieht sich unentwegt um, interessiert sich für jedes Ding, jeden Baum, jedes Haus, jeden Vorübergehenden und grüßt mehrmals irgendwelche unbekannten Männer und Frauen zuvorkommend mit Verbeugungen und winkt ihnen zu. Dieses Verhalten macht Faustina nervös.
»Weißt du, Pietro«, gibt sie ihm schließlich zu bedenken, »es wäre besser, nicht so viel Aufmerksamkeit zu erregen.«
»Glaubst du denn, man macht damit, daß man die Leute grüßt, auf sich aufmerksam?«
»Wenn ein vornehm gekleideter und von einer Dame begleiteter Mann von seinem Wagen aus einen Cafone, der

zu Fuß geht, als erster grüßt, dann muß das doch Aufmerksamkeit erregen.«

»Merkwürdig, und warum?«

»Es ist nicht üblich. Hast du die Gebräuche dieses Landes vergessen?«

»Entschuldige, ich wußte nicht, daß du so großen Wert auf die Gebräuche dieses Landes legst!«

Die Straße verläuft neben dem ausgetrockneten Bett eines Gebirgsbaches, eines breiten gelben Schlammstroms mit Inselchen aus weißen Steinen, die lang und porös sind wie Hundeknochen; das andere Ufer wird von einer Reihe kahler Bäume, blauen Lärchen und Silberpappeln gesäumt. Ein paar schwarzgekleidete Frauen knien am Damm, wo ein schmales Rinnsal fließt, waschen und schlagen ihre Wäsche aus und häufen sie neben sich auf, dabei singen sie ein langsames Lied mit gedehnten traurigen Kadenzen, das eher wie ein Kirchenlied, wie eine Litanei klingt.

»Was meinst du, wie lange Simone und Infante brauchen, bis sie uns einholen?« fragt Pietro nach langem Schweigen.

»Das hängt vom Esel ab«, erwidert Faustina. »Morgen im Laufe des Tages werden sie wohl kommen; ich bin diesen Weg noch nie gefahren.«

»Acquaviva wird nicht groß sein, wir können am Ortseingang auf sie warten, ihnen entgegengehen.«

Die schmale Straße führt nun zwischen zwei mit Weinstöcken und ein paar Bäumen bepflanzten Hügeln hindurch. Pietro erkennt die einzelnen Bäume, obwohl sie kahl und skelettartig sind, rötliche Kirschbäume, braune Birnbäume, graue Mandelbäume, er kann auch den Geschmack ihrer Früchte beschreiben. Bis hierher reicht das Land der Spinas, das Reich Donna Maria Vincenzas.

In einem der Weinberge stand früher ein Häuschen, in dem Pietro als Junge manchmal mit Gleichaltrigen Rast bei einem Ausflug gemacht hatte. Rings um das Häuschen, das ge-

wöhnlich als Schuppen für landwirtschaftliches Gerät und als Schutzhütte für den Feldhüter diente, standen Rosenstöcke, von denen es fast ganz bedeckt war.
»Einmal bist auch du hier gewesen«, sagt Pietro zu Faustina. »Onkel Saverio hatte uns im Wagen hergebracht.«
»Daran erinnerst du dich noch?«
»Du hattest ein wunderschönes hellblaues Kleid an und weiße Bänder in den Zöpfen.«
»Ich hatte es dir zu Ehren angezogen.«
»Onkel Saverio schenkte dir eine weiße Rose, die du dir an die Brust stecktest.«
»Um die hatte ich dich gebeten. Ich hatte zu dir gesagt: Ich möchte gern diese Rose.«
»Ja, der Onkel war schneller. Das hat mir nicht wenig zu schaffen gemacht.«
»Auf dem ganzen Ausflug hast du nicht ein einziges Wort mit mir gesprochen. Du hast immer nur mit den anderen Jungen über Bücher geredet.«
»Ich war ziemlich dumm«, gibt Pietro zu.
Jetzt ist das Häuschen spurlos verschwunden; und viele Bäume sind gefällt worden, die ganze Gegend wirkt jetzt trister, als wäre sie in Trauer. Doch als der Wagen durchs Dorf fährt, wird dort gerade das Brot aus dem Backofen herausgeholt, der frische Brotgeruch stimmt Pietro zärtlich.
»Immer nur eingesperrt zu sein, ist gewiß auch nicht gut«, lenkt er versöhnlich ein. »Wollen wir einen Laib kaufen?«
»Wenn du Hunger hast, hier in der Tasche ist Proviant von deiner Großmutter.«
Aber nicht darauf hat Pietro Hunger. An den Hauseingängen stehen schwatzende und spinnende Frauen; auf dem Marktplatz stehen Männer bewegungslos herum.
»Worauf sie wohl warten?« fragt Pietro.
Es kommt ihm so vor, als warteten sie schon seit seiner Kindheit; schon als kleiner Junge sah er sie warten. Wie

lange werden die Ärmsten noch weiterwarten? Auf einem hohen Sockel mitten auf dem Platz steht ein Holzkreuz mit einem eisernen Hahn an der Spitze; der Hahn hat den Schnabel weit aufgerissen, als wollte er gleich loskrähen; aber wie lange wird er noch warten müssen?
»Vielleicht hat er so viel gekräht, daß er nun heiser geworden ist und die Stimme verloren hat«, sagt Faustina.
Nachdem sie das Dorf hinter sich gelassen haben, führt die Straße in weiten Kehren langsam aufwärts. Während die Linien in der Ebene braun und horizontal waren, werden sie jetzt aschgrau und vertikal; man sieht die gebeugten, fast auf der steinigen Erde knieenden Bauern geradezu vor sich, wie sie die Linien von unten nach oben gezogen haben. Die Straße steigt immer steiler hinauf, das Pferd kommt nur noch langsam voran, es schnaubt und schwitzt. Die Erde ist jetzt schneebedeckt, am Straßenrand gibt es Verwehungen. Dann werden die Anhöhen flacher, dehnen sich zu Wiesen, die Abstände werden größer. Nun erfaßt das Auge den ganzen Gebirgsbogen um die breite Ebene des Fucino: einen wohl hundert Kilometer umfassenden Kranz von Bergen, großen schneebedeckten kahlen Kalkmassiven, die fernsten und höchsten sind schroff, die anderen, der Ventrino, der Sirente, der Velino, der Ciocca, der Pietrascritta, der Turchio und der Parasano haben runde Kuppen. Über diesen geschlossenen Kreis der aschweißen Berge spannt sich der Himmel, der heute wie ein schweres gelbes Zelt mit roten Streifen erscheint. Diese Berge bildeten einst die Grenze von Pietros Kinderwelt; Donna Maria Vincenza hat sie nie überschritten. Sie sind nun schon über zwei Stunden unterwegs, und doch scheinen sie erst am Anfang ihrer Reise zu sein. In einer Senke zwischen zwei kahlen Bergen durchquert der Wagen nun ein vom Erdbeben zerstörtes Dorf, das auch von den wenigen Überlebenden verlassen worden ist.
Einige Häuser inmitten der Steinhaufen und Mauerreste

scheinen noch heil, aber aus ihren Fenstern und durch ihre Dächer wachsen unvermutet Bäume. Auf dem Geländer eines zur Straßenseite gelegenen eleganten kleinen Balkons spaziert seelenruhig eine Maus umher. Faustina zuckt bei ihrem Anblick zusammen, aber Pietro lächelt, zieht den Hut und grüßt sie höflich und herzlich wie eine alte Bekannte. Nachdem sie um eine Kurve gebogen sind, sehen sie gleich darauf ein großes hölzernes Kruzifix, das auf einem Granitblock errichtet worden ist. Ein blutüberströmter sterbender Christus, dessen Todeskampf furchtbar anzusehen ist, wurde an Händen und Füßen so fest angenagelt, daß er bestimmt nicht entfliehen kann. Faustina erschaudert wieder, während Pietro auch diesmal lächelt, den Hut zieht und grüßt.
»Er ist noch nicht tot«, sagt Pietro.
»Was für ein Land«, murmelt Faustina entsetzt vor sich hin und bedeckt ihr Gesicht mit den Händen. »Wohin bringst du mich?«
»Es ist unser Land, Faustina, das Land unserer Seele«, sagt Pietro zärtlich und legt ihr eine Hand auf die Schulter. »Erkennst du es nicht?«
Pietro ist zwischen Weinbergen und Mandelbäumen auf den Hügeln geboren und aufgewachsen, wie übrigens auch Faustina. Im Gebirge ist er einerseits aus angeborener Trägheit und andererseits aus Gleichgültigkeit gegenüber der sogenannten Natur, nur selten in seinem Leben gewesen. Seine kühnsten Bergbesteigungen hat er im Ausland in bequemen Seilbahnen gemacht; aber diese Landschaft, die er nun zum erstenmal in seinem Leben durchquert, berührt ihn so tief, daß seine Kehle wie zugeschnürt ist. Wenn er allein wäre, würde er jetzt bestimmt weinen. Er kann seinen Augen kaum trauen und sieht sich ängstlich um, als hätte er Angst, das Opfer einer Halluzination zu sein. »Mein Land«, stammelt er. Er betrachtet es ganz genau, erkennt mit erstaunten, von Tränen verschleierten Augen jede Einzelheit.

»Sieh mal, Faustina, diese Steinmäuerchen da umschließen die Pferche, in die die Schafherden im Sommer über Nacht getrieben werden.« (Zur Zeit überwintern die Schafe in Apulien, erklärt er.) »Siehst du diesen Felsblock? Daneben errichten die Hirten ihre Strohhütte. Über den Eingang zu ihrer Hütte hängen sie das geweihte Bild des heiligen Panfilo, vor der Hütte melken sie die Schafe, machen Feuer, kochen die Milch ab, bereiten die Weidenkörbe für den Käse vor. Unter dieser aufgeschichteten Steinmauer ist im Sommer vielleicht eine kleine Quelle, die Erde ringsum ist dann weich und feucht, mit zartem Gras bewachsen. Siehst du es? Aber man muß achtgeben, das Wasser ist zu kalt für die Schafe, sie würden krank, wenn sie es tränken, man muß sie also ins Tal an einen sonnenbeschienenen Bach zur Tränke führen.«

»Woher weißt du das?« fragt Faustina.

Diese Landschaft ist alles andere als heiter, selbst im Sommer wirkt der Berg kahl; daß die Schafe hier überhaupt satt werden, ist ein Wunder. Der Boden ist arm, steinig und trocken, die spärliche Vegetation zwischen den Steinbrocken wird im Sommer gelb, als würde sie von einem unterirdischen Feuer versengt, alles Regenwasser wird von den Höhlen und Löchern verschluckt. Nicht umsonst war dies früher eine von Eremiten bewohnte Gegend. Aber die Schafe lassen sich woanders nicht ansiedeln, dies ist ihr Land, hier sind sie geboren, im Winter werden sie gezwungen, nach Apulien zu ziehen, aber im Sommer bringt man sie wieder hierher.

»Unter dem Schnee keimen jetzt die harten kleinen Samen des Rosmarins und des Thymians für sie; ich weiß nicht, ob du sie kennst.«

»Unter dem Schnee?« fällt ihm Faustina ins Wort.

»Wie oft habe ich in den Nächten im Exil von diesem Boden, diesen Höhen, diesem Leben geträumt, ohne es je gekannt zu haben«, sagt Pietro.

Da er ihr versichert, daß dies sein Land sei, das wiedergefundene Land seiner Seele, zwingt sich Faustina, diesem trostlosen Land zuzulächeln. Sie versucht, ihren ersten schrecklichen Eindruck zu verwischen, genauer besehen findet sie es gar nicht so schrecklich, vielleicht nur ein wenig unwirtlich, ein wenig kahl und bitter. Die Straße führt noch weiter aufwärts, der Schnee wird immer weißer und immer höher, die Luft ist rauher und schärfer. Nun kommt ein heftiger Wind auf, dessen Heulen aus der Tiefe der Berge nachklingt.
Der Wagen erreicht das letzte auf der Seite des Fucino gelegene Dorf, ein Häuflein schwarzer Hütten und verräucherter Höhlen, die von einem spitzen Kirchturm überragt werden. Aus diesen Behausungen dringt starker Ziegengestank, Pietro und Faustina sehen beim Durchfahren zwei oder drei erdfarbene Eselchen und ein paar gespenstische schwarzgekleidete magere Frauen mit feindseligen Blicken. Obwohl Schnee liegt, läßt sich an der Bodenformation erkennen, daß die angebauten Felder an dieser Stelle enden; das Gelände wird felsig, ist von Höckern, steilen Felsen, Geröllhalden durchzogen; hier wachsen auch keine Bäume mehr, nur da und dort noch ein paar schwarze Büsche. Die schneebedeckten kahlen Berge türmen sich auf und verbinden sich mit ihren Ausläufern zu einem Höhenzug. Als der Wagen den Paß erreicht hat, dreht sich Pietro im Bewußtsein, hier eine Grenze zu überschreiten, um.
»Da wartet jemand auf dich, der mit dir reden will«, sagt Faustina erblassend und zieht heftig an den Zügeln.
Von der Straßenseite, an der drei verlassene schwarze Hütten stehen, nähert sich ein Reiter.
»Wer ist das?« fragt Pietro neugierig.
Pietro überläßt Faustina die Zügel, springt vom Wagen und geht auf den Mann zu, der nun vom Pferd steigt. Er sieht aus wie ein reicher Landwirt, ist groß, kräftig, aber ein wenig gebeugt und schon älter.

»Erkennst du mich nicht?« fragt der Mann, der seine Erregung nur mühsam beherrscht.
»Onkel Bastiano?« fragt Pietro überrascht und bleibt ein paar Schritte vor ihm stehen. »Na, du bist nicht so leicht wiederzuerkennen; du Armer, mit dir ist es ja wirklich weit gekommen.«
Onkel und Neffe zögern, sich zu begrüßen.
»Was heißt, mit mir ist es weit gekommen«, erwidert Don Bastiano tief getroffen. »Ich bin noch immer da, wo ich geboren wurde, das ist die Wahrheit.«
»Du hast dich so lange mit diesem miesen Calabasce gestritten«, fährt Pietro fort, »bis du langsam genauso geworden bist wie er.«
»Wen gibt es denn außer ihm?« protestiert Don Bastiano aufgebracht. »Ist es vielleicht meine Schuld, daß ich immer nur über ihn stolpere?«
»Ein anderer hätte sich dann eben mit Gott angelegt.«
»Glaubst du denn noch an ihn?«
»Oder mit dem Teufel.«
»An den glaubst du auch?«
»Oder was weiß ich, sich mit der Regierung angelegt.«
»Die Politik hat mich nie gereizt; das Geschwätz langweilt mich.«
»Dann hättest du ja mit dir selber streiten können.«
Reglos wie eine Mauer steht das Pferd zwischen Onkel und Neffe. Don Bastiano stützt sich mit den Unterarmen auf die Kruppe des Tieres, um leise sprechen zu können.
»Weißt du«, sagt er, »ich kämpfe schon zwanzig Jahre gegen mich selber. Und auch gegen dich. Du kannst dir gar nicht vorstellen, wie sehr du mich in diesen letzten Jahren verfolgt hast.«
»Du hast dich bemüht, aber es hat nichts geholfen«, sagt Pietro. »Calabasce hat dich geschlagen.«
»Es ist noch nicht zu Ende«, versetzt Don Bastiano. »Ich bin

noch nicht unter der Erde. Aber das geht dich nichts an, und es interessiert dich auch gar nicht. Ich bin wegen einer anderen Sache hierhergekommen. Ich muß dir eine bestimmte, sehr peinliche Sache beichten.«

»Davon kann ich dich gleich dispensieren«, fällt ihm Pietro ins Wort, »im übrigen weiß ich schon, worum es geht.«

»Du kannst es nicht wissen. Du kannst es dir nicht einmal vorstellen.«

Don Bastiano zieht aus einer Innentasche seiner Jacke eine abgegriffene alte Lederbrieftasche und hält sie in seinen zitternden Händen fest.

»Ich bitte dich«, fleht Pietro, »ich bitte dich inständig, Onkel, laß diese verdammte Brieftasche sein und erzähle mir jetzt nicht diese unglückselige alte Geschichte. Ich kenne sie schon.«

»Du kannst sie nicht kennen«, wiederholt Don Bastiano verwirrt und fast stotternd. »Du kannst sie dir nicht einmal vorstellen; und ich muß sie dir jetzt erzählen, ich muß mich endlich einmal davon befreien und dieses Gift ausspucken, das mir seit so vielen Jahren die Eingeweide zerfrißt.«

»Hör zu«, sagt Pietro schroff. »Ich werde dir helfen, diese verdammte Geschichte zu erzählen. Auch mich hat sie, wenn auch aus ganz anderen Gründen, viele Jahre lang bedrückt, und auch ich habe schließlich Gewissensbisse gehabt...«

»Gewissensbisse, du?« fällt ihm Don Bastiano ins Wort.

»Komm«, sagt Pietro, als er bemerkt, daß sein Onkel sich an der Mähne des Pferdes festhalten muß, um nicht umzufallen. Die beiden setzen sich auf die Treppe eines der unbewohnten Häuser gleich daneben. Pietro hat das Pferd an einem in die Mauer eingelassenen Ring festgebunden.

»War es in der dritten oder in der vierten Nacht nach dem Erdbeben?« fragt Pietro seinen Onkel.

»Du warst doch fast noch ein Kind«, sagt Don Bastiano

kopfschüttelnd. »Du konntest es nicht wissen, du kannst dich nicht daran erinnern.«

»Es war wohl der Abend des vierten Tages nach dem Erdbeben«, fährt Pietro in seiner Erzählung fort. »Ich war damals vierzehn Jahre alt, also fast noch ein Kind, wie du sagst, ich hatte mich den ganzen Tag angestrengt, die Trümmer wegzuräumen, unter denen meine Mutter begraben war.«

»Am Morgen hatte ich auch dabei geholfen, ich weiß nicht, ob du dich daran noch erinnerst.«

»Venanzio war ebenfalls dabei; und eine Zeitlang auch die Großmutter.«

»Bis man uns sagte, daß Saverio unter den Trümmern seines Hauses um Hilfe rief und nur leicht verletzt war.«

»Am späten Nachmittag jenes Tages«, fährt Pietro fort, »wollte ich schon die Suche aufgeben, als ich dann doch die Leiche meiner Mutter entdeckte; so sehr ich mich auch anstrengte, konnte ich sie nicht gleich herausziehen, weil ihre Knie von einem schweren Eisenblech eingeklemmt waren. Das erzählte ich dir dann, als ich spät abends in die Notunterkunft zurückkehrte, die du in deinem Gemüsegarten errichtet hattest. Da ich an jenem Abend nicht einschlafen konnte, erzählte ich dir, daß bei meinen vergeblichen Versuchen, die Leiche meiner Mutter aus dem Schutthaufen zu ziehen, aus ihrer Schürze eine dicke Brieftasche gerutscht sei.«

»An all das erinnerst du dich?« stammelt Don Bastiano erschaudernd.

»An jedes Wort unserer Unterhaltung, an jede Bewegung«, fährt Pietro fort. »Das Gedächtnis von Kindern ist schrecklich. Warum, so fragte ich dich, hatte meine Mutter ausgerechnet am Tag des Erdbebens so viel Geld bei sich? Vielleicht hatte sie vor, gerade an diesem Morgen zur Bank zu gehen, hast du mir erklärt. Jedenfalls sagte ich zu dir, daß es mir unwürdig vorgekommen sei, mich um das wenige oder viele Geld zu kümmern, das sie bei sich hatte, bevor ihre Leiche aus den Trümmern geborgen war.«

»Dann hat dich die Müdigkeit überwältigt und du bist eingeschlafen«, murmelt Don Bastiano. »Nachdem ich die Lampe gelöscht hatte, legte auch ich mich aufs Stroh.«

»Wenig später habe ich die Augen wieder aufgemacht«, erzählt Pietro weiter »und sah am Eingang zu unserer Unterkunft eine kräftige Männergestalt stehen, die da eine Weile zu horchen schien. Obwohl ich noch keine genaue Vorstellung hatte, erfüllte mich dieser Anblick mit unglaublichem Schrecken. Ich wollte schreien, konnte aber nicht, es war, als hätte mir eine starke Hand die Kehle zugedrückt. Sobald du dann weggegangen warst, sprang ich auf und folgte dir. Der Himmel war in jener Nacht bedeckt, aber wegen des Schnees und der drei oder vier Feuer, die an den höchsten Stellen des Dorfes brannten, um die Wölfe fernzuhalten, konnte man doch etwas sehen, und so folgte ich dir ohne Mühe aus der Ferne.«

»Einen Augenblick lang hatte ich tatsächlich den Eindruck, verfolgt zu werden.«

»War das in der Gasse beim Backofen? Dort stolperte ich über einen leeren Benzinkanister und fiel zu meinem Glück in einen Graben, so daß du mich nicht sehen konntest, als du dich umdrehtest.«

»Ich dachte, es wäre ein Hund gewesen.«

»Als mir klar wurde, welches das Ziel deines nächtlichen Ausflugs war und ich dich an jener Stelle zwischen den Trümmern wühlen sah, wo ich wußte, daß die Leiche meiner Mutter lag, packte mich Entsetzen, und zwar weniger, weil ich dich wegen deiner gemeinen Geldgier haßte oder verabscheute, als aus panischer Angst, du könntest meine Anwesenheit entdecken.«

»Verfluchte Nacht«, murmelt Don Bastiano.

»Am nächsten Tag wurde mir bewußt, daß ich nicht mehr

derselbe war wie vorher«, sagt Pietro. »Zum Erwachsenwerden braucht man ein ganzes Leben, aber um alt zu werden, reicht eine Nacht wie jene.«

Don Bastiano streckt Pietro mit zitternden Händen die alte Brieftasche entgegen, doch dieser beachtet sie nicht, so daß sie zu Boden fällt.

»Verfluchtes Geld«, sagt Pietro, »verfluchter Feind.«

Er hebt die Brieftasche auf und zieht vorsichtig, ebenso angeekelt, als fasse er in ein Vipernnest, die Geldscheine heraus; dann holt er eine Schachtel Streichhölzer aus der Tasche und verbrennt die Geldscheine langsam einen nach dem anderen, immer drei oder vier gleichzeitig und ohne auch nur einen Fetzen übrigzulassen. Don Bastiano zuckt dabei zusammen, als habe man ihm einen Faustschlag versetzt; er klammert sich mit den Händen an seinem Steinsitz fest und verzieht sein Gesicht zu einer schmerzlichen Grimasse. Aber Pietro setzt sein Zerstörungswerk seelenruhig fort, in der einen Hand hält er drei oder vier Geldscheine, in der anderen ein brennendes Streichholz. Die von der Flamme berührten Scheine rollen sich zunächst zusammen und zerfallen dann rasch zu Asche; am Ende liegt ein Häuflein schwarzer Asche auf der Erde. Der alte Don Bastiano atmet jetzt röchelnd, als habe er eine schwere Operation hinter sich.

»Verfluchtes Geld«, sagt Pietro, »verfluchter Feind.«

Er steht auf und verstreut die Asche mit einem kräftigen Fußtritt.

»Du siehst müde und niedergeschlagen aus«, sagt Faustina, als er zum Wagen zurückkehrt. »Habt ihr euch gestritten?«

»Fahren wir los«, antwortet Pietro. »Wir sind schon sehr spät dran.«

»Bastiano ist immer schon eine arme gequälte Seele gewesen«, sagt Faustina. »Er hätte einen Freund gebraucht; aber alle streiten mit ihm. Hätte ich ihn nicht hier heraufkommen lassen sollen?«

»Doch, im Gegenteil, ich danke dir.«

Am gegenüberliegenden Abhang breitet sich zwischen zwei hohen Bergketten mit tiefeingeschnittenen engen Seitentälern eine riesige Talebene aus. Das Pferd ist schaumbedeckt, es keucht, schnaubt und quält sich ab; dabei haben sie erst die Hälfte des Weges zurückgelegt, wer weiß, ob der arme Belisario den Rest noch schafft. Wie der Dampf einer siedenden Kaffeemaschine pfeift sein Atem aus den geweiteten Nüstern. Die Straße führt nun in steilen weiten Kehren hinab. Das vollkommen baumlose und unbewohnte Gebirge ist von tiefen Klammen und kleinen Terrassen durchschnitten; riesige erratische Blöcke hängen an verschiedenen Stellen bedrohlich senkrecht auf die Straße herab. Am grauen Himmel wandern dichte Wolken rasch vorüber; wenn man sie betrachtet, scheinen sie stillzustehen, während sich Gebirge und Tal fortbewegen.

»Wenn wir weiter so vorankommen, sind wir morgen früh in Dalmatien«, sagt Pietro.

»In Dalmatien?« fragt Faustina besorgt.

»Vielleicht auch noch weiter«, setzt Pietro noch einen drauf.

»Was heißt, noch weiter?«

»Ich meine«, erklärt er, »das Gebirge und wir mitten drin.«

Unten im Tal ist kein Licht oder irgendein anderes Zeichen von Leben zu erkennen; nur ganz in der Ferne funkeln auf halber Höhe der Berge ein paar Dörfer wie leuchtende kleine Trauben; aber um dorthin zu gelangen, braucht man noch mehrere Stunden. Pietro kann sich auf einmal vor Müdigkeit nicht mehr aufrecht halten; vielleicht wegen der plötzlichen Höhenunterschiede, vielleicht auch, weil ihn die Begegnung mit seinem Onkel so erregt hat, beginnt sein Herz zu hüpfen und dann wieder wie stillzustehen. Faustina merkt es, nimmt ihm die Zügel aus der Hand und rät ihm, die Augen zu schließen. Aber der Wagen rüttelt unablässig, und der Sitz hat auch, wie es bei dieser Art von Gefährt üblich ist, keine

Rückenlehne, an der der Kopf oder wenigstens der Rücken ruhen könnte; wer sich vom Schlaf übermannen läßt, kann leicht unter die Räder geraten. Pietro läßt sich auf das Fußbrett hinabgleiten und kauert sich da zusammen, wobei er den Nacken auf den Sitz stützt. Doch an Schlaf ist nicht zu denken. Als einzige sichtbare Wirklichkeit hat er jetzt die Kehrseite des Pferdes vor Augen, und diese massige schwerfällige Materie wird eine Wirklichkeit für sich, reine unabhängige Animalität, die aus zwei gewaltigen Hinterbacken, einem schwarzen Schweif, der unablässig in Bewegung ist, und dem dunklen After besteht.
»Was hast du? Alpträume?« fragt ihn Faustina mit einer Stimme, die ihn überrascht und die wie Balsam für seine Seele ist.
Er verbirgt sein Gesicht in einem Zipfel ihres Mantels, sie legt ihm eine Hand auf den Kopf und streichelt ihn. Als habe sie damit aber schon ihre äußerste Grenze überschritten, wagt sie nicht mehr als diese scheue Geste.
»Versuch doch zu schlafen«, sagt sie und überläßt ihm einen größeren Zipfel ihres Mantels. »Vielleicht haben wir noch einen langen Weg vor uns.«
Er schließt die Augen. Faustina verströmt einen wunderbaren Geruch nach Frühlingskräutern. Aus der Tiefe des Tals ist jetzt immer stärker das regelmäßige Rauschen eines Flusses zu hören. Er erfüllt das ganze Tal mit seinem Rauschen, und der Wagen bewegt sich schaukelnd voran wie ein winziger Kahn auf schwarzen Gewässern. Als Pietro sehr viel später die Augen wieder aufschlägt, sieht er am Ende der Straße ein Haus mit einer Laterne und hundert Meter weiter den Anfang eines großen Dorfes vor sich liegen. Zuerst fühlt er große Erleichterung über dieses »Land in Sicht«, das die Anstrengungen der Reise vergessen läßt; dann aber beschleicht ihn Verlegenheit, weil sie dort in eine zweifelhafte Lage geraten werden, über die sie während der ganzen Fahrt nicht

zu sprechen gewagt haben. Jetzt scheint es beiden zu spät, noch darüber zu reden, ja, sie wagen nicht einmal mehr, sich anzusehen.

Auf der menschenleeren stillen Hauptstraße begegnen ihnen zwei Carabinieri, die so finster daherkommen wie zwei Gefängniswärter auf ihrem Rundgang.

»Wo ist hier ein anständiges Hotel?« fragt Pietro.

»Es gibt nur ein einziges, dort unten nach der Kurve auf dem Marktplatz«, erwidert der eine Carabiniere.

»Es ist aber mehr ein Gasthaus als ein Hotel«, erklärt der andere nach einem Blick auf die Dame.

Nachdem sie lange kräftig an die Tür des Gasthauses geklopft haben, antwortet von innen eine Männerstimme. Bevor der Mann selber erscheint, geht eine große kugelförmige Lampe über der Eingangstür an, die die beiden Reisenden und das Schild »Hotel Vittoria, ehem. Am Markt« beleuchtet. Pietro bemerkt die ungewöhnliche Blässe Faustinas.

»Faustina«, murmelt er ihr noch zu, »mach dir keine Gedanken.«

Während der Wirt sich beflissen und geschwätzig um Pferd und Wagen kümmert, ergreift seine verschlafene Frau, deren Kleider offenstehen, die Koffer und führt die unentschlossenen und zögernden Ankömmlinge hastig über eine dunkle und übelriechende Treppe in das einzige verfügbare Zimmer im zweiten Stock.

»Haben Sie nicht noch ein zweites Zimmer frei?« beharrt Pietro. »Wir würden schon das Nötige zahlen.«

»Nein«, erwidert die Frau gähnend. »Wozu brauchen Sie das? Haben Sie auch die Kinder dabei?«

Die beiden antworten nicht.

»Für die Kinder kann ich in Ihrem Zimmer noch eine Matratze auf den Boden legen«, fährt die Frau fort, während sie das Bett von beiden Seiten aufdeckt. »Auch ich habe als kleines Mädchen auf dem Boden geschlafen.«

»Wir würden schon das Nötige zahlen«, wiederholt Pietro.
»Gute Nacht, schlafen Sie wohl«, sagt die Frau, nachdem sie zwei Handtücher auf die Waschschüssel gelegt hat, dann verschwindet sie und schließt die Tür hinter sich. Kurz darauf kommt sie noch einmal herein: »Ich habe vergessen, Ihnen zu sagen«, erklärt sie noch, »daß der Abort hinter der Bocciabahn im Hof ist; falls der Hund anschlägt, brauchen Sie keine Angst zu haben, er hat noch keinen gebissen.«
In dem Zimmer steht ein riesiges Ehebett, ein wahrer Exerzierplatz, ein rituelles Möbelstück wohl noch aus den Zeiten des Matriarchats, rechts und links davon wie zwei Schilderhäuschen die üblichen stinkenden Nachtkästchen; ein Blick darauf genügt, um zu wissen, daß das ganze Zimmer mit Ammoniak verpestet würde, wenn man sie nur einen Augenblick lang öffnete. Faustina ist am Fenster stehengeblieben und sieht auf die Straße hinaus. Pietro sitzt erschöpft auf einem Stuhl. Auf der verblichenen Tapete ist an allen vier Wänden immer die gleiche Jagdszene mit einem Baum, einem Vogel, einem Hund und einem Jäger mit Gewehr zu sehen, wo auch immer Pietro hinblickt, sieht er immer nur den Hund, den Baum, den Jäger mit dem Gewehr und den Vogel, der darauf wartet, erschossen zu werden. Auch wenn Pietro die Augen schließt und wieder aufmacht sind die Figuren noch da. Am Kopfende des Bettes hängt ein Bild der Schwarzen Madonna von Loreto, ein kleines Weihwasserbecken und ein Olivenzweig. Pietro wendet sich Faustina zu; er ist sehr verlegen, sucht nach Worten, die er nicht findet, und sagt schließlich einfach:
»Verzeih mir, Faustina, daß ich dir diese unangenehme und zweifelhafte Situation nicht ersparen konnte. Ich bedaure das wirklich sehr, glaub mir.«
»Du kannst ja nichts dafür, Pietro«, erwidert sie, ohne sich umzudrehen. »Du brauchst dich gar nicht zu entschuldigen. Es waren die Umstände, das wissen wir doch.«

»Faustina«, fährt er nach langem Schweigen fort, »wenn die Umstände sich diesen Scherz mit uns erlauben, dann sollten wir einfach darüber lachen; ich bin sicher, daß du mir dabei helfen wirst.«

»Wie denn, Pietro?« fragt sie und wendet sich ihm zu.

»Faustina, keiner kann uns doch zwingen, uns wie Personen in einem Fortsetzungsroman zu verhalten. Aus dem einfachen Grund, daß wir nicht so sind. Wenn wir nur einfach und bescheiden bleiben, wer wir sind, setzen wir uns lachend über diese Umstände hinweg. Rein praktisch ist die einzige Schwierigkeit hier schon dadurch gelöst, daß ich seit einiger Zeit mit besonderer Vorliebe auf dem Boden schlafe. Sieh mich nicht so ungläubig an, Faustina, wenn du mir nicht glaubst, kannst du ja morgen Simone fragen; in seinem Heuschober gab es ja keine Betten, und doch habe ich noch nie so gut geschlafen wie dort. Ich nehme also jetzt ein Kissen und eine Decke und lege mich hier auf den Boden. Gute Nacht, Faustina.«

»Aber Pietro, es ist doch immer mein Ideal gewesen, auf dem Boden zu schlafen«, entgegnet Faustina entrüstet. »Ich bin stark und nie krank gewesen, da kannst du jeden fragen, und du selber hast heute auf unserer Reise ja gesehen, daß ich mich keinen Augenblick lang schlecht gefühlt habe; das wirst du ja wohl nicht abstreiten wollen? Also sei nicht so dickköpfig, Pietro, leg du dich ins Bett, und ich richte mich hier auf dem Boden ein.«

»Faustina«, erklärt Pietro mit aller Entschlossenheit, »du hast mir hier gar nichts zu befehlen. Du bist hier mein Gast und überdies eine Frau (gut, denken wir lieber nicht daran, aber trotzdem, du bist eine Frau, das wirst du ja nicht leugnen wollen), daher mach jetzt keine Geschichten, leg dich ins Bett, und ich strecke mich hier auf dem Boden aus, wo ich sehr gut liegen kann, da ich daran gewöhnt bin. Gute Nacht, Faustina, reden wir nicht mehr weiter darüber.«

»Pietro, wenn du glaubst, mich dadurch zwingen zu können, daß du mich vor vollendete Tatsachen stellst, hast du dich geirrt«, teilt ihm Faustina mit. »Ach, du Armer, du kennst mich wirklich überhaupt nicht. Ich nehme also jetzt ein Kissen und eine Decke und richte mich auf dem Boden ein, in dieser Ecke da; mach du ruhig, was du willst, bei deiner Müdigkeit wäre es allerdings am besten, du legtest dich ins Bett. Gute Nacht, Pietro.«
Der Fußboden aus rötlichen Ziegelsteinen mit gelben und tiefblauen Rillen ist so wellig, als wäre viele Jahre lang ein Fluß darüber geflossen. Pietros gekrümmter langer dünner und in eine graue Wolldecke gehüllter Körper sieht auf den Ziegelsteinen aus wie der Kiel eines gestrandeten Bootes; er hustet, seine heftigen und unregelmäßigen Hustenanfälle erinnern an die Fehlzündungen eines Motors, der nicht anspringen will. Faustina streckt sich an der Tür aus, schmiegt ihre Wange in die Handfläche und scheint nach kurzem schon eingeschlafen; das Relief ihres reglosen Körpers unter einer dunkelblauen, fast schwarzen Decke erinnert durch seine Haltung an die auf den Granitfußböden alter Kirchen dargestellten Toten. Die ganze Nacht über (es ist März) jammern und schreien auf dem nahegelegenen Dach zwei Katzen in den kläglichsten Tönen und hören auch nicht eine einzige Minute damit auf.

XXI

Als Pietro am nächsten Morgen erwacht, hat das Mädchen schon aus einem angestoßenen Krug Wasser in eine winzige Emailschüssel gegossen und sich das Gesicht gewaschen. Pietro ist atemlos vor Überraschung. Er blickt sich verwundert um, weil er nicht mehr in Simones Stall ist. Als Faustina nun vor einem kleinen Spiegel mit graziöser Hand sicher die Fülle ihres duftenden kastanienbraunen Haares ordnet, ist wie am Morgen bei gewissen Blumen ihre ganze Schönheit zu erkennen, die festen kleinen Brüste, der vollendete Ansatz ihrer zarten Achseln, die olivbraune Haut der Schulter, über die sich das hellblaue Band ihres Hemdes spannt. Sie sieht im Spiegel, daß Pietro die Augen aufgeschlagen hat und sie verwirrt betrachtet.
»Oh, guten Morgen, hast du gut geschlafen?« sagt sie.
»Was machst du hier?« fragt er das Mädchen.
Aber seine Bewunderung ist stärker als die Neugier. Im Morgenlicht erscheint ihm Faustina noch schöner; und da er selber noch auf dem Boden liegt, wirkt das Mädchen auf ihn noch größer, schlanker, zarter und leichter als gewöhnlich; wie eine zauberhafte, Schatten spendende Palme. Ah, könnte man doch an diesem Stamm emporklettern und die verborgenen Früchte pflücken, die süßer sind als alles, und sie im milden Schatten kosten.
Pietro rafft sich auf, um sich anzukleiden. Als erstes setzt er den Hut auf und knüpft die Krawatte um, dann muß er sich ausruhen. Das Schlimmste sind die Schuhe; um die Schuhe anziehen zu können, muß man aufstehen. Schon der Gedanke ist absurd. Nachdem er in die Schuhe geschlüpft ist, muß er sich wieder ausruhen. Nachdem er sie zugebunden hat, muß er sich hinsetzen und wieder ausruhen.
»Ich habe nie verstanden, Faustina«, gesteht er mit ernster Stimme, »ich habe nie verstanden, warum man jeden Abend

die Schuhe ausziehen muß, wenn man sie morgens doch wieder anzieht. Es ist gar nicht die Mühe, die ich daran scheue, verstehst du, sondern einfach diese Sinnlosigkeit, das Vergebliche daran.«
»Deine Vorfahren haben wahrscheinlich nur Sandalen getragen«, sagt Faustina nach kurzem Nachdenken.
»Alle unsere Vorfahren haben nur Sandalen getragen, Faustina, alle, ohne Ausnahme. Schuhe haben uns erst die Spanier beschert. Wem gehören denn diese verdächtigen Koffer da in der Ecke, Faustina?«
»Die beiden großen Lederkoffer gehören dir, wußtest du das nicht?«
»Mir? Da muß ich lachen. Seit ich aus dem Internat bin, habe ich nie mehr Koffer gehabt; ich brauche nicht mehr, als ein paar Taschentücher und ein Paar Socken zum Wechseln, das Hemd, das ich am Leib trage, wasche ich selber und lasse es trocknen, während ich schlafe. Wozu soll ich so schwere und verdächtige Koffer mit mir herumschleppen?«
»Donna Maria Vincenza hat sie Severino übergeben, das habe ich dir doch gestern schon gesagt, Pietro, erinnerst du dich nicht? Hast du morgens immer so ein schlechtes Gedächtnis? Deine Großmutter, hat mir Severino erzählt, hat einen ganzen Monat gearbeitet, um deine Aussteuer wieder in Ordnung zu bringen. Sie wollte sogar noch P.S. einstikken, aber dann hat sie überlegt, daß dich dies in Schwierigkeiten bringen könnte.«
»P.S.? wie *Post scriptum,* was für ein Einfall. Meine Großmutter, die eine so vernünftige Frau ist, soll diese Idee gehabt haben? Na, dann schauen wir uns doch diese Aussteuer des Bräutigams einmal an; hast du die Kofferschlüssel?«
»Die Kofferschlüssel?«
Faustina hat sie nicht, Don Severino hat vergessen, sie ihr zu geben. Pietro triumphiert.
»Dies sind die Vorteile, mit Koffern zu reisen«, bemerkt er.

Während Pietro sich wäscht, will Faustina in die Küche hinuntergehen, um das Frühstück zu bestellen.
»Was möchtest du?«
»Süße Datteln oder eine frische Kokosnuß«, erwidert er zerstreut, merkt aber dann gleich, daß er Unsinn geredet hat, wird rot und bittet um Entschuldigung: »Ich habe einen kleinen Anfall von Kannibalismus gehabt«, sagt er. »Entschuldige, Faustina, sowas kann jedem mal passieren. Bestell für mich bitte schwarzen Kaffee.«
Faustina versteht nichts von seinem Gemurmel und geht etwas besorgt in die Küche hinab, um Kaffee zu bestellen.
Die Wirtin ist jetzt am Morgen honigsüß und leutselig, sie empfängt sie äußerst freundlich und erzählt ihr gleich, was wohl als Zeichen ihres Vertrauens gemeint ist, daß sie Sora Olimpia heiße und soeben ein Gläschen Magnesia getrunken habe; ihr Verdauungsapparat sei so empfindlich, daß sie andere Abführmittel nicht vertrage. Damit will sie aber Faustina nur ermuntern, ebenfalls Vertrauen zu haben.
»Heute nacht haben Sie sich gestritten, nicht wahr?« fährt Sora Olimpia daher mit einem verständnisvollen Lächeln fort. »Sie müssen entschuldigen, es ist nicht meine Art, indiskret zu sein, aber die Magd hat heute morgen, als sie vor Ihrem Zimmer fegte, zufällig das Auge ans Türschloß gelegt und dabei gesehen, daß der Herr auf dem Boden schlief. Das braucht Ihnen doch ganz und gar nicht peinlich zu sein, junge Frau, sowas kommt in den besten Familien vor; und dann merkt man ja auch gleich, daß Sie erst seit kurzem verheiratet sind. Aller Anfang ist schwer. Wenn ich Ihnen sage, daß ich mit meinem Mann jede Nacht gestritten habe. Die Männer gehen als unerträgliche Prahlhänse in die Ehe, und vor allem sind sie so furchtbar unerfahren, daß auch eine Heilige die Nerven verlieren könnte. Junge Frau, soll ich Ihnen nicht ein paar praktische Ratschläge geben?«
»Um Gotteswillen nur das nicht«, fleht Faustina kraftlos.

In nüchternem Zustand macht auch der Wirt einen gutmütigen Eindruck, er ist jovial, umgänglich, zuvorkommend. Wenn man etwas haben möchte, braucht man sich nur an Sor Quintino zu wenden, er steht jederzeit zur Verfügung. Er begegnet Pietro, als dieser die Treppe herunterkommt, und kann sich nicht versagen, ihn zu bedauern, daß er die Nacht auf dem harten kalten Fußboden verbringen mußte.
»Sie brauchen keine Entschuldigungen zu suchen«, versichert er, »das ist nichts Schlimmes; ich finde überhaupt nichts dabei, was glauben Sie, was man so alles erlebt, wenn man ein Hotel hat. Meine Frau hat heute morgen, als sie die Treppe putzte, zufällig das Auge an Ihr Schlüsselloch gelegt und Sie da auf dem Boden liegen sehen. Zuerst hat sie sich erschreckt und, Gott behüte, schon geglaubt, Sie wären tot, so hat sie mich rufen lassen, aber ich habe sie beruhigt. Ein Jammer, auf dem Boden zu schlafen, wenn man eine so reizende kleine Frau hat wie Sie; aber nur Mut, mein Freund, aller Anfang ist schwer. Durchhalten ist der beste Rat, den ich Ihnen geben kann. Die Frauen gehen ja mit unglaublichen Ansprüchen in die Ehe, die sich nur noch an ihrer krassen Unwissenheit messen lassen. Sogar ein Einsiedler müßte die Geduld mit ihnen verlieren. Sie haben noch keine Kinder? Schlecht, schlecht, meine Freunde. Wenn ich Ihnen mit ein paar praktischen Ratschlägen dienen kann. Entschuldigen Sie, Sie sind hoffentlich nicht gekränkt.«
In dem Raum im Erdgeschoß, der auch als Schenke dient, trinken Faustina und Pietro ihren Kaffee schweigend, als wäre er Schierling.
»Verzeihen Sie«, sagt Sora Olimpia und hört einen Augenblick auf zu fegen, »hat Ihnen vielleicht der Commendatore unser Haus empfohlen?«
»Wie haben Sie das herausbekommen?« fragt Pietro und lächelt so vertraulich wie möglich.
»Geht es dem Commendatore gut?«

»Bestens«, versichert Pietro ausweichend. »Er ist einflußreich, optimistisch, redegewandt wie jeder richtige Commendatore.«

»Und die Gicht?« fragt die Wirtin besorgt. »Hat er noch Anfälle bekommen?«

»Ja, die Gicht, leider«, räumt Pietro mit einem bedauernden Seufzer und mit einer schicksalsergebenen Geste ein. »Aber wer hat schon keine Gicht? Sie ist gewissermaßen eine unvermeidliche Folge des Optimismus, und die meisten in diesem Land ziehen sie dem Typhus vor.«

»Gewiß«, sagt Sora Olimpia und setzt sich zu ihren beiden Gästen. »Man muß Geduld üben. Wo viel Licht ist, ist auch viel Schatten. Wenn der Commendatore mit seiner Gattin im August zu uns kommt, geben wir ihm immer das Zimmer, in dem Sie jetzt wohnen; ja, wir haben uns sogar angewöhnt, es das Zimmer des Commendatore zu nennen.«

»Oh, welche Ehre«, ruft Pietro und zieht den Hut.

»Der Commendatore verbringt seine Sommerferien in Acquaviva, er kommt jedes Jahr aus Rom«, erzählt die Wirtin, »er ist gewissermaßen der Beschützer des Dorfes. Er hat uns seit mehreren Jahren versprochen, doch behalten Sie das bitte für sich, daß er aus Acquaviva einen Ferienort machen will; aber da gibt es natürlich die üblichen Schwierigkeiten. Unsere derzeitige Höhe ist unzureichend, sagt der Commendatore immer wieder, achthundert Meter Höhe für einen Ferienort sind lächerlich, das ist gar nichts, welches Dorf hat nicht auch achthundert Meter zu bieten? Er hat sich also verpflichtet, die Regierung dazu zu bewegen, unsere Höhenration zu vergrößern; aber es gibt da ein paar Hindernisse, die erst überwunden werden müssen. Denn wenn man bedenkt, daß es unbedeutende Orte auf zwei- bis dreitausend Meter Höhe gibt, die nichts damit anzufangen wissen, dann ist es doch nicht gerecht, daß wir ewig auf achthundert bleiben; schließlich zahlen auch wir Steuern, und

wie. Der Commendatore hat uns also versprochen, sich bei der Regierung dafür einzusetzen, daß unsere Höhenration mindestens auf tausendzweihundert, tausenddreihundert Meter erhöht wird, auf diese Weise würde Acquaviva ein Luftkurort, und die Geschäfte liefen besser. Natürlich muß man, wenn man von der Regierung erreichen will, daß unser Ort in den touristischen Veröffentlichungen mit größerer Höhenlage genannt wird, Schmiergeld zahlen, immer schmieren, schmieren, sagt der Commendatore, nie die Geduld verlieren. Der Staat ist eine empfindliche Maschine und muß immer geschmiert werden. Wir sind nicht reich, aber wir tun, was wir können. Wir schicken ihm jedes Jahr einen Schinken, einen Käse und eine Salami nach Rom. Wenn er im Sommer mit seiner Gattin hierher kommt, dann verlangen wir keine Rechenschaft dafür, sondern beherbergen sie außerdem auch noch umsonst. Der Commendatore rät uns im Interesse der Sache immer, es keinem Menschen zu erzählen, um Gotteswillen bloß kein Wort davon! Aber da Sie seine Freunde sind.«
»Ich bin über alles unterrichtet«, raunt Pietro geheimnisvoll.
»Ach, hat der Commendatore es Ihnen erzählt?« sagt Sora Olimpia und wechselt von der Beflissenheit zu einem verschwörerischen Ton über.
»Jawohl, er hat mich gebeten, ihn dabei zu unterstützen, seinen wunderbaren Plan zu verwirklichen«, gibt Pietro zaudernd preis, als habe er damit schon zuviel verraten.
»Ich verstehe«, versichert ihm Sora Olimpia eilfertig und mit komplizenhaften Blicken und Gesten. »Auch ich kenne die Schwierigkeiten. Aber jetzt ist leider alles ins Stocken geraten, ich brauche es Ihnen ja nicht zu erklären, der Commendatore hat es Ihnen gewiß schon gesagt. Unser Ruin ist der Krieg gewesen. Die Regierung war offenbar gerade dabei, eine Änderung unserer Höhenlage zu beschließen und uns eintausendvierhundert Meter zu bewilligen, was doch eine

ansehnliche Höhe ist, dagegen läßt sich nichts sagen, das wäre unser Glück gewesen, da hätten wir's geschafft gehabt, als der neue Krieg in Afrika ausbrach. Während eines Krieges werden keine Entscheidungen über Meereshöhen getroffen, hat uns der Commendatore erklärt, das ist nicht erfreulich, aber leicht verständlich, Krieg ist Krieg, da kann man nichts machen.«

»Krieg hin, Krieg her«, sagt Pietro einschmeichelnd, »dieses kühle Lüftchen heute morgen entspricht ja einer Meereshöhe von weit über achthundert Metern, da können Sie sich nicht beklagen.«

»Es hilft uns nichts«, klagt Sora Olimpia, »das ist vergeudete Kälte, solange uns die staatliche Anerkennung fehlt.«

»Geben Sie die Hoffnung nicht auf«, sagt Pietro unvermittelt mit einer knappen und gebieterischen Geste. »Sora Olimpia, ich bin nicht autorisiert, Ihnen mehr mitzuteilen, zumindest vorerst nicht. Ich kann Ihnen nur eines sagen, und ich weiß, daß eine Frau wie Sie jedes Geheimnis sofort versteht: geben Sie die Hoffnung nicht auf.«

Sora Olimpia muß sich am Tisch festhalten, um ihrer plötzlichen Aufregung Herr zu werden.

»Sind Sie denn gekommen«, wagt sie mit ersterbender Stimme zu sagen, »hat man Sie denn hergeschickt, um unsere Höhe zu erhöhen? In den nächsten Tagen?«

»Ich habe schon zuviel gesagt«, fällt ihr Pietro gereizt und schmeichelnd ins Wort.

Ein Sonnenstrahl, der durch das Fenster eindringt, beleuchtet das Gesicht der tiefergriffenen Sora Olimpia; man sieht, daß ihr fuchsrotes Haar scheußlich gefärbt ist. Sie wirft einen flehentlichen Blick auf Faustina, wie um dieser in Erinnerung zu rufen, daß es zwischen Frauen keine Geheimnisse geben dürfe.

»Ihre Haare sind wunderschön, Sora Olimpia«, fährt Pietro mit Kennermiene fort, »aber ich möchte sie doch nicht in der

Suppe finden. Spinat und Haare sind die beiden Gemüse, die ich verabscheue.«

Als Faustina und Pietro schon an der Tür sind, hält ihnen die Wirtin zwei Formulare für die bestehende Anmeldepflicht bei den Carabinieri hin.

»Die übliche Formalität«, sagt sie. »Und dann auch, um die Ehre zu haben, zu erfahren, wen man vor sich hat.«

»Bei unserer Rückkehr«, sagt Pietro zerstreut. »Legen Sie Ihrem Mann fürs erste ans Herz, sich um unser Pferd zu kümmern.«

»Laß uns einen Spaziergang machen«, schlägt Faustina vor, sobald sie auf der Straße sind. »Suchen wir uns einen Ort, an dem wir in Ruhe reden können.«

Vor dem Gasthaus liegt ein rechteckiger kleiner Platz. Hinter jeder Tür befindet sich ein Lädchen mit einem hochtrabenden Firmenschild wie in der Stadt: Frisiersalon, Kaufhaus für Hüte und Mützen, ff Backwaren, Bezirksstelle der Handwerkskammer. An einer Ecke aber steht über einer schmalen Tür, die in ein Untergeschoß führt, ganz einfach in schwarzen Buchstaben auf der gekalkten Mauer: WEIN (auch BIER); Pietro ist ganz gerührt.

»Hier sollten wir heute abend herkommen, um ein Glas zu trinken«, schlägt er Faustina vor. »Trinkst du nicht?«

»Wenn es dir Spaß macht«, erwidert sie.

In dem schmalen Zwischenraum zwischen den Türen ist Schnee aufgehäuft; in der Mitte, auf der Fahrbahn, liegt viel schlammiger Matsch; gelbliche Rinnsale schwemmen Eisstücke, Tierkot und Abfälle in die Gossen. Pietro ist stehengeblieben: begeistert bewundert er ein merkwürdiges Denkmal auf einem hohen schmalen Marmorsockel mitten auf dem Platz.

»Eine Rübe«, ruft er mit Tränen in den Augen aus. »Faustina, sieh nur, ist das nicht wunderbar? Hier haben sie der Rübe ein Denkmal errichtet.«

Handwerker und Lehrjungen laufen aus den nahegelegenen Werkstätten herbei und umringen die beiden Fremden belustigt.

»Als ein Bewohner der Ebene von Fucino, wo die Rüben im Überfluß wachsen«, erklärt er den Nächststehenden in etwas pathetischem Ton, »als ein Bewohner der Marsia bin ich euch ganz besonders dankbar dafür, daß ihr diese ebenso bescheidene wie nützliche Pflanze ehrt. Aus ihr wird, wie ihr wißt, Zucker gemacht.«

Unter den Anwesenden befindet sich aber auch ein vornehmer Herr, vielleicht einer der Honoratioren, der es als Sakrileg empfindet, daß das Volk über diesen Irrtum lacht. Doch Pietros Ernsthaftigkeit, die aufrichtige Bewegung, mit der er ganz ohne Ironie gesprochen hat, vor allem die gute Qualität seines Pelzmantels und auch die Gegenwart der schönen Dame, die ihn jetzt fürsorglich am Arm genommen hat, haben diesen Herrn wohl überzeugt, daß es sich nur um ein Mißverständnis handelt und daher nicht nötig ist, die Carabinieri zu rufen.

»Dies ist die Büste eines Wohltäters«, erklärt er Pietro mit dem Lächeln eines freundlichen Fremdenführers. »Es liegt nur an dem Schnee, daß er jetzt so aussieht wie eine Birne oder eine Rübe; wenn Ihr aber näher herantretet, könnt Ihr den Namen der Person auf dem Sockel lesen.«

Faustina dankt dem Unbekannten höflich für den wertvollen Hinweis und zieht den enttäuschten und betrübten Pietro mit sich fort.

»Ich möchte dir keinen Vorwurf machen«, sagt Faustina, »aber bevor du in der Öffentlichkeit Reden hältst, sollten wir darüber sprechen.«

»Hast du Angst, dich zu kompromittieren?«

»Ich sage es deinetwegen; auf mich wirkst du, wie soll ich sagen, ein wenig verwirrt.«

»Faustina, hör zu, wir können die besten Freunde werden,

wenn es dir gelingt, mich nicht mehr wie ein Kleinkind zu behandeln. Schließlich könnte ich dein Vater sein.«
»O Pietro, wie kannst du so etwas Beleidigendes sagen? Du weißt genau, daß du kaum vier oder fünf Jahre älter bist als ich.«
»Was hat das mit dem Alter zu tun? Man wirkt doch durch sein Aussehen wie ein Vater.«
Acquaviva ist eine große, auf dem Gipfel eines kürbisförmigen, wie eine Insel aus dem Tal emporragenden Hügels gelegene landwirtschaftliche Verwaltungsgemeinde und den Winden aus allen vier Himmelsrichtungen ausgesetzt. Der Ort ist fischgrätenförmig angelegt, wobei die sich über den ganzen Hügel erstreckende Hauptstraße das Rückgrat darstellt und die Seitengassen die Gräten.
»Gehen wir Cherubino entgegen«, erinnert sich Pietro plötzlich. »Er kann nicht mehr weit sein.«
»Wir sollten an einem ruhigen Ort auf sie warten«, schlägt Faustina vor. »An einem Ort, wo wir ungestört reden können.«
Die Hauptstraße ist von weißen Amtsgebäuden im neokolonialen Baustil und einigen schönen Patrizierhäusern gesäumt, die unbewohnt und verschlossen sind und deren Mauern gegen Einsturzgefahr abgestützt werden.
»Wie du siehst, Faustina, sind wir hier auf die Orthopädie angewiesen«, sagt Pietro laut wie ein Lehrer beim Schulausflug.
An der Hauptstraße wohnen die Großgrundbesitzer, die Beamten und Handwerker, in den Seitengassen die Cafoni. Auf halber Höhe dieses Korsos steht eine große Kirche aus dem vierzehnten oder fünfzehnten Jahrhundert, die offensichtlich von allen nachfolgenden Generationen von Gläubigen ausgebaut und immer häßlicher gemacht worden ist. Über dem Portal befindet sich eine Nische mit der Statue eines segnenden Heiligen; diese Nische ist wie ein Baldachin mit

Draperien, Quasten, Fransen und dicklichen Engelchen auf Stuckwolken verziert. Pietro wird plötzlich von Mitleid mit diesem Heiligen erfaßt, der Tag und Nacht in seiner Nische stehen muß; seine zum Segnen erhobene hagere Hand erinnert ihn an die Geste von Schulkindern, die vom Lehrer die Erlaubnis erbitten, mal aufs »Örtchen« zu dürfen.

»In unserem Internat«, erzählt Pietro Faustina, »hieß dieser Ort züchtig *licet;* na ja, es war ja auch ein humanistisches Gymnasium.«

Der arme Alte in seiner Nische scheint vom langen Warten schon ganz blaß und erschöpft.

»Gehen Sie, so gehen Sie doch«, ruft ihm Pietro gutmütig lächelnd zu. »Beeilen Sie sich.«

Und da sofort Leute herbeigelaufen kommen, die nicht verstehen, was hier los ist, nimmt Faustina Pietro am Arm und zieht ihn schnell mit sich fort in die erstbeste Seitengasse, die aber ein einziger Schlammgraben ist; rechts und links stehen stinkende schäbige Häuschen, vermoderte Mauern, elende schwarze Hütten, die eher Müllhalden ähneln und an deren Türen Frauen warten, die an dunkle Larven erinnern. Sie begegnen nur wenigen Leuten, ein paar stummen gebeugten Cafoni mit stoppelbärtigen knochigen Gesichtern, blasse, traurige, feindselige Leute, die sich so lethargisch langsam fortbewegen wie eben nur Bauern im Winter. Sie wirken wie Flüchtlinge, dabei leben sie seit Tausenden von Jahren auf diesem Hügel und haben die Kirche und die Patrizierhäuser am Korso erbaut.

»Dies ist das Ghetto der Christen«, erklärt Pietro, um die entsetzte Faustina zu beruhigen. »Aber du brauchst keine Angst zu haben, diese Leute haben sich leider ganz in ihr Schicksal ergeben.«

An der Türschwelle einer dieser Elendshütten trocknet eine Mutter ihrer Tochter die Tränen und sagt immer wieder: »Weine nicht, meine Liebe, warum weinst du denn?« Aber auch die Mutter weint, und ihr trocknet keiner die Tränen, ihr sagt keiner, sie brauche nicht zu weinen. Faustina klammert sich an Pietros Arm. An einer bestimmten Stelle wird die Gasse breiter und bildet vor einem Brunnen mit einem Trog für das Vieh schlammige Gräben. Ein paar von einem Jungen geführte und aneinander gebundene kleine Esel stehen an der Tränke, tauchen ihre wulstigen schwarzen Mäuler in das eiskalte Wasser und sehen sich gegenseitig mit großen traurigen Augen aus der Nähe an. Wieviel Hunger, wieviel Durst, wieviel Lasten, wieviel Prügel warten noch auf sie. Zwischen Dornbüschen führt die Gasse als steiler öder Weg ins Tal hinab. An einigen Stellen liegt noch Schnee, daneben ein zugefrorener Bach; man kann das Wasser unter der Eisschicht hüpfen und schäumen sehen, auch rauschen hören; im durchsichtigen Eis sind kleine Zweige, Blätter, Steine, Kot, Strohhalme und Gras festgefroren. Faustina und Pietro halten einander an der Hand, um nicht zu fallen; schließlich gelangen sie auf einem Vorsprung zu einer kleinen Kirche, die nicht mehr für den Gottesdienst gebraucht zu werden scheint. Durch ein Fenster, an dem die Läden fehlen, können sie einen armseligen Holzaltar erkennen und darüber eine farbige Heiligenfigur aus Gips, den heiligen Martin, der seinen Mantel als Almosen hergibt. In den Ecken hängen an der Decke große Spinnennetze, und vor dem Altar liegt viel gelber Staub, Sägemehl von unzähligen Holzwürmern. Ein Kirschzweig ragt durchs Fenster in die Kirche hinein; er weist dem Wind, dem Schnee und dem Regen den Weg; es muß schön aussehen, wenn die Kirschen reif sind. Auf einem verblaßten Fresko an einer gelben Wand, von dem schwache grüne Umrisse erhalten geblieben sind, sind zwei Skelette dargestellt, die auf einem Schienbein und einer Leier spielen, darüber steht die Inschrift: *Die Gebeine der Demütigen werden frohlocken.*

»Die Gebeine?« sagt Faustina schaudernd. »Ah, nur die Gebeine.«

»Vielleicht ist damit gemeint«, meint Pietro versöhnlich, »daß es nicht nur ein vorübergehendes und oberflächliches Frohlocken sein wird, das nur an der Haut und in den Muskeln oder nur mit den Augen und den Ohren wahrnehmbar ist, sondern eine Freude, die das ganze Wesen durchdringt, eine dauerhafte, tiefe Freude, die sogar die Knochen frohlocken läßt. Wenn ich eines Tages einmal wieder Redakteur einer Arbeiterzeitung werden sollte, Faustina, würde ich dies als Motto über einen Artikel schreiben: *Proletarier und Cafoni aller Länder vereinigt euch: die Gebeine der Demütigen werden frohlocken.*«

Faustina und Pietro setzen sich an der Türschwelle der Kirche nieder, die nach Süden gelegen und daher schon vom Schnee befreit und trocken ist. An den Zweigen des Kirschbaums rinnen noch einzelne Wasserperlen entlang, die eine nach dem andern einen Augenblick lang auffunkeln und dann auf die Wand hinter Faustinas Rücken tropfen. Von ihrem Platz aus können die beiden ein langes Stück der Fahrstraße überblicken und so ihre Freunde aus Colle, sollten sie je eintreffen, schon von weitem sehen und ihnen entgegenlaufen, um sich mit ihnen zu besprechen, bevor sie das Dorf erreichen. Der Abhang, auf dem Acquaviva liegt, ist auf dieser Seite mit Reben bebaut, der Weinberg ist in unregelmäßige Vierecke und Rechtecke unterteilt, die durch niedere Steinmauern und Reihen von Mandelbäumen und Kirschbäumen voneinander abgetrennt sind. Faustina nimmt den Schal von ihrem Hals; es ist warm; so wird ihr vollkommener Hals, die zarte Ohrmuschel, die klare Linie ihres Kinns sichtbar. Nach langem Schweigen sagt Faustina: »Pietro, meinst du, es in einem solchen Dorf eine Weile aushalten zu können?«

In ihrer Frage schwingt Angst mit; Pietro denkt eine Weile nach.

»Ein Dorf«, sagt er schließlich, »besteht ja nicht nur aus Häusern, Geschäften, sondern es leben dort Menschen. Das schönste Dorf ist das, in dem die besten Freunde wohnen, das ist die wahre Heimat. In diesem Sinne, da hast du recht, ist Acquaviva für uns noch die reine Wüste. Aber warten wir, bis Simone kommt, er hat hier einen oder zwei alte Bekannte, von denen er mir voller Hochachtung erzählt hat; lernen wir sie erst einmal kennen und warten wir ab.«

»Du meinst also, Pietro«, erwidert Faustina, »du kannst es in einem solchen Dorf eine Weile aushalten, wenn du den einen oder anderen anständigen Cafone oder Handwerker kennengelernt hast?«

Faustina hat das »solche« auf eine Weise betont, die Pietros Mißbehagen weckt, daher zögert er mit seiner Antwort.

»Vielleicht habe ich mich nicht deutlich ausgedrückt«, erklärt er. »Ich wollte sagen, daß ich es mit dir und Simone ohne weiteres auch in der Hölle aushalten könnte.«

Faustina wird rot. Sie ist auch dieser Meinung, doch damit lassen sich ja die praktischen Schwierigkeiten nicht lösen.

»Wenn wir jetzt in das Gasthaus zurück gehen«, fährt sie fort, »müssen wir das Formular für die Carabinieri ausfüllen und vielleicht irgendeinen Ausweis vorzeigen. Und da wird es dann, fürchte ich, Schwierigkeiten geben.«

»Mach dir doch wegen dieser Lappalien keine Sorgen, Faustina«, sagt Pietro lachend. »Außer der mündlichen Empfehlung des Commendatore habe ich die Papiere Simone Ortigas, eines ehrbaren Landwirts und Hühnerzüchters, und die sind mehr als ausreichend, glaub mir. Simone ist zwanzig Jahre älter als ich; aber das Alter zählt nicht, in solchen Fällen kommt es nur auf den äußeren Anschein an, und du kannst nicht leugnen, daß wir uns im Profil fast ähnlich sehen. Vom Charakter ganz zu schweigen, da sind wir ja wie Zwillinge. Simone wird noch andere Ausweise bringen, dann haben wir die freie Wahl. Glaub mir, Faustina, einem

Untergetauchten hat es noch nie an Papieren mit den entsprechenden Stempeln gefehlt. Wir hatten in meiner früheren Partei eine Zeitlang sogar gerade wegen einer Überfülle an Papieren immer wieder Schwierigkeiten. In Marseille saß ich einen Monat im Gefängnis, weil ein indiskreter Polizist drei Reisepässe bei mir fand, die alle mit meinem Bild versehen waren, aber auf drei verschiedene Namen lauteten; da mußte ich zugeben, daß mindestens zwei davon zuviel waren. Bescheidenheit ist eine Zier auch beim Gebrauch falscher Papiere, Faustina. Bescheidenheit schließt aber Umsicht nicht aus, und ich werde versuchen, weder hier noch anderswo die Polizei mißtrauisch zu machen. Und dabei baue ich auf deren natürliche Schwerfälligkeit und meine Anpassungsfähigkeit. Ich muß dir sagen, Faustina, daß ich nie an die Gefahr geglaubt habe, auf unvorhergesehene und oft improvisierte Weise bin ich immer davongekommen.«
»Kann man einen Menschen lieben«, fragt Faustina, »ohne um seine Sicherheit zu zittern?«
»Bestimmt nicht«, antwortet Pietro. »Aber wozu soll man die Gefahren noch übertreiben? Versuch dir doch einmal vorzustellen, wie leicht einer das Leben nimmt, der schon einmal geglaubt hatte, sterben zu müssen, der sich mit dem Tod schon abgefunden und gewissermaßen wochenlang in einer Art Grab gelebt hatte, viele hatten ihn für tot gehalten, in Wirklichkeit kehrte er aber zurück und lebt nun wieder unter den Menschen und spricht mit ihnen. Überleg doch einmal, wie glasklar und sicher das Leben eines Auferstandenen ist. Alles, was das Leben mir jetzt gibt oder zeigt, diesen armseligen grauen Stein, diese blasse Sonne, die den Frühling ankündet, diesen dünnen rötlichen Ast auf dem Hügel, vor allem aber deine schöne und liebevolle Nähe sind ein Übermaß, ein Geschenk, eine vollkommen unverhoffte Gnade. Unglaublich, Faustina, wie das Gefühl des Todes das Lebensgefühl verstärkt. Kein lebendiger Mensch kann je sein

Glück ermessen, solange er dem Tod noch nicht ins Gesicht gesehen, noch nicht unter vier Augen mit ihm geredet hat. Für mich ist das Leben jetzt klarer, einfacher und unbeschwerter, in diesem Leben kann ich ohne Opfer auf das Glück verzichten, da es selber bereits eine Art von Glück ist.«

»Glaubst du nicht, Pietro«, murmelt Faustina und weicht dabei seinen Blicken aus, »daß man zum Leben auch ein persönliches Ziel braucht? Gibt es denn ein Glück als Larve?«

»Ich will dir nicht reiner erscheinen als ich bin«, erklärt Pietro schroff. »Ich bin kein Asket, nein, ein Asket bin ich ganz bestimmt nicht. Als ich dich heute morgen beim Erwachen gesehen habe ... Meinst du, unsere Freunde brauchen noch lange, Faustina?«

»Ich weiß es nicht, Lieber. Als du mich heute morgen gesehen hast ... Ja, wenn ich so überlege«, gesteht Faustina nach einiger Überwindung, »scheint mir das einzig Authentische in meinem Dasein meine Erinnerung an dich zu sein, als du noch ein Junge warst; aber es ist eben nur die Erinnerung an ein nicht ausgedrücktes Gefühl. Während mein wirklich gelebtes Leben nichts anderes war als die Anpassung an eine einzige Folge von Fiktionen und, bei den wenigen traurigen Erfahrungen, eine Verklärung von Banalitäten. Wenn ich heute darüber nachdenke, meine ich, überhaupt nicht gelebt zu haben. Meine Vergangenheit ist so ungewiß, so vage und unwirklich wie ein Traum oder die Erinnerung an eine Lektüre. Meine erste Zigarette mit vierzehn schmeckte natürlich abscheulich und ekelerregend; mit gutem Willen, mit der Zeit und mit Hilfe des Spiegels ist Rauchen jetzt für mich eine sogenannte Notwendigkeit geworden. Von meinem ersten Kuß erinnere ich nur den nach Alkohol stinkenden Atem des Mannes, der ihn mir raubte und seinen stacheligen Schnurrbart. Und wieviel Poesie ist über den ersten Kuß geschrieben worden. Um den anderen nicht nachzustehen,

verwechseln die meisten Mädchen diese schönen Sätze schließlich mit ihrer abstoßenden Erinnerung und denken an den ersten Kuß wie an eine Verzauberung im Garten Armidas zurück. Auf Schritt und Tritt mußte ich mich in meinem Leben einer Fiktion unterwerfen, Lust und Bewunderung vortäuschen, die ich nie fühlte. Der Tag meiner Erstkommunion war für mich von morgens um fünf bis zum Abend eine einzige Tortur: das weiße Kleid, die Menschenmenge, die Musik in der Kirche, das Festmahl, die Geschenke wurden die wichtigsten Ereignisse. Ich trat mit einem Kopfweh vor den Altar, das mich fast wahnsinnig machte, und mußte das bißchen Kraft, das ich noch hatte, darauf konzentrieren, nicht umzufallen. Aber auf dem Gebetbuch stand geschrieben: Bedenke, meine Seele, dies ist der schönste Tag deines Lebens. Ein paar Jahre später hat uns eine Nonne in der Schule mit verzückter Stimme Dantes ›Paradies‹ vorgelesen; du wirst jetzt denken, ich begehe ein Sakrileg, Pietro, aber ich muß dir ganz offen sagen, ›Pinocchio‹ war mir lieber; dennoch habe ich, um nicht dumm dazustehen, vorgetäuscht, das ›Paradies‹ zu bewundern.«
»Mir war die Geschichte Bertoldos lieber als das ›Paradies‹«, gesteht Pietro lachend.
»Aber als ich später einmal schwer krank war«, fährt Faustina fort, »hat mir Donna Maria Vincenza das ›Paradies‹ vorgelesen, und da erschien es mir, vielleicht weil ich sie liebte, vielleicht auch, weil ich sehr schwach war, wunderbar. Viele andere Meinungen habe ich mit den Jahren übernommen; ich konnte schließlich nicht die ganze Welt neu aufbauen. Die Rose ist die Königin des Gartens, der Löwe ist der König der Wüste, der Adler ist der König der Berge, Italien ist der Garten Europas, die Frau ist der Engel der Familie, alle genialen Erfindungen wurden von Italienern gemacht, wer einmal seine Ehre verloren hat, kann sie nie mehr zurückgewinnen. Amen. Da ich guten Willen bewiesen und

es gelernt hatte, etwas vorzutäuschen, war es mein geheiligtes Recht, darauf zu hoffen, wie jedes Mädchen aus gutem Hause als Ehefrau eines anständigen und sparsamen Mannes zu enden, der mich nach dreimonatiger Ehe mit der Dienstmagd betrogen hätte; aber drücken wir ein Auge zu, tun wir so, als hätten wir es nicht gemerkt, die Ehre der Familie und die Zukunft der Kinder sind wichtiger als diese Kleinigkeiten. Daß mir dieses würdige Ende erspart geblieben ist, ist weder mein Verdienst noch meine Schuld. Es fehlt mir noch der Mut, Pietro, dir von einigen Tiefschlägen in meinem Leben zu erzählen, und er wird mir vielleicht auch ewig fehlen, weil ich die Erlaubnis eines Toten brauchte, um darüber zu sprechen. Nachdem ich die Heldin eines Eheskandals gewesen bin, wurde ich automatisch von der Laufbahn der anständigen verheirateten Frau und guten Familienmutter ausgeschlossen und mußte mich den Fiktionen der freien Frau unterwerfen oder, wie es unser ritterliches Volk so freundlich ausdrückt, mich aushalten lassen; diese Fiktionen sind natürlich sehr nützlich, wie ich gleich noch hinzufügen möchte, denn sie lösen das Problem ein für allemal, man kennt seine Rolle von Anfang an, man weiß, wie man sich anzuziehen und zu schminken hat, wie man lachen und gehen muß und welche Rechte und Pflichten man hat. Wir leben wirklich in einem klassischen Land, Pietro, die Komödie wird immer noch von den gleichen vier oder fünf Personen aufgeführt wie schon vor Christi Geburt und nach den gleichen alten Regeln.«

»Faustina, bitte«, unterbricht sie Pietro, »du bist mir doch keine Erklärungen schuldig.«

»Mein ganzes Leben lang«, fährt Faustina fort, »mein ganzes Leben lang habe ich darauf gewartet, mit dir über diese Dinge reden zu können. Nein, ich bin nie alleine gewesen. Ich habe das Glück gehabt, bei der Aufführung der Komödie meines Lebens, einen Kollegen und Souffleur zur Seite zu haben, einen wirklichen Gentleman. Ich hoffe sehr, Pietro, daß sich für dich bald eine Gelegenheit ergibt, Severino kennenzulernen, ich bin sicher, daß er dir gefallen wird. Alles in allem darf ich mich bei den heutigen Verhältnissen nicht beklagen. Doch habe ich manchmal das Gefühl, überhaupt nicht gelebt zu haben, eine Larve geblieben zu sein und mich mit zerkratzten Händen an dem Gitter festzukrallen, hinter dem das Leben beginnt, dazu verdammt zu sein, allem von dieser Seite aus zusehen zu müssen und die Schwelle nie überqueren zu dürfen. Manchmal fühle ich, wie meine Kräfte nachlassen, wie ich ausblute und zerfalle. Ach, lieber Gott, wenn es mir erlaubt wäre, vor meinem Tod von der Bühne abzutreten, die Fiktion, den Alptraum loszuwerden und die Schwelle zu überqueren, hinüberzugehen und zu leben. Dafür würde ich dann jede Strafe auf mich nehmen, Gefängnis, Irrenhaus, Kloster, ewige Verdammnis; aber vorher möchte ich hinübergelangen. Entschuldige, Pietro, du denkst gewiß, ich bin verrückt. Oft sage ich mir aber auch, daß das ganze Übel nur daher kommt, daß ich nicht resigniert habe, daß das menschliche Leben so ist, daß es immer so gewesen ist und auch nicht anders sein kann, daß man sich damit abfinden muß. Jahrtausendelang haben unsere Vorfahren diese Komödie gespielt und sich damit abgefunden, warum ich also nicht? Jetzt bin ich leider noch jung, deshalb ist es vielleicht schwieriger; aber die Jugend geht vorbei, und dann wird die Resignation kommen und danach die Trägheit des Todes. Was hilft es, sich immer zu fragen: wer bin ich, was ist dieses Leben? Das sage ich mir immer wieder, ich versuche mich davon zu überzeugen, es mir einzureden; aber meine Seele wehrt sich dagegen, lange läßt sie es sich nicht gefallen, und dann kann ich wieder von vorne anfangen.«

»Wirklich unerträglich ist nur die Einsamkeit«, sagt Pietro. »Wenn man liebt, was bedeutet dann das übrige?«

»Aber wenn das Objekt der Liebe nur in der Einbildung existiert«, sagt Faustina, »dann kann man schon von Wahnsinn reden.«
Eine Bäuerin mit einer Ziege kommt näher und sieht sie erstaunt an; sie wendet sich noch mehrmals nach ihnen um.
»Wir wirken wohl wie zwei Entflohene, wie zwei Flüchtlinge«, sagt Faustina.
»Wie zwei Ausbrecher«, sagt Pietro.
»Pietro«, fällt ihm Faustina ins Wort, »ist der Mann dort unten mit dem Esel nicht Simone?«
»Es ist nicht Simone«, erwidert Pietro sofort, »der geht nicht so; und der Esel ist nicht Cherubino, der sieht ganz anders aus.«
»Aus dieser Entfernung kannst du den Unterschied erkennen?«
»Das könnte ich, glaube ich, sogar mit geschlossenen Augen. Aber ich merke, daß es schon Mittag ist; hörst du nicht die Glocke? Das ist wohl die Uhr am Rathaus; im Gasthaus werden sie mit dem Mittagessen auf uns warten.«
Pietro und Faustina zählen die Glockenschläge. Die Uhr am Rathaus kündigt eine unwahrscheinliche Stunde an, sechsundzwanzig Uhr.
»Es ist wohl keine Uhr«, sagt Faustina.
»Was soll es denn sonst sein?«
»Sechsundzwanzig Uhr gibt es nicht.«
»Vielleicht hat das unser Commendatore in Acquaviva eingeführt«, vermutet Pietro. »Wenn sich ein Commendatore ans Werk macht, erreicht er alles.«
»Dann war es wohl der Commendatore«, räumt Faustina ernst ein.
In der Zwischenzeit hat sich ein warmer Schirokko erhoben, und die Erde beginnt wieder zu atmen. Der Schnee auf den höchsten Plateaus schmilzt weg und legt Flecken von gelbem Gras frei. Auf dem Pfad, den die beiden jetzt hügelaufwärts

steigen, bilden sich Rinnsale aus schmelzendem Schnee. Das Wasser schlängelt sich wie unzählige durchsichtige Schlangen voran, die sich vereinen und wieder trennen, sich vermehren und die Farbe der Dinge annehmen, flüssige Erde, flüssiger Stein, flüssiges Holz werden. Baumstämme und Zweige glitzern von kristallklarem Wasser.
»Bald beginnt das Frühjahr«, sagt Faustina leise.
Es liegt so viel unerwartete Hoffnung in ihrer Stimme. Pietro pflückt von einer noch schneebedeckten Erdscholle einen jungen Grashalm und reicht ihn Faustina ganz zeremoniell, als wäre dies die schönste Rose; dabei ist es nur ein ganz gewöhnlicher zartgrüner Grashalm.
»Oh, wie er duftet«, sagt sie lachend und steckt ihn in ein Knopfloch ihrer Bluse. »Er riecht gut nach Erde.«
»Gehen wir diesen anderen Weg«, schlägt Pietro vor, »dann kommen wir schneller an.«
»Bist du schon einmal hier gewesen? Woher willst du sonst die Abkürzungswege kennen?« fragt Faustina.
»Ich bin ein Berghase, ich wittere die Wege«, sagt Pietro.
Der Abkürzungsweg ist steil und steinig. Pietro geht voran, als er sich einmal umwendet, sieht er, daß Faustinas Gesicht tränenbedeckt ist.
»Fühlst du dich schlecht? Willst du dich ausruhen?« fragt er besorgt.
»Ich glaube, Lieber, der ganze Schmerz meines Lebens war eine Vorbereitung auf die Freude des heutigen Tages«, erwidert sie bewegt. »Wenn doch Gott, der uns jetzt hört und sieht, nur einen Augenblick lang sichtbar würde, damit ich vor ihm niederknien und seine heiligen Füße küssen könnte.«
Er beugt sich über sie, umarmt und küßt sie.
»Du hast so einen besonderen Geruch«, sagt Pietro, während er sein Gesicht in ihr Haar vergräbt. »Einen antiken Geruch, den Geruch, von dem die heiligen Bücher sprechen,

den Geruch der christlichen Mädchen, die nach Jahrhunderten ausgegraben werden und noch unversehrt sind.«
»Einen Grabesgeruch? Pietro, was erzählst du da? Einen Leichengeruch?«
»Nein, im Gegenteil. Einen Geruch nach Veilchen, nach Zitrone.«
»Einen Todesgeruch?«
»Nein, nach Auferstehung, nach Frühling.«
»Es wird das Wasser von hier sein und diese Luft; aber warum lächelst du so?«
»Mir fällt eine frühe Erinnerung an dich ein. In der Kapelle unseres Internats hing ein Gemälde von Patini, auf dem die Glorie des Sakraments dargestellt war. Einer der Engel, die die Hostie umgaben, glich dir auf sehr eindrucksvolle Weise. Ich habe zu Hause darüber geredet, und mir wurde gesagt, daß der Maler bei der Vorbereitung des Gemäldes tatsächlich dein Gesicht gezeichnet hatte.«
»Da war ich vielleicht zehn Jahre alt«, bestätigt Faustina lachend. »Patini ist ein oder zweimal in unser Haus gekommen.«
»In der Kapelle wandte ich natürlich keinen Blick mehr von deinem Bild. Die anderen Jungen bemerkten es schließlich und zogen mich damit auf.«
»Schon damals habe ich Skandal erregt?«
»Nein, Bewunderung. Vielleicht hätte ich es ja, wenn ich dich nicht jeden Tag unter den Engeln gesehen hätte, gewagt, dir zu gestehen...«
»Dazu hast du noch Zeit.«
Er umarmt sie wieder und küßt sie zärtlich.
»Wir müssen uns beeilen«, sagt sie.
Der Abkürzungsweg führt sie innerhalb von wenigen Minuten auf die Hauptstraße zurück. Im ersten Geschäft, an dem sie vorbeikommen, kauft Faustina Brot und Honig, um geröstete Brotschnitten zu machen, was eine ihrer Spezialitäten

ist. Die Beamtengattinnen halten an Fenstern und Türen Ausschau, um die Nudeln ins kochende Wasser zu werfen, sobald sie ihren Mann von ferne auftauchen sehen.

»Was ist denn vor unserem Gasthaus los?« fragt Pietro beunruhigt.

Vor der Tür des Hotels »Vittoria ehem. Am Markt« stehen zwei Carabinieri und andere Leute, die beim Auftauchen der beiden Fremden auf wenig vertrauenerweckende Weise miteinander zu reden anfangen.

»Mir scheint, die warten auf uns«, murmelt Faustina und klammert sich an Pietros Arm. »Merkst du nicht, wie die uns ansehen? Pietro, rette dich, lauf weg.«

»Selbst wenn ich wollte, wäre es jetzt zu spät«, sagt Pietro. »Wenn wir ruhig bleiben, kommen wir vielleicht davon.«

»Pietro, ich werde keinem gestatten, dich anzurühren«, erklärt Faustina blaß und aufs höchste erregt. »Dem ersten, der sich dir nähert, steche ich die Augen aus.«

Als sie bis auf wenige Schritte an das Gasthaus herangekommen sind, bietet sich ihnen jedoch ein ganz unerwartetes Schauspiel: die beiden Carabinieri nehmen Haltung an und grüßen, indem sie die Hand an die Mütze legen, während die übrigen Anwesenden ehrerbietig die Hüte ziehen. Überrascht erwidert Pietro den Gruß nur knapp.

»Die phantastischen Erlebnisse reißen hier offenbar nicht ab«, murmelt er seiner Begleiterin zu. »Schnell hinein, Faustina, gehen wir essen.«

»Verstehst du das?« raunt ihm Faustina zu, während sie das Lächeln und den Gruß der Anwesenden mit übertriebenen Verbeugungen erwidert.

Sor Quintino mit weißer Kochsmütze kommt eilfertig und verlegen angelaufen.

»Ich habe für Sie im Nebenzimmer gedeckt«, sagt er, »was darf ich bringen?«

»Egal was, nur keine Spaghetti«, weist ihn Pietro an.

Sor Quintino muß sich bei seinen Gästen auch für einen bedauerlichen Zwischenfall entschuldigen.

»Als die Magd Ihr Zimmer richtete«, erzählt er bedrückt, »ist ihr etwas sehr Unangenehmes passiert, es tut mir wirklich leid, und ich bitte Sie, dieser Unglückseligen, einer Mutter zahlreicher noch ganz kleiner Kinder, zu vergeben. Die Ärmste hat also nicht achtgegeben und Ihre Koffer auf den Boden fallen lassen, die dann bei dem Aufprall aufgesprungen sind.«

»Die Koffer standen auf dem Boden«, bemerkt Pietro.

»Die Magd hatte sie auf das Tischchen gestellt, um besser ausfegen zu können«, berichtigt ihn der Wirt.

»In unserem Zimmer gibt es überhaupt kein Tischchen«, fällt ihm Faustina ins Wort.

»Keinen Tisch? Oh, entschuldigen Sie, gnädige Frau, ich werde Ihnen sofort einen bringen lassen; ja, ich werde Ihnen sogar den aus meinem eigenen Zimmer hinaufbringen lassen; einen Tisch mit einem Spiegel. Verzeihen Sie unsere Säumigkeit, aber zu unserer Entschuldigung darf ich sagen, daß wir ja nicht wußten, wen wir die Ehre haben, hier zu beherbergen. Als die Carabinieri vor einer Stunde kamen, um sich zu informieren, mußte ich antworten, daß die Herrschaften das Formular noch nicht ausgefüllt hätten, meines Wissens aber Freunde des Commendatore seien. In dem Augenblick ist dann die Magd heruntergekommen und hat uns weinend ihr Mißgeschick berichtet. Um Ihre Zimmer besser ausfegen zu können, hatte die Unglückselige also wie gesagt die Koffer auf das Bett gestellt, und die Koffer sind dann, wie zu befürchten war, zu Boden gefallen und dabei aufgesprungen. Um mir eine Vorstellung von dem Schaden zu machen, den die Ärmste angerichtet hatte (aber ich bitte Sie, Mitleid mit ihr zu haben, ich schwöre Ihnen, daß so etwas nicht mehr vorkommt), bin ich sofort in das Zimmer gelaufen und habe tatsächlich die noch offenen Koffer auf dem Boden gesehen.

Als ich aber dann, entschuldigen Sie meine Offenheit, Herr Hauptmann, Ihre Silbermedaillen, die Uniformen, Diplome, Zeugnisse, die vielen Fotografien sah, vor allem jene, auf der Sie heldenhaft an der Spitze Ihrer Schwadron reiten und auch die vielen anderen wunderbaren Fotos, auf denen Sie den Tropenhelm tragen, nahm ich vier Stufen auf einmal, um den Carabinieri, meiner Frau und allen Anwesenden mitzuteilen: Meine Herrschaften, die Vorsehung hat uns einen Helden ins Haus geschickt. Gnädige Frau, fühlen Sie sich nicht gut?«
Pietro kann Faustina gerade noch auffangen und sie zu einem Stuhl geleiten, um zu verhindern, daß sie zu Boden fällt.
»Das ist der Schirokko«, sagt Sor Quintino und lächelt mit Kennermiene. »Nichts Schlimmes.«
Er ruft seine Frau zu Hilfe.
Den Kopf an Pietros Schulter gelehnt, der neben ihr sitzt, verharrt Faustina minutenlang totenblaß und wie leblos, sie reagiert auf seine besorgten und liebevollen Fragen und Aufmunterungen nicht und scheint diese nicht einmal zu verstehen. Ihr Puls ist kaum mehr zu spüren, und als sie schließlich die Augen wieder aufschlägt, sieht sie sich voll Entsetzen um. Pietro stützt sie mit Hilfe Sora Olimpias und führt sie in ihr Zimmer. Die Wirtin bemitleidet und streichelt sie und erteilt ihr mütterliche Ratschläge.
»Solche Ohnmachtsanfälle brauchen Sie nicht zu beunruhigen, liebe Signora«, sagt sie lachend, »sie sind ein Zeichen guter Gesundheit. Als ich meinen ersten Kleinen erwartete, wurde ich bei jedem Schirokko bewußtlos.«
Die noch offenen Koffer liegen mitten im Zimmer. Sie enthalten keineswegs Pietros Wäsche, sondern Kleidungsstücke und militärische Erinnerungsstücke des Hauptmanns Saverio Spina. Die Schlösser scheinen nach allen Regeln der Kunst aufgebrochen worden zu sein. Faustina hat sich auf

dem Bett ausgestreckt, ihr aufgelöstes Haar ist über das Kopfkissen gebreitet, und die Arme liegen wie leblos an ihrem Körper. Ihre ganze Person drückt tödliche Verwirrung und zugleich kindliche Zartheit und Zerbrechlichkeit aus.
»Helfen Sie mir, sie zu betten?« fragt Sora Olimpia Pietro. Aber er stammelt eine unverständliche Entschuldigung und verläßt das Zimmer. Um der Neugier und den Fragen der Gäste zu entgehen, die im Gasthaus zu Mittag essen, bleibt er eine Weile unschlüssig auf der Treppe stehen und setzt sich dann wie ein kleiner Junge, der während eines Arztbesuchs aus dem Zimmer geschickt wurde, auf eine Stufe.
Als er dann die Tür gehen hört, steht er auf, weil er meint, nun wieder eintreten zu können, ohne indiskret zu sein, aber Sora Olimpia kommt ihm entgegen und erklärt:
»Die gnädige Frau läßt Sie bitten, sie allein zu lassen.«
Pietro geht auf die Straße hinaus und irrt verloren über den Korso, geht zehnmal denselben Weg und bleibt lange wie ein Nachtwandler vor einem Schaufenster stehen. Als er sich bewußt wird, daß in dem Schaufenster Grabsteine und Kränze ausgestellt sind, wird er einen Augenblick lang von Entsetzen gepackt und läuft in das Gasthaus zurück, als befürchte er ein Unheil. Als sie seinen Gesichtsausdruck sieht, verschlägt es sogar Sora Olimpia die Sprache. Pietro nimmt zwei Stufen auf einmal, bleibt aber einen Augenblick vor der Zimmertür stehen, um Atem zu holen. Faustina liegt im Bett, Rücken und Kopf sind auf einen ganzen Berg von Kissen gestützt. Die Ärmste sieht fahl, gealtert und wie verwelkt aus, ihre Gesichtszüge sind ausgehöhlt, die großen Augen blicken glasig und wie erloschen. Auf dem Nachttisch steht eine Flasche Wasser und ein Gläschen mit zwei sirupartigen Kügelchen, vielleicht sind das Kirschen in Alkohol, außerdem ein paar staubige bunte Fläschchen mit Beruhigungsmitteln.
»Wie fühlst du dich?« fragt Pietro mit vor Erregung erstickter Stimme. »Geht es dir besser?«

Faustina versucht zu lächeln, aber ihre Augen füllen sich mit Tränen.

»War das erst heute morgen, Pietro«, fragt sie, »daß wir zusammen vor diesem Martinskirchlein saßen? Aber ja, natürlich, es war heute oder vielmehr vor drei oder vier Stunden. Mir kommt es vor, als seien seither Jahre vergangen. Es war sehr schön, Pietro, was wir uns heute morgen vor dieser kleinen Kirche anvertraut haben«, fährt Faustina fort. »Es ist ein schöner Traum gewesen. Aber in ein paar Tagen werde ich soviel darüber nachgedacht haben, daß ich dann nicht mehr weiß, ob wir wirklich zusammen gewesen sind oder ob ich diese Dinge vor vielen Jahren einmal in einem verbotenen Buch gelesen habe.«

»Sobald du aufstehen kannst, Faustina, machen wir diesen Spaziergang noch einmal«, verspricht Pietro. »Bald kommt das Frühjahr, dann werden auf diesen Wegen unter den Dornhecken Veilchen blühen.«

»Sobald ich aufstehen kann, Pietro, muß ich wohl so schnell wie möglich nach Orta zurück«, korrigiert ihn Faustina.

Das vom Leiden gezeichnete Gesicht des Mädchens drückt feste Entschlossenheit aus. Pietro nähert sich ihr, aber sie scheint ihn in ihrem Schmerz weder zu sehen noch zu hören. Ihre Augen sind starr auf ihn gerichtet und weichen seinem Blick nicht aus, aber sie scheinen ihn nicht wahrzunehmen, sehen an seiner Stelle vielleicht ein Gespenst. Sie macht eine sehr müde Handbewegung. Pietro fühlt eine Erregung aufsteigen, deren Heftigkeit sich nur an seiner großen Anstrengung, sie zu unterdrücken, erkennen läßt; er tritt ans Fenster, um seine Tränen zu verbergen, und gibt vor, sich für das Leben auf der Straße zu interessieren. Das Denkmal auf dem Platz ist jetzt von seiner Schneekappe befreit, an Stelle der schönen Rübe steht nun eine Büste mit Bart und Schnauzer da, die gut ins Schaufenster eines Frisörs passen würde. Einige Straßenkehrer sind damit beschäftigt, mit großen

Holzschippen die Straße zu reinigen. Die Dächer der Häuser dampfen, die Dachrinnen quellen über, und das überschüssige Schmelzwasser tropft auf die Gehsteige. Schwarzgekleidete Frauen, die Gebetbücher mit rotem Schnitt in der Hand halten, überqueren die Straße.
»Pietro«, ruft Faustina.
Er dreht sich um, tritt ans Bett und ergreift zaghaft ihre Hand.
»Du hast nicht zu Mittag gegessen«, sagt sie tadelnd. »Du solltest mehr auf dich achten, du bist wirklich wie ein Kind.«
Er kann seine Qualen nicht mehr unterdrücken.
»Faustina«, sagt er, »das Wichtigste ist gar nicht, daß man zusammenlebt. Obwohl es wunderbar wäre, zusammenzuleben; das Wichtigste, das Wesentliche ist, daß man sich liebt, egal, ob man einander nahe ist oder fern. Es gibt Männer und Frauen, die leben dreißig oder vierzig Jahre ihres Lebens zusammen, die leben von morgens bis abends zusammen wie Galeerensträflinge, bei Tisch, im Bett, auf dem Spaziergang, im Kino, immer unzertrennlich aneinandergekettet, aber einander innerlich fremd oder, was noch schlimmer ist, feindlich gesonnen. Aber das, was du mir heute morgen aus deinem Leben gesagt hast, das ist ganz tief in mich eingedrungen, glaub mir, und das bleibt da auch, so lange ich lebe. Was gäbe ich nicht dafür, um dich aus deiner starren Verzweiflung zu holen, Faustina. Wenn du meinst, daß du dich in Orta ruhiger, sicherer und weniger unglücklich fühlst, Faustina, dann mußt du so bald wie möglich aufbrechen. Simone wird im Laufe des Tages ankommen, er kann dich begleiten. Ihr müßt nicht unbedingt wieder den anstrengenden Weg übers Gebirge nehmen, sondern ihr könnt mit dem Zug bis Fossa fahren und von dort einen Wagen nach Orta nehmen.«
»Pietro«, fällt ihm Faustina ins Wort, »glaubst du, deine Großmutter wird je erfahren, daß wir zusammen in einem

Hotel gewesen sind? Meinst du, man kann irgendwie verhindern, daß sie es erfährt?«

Faustina wird wieder von einem starken Schwindelgefühl erfaßt und schließt die Augen; sie atmet schwer und hält sich am Bettrand fest, als hätte sie Angst, in den Abgrund zu versinken. Pietro fühlt sich verloren, er weiß nicht, wie er ihr helfen soll, welches Medikament er ihr geben, ob er einen Arzt rufen soll. Er setzt sich ans Bett, ergreift ihre Hand, streichelt sie und sagt immer wieder:

»Nur Mut, Liebe, sobald du kannst, fährst du ab; gewiß, wenn du willst, auch schon morgen.«

»Jetzt geht es mir wieder besser«, sagt Faustina schließlich und trocknet sich die schweißnasse Stirn ab. »Manchmal habe ich das Gefühl, daß sich mein Schädel mit heißem Wasser, mit kochendem Wasser füllt und daß meine Gehirnlappen darin herumhüpfen wie siedende Klöße, Klöße aus Mehl und Kartoffeln, wie sie bei uns gemacht werden. Nicht umsonst hat mir meine Mutter als Kind immer erzählt, daß sie mir Kartoffeln in den Kopf getan hätte. Kennst du dieses Gefühl auch, Pietro, daß die Zeit plötzlich stehenbleibt? In diesen kurzen Sekunden erscheint die Welt schwarz und traurig; wenn es etwas länger dauerte, wäre unausweichlich das Ende der Welt da. Hast du auch beobachtet, Pietro, daß die Zeit nach jeder dieser erschreckenden Unterbrechungen, bevor sie weiterläuft, zuerst einmal rückwärts läuft? Sie kehrt sich tatsächlich um, glaube ich, weißt du, so wie im Kino, wenn der Film zurückgespult wird und man zum Beispiel einen von einer Mine gesprengten Turm sich auf wunderbare Weise wiederaufrichten sieht und jeder Stein an seinen Platz zurückfliegt. Pietro, für mich gibt es nichts Erschreckenderes.«

»Soll ich dir etwas gegen den Kopfschmerz geben, Faustina?«

»Es gibt nichts, was gegen das wahre Kopfweh helfen

könnte, Pietro, zumindest gegen die Art von Kopfweh, unter der ich leide. Damit du das verstehst, sollte ich dir ein Geheimnis erzählen, Pietro, aber ich traue mich nicht; ich habe noch mit keinem darüber gesprochen. Dabei bist du der einzige, dem ich ein Geheimnis dieser Art anvertrauen könnte. Setz dich hin und hör mir zu. Als ich dreizehn oder vierzehn war, nahm ich am Ende der Fastenzeit zum erstenmal mit etwa fünfzehn anderen Mädchen meines Alters unter der Anleitung eines Kapuzinerpaters an geistigen Übungen teil. Du weißt ja, worin diese geistigen Übungen bestehen, die sind wohl für Männer und Frauen gleich. Fünf Tage lang verpflichteten wir uns zu vollkommenem Schweigen, hörten drei Predigten täglich, lasen die vorgeschriebenen Gebetbücher, widmeten uns nach Anleitung Meditation und Gewissensprüfung. Thema unserer Übungen war in jenem Jahr die Passion Christi, seine schmerzensreiche Agonie. Der Kapuzinerpater sprach zu uns so eindrucksvoll über diese Agonie, daß einige von uns vor Entsetzen mit Verlaub Würmer bekamen. Er erklärte uns, daß es von uns abhinge, Jesu Leiden zu mildern, indem wir gut, demütig und anständig bleiben oder werden und einen Teil der Schmerzen des Gekreuzigten auf uns nehmen sollten. Ich wußte genau, daß ich ganz und gar nicht gut und schon gar nicht demütig war und kannte mich in dem Alter schon gut genug, um mir keine Illusionen darüber zu machen, daß ich mich nicht mehr bessern konnte. Aber auch ich wollte um jeden Preis das physische Leiden unseres Herrn lindern, und der Gedanke war mir unerträglich, nichts zu tun, obwohl ich doch wußte, daß ich Ihm helfen konnte. So verbrachte ich nach Abschluß der Übungen in meinem Zimmerchen fast eine ganze Nacht auf den Knien, weinte und flehte Jesus an, mir seine Dornenkrone zu geben, sie wenigstens hin und wieder von Seiner geheiligten unschuldigen Stirn zu nehmen und sie auf die meine zu setzen. Pietro, ich bin sicher, ich weiß es

ganz genau, daß mein Gebet erhört worden ist. So erkläre ich mir die unmenschlichen, furchtbaren Kopfschmerzen, unter denen ich seit damals leide und gegen die kein Mittel hilft. Manchmal spüre ich auch ganz genau die Dornen sich in meinen Schädel bohren. Aber weshalb soll ich mich beklagen? Ich selber habe es doch so gewollt.«
Ihre ganze tiefe Trauer spricht aus ihren Augen, die sie unvermittelt schließt, als sie fühlt, wie Pietro von Zärtlichkeit übermannt wird.
»Ich weiß nicht mehr, ob ich dich seit diesem Augenblick oder seit Jahrhunderten liebe«, sagt Pietro liebevoll über sie gebeugt. Und er fährt fort: »Aber jetzt weiß ich, Liebste, daß ich dich nicht mehr verlassen kann; ich könnte nicht mehr fern von dir in der Wüste leben.«

XXII

»Hast du sie getroffen?« fragt Pietro. »Wie geht es ihr? Läßt sie mir etwas ausrichten?«
Simone packt den Wirt am Arm und befiehlt ihm, unverpantschten Wein zu bringen.
»Bring auch etwas zu essen«, sagt er. »Laß dir von deiner Frau dabei helfen, wenn sie nicht zu schmutzig ist.«
»Wie geht es Faustina? Hat sie sich erholt?« fragt Pietro. »Läßt sie mir etwas ausrichten?«
Simone schenkt ein.
»Trink, Tauber, sperr die Ohren auf«, sagt er. »Pietro, trink du auch, ich habe dir viel zu erzählen.«
Infante, der seinen großen Kopf an die Wand gelehnt hat, betrachtet den wiedergefundenen Pietro und vergißt vor Freude das Trinken. Pietro wartet auf Antwort, so ist Simone gezwungen, allein zu trinken.
»Warum habt ihr euch so verspätet? Ist etwas dazwischengekommen? Ich habe jeden Tag auf euch gewartet«, fragt Pietro weiter.
»Die ewige Pille«, sagt Simone schließlich seufzend und unterstreicht seinen Satz mit einer Geste, die besagen soll: es ist aus.
»Ah, alles geht einmal vorüber«, bemerkt Pietro, »auch die Ewigkeit. Don Tito?« fragt er dann neugierig.
»Den hätte ich versetzt«, versichert Simone. »Nein, Tante Eufemia hat sie von mir verlangt und sie mir nicht mehr zurückgegeben.«
»Auch Tante Eufemia zählte zu deinen Klienten?«
»Da sie sich dem Tode nahe fühlte, schickte sie eine alte Betschwester zu mir, um die Pille zu verlangen«, erzählt Simone. »Ich war ehrlich überzeugt, daß ich ihr das nicht abschlagen konnte. Denk doch nur, die Tante und die Pille waren das Älteste, das es in Colle gab.«

»Und sie hat sie dir nicht zurückgegeben?«
»In der Zwischenzeit ist sie gestorben. Mit der Pille im Leib.«
Pietro paßt seinen Gesichtsausdruck der betroffenen Miene Simones an, auch Infante, der nichts davon weiß, verzieht sein Gesicht entsprechend.
»Der Tod ist gestern früh festgestellt worden«, erzählt Simone, »aber eingetreten ist er wohl schon am Tag deiner Flucht. Damals hatte sie die Sprossenleiter hochgezogen und sich nicht mehr sehen lassen. Das Miauen der zahllosen hungrigen Katzen, die die Tante gehalten hatte, ließ dann schließlich den Gedanken aufkommen, daß sie gestorben sein könnte.«
»Und das berühmte Erbe? Der alte Schatz? Sind die Neffen und Nichten jetzt reich geworden?«
»Gestern nachmittag wurde das Erbschaftsinventar aufgestellt«, fährt Simone fort. »Du kannst dir vorstellen, wie aufgeregt und ängstlich die Neffen und Nichten waren, wir alle also. Auf dem Platz vor der Ruine des alten Herrenhauses der De Dominicis hatten sich wohl zwei- oder dreitausend Leute versammelt, die jedoch wie fünfzigtausend lärmten; sogar in den Fensterchen des Glockenturms standen sie; die guten Familien waren sich nicht zu schade, sich unter die Cafoni zu mischen. Natalina, die Magd deiner Großmutter, schien vor Aufregung wie von Sinnen: Vielleicht fahre ich morgen ab, verkündete sie den Umstehenden, Aufwiedersehen oder vielmehr lebt wohl, lebt wohl. Bevor ich dazukam (ich war den ganzen Tag mit der Vorbereitung meiner Abreise beschäftigt gewesen), scheint es schon Geschrei und Streit um die Bildung eines Komitees von älteren Neffen und Nichten gegeben zu haben, die der Öffnung eines möglicherweise vorhandenen Testaments sowie der Bestandsaufnahme beiwohnen sollten. Die Menge der armen Neffen und Nichten befürchtete, auf die übliche Weise von den Behör-

den und den reichen Neffen und Nichten übervorteilt zu werden. Als ich dazukam, riefen mir viele zu, daß die Menge darauf bestanden habe, mich in das Komitee aufzunehmen. Hunderte von Armen schoben mich an die Sprossenleiter, und ich stieg hinauf. Die Leiche war auf einem Tisch mitten in der mit Kerzen und Kränzen geschmückten Kapelle aufgebahrt. Auch als Tote schien die furchtbare Tante noch zornig; ihre Hände und das Gesicht waren so dunkel und trocken wie bestimmte Leberwürste. Die Kapelle, die ich zum erstenmal sah, war eine merkwürdige Mischung aus Trödelladen und Wundergrotte. Die Luft war zum Schneiden. Ja, wie in einer Kloake. Magere ausgehungerte Katzen bissen den Leuten in die Waden und knabberten Kerzenständer und Stuhlbeine an. Bis zu meiner Ankunft war noch kein Testament gefunden worden. Amtsrichter Don Sebastiano rieb sich zufrieden die Hände: Da kommt ein netter kleiner Prozeß auf uns zu, sagte er immer wieder. Da kommt es zu einem ansehnlichen Streitfall zwischen Neffen und Nichten und dem Staat, zu einem netten kleinen Prozeß, der ein paar Jahrhunderte dauern wird. Das von Don Nicolino aufgenommene Inventar der Möbel, Bilder und Hausgeräte war fast fertig. Hinter einem roten Samtvorhang hatte man inzwischen die berühmten, die legendären Bütten entdeckt, jene geheimnisvollen Gefäße, über die unsere Alten an Winterabenden nicht müde wurden, immer neue Vermutungen anzustellen. Uns allen stockte der Atem vor ängstlicher Erwartung. Die Bütten, die gleichen wie diejenigen, die wir für die Weinlese benutzen, nur dicker und mit doppeltem Reif, wurden also aufgedeckt; nach dem ersten Augenblick allgemeiner Betäubung war ich der einzige, der anfing sich schiefzulachen. Mein Gelächter war, wie mir später erzählt wurde, bis zur Tischlerei Meister Eutimios zu hören, die zwei Steinwürfe von dort entfernt ist; anfangs wurde die Menge der Neffen und Nichten bei diesem unerwarteten furchtbar lau-

ten und maßlosen Gelächter von einem Schauder des Entsetzens erfaßt, weil sie glaubten, es käme von Tante Eufemia selber, die auferstanden wäre. Die Gesichter der um die drei aufgedeckten Bütten versammelten Honoratioren und der anderen betagten Neffen waren zu bestürzten, finsteren Masken erstarrt, während ich das Lachen einfach nicht unterdrücken konnte, es war ein einziges brüllendes Hohngelächter. Die angeekelten und erschreckten Masken wandten sich nach mir um und sahen mich an wie einen Übergeschnappten. Aus der ungeduldigen Menge der Neffen und Nichten auf dem Marktplatz erhob sich bedrohliches Gemurmel. Ich habe vergessen dir zu sagen, Pietro, daß die Bütten voll mit, wie soll ich mich ausdrücken, voll mit den Verdauungsresten Tante Eufemias aus vielen Jahren waren.«
»He? Was?« ruft Pietro aus und springt hoch. »Habe ich richtig verstanden?«
»Du hast richtig verstanden«, bestätigt Simone.
»Was für eine hinreißende Tante«, bemerkt Simone nach langem Überlegen. »Ihr aufsässiger Geist stand ihrer Mißachtung der Hygiene in nichts nach.«
»Unglückselige Neffen und Nichten«, sagt Simone. »Jetzt haben sie auch diese Hoffnung verloren.«
»Wie dumm und unvorsichtig von der Obrigkeit, diese Bütten in Anwesenheit einer Volksabordnung zu öffnen«, fährt Pietro fort.
»Don Marcantonio hatte ja vorgeschlagen, die Bütten zu versiegeln und an einem geeigneten Ort für den patriotischen Kult aufbewahren zu lassen«, erklärt Simone. »Aber die Honoratioren machten geltend, daß es dann in Colle ganz bestimmt einen Aufstand gegeben hätte.«
»Es tut mir leid«, sagt Pietro, »daß du Colle meinetwegen in einem so außergewöhnlichen Augenblick verlassen mußtest.«
»Sag nicht solchen Unsinn und trink«, fällt ihm Simone ins

Wort. »Ich bin auch aus ganz egoistischen Gründen hier. Was habe ich denn jetzt noch in Colle zu suchen! Die Pille war noch das einzige, was mich der Tradition verpflichtete.«
Um bei einer eventuellen Verhaftung nicht auch Simone und Infante zu gefährden, wohnt Pietro weiterhin im Hotel Vittoria ehem. Am Markt. Nach dem Zwischenfall mit den Koffern bleibt ihm gar keine andere Wahl mehr, als die hassenswerte Rolle seines verstorbenen Onkels weiterzuspielen.
»Hauptmann Spina Saverio, geboren in Colle dei Marsi als Sohn von Bernardo und Maria Vincenza Spina, verheiratet, keine Kinder, auf Erholungsreise« steht im Anmelderegister des Gasthauses. Vor ihrer Abreise hat Faustina Sora Olimpia wärmstens ans Herz gelegt, den Herrn keinesfalls zu belästigen.
»Er hat einen schweren Nervenzusammenbruch erlitten«, hat sie ihr vertraulich ins Ohr gesagt. »Der Arzt hat ihm vorgeschrieben, sich eine Zeitlang fern von seiner Familie und der gewohnten Umgebung aufzuhalten. Er hat ihm empfohlen, am besten unter einfachen Leuten, unter Bauern zu leben.«
Sor Quintino und die Stammgäste haben diesen Nervenzusammenbruch gleich als eine Folge des heldenhaften Lebens des *Hauptmanns* gedeutet, so daß jedes sonderbare Verhalten, jede seltsame Äußerung oder Geste keinesfalls kritisiert oder belacht, sondern als patriotische Tugend bewundert wird.
Don Saverio hätte diese Ermunterung nicht gebraucht, um sich auf seine Art zu verhalten. Er nimmt nicht einmal mehr Rücksicht auf den Brigadiere, seit er von Sor Quintino erfahren hat, daß dieser noch von der Obrigkeit überprüft wird und sogar annehmen muß, die Anwesenheit des *Hauptmanns* Spina in Acquaviva habe möglicherweise etwas mit der gegen ihn laufenden Untersuchung zu tun. *Don Saverio* hat sich natürlich gehütet, ihm diese Befürchtung zu

nehmen, und erwidert den Gruß des Brigadiere stets mit inquisitorischer Kühle. Seine seltenen Auftritte im Nebenraum des Gasthauses sind für die Stammgäste, ängstliche und angepaßte Bürokraten, stets eine Sensation. Er ist von einer Aureole umkränzt, die ihn gegen alles schützt, dank seiner Vergangenheit ist er immun und darf einfach alles sagen. Gewöhnlich ist er in Gedanken versunken, traurig und zerstreut; er verschmäht es, sich an den gemeinsamen Tisch zu setzen und am Gespräch teilzunehmen. Als der Bürgermeister ihm eines Abends deshalb einmal höflich Vorwürfe machte, antwortete er unfreundlich:
»Mein Reich, müssen Sie wissen, ist nicht von Ihrer Welt.«
»Oh, von welcher Welt ist es dann?« fragte der Bürgermeister verwundert.
»Nicht von Ihrer«, erwiderte *Don Saverio* schroff. Er verwirrt die anderen schon bei seinem bloßen Auftauchen durch seine Anspruchslosigkeit; aber da er im Grunde kein schlechter Mensch ist, versucht er sie oft mit ein paar freundlichen Worten aufzurichten:
»Lassen Sie sich nicht stören«, sagt er, »Sie brauchen nichts zu fürchten, es besteht vorerst keine Gefahr.«
An der Wand, an der er gewöhnlich sitzt, hängt ein grünweiß-rot gerahmtes Bild, das einen Mann mit Stiernacken, kräftigen Kinnladen und irrem Blick darstellt. Unter dem Bild hängt ein Schild mit der Aufschrift: »Vor jedem Festmahl einen Sant' Agostino-Magenbitter.« Schon an den ersten Abenden lernte *Don Saverio* die ganze Gesellschaft kennen. Diejenigen, die nicht Staats- oder Gemeindebeamte, also Cavalieri, sind, werden Professor genannt. Einer dieser Professoren gibt Mandolinenunterricht, ein anderer lehrt Radfahren, ein dritter ist Lokalmatador im Boccia-Spiel, die übrigen haben Lehrstühle ähnlicher Art. Der Bürgermeister ist die wichtigste Person, er genießt den Ruf eines gebildeten und humanistischen Mannes; so sagt er zum Beispiel anstatt

Regen *Jupiter Pluvio;* er ist der Löwe des Dorfes, wozu auch sein Körperbau paßt, der gewaltige Kopf, die dicke rote Nase, die wulstigen, wie bei einem Kamel herabhängenden Lippen, die tief über die gelblichen Augen fallenden Lider.

»Der Bürgermeister ist ein Herr vom alten Schlage«, hat Sor Quintino *Don Saverio* anvertraut. »Er ißt den Käse sogar dann mit Messer und Gabel, wenn kein Mensch zuschaut.«

Am meisten stört den Bürgermeister *Hauptmann* Spinas Abneigung gegen Teigwaren, die er als einen Verstoß gegen seine tiefverwurzelte Überzeugung empfindet, daß sich die typisch italienische Lebensart in Spaghetti mit Tomatensoße ausdrückt.

»Als ich damals in der Hauptstadt weilte«, erzählt er (seine Jugenderinnerungen an die Hauptstadt sind sein ewiges Thema), »nahm ich meine Mahlzeiten gewöhnlich in einer Gaststätte ein, in der auch ein berühmter Demagoge speiste, ein bärtiger langhaariger Agitator, zu jener Zeit ein sehr bekannter Volksredner der kommunistischen Partei. Ich muß gestehen, daß meine natürliche Abneigung gegen dieses Individuum schwand, als ich beobachtete, wie er hingebungsvoll und gierig und mit vollendeter Technik mit der Gabel Unmengen von breiten Nudeln mit Fleischsoße in den gefräßigen Mund schob. Ich muß gestehen, daß ich den Impuls nicht unterdrücken konnte, aufzustehen, auf ihn zuzugehen und ihm mit bewegter Stimme zu erklären: Herr Abgeordneter, ich sehe jetzt, daß Sie dem Gefühl für unsere nationale Einheit keinesfalls abgeschworen haben. Cavaliere, erwiderte er äußerst freundlich, die Theorien mögen uns scheiden, die Nudeln aber einigen uns. Als dann ein paar Jahre später in den Zeitungen stand, daß er der humanitären Ketzerei abgeschworen hatte und ein Anhänger der sportlichen Erneuerung der Nation geworden war, wunderten sich viele; ich nicht, denn ich erinnerte mich noch sehr genau an seine starke Vorliebe für breite Nudeln. So habe ich auch

einen Freund, der vor einiger Zeit aus dem Ausland zurückgekehrt ist, wo er aus beruflichen Gründen, die hier nichts zur Sache tun, gezwungen war, in Kreisen politischer Flüchtlinge zu verkehren, als erstes gefragt: Wovon ernähren sich diese Ärmsten jetzt? Viele leiden Hunger, hat er mir berichtet, aber die wenigen, die es sich leisten können, stopfen sich mit Spaghetti voll. Nun, wenn dem so ist, habe ich zu ihm gesagt, brauchen wir die Hoffnung nicht zu verlieren, dann sind sie für das Vaterland noch nicht ganz verloren.«
»Ein Held dagegen«, warf Sor Quintino ein, »kann sich bekanntlich so manches erlauben.«
»Ich lasse mir trotzdem nicht nehmen«, fuhr der Bürgermeister fort, »daß der Hauptmann gerade deshalb einen Nervenzusammenbruch erlitten hat, weil er eine so unvernünftige Abneigung gegen Teigwaren zeigt.«
Die Askese des Helden ist inzwischen ein beliebter Gesprächsstoff der Honoratioren geworden.
»Ein Held ist immer unmenschlich«, verkündet der Professor für Radfahren, er ist ein ehemaliger Anarchist, der während des Tripolis-Krieges den Wehrdienst verweigert hat.
»Wie hält er es denn mit den Weibern?« fragt der Boccia-Professor.
Bei dieser Frage erwacht in allen neue Hoffnung wie bei einem Berufungsverfahren.
In Anwesenheit des *Hauptmanns* kann man solche Gespräche natürlich niemals führen, denn er hat trotz seines jugendlichen Alters etwas Einschüchterndes. Aber zwei Lehrerinnen, die hin und wieder ebenfalls ihre Mahlzeiten in dem Nebenzimmer einnehmen, willigen eines Tages ein, zum Scherz als Köder zu dienen, um ihn anzulocken und zu zähmen. Am meisten sind die beiden von der Traurigkeit des *Hauptmanns* fasziniert. Weshalb ist er nur so traurig? Vielleicht eine unglückliche Liebe?
Don Saverio scheint anzubeißen. Signora Sofia, die die un-

tersten Klassen der Grundschule unterrichtet, ist ein elegantes Kolossalweib mit langen schweren schwarzen Wimpern, die wie ein Schnurrbart gezwirbelt sind. Unter der durchsichtigen Bluse scheinen ihre dicken runden Schultern durch; die Träger schneiden tief ins Fleisch ein, so daß ihre Schultern wie rosige Schinken, wie insgesamt sechs Schinken aussehen; man stelle sich doch nur die Wirkung auf einen ausgehungerten Soldaten vor, der gerade aus den Kolonien zurückkehrt! Signora Sofias Mund hängt tief über dem Teller, während sie redet und lacht, so daß sie in der Suppe aus dicken Bohnen und Rohrnudeln glucksende Geräusche hervorruft wie ein Seehund unter Wasser. Leider erinnern ihre walzenförmigen dicken Beine vor lauter schwarzen Krampfadern an eine efeuumrankte Marmorsäule, und an solchen Stellen liebt *Don Saverio* das Symbol der republikanischen Partei ganz und gar nicht. Daher wendet er seine Aufmerksamkeit ihrer Kollegin zu. Signorina Santefede ist farbloser, größer, kantiger, aber unter den gegebenen Umständen doch gar nicht so übel, ein schöner Kirchturm auf nervösen weißen Säulchen. Vom Bürgermeister angestachelt, erkühnt sich Sor Quintino eines Abends, für den Hauptmann am Tisch der beiden Damen zu decken; wenn es schiefgeht, kann man die Schuld immer noch der Magd zuschieben. Aber es geht nicht schief.
»Wie heißen Sie denn mit Vornamen, Signorina Santafede?« fragt *Don Saverio*.
»Faustina«, erwidert das Mädchen und zupft eine Locke zurecht. »Gefällt er Ihnen?«
Don Saverio ißt hastig zu Ende, grüßt und entflieht. Seine Flucht versetzt alle Gäste in Verwunderung und Entrüstung. Einen so schwierigen Helden haben sie noch nie erlebt.
Als unsympathischsten Gast im Nebenzimmer empfindet *Don Saverio* einen jungen Architekten, dessen Pullover ganz mit Sportabzeichen bedeckt und dessen Schultern so stark mit Roßhaar und Werg gepolstert sind, daß sie ganz quadratisch

wirken. Mit seinem Stiernacken und den mächtigen Kinnladen scheint er ein Abbild des Menschenaffen an der Wand zu sein. Sein Vater, der einst als Anarchist aus Amerika zurückgekehrt war, hatte ihm den Namen Spartaco gegeben; den hat er nun, um ihn der neuen Zeit anzupassen, in Sparta abgekürzt, die Dorfbevölkerung lacht darüber, denn für sie klingt Sparta wie ein Frauenname. An einem der ersten Tage trifft *Don Saverio* ihn im Gasthaus bei einem Glas Rum und einer Zigarette an.

»Hauptmann, wie finden Sie die antik wirkende Patina, die ich jetzt auf die neuen öffentlichen Gebäude auftragen lasse?« fragt der Architekt. »Dieselben Kritiker, die mich bis gestern angegriffen haben, weil die Gebäude ihrer Meinung nach wie weißgekalkte Gräber aussahen, kritisieren mich jetzt, weil sie zu dunkel werden, Katafalke für Totenmessen, sagen sie.«

Don Saverio hat in der Tat schon seit zwei Tagen das Gerüst eines Malers an der schneeweißen Wand der Kaserne der Carabinieri gesehen. Dieser Künstler spritzt Erdfarbe in großen Klecksen an die Wand und verwischt unter den Fenstern grünliches Moos.

»Die Farbe reicht nicht«, antwortet *Don Saverio*. »Als Architekt müßten Sie doch wissen, daß die heutige, von allen anerkannte Schönheit der antiken Bauten weniger von der Patina der Zeit herrührt, als vielmehr von der Tatsache, daß sie zu Ruinen zerfallen sind. Selbst unter den griechischen Statuen gelten bei Kritikern wie beim gewöhnlichen Volk jene als besonders wertvoll, denen die Arme oder der Kopf fehlen. Haben Sie je eine dieser Rekonstruktionen des unzerstörten Forum Romanum in Miniatur gesehen? Sieht das nicht aus wie irgendein Platz in Washington oder Berlin! Die öffentlichen Gebäude wirken eben, solange sie neu und gutehalten sind, immer ziemlich häßlich, um nicht zu sagen abscheulich.«

»Der Quirinal, Palazzo Venezia«, fällt ihm der Architekt ins Wort, »finden Sie die vielleicht auch häßlich?«

»Wenn sie einmal zerfallen sind und die Römer mit ihren Mädchen in den Ruinen lagern, werden sie sicher viel, viel schöner sein«, versichert der *Hauptmann*.

Der Architekt sieht sich verängstigt um, während der Bürgermeister leise vor sich hinlacht und dabei wie ein Kolben rhythmisch Luft aus der Nase bläst. Diese herausfordernde Unbefangenheit erweckt nicht nur keinen Verdacht gegen den *Hauptmann*, sondern ist ein Beweis für seine Unantastbarkeit.

»Herr Hauptmann, während Sie weg waren, hat jemand nach Ihnen gefragt«, meldet Sor Quintino. »Ein etwas merkwürdiger Herr, der noch einmal vorbeikommen wird.«

»Sah er aus wie ein Commendatore?« fragt der *Hauptmann*.

»Eher wie ein Herr, der einmal bessere Zeiten gesehen hat«, erklärt der Wirt. »Vielleicht ein pensionierter Oberst.«

»Ich gehe jetzt hinauf, um mich auszuruhen«, sagt *Don Saverio*. »Wenn er wiederkommt, ruft mich.«

Der unerwartete Besucher ist Don Severino. Simone, der mit einem Spaten über der Schulter in Gesellschaft einiger Bauern vom Feld zurückkehrt, entdeckt ihn auf seinem Streifzug durch Acquaviva.

»Ich habe dich kaum wiedererkannt«, entschuldigt sich Don Severino. »Wie gut, daß ich dich noch vor Pietro treffe. Wir müssen uns besprechen.«

»Hat dich Faustina hergeschickt?« fragt Simone. »Komm mit, wir gehen zu einem Freund.«

Sie betreten am Ende der Gasse eine elende Behausung, in der sich ein großer düsterer Raum befindet, der zugleich als Küche und als Schlafzimmer dient. In einer Ecke sitzt eine armselige Alte mit einem wenige Monate alten Säugling auf den Knien. Sie steht auf und bemüht sich, Stühle herbeizuschaffen; auch nachdem die beiden Gäste schon sitzen, sucht

sie weiter nach Stühlen und zwingt Severino, sich noch einmal zu erheben, um sich auf einem sauberen Stuhl niederzulassen, dann verschwindet sie und kehrt mit einem Sessel zurück, den sie von einem Nachbarn geliehen hat und zwingt Don Severino wieder, aufzustehen und sich darauf zu setzen.
»Nicht Faustina hat mich geschickt«, sagt Don Severino zu Simone. »Sie weiß gar nicht, daß ich hier bin, aber ihretwegen bin ich hier. Ich weiß nicht, was Pietro und Faustina besprochen haben, ich weiß nur, daß sie ganz in Erinnerung an die beiden hier verbrachten Tage lebt. Ein Alptraum hält sie davor zurück, wieder hierher zu kommen, und es ist vielleicht unsere Pflicht, ihr zu helfen.«
Simone überlegt lange, stopft seine Pfeife und steckt sie an.
»Auch Pietro redet nur noch darüber«, sagt er schließlich. »Aber offen gesagt, weiß ich nicht, ob wir ihnen helfen sollen. Steine dürfen wir ihnen gewiß nicht in den Weg legen, aber die Sache begünstigen? Severino, glaub mir, ich bin gar nicht so sicher, daß es gut für die beiden ist.«
»Faustina ist ein ganz außergewöhnliches, wunderbares Mädchen.«
»Da bin ich ganz deiner Meinung«, sagt Simone. »Sie ist die bewundernswerteste Frau, die ich kenne.«
»Wahre Liebe ist mehr wert als jede Politik.«
»Warum sprichst du von Politik?« fragt Simone. »Hältst du Pietro vielleicht für einen Politiker?«
»Wahre Liebe ist mehr wert als jede Ideologie.«
»Richtig«, sagt Simone. »Aber das betrifft Pietro nicht. Er hat das Glück, ein gesetzloser Mann zu sein, ein Christ auf der Flucht, und er ist dies auf die einfachste, spontanste und natürlichste Art, die man sich vorstellen kann; gerade so, als wäre dies seine Bestimmung. Kannst du ihn dir als verheirateten Mann vorstellen?«
Don Severino errötet und macht eine hilflose Geste.

»Wir sind als einsame Menschen alt geworden, Simone«, sagt er. »Aber Pietro und Faustina sind noch jung. Bevor ich dich vorhin traf, beobachtete ich einen Augenblick lang einen Jungen und ein Mädchen, die im Gemüsegarten hinter der Kirche unter einem Baum miteinander redeten. Man konnte ihnen genau ansehen, was sie zueinander sagten, dieselben Worte nämlich, die Männer und Frauen, seit die Erde besteht, schon millionenmal, milliardenmal zueinander gesagt haben: Ich liebe dich; liebst du mich? Wir haben gewiß keine rosigen Zeiten in unserem Land, darüber sind wir uns ja wohl einig; aber solange ein Mann und eine Frau noch zueinander sagen: Ich liebe dich; liebst du mich? dürfen wir vielleicht noch hoffen.«
»Einen Teil des Korns tut man für die Saat beiseite«, antwortet Simone, »und einen Teil bringt man zur Mühle und verbraucht ihn.«
»Was meint Faustina dazu?« fährt Simone nach einer Pause fort.
»Sie ist überzeugt, daß die Begegnung mit Pietro ihrem Leben endlich einen Sinn verliehen hat; gleichzeitig aber gerät sie bei dem Gedanken an ein Wiedersehen mit ihm in Panik. Donna Maria Vincenza wird mich verfluchen, sagt sie, und Pietro werde ich Unglück bringen. Du wirst sehen, ich bin ganz sicher, daß ich ihm Unglück bringe.«
»Bewunderungswürdiges armes liebes Mädchen«, murmelt Simone.
Auf der Gasse draußen spielen ein paar kleine Jungen mit Infante, sie lassen ihn den wilden Mann machen, sie haben ihm Gesicht und Hände geschwärzt und fordern ihn zum Singen auf. Infante ist heute außergewöhnlich sanft, und sein Gesang ähnelt dem Brummen eines Bären. Dann bilden die Kinder einen Kreis und zählen aus; wer drankommt, scheidet aus dem Ringelreihen aus und leistet dem Bären Gesellschaft.

»Ich habe Pietro gefragt«, sagt Simone, »wenn man dir die Begnadigung durch die Regierung, die du vor einem Monat abgelehnt hast, heute nach der Begegnung mit Faustina noch einmal anbieten würde, würdest du sie dann immer noch ablehnen? Gewiß, hat er mir sofort geantwortet. Dann wurde er nachdenklich, und wir haben uns schweigend zu Tisch gesetzt. Bevor wir wieder aufstanden, habe ich ihn noch einmal gefragt: Würdest du sie ablehnen? Wahrscheinlich, hat er bekräftigt. Machen wir uns nichts vor, Severino, ich bin überzeugt, daß Pietro am Ende wieder ablehnen würde; aber dieses ›wahrscheinlich‹, dieser auch nur leise Zweifel bei einem solchen Mann hat mich erschreckt.«

»Ich fahre nach Orta zurück«, stammelt Don Severino. »Ich werde Faustina nichts von unserem Gespräch erzählen. Halte du es mit Pietro, wie du meinst.«

XXIII

Eines Morgens werden die Behörden von Acquaviva durch ein Ereignis aufgeschreckt, das auf den ersten Blick ganz harmlos erscheint. Über Nacht hat jemand ein großes Fragezeichen hinter das Motto »Der Staat ist alles« gesetzt, das in riesigen Buchstaben die Rathausfassade ziert. Eiligst wird ein Malermeister gerufen, um diesen hinterhältigen Ausdruck des Zweifels zu übermalen, und danach versammeln sich die Honoratioren im Bürgermeisteramt, um endlich über den Täter und seine Beweggründe zu diskutieren. In Windeseile erreicht die Nachricht auch das Hotel.
»Ist das so schlimm?« fragt Sora Olimpia ihren Mann.
»Sehr schlimm.«
»Vielleicht sollte es nur ein Scherz sein.«
»Ein solcher Zweifel ist ein Sakrileg, der Bürgermeister hat es selber gesagt.«
»Wie stehen wir jetzt vor dem Hauptmann da!«
Aber ihr Mann bedeutet ihr zu schweigen, da er *Don Saverio* die Treppe herunterkommen hört.
»Auch heute wieder zur gesunden Feldarbeit?« fragt er ihn beflissen.
»Auch heute.«
»Dann wünsche ich gutes Gelingen.«
Simone ist schon auf dem Hügel.
»Wie stellt sich Pietro bei der Arbeit an?« fragt er Cesidio.
»Ich habe noch nie einen Knecht gehabt, der sich soviel Mühe gegeben hat. Schade, daß er oft so melancholisch ist.«
Simone führt den mit Mist beladenen Esel am Halfter, treibt ihn an und zieht weiter. Cesidio hört einen Augenblick auf zu schwefeln, hebt den Kopf und beobachtet einen Vogelschwarm, der über Acquaviva hinwegzieht. »Ein gutes Zeichen«, stellt er befriedigt fest. Als er das Ende der Rebenzeile erreicht hat, scheint Cesidio den Horizont zu berüh-

ren, er holt mit seiner Bewegung ein Stückchen Himmel herab und spritzt kupfergrünen Staub in das Blau.
Am anderen Ende des Weinbergs füllt Pietro die Rebenspritze, dann hebt er sie hoch, schnallt sie wie einen Rucksack um und schwefelt weiter. Langsam und umsichtig, als wäre ihm diese Arbeit vertraut, bewegt er sich zwischen den Reben vorwärts, wendet sich nach links und rechts und besprengt die Rebschöße mit der bläulichen Mischung, dabei scheint er mit jedem einzelnen Weinstock zu reden, jedem einzelnen seine Zufriedenheit und auch seine Traurigkeit mitzuteilen. Seine Bewegungen lassen auf langvertrauten Umgang mit den Reben schließen. Die grasgrüne Reihe hinter ihm färbt sich smaragdgrün, und er selber scheint in seinem blauen Arbeitsanzug und den blauen Schuhen und Händen ein wandelnder kleiner Baum zu sein, der nach der richtigen Stelle zum Wurzelnschlagen sucht; wenn er lächelt, scheint dieser Baum zu erblühen.
Der Schirokko hat innerhalb von wenigen Tagen das Frühjahr geweckt, überall auf den Feldern arbeiten fleißig wie Bienen die Bauern. Zwischen den einzelnen Weinbergen verlaufen Wassergräben, aus denen jetzt in der neuen Sonne Dampf aufsteigt, und die zwischen den Rebstöcken arbeitenden Bauern sind von Wölkchen umkränzt wie die Seligen im Paradies; aber es ist ein bäuerliches Paradies, in dem Angst vor Meltau herrscht, ein Paradies von Kleinbauern mit festeingeteilten Flächen. Ein Mann mit einem schwarzen Lämmchen um den Hals kommt den Hügel herauf; das Lämmchen ist in der vergangenen Nacht geboren und sieht sich um, als wäre ihm schon alles bekannt. Der Himmel ist zartgrün gefärbt wie eine frische Wiese, aber am Horizont über den Bergen brauen sich Wolken zusammen, die prallen Kornsäcken in einem reichen Speicher gleichen. Fluten von Licht und warme

Luftströme durchziehen in alle Himmelsrichtungen das Tal, überlagern einander, steigen auf und fallen wieder ab.
Auf der Anhöhe verteilt Simone den Dünger mit einer Mistgabel, und rings um ihn ist schon überall die graue Erde braungefleckt. Er kommt langsam voran; sein Körper wirkt größer, dünner und leichter als sonst; er bewegt sich auf dem Hügel wie auf einer Landkarte. Hin und wieder bleibt er stehen, doch nicht, weil er müde ist, sondern um zwei Finger in den Mund zu stecken und einen sehr langen hohen Pfeifton auszustoßen, dann antwortet Pietro von der halben Höhe mit kindlichen Gesten. Aber einige Bauern fragen sich schon mißtrauisch und unmutig: »Wer sind diese Fremden, die sogar bei der Arbeit lustig sein können?«
Wie immer sind die Mandelbäume allen anderen Obstbäumen mit der Blüte voraus; der ganze Hügel ist weiß und rosa gefärbt. Seit einst Maria den neugeborenen Jesus vor den Häschern des Herodes zwischen den Ästen des Mandelbaums versteckt hat, beeilt dieser sich, wie die Alten erzählen, jedes Jahr mit der Blüte, auch wenn er so beim ersten Frost oft Blüten und Früchte verliert. Pietro kannte diese Geschichte noch nicht, die ihm eine alte Bettlerin auf der Straße erzählt hatte; und jetzt ist er beim Anblick jedes Mandelbaums gerührt und besorgt.
Unten im Tal erstreckt sich das graugrüne Mosaik der kleinen Felder. Auf den grünen Rechtecken und Quadraten sind Gruppen von Kindern und Frauen schon beim Hacken, um die verkrustete Erde aufzulockern und die zarten Weizenkeime vom Unkraut zu befreien; an den grauen Stellen arbeiten Männer mit Hacken, Pflügen und Tieren, um Mais, Erbsen, Ackerbohnen, Kichererbsen und Linsen zu säen, die Gräben zu reinigen, Böschungen und Hecken zu befestigen.
Mittags kommen Frauen mit Proviantkörben auf dem Kopf über die Feldwege; wo immer sie auftauchen, unterbricht man die Arbeit. Carmela, Cesidios Tochter, hat ein ganzes

mit Stockfisch gefülltes Brot und ein Fäßchen Wein gebracht und ihren Korb, nachdem sie die beiden Männer gerufen hat, an der grasbewachsenen Böschung unter einen Kirschbaum gestellt. Sie ist ein derbes, fast plumpes Mädchen, ernst, vielleicht zu ernst, von unbestimmbarem Alter und ungewisser Schönheit, wenn es in ihrem Fall nicht überhaupt gewagt ist, von Schönheit zu sprechen. Pietro kommt als erster an.

»Gestern abend«, sagt er und wischt sich mit einem Jackenzipfel den Schweiß von der Stirn, »sind wir wohl ein wenig zu lange bei euch geblieben, das müßt ihr entschuldigen.«

Das Mädchen antwortet nicht und kehrt ihm den Rücken zu.

»Hast du etwas gegen mich? Gegen uns?« fragt Pietro.

Carmela antwortet widerstrebend.

»Wenn du es genau wissen willst, ihr macht mir Angst«, sagt sie. »Wer seid ihr? Wollt ihr uns ins Unglück bringen?«

»Du hast Angst vor uns?« fragt Pietro fassungslos zurück.

»Ihr kommt mir vor wie Verrückte«, fährt das Mädchen fort.

Pietro hätte am liebsten darüber gelacht, aber es gelingt ihm nicht.

»Du hast vielleicht recht«, sagt er. »Manchmal habe ich auch das Gefühl.«

Tage zuvor haben Carmela und Pietro gemeinsam im Gemüsegarten gearbeitet und in gebeugter Haltung, fast auf den Knien, in Löcher, die sie vorher mit dem Pflanzstock gemacht hatten, Setzlinge gepflanzt. Das Mädchen hatte sich ärgerlich verbeten, daß er sie immer mit Signorina ansprach. »Das ist bei Bauernmädchen nicht üblich«, hatte sie zu ihm gesagt. »Wenn du tatsächlich auf dem Land geboren bist, müßtest du das wissen.«

Carmelas Verlobter ist im Krieg, in Afrika, wenn er zurückkommt, werden sie heiraten; sie hat ihm Treue und Geduld

versprochen, obwohl sie schon kommen sieht, daß er als Krüppel zurückkehrt.
»Er wäre übrigens nicht der erste«, sagt sie resigniert.
»Es gibt ja auch welche, die gesund zurückkehren«, berichtigt sie Pietro verwundert. »Das ist ein kleiner Krieg dort, ein infamer Krieg, gegen einen schlecht bewaffneten Feind; die meisten kommen zum Glück gesund zurück.«
»Natürlich«, erwidert das Mädchen geradezu ärgerlich, »damit ist aber noch nicht gesagt, daß mein Verlobter nicht unter denen ist, die als Krüppel zurückkehren. Ich habe noch nie erlebt oder sagen können, daß andere mehr vom Unglück verfolgt wären als wir.«
Cesidios Haus, in dem sich die Freunde abends versammeln, ist eine finstere und feuchte Höhle. Solange ihre Mutter dabei ist, redet Carmela gar nicht oder höchstens einsilbig und unfreundlich. Sie kann dann den ganzen Abend nur dasitzen, den Kopf auf eine Schulter geneigt ins Feuer starren und auf diese Weise den Blicken ihrer Mutter ausweichen, die auf der anderen Seite sitzt.
Aus der Nähe gesehen wirkt ihr Kopf mit den rötlichbraunen, wie Zwiebelschalen um den Kopf gewickelten Zöpfen, dem schon runzligen sommersprossigen Gesicht und den schmalen spitzen Lippen wie eine vor der Reife erfrorene oder verwelkte Frucht. Wenn man von ihr eine Gefälligkeit will, muß der Befehl dazu vom Vater ausgehen, ihre Mutter scheint sich aber mit ihrem Ungehorsam noch nicht abgefunden zu haben. Auch Pietro und Simone gegenüber zeigt sich Carmela von Anfang an ausgesprochen feindselig. Zuerst hielt sie sie für gewöhnliche Kneipenkumpane des Vaters, für gewöhnliche Trinker und Spieler, die den Vater an Winterabenden von zu Hause fernhalten, für falsche Freunde, die ihm das Geld aus der Tasche ziehen und die Familie in Not bringen; dann aber merkte sie, daß diese neuen Bekannten merkwürdige Leute sind, ganz anders als

die anderen und daher vielleicht noch gefährlicher. Infante hat für Carmela nicht mehr Bedeutung als etwa eine Ziege, und weshalb Pietro und Simone sich mit ihm belasten, kann sie nicht begreifen; vielleicht ist er ein zurückgebliebener Verwandter; ebensowenig versteht sie Pietros natürliche und ganz außergewöhnliche Höflichkeit allen, sogar ihrer Mutter gegenüber. Als Pietro am ersten Abend mit einer Korbflasche Wein und einem Strauß Wiesenblumen ankam, dachte Carmela, er wolle sich über sie lustig machen und war daher ganz besonders unfreundlich zu ihm; sie antwortete ihm stets mit knappen bitteren, ja derben Worten, die besser zu einem Straßenjungen als zu einer Frau paßten, aber sie wollte ihm zeigen, daß sie kein Kind mehr war und das Leben kannte. Als sie dann aber merkte, daß er sich von ihrem schroffen und rohen Benehmen nicht im geringsten beeindrucken ließ, gab sie es auf, blieb aber weiterhin auf der Hut.

In einem Gespräch mit Simone beklagt sich Pietro über dieses Mißtrauen, das ihn so tief trifft, daß er am liebsten weinen möchte.

»Das sind Abgründe, die durch jahrhundertelanges Elend entstanden sind«, erklärt Simone.

»Aber ich habe doch geglaubt, diesen Abgrund überwunden zu haben«, klagt Pietro. »Ich habe geglaubt, auf ihrer Seite zu sein.«

Jedenfalls kann er sich nicht damit abfinden. Er findet es unerträglich, gleichzeitig auf Faustinas Liebe und auf die Gemeinschaft der armen Leute verzichten zu müssen. Bei jeder Gelegenheit versucht er, mit Carmela zu reden, ohne sich ihr aufzudrängen. Das Mädchen hat das Elend der Welt schon sehr früh kennengelernt.

»Die Jungen«, erklärt Carmela mit unverhohlenem Neid, »können wenigstens aus dem Haus gehen, sie sind fast immer auf der Straße; sobald sie nur ein paar Centesimi in der Tasche haben, gehen sie in die Schenke und spielen Karten;

jetzt haben sie auch noch das Glück, daß sich die Regierung um sie kümmert, jeden Abend und sonntags gibt es für sie Übungen, Lehrgänge, Zeitvertreib. Ein Mädchen dagegen muß immer zu Hause bleiben. Es lernt schon in seinen ersten Lebensjahren, was für ein Unglück eine Hypothek ist oder der Pachtzins für das Land, den man nicht zahlen kann, ein kleiner Wechsel über hundert Lire, der platzt, Krankheiten, die die Tiere bekommen, eine Rübensuppe ohne Salz, ein Backtrog ohne Brot, eine Mutter, die allein vor dem erloschenen Kamin weint. Es hilft auch nicht, daß wir früh zu Bett geschickt werden. Wenn der Vater aus dem Wirtshaus zurückkommt und nichts gegessen hat, der Vater, der ja nicht böse ist, nein, er ist sogar gut, aber er hat eben nichts gegessen und sich mit leerem Magen betrunken, dann flucht und schreit er herum und zankt mit der Mutter, zerschlägt die letzten paar Habseligkeiten, die noch nicht zerschlagen sind; das Mädchen, das ins Bett geschickt worden ist, hält die Augen geschlossen und gibt vor, zu schlafen, aber es hört alles, es lernt Worte, die es nie mehr vergißt und beißt ins Leintuch, um nicht zu schreien.«

»Schon in den ersten Lebensjahren lernt man«, fährt Carmela fort, »daß das Leben für ein Kind ebenso qualvoll ist wie für einen Erwachsenen, da müßte man schon blind sein, um das nicht zu sehen, und es gibt nicht die geringste Hoffnung, es ist ganz gleich, ob man lange Kind bleibt oder schnell heranwächst. Wenn man sich nicht damit abfindet, wird es noch schlimmer. Wer kennt nicht die furchtbaren Geschichten der Mädchen, die sich nicht damit abgefunden haben; was ist aus ihnen geworden?«

Carmela hat eine weiße Serviette, den Brotlaib, ein Messer und zwei Gabeln auf den trockenen Boden gelegt. Die beiden Männer lassen sich daneben nieder, Cesidio schneidet Brot auch für Pietro und verteilt den Stockfisch.

»Iß und trink«, sagt er. »Willst du uns nicht Gesellschaft lei-

sten?« fragt er Carmela, doch sie antwortet nicht und wartet schweigend im Stehen, bis die beiden Männer mit dem Essen fertig sind. Pietro lobt das Öl auf dem Stockfisch und den prickelnden Wein, den er sich, wie Simone es ihm beigebracht hat, aus dem hocherhobenen Fäßchen direkt in den Mund gießt. Cesidio beobachtet ihn lachend.
»Deine Haut hat sich in wenigen Tagen vollkommen verändert, du siehst mindestens dreißig Jahre jünger aus«, sagt er.
»Wie ist das nur möglich?«
»Wahrscheinlich die gute Luft in deinem Weinberg«, meint Pietro errötend.
Pietros Gesicht hat in den letzten Tagen tatsächlich jene erdfahle greisenhafte Farbe restlos verloren, die er sich vor zwei Jahren, um für die Polizei weniger erkennbar zu sein, mit Jodtinktur zugelegt hatte, und hat wieder seine natürliche blasse klare Farbe.
»Jetzt kann ich dich ja nicht mehr unter die Leute lassen«, sagt Simone zu ihm. »Wer dir jetzt ins Gesicht sieht, merkt genau, was du denkst; bedenke doch, was das für Folgen hat.«
»Seid ihr mit dem Essen bald fertig?« fragt Carmela barsch.
»Um zwei muß ich in der Mühle sein.«
Ihr Vater überhört ihre Worte; er liegt auf den Ellbogen gestützt da, ißt langsam und beschwört ferne Zeiten und Länder herauf.
»Vorhin beim Schwefeln«, erzählt Cesidio, »fiel mir ein alter Freund aus Popoli ein, ein gewisser Battista, genannt der Färber, über den könnte ich dir einiges erzählen. Er ist kein Färber, aber seine Vorfahren waren es, und daher werden auch die Nachkommen noch so genannt. Ich habe Battista vor vielleicht dreißig Jahren, also zwei Jahre vor Simone, in Sao Paolo in Brasilien kennengelernt. Wir arbeiteten auf derselben Hacienda, und er gefiel mir gleich. Ein guter Kerl, der sich aber über jede Fliege an der Wand aufregte. Nachdem

wir, wie man so sagt, ins Vaterland zurückgekehrt waren, trafen wir uns noch gelegentlich, dann aber immer seltener. Ich heiratete, er heiratete, dann kamen andere Sorgen, so ist das Leben. Aber jetzt würde ich ihn, wer weiß warum, gern einmal wiedersehen. Beim nächsten Markttag da unten«, sagt Cesidio, »gehe ich bestimmt hin und überrasche ihn.«
»Vielleicht hat er sich verändert?« fragt Pietro.
»Battista? Das glaube ich nicht«, antwortet Cesidio nach kurzem Überlegen. »Vielleicht trinkt er; Wein mochte er schon damals sehr. Aber ehrlich gesagt, wer mag den nicht? Trink, Pietro, das Fäßchen muß bis heute abend leer werden.«
Cesidio ist von kräftiger Gestalt, Hände und Gesicht sind erdfarben, wie ausgedörrt, rissig und hager, er hat starke, deutlich hervortretende wohlproportionierte Schädelknochen, tiefe Augenhöhlen und graue Haare, die sehr kurz sind wie bei einem Klosterbruder; er sähe einfach derb aus wie ein Bauer, wären da nicht seine zwei treuen Hundeaugen. Auf seinem rechten Arm hat er die Madonna eintätowiert, eine Erinnerung an eine lange zurückliegende Reise zum Wallfahrtsort Loreto.
»Ich habe genug getrunken«, erklärt Pietro.
»Ein Glück, daß es Wein gibt«, gesteht Cesidio, während er Pietro ein Stück Stockfisch entgegenstreckt. »Er gehört zu dem wenigen, was uns noch geblieben ist. Wir können uns doch genau besehen nur noch am Wein schadlos halten oder uns in die Faulheit retten. Die Redner können reden soviel sie wollen; wenn ich betrunken bin, lasse ich mich von ihnen nicht mit Worten einwickeln. Den Wein können sie mir schließlich nicht verbieten, weil sie ihn selber gern trinken, und die Großgrundbesitzer müssen ihn auch verkaufen. Ehrlich gesagt ist mein Ruf als Säufer jetzt so gefestigt und offiziell anerkannt, daß ich seit einiger Zeit weniger trinke, und ich könnte wohl die Vorzüge der Trunksucht auch dann

noch genießen, wenn ich ganz darauf verzichtete. Ich bin hier gewissermaßen der Gemeindesäufer, und das sage ich dir lieber gleich selber, Pietro, bevor du es von anderen erfährst. Der Bürgermeister hat mich, seit ich einmal nach einer seiner Reden mit ein paar Fragen gefährliches Gelächter unter den Anwesenden ausgelöst habe, von der Teilnahme an den patriotischen Versammlungen befreit. Ich hatte damals überhaupt nichts getrunken, das konnte jedermann sehen; aber der Bürgermeister, der nicht mehr aus und ein wußte, hat meine Fragen lieber überhört und den Polizeichef aufgefordert, mich wegen offensichtlicher Trunkenheit abzuführen. Hör zu, als eine Gruppe von Einberufenen von hier in den Afrikakrieg zog, gab es eine Art Begleitzug bis zum Bahnhof. In meiner Eigenschaft als Gemeindesäufer war ich nicht gezwungen, teilzunehmen; ich wollte aber trotzdem mitgehen, da auch der Verlobte Carmelas abfuhr, der ein anständiger Kerl ist. Aus dem Zugfenster fragte er mich im Scherz, was er mir aus Afrika mitbringen solle, einen Affen, eine Bananenstaude oder eine kleine Sklavin, und ich rief ihm als Antwort zu, was ich mir am meisten wünschte: daß er seine Hände nicht mit Blut beschmutzen müßte (und alle hörten es). Die Leute und die Abreisenden im Zug gerieten ein wenig in Panik, bis der Bürgermeister dann in Lachen ausbrach und schrie: Das war Cesidio, betrunken wie immer. Alle lachten erleichtert. Wie du dir vorstellen kannst, habe ich sofort Nachahmer gefunden, aber keiner hat soviel Glück gehabt wie ich, denn die Gemeinde von Acquaviva ist klein, da kann es nur einen anerkannten und ausgemachten Säufer geben. In gutartigen Fällen werden die anderen sozusagen toleriert; einige, die kein Geld haben, tun meist nur so, als wären sie betrunken. Ich genieße jedenfalls ein Privileg, und daher habe ich auch den Spitznamen Don Litro bekommen, wie du vielleicht schon gehört hast. Aber die Verwandtschaft zeigt manchmal nicht so viel Ver-

ständnis, und das ist auch einzusehen. Heute kontrolliert die Obrigkeit doch jeden Atemzug, den man macht, für jeden Schritt braucht man eine Genehmigung mit Stempel, und die bekommst du nicht, wenn ihnen deine Nase nicht paßt.«
»Onkel Achille ist deinetwegen nicht zum Bahnwärter ernannt worden«, wirft Carmela ein. »Tante Maria wurde die Beihilfe verweigert, das willst du doch wohl nicht leugnen?«
»Soweit ist es mit uns gekommen«, schließt Cesidio.
»Wenn du nach Popoli gehst«, sagt Pietro, »begleite ich dich. Auch ich möchte dort einen alten Freund aufsuchen, an den ich mich jetzt wieder erinnere. Ich habe gehört, daß er verhaftet worden sein soll, aber vielleicht haben sie ihn inzwischen wieder freigelassen.«
»Seid ihr bald fertig mit dem Essen?« schreit Carmela wütend.
»Um möglichst wenig aufzufallen, wäre es am besten, an einem Markttag zu gehen und zwar gleich morgens mit all jenen, die etwas kaufen oder verkaufen wollen.«
»Wenn ihr nichts Böses tut«, unterbricht ihn Carmela mißtrauisch, »warum müßt ihr euch dann verstecken?«
»Gerade deshalb«, erwidert ihr Vater, »gerade deshalb, weil wir nichts Böses tun.«
»Wenn ihr euch versteckt«, beharrt Carmela, »dann heißt das doch, daß ihr selber glaubt, etwas Schlechtes zu tun, oder?«
Cesidio winkt seiner dickköpfigen Tochter unwillig ab: »Du bist zu dumm«, sagt er. »Genau wie deine Mutter.«
Sie ergreift den Korb mit hochrotem Gesicht, wirft Bestecke und Serviette hinein und ruft beim Weggehen: »Ihr bringt uns noch alle ins Gefängnis.«
»Da kannst du sehen, wieviel Respekt man mir in meiner Familie entgegenbringt«, beklagt sich Cesidio. »Du kannst froh sein, daß du noch nicht verheiratet bist.« Dann fährt er fort: »Ich will nicht indiskret sein, aber deine Melancholie

betrübt mich. Ja, ich verstehe, es ist hart für einen jungen Menschen, auf die Liebe zu verzichten. Warum versuchst du nicht, ein bißchen mehr zu trinken? Verstehen wir uns richtig, auch die Liebe ist eine gute Sache, aber sie versklavt, während der Wein uns befreit.«
»Ist das nicht eher eine Flucht?« fragt Pietro. »Mir kommt es doch wie eine Flucht vor.«
»Gewiß«, räumt Cesidio ein. »Aber wenn wir frei bleiben wollen, müssen wir ausreißen. Du bist doch auch ein Ausreißer, oder vielleicht nicht?«
Als Pietro ins Hotel zurückkehrt, trifft er die übliche Gruppe von Honoratioren in ungewohnter Aufregung an: Sie drängen sich um den Brigadiere und diskutieren über das merkwürdige Phänomen der Fragezeichen, das sich nun wiederholt hat. In den letzten Stunden hat man einige sogar an den Fassaden abgelegener Bauernhäuser entdeckt, an denen im vergangenen Jahr anläßlich der Durchfahrt eines bedeutenden Parteiführers patriotische Parolen angebracht worden waren.
»Auf die Fassade der alten Mühle sind sogar drei Fragezeichen geschmiert worden«, teilt der Architekt entrüstet mit. »Dort steht jetzt: *Glauben? Gehorchen? Kämpfen?* Und die üblichen Gaffer stehen da herum und stoßen sich gegenseitig mit den Ellbogen an.«
Am empörendsten ist aber die Verunzierung des Kriegerdenkmals. Das Fragezeichen hinter der Inschrift *Sie starben für das Vaterland* wird als das verwerflichste Sakrileg angesehen.
»Nach der Schrift zu urteilen«, bemerkt der Brigadiere, »könnte man dies für Schmierereien eines halben Analphabeten halten.«
»Vielleicht ist es als Scherz gemeint«, wagt Sora Olimpia einzuwerfen, die darunter leidet, ihre Gäste in trüber Stimmung zu sehen. »Könnte es denn nicht ein Scherz sein?«

Aber sie erntet nur ärgerliche Blicke.
»Da kommt der Hauptmann«, verkündet der Brigadiere. »Ich glaube, die Untat läßt sich nicht mehr vor ihm geheimhalten.«
»Lieber Gott, wie stehen wir nun da, was für eine Schande«, klagt Sor Quintino und geht ihm entgegen, um ihm von dem beklagenswerten Phänomen zu berichten.
»Was halten Sie davon?« fragt der Architekt *Don Saverio* rund heraus.
»Wenn ich mich nicht irre«, erwidert dieser und blickt ihn streng an, »benutzen Sie doch wohl Fragezeichen.«
Der Architekt erbleicht.
»Jedenfalls muß ich feststellen«, fährt der *Hauptmann* an die übrigen gewandt fort, »daß Ihr Glaube nicht sehr gefestigt ist, wenn er von einfachen Fragezeichen erschüttert werden kann.«
»Das hat bestimmt ein Betrunkener getan«, bringt der Brigadiere eilfertig hervor, um die Verantwortung von der Allgemeinheit abzuwälzen.
Pietro geht in sein Zimmer hinauf, um endlich an Faustina zu schreiben; er hat fast den ganzen Tag über innerlich Zwiesprache mit ihr gehalten und beschlossen, sich ihr rückhaltlos anzuvertrauen. Aber nun geht ihm die Anspielung des Brigadiere auf einen Betrunkenen nicht aus dem Sinn. So verläßt er schließlich das Hotel wieder und sucht noch einmal Cesidio auf.
In dessen Haus trifft er auch den Küfer Pasquale an. Obwohl Pasquale ein schöneres und größeres Haus hat, kann er aus Rücksicht auf seine Frau dort keine Freunde empfangen. An den ersten Abenden, als Simone, Pietro und Infante bei Pasquale waren, war seine Frau so aufgeregt und ängstlich, als befürchtete sie das schlimmste Unglück.
»Wer sind diese Fremden?« hatte sie ihren Mann schließ-

lich gefragt. »Warum sind sie nicht zu Hause geblieben? Haben sie kein eigenes Haus?«

»Es sind Freunde«, hatte der alte Pasquale entschuldigend gesagt, »Jugendfreunde.«

»Die Jugend ist jetzt vorüber«, hatte seine Frau erwidert. »Die Zeit für Verrücktheiten ist vorbei, das solltest du eigentlich wissen.«

»Die Seele Gott, die Steuern der Regierung, das Herz den Freunden«, hatte sich Pasquale verteidigt. »Ich kann in meinem Alter nicht auf meine Freunde verzichten.«

Aber seine Frau gab keine Ruhe. Jedesmal wenn Simone und Pietro Pasquale besuchten, geriet die arme Frau in helle Aufregung, sie ging ruhelos hin und her und spitzte die Ohren. Die Ärmste, eine magere, weinerliche Frau mit zerzausten Haaren, hat nun einen neuen Grund, sich zu ängstigen. Sie muß sich ja schon um ihren Mann, ihre Schwiegertochter und den Sohn sorgen, der in Amerika ist und so selten schreibt, sie muß sich um die Ziege und um das Schwein, um den Backtrog, den Kamin, die Kirche und einen Wechsel kümmern, der demnächst platzt, da bleibt ihr für alles übrige keine Zeit mehr. Ein Tag müßte dreißig Stunden haben, sagt sie immer wieder. An ihrem Mann hat sie nur auszusetzen, daß er in seinem Alter noch immer nicht vernünftig geworden ist. In ihrer Gegenwart kann sich Pasquale nur mit Zeichen verständigen. Simone hebt eine Augenbraue, um zu fragen: »He?« und er stimmt dann zu, indem er einfach nur die Lider senkt. Aber seiner Frau entgehen auch diese Grimassen nicht, sie beunruhigen sie erst recht.

»Worüber redet ihr?« fragt sie. »Könnt ihr mir vielleicht sagen, worüber ihr redet? Pasquà«, schließt sie, »du ruinierst deine Familie. Wer sind diese Fremden?« fragt sie immer wieder. »Stimmt das, ist einer von ihnen wirklich Hauptmann? Warum verkehrt er dann nicht unter seinesgleichen und läßt die armen Leute in Frieden? Ich will in meinem Haus keine Verrückten.«

»Es sind Freunde«, sagt der arme Pasquale immer wieder, »Jugendfreunde.«

»Wozu brauchst du sie?« schimpft seine Frau.

»Es sind Freunde«, fleht Pasquale.

»Bist du mit einem, ist's wie mit keinem«, wirft die Schwiegertochter ein, »bist du mit zweien, ist's wie mit Gott, bist du mit mehreren, ist's wie mit dem Teufel.«

Die Schwiegertochter ist fruchtbar. Sie hat das Haus in wenigen Jahren mit Kindern gefüllt; sie muß zwei ans Kopfende und zwei ans Fußende der kleinen Betten legen; in ihr eigenes Bett legt sie eins ans Kopfende und zwei ans Fußende, ins Ehebett der Großeltern eins ans Kopfende und eins ans Fußende in die Mitte zwischen Großvater und Großmutter. Der Vater der Kinder ist in Amerika, in Philadelphia, insgesamt seit zehn Jahren, aber er ist mehrmals für kurze Zeit zurückgekommen, hat ein Kind gezeugt und ist wieder weggegangen.

»Wenn ihr die Reisekosten bedenkt«, klagt Pasquale, »könnt ihr euch vorstellen, wieviel jedes einzelne dieser Kinder gekostet hat.«

An diesem Abend sagte Pasquale zu seiner Frau, daß er in die Schenke gehen wolle, er entfernte sich ein paar Schritte, sah sich unauffällig um und betrat dann Cesidios Haus.

»Es sind da ein paar Spitzel in der Gasse«, sagte er naserümpfend.

»Du mußt achtgeben«, bestätigt Pietro.

Durch sein Handwerk als Küfer kommt Pasquale auf den Märkten herum. Er bricht schon am frühen Morgen mit Bottichen, Zubern, Eimern und Holzlöffeln auf und kehrt abends zurück. Pietro hat ihm sein Pferd zur Verfügung gestellt.

Auf Wochenmärkten, Jahrmärkten und religiösen Festen hat

auch Simone ein paar alte Freunde im Tal wiedergetroffen, Leute, die sich nicht angepaßt haben, und über sie hat er noch ein paar andere vom gleichen Schlage kennengelernt, aber leider nicht viele, die meisten haben den Mut verloren. So hat er in jedem Dorf höchstens drei oder vier Leute gefunden, mehr gibt es nicht. Zwei alte Freunde, die sich wiederbegegnen, haben sich heutzutage viele Unannehmlichkeiten zu erzählen. Ach, wenn man sich doch jemandem unter vier Augen aus Sympathie anvertrauen könnte, mit dem man weder blutsverwandt noch durch sonstige Interessen oder Vorteile verbunden ist.

»Eine Männerfreundschaft kann sogar süßer sein als die Liebe einer Frau«, gesteht Simone Pietro, »aber sie muß diskreter sein.«

Er läßt sich also unter irgendeinem Vorwand sehen. Nach dem gewohnten Gruß dann das Erstaunen: »Oh, sieht man dich auch einmal wieder, wie geht es dir? Es geschehen ja noch Zeichen und Wunder, aber du hast dich ja überhaupt nicht verändert, im Gegenteil«, und ähnliche Banalitäten. Er erzählt, daß er aus diesem oder jenem Grund hier auf der Durchreise ist. Man kennt ihn als Sonderling, so daß der ausgefallenste Vorwand am glaubwürdigsten scheint. Sie gehen ein Glas Wein trinken und kommen dabei dann unweigerlich auf ihre Erinnerungen zu sprechen, auf jenes abenteuerliche, harte und mühevolle, aber freie und von Wärme erfüllte Leben. Da braucht es nicht einmal Worte, ein Augenaufschlag genügt, um zu erkennen, ob der Freund dahinvegetiert oder schon tot ist. Wenn sie dann alleingeblieben sind und sich anscheinend nichts mehr zu erzählen haben, machen sie sich manchmal Geständnisse, ähnlich wie Schiffsbrüchige nach der Rettung. Die Stimmen werden ganz tonlos, sie machen keine Bewegung mehr, alles Klagen wäre unangemessen. Sie vermeiden jedes zweideutige Wort, jede verdächtige Anspielung, aber nicht aus Vorsicht, sondern weil sie unnötig sind. Ach, lassen wir doch die Politik. Dafür ist es zu früh, vielleicht können einmal unsere Enkel etwas ausrichten.

»Du solltest auch ein wenig unter die Leute gehen«, empfiehlt Simone Pietro. »Ein bißchen frische Luft würde dir gut tun.«

Das neue Korn steht schon eine Spanne hoch, und in der ganzen Gegend ziehen alte Freunde auf Besuch und Gegenbesuch hin und her. Es sind nicht sehr viele, und sie gehen auch einzeln; dennoch, einige unter ihnen fragen sich: »Wer sind denn diese Fremden, die überall umherziehen, aber nichts verkaufen, nichts kaufen und ein Haus betreten, in dem sie bis spät nachts bleiben?«

Die Nachbarn schicken ihre Kinder zum Spionieren. Die Türen werden in unserer Gegend nur nachts geschlossen, und die Kinder aus der Nachbarschaft sind gewohnt, in allen Häusern wie die Katzen ein und auszugehen. Sogar diejenigen, die noch nicht aufrecht gehen können, sondern auf allen Vieren kriechen, dringen wie Schnecken in die Nachbarhäuser ein, klettern die Treppen hoch, besabbern alles mit der Muttermilch, machen Pipi und so weiter.

»Jetzt essen sie die Suppe«, berichten die Kinder ihren Müttern.

»Aber wer sind die Gäste? Wozu sind sie hier?«

»Jetzt hat die Nachbarin einen Krug Wein aus dem Keller geholt«, berichten die Kinder ihren Müttern.

»Aber woher kommen die Gäste? Wie sprechen sie, sind es Verwandte? Seid doch nicht so ungeschickt und fragt die Kinder im Haus.«

»Es sind keine Verwandten«, berichten die Kinder ihren Müttern.

»Verkaufen, kaufen sie etwas?«

»Sie verkaufen und sie kaufen nichts; jetzt essen sie Suppe.«

»Sind es Straßenwärter, haben sie irgendein Regierungsamt?«
»Sie haben überhaupt kein Amt; jetzt essen sie Salat.«
»Aber worüber reden sie?«
»Über früher, über Argentinien und Brasilien.«
»Worüber?«
»Sie sprechen nicht mehr. Sie schweigen und trinken.«
»Ja, aber wer sind sie denn? Seid doch nicht so ungeschickt und fragt die Kinder im Haus.«
»Sie sagen, es sind Freunde ihres Vaters.«
Die Nachbarinnen laufen zusammen.
»Hast du schon die neueste Verrücktheit gehört?«
»Ja, mein Kind hat sie mir gerade eben erzählt.«
»Und glaubst du das?«
»Oh, ich bin ja nicht so dumm.«
Seit zwei oder drei Wochen macht die ganze Gegend auf Pietro einen veränderten Eindruck, sie erscheint ihm wie ein lauwarmer Brotteig, der allmählich aufgeht. Der Winter ist vorüber, eine Turteltaube hat mit ihrem scheuen und süßen Gurren den Frühling angekündigt. Am Feigenbaum sprießen die ersten neuen Blätter und die aufgehende Kornsaat färbt alles grün, die Luft, die Kinder und die jungen Frauen, die Unkraut jäten, die neben den Gräben an die Weiden gebundenen Esel, die in den Feldern abgestellten Wagen. Viele unserer Bergdörfer sind nur zu Fuß zu erreichen, man muß sie sich zuerst erarbeiten und dabei, wie einst die Wallfahrer, Ströme von Schweiß vergießen, lange Abhänge erklimmen, wieder hinab und hinauf und seine Kräfte erproben. Dies sind keine Berge für Touristen, sondern für Eremiten; nicht für Kühe, sondern für Ziegen und Schlangen; unfruchtbare kahle Berge, auf denen wenig Gras wächst und arme Menschen leben. Wenn man mit dem Fuß fest aufstampft, bröckelt an vielen Stellen die Erde ab, wie vom Holzwurm zerfressenes Holz; es ist eine alte Erde, die Erdbeben ausbrütet.

Bei diesem ständigen Auf und Ab weitet und verengt sich das Land und zeigt sich mit immer neuem Gesicht, verliert aber nie seinen strengen und traurigen Charakter. Simone beugt sich zu jedem Brunnen, zu jedem Bächlein hinab und löscht seinen Durst, als erwarte ihn die Wüste. Infante trinkt mit der Zunge wie ein Hund. Wenn man an einem Festtag in ein Dorf kommt, trifft man die Leute leicht, sie sind alle auf dem Marktplatz. Bei Kälte stehen die Männer mit den Händen in den Hosentaschen auf der Sonnenseite des Platzes; und wenn die Sonne brennt, folgen sie dem langsam wandernden Schatten; am Abend sind sie in den Schenken. Während des Gottesdienstes warten die Männer, wenn nicht gerade eine besonders wichtige Predigt angesagt ist, vor der Kirche, bis ihre Frauen, Schwestern und Bräute wieder herauskommen; wenn es zu lange dauert, schicken sie hin und wieder einen kleinen Jungen hinein.

»Geh und sieh nach, ob der Pfarrer bald fertig ist«, sagen sie zu ihm.

Pietro wandert sehr gern mit Simone, Cesidio oder Pasquale so übers Land, um in den Dörfern alte Bekannte oder vergessene Freunde aufzusuchen. Bei diesen Begegnungen empfindet er ein stilles Glück, ein schwebend leichtes Lustgefühl, er geht wie beflügelt von einer Freude, die er lange nicht mehr empfunden hat. Er muß sich dann beherrschen, nicht einfach loszulaufen und Purzelbäume zu schlagen wie ein Gefangener, der seine Fesseln abgeworfen hat. In den Ortschaften balanciert er mit kindlichem Ernst auf dem Rinnstein entlang und achtet dabei sehr darauf, das Gleichgewicht zu halten und nicht auf die Ritzen zwischen den einzelnen Pflastersteinen zu treten, dabei zählt er die Schritte. Es kommt aber auch vor, daß er am Abend solcher Feiertage bei der Rückkehr von seinem Ausflug müde und niedergeschlagen ist. Dann hat er erfahren, daß ein früherer Bekannter, ein Bauer, mit dem er in der alten Liga zusammengearbeitet hat, jetzt tot oder im Gefängnis oder verschollen ist, daß er vielleicht im Ausland lebt oder unter falschem Namen in einer anderen Provinz untergetaucht ist, nicht einmal seine Familie weiß es, oder sie wagt es nicht zu sagen. Oder Pietro hat einen anderen ausfindig gemacht, der nicht mehr wiederzuerkennen ist, so sehr haben ihn die Mühen gebeugt, Elend, Entbehrungen, Verfolgungen, Einsamkeit abgestumpft, unverständliche Ängste erschreckt, daß er in Versklavung, Schlaf und die jahrtausendealte Apathie zurückverfallen und sogar für die einfachen freundschaftlichen Worte unzugänglich geworden ist, mit denen sich Pietro ihm nähert.

»Ich bin ja nicht hier, um mit dir über gefährliche Dinge zu sprechen; nein, nein, glaub mir, ich kam hier gerade durch und habe mich an dich und an frühere Zeiten erinnert, da wollte ich einfach sehen, wie es dir geht, sonst nichts.«

Ein Bauer aus Introdacqua, dem Pietro vor etwa fünfzehn Jahren zwei oder dreimal begegnet war und den er in bester Erinnerung behalten hatte, ist vor einem Monat gestorben. Seine schwarzgekleidete Mutter, eine gespenstisch wirkende trauernde Gestalt, die Pietro in dem stillen Haus antrifft, nimmt ihn beiseite und murmelt ihm ins Ohr:

»Bist du der Mann, der immer kommen sollte und auf den mein armer Sohn gewartet hat? Ach, warum bist du nicht wenigstens einen Monat früher gekommen? Ach, wenn du wüßtest, wie er sich abgemüht und gequält hat, wieviel bittere Tränen mein armer Sohn im Stillen vergossen hat.«

Der Bruder des Toten lädt Pietro in die Schenke ein, zahlt ihm die Zeche und lädt auch noch andere Leute, denen er auf der Straße begegnet, in die Schenke ein, bezahlt auch ihnen die Zeche. Seine Frau schreit wütend aus dem Fenster:

»Willst du dich ruinieren wie dein Bruder? Warum verschwendest du das Geld in der Schenke, und deine Kinder müssen barfuß gehen und haben nichts zu essen?«

»Man kann sein Geld gar nicht besser ausgeben, als für Freunde, die man zum Trinken einlädt«, erwidert ihr Mann lachend. »Kommt mit und trinkt«, fährt er an die Umstehenden gewandt fort.
Pietro nimmt ein Glas Wein an, aber da die Schenke sich mit immer mehr Leuten füllt, will er wieder gehen. Doch der Bruder des Toten hält ihn zurück und fragt ihn in Gegenwart aller:
»Bist du nicht der, der kommen sollte und auf den mein seliger Bruder immer gewartet hat? Sag doch uns, was du ihm sagen wolltest.«
Pietro trinkt noch ein Glas Wein, und nach langem Schweigen sagt er in die Menge, die die Schenke füllt und auf seine Antwort wartet: »Ich empfehle euch Stolz.«
Die zerlumpten Cafoni hören ihm staunend zu.
»Was?« fragen mehrere.
»Stolz«, wiederholt er, »seid stolz.«
Pietro läßt die verwunderten Leute zurück und geht aus der Schenke, ohne daß ihn einer aufhält; doch am Dorfausgang von Introdacqua wird er von zwei Männern in Uniform eingeholt und nach seinem Ausweis gefragt, da dieser aber in Ordnung ist, darf er weitergehen. Er erzählt Simone den Zwischenfall mit einer gewissen Erregung und wird dabei auch ein wenig rot, weil er rückfällig geworden ist und öffentlich geredet hat; Simone verhehlt ihm seine Besorgnis nicht.
»Das wird eines Tages böse enden«, sagt er nur.
An einem anderen Tag erzählt ein Wanderer auf dem Weg nach Pettorano Pietro die Geschichte eines alten Sträflings, der aus diesem Ort stammte. Nachdem er seine Strafe ganz abgesessen hatte, bat er darum, als Kehrichtsammler in der Strafanstalt bleiben zu dürfen, weil er nicht mehr die Kraft hatte, noch einmal als Cafone zu leben. Der Mann, den Pietro in Pettorano aufsucht, wohnt in einer elenden Behausung

im oberen Teil des Dorfes hinter der San Dionisio-Kirche; es gibt hier keine Fensterläden mehr, und alle Ziegelsteine haben sich vom Fußboden gelöst, an verschiedenen Stellen stehen Bottiche, in die das Wasser vom Dach tropft. Der Mann ist groß wie viele in dieser Berggegend und wirkt wie ein riesiges, mit Lumpen bedecktes Skelett; seine Augenhöhlen sind schwarz vom ewigen Hunger. Er empfängt Pietro wie einen Botschafter aus einer anderen Welt und hört ihm zu, ohne irgendein Zeichen des Wiedererkennens zu geben. Schließlich sagt er:
»Junger Mann, der wahre Feind des Menschen ist die Feuchtigkeit, glaub mir. In diesem Haus regnet es auch dann noch, wenn es draußen schon lange aufgehört hat. Wie erklärst du dir das Wasser in den Häusern, wenn es in diesem Dorf gar kein Wasser gibt? Ich danke dir für deinen Besuch, aber du hättest dir die Mühe sparen können.«
»Ich werde wiederkommen«, verspricht Pietro. »Dann bringe ich Freunde mit.«
»Du kannst dir die Mühe sparen«, sagt der Alte noch einmal.

XXIV

»Er scheint nicht mehr an das Mädchen zu denken«, sagt Cesidio zu Simone. »Besser so.«
Aber Simone schüttelt den Kopf. »Die Wunde ist immer noch offen«, sagt er. »An manchen Tagen brennt sie eben weniger.«
Wenn Pietro tagsüber weggewesen ist, fragt er bei der Rückkehr nach Acquaviva immer als erstes nach Infante. An Wochentagen arbeitet Infante zusammen mit Simone als Tagelöhner bei einem Bauern, oder er hilft dem Küfer Pasquale bei seiner schweren Arbeit. An Feiertagen oder wenn Markt ist und er sich selber überlassen bleibt, streift Infante durch die Felder, klettert wie eine Ziege in den Geröllhalden umher, versteckt sich stundenlang hinter dornigen Hecken oder schlendert ziellos durchs Dorf, dann hält er sich bei jeder Kleinigkeit auf, verirrt sich und läßt sich einfach treiben. Pietro war schon einigemale sehr besorgt, wenn er ihn nicht auftauchen sah, und befürchtete, ein Unglück könnte ihm zugestoßen sein oder man hätte ihn verhaftet. Mit den Jugendlichen von Acquaviva hat sich Infante schon unzählige Male gerauft. Obwohl sich Pietro um ihn kümmert und ihn ständig ermahnt, sieht er noch immer wie ein gewalttätiger menschenscheuer ungewaschener Wilder aus. In Pietrasecca war er daran gewöhnt gewesen, gutes oder schlechtes Wetter wie ein Baum hinzunehmen; aber jetzt erinnert er sich, wenn es regnet, an Pietros Ermahnungen und geht unter den Dachrinnen, weil er glaubt, sich so vor dem Wasser zu schützen, wird dann natürlich aber erst recht naß; wenn die Sonne scheint und er nichts zu tun hat, legt er sich einfach, wo er gerade ist, auf den Boden und bleibt da auf dem Rücken liegen oder wälzt sich im Straßenstaub wie ein auf den Rücken gefallener Maikäfer. Pietro macht sich deshalb Sorgen; kein Vater hat je um seinen Sohn so viele Ängste ausgestanden wie er um Infante.

»Wir müssen alle Vorsichtsmaßnahmen ergreifen«, sagt Pietro zu Simone, »damit Infante nichts Schlimmes passiert, falls wir beide verhaftet werden, was ja jeden Tag geschehen kann. Bitte, rate du mir auch.«
»Willst du ihn zu deinem Erben einsetzen?« erwidert Simone lachend. »Willst du Infante zu einem Großgrundbesitzer machen? Hältst du das für wirkliche Liebe?«
»Ich bin nicht zum Scherzen aufgelegt«, sagt Pietro finster. »Dies ist für mich jetzt die dringlichste Sorge. Du weißt, ich bin Infante sozusagen unter der Erde begegnet; er hat der Armut in Sciatàps Stall sozusagen Gesicht und Namen gegeben. Und du weißt, wieviel ich den Armen zu verdanken habe; ich übertreibe nicht, wenn ich sage, daß ich ihnen alles verdanke; stell dir doch nur einmal vor, Simone, ohne sie wäre auch ich schließlich Commendatore geworden. Du lachst, aber es gibt da nichts zu lachen. Ich muß jetzt wirklich alles tun, damit Infante, falls wir verhaftet werden, nicht wieder in den Status eines Haustieres zurückfällt, als das er in Pietrasecca gehalten wurde. Diese Angst ist für mich ein vollkommen neues, ganz und gar unerträgliches Gefühl.«
Infante wohnt mit Simone in einer verlassenen elenden Hütte in der ärmsten Gegend von Acquaviva, wo Cesidio sie untergebracht hat. Die Gasse, die dorthin führt, ist schmal und so tief eingeschnitten wie eine Felsspalte, so daß kaum ein Sonnenstrahl hineindringt. Will man die Hütte betreten, muß man ein paar wacklige Stufen hinaufsteigen; sie besteht aus einem vollkommen kahlen Raum mit zwei armseligen Betten und einem Lager für den Hund. Der Hund Leone wirkt sehr unglücklich, scheint innerlich zu stöhnen, seine Augen sind stets voller Tränen, gewiß trauert er den schönen Zeiten von Colle nach, als sie Tag und Nacht zusammen waren. Feuer wird mitten im Raum zwischen ein paar Ziegelsteinen gemacht; der Rauch entweicht durchs Fenster. Unter Infantes Einfluß und um sich leichter verständlich zu ma-

chen, hat sich Pietro, ohne es selber richtig zu bemerken, angewöhnt, im Infinitiv zu reden und nur die paar Dutzend Wörter zu gebrauchen, die der Taubstumme kennt. Infante essen, Simone warten arbeiten gehen, Pasquale nicht kommen, Faustina abfahren. Zurückkommen? Zurückkommen. Simone muß lachen, Pietro wird rot, findet aber schließlich den Gebrauch des Infinitivs viel schöner, die Vergangenheit ist gezwungen, zurückzukehren, die Zukunft, sich vorwegzunehmen, es ist ein geradezu magisches Vorgehen. »Faustina abfahren« wirkt stärker und ergreifender und ist auch genauer als »Faustina ist abgefahren«.

Diese Infante erst vor kurzem beigebrachten Wörter sind noch frisch und unverbraucht; wenn er nur Sonne sagt, wird ringsum Licht; oder wenn er sagt: Brot, Wein, Freude, dann schafft er diese Dinge herbei.

Pietro hat seinen Freunden einen großen Teil der von seiner Großmutter erhaltenen Wäsche gegeben; und da Infante den Unterschied zwischen Tageshemden und Nachthemden nicht kennt und er letztere schöner findet, stolziert er jetzt gern in einem am Halsausschnitt und an den Manschetten bestickten Hemd durch die Straßen. Als ein Mädchen sich bei diesem Anblick über ihn lustig macht und dann die Flucht ergreift, läuft er ihm nach bis vors Haus; dort kommt gleich der Vater heraus, um seine Tochter zu verteidigen, und wenn nicht gerade der Küfer Pasquale vorbeigekommen wäre, hätte es eine gefährliche Prügelei gegeben.

Pietro bereut nicht, Infante aus der Sklaverei von Pietrasecca befreit zu haben, aber er erkennt von Tag zu Tag deutlicher, wie schwierig es ist, ihn an ein Zusammenleben mit Unbekannten zu gewöhnen. Eine so ideale Umgebung wie in Simones Behausung in Colle wird er nie mehr finden. Am unangenehmsten empfindet Pietro, daß es ihm nicht gelingt, Infante an jenes Mindestmaß von körperlicher Disziplin und Anstand zu gewöhnen, das für ein Zusammenleben mit an-

deren unerläßlich ist. Seit sich Pietro um Infantes Zukunft Sorgen macht, entdeckt er bei ihm einen dumpfen Widerstand, der ihn zur Verzweiflung treibt. Er ärgert sich darüber, daß Infante lieber auf dem Boden sitzt als auf einem Stuhl und beim Naseputzen das Taschentuch vergißt; dann aber wird er auf sich selber wütend, weil er solchen Nichtigkeiten überhaupt Bedeutung beimißt. Infante nimmt diese unverständlichen Ausbrüche schlechter Laune verängstigt und verzagt hin und sieht Pietro wie ein zu Unrecht geprügelter Hund an; wenn er dann annimmt, daß sein Zorn verraucht ist, wackelt er mit den Ohren, um ihn zum Lachen zu bringen.
Simone ist skeptisch, was die Möglichkeiten betrifft, Infante bei der Familie eines Freundes unterzubringen, denn Cesidio und der Küfer Pasquale, die wohl selber dazu bereit wären, haben zu Hause nichts zu bestimmen; ansonsten aber macht er sich weniger Sorgen als Pietro.
»Freundschaft darf nicht zur Sklaverei werden«, sagt Simone. »Sie soll uns im Gegenteil freier und leichter machen. Freunde dürfen uns nicht belasten, erdrücken, fesseln wie Frauen oder eine Familie. Das Schöne an unserer Freundschaft ist ja gerade, daß wir schon alles aufs Spiel gesetzt haben, wir haben unsere Haut schon zu Markte getragen und brauchen uns um keinen Käufer mehr zu kümmern. Es wundert mich, daß ich dich an diese Dinge erinnern muß, Pietro.«
Dagegen kann Simone seine wachsende Beunruhigung über Pietros weiteres Schicksal nicht mehr verbergen.
»Du solltest aus dem Gasthaus ausziehen«, schlägt er ihm eines Abends unvermittelt vor. »Es ist mir unbegreiflich, warum sie noch nicht entdeckt haben, wer du wirklich bist.«
»Sie trauen den Papieren meines Onkels«, versucht Pietro zu erklären. »Was ist daran merkwürdig? Es sind schließlich keine falschen Papiere.«

Tatsächlich wirkt Pietro inmitten der ehrenwerten Gesellschaft im Gasthaus wie ein Mann von einem anderen Stern: Zwischen ihm und den übrigen Gästen besteht nur eine scheinbare Nähe, etwa so, wie wenn man zwei Bilder verschiedener Welten übereinanderlegt. Er braucht keine Rolle mehr zu spielen, alle haben es aufgegeben, ihn verstehen zu wollen, obwohl sie ihn nicht eigentlich für verrückt halten. Im übrigen könnte er auch gar nichts mehr vortäuschen: Sein Blick leuchtet jetzt klar und erinnert an ein weit aufgerissenes Fenster.
»Dem Sparta dürfen Sie nicht trauen«, legt ihm der Bürgermeister ans Herz. »Der ist falsch.«
»Ich habe keine Angst vor ihm«, versichert der *Hauptmann*.
»Er sammelt Gerüchte, um mich zu belasten«, erklärt der Bürgermeister, »und könnte sie Ihnen weitererzählen.«
»Machen Sie denn nicht das gleiche mit ihm?«
»Aber ich bin dazu autorisiert, es ist sogar meine Pflicht.«
Der Bürgermeister erzählt von einer unangenehmen Begegnung, die er zuvor am Bahnhof von Prezza hatte: ein Cafone in Handschellen, der von zwei Carabinieri abgeführt wurde. Allein der Gedanke daran verschlägt ihm den Appetit.
»Es ist ja an sich ein Schauspiel, das sich einem heute auf unseren Bahnhöfen ziemlich häufig bietet«, fährt er fort. »Ich weiß nicht, warum ich gleich den Eindruck hatte, daß es sich hier um einen Aufwiegler handelte. Es war ein vielleicht vierzigjähriger Bauer, der so verloren um sich blickte wie ein Tier einer ausgestorbenen Spezies, wie ein Mensch aus einem anderen Jahrhundert, der eigentlich ins Museum gehört. Der Bürgermeister von Prezza, der auf dem Bahnhof war, erzählte mir, daß dieser Unglückliche am Abend vorher gegen den Afrikakrieg aufgehetzt hatte. Eine Dame, die neben mir stand und auf den Zug wartete, sagte zu mir: Er wirkt wie eine Maus in der Falle.«
Bei diesen Worten horcht *Don Saverio* auf.

»Eine menschliche Spezies, die nur schwer auszurotten ist«, bemerkt er dann nur.

»Das sind armselige Überlebende aus der Vergangenheit«, bestätigt der Bürgermeister verachtungsvoll. »Bei den Jungen von heute kommen solche Unruhestifter nicht mehr an, das dürfen Sie mir glauben.«

»Ah, es gibt aber Hennen, die ohne es zu wissen, ein Schlangenei ausbrüten«, gibt *Don Saverio* zu bedenken. »Gerade aus den Jesuitenschulen sind viele Ketzer hervorgegangen, wie Sie ja wohl wissen. Sehen Sie die Kinder da, die gerade aus der Schule kommen? Wer kann uns denn garantieren, daß nicht eines von ihnen in zwanzig Jahren ein Volksaufwiegler wird?«

Eine Kinderschar stürmt gerade am Gasthaus vorbei. Der Bürgermeister schaut ihnen mit plötzlich erwachtem Mißtrauen nach.

»Unsinn«, sagt er dann. »Und überhaupt, was geht das mich an! In zwanzig Jahren bin ich längst pensioniert.«

Cesidio hat sich, nachdem er von Pietro informiert worden ist, einen Sack Zwiebeln auf die Schulter geladen und ist gleich nach Prezza aufgebrochen, um dort Erkundigungen einzuholen. Das armselige düstere Dorf zu Füßen des steil aufragenden Gebirges wirkt wie bedrückt von einer geheimen Bedrohung, die wenigen Schenken sind leer, die Leute hasten schweigend und mißtrauisch eng an die Mauern gepreßt durch die Gassen. Die Bevölkerung ist innerhalb von wenigen Tagen von einer Kette von Unglücksfällen getroffen worden, die den Zorn der Obrigkeit auf sie zu lenken scheinen. Der letzte und schlimmste Fall ist heute morgen bekannt geworden. Am Vortag war ein Regierungsredner angekommen, den man im angemessensten und saubersten Zimmer unterbrachte, das zur Verfügung stand; aber dann fielen in der Nacht Zehntausende von Flöhen über ihn her,

die ihn in einen erbarmungswürdigen Zustand versetzten. Kein Mensch kann sich erklären, woher diese Insekten jetzt im Frühjahr gekommen sind. Halb erblindet, mit einem bis zur Unkenntlichkeit verunstalteten Gesicht und finstere Drohungen ausstoßend, fuhr der Redner am frühen Morgen ab.
Mit seinem Sack auf den Schultern steigt Cesidio die steinigen steilen Gassen des Dorfes hinauf und besucht unter dem Vorwand, ihnen Zwiebeln anzubieten, zwei oder drei Familien, die er kennt. »Wenn wir Zwiebeln brauchen, kaufen wir sie auf dem Markt«, erwidern sie ihm schroff. Weiter sagen sie nichts. Eine Familie tauscht aber dann doch die Hälfte gegen Bohnen. Nachdem der Tausch vollzogen ist, versucht Cesidio übers Wetter zu reden, über die Saat, das Schwefeln, aber keiner geht auf ihn ein; er bittet um ein Glas Wasser, und sie reichen es ihm wortlos. Im Hause eines Bauern trifft er die Frau allein an, der Bauer ist nicht da. Die Frau sitzt mit zwei Kindern, die sich an ihre Röcke klammern, vor dem erloschenen Kamin.
»Wo ist Nicandro?« fragt Cesidio und setzt seinen mit Zwiebeln und Bohnen gefüllten Sack ab.
»Er ist nicht im Haus«, erwidert die Frau, ohne sich umzuwenden.
»Kommt er bald zurück?«
»Ich weiß nicht.«
»Ich kann auf ihn warten.«
»Das glaube ich nicht.«
»Ach«, sagt Cesidio.
Die Frau ist schwarzgekleidet, sie hat ein winziges verrunzeltes Gesicht wie ein Fötus und rotverweinte Augen. Die Kinder drängen sich wie verängstigte Tierchen zitternd an sie, und eines schreit vor Angst.
»Ich bin ein Freund von Nicandro«, wagt Cesidio zu sagen. »Es tut mir sehr leid. Vielleicht kann ich irgendwie helfen.«

»Seine Freunde sind sein Untergang gewesen«, fällt ihm die Frau ins Wort, steht auf und blickt ihn haßerfüllt an. »Wenn kein Brot mehr da ist, wovon soll ich diese Kinder ernähren? Das kleine Stück Land, das wir haben und auf dem Mais gesät worden ist, müßte gehackt werden, wer wird jetzt hakken, wenn er nicht da ist? Jesus vielleicht?«
»Vielleicht«, sagt Cesidio leise und traurig. »Warum nicht? Jedenfalls schulde ich deinem Mann noch ein paar Bohnen und Zwiebeln, ich weiß nicht, ob er es dir gesagt hat. Hier, ich bin gekommen, um sie zu bringen. Es tut mir sehr leid, daß er nicht hier ist.«
Cesidio läßt den Sack auf dem Boden liegen und geht wieder.
Das Dorf liegt dicht zusammengedrängt an einem steinigen Abhang. Um auf die Felder zu kommen, muß man zwischen Geröll, Gestrüpp, vertrocknetem stacheligem Gesträuch hinabsteigen, Weinberge durchqueren, und wenn man noch weiter in Richtung der Talmulde von Pratola hinabgeht, gelangt man zu den Bohnen- und Maisfeldern und findet immer häufiger Pappeln, Weiden und Obstbäume; ganz unten erstrecken sich die auf feuchtem Boden gedeihenden Gemüseanpflanzungen und weite Kornfelder. Wie eine Ameisenprozession auf der Suche nach Nahrung steigt die arme Bevölkerung jeden Morgen aus den schwarzen Höhlen im Berg, die ihre Zufluchtsstätte sind, hinab in die Ebene. Auf den umliegenden Höhen, auf dem Prezza, dem San Cosimo und dem Morrone hat der Winter noch weiße Schneedecken hinterlassen; aber die teils runden, teils steils abfallenden langen kahlen Abhänge sind bereits graubraun gefärbt, und die Ebene gleicht einem unregelmäßigen Teppich mit allen Schattierungen von Grün. Die Maispflänzchen haben schon seit Tagen drei oder vier zarte Blätter hervorgestreckt und müssen jetzt durch das Aufhacken der Erde ernährt werden. Das Hacken ist für Frauen eine schwere Arbeit; nur die kräf-

tigsten schaffen es. Maria Catarina, Nicandros Frau, hat erst zwei Furchen gehackt und fühlt sich schon einer Ohnmacht nahe. Sie ist kaum an Feldarbeit gewöhnt, und wenn, dann nur an leichtere; ihr Vater war Tischler, ihre Mutter Schneiderin. Überdies ist sie jetzt sehr geschwächt. Mit ihren von Schlaflosigkeit und Tränen erschöpften Augen kann sie die grellen Spiegelungen der Sonne auf der Erde nicht ertragen; und ihr Rücken, der zwar an die Mühen des Waschens und an den Backtrog gewöhnt ist, scheint jetzt bei jedem Schlag mit der Hacke zerbrechen zu wollen; ihre Knie knicken bei jedem Schritt vor Schwäche ein. Mehrmals schon hat sie, statt die Erde aufzulockern, ein paar Maispflänzchen zerstört; das liegt weniger an ihrer Ungeschicklichkeit, als an der Müdigkeit und Unaufmerksamkeit. Sie ist mit ihren Gedanken nicht bei der Sache, denn sie kann keinen Augenblick aufhören, an ihren gefangenen Mann zu denken, der wahrscheinlich mißhandelt und gefoltert wird. Sie ist am Ende ihrer Kräfte, läßt die Hacke fallen und setzt sich unter einen Baum; sie vergräbt ihr Gesicht in den Händen und weint. Kalter Schweiß überströmt ihren Körper wie schmelzender Schnee.

Die angrenzenden Felder sind menschenleer, dort ist bereits überall gehackt. Ihr Feld ist schmal und lang, vielleicht dreißig Ar groß, von Weiden umgeben und von der Fahrstraße durch einen kleinen Bach getrennt. Auf der Straße gehen nur selten Leute vorüber, hin und wieder kommt ein Bauer mit einem dungbeladenen Esel oder eine Frau auf dem Weg zur Mühle. Aber jetzt springt gerade ein Cafone, der in aschfarbene Lumpen gehüllt ist wie ein Wanderer, der einen langen Weg hinter sich hat, über den Graben und kommt mit großen Schritten auf Maria Catarina zu. Der Unbekannte ist groß und kräftig und trägt eine Hacke über der Schulter. Der Frau, die auf dem Boden sitzt, erscheint er wie ein Riese. Er setzt mit großen Sprüngen wie ein Bär über die Saat und jagt, als er näherkommt, der Frau Angst ein, denn er sieht aus wie ein wilder Landstreicher; aber vielleicht will er hier nur durch, um den Weg abzukürzen.

Maria Catarina kauert im lichten Schatten des Weidenbaums und versucht, den Unbekannten nicht auf sich aufmerksam zu machen; ihr Gesicht und die Kleider sind im Schatten der Blätter, so daß sie selbst wie ein Blätterhaufen wirkt. Als der Unbekannte bis auf ein paar Meter herangekommen ist, bleibt er stehen, lächelt und winkt unbeholfen. Aus der Nähe betrachtet sieht er ausgesprochen furchterregend aus; einen so verwilderten Kerl gibt es in ganz Prezza nicht; aber er bewegt sich wie ein zahmes Haustier. Er wirft sein zerknautschtes speckiges Hütchen zu Boden, ergreift die Hacke und beginnt an der Stelle weiterzuhacken, wo die Frau gerade aufgehört hat.

»He, guter Mann«, ruft ihm Maria Catarina überrascht zu, »du bist hier auf dem falschen Feld, ich habe dich nicht gerufen.«

Aber er hört nicht auf sie, sondern hackt kräftig und regelmäßig in gebückter Haltung weiter, er kommt schnell voran und schwingt die Hacke so leicht, als spüre er ihr Gewicht gar nicht.

»He, guter Mann«, schreit Maria Catarina lauter, »ich habe dir doch gesagt, daß du hier falsch bist, ich bitte dich, hör auf, ich kann dich nicht bezahlen.«

Er hört nicht auf sie, macht weiter, unermüdlich, ohne auch nur den Kopf zu heben, ohne sich umzudrehen. Sein Kopf geht mit jedem Ausschwingen der Hacke mit, er bewegt ihn einmal nach rechts und einmal nach links, als spreche er mit den Sämlingen, als vertraue er jedem einzelnen sein Geheimnis an, sage er jedem einzelnen sein Geheimnis lächelnd ins Ohr.

»He, guter Mann«, schreit Maria Catarina noch lauter, »so höre doch, um Gotteswillen, mach nicht weiter, hör auf, ich habe kein Geld, um dich zu bezahlen.«

Maria Catarina muß sich aufraffen, sie muß aufstehen und ihm nachlaufen. Er dreht sich nicht einmal nach ihr um, sondern hackt weiter. Er hört nicht auf sie; er macht über die Furche gebeugt weiter, regelmäßig und natürlich wie ein vor einen leichten Pflug gespannter Ochse, während die Frau hinter ihm hergeht und immer wieder sagt: »He, guter Mann, ich bitte dich, hör um Gotteswillen auf.« Aber es ist, als spräche die Arme eine ihm unbekannte Sprache. Der Mann macht weiter, ohne auf sie zu achten, wie ein Bauer auf seinem Acker, unerschütterlich, sicher und gleichmütig. Schon seit Tagen geschehen, einer nach dem anderen, in der Gegend die ungewöhnlichsten Unglücksfälle. Maria Catarina wird plötzlich von panischer Angst ergriffen, sie flieht über die Furche, springt über den Bach und läuft in höchster Aufregung nach Prezza zurück, um dem drohenden Unheil zu entrinnen und sich in Sicherheit zu bringen. Dabei dreht sie sich immer wieder um, aus Angst, er könne ihr folgen. Die wenigen Leute, denen sie auf dem Weg begegnet, erkennen sie und betrachten sie voller Schrecken und Mitleid wie ein erbarmungswürdiges Opfer des Schicksals. Wer weiß, welches neue Mißgeschick ihr widerfahren ist. Erschöpft und atemlos im Dorf angelangt, flüchtet sich Maria Catarina zu ihrer Schwiegermutter, der einzigen Stütze, die sie noch hat. Die Schwiegermutter ist sehr alt und geht kaum noch aus dem Haus, als sie aber heute morgen hörte, daß ihre Schwiegertochter, obwohl nicht an die Feldarbeit gewöhnt, zum Hacken aufs Maisfeld gegangen war, hatte sie so großes Mitleid mit ihr, daß sie eine Nachbarin bat, ihr ein Stück Weißbrot und ein Ei zu leihen, und diese gute Mahlzeit hat sie für sie zum Abendessen aufbewahrt. Und da kommt nun die Schwiegertochter verzweifelt und verstört in ihr Haus gestürzt und wirft sich ihr weinend in die Arme. Die beiden armen Frauen verbringen den ganzen Tag weinend und betend. Gegen Abend aber faßt die Alte plötzlich einen Entschluß, sie will auf das Feld ihres Sohnes gehen und mit eigenen Augen sehen, was dort Merkwürdiges geschieht.

»Du bleibst hier, Tochter, und schließt die Tür«, ermahnt sie ihre Schwiegertochter. »Und mach keinem auf, wer auch immer klopfen mag.«

»Und wenn dir etwas geschieht?« klagt die Schwiegertochter. »Merkst du denn nicht, Mama, daß das Schicksal sich gegen uns gewandt hat.«

»Keine Angst, Tochter, das Schicksal kann mich nicht noch weiter entwürdigen. Und der Teufel mag Frauen meines Alters nicht.«

Die Alte nimmt ihren Rosenkranz, bekreuzigt sich und geht langsam die schmale Straße hinab, die in die Ebene führt. Kleine Jungen, die wie Eselchen mit Säcken, Fässern, Beuteln beladen sind, kommen den Berg herauf; einzelne Frauen mit schwerer Bürde auf dem Kopf gehen am Straßenrand neben dem Bach her und stricken, um keine Zeit zu verlieren, mit den freien Händen einen Strumpf. Sie wundern sich alle, die Greisin in Trauerkleidung um diese Uhrzeit auf die Felder gehen zu sehen, und die eine oder andre wagt sie zu fragen, ob ihr neues Unheil widerfahren sei. Aber sie erwidert den Gruß nur mit einem Kopfnicken und geht mit ihrem Rosenkranz in der Hand unbeirrt wie eine Pilgerin zu einem Heiligtum weiter.

Dreimal muß sie sich, um Atem zu schöpfen, auf einen Wegstein setzen, sobald sie aber von ferne Leute kommen sieht, steht sie auf und geht weiter. Die Luft ist lau wie im Sommer, in den Pappeln rauscht es erfrischend. Eine Ratte durchquert den Bach neben der Straße und hebt die spitze, schnurrbärtige Schnauze über die Wasseroberfläche. Als die Greisin das Feld ihres Sohnes erreicht, ist der Unbekannte gerade mit dem Hacken der letzten Furche fertig. Er richtet sich auf, betrachtet das vollbrachte Werk und lächelt. Dann beugt er sich hinab, hebt sein Hütchen vom Boden auf,

schultert die Hacke, nimmt auch jene Hacke auf, die die Frau, der er am Morgen begegnet ist, hiergelassen hat und geht langsam zur Straße. Er ist kräftig, aber beim Gehen wirkt er müde. Am Bach angekommen, kniet er nieder und beugt sich vor, bis er mit dem Mund das Wasser berührt und trinkt. Die Greisin steht jetzt neben ihm. Er lächelt ihr zu und übergibt ihr die zweite Hacke.
»Und nun?« fragt ihn die Alte. »Gut, du bist jetzt fertig mit dem Hacken, aber meine Schwiegertochter hat dir doch immer wieder gesagt, daß sie dir nichts zahlen kann. Was sollen wir jetzt tun? Wenn die Ernte gut ausfällt, schickt dir mein Sohn deinen Tageslohn. Von wo bist du? Wie heißt du?«
Der Mann scheint nicht zu verstehen und sieht sie nachdenklich an.
»Gut, du hast die Arbeit getan«, wiederholt die Greisin ein wenig verwirrt. »Aber meine Schwiegertochter ist elend dran, glaub mir, sie hat kein Geld, um dich gleich zu bezahlen, so leid es mir tut. Wie heißt du?«
Jetzt hat der Mann verstanden.
»Geld?« sagt er lachend. »Geld? O nichts Geld«, stammelt er mühsam mit einer seltsamen Stimme und schüttelt dabei Kopf und Hände.
Dann grüßt er mit einer unbeholfenen Gebärde und geht mit großen Schritten am pappelbestandenen Bach entlang in die Richtung, die vom Dorf wegführt. Er trägt die Hacke über der Schulter und die zusammengefaltete Jacke über dem Arm und geht jetzt aufrecht wie ein Herr. Jeder Anflug von Müdigkeit und Knechtschaft ist von ihm abgefallen. Die arme Alte sieht ihm nach, es ist ein merkwürdiges unfaßbares Schauspiel, bei dem es bestimmt nicht mit natürlichen Dingen zugeht. Da glaubt sie plötzlich zu begreifen und muß sich, um nicht hinzufallen, an eine Pappel lehnen. Freudentränen laufen über ihr faltiges Gesicht, das von

einer noch nie empfundenen Zufriedenheit erleuchtet und verklärt wird.

»Frohlocke meine Seele«, murmelt sie schließlich und preßt die Hände an die Brust, »frohlocke immerzu, denn du hast heute deinen Herrn gesehen.«

Wie hat es die arme Alte geschafft, in Windeseile nach Prezza zurückzukehren? Woher hat sie die Kraft genommen?

Neben der Schwiegermutter vor dem Kamin kniend, weint die Schwiegertochter jetzt Tränen der Freude und der Scham.

»Wie kann ich mich für eine Christin halten«, sagt Maria Catarina, »wenn Er mir erscheint und ich Ihn nicht einmal erkenne? Wozu dienen mir Taufe, Katechismus, Firmung und Kommunion?«

»Er war in Hemdsärmeln und trug Seine Jacke über dem Arm«, erzählt die Greisin. »Aber erst als Er sich wunderte, daß ich über Seinen Lohn redete, habe ich bemerkt, daß Sein Hemd aus Seide war. Diese königliche Wäsche unter einem Lumpenkleid, diese Stimme, dieses Lächeln, diese Worte, dieses Staunen: Geld? Geld mir? Ach, Tochter wie soll ich dir das beschreiben?«

Seidene Wäsche hat natürlich nie ein Cafone getragen. In unserer Gegend können nicht einmal die Großgrundbesitzer, nicht einmal die Volksredner solchen Luxus treiben. Maria Catarinas Mutter, die Schneiderin ist, hat in ihrem ganzen Leben Tausende von Hemden genäht, auch für die Honoratioren des Ortes, aber darunter war doch kein einziges je aus Seide. Aus Seide ist das Hochzeitskleid der Bräute aus wohlhabendem Hause, das Kleid, das man einen einzigen Tag lang trägt und dann sein Leben lang aufbewahrt; aus Seide ist der Mantel der Madonna von Libera; aus Seide die Planeta des Pfarrers. Seide ist ein Stoff für Riten.

»Wenn Er es ist, Mama«, sagt die Schwiegertochter plötz-

lich, »wenn Er es ist, der jetzt hier weilt, wäre es gut gewesen, du hättest dieses Ei Ihm gebracht.«
»Oh, Tochter«, erwidert die Schwiegermutter, »Er könnte doch, wenn Er wollte, sämtliche Steine des Prezza, des San Cosimo und der Morrone-Berge mit einer einfachen Segnung in Eier verwandeln.«
»Wenn Er es ist, Mama«, fährt die Schwiegertochter leise fort, »könnte Er auch Nicandro befreien; Er kann alles.«
»Nicht alles, Tochter«, seufzt die Alte. »Vielleicht sind die armseligen Steine auf der Straße, die Steine, auf die jeder tritt und die von den Wagen zermalmt werden, Seinem Herzen näher und ergebener als die schlechten Menschen. Jesus kann Seinen Kreuzigern nicht befehlen, Tochter.«
Die unerhörte Nachricht von dem Unbekannten, der das Maisfeld hackte und nichts von Lohn hören wollte, verbreitet sich jetzt in Windeseile in der ganzen Gegend und ruft überall Staunen hervor. Auch die Ältesten können sich nicht erinnern, daß dergleichen hier oder anderswo je passiert wäre.
In Prezza gibt es einen Schuster, der auch in der Umgebung bekannt ist, weil er sich nie über etwas wundert; er ist in Marseille und in Philadelphia gewesen, das muß man sich doch nur einmal vorstellen, er hat die halbe Welt gesehen, über die sogenannten Neuigkeiten kann er immer nur lachen; er ist auch unabhängig und glaubt nicht an die Märchen der Priester, und wenn er sonntags das Gloria in der Kirche singt, so nur, weil er eine schöne Stimme hat. Sogar dieser Schuster also konnte, als er die Geschichte von dem Unbekannten hörte, der ein Maisfeld gehackt hatte und von Lohn nichts hören wollte, vor Staunen kein Wort hervorbringen.
»Nicht einmal in Philadelphia«, räumt er schließlich ein, »habe ich so etwas je gehört.«
Die Scheinheiligen sind nicht weniger beunruhigt und aufge-

regt. Natürlich glauben sie alle an den Katechismus – oder geben zumindest vor, dies zu tun – und damit auch an die reale Gegenwart Jesu Christi in der Kirche, in Gestalt der Hostie und des Weines im Tabernakel; aber ihn lebendig und sichtbar zwei oder drei Kilometer vom Dorf entfernt zwischen Bohnen- und Maisfeldern zu wissen, ist natürlich etwas vollkommen anderes. Maria Catarina und ihre alte Schwiegermutter haben sich in ihr Haus zurückgezogen, sie wollen mit keinem reden, sie wollen verhindern, daß ihr Haus ein öffentlicher Ort wird und das Geschehen Anlaß zu Gerede und Aufsehen gibt.
»Jesus ist überhaupt nicht interessant«, sagt die Alte immer wieder. »Glaubt mir, er ist überhaupt nichts Besonderes.«
Auch untereinander vermeiden es die beiden Frauen, allzu viel über ihre große Freude zu reden.
»Wir müssen achtgeben, Tochter«, sagt die Alte. »Wir haben ein unermeßliches Geschenk erhalten, eine Freude, die unserem ganzen Leben Erfüllung gibt. Aber wir müssen achtgeben. Eine Freude kann so leicht zunichte werden. Wir dürfen nur wenig darüber reden und müssen immer daran denken, aus tiefster Seele.«
Maria Catarina ist ins Gefängnis gelaufen, um ihrem Mann die große Neuigkeit zu erzählen.
»Nicà, der Herr hat unseren Acker gehackt.«
»Welcher Herr, Catarì?«
»Es gibt nur Einen, einen Wahren. Und Er hat unseren Acker gehackt.«
»Er? Selber?«
Die Nachbarinnen versuchen natürlich, sich wie Katzen ins Haus einzuschleichen, dazu dient ihnen jeder Vorwand, und manch einer gelingt es. Sobald sie aber dann versuchen, das Gespräch auf Ihn zu lenken, fällt ihnen die Alte ins Wort.

»Wer Jesus sucht, soll zu Ihm beten«, sagt sie immer wieder.
»Aber Nachbarin, erzähl doch ein wenig, was hat Er denn zu dir gesagt?«
»Du müßtest doch selber wissen, Nachbarin, daß Er kein Redner ist.«
»Sag mir nur eine einzige Sache, die mir so am Herzen liegt. Als du Ihn sahst, war Er da fröhlich oder traurig? Mehr will ich nicht wissen, das schwöre ich dir.«
»Er war traurig, Nachbarin. Auch Sein Lächeln war traurig. Aber jetzt solltest du gehen und erzähle keinem weiter, was ich dir gesagt habe.«
Die Nachbarin geht, ja sie läuft davon.
»Er war traurig, ach, sehr traurig«, erzählt sie an jeder Tür.
»Das wundert mich nicht«, sagt ein Eremit, der in einem verlassenen Stall in der Umgebung von Prezza lebt, als man es ihm berichtet. »Wenn schon jeder intelligente Mensch traurig ist, wie sollte es dann Gott in Seiner unendlichen Weisheit nicht sein. Einer, der alles weiß, hat nicht viel Anlaß zur Freude.«
Ein paar der Ärmsten haben den Eremiten aufgesucht, um sich von ihm erleuchten und beraten zu lassen. Er verbringt seinen Tag lesend oder im Gemüsegarten und verliert nicht gern seine Zeit mit Reden; aber manchmal läßt er sich dann doch vom Mitleid mit den unwissenden armen Leuten leiten.
»So, ihr wundert euch, daß Er sich in Lumpen gezeigt hat?« fragt der Eremit. »Was habt ihr denn erwartet, sollte Er sich vielleicht als Bankier mit Zylinder, Schärpe und gelben Handschuhen zeigen?«
»Glaubst du«, fragt einer der Cafoni, »daß Er sich noch in unserer Gegend aufhält? Bleibt Er, wenn Er eine bestimmte Gegend besucht, immer eine Weile da?«
»Er ist in jedem Menschen, der leidet. Das hat Er uns selber erklärt. Er ist in jedem Armen.«
»Ich bin arm, trotzdem ist Er nicht in mir.«

»Du bist arm, aber möchtest du nicht lieber reich sein?«
»Sicher, das wäre schön.«
»Siehst du? Du bist ein falscher Armer.«
»Wenn Er unter uns lebt, warum sehen wir Ihn dann nicht?« fragt ein anderer.
»Weil wir Ihn nicht erkennen. Man hat uns beigebracht, einen Esel von einem Maultier zu unterscheiden, einen Offizier von einem Fußsoldaten, einen Pfarrer von einem Bischof, nicht aber, Jesus auf der Straße oder auf den Feldern zu erkennen. Die Priester haben uns eine ganz falsche Vorstellung gelehrt und zeigen Ihn uns auf den Altären der Kirchen schön und eingesalbt wie einen Frisör, so daß Ihn keiner von uns erkennt, wenn wir Ihm auf der Straße begegnen.«
»Oh, erklär mir, wo ich Ihn finden kann?« bittet ihn ein alter Klempner. »Du weißt, wie schlecht es mir geht und wie dringend ich eine Gnade bräuchte.«
»Wenn du dringend Geld brauchst, mußt du dich an den Teufel wenden und nicht an Jesus«, erklärt ihm der Eremit. »Glaub mir, du würdest ihn ganz umsonst darum anflehen. Er ist arm, wahrhaftig arm, nicht nur so zum Anschein. Wenn Er wie ein Bettler gekleidet herumgeht, dann bestimmt nicht, wie du wohl meinst, um zu werben, demagogisch zu sein oder ein Schauspiel abzugeben. Nein, Er hat wirklich keine anderen Kleider, Er ist arm, noch ärmer als du und ich.«
Die Unglücklichen sind niedergeschlagen. Es gibt ja vielleicht nicht nur einen einzigen Gott, jede Rasse, heißt es, hat ihren eigenen; warum zum Teufel ist dann gerade uns Ärmsten ein solcher Gott beschieden?
»Wenn du recht hast, dann hilft beten nichts. Wenn Er noch ärmer und trauriger ist als wir, was kann Er dann für uns tun?« fragt der Klempner.
»Er kann uns helfen, noch ärmer zu werden, als wir sind. Das ja, das kann Er tun.«
Der Mann geht betroffen weg.

»Deshalb also«, klagt er, »werden wir immer noch ärmer?«
Ein paar Jugendliche machen sich jetzt einen Spaß daraus, den Pfarrer zu erschrecken, indem sie zwei oder dreimal am Tag zu ihm laufen und ihm den Besuch eines unbekannten Bettlers ankündigen.
»Seht Euch vor, Hochwürden«, sagen sie, »da kommt ein sehr verdächtiger Mensch, man kann nie wissen, vielleicht ist es Jesus.«
Der arme Pfarrer weiß nicht mehr, wo er sich noch verstekken, was er noch tun soll. Er hat gerade die Messe beendet, er hat gerade Jesus geopfert und sich die Hände in Unschuld gewaschen, da meldet ihm der Mesner, daß ein ziemlich schlecht gekleideter Unbekannter vor der Kirche auf ihn wartet. Blaß und verstört flieht der Pfarrer durch ein Hintertürchen, eilt die Treppe zu seinem Haus hinauf und befiehlt der Magd:
»Merk dir, ich bin für keinen da, wer immer auch nach mir fragt. Wenn eine verdächtige Gestalt kommt, mach die Tür gut zu, hörst du, und hol schnell die Carabinieri. Schließlich zahle ja auch ich meine Steuern.«
Aber weder in Prezza noch anderswo hat je einer den merkwürdigen Cafone im Seidenhemd, der aus Barmherzigkeit das Feld des Gefangenen bearbeitet hat, noch einmal zu Gesicht bekommen.
Auch Pietro sucht ihn in jedem Dorf, in jedem Tal der ganzen Gegend und kann ihn nicht finden. Eines Nachts hat es einen Temperatursturz gegeben; der Frost hat auch dieses Jahr die vorzeitig aufgebrochenen Mandelblüten zerstört; das Land ist jetzt menschenleer, kaum jemand auf den Feldern. Pietro fährt mit seinem Pferdewagen am Gizio, am Sagittario, am Aterno vorbei durch jedes Dorf, in das sich Infante verirrt haben könnte, wie ein Gepeinigter forscht er in den Gassen von Pratola, Vittorito, Pentima, steigt bis nach Roccacasale hinauf, fragt die Passanten aus, betritt die

Schenken, sucht die drei oder vier Bauern auf, die er in der Gegend kennt. Viele haben von Infante gehört und zwar die seltsamsten Dinge, aber keiner hat ihn je mit eigenen Augen gesehen. Alle Freunde versprechen, sofort Cesidio oder den Küfer Pasquale zu benachrichtigen, sollten sie ihm begegnen oder irgend etwas Genaueres erfahren.
Pietro findet keine Ruhe, jeden Tag bricht er aufs neue mit seinem Pferdewagen auf und setzt seine ziellose Wallfahrt, seine verzweifelten Bittgänge fort, immer wieder in dieselben Ortschaften und zu denselben Personen, um stets die gleichen Antworten zu erhalten.
»Gute Frau«, fragt er und hält den Wagen an, »gute Frau, habt Ihr nicht zufällig jenen armen Mann gesehen, von dem alle reden?«
Die dunkelgekleidete Frau sitzt auf dem Treppenabsatz vor ihrem Haus und stillt ein Kind.
»Ich sitze Tag und Nacht hier, um ihn zu sehen, falls er vorüberkommt«, erwidert sie. »Mehrmals habe ich schon geglaubt, ihn dort unten an der Wegkreuzung zu erkennen, aber dann war er es doch nicht.«
»He, guter Mann«, ruft er einem Mann zu, der beim Pflügen ist und hält den Wagen inmitten der Felder an. »Ist der, von dem alle reden, hier vorbeigekommen, hast du ihn vielleicht gesehen?«
Der Pflüger bleibt mitten in der Furche stehen; es regnet, und er hat sich zum Schutz einen Sack wie eine Kapuze über Kopf und Rücken gestülpt.
»Mag schon sein«, ruft er zurück, »aber auch die Carabinieri suchen Ihn, und um sich vor ihnen zu retten, wird Er in die Berge geflüchtet sein.«
Pietro läßt Wagen und Pferd an einem Gasthof stehen und setzt seine Suche zu Fuß in den Bergen fort, er schlägt ein steiniges Sträßchen ein, das durch brachliegende Felder führt, der Weg wird immer wieder von aschgrauem Geröll

unterbrochen und ist von verlassenen Hütten und kleinen Kirchen gesäumt, in denen kein Gottesdienst mehr abgehalten wird. Angst, Erschöpfung, Entbehrung, Staub und Straßenkot verändern ihn bald bis zur Unkenntlichkeit, und in manchem Berggehöft wird er sogar für Jenen gehalten, auf den alle warten.
Ein Schäfer sinkt in die Knie und fragt ihn: »Bist du jener, der kommen soll?«
»Steh auf«, fällt ihm Pietro errötend ins Wort. »Ich bin nicht der, auf den du wartest; ich wäre nicht einmal wert, ihm die Schnürsenkel zu lösen. Aber du kannst sicher sein, daß er kommen wird.«
»Und was sollen wir bis dahin tun?«
»Armut und Freundschaft ehren«, erwidert Pietro, »und stolz sein.«
»Was?«
Nirgends eine Spur von Infante. Pietro befürchtet ein Unglück. In einer Schenke von Pratola begegnet er Simone; auch dessen Suche ist ergebnislos verlaufen. Sie schweigen betrübt. Am Nebentisch sprechen ein paar Bauern über eine Kuh, die schon seit Tagen das staatliche Fressen verweigert, ein neu erfundenes Futter, mit dem der Mangel an Heu überbrückt werden soll. Alle anderen Kühe fressen es ohne weiteres, nur eine verweigert es hartnäckig. Die Behörden sind schon besorgt, sie haben vor allem Angst, daß das schlechte Beispiel Schule machen könnte, Pietro aber ist gerührt.
»Wir sollten sie stehlen oder kaufen«, schlägt er Simone vor. »Du bist doch wohl auch der Meinung, daß es Verrat wäre, sie hier ihrem Schicksal zu überlassen.«
Aber Simone ist weniger begeistert und versucht, ihm behutsam einige Schwierigkeiten vor Augen zu halten.
»Eine Kuh ist bürgerlich«, erklärt er ihm, »sie ist seßhaft, sie braucht einen guten Stall, eine gewisse Sauberkeit. Eine Kuh

zu haben, das ist fast so, wie wenn man Frau und Kinder hat, glaub mir, oder sogar noch schlimmer. Eine Frau kann man verlassen, aber eine Kuh? Wie soll uns eine Kuh mit ihrem erzbischöflichen Gang bei einer Flucht nachkommen können?«

»Ach Flucht, immer Flucht. Vielleicht müssen sich ja das nächste Mal dann die anderen verstecken.«

»Welche anderen?«

»Die Polizei und ihre Freunde.«

»Das wird noch eine Weile dauern, fürchte ich.«

XXV

Die im Wind schaukelnden wenigen Bogenlampen am Korso werfen wie in einem Provinztheater ein flackerndes Licht auf die Häuser. In einen langen, altmodisch geschnittenen dunkelblauen Mantel gehüllt, stemmt sich Don Severino unter dem Schild des Hotels »Vittoria ehem. Am Markt« dem Wind entgegen und sieht jeden Vorübergehenden forschend an, wobei er wie ein Kurzsichtiger den ganzen Körper nach vorn reckt. Sein Spiegelbild über der Getränkepreisliste in der Glastür des Gasthofs läßt ihn wie eine Spottfigur aus dem Nachtasyl aussehen. Aber als Pietro endlich auftaucht, erkennt er ihn trotz Kurzsichtigkeit schon von weitem und läuft ihm entgegen.

»Mein Lieber, auch mit geschlossenen Augen hätte ich dich erkannt«, sagt er und umarmt ihn. »Komm hier ins Licht, damit ich dich genauer ansehen kann. Aber ja, natürlich, du bist weder Pietro noch Saverio oder Bernardo, du bist einfach ein Spina.«

Um ungestört reden zu können, gehen die beiden in eine Gasse, die direkt aus dem Ort hinausführt.

»Weißt du, ich will ja deine Verdienste nicht schmälern, aber auch deine Vorfahren waren schon ein wenig verrückt.«

»Wie geht es meiner Großmutter?« fragt Pietro.

»Am gleichen Tag, an dem du aus Colle weg bist, hat sie sich ins Bett gelegt«, beginnt Severino zu erzählen.

»Ist sie krank?«

»An jenem Tag besuchte ich sie, und sie sagte ohne Umschweife: Hier unten bleibt mir jetzt wirklich gar nichts mehr zu tun; also denke ich, daß mich der Herr von einem Augenblick zum andern zu sich rufen wird. Sie hat sich gar nicht schlecht gefühlt und auch keine besonderen Schmerzen gehabt, selbst das Herz schlug regelmäßig; daher wollte sie auch keinen Arzt, der hätte nichts Ungewöhnliches bei ihr

feststellen können. Dennoch blieb sie im Bett. In den letzten Tagen bin ich mehrmals bei ihr gewesen, einmal auch mit dem Notar; sie wollte alle familiären Angelegenheiten genau und in Ruhe regeln; ich werde dir auch darüber noch im einzelnen berichten, es ist jetzt nicht das Wichtigste. Sie war sehr froh, daß du die von ihr vorbereitete Wäsche bekommen hast. Aber ein wenig traurig sagte sie noch: Es ist der letzte Gefallen, den ich ihm erweisen konnte, für alles weitere braucht er mich nicht mehr. Die Mütter, fuhr sie fort, sind nur noch für die Wäsche zu gebrauchen. Einem Mann wie dir, Pietro, will ich die Wahrheit nicht verschweigen. Alles, was sie mir in ihren letzten Tagen aus ihrem langen Leben erzählt hat, war so erschütternd traurig. Als ich sie das letzte Mal sah, war sie aber dann ganz heiter und sprach nur noch über ihr künftiges Leben. Sie hoffe, sagte sie, in den Himmel zu kommen, aber natürlich nicht wegen persönlicher Verdienste, sondern dank der allgemeinen Erlösung. Mit der Aussicht auf ihren Aufenthalt dort oben hat sie mir ihren genau ausgedachten Plan anvertraut. Ich erzähle dir nur davon, weil er dich persönlich betrifft. Also, sie ist sicher, im Himmel deine Mutter wiederzusehen, die ja eine gute Christin war (sie hofft auch, deinem Vater wiederzubegegnen, aber die Männer können zu ihrem Vorhaben nichts beitragen), und sie ist auch sicher, deine andere Großmutter wiederzusehen, die du nicht gekannt hast. Donna Maria Vincenza versicherte mir, sie würden dann zu dritt so starken Protest beim Ewigen Vater erheben, wenn Er dich nicht in Seinen direkten Schutz nähme, daß sie damit das ganze Paradies in eine wahre Hölle verwandeln würden, und zwar so lange, bis sie erreicht hätten, was sie wollten. Du lachst Pietro, aber da ich deine Großmutter sehr gut kenne, habe ich nicht den geringsten Zweifel, daß sie ihr Vorhaben verwirklichen wird.«
»Erzähl mir jetzt, wie es ihr gesundheitlich geht. In welcher

Verfassung war sie zuletzt? Werde ich sie noch sehen können, wenn ich sofort nach Colle aufbreche?«
Die beiden Männer gehen einen schmalen, von Gemüsegärten gesäumten Weg hinab. Auf dieser Seite ist es windstill. Severino antwortet nicht gleich.
»Mein lieber Freund«, sagt er schließlich. »Du kommst zwei Tage zu spät.«
Die beiden gehen schweigend weiter. Luft und Boden verströmen große Ruhe, so daß sogar dieser bedrückende Schmerz inmitten der Natur wie eine natürliche Sache erscheint. Die Nacht ist kalt und klar. Am Himmel sind langsam Karren, Pflüge, Hacken, Kreuze, Hunde, Schlangen, Mäuse aufgezogen, und im Osten geht Berenice mit ihrem schönen Silberschweif auf.
»Was das Jenseits betrifft«, gesteht Severino, »war mein Glaube immer sehr schwankend. Ich kann ohne Schwierigkeiten daran glauben, wenn eine liebe und anständige Person stirbt; aber wenn einer dieser halb Bewußtlosen stirbt, die schon auf der Erde nicht richtig lebendig waren, dann fällt es mir viel schwerer. Gewiß, es wäre schon ganz gut, wenn Donna Maria Vincenza dort oben einmal erklären könnte, wie schlimm unsere Agonie hier ist.«
Der Weg verläuft in den Hügeln zunächst zwischen einer Mauer und einer Hecke hindurch und dann über freies Gelände. In der Dunkelheit sind von den beiden nur die von einem weißlichen Licht beschienenen Köpfe zu erkennen. Eine Zeitlang gehen sie schweigend weiter.
»Wie geht es Faustina?« fragt Pietro mit zögernder Stimme.
»Ich bin auch deshalb hier, um mit dir über sie zu sprechen«, sagt Severino. »Ich hätte mir sehr gewünscht, daß sie mitgekommen wäre, und ein Wiedersehen mit dir hätte sie bestimmt glücklich gemacht, sie hat ja in der Zwischenzeit an nichts anderes gedacht. Im letzten Augenblick hat sie es aber dann doch nicht gewagt; sie fürchtet, daß du sie in allzu

schlechter Erinnerung behalten hast. Dieses Mädchen ist durch all sein Unglück und den eigenen Stolz so unglaublich menschenscheu geworden und beängstigend verunsichert. Ereignisse, die für andere ganz harmlos wären, wachsen sich in ihrer Vorstellung zu bedrückenden Zwischenfällen aus.«
»Den größten Fehler habe ich gemacht«, fällt ihm Pietro ins Wort. »Ich hätte sie aufhalten oder ihr wenigstens schreiben sollen, um sie wieder herzurufen, ihr zu erklären, was sie mir bedeutet, aber ich war so dumm und habe es von einem Tag auf den anderen verschoben.«
»Auch mich kostet es Überwindung, lieber Freund, mit dir vollkommen aufrichtig und von Mann zu Mann über sie zu sprechen«, sagt Severino. »Doch nur im ersten Augenblick, denn ich will dir eines sagen: Der ganze Klatsch, der sich um die Freundschaft zwischen Faustina und mir rankt, entbehrt in Wirklichkeit jeder Grundlage. Die Täuschung war gewiß nicht beabsichtigt, aber Faustina hat sie dann genährt und ausgenutzt. Meist verbirgt sich ja das Laster hinter heuchlerischer Tugendhaftigkeit; bei Faustina ist es aber, diese Erklärung bin ich dir schon schuldig, genau umgekehrt: Sie verbirgt ihre Tugend hinter dem Anschein von Laster.«
»Severino, ich bitte ich, laß diese Einzelheiten, sie sind ganz unnötig.«
»Nein, warte, ich muß dir einige Dinge erklären und dazu auch etwas zurückgreifen. Als Donna Maria Vincenza sie vor die Tür setzte, hat ihr meine Schwester im Gedenken an Faustinas Mutter und um sie von der Straße zu holen, erst einmal vorübergehend Gastfreundschaft angeboten. Anfangs konnte sie sich nicht aus unserem Haus trauen, sie wäre auf der Straße wahrscheinlich gesteinigt worden. Weder damals noch später haben wir je über die Dinge gesprochen, die sich im Hause Spina abgespielt haben. Im alltäglichen Zusammenleben lernten wir Faustina bald schätzen, und so hat meine Schwester ihr mit meinem Einverständnis

vorgeschlagen, ganz zu uns zu ziehen. Nach dem Tod meiner Schwester suchte sich Faustina, um mir das Gerede zu ersparen, eine eigene Wohnung und wollte ausziehen; aber ich überzeugte sie davon, daß mir der Klatsch nicht schaden konnte, ja, daß sie mir sogar einen unbezahlbaren Dienst damit erwies, da ich schon seit langem nach einem geeigneten Mittel suchte, einen Graben zwischen mich und die anständigen Familien zu ziehen, irgend etwas also, das mir den Gruß der Heuchler ersparte. So blieb sie, und es entwickelte sich eine große liebevolle und diskrete Freundschaft zwischen uns. Sie kennt mein Intimleben bis heute nicht und ich das ihre ebensowenig; aber wir teilten das Brot und waren, wie du weißt, durch die Verachtung vereint, die uns beide traf. Für eine anständige und stolze Person, die sich nicht beugen will, es aber nicht wagt, sich ins Verderben zu stürzen, wie du es getan hast, ist der Anschein von Laster und Verschrobenheit die einzige von den Gesetzen und den Sitten tolerierte Ausflucht. Ich hatte für Faustinas tiefe Resignation eine ziemlich einleuchtende Erklärung gefunden: Ich muß dir gestehen, daß ich bis vor wenigen Tagen glaubte, es seien nicht verheilte Wunden aus früheren Erfahrungen, die sie so überempfindlich machten, und ich bedauerte es sehr, daß sie sich durch die Erinnerung an längstvergangene Fehler so verzehrte. Wie hätte ich ahnen sollen, daß sie bei den Skandalen, bei denen sie nach Meinung der Familien als teuflische Verführerin mitgewirkt hatte, in Wahrheit das Opfer gewesen war.«
»Warum willst du den Staub der Gräber aufwirbeln, Severino? Ist das wirklich nötig?«
»Deine Großmutter hat es mir aufgetragen, und du wirst auch gleich verstehen, was es damit auf sich hat. Laß dir also berichten, was geschehen ist. Als Donna Maria Vincenza ihr Ende nahen fühlte, wollte sie sich von allen Verwandten verabschieden und ließ sich von ihren verstorbenen Kindern

Bilder zeigen. Als Donna Clotilde, die Witwe deines Onkels Saverio, das Zimmer betrat, wollte deine Großmutter (so wie sie es mir selber erzählt hat) sie eigentlich fragen, ob sie die Fotografie ihres Mannes dabei hätte, sagte aber versehentlich: Clotilde, hast du mir den Brief mitgebracht? Bei dieser unerwarteten Aufforderung der Sterbenden sah sich Clotilde gleich verloren, sie fiel auf die Knie und flehte sie unter Strömen von Tränen und Seufzern um Vergebung an, stammelte verworrene und widersprüchliche Entschuldigungen, um das lange Verheimlichen eines Briefes zu rechtfertigen, von dem keiner etwas wußte, und versprach schließlich, ihn noch am selben Tage auszuhändigen. Deine Großmutter wartete mit einer gewissen Neugier auf diesen Brief, da sie sich nicht vorstellen konnte, um was es sich dabei handelte; als sie ihn aber dann gelesen hatte, befiel sie eine unbeschreibliche Erregung, sie befahl Venanzio, sofort den Wagen vorzufahren, und rief Natalina, damit sie ihr beim Ankleiden half. Sie wollte so schnell wie möglich nach Orta und Faustina um Vergebung bitten, weil sie ihr durch Blindheit und Härte das Leben zerstört hatte. Ihre Mutter war meine beste Freundin, sagte sie und bedeckte sich voller Scham das Gesicht, ich hatte ihr versprochen, mich um ihre Tochter zu kümmern, und wie habe ich mein Versprechen gehalten? Ich habe sie auf die Straße gesetzt und sie, obwohl sie unschuldig war, vor allen Leuten entehrt. Venanzio war, wie er mir erzählte, ganz hilflos. Der Signora zu widersprechen war unmöglich, denn in ihrer Verfassung hätte sie keinen Einwand gelten lassen, und mit ihr wegzufahren, hätte mit ziemlicher Sicherheit bedeutet, sie als Leichnam zurückzubringen. Als ich eintraf, lief der arme alte Knecht weinend und zitternd wie ein Kind im Hof hin und her und versuchte, den Aufbruch mit allerhand nichtigen Gründen hinauszuschieben. Um den Schaden wieder gutzumachen, den ich an diesem armen Geschöpf angerichtet habe, sagte

Donna Maria Vincenza, müßte ich jetzt noch einmal achtzig Jahre leben. O ich Unglückselige, o ich Elende, dabei bleiben mir vielleicht nicht einmal mehr acht Stunden. Ich traf sie schon angekleidet mit dem Rosenkranz in der Hand wie gebrochen in einem Sessel sitzend an. Sie machte eine Anstrengung, sich zu erheben, schaffte es aber nicht. Ist der Wagen schon bereit? fragte sie. Wenn ich jetzt sterben müßte, Severì, wenn ich jetzt sterben müßte, bevor Faustina mir verziehen hat, verdiente ich ewige Buße, Totengebete würden bei mir gar nichts nützen. Nur mit größter Mühe konnte ich sie überreden, wieder ins Bett zu gehen, in der Zwischenzeit schickte ich Venanzio mit dem schon bereitstehenden Wagen los, um Faustina abzuholen. Ich muß sie doch um Verzeihung bitten, sagte Donna Maria Vincenza, warum soll sich da Faustina hierher bemühen? Damit ich ihre Aufregung verstand, bat mich Donna Maria Vincenza, den Brief zu lesen, den Saverio ihr vor zehn Jahren aus dem Militärlazarett in Bengasi geschrieben und den sie erst vor einer Stunde erhalten hatte.

Dein Onkel Saverio«, fährt Severino fort, »war ein außergewöhnlicher Mann, vielleicht war er eher dazu geboren, in einem Kloster oder wie du in einer Untergrundsekte zu leben. Sein größter Fehler war, daß er Donna Clotilde geheiratet hatte, die alle kleinen Tugenden einer guten Ehefrau besaß und ihn daher zu Tode langweilte. Er war eben ein echter Spina, das heißt, ein Mann, den man nur schwer zufriedenstellen konnte. Aus dem Brief ging hervor, daß die einzige Person, die er achtete und fürchtete, seine Mutter war. Er hatte immer versucht, seine Eheschwierigkeiten und seine blinde, besessene, aber nicht erwiderte Leidenschaft für die heranwachsende Faustina vor ihr zu verbergen; so hat er sich Heimlichkeiten und Machenschaften ausgedacht, die sonst nicht zu seinem Charakter paßten. Mit seinem Brief aber wollte er ein schonungsloses *mea culpa*, ein ausführliches und genaues Geständnis seiner Beziehungen zu Faustina ablegen, um den Verdacht und die Anschuldigungen von dem Mädchen abzulenken, denen sie nach seiner Abreise, wie er ja wußte, ausgesetzt war. Der Brief war in einem Ton geschrieben, der keinen Zweifel an seiner Aufrichtigkeit ließ. Ich erlaube mir auch nur deshalb, darüber zu sprechen, Pietro, weil der Brief nicht die geringste Aussage über Faustina enthielt, bei der auch das anständigste junge Mädchen hätte rot werden können. Faustinas Gefühle für Saverio sind nie über familiäre Zuneigung hinausgegangen; und wenn sie sich anfangs, als sie noch nicht wußte, daß sie mit dem Feuer spielte, Vertraulichkeiten und Scherze fast wie ein Schulmädchen erlaubt hatte, wehrte sie sein leidenschaftliches und lästiges Werben später kalt und streng ab. Die unerwiderte Liebe beherrschte Saverio schließlich voll und ganz und drückte sich in Tyrannei, Überspanntheit und Monomanie aus. Das enge Familienleben wurde ihm unerträglich, und da jede Ehefrau lieber eine verführerische Rivalin verdächtigt als eigene Fehler oder Fehler ihres Ehemanns zuzugeben, dauert es nicht lange, bis Donna Clotilde fest davon überzeugt war, daß das junge Mädchen an ihrer unglücklichen Ehe schuld war. Viele Indizien schienen diesen Verdacht im übrigen auch zu bestätigen. Faustina lebte, wie du weißt, damals bei deiner Großmutter, und aus Verehrung für sie und aus falscher Rücksicht auf Saverio beging sie den Fehler, ihr nichts von den Belästigungen zu erzählen, denen sie ausgesetzt war. Andererseits entgingen deiner Großmutter die komplizierten Vorsichtsmaßnahmen nicht, die Faustina ergreifen mußte, um das Geheimnis aufrechtzuerhalten, Saverios Briefe zu empfangen und ihm ihre eigene Abneigung mitzuteilen. Dennoch war Donna Maria Vincenza bis zuletzt unsicher, ob sie den bittern Anklagen ihrer Schwiegertochter, die inzwischen schon öffentlich geworden waren, glauben sollte. Aber nach einem unglückseligen Zwischen-

fall ließ dann auch sie sich überzeugen. Saverio war gerade zwei oder drei Tage zuvor nach Neapel abgereist, von wo er sich in die Cyrenaika einschiffen sollte, als Donna Maria Vincenza nachts in Faustinas Zimmer Schritte und Stimmen hörte. Saverio war heimlich zurückgekehrt, um das Mädchen zu überreden, mit ihm zu kommen. Als dein Onkel dann Donna Maria Vincenzas Schritte auf dem Gang hörte, flehte er Faustina an, die Tür nicht zu öffnen und seine Anwesenheit nicht zu verraten. Das versprach sie ihm und öffnete also nicht. Am nächsten Tag wurde sie vor die Tür gesetzt. Ihr weiteres Schicksal war damit besiegelt. Die schlimmste Demütigung hat sie aber jetzt in den letzten Monaten erfahren, als sie vergebens versuchte, sich Donna Maria Vincenza zu nähern, um zu dir zu gelangen, um dir helfen zu können.«
»Was für ein bewunderungswürdiges Mädchen«, sagt Pietro.
»Ohne diese plötzliche Verwirrung meiner Tante Clotilde hätte sie also ihr Geheimnis mit ins Grab genommen.«
Die beiden haben den Hügel, auf dem Acquaviva liegt, in einem weiten Halbkreis umwandert und sind jetzt an dem Wiesenstück vor der kleinen Martinskirche angelangt, dort also, wo Pietro und Faustina auf ihrem Spaziergang Halt gemacht hatten.
»Hier ist es windgeschützt«, sagt Severino, »ruhen wir uns einen Augenblick aus.«
»Es bedrückt mich, daß meine Großmutter am Ende ihrer Tage von Gewissensbissen gequält worden ist.«
»Ja, wie entsetzlich, daß nicht einmal die Anständigen dagegen gefeit sind, Instrumente des Leids zu werden.«
»Kehren wir um«, sagt Pietro. »Es ist schon spät. Ich werde Sora Olimpia wecken, damit sie uns Kaffee macht. In einer Nacht wie dieser kann man unmöglich schlafen.«

Severino bleibt ein paar Tage in Acquaviva. Er möchte nicht ohne eine Botschaft Pietros an Faustina, zu ihm zu kommen, nach Orta zurückkehren, hat aber mit Simone besprochen, abzuwarten, bis Pietro sich spontan äußert. Doch dieser sagt nichts. Das Wetter ist jetzt mild. Die Leute sitzen abends vor der Tür und unterhalten sich von Haus zu Haus. Wenn sie zu Cesidio wollen, machen die Freunde einen großen Umweg und betreten das Haus wie Verschwörer durch die Gartentür, um den Blicken der Nachbarn zu entgehen. Wenn es Abend wird, hängt der Geruch von Suppe, Zwiebeln und Knoblauch in der Luft. Pietro nimmt Severino zu dessen Freude in das Haus seines Freundes mit. Bei Tisch bemerkt Severino gerührt, daß das Brot ein Kreuz in der Rinde hat; es ist selbst gebacken und auch noch nach einer Woche gut, und da es ungesalzen ist, schmeckt man das Korn heraus. So war auch das Brot in seiner Jugend.
Don Severino erinnert an einen Lehrer, der an einem Frühlingstag die Schule schwänzt. Wenn er, Pietro und Simone über die Straße gehen, bilden sie ein Trio, nach dem die Frauen aus den Fenstern und von den Balkonen neugierig Ausschau halten. Severino spielt mit dem Gedanken, auf seine skeptischen alten Tage noch einmal Jugendträume aufzufrischen.
»Mein Leben hat plötzlich einen Sinn gekommen«, vertraut er Pietro an und macht kein Hehl aus seiner tiefen Gemütsbewegung. »Ich weiß nicht, warum mir deine Art zu leben bis gestern noch verrückt vorkam und jetzt als die einzige wirklich vernünftige und anständige Lösung erscheint.«
»Bleib hier bei uns und ruf auch Faustina her«, schlägt ihm Pietro hell begeistert vor.
»Einfach wunderbar«, sagt Severino. »Mein Leben bekommt wieder einen Sinn.«
»Du könntest ja versuchen, den Cafoni Bach zu erklären«, fährt Pietro fort, um ihn noch mehr zu überzeugen.

Die beiden sitzen bis in die späte Nacht beisammen, und am Ende scheinen sie alles voneinander zu wissen. Aber am nächsten Morgen wirkt Severino tief beunruhigt.
»Geht es dir nicht gut? Hast du zu wenig geschlafen?« fragt Pietro besorgt.
»Ich muß dir ganz offen von ein paar ernsthaften Überlegungen berichten, die ich heute morgen angestellt habe«, erklärt er Pietro. »An deiner Art zu leben beunruhigen mich nämlich nicht die großen Schwierigkeiten, sondern die kleinen. Ich werde es dir an einem Beispiel erklären. Ein alter Freund von mir, der Bankier war und viel in Gesellschaft verkehrte, ist vor ein paar Jahren Mönch geworden. Nach einiger Zeit habe ich ihn besucht, um zu sehen, wie er die neue Disziplin erträgt. Er sprach ganz ehrlich mit mir und gestand, daß er weder seinen Geliebten nachweinte, denn er hatte mehrere und sehr schöne gehabt, noch den Festen, noch dem Geschäftsleben, seinen Kollegen und Freunden, wohl aber dem Frühstück, das ihm sein Dienstmädchen immer ans Bett gebracht hatte. Er bat mich inständig, mich darüber zu informieren, ob einem der Bolschewismus das Recht läßt, sich das Frühstück ans Bett bringen zu lassen.«
»Wenn es daran liegt«, schlägt ihm Pietro scherzhaft vor, »werden wir dir jeden Morgen das Frühstück ans Bett bringen.«
»Nein«, schloß Severino. »Die Wahrheit ist, ich habe ein falsches Leben geführt. Aber jetzt ist es zu spät, um das noch zu ändern.«
»Kommst du heute abend nicht zu Cesidio?«
»Sei mir nicht böse, Pietro, aber deine Freunde langweilen mich. Alles sehr anständige Leute, das kann ich nicht leugnen, aber langweilig.«
Um ihn nicht allein zu lassen, leistet ihm Pietro Gesellschaft. Sie gehen zusammen hinaus, und die Rede kommt bald wieder auf Faustina.

»Soll ich ihr schreiben und sie herkommen lassen?« fragt Severino schließlich.
»Nein, warte noch«, fleht Pietro. »Ich muß zuerst Infante finden und versorgen.«
»Deine Gefühle für Infante sind also stärker als deine Liebe zu Faustina?«
Pietro sieht ihn mit tränenerfüllten Augen an.
»Verzeih«, sagt Severino. »Ich bin wirklich dumm.«

XXVI

Der Küfer Pasquale hat von einem Freund aus Popoli erfahren, daß Infante schon seit Tagen im dortigen Gefängnis sitzt. Nach kurzer Beratung wird Severino mit dem Auftrag losgeschickt, sich dort für den Tauben zu verwenden. Leicht widerstrebend meldet er sich auf der Wache der Carabinieri und erklärt, nachdem er sich ausgewiesen hat, ein vornehmer Wohltäter zu sein, um seine Anteilnahme für den Unglücklichen zu rechtfertigen. Er kann auch nicht umhin, sich überrascht und empört zu zeigen, als man ihm mitteilt, der Taube werde beschuldigt, Urheber aufwieglerischer Fragezeichen hinter öffentlichen Inschriften zu sein.
»Unmöglich«, ruft Don Severino aus. »Er ist doch Analphabet.«
»Einer der Fragezeichen aufmalt«, meint der Maresciallo, der Polizeimeister der Carabinieri, »braucht ja nicht unbedingt Literatur studiert zu haben.«
Zum Glück hat die Untersuchung ergeben, daß Infante das Zeichen des Zweifels wahllos hinter alle Inschriften, auf alle Schilder und Tafeln setzte, an denen er vorüberkam, eine wahre Manie also. Bei dem Zerstörungswerk waren auch Straßenschilder, Warntafeln von privaten Baustellen und Werbeplakate der Kinos nicht verschont geblieben, wobei manchmal unfreiwillig komische Ergebnisse herauskamen.
»Der systematische Zweifel ist ja kein Verbrechen«, wagt Don Severino zu bemerken. »Es handelt sich höchstens um eine philosophische Entgleisung.«
»Es ist der einzige Fall«, räumt der Maresciallo ein, »bei dem das Delikt durch Übertreibung hinfällig wird.«
Nachdem er den Scharfsinn der Truppe gelobt hat, bittet Severino, ihm Infante in Obhut zu geben, damit er ihn nach Pietrasecca zurückbringen könne; aber der Maresciallo hat die Pflicht, ihn zu informieren, daß aus Lama dei Marsi, dem

Heimatort des Tauben, bereits der Befehl eingetroffen sei, ihn einzig und allein der Obhut seines Vaters zu übergeben.
»Der Vater ist in Amerika und hat leider seit vielen Jahren nichts mehr von sich hören lassen«, bemerkt Don Severino mit leicht ironischem Lächeln zu dieser bürokratischen Fehlleistung.
»Er scheint aber vor einigen Wochen zurückgekehrt zu sein«, berichtigt ihn der Maresciallo. »Ja, er kommt schon morgen her, um seinen Sohn abzuholen.«
»Infante ist nicht mehr minderjährig«, entgegnet Don Severino entschlossen, nicht unverrichteter Dinge von hier fortzugehen. »Er untersteht nicht mehr der väterlichen Gewalt.«
»Aber er ist taubstumm und braucht daher einen gesetzlichen Vormund«, klärt ihn der Maresciallo auf.
Musiker kennen sich in den Gesetzen leider noch schlechter aus als Kinder. Der Maresciallo entläßt den enttäuschten Wohltäter mit huldvollem Lächeln, einem Lächeln übers ganze Gesicht, wie bei einem Trompeter, der gerade sein Instrument ansetzt. Don Severino kehrt mit nichts als dieser Nachricht nach Acquaviva zurück.
»Wenn Infante in die Obhut seines Vaters entlassen wird, ist das doch für dich eine große Erleichterung«, sagt er zu Pietro. »Jetzt können wir, glaube ich, an Faustina schreiben.«
»Zuerst muß sich sehen, was dieser Vater für ein Kerl ist«, sagt Pietro noch immer nicht beruhigt.
»Er kann natürlich nur Vater sein«, räumt Severino ein.
»Mutter oder Großmutter kann er ihm nicht ersetzen. Aber heutzutage ist auch das schon nicht übel. Für Infante ist es jedenfalls besser als nichts.«
»Zuerst muß ich sehen, was das für eine Art von Vater ist«, wiederholt Pietro mißtrauisch. »Dann sprechen wir über alles übrige.«
»Der Vater wird ihn zum Arbeiten antreiben und ihn manchmal auch verprügeln«, räumt Severino ein. »Wenn

einer Vater ist, muß er das natürlich auch zeigen; so ist das Leben, da kann man nichts machen. Aber im Hause seines Vaters wird Infante nicht mehr allein sein wie früher, und das ist das Entscheidende.«
»Zuerst muß ich ihn sehen«, beharrt Pietro. »Dann entscheiden wir weiter.«
Severino und Pietro erreichen Popoli in ihrem von dem alten Belisario gezogenen Wagen, den sie in einer Ecke des Marktplatzes stehen lassen. Auf der gegenüberliegenden Seite bildet sich gerade ein Trauerzug. Der Soldat, der mit ausgebreiteten Armen den Verkehr regelt, sieht aus wie ein als Militär verkleideter Gekreuzigter. Bauern, die an gefangene Tiere erinnern, kommen grüppchenweise näher und werden jeweils zu viert in einer Reihe aufgestellt. Die Herde wird zusehends größer. Einige Funktionäre bellen wie Wachhunde, um die müden, fügsamen und in ihr Schicksal ergebenen Bauern in Reih und Glied zu halten.
»Wer ist gestorben?« fragt Pietro einen von ihnen neugierig. Bei dieser großen Menschenansammlung hofft er, daß vielleicht eine hohe Persönlichkeit gestorben ist.
»Ich weiß nicht«, erwidert der befragte Bauer und fragt seinen Nachbarn weiter: »Weißt du, wer gestorben ist?«
Er weiß es auch nicht. Die Frage geht durch die Reihen, durch den ganzen Trauerzug. Keiner weiß es.
»Wie?« ruft Pietro angewidert aus. »Ihr nehmt an einer Beerdigung teil und wißt nicht einmal, wer gestorben ist?«
»Mir ist gesagt worden, daß ich unbedingt teilnehmen soll«, erklärt ein Bauer. »Mir ist gesagt worden, daß ein guter Redner eine Ansprache hält, mehr weiß ich nicht.«
Durch das Gerede aufmerksam geworden, kommt einer vom Ordnungsdienst herbei.
»Wer ist gestorben?« wird auch er gefragt.
»Niemand«, antwortet er entrüstet. »Dies ist keine Beerdigung, sondern das Frühlingsfest der Regierung.«

Severino zerrt Pietro beiseite. Jedesmal, wenn ein Zug ankommt, gehen sie zum Bahnhof, weil sie hoffen, Infantes Vater zu begegnen.
»Einen Mann aus Pietrasecca erkenne ich leicht«, versichert Pietro. »Ich erkenne ihn auf den ersten Blick, auch wenn er zwanzig Jahre in Philadelphia verbracht hat.«
Aber wegen des Frühlingsfestes steigen sehr viele Leute aus, und merkwürdigerweise scheinen alle aus Pietrasecca zu stammen. Also bleibt Severino und Pietro nichts anderes übrig, als die Bahnhofsstraße hinauf und hinunter zu gehen und indiskret und beharrlich wie freiwillige Polizisten jeden Vorübergehenden auszufragen. Wenn sie den Vater bei der Ankunft verpaßt haben, können ihnen Vater und Sohn bei der Abfahrt unmöglich entgehen. Aber sie warten vergebens. Als ihnen weiteres Warten schließlich sinnlos erscheint, finden sich Pietro und Severino damit ab, daß es das Beste ist, zum Marktplatz zurückzukehren und den Wagen zu besteigen.
An den Hals des Pferdes Belisario geklammert steht dort Infante neben einem alten Cafone, dessen rechter Arm amputiert ist, es ist offensichtlich sein Vater. Auf den ersten Blick ist zu erkennen, daß Vater und Sohn sich gestritten haben. Der Vater hat es nicht geschafft, den Sohn von diesem Pferd wegzubringen, das sie zufällig hier stehen sahen; er versteht auch nicht, welche enge Beziehung sein Sohn zu diesem Tier hat und wie lange dieser noch an dessen Hals hängen will. Der Vater weiß nicht, wie er sich seinem Sohn begreiflich machen soll, vielleicht hat dieser noch nicht einmal verstanden, daß er sein Vater ist.
Vom Gefängnis bis zum Marktplatz war ihm Infante willig gefolgt, seit er aber dieses Tier erblickt hat, hat er sich nicht mehr von der Stelle gerührt. Der Vater hat versucht, ihn am Arm zu packen und wegzuzerren, aber der Sohn ist stärker, er hat sich gesträubt und gegen ihn gestemmt und ihm einen

kräftigen Tritt gegen das Schienbein versetzt. Der Vater sieht sich in der unangenehmen und auch lächerlichen Lage eines Bauern, der auf dem Markt einen Maulesel gekauft hat und nun sehr viel Geduld braucht, bis dieser sich an die Stimme des neuen Herrn gewöhnt und sich ihm unterwirft. Und da dies auch noch ein Maulesel ist, der Fußtritte austeilt, kann man nicht vorsichtig genug sein.

Infante ist übler zugerichtet und schmutziger denn je, schlimmer als ein Bettler; er sieht diesen unbekannten Cafone, an den ihn die Carabinieri wie ein Stück Eigentum ausgeliefert haben, scheel und sichtlich haßerfüllt an. Als aber dann Pietro auftaucht, läuft er ihm lachend und weinend vor Freude entgegen, hüpft um ihn herum und bettelt um Vergebung wie ein braver Hund, der seinen wahren Herrn wiedergefunden hat und gleich mit ihm weggehen möchte, um nie mehr von ihm getrennt zu werden. Er begrüßt auch Don Severino, denn da der sich in Pietros Gesellschaft befindet, hält er auch ihn für vertrauenswürdig. Infantes Vater beobachtet diese zärtliche Vertraulichkeit zwischen seinem elenden Sohn und diesen beiden so vornehm wirkenden Herren mit großem Erstaunen.

»Seid Ihr Wohltäter?« fragt er beflissen und ehrerbietig und zieht den Hut. »Ich bin der Vater, mein Name ist Giustino, Giustino Cerbicca natürlich.«

Um in Ruhe reden zu können, suchen die vier ein kleines Café auf; Infante scheint nicht damit einverstanden, daß der Fremde immer hinter ihm her ist und sich neben ihn setzt, daher steht er wieder auf und sagt: »Pietra« und »Simonie« und setzt sich mit dem Rücken zu ihm. Das Café ist leer; auf dem Tisch steht eine Platte mit Gebäck, über das gegen die Fliegen ein roter Schleier gebreitet ist.

»Als ich hörte, daß du nach so langen Jahren des Schwei-

gens aus Amerika zurückgekehrt bist«, sagt Pietro zu Giustino, »habe ich zuerst nicht verstanden, warum. Aber als ich jetzt sah, daß du einarmig bist, wurde es mir sofort klar.«
»Natürlich, ja«, seufzt Giustino und grinst sympathieheischend, »ohne Schwanz lassen sich keine Fliegen verjagen. Verzeiht, Ihr seid doch gewiß hochgestellte Persönlichkeiten der Regierungspartei?«
»Du hast dich also erst dann an deinen Sohn erinnert, als du Invalide warst? Vorher hast du wohl nie an ihn gedacht?«
»Natürlich habe ich an ihn gedacht«, wehrt sich Giustino. »Er ist doch mein eigen Fleisch und Blut, ich habe sogar oft an ihn gedacht, aber was hätte ich denn für ihn tun können? Ich wußte doch, daß er von Geburt an taub ist.«
»Aber jetzt kann er dir trotz seiner Taubheit dienlich sein«, bemerkt Pietro, »da er ein gutes Arbeitstier ist.«
»Schließlich bin ich ja sein Vater«, sagt Giustino im Tonfall eines armen Opfers. »Wer sollte sich denn um einen hilfsbedürftigen Vater kümmern, wenn nicht sein Sohn? Ihr seid doch gebildete Leute und kennt die Gesetze.«
Der Arme sitzt wirklich wie ein Cafone vor Gericht da und deckt auch noch seinen amputierten Arm auf, um Mitleid zu erregen.
»Wir sind Freunde deines Sohnes«, erklärt Pietro schließlich.
Giustino lächelt, versteht aber nicht.
»Wenn du über den Ozean gekommen bist, um Infante wie einen Esel auszubeuten«, fährt Pietro fort, »werden wir dich daran hindern, ohne uns lange um die Gesetze zu scheren. Im übrigen ist dein Sohn jetzt weit selbständiger, als du meinst.«
Severino ist es leid, er drängt zum Abschluß; aber Pietro fährt warnend fort: »Er läßt sich nicht mehr mißhandeln, das darfst du mir glauben. Er würde dich verprügeln oder einfach weglaufen. Wenn du also willst, daß dein Sohn bei dir

lebt, mußt du dich auch entsprechend verhalten. Du mußt ihm mehr Freund sein als Vater.«
Giustino glaubt natürlich kein Wort von alledem; er ist schließlich kein kleines Kind mehr, er kennt sich aus auf der Welt; aber diese Worte klingen so schön, daß ihm die Tränen kommen.
»Entschuldigt«, sagt er zu Pietro und wischt sich die Augen. »Seid Ihr ein Redner? Ihr sprecht so schön.«
Daß er mit seinen Worten bei den Beschützern seines Sohnes so herzliches Gelächter auslösen würde, hätte er nicht erwartet. Da sie nun keine Redner sind, gibt es für ihn nur noch eine Erklärung, die sich leicht erraten läßt.
»Ihr redet nur so mit mir«, sagt Giustino eingeschüchtert, »weil Ihr mir Geld aus der Tasche ziehen wollt. Aber da muß ich Euch leider enttäuschen. Ich schwöre, daß ich mit leeren Händen aus Amerika zurückgekehrt bin.«
»Dein Sohn hat in einem kleinen Dorf hier in der Nähe noch Sachen, die er abholen muß«, fällt ihm Pietro ins Wort. »Komm mit, dann merkst du vielleicht auch, mit wem du es zu tun hast. Du brauchst keine Angst zu haben.«
So kehren sie also zu viert nach Acquaviva zurück. In Gesellschaft von Simone und Cesidio kann sich der »Amerikaner« nach zwei Tagen zwar eine gewisse Vorstellung von dieser merkwürdigen Art von Freundschaft machen; aber ganz durchschaut er die Lage noch nicht, schon deshalb nicht, weil ihm keiner erklärt, wer Pietro ist. Außer dem Verdacht, daß es sich hier um eine Gruppe von Betrügern handelt, kommt ihm jetzt manchmal auch der Gedanke, daß sie vielleicht einfach nur sympathische Verrückte sind. Jedenfalls möchte er sie keinesfalls enttäuschen.
»Ihr dürft nicht glauben«, sagt er immer wieder, »ihr dürft wirklich nicht glauben, daß ich einen Koffer voller Dollars habe, weil ich erst vor kurzem aus Amerika zurückgekehrt bin.«

Simone bleibt mißtrauisch.

»Sobald er begreift, wer du bist«, sagt er zu Pietro, »wird er dich bei den Carabinieri anzeigen.«

Aber Pietro hört nicht auf ihn; er ist jetzt oft geistesabwesend und zerstreut.

In Cesidios Haus versammeln sich die Freunde, um von Giustino Neues aus Philadelphia zu erfahren, der Hauptstadt aller Leute aus den Abruzzen jenseits des Ozeans.

Severino ist nicht dabei; er ärgert sich über die enge Bindung Pietros an Infante und möchte nicht länger warten.

»Lieber Gott, du solltest dich endlich entscheiden«, sagt er zu Pietro. »Denk doch auch ein wenig an das Mädchen.«

»Bitte, hab noch ein wenig Geduld«, entschuldigt sich Pietro. »Simone traut Giustino nicht über den Weg, und ich finde keine Ruhe, solange ich Infante nicht in guten Händen weiß.«

Zu Ehren seiner Freunde hat Cesidio die Korbflasche gefüllt und läßt sie von Hand zu Hand gehen; als die Flasche bei Pietro angelangt ist, reicht dieser sie nicht weiter und Cesidio schreit ihn an: »Trink doch endlich und gib weiter; woran denkst du bloß?« Giustino schleppt in seinem Koffer ein Kalbshorn mit sich herum, das er den anderen zeigt; er hat es vor vielen Jahren aus Pietrasecca mit nach Philadelphia genommen und es jetzt wieder mit nach Hause gebracht.

»Das hier hat mich gerettet«, versichert er nachdrücklich.

»Aber deinen Arm hat es dir nicht erhalten«, bemerkt Cesidio.

»Das nicht, aber das Leben«, erklärt er.

Er hat auch eine Armprothese mit einer schwarzbehandschuhten Hand in seinem Koffer, die er mit kindlichem Stolz herumzeigt. Sie ist ein Geschenk des Bauunternehmens, bei dem er gearbeitet hat, und war die Abfindung für seinen Arbeitsunfall.

»Kein Cafone«, sagt er, »hat je einen solchen Arm mit einem Handschuh gehabt.«
Den ganzen Abend über hält er die Prothese auf den Knien und streichelt sie mit der gesunden Hand.
Simone sitzt neben Pietro, raucht aber seine Pfeife schweigend, ohne ein Wort an ihn zu richten; hin und wieder nimmt er die Pfeife aus dem Mund, als wolle er etwas sagen, aber dann raucht er weiter. Sie sind nicht mehr so fröhlich, wie an den ersten Abenden nach der Arbeit im Weinberg.
Infante schmollt mit seinen Freunden, weil sie den Eindringling so wichtig nehmen, dem er unmißverständlich Haß entgegenbringt, bei jeder Gelegenheit sagt er »Pietra, Simonie« und streckt dem Vater die Zunge heraus. Während die anderen reden und lachen, hockt Infante in einer Kaminecke neben dem Hund Leone, der sehr heruntergekommen ist und an geheimnisvollen Krankheiten leidet, von denen seine Haut mit eitrigen Narben bedeckt ist.
»Das kommt vom Heimweh«, erklärt Simone, »von der Sehnsucht nach seinem Dorf.«
Giustino erzählt von den Amerikanern und erklärt Carmela des langen und breiten, daß man in Philadelphia die Nüsse keineswegs mit den Zähnen oder mit Steinen aufknacke, o nein, sondern daß man dafür ganz besondere kleine Geräte habe, er selber, Giustino, habe einmal Gelegenheit gehabt, mit diesem Gerät eine Nuß aufzuknacken, und das sei ein Erlebnis für sich gewesen, weil er sich dabei nämlich einen Finger gequetscht habe und die Nuß so zerbröckelt herausgekommen sei, daß man sie nicht mehr essen konnte; das habe aber nur an seiner mangelnden Übung gelegen, denn bei solchen Mechanismen sei die Praxis eben wichtiger als die Theorie. Während der zwanzig Jahre, die Giustino in Pennsylvania lebte, hatte er nur Umgang mit Leuten aus den Abruzzen und unter diesen wiederum nur mit solchen aus der Marsia; und unter denen aus der Marsia gab es nur

wenige, die nicht aus der Ebene von Fucino stammten. Landsleute waren die verschiedenen Familien, bei denen er aufgenommen wurde; Landsleute auch die »Bosse«, die ihn einstellten und über den »Job« verfügten; Landsleute die Kollegen; ein Landsmann auch der Bankier D'Ambrosio, der seine Büroräume an der Ecke der achten Straße hatte und dem die armen Cafoni, darunter auch Giustino, ihre Ersparnisse brachten, die sie dann nie mehr wiedersahen; ein Landsmann war schließlich auch der Abgeordnete Tito Macchia aus der neunzehnten Straße, der zu besten Bedingungen und aus reiner Menschenfreundlichkeit, um den armen Leuten aus seiner Heimat zu helfen, ihnen bei hundertprozentig garantiertem Gewinn Grundstücke und Spekulationsobjekte verkaufte; auch Giustino kaufte eine Parzelle, die gehörte aber nicht dieser Welt an, sie existierte nämlich gar nicht. Ihre Religion war katholisch, aber eben so, wie sie unter Landsleuten praktiziert wurde; die einzigen Heiligen, mit denen man zu tun hatte, waren die aus der Marsia: der heilige Cesidio von Trasacco und ähnliche. Im Kellergeschoß der Kirche, dort also, wo bei uns die Gebeine der Märtyrer aufgebahrt werden, organisierte der Pfarrer aus Mangel an heiligen Reliquien »Spaghetti-Parties«, wie man dort sagt. Nach dem Betrug des Abgeordneten und Landsmanns Tito Macchia hatte unser Giustino genau wie zwanzig Jahre zuvor, als er im gelobten Land gelandet war, keinen Heller in der Tasche: Mehr war ihm nach zwanzig Jahren der Mühen und Entbehrungen, in denen er sich Brot und Schlaf so streng zuteilen mußte wie einem Sträfling, nicht geblieben. Da setzte sich bei ihm die Überzeugung durch, sein Unglück könnte auch daher rühren, daß er in so enger Gemeinschaft wie Ameisen oder Schafe mit seinen Landsleuten zusammenlebte; so entwickelte er, ohne den anderen etwas zu sagen, den kühnen Plan, wegzugehen, sich ins Unbekannte zu wagen und die Ebene von Fucino endgültig zu verlassen, um

sich unter Lombarden, Sizilianer und Piemontesen zu mischen. Nachdem er sich vorsichtig und schlau umgehört hatte, verließ er eines Nachts Philadelphia und zog nach Kingsview im Kreis Scottdale, das ebenfalls im Staat Pennsylvania liegt. In Kingsview traf er auf Piemontesen, Leute aus den Marken und aus Kalabrien, aber auf niemanden aus den Abruzzen; zum erstenmal in seinem Leben fühlte er sich also wirklich im Ausland. Seine Angst läßt sich leicht ausmalen. Er quartierte sich bei einer piemontesischen Familie ein, von deren Dialekt er nur ein paar Worte verstand, und ein Kalabrier verschaffte ihm den »Job« bei einem Abrißunternehmen. Die Arbeit war nicht schwer, »Hauen und Stechen« war immer schon seine Spezialität gewesen, doch war sie auch ungewöhnlich traurig, weil er nach der Arbeit mit keinem reden konnte. Aus Verzweiflung fing er an, mit sich selber zu reden. Eines Tages entdeckte er im Schutt der Mauer, die er gerade einriß, eine Maus, eine winzige magere Maus aus seiner Heimat. Dem armen Giustino wurde ganz schwindlig vor Erregung.
»Woran hast du denn erkannt, daß die aus deinem Dorf stammte?« unterbricht ihn Cesidios Frau. »Wie soll sie denn übers Wasser gekommen sein? Vielleicht schwimmend?«
»Du hättest sie nur zu sehen brauchen, gute Frau, dann hättest auch du sofort erkannt, daß das eine Maus aus meinem Dorf war«, antwortet Giustino. »Da konnte es keinen Zweifel geben. Du liebe Zeit, sagte ich, wie hast du das bloß geschafft, bis hierher zu kommen? Sie verschwand in einem Loch, und ich wollte ihr gerade sagen, daß sie keine Angst vor mir zu haben brauchte, sondern mir vertrauen könnte, da merkte ich, wie der Boden unter mir nachgab. Als ich wieder zu mir kam, lag ich im Krankenhaus, und zwei Tage später haben sie meinen Arm amputiert.«
»Trinkt«, sagt Cesidio. »Wie sich alle diese Geschichten gleichen.«

»Gewiß«, bemerkt Cesidios Frau, »zwanzig Jahre Amerika, nur um dort den Arm zu verlieren, das ist nicht gerade lohnend. Da hättest du auch gleich in Pietrasecca bleiben können, den Arm hättest du wohl auch hier verloren, da dies dein Schicksal ist, aber die Reisekosten hättest du wenigstens gespart.«
Infante sieht den Hund an; den ganzen Abend schon tauschen die beiden Blicke und unterhalten sich auf ihre Art, vielleicht klagen sie auch. Pietro verliert sie keinen Moment aus den Augen. Nach einer Weile erhebt sich Simone und erklärt zu seiner Entschuldigung, daß Severino auf ihn warte.
Nach diesem Zusammensein hat Simone seine Meinung über Infantes Vater geändert, wie er nun Pietro erklärt.
»Das ist ein armer Teufel«, sagt Simone, »ich bin jetzt überzeugt, daß Infante und er noch Freunde werden. Natürlich nicht deshalb, weil Giustino sein Vater ist, sondern weil er einarmig ist und ihn braucht. Schlimmstenfalls kann Infante ja wieder ausreißen.«
»Gut, gut«, erwidert Pietro wie geistesabwesend.
Simone übernimmt es, Infante zu überreden, wobei er ihm verspricht, ihn ab und zu in Pietrasecca zu besuchen. Infante hört ihm zu, er scheint zu verstehen und seine Lage einzusehen.
Nachdem nun Infantes Zukunft geregelt ist, bricht Don Severino nach Orta auf. Vorher hat er mit Pietro noch die Einzelheiten seines Treffens mit Faustina besprochen. Die junge Frau wird ihn in Caramanico erwarten, wo eine alte Base Severinos zurückgezogen und allein in einem großen Landhaus lebt. Mit dieser hat er schon Verbindung aufgenommen, sie hat nicht lange gefragt, um wen oder was es sich handelt, sondern sofort erklärt, sie würde sich auf ein wenig Gesellschaft freuen. An diesem Zufluchtsort würden Faustina und Pietro ungestört eine Weile bleiben können, um

einander besser kennenzulernen und in aller Ruhe über ihre Zukunft zu entscheiden. Materielle Schwierigkeiten gibt es keine, denn das Erbe Donna Maria Vincenzas ermöglicht Pietro ein bequemes Leben.
»Meinst du vielleicht, wir wollen von der Rendite leben?« fällt ihm Pietro ins Wort. »Wir arbeiten doch lieber.«
»Ihr könnt ja leben, wie ihr wollt.«
Severino legt Pietro nahe, wieder ins Ausland zu gehen und Faustina mitzunehmen; er selber könne ihm einen Paß besorgen, er hält das nicht für schwierig, denn es gibt ja die löbliche Einrichtung von Schmiergeldern, Empfehlungen und Beziehungen der ganzen kleinen Camorra.
»Ich weiß, daß ich dich in deinen heiligsten Überzeugungen verletze«, sagt er zu Pietro, »aber ich glaube, Korruption ist die einzig mögliche Demokratie in diesem Land. Sie macht den Staat humaner und läßt Gesetze und Sitten weniger streng erscheinen.«
Pietro lächelt nur ein wenig, er hat keine Lust, sich etwas so Paradoxes anzuhören, er denkt an Faustina. Die lange unterdrückte Liebe erfaßt ihn jetzt so heftig, daß er sich wie eine überströmende Quelle fühlt.
Seinen letzten Tag in Acquaviva verbringt er gemeinsam mit Carmela bei der Arbeit in Cesidios Gemüsegarten. Er versucht, Abschiedsszenen und Gefühlsausbrüche zu vermeiden; Worte können seinen Gefühlen für Infante und Simone nicht gerecht werden, also ist es besser zu schweigen.
Den ganzen Tag hat er unter Carmelas Anleitung Tomatenpflanzen hochgebunden und beschnitten. Die Tomatenpflanze würde in einem bewässerten Boden über zwei Meter hoch, wenn man sie frei wachsen ließe, für die Früchte ist es aber besser, sie auf anderthalb Meter zu beschneiden. Die Pflanze entwickelt neben dem Haupttrieb auch Seitentriebe, unfruchtbare oder wenig fruchtbare kleine Zweige, die man Ruten nennt und besser stutzt.

»Zuviele Ruten sind schädlich«, sagt Carmela. »Man sollte an jeder Pflanze höchstens eine lassen.«
Da die Arbeit mit den Händen ausgeführt wird, färben sich Pietros Finger bald zartgrün, was ihm sehr gefällt. Am Abend kommt es zu einem überraschenden Wortwechsel mit Cesidio.
»Du fährst also ab?« fragt Cesidio, ohne ihn anzusehen.
»Ja«, antwortet Pietro befangen, er möchte gern etwas hinzufügen, aber es gelingt ihm nicht.
Verlegen schweigen beide.
»Ich habe aufgeschrieben, wieviel Tage du für mich gearbeitet hast«, sagt Cesidio schließlich und zeigt ihm ein Stück Papier.
»Tut mir leid«, erwidert Pietro überrascht, »ich habe nicht ausgerechnet, wieviel Brot du mir und Infante gegeben hast.«
»Das Brot?« ruft Cesidio gekränkt aus. »Brot wird nicht gerechnet. Ich verstehe nicht, warum du mich jetzt vor deiner Abreise beleidigen willst.«
»Auch meine Arbeit ist nicht verkäuflich«, erklärt Pietro. »Ach, Cesidio, danach habe ich mich doch immer gesehnt: umsonst zu arbeiten und von der Nächstenliebe zu leben. Ich weiß, Cesidio, daß das ein Ideal ist, eine Utopie, die man nicht erreichen kann. Aber gestehe mir doch zu, daß ich bei dir utopische Tage erlebt habe.«
»Wenn dem so ist, warum gehst du dann weg?« fragt Cesidio. »Wer verjagt dich denn?«
Pietro scheint von dieser Frage getroffen. Cesidio läßt ihn allein. Auch Simone ist unauffindbar, Pietro streift ziellos durchs Dorf. Immer wieder sagt er sich: »Wer verjagt mich denn?«
Sor Quintino hat ein kleines Fest zu Ehren des abreisenden Gastes vorbereitet, als er ihn aber nun kommen sieht, wagt er nicht einmal darüber zu sprechen. Ohne zurückzugrüßen

setzt sich der Gast mit abweisender Miene verschlossen und in seine Gedanken versunken an den Tisch. Hat er etwas zu verbergen? Eine Medaille, eine Waffe, einen geraubten Gegenstand? Sein Erscheinen wirkt auf die bereits zum Abendessen versammelten Honoratioren wie der Auftritt eines Fremden auf einer Bühne, wo die Schauspieler schon mitten im Spiel sind. Die Honoratioren nagen die Knöchelchen rachitischer Vögelchen ab, streichen überreifen Käse aufs Brot und lecken sich den Schnurrbart. Auf einem kleinen Tisch steht ein altmodisches Grammophon mit einem verbeulten hellblauen Lautsprecher.

»Im Radio kam eine Meldung, die Sie freuen wird«, sagt der Bürgermeister an den *Hauptmann* gewandt.

»Die einzigen Meldungen, über die ich mich freuen kann, kommen im Radio als Trauernachrichten«, erwidert der *Hauptmann*.

»Entschuldigen Sie«, sagt der Bürgermeister und verliert nun jede Zurückhaltung, »aber Sie gehen in Ihren Reden, glaube ich, manchmal wirklich zu weit.«

»Ich gratuliere Ihnen zu Ihrer Intelligenz«, erwidert der *Hauptmann*.

Sor Quintino kommt mit den Speisen und will ihn bedienen; aber er steht auf und geht grußlos hinaus.

Er streift eine Weile durch die Dorfstraßen, bis er nach einer Weile jemanden seinen Namen rufen hört.

»Wohin gehst du? Was suchst du?« fragt ihn der Küfer Pasquale.

»Ich weiß selber nicht«, erwidert er verlegen. »Ich muß allein sein, entschuldige bitte.«

Bittersüßer Geruch von frischgemähtem Gras liegt in der Abendluft. Pietro schlägt den kürzesten Weg ein, der ihn aus der Ortschaft hinausführt. In weitabgelegenen Dörfern und Gehöften gehen die Lichter an; auf halber Höhe jenseits des Tals schiebt sich ein Zug wie eine leuchtende Raupe zwi-

schen den Bäumen hindurch, fährt in den Berg hinein und verschwindet. Pietro geht einen von Obstbäumen gesäumten Weg hinab; die Baumstämme sind weißgekalkt; ziellos und gedankenverloren, von einer merkwürdigen Unruhe getrieben, streift er in den Weinbergen umher. Am Himmel ziehen die Sterne auf. Er sieht hinauf und lächelt. Ob seine Großmutter den Ewigen Vater dazu gebracht hat, ihn in Seinen besonderen Schutz zu nehmen? Er erschaudert. Ein furchtbarer Gedanke, dem Herrn in die Hände zu fallen. Pietro erreicht das Ufer eines Baches, der Hochwasser führt. Das gelbliche Wasser reißt Äste, Bretter, entwurzelte Baumstämme und allerhand Hausrat mit sich fort. Gewiß hat es in den Bergen ein Gewitter gegeben; auf den Hügeln war nichts davon zu bemerken.
»Gelobt sei Jesus Christus«, grüßt ihn eine Greisin, die aus dem Dunkel heraustritt.
»Guten Abend«, erwidert er.
»Das Hochwasser hat den Steg mitgerissen«, sagt die Greisin. »Hör auf mich und kehr um.«
Er kehrt um und streift noch eine Weile unentschlossen umher. Die Gassen sind erfüllt von Klagelauten, sie klingen wie Gebete und Litaneien, aber es ist Jammern und Weinen von Kindern und Frauen, das Blöken von Schafen.
Spät kehrt er ins Gasthaus zurück und packt seine Koffer. Jene versehentlich mitgebrachten, in denen sich die Uniformen seines Onkels Saverio befanden, hat Severino schon mitgenommen. Aber auch unter seinen eigenen Wäschestücken findet er noch überflüssige Sachen. Er packt sie zusammen und verläßt das Gasthaus, um sie Infante zu bringen. Aber dies ist vielleicht nur ein Vorwand, ihn noch einmal zu sehen, sich von ihm zu verabschieden, die Trennung endgültig zu akzeptieren und Giustino ein letztes Mal zu ermahnen.
Seit gestern hat Giustino Simones Platz eingenommen und

schläft in der Behausung seines Sohnes. Das Fenster in der krummen dunklen, einem Schützengraben gleichenden und von elenden Hütten, Ställen und Schweinekoben gesäumten Gasse ist noch beleuchtet. Er bleibt einen Augenblick auf der Treppe vor der Tür stehen und horcht, aber von drinnen ist nicht das leiseste Geräusch zu hören. Er klopft, wartet ein wenig, klopft noch einmal; keiner macht ihm auf. Aus der Ferne ist das langanhaltende Winseln eines Hundes zu hören, das ihm bekannt vorkommt. Pietro stößt die Tür mit Gewalt auf. Offensichtlich tot liegt Giustino, halb entkleidet und leicht über den amputierten Arm gebeugt, mitten im Raum in einer Blutlache auf dem Backsteinboden. Auf der linken Seite seines fast wie bei einem Affen behaarten nackten Oberkörpers klaffen blutverschmierte schwarze Risse. Neben seinen nackten Füßen liegt ein großes Messer mit roter Klinge. Sein Sohn steht mit dem Rücken zur Wand hinter der Tür, er zittert am ganzen Leib vor Grauen, läßt den Kopf hängen und streckt die Zunge zwischen den halboffenen Lippen heraus.

»Infante«, schreit Pietro entsetzt. »Warum? Warum?«

Infante wagt nicht, ihm ins Gesicht zu sehen, er stößt nur leise ein gequältes heiseres Winseln aus, wie ein Tier, das um Erbarmen fleht.

»Ach, du Ärmster«, sagt Pietro von tiefem Mitleid erfaßt. »Mein armer Freund.«

Er macht die Tür auf und sieht hinaus, ob jemand vorüberkommt.

»Geh!« sagt er dann zu Infante und faßt ihn am Arm. »Lauf weg, rette dich.«

Der Taube macht einen Satz wie ein Tier und verschwindet in der Dunkelheit. Pietro sieht ihm noch eine Weile nach, dann schließt er die Tür.

In einer Ecke des Raumes raucht ein kleines Reisigfeuer. Die wenigen armseligen Einrichtungsgegenstände, die Strohlager, der Krug, die Waschschüssel, die beiden Stühle tragen Spuren eines heftigen Kampfes. Zitternd vor Entsetzen und Ekel horcht Pietro hinaus.

Aus den Nachbarhäusern dringt kein Geräusch, keinerlei Alarmzeichen. Nur das Hundegebell in der Ferne ist noch immer zu vernehmen. Pietro nimmt eine Decke und breitet sie über Giustino; die Decke ist so klein, daß seine riesigen knotigen schwarzen Füße und das struppige, furchtbar verzerrte Gesicht unverhüllt bleiben. Als sich Pietro niederbeugt, um ihm die Augen zu schließen, meint er, ein leichtes Röcheln zu hören. Lebt Giustino noch? Den rissigen, erdigen trockenen Lippen entströmt hin und wieder ein schwacher, kaum wahrnehmbarer Hauch.

Pietro ruft aus dem offenen Fenster um Hilfe, er fleht die Nachbarn an, für einen Schwerverletzten hier einen Arzt, einen Chirurgen zu holen. Nach einer Weile hört er in der dunklen Gasse ein paar Fenster aufgehen und Türen schlagen. Als Pietro zu Giustino zurückkehrt und sich über ihn beugt, ist der aber schon tot.

»Natürlich«, murmelt Pietro, als stelle er etwas fest, womit er gerechnet hatte.

Die Zeit vergeht immer langsamer und bleibt schließlich stehen. Als die Carabinieri kommen, finden sie Pietro mit dem Kopf in die Hände gestützt auf einem der Strohlager sitzen.

»Ich habe ihn umgebracht«, erklärt er und erhebt sich. Dann streckt er ihnen die Hände entgegen, damit sie ihn fesseln können.

Es ist die Stunde, in der die Nacht fahl wird und das Morgengrauen die letzten Sterne verschluckt, die Mäuse in ihre Löcher zurückkehren und die Cafoni ihre Esel beladen, um aufs Feld zu ziehen. Die Straßenlampen brennen noch; ihr Licht wirkt in der Morgenhelle wie der Blick von Fiebernden nach einer schlaflosen Nacht. Mit Handschellen an zwei Carabinieri gefesselt, wird Pietro abgeführt. Er geht lautlos und rasch; der Hut sitzt ihm ein wenig schief auf dem Kopf, es gelingt ihm nicht, ihn mit den gefesselten Händen zurechtzurücken und ihm ist anzumerken, daß ihn dies sehr stört. Er gleicht einem Mann, dem ein Unfall passiert ist, der unter ein Pferd gekommen oder die Treppe hinabgefallen ist und jetzt zur Beobachtung ins Krankenhaus eingeliefert wird.

Die beiden Polizisten, die Pietro abführen, sind größer und kräftiger als er, sie haben massige kürbis- oder eiförmige Köpfe ohne Augen, Nase oder Mund, es sind zwei bartlose riesige Ovale, auf denen Schildmützen sitzen. Hinter ihnen taucht ein Straßenkehrer mit einem langen Besen auf; er macht leichte, weitausholende Bewegungen wie ein Schnitter und kommt schnell voran. Und nun eilen auch schon die ersten Ladenbesitzer in ihre Geschäfte und fragen einander: »Was war nur mit dem Hund los, der die ganze Nacht gebellt hat?«